思想文化
经典丛书

插图本中国文学史

一

郑振铎 著

中央编译出版社
CCTP
Central Compilation & Translation Press

出版説明

中國近代史上，各種學術流派思潮錯落，紛呈并起，不僅成就了一批博曉古今、學貫中西的著名學者，還産生了一批具有深遠影響的學術著作。這些豐富的思想文化成果，極大推動了中西文化交流和本土文化繁榮興盛。為進一步推動對近代中國學術研究成果的傳承與保護，助力當代學術研究，特推出『思想文化經典叢書』。

『思想文化經典叢書』精選近代中國出版的文學、史學、哲學等方面的學術佳作，力求呈現著作之全貌，但受限于當時印制技術和書籍保存技術，能夠保存完整無損的作品寥寥無幾。為便于讀者閱讀，提升閱讀體驗，我們采用技術修復等手段盡可能恢復原書原貌，以降低字跡模糊、原書殘缺等對閱讀效果的影響。

出版前，我們進行了大量的資料收集整理工作，并廣泛征求學界意見，由于時間倉促，難免有不妥之處，敬請讀者批評指正。

二〇二一年九月

鄭振鐸著

插圖本

中國文學史

北平樸社出版部發行

中華民國廿一年十二月初版

全書共五册，計本文四册，年表一册。實價洋陸元伍角。

自序

我寫作這部中國文學史，並沒有多大的野心。既不曾將牠成爲鼓吹什麼的東西，也並不是什麼「一家之言」。老實說，那些式樣的大著作，如今還談不上。因爲如今還不曾有過一部比較完備中國文學史，足以指示讀者們以中國文學的整個歷史的過程和整個的眞實的面目的呢，如何談得上進一步的什麼。中國文學自來無史，有之，當自最近二三十年始。然這二三十年間所刊布的不下數十部的中國文學史，幾乎沒有幾部不是支體殘廢，或患着貧血症的。易言之，即除了一二部外，所敍述的幾乎都有些缺憾。本來，文學史祇是敍述些代表的作家與作品，不能必責其「求全求備」。但假如一部英國文學史而遺落了莎士比亞與狄更司，一部意大利文學史而遺落了但丁與鮑卡契奧，那是可以原諒的小事麼？許多中國文學史卻正都是患着這個不可原諒的絕大缺憾。唐五代的許多「變文」，金元的幾部「諸宮調」，宋明的無數的短篇平話，明清的許多重要的寶卷，彈詞，有那一部中國文學史曾經涉筆記載過？不必說是那些新發見的與未被人注意着的文體了，即爲元明文學的主幹的戲曲與小說以及散曲的介套他們又何嘗曾注意及之呢！即偶然敘及之的，也祇是以一二章節的篇頁草草了之，反而大張旗鼓的去講什麼河汾諸老，前後七子，以及什麼桐城，陽湖。這是那裏說起的繆誤觀念呢！難道中國文學史的園地，便永遠被一般喊着『主上聖明臣罪當誅』的奴性的士大夫們佔領着了麼？難道幾篇無靈魂的隨意寫作的詩與散文，不妨塗抹了文學史上的好幾十頁的白紙，而那許多曾經打動了無量數平民的內心，使之歌，使之泣，使之稱心的笑樂的眞實的名著，反不得與之爭數十百行的篇頁麼？這是使我發願要寫一部比較的足以表現出中國文學整個眞實的面目與進展的歷史的重要原因。這願發了十餘年，積稿也已不少，今年方得整理就緒，刊行於世，總算是可以自慰的事。但這部中國文學史也並不會是最完備的一部。眞實的偉大的名著，還時時在被發見。將來儘有需要改寫與增添的所在。惟對於要進一步而寫什麼『一家言』的名著的諸君，這或將是一部在不被摒棄之列的『爝火』罷。

中華民國二十一年六月四日鄭振鐸於北平

例言

一、中國文學史的編著，今日殆已盛極一時；三兩年來，所見無慮十餘種，惟類多因襲舊文。即有一二獨具新意者，亦每苦於材料的不充實。本書作者久有要編述一部比較能夠顯示出中國文學的眞實的面目的歷史之心，惜人事倥傯，僅出一冊而中止（即商務印書館出版的中國文學史中世卷第三篇第一冊）。且即此一冊，其版今亦被燬於日兵的砲火之下，不復再得與讀者相見。因此發憤先成此簡編，供一般讀者的應用。他日或仍能把那部較詳細的中國文學史完成問世。

二、許多中國文學史，取材的範圍往往未能包羅中國文學的全部。其僅以評述詩，古文辭爲事者無論了，即有從詩，古文辭擴充到詞與曲的，擴充到近代的小說的，卻也未能使我們滿意。近十幾年來，已失的文體與已失的偉大的作品的發見，使我們的文學史幾乎要全易舊觀。決不是抱殘守缺所能了事的。若論述元劇而僅著力於元曲選，研究明曲而僅以六十種曲爲研究的對象，探討宋元話本，而僅以京本通俗小說爲探討的極則者，今殆已非其時。本書作者對於這種新的發見，曾加以特殊的注意，故本書所論述者，在今日而論，可算是比較得完備的。

三、因此，本書所包羅的材料，大約總有三之一以上是他書所未述及的；像唐五代的變文，宋元的戲文與諸宮調，元明的講史與散曲，明清的短劇與民歌，以及寶卷彈詞鼓詞等等皆是。我們該感謝這幾年來殷勤搜輯那些偉大的未爲世人所注意的著作的收藏家們。沒有他們的努力與帮助，有許多中國文學史上的重要的作品是不會爲我們所發見的。

四、他書大抵鈔襲日人的舊著，將中國文學史分爲上古中古近古及近代的四期，又每期皆以易代換姓的表面上的政變爲劃界。例如中古期皆開始於隋，近古期皆終止於明。卻不知隋與唐初的文學是很難分別得開的；明末的文壇上的風尚到了清初的幾十年間也尚相承未變。如何可以硬生生的將一個相同的時代劈開爲兩呢？本書就文學史上的自然的進展的趨勢，分爲古代，中世及近代的三期，中世文學開始於佛教文學的輸入；近代文學開始於崑劇的產生及長篇小說的發展。每期之中，又各分爲若干章，每章也都是就一個文學運動，一種文體或一個文學派的興衰起落而論述着的。

五、本書不欲多襲前人的論斷，但前人或當代的學者們的批評與論斷，可採者自甚多。本書凡採用他們的論斷的時候，自必一一舉出姓氏，以示不敢掠美，並注明所從出的書名，篇名。

六、中國文學史的附入插圖，爲本書作者第一次的嘗試。作者爲了搜求本書所需要的插圖，頗費了若干年的苦辛。作者以爲插圖的作用，一方面固在於把許多著名作家的面目，或把許多我們所愛讀的書本的最原來的式樣，或把各書裏所寫的動人心肺的人物或其行事顯現在我們的面前，這當然是大足以增高讀者的興趣的。但他方面卻更有一個重要的原因，便我們需要那些插圖的；那便是在那些可靠的來源的插圖裏，意外的可以使我們得見各時代的眞實的社會的生活的情態。故本書所附插圖，於作家造像，書版式樣，書中人物圖像等等之外，並盡量搜羅各文學書裏足以表現時代生活的插圖，複製加入。

七、本書所附插圖，類多從最可靠的來源複製作家的造像，尤爲慎重，不欲以多爲貴。在搜集所及的書本裏，珍祕的東西很不少，大抵以宋以來的書籍裏所附的木版畫爲採擷的主體，其次亦及於寫本。在本書的若干幅的圖像裏，所用的書籍不下一百餘種，其中大部分皆爲世人所未見的孤本。一旦將那許多不常見的珍籍披露出來，本書作者也頗自引爲快。爲了搜求的艱難，如有當代作家，要想從本書插圖裏複製什麽的話，希望他們能够先行通知作者一聲。

八、得書之難，於今爲甚。惡劣的書版，遍於坊間，其誤人不僅魯魚亥豕而已。較精的版本則其爲價之昂，每百十倍之。更有孤本珍籍，往往可遇而不可求。在現在而言讀書，已不是從前那樣的抱殘守缺，或僅僅利用私家收藏所可滿意的了。一到了要研究一個比較專門的問題，便非博訪各個公私圖書館不可。本書於此，頗爲注意。每於所論述的某書之下，注明有若干種的不同的版本，以便讀者的訪求，間或加以簡略的說明其於難得的不經見的珍籍，並就所知，注出收藏者的姓名（或圖書館名）。其有收藏者不欲宣布的，則祇好從缺。但那究竟是少數。

九、近來『目錄學』云云的一門學問，似甚流行；名人們開示『書目』的傾向，也已成為風尚。但個人的嗜好不同，研究的學問各有專門，要他熟讀四庫書目，是無所用的，要他知道經史子集諸書的不同的版本，也是頗無謂的舉動。故所謂『目錄學』云云，是頗可致疑的一個中國式樣的東西。但讀書的指導，卻不是絕對不可能的事。關於每個專門問題，每件專門學問的參考書目的列示，乃是今日很需要的東西。本書於每章之後，列舉若干必要的參考書目，以供讀者作更進一步的探討之需。

十、本書的論述着重於每一個文學運動，或每一種文體的興衰，故於史實發生的詳確的年月，或未為讀者所甚留意。特於全書之末，另列『年表』一部，以綜其要。

十一、『索引』為用至大，可以帮助讀者省了不少無謂的時力。古書的難讀，大都因沒有『索引』一類的東西之故。新近出版的著作，有索引者還是不多。本書特費一部分時力，編製『索引』，附於全書之後，以便讀者的檢閱。

十二、本書的編著，爲功非易，十餘年來，所耗的時力，直接間接，殆皆在於本書。隨時編作的文稿，不特盈尺而已。爲了更詳盡的論述，不是一時所能完功，便特先致力於本書的寫作。故本書雖只是比較簡單的一部文學史的綱要，卻並不是一部草率的成就。

十三、本書的告成，得諸友好們的幫助爲多。珍籍的借讀，材料的搜輯，插圖的覆製，疑難的質問，在在皆有賴於他們。該在此向他們致謝！在其中，北平圖書館，故宮博物院，古物陳列所，顧頡剛先生，郭紹虞先生，和幾位藏書家，尤爲本書作者所難忘記。涵芬樓給予作者之便利最多；不幸在本書出版的前數月，涵芬樓竟已成爲絳雲之續，珍籍秘冊，一時並燼。作者對此，不可償贖的損失，敬伸哀悼之意！

十四、在這個多難的年代，出版一部書，是談何容易的事。苟沒有許多友好的好意的鼓勵，本書或未必在今日與讀者相見。再者，本書的鈔錄，校對，與『年表』『索引』的編製，以劉師儀女士及我妻君箴之力爲最多，該一並致謝！

中華民國二十一年五月二十二日作者於北平

目次

中卷 中世文學

五

下卷　近代文學

緒論

『相斫書』的歷史——百科全書式的所謂『正史』——最早的中國文學史——太痕的英國文學史所引起的巨潮——『文學巨人』的影響——中國文學史的使命——其敘述的範圍——新材料的發見——辨僞的工作——官書與個人的著作——中國文學進展的兩個動力：外來影響與民間創作

一

所謂『歷史』，昔人曾稱之爲『相斫書』，換一句話，便祇是記載着戰爭大事與乎政治變遷的。在從前，於上云的戰爭大事及政治變遷之外，確乎是沒有別的東西夠得上作爲歷史的材料的。所以古時的歷史只不過是『相斫書』而已。然中國的史家，從司馬遷以來，便視『歷史』爲記載過去的『百科全書』，所以他們所取的材料，範圍極廣，自政治以至經濟，自戰爭以至學術，無不包括在內。『孔子』有『世家』，老莊諸人有『列傳』，屈原，枚乘諸人亦有『列傳』，天官有『書』，藝文有『志』，乃至滑稽貨殖亦復各有其『傳』。其所網羅的範圍是極廣大的。所謂『文學史』便也常常的被網羅在這個無所不包的『時代的百科全書』，所謂史記，漢書諸『正史』者之中。

但文學史之成爲『歷史』的一個專支，究竟還是近代的事。中國『文學史』的編作，尤爲最近之事。翟理斯（A. Giles）的英文本中國文學史，自稱爲第一部的中國文學史，其第一版的出版期在公元一九〇一年。中國人自著之中國文學史，最早的一部，似爲出版於光緒三十年（一九〇四年）的林傳甲所著的一部。

最早的『文學史』都是注重於『文學作家』個人的活動的，換一句話，便是專門記載詩人，小說家，戲劇家等等的生平與其作品的。這顯然的可知所謂『文學史』者，不過乃是對於作家的與作品的鑑賞的或批判的『文學批評』之聯合，而以『時代』的天然次序『整齊劃一』之而已。像寫作著名的英國文學史（公元一八六四年出版）的法人太痕（Taine,1828—1873）卻是純然用時代，環境，民族的三個要素上，以觀察以研究英國文學的史的進展的。這引起了很大的一個巨潮。北歐的大批評家，勃蘭克斯（G. Brandes）也更注意于一支『文學主潮』的生與滅，一個文學運動的長與消。他們都不復僅僅的讚嘆或批判每個作家的作品了；他們不僅僅爲每個作家作傳記，下評語。他們乃是記載整個文學的史的進展的。

原來自十九世紀以來，學者們對於『歷史』的概念，早已改變了一個方向。學者們都承認一部歷史絕對不是一部『相斫書』，更不是往古的許多英雄豪傑的傳記的集合體；歷史乃是活的，不是死的；乃是記載整個人類的過去或整個民族的過去的生活方式的。所以現在的歷史，對於政治上的大人物，已不取崇拜的態度，只是當他作爲一個社會活動中間的一員；正如托爾斯泰在他的戰爭與和平中之寫拿破崙一樣，他在那裏，已不是一個好像神話中的顯顯赫赫的人物，卻只是一個平平常常的軍官。

隨了這個歷史的觀念的變更，文學史當然也便來了一個變更。也如歷史之不再以英雄豪傑爲中心一樣，文學史早已不是『文學巨人』的傳記的集合體了。

但所謂『文學巨人』其成就究竟較政治上的大人物不同。政治上的大人物，其成功只不過基於時代的造成而已，『豎子成名』之感我們如果仔細的讀着一般所謂政治上大人物的傳記，便都會多少的覺到的。但『文學巨人』則不然。他們的作品，其本身便是一種永在人間的崇高的創作物。我們乃是直接受其創作品的感興，乃是直接感受到他們的偉大的成就的。我們可以抹煞一般的政治上的大人物的成就，但我們決不能抹煞文壇上的一個作家，一個詩人的工作。亞力山大過去了，查理曼帝過去了，但一個詩人，或一個散文作家，或一個戲劇家，却是永在的；他們將永永的生活在我們的面前。只要我們讀着他們的永久不朽的創作物，我們便若面聆其談笑似的親切的與之同在。古代的希臘與羅馬是過去了，但我們如果讀着阿斯且洛士（Aeschylus），梭弗克里士（Sophocles）及憂里辟特士（Euripedice）的悲劇，魏琪爾的阿尼特（Virgil's Aenied），荷馬的特里亞特與亞特賽（Homer's Iliad and Odyssey）我們對於古希臘與古羅馬的情形，便也親切有如目覩。

所以文學史上的巨人與英雄，究與一般歷史上的一般巨人及英雄有殊；一般歷史已決不是巨人與英雄的傳記的集合體，然而文學史卻究還要仔細的論列到文學作家的生活。偉大的文學作品本是大作家的最崇高的成就，當然是離不了作家的自身。所以文學史雖不竟是作家傳記的集合體，卻也不能不着重於作家的自身生活的記述。

然而『人』究竟是社會的動物；我們不相信有一個人曾是完全的『遺世而獨立』的。所謂『隱逸詩人』云云，他究竟還是人世間的活動的一員。他儘管不參加當時任何的政治等等的活動，然而他究竟是受了社會一切大事變的影響的。他的情感往往是最爲豐富的，其感受性，當然也更爲敏銳。所以無論什麼作家，時代的印象與地方的色彩，都是不期然而然的會印染於他們的作品之上的。

爲了更深切的了解一個作家，我們便不能不去了解他所處的『時』與『地』；正如我們之欲更深切的了解一部作品，便不能不去研究其作家的生平一樣。

文學史的任務因此便不僅僅成爲一般大作家的傳記的集合體，也不僅僅是對於許多『文藝作品』的評判的集合體了。

但他還有一個更偉大的目的在！『時』的與『地』的乃至『種族的特性』的色彩，雖然深深的印染在文學的作品上，然而超出於這一切的因素之外，人類的情思卻是很可驚奇的相同；易言之，即不管時與地種與族的歧異，人類的最崇高的情思，卻竟是能够互相了解的。在文學作品上，是沒有『種』與『地』與『時』的隔膜的。我們能够了解美洲的紅印度安人，澳洲的土人，歐洲的斯坎德那維亞人，儘管他們和我們間隔得很遠，只要我們讀到了他們的神話與傳說，他們的文學的作品。我們也能够了解遠古的巴比崙人，希臘人，乃至中世紀的匈族與諾曼人，儘管他們的時代離開我們是很遠，只要我們讀到他們那個時代的創作物。

由此可知文學雖受時與地與人種的深切的影響，其內在的精神卻是不朽的，一貫的，無古今之分，無中外之別。最野蠻的民族與最高貴的作家，其情緒的成就是未必相差得很遠的。我們要了解一個時代，一個民族，或一個國家，不能不先了解其文學。

所以，文學乃是人類最崇高的最不朽的情思的出品，也便是人類的最可徵信，最能被了解的『活的歷史』。這個人類最崇高的精神，雖在不同的民族時代與環境中變異着，在文學技術的進展裏演化着，然而卻原是一個，而且是永久繼續着的。

文學史的主要目的，便在於將這個人類最崇高的創造物文學在某一個環境，時代，人種之下的一切變異與進展表示出來；並表示出人類的最崇高的精神與情緒的表現，原是無古今中外的隔膜的；其外型雖時時不同，其內在的情思卻是永永的不朽的在感動着一切時代與一切地域與一切民族的人類的。

一部世界的文學史是記載人類各族的文學的成就之總簿，而一部某國的文學史，便是表達這一國的民族的精神上最崇高的成就的總簿。讀了某一國的文學史，較之讀了某一國的百十部的一般歷史書，當更容易於明瞭他們。

『中國文學史』在這樣的情形之下，便是一部使一般人能夠了解我們往哲的偉大的精神的重要書冊了。一方面，給我們自己以策勵與對於先民的生活的充分的明瞭，一方面也給我們的鄰邦以對於我們的往昔與今日的充分的了解。

二

文學史的目的既明，則其所敘述的範圍當然很明白的便可以知道。蓋文學史所敘述的並不是每一部文學的作品，而且每一部最崇高的不朽的名著。但也不能沒有例外。有許多文學作品，其本身雖無甚內容也無甚價值，却是後來許多偉大作品的祖源，我們由流以溯源，便不能不講到他們；且這類材料，不僅僅論述一個文體的生長與發展所必須敘及，即說到要由文學上明瞭那個『時代』也是絕好的資料。又有許多已成爲文學史上爭論之焦點的東西或史料，或曾在文學史上發生過重大的影響，成爲一枝很有影響的派別與宗門的，例如西崑體詩，江西派詩等等，卻也不能不講述——即使其內容是較空虛的。那些作品之所以產生與發展而成爲一個宗門，一個大支，當然也自有其社會的背景與根據。

但於上述者外，文學史所講叙的範圍，在實際上也許更要廣大。原來文學這個名辭所包含的意義本來不是截然的明白曉暢，像科學中之物理學，植物學等等一樣的。有許多低級趣味的讀物，像通俗的小說，劇本之類，表面上雖亦爲文學的一體的一部分，實際上却不能列入『作者之林』裏。但像許多科學上，史學上的名著，有時卻又因其具有文學趣味的關係，而也被公認爲文學上的名著；例如尼采，柏格森的哲學著作；司馬遷的史記，琪彭的羅馬興亡史，酈道元的水經注等等都是。

但一般人對於這種取捨卻常覺得很難判斷。史記，漢書可以算是文學，爲什麽通鑑綱目之類又不能算是文學呢？我們有何取捨的標準呢？我們知道文學與非文學的區別，其間雖無深嶄的淵阱隔離看，却自有其天然的疆界；在此疆界內者則取之，在此疆界外者，則捨之。

這個疆界的土質是情緒。這個疆界土色是美。文學是藝術的一種，不美，當然不是文學，文學是產生於人類情緒之中的，無情緒當然更不是文學。

因了歷來對於文學觀念的混淆不清，中國文學史的範圍，似乎更難確定。至今日還有許多文學史的作者，將許多與文學膜不相干的東西寫入文學史之中去，同時還將許多文學史上應該講述的東西反而撇開去不談。

最早的幾部中國文學史簡直不能說是『文學史』，只是經、史、子、集的概論而已；而同時，他們又根據了傳統的觀念——這個觀念最顯著的表現在四庫全書總目提要裏——將純文學的範圍縮小到只賸下『詩』與『散文』兩大類，而於『詩』之中，還撇開了曲——他們稱之為『詞餘』，甚至撇開了『詞』不談，以為這是小道；有時，甚至於散文中還撇開了非『正統』的駢文等等東西不談；於是文學史中所講述的純文學，便往往只賸下五七言詩，古樂府以及『古文』。

我們第一件事便要先廓清了許多非文學的著作，而使之離開文學史的範圍之內，回到『經學史』『哲學史』或學術思想史的他們自己的領土中去。同時更重要的卻是要把文學史中所應述的純文學的範圍放大於詩歌中不僅包羅五七言古律詩，更要包羅着中世紀文學的精華——詞與散曲於散文中不僅包羅着古文與駢文等等，也還要包羅着被黑爲野狐禪等等的政論文學策士文學與新聞文學之類；更重要的是於詩歌，散文二大文體之外更要包羅着文學中最崇高的三大成就——戲劇，小說與『變文』（即後來之彈詞，寶卷）這幾種文體，在中國文壇的遭際，最爲不幸。他們被壓伏在正統派的作品之下，久不爲人所重視；甚至爲人所忘記，所蔑視。直到了最近數十年來方才有人在談着。我們現是要給他們以歷來所未有的重視與詳細的講述的了！

但這種新的資材，自小說戲劇以至寶卷，彈詞，民歌等等，因爲實在被遺忘得太久了的原故，對於他們的有系統的研究與講述便成了異常困難的工作。我們常常感覺到，如今在編述着中國文學史，不僅僅是在編述，卻常常是在發見。我們時時的發見了不少的已被亡失的重要的史料，例如敦煌的變文，元刊平話五種，永樂大典戲文三種之類，這種發見，其重要實在不下於古代史上的特洛伊（Troy）以及克里底（Crete）諸古址的發掘。

有時且需要變更了許多已成的結論。這種發見還正在繼續進行着，正如一個偉大的故國遺址，還正在發掘的進行中一樣。這使我們編述中國文學史感覺到異常困難，因爲新材料的不絕發見，使時時要影響到舊結論的變更與修改；但同時卻又使我們感覺到異常的興奮，因爲時時可以得到很重要的新的資料，一個新的刺激，有時，我們自己也許還是一個執鏟去土的一個掘地的工役。

三

還有一件事我們不能不注意，那便是史料的辨僞。中國文學史的歷程，實在是太長了，即就那最可靠的最早的史料而論，也有了三千年以上的來歷。對於遠古的在詩經與楚詞以前的詩歌，其靠不住的性質，是有常識的人所都知道的。所傳黃帝時代的彈歌，以及娥皇白帝子之歌一類，當然是不可信的，即堯典中所載的君臣賡和之作也都是後人的記載。大約在馮惟訥古詩紀的古逸一部，詩歌中可信的實在不多。但不僅遠古的著作如此，即較爲近代的東西也還是有許多的爭論。西遊記小說向來視爲元人邱長春之作，直至最近方才論定爲明人吳承恩的創作。而相傳的李陵、蘇武的五言詩其眞僞也是紛紜不已。有許多的謬誤的觀念便往往因此而構成。且舉一個有趣的例。有一部明人的選本，載了一篇向未被發見過的建安七子時代的王粲月賦；居然有許多人相信其爲一篇眞實的佚文的發見，將其補入漢魏辭賦之林。但經了細心的批評家的研究，原來這一篇賦便是謝莊的著名的月賦！月賦的開頭假托着『陳王初喪應、劉，端憂多暇。綠苔生閣，芳塵凝榭。悄然疚懷，不怡中夜……於時斜漢左界，北陸南躔。白露暧空，素月流天。沈吟齊章，殷勤陳篇。抽毫進牘，以命仲宣。仲宣跪而稱曰……』選者日未覩文選，便逕定爲仲宣之作。類此的可笑的作僞，尚未爲我們所覺察者，當更爲不少。史料的謹愼的搜輯，在中國文學史的編纂中，因此便成了重要的一個問題。

一三

『歷史』的論著常是宏偉的巨業，但也常是個人的工作。以史記般的包羅萬有的巨著，卻也只是出於司馬遷一人之手。希臘的歷史之父希洛多托士(Herodotus)的史書，也是他個人的作品。我們可以說一句，差不多重要的史籍都是出於個人之手的。文學史也是如此。歷來都是個人的著作。但個人著作的文學史，卻也有個區別；有的只是總述他人已得的成績與見解而整理排比之的；這可以說是『述』，不是『作』；有一種卻是表現着作者特創的批評見解與特殊的史料的，像法國太痕(Taine)的英國文學史的，那便是『作』而不是『述』了。

本書雖是個人的著作，卻只是『述而不作』的一部平庸的書，並沒有什麼特殊的見解與主張。然而在一盤散沙似的史料的堆積中，在時時不斷的發見新史料的環境裏，卻有求僅止於『述而不作』而不可能者。新材料實在太多了，有一部分是需要著者第一次來整理，來講述的。這當然使著者感覺到自己工作的艱巨難任，但同時卻也未嘗沒有些新鮮的感覺與趣味。

『官書』成於衆人之手，往往不爲人所重視。蕭衍的通史的不傳，此當爲其一因，宋、金、元、明諸史之所以不及個人著作的史、漢、三國乃至新唐五代諸史，此當亦爲其一因。但因了近代的急驟的進步與專門化的傾向，個人專業的歷史著作，卻又回到『衆力合作』的一條路上去。這個傾向是愈趨愈顯明的。其初是各種百科全書的分工合作化；其次便是字典的分工合作化；（例如牛津字典）最後，這個『通力合作』的趨向，便侵入歷史界中來。著名的劍橋大學所出版的古代史，中世史及近代史，印度史便是好例。而在文學史方面也有了一部十餘巨册的英國文學史，（Cambridge History of English Literature）這種專家合作的史書，其成就實遠過於中國往昔的『官書』。但有一點，卻與『官書』同病。個人的著作，論斷有時不免偏激，敘述卻是一貫的。合作之書，出於衆手，雖不至前後自相背謬，而文體的駁雜，卻不可掩。所以一般『專家合作』的史書，往往也如百科全書一樣，只成了架上的東西，而成爲學者諷讀之資的史書，當然還是個人的著述。

五

我們的文學是深受外來文學——特別是印度文學——的影響的。沒有了他們的影響，則我們的文學中，恐怕將難得產生那末偉大的諸文體，像小說戲曲，彈詞等等的了。他們使我們有了一次二次……的新的生命發生了一次二次……的新的活動力。中國文學所接受於他們的恩賜是很深巨的，正如我們所受到的宗敎上，藝術上，音樂上的影響一樣，也正如俄國文學之深受英、法、德羅曼文學的影響一樣，或更進一步，竟可以說是，有如羅馬文學之深受希臘文學的影響一樣。而在現在，我們所受到的外來文學的影響恐怕更要深，更要巨。這是天然的一個重要的因誘，外國文學的輸入，往往會成了本國文學的改革與進展。這在一國的文學史的篇頁上都可以見到。雖然從前每一位中國文學史家不曾覺察到這事實，我們卻非於此深加注意不可。外來的恩賜其重要蓋實遠過於我們所自知。

但於外來文學的影響之外，還有一個重要的動力，催促我們的文學向前發展不止的，那便是民間文學的發展。原來民間文學這個東西，是切合於民間的生活的。隨了時代的進展，他們便也時時刻刻的在進展着。他們的型式，便也是時時刻刻在變動着，永遠不能有一個一成不變或永久固定的定型。又民衆的生活又是隨了地域的不同而不同的，所以這種文學便也隨了地域的不同而各有不同的式樣與風格。這使我們的『草野文學』成爲很繁賾很豐盛的產品。但這種產品却並不是永久是安本分的『株守』一偶的，也不是永久自安於『草野』的粗鄙的本色的。他們自身常在發展常在前進。一方面，他們在空間方面漸漸的擴大了；常由地方性的而變爲普遍性的；一方面他們在質的方面，又在精深的向前進步，由『草野』的而漸漸的成爲文人學士的。這便是我們的文學不至永遠被拘縶於『古典』的舊堡中的一個重要原因。

原來，我們的詩人們與散文家們大部分都是在擬古的風氣中討生活的；然而另一方面，却有許多不爲人知的先驅者在篳路籃縷的開闢荊荒，或勇敢的接受了外來文學的影響；或竟不避疑的採用了民間作物的新式樣，雖時時受到迫害，他們都是不餒不悔的，這使我們的文學乃時時的在進展，時時有光榮的新工作、新文體的產生。先驅者在前走着；於是『古典主義者』便也往往攜其所學而跟隨着，而形成了一個大時代。作者們的結習雖深，却阻礙不了時代的自然的前進。一部分的文人學士，雖時時高喚着復古，刻意求工的模倣着古人，然時代與民衆，却即在他們的呼聲所不到之處，暗地裏產生了不少偉大的作品。到了後來，則時代與民衆又壓迫着文人學士採取這個新的文學型式。當民衆文藝初次與文人學士相接觸時，其結果便產生了一個大時代。過了一個時代，這個新的型式，又漸漸成爲古董，而爲時代及民衆所捨棄，他們又自去別創一種新的文學型式出來。五代、宋之詞，金、元、明之曲，明、清之彈詞，近數十年來的皮黃戲，其進展都是沿了這個方式走的。

對於這些重要的進展的消息，乃是著者所深切的感到興趣的。

第一章 古代文學鳥瞰

古代文學的兩個特點——二千年的長久的歷程——四個進展的階段——遊獵時代和農業時代的文學——漢民族勢力的發展——秦的統一與封建制度的打破——漢帝國的建立——詩思最消歇的時代——自建安到太康的光榮時代——對於異族的羈縻政策所生的惡果——古代文學告終於一個大紛亂的時代裏

一

所謂古代文學,便是指的中國西晉以前的本土的文學而言。這個時代的文學有兩個特點;第一,純然爲未受有外來的影響的本土的文學。我們的中世紀和近代的文學,無論在形式上內容上都深受有外來文學的賜與,特別是印度的;但在古代文學史上,則這個痕跡尚看不出——雖然在這個時代的最後，印度的思想和宗教已在很猛烈的灌輸進來。第二，純然爲詩和散文的時代；像小說和戲曲的重要的文體，在這時代裏，尚未一見其萌芽。在希臘，在羅馬，或在印度的文學史上，已是很燦爛的照耀着這兩種偉大文體的不可追視的光彩的了。

這個時代，從最早有『記載』的文字留下的時候起，到西晉的末年止，至少是有了二千年左右的歷史（公元前一七〇〇——後三一六年）。在這樣長久的時代裏，我們先民的文學活動至少也可分爲四個發展的階段。

第一階段，從殷商到春秋時代；這是一個原始的時代；偉大的著作，只有一部詩經。

第二階段，戰國時代；這是散文最發展的時代；散文的應用，在這時最爲擴大。作者們都勇敢的向未之前見的文學的荒土上墾殖着。韻文也有了很高的成就，產生出像屈原的離騷，九章，宋玉九辯以及招魂，大招之類的傑作。

第三階段，從秦的統一到東漢的末葉；這是一個辭賦的時代，但詩思卻最爲消歇。然我們看見五言詩在這時候開始發生萌芽；我們還看見古代的載籍，在這時候開始的被整理，被『章句』被歸納排比在好幾部偉大的歷史的名著裏去。

第四階段，從漢、建安到西晉之末。這是一個五言詩的偉大時代。抒情詩的創作復活了；同時還復活了哲學的討論的精神。詩人們，學者們，都不甘低首於枯澀無趣的辭賦和古代典籍之前了。雖然在最後，我們見到了一個悲慘的異族叛亂的時代，卻並無礙於這個時代偉大的成就。印度的佛教也在這時輸入中國；中國開始在哲學上發生着影響，但文學上似還也不曾感受到什麽。

二

在這四個階段的文學的進展裏，中國的歷史的和社會的經濟的情況也逐漸着在變動着，且在背後支配着文學的進展。

最早的一個時期裏我們看見漢民族的殷商一代，已定居於河南的黃河流域。漢族到底是西來的呢，還是定居于本土的原始人種。這有種種專門的辨論。我們姑不去討論牠。但我們知道當我們的文學史開幕的時候，漢民族已在黃河流域的中部活躍着他們的文明程度已經是很高的了；他們已知使用銅器他們已有很繁賾的文字；他們知道怎樣卜占吉凶以至行止他們在獸骨龜板和銅器上所刻的文辭是很整飭的。後來周武王伐紂，推翻中樞的政府而自代之。周朝初期的文化未必有勝於殷商。但不久便急驟進步了。就甲骨文辭的記載看來，殷商已入一個農業時代，他們對於卜年卜雨是很注意的一件事。但也頗着重於田漁，這可見他們是未盡脫遊牧時代的生活的。周代則完全入到很成熟的農業社會之中。詩經裏關於農事的歌詠是極多的；我們讀雲漢一詩，便知當時的人們對於『大旱』災是如何的着急。像七月，像碩鼠等等便又活畫出當時農民們宛轉呻吟於地主貴族壓迫之下的呼號。『十畝之間兮，桑者閑閑兮，』連情詩也都是以農村的背景寫出之的了。

周方

這個銅器上所雕鏤的周代居宅、狩獵的圖像是無比的重要與有趣。

（故宮博物院藏）

焚書阬儒

秦始皇是很偉大的一個政治家，但也是一個摧殘文化的最大的罪人。

——明刊本帝鑑圖說（西諦藏）

三

第二個階段來了一個極大的變動。在第一時代的後期，漢民族的勢力還未出黃河流域以外。見於詩經的十五國風，二南、王、檜、鄭、陳皆在河南；邶、鄘、衛、曹、齊、魏、唐皆在河北，豳、秦則在涇、渭之間。其疆域蓋不出於河南、山西、陝西、山東四省之外。但在其最後，我們卻見到長江流域左右的楚與吳、越皆已登上中國政治與戰爭的舞台，而為其重要的角色。在這個時代裏，則政治的局面，更大為不同。中樞政府完全失去了權威，以至於消滅。所謂韓、魏、趙、齊、楚、燕、秦的七國，競欲爭霸於當代，合從連橫，外交的變幻無窮，戰爭的威脅也無時或已。而對內則暴政酷稅，使得民不聊生。平和的農民們連逃亡都不可能。憂民之士，紛出而獻匡時之策；舌辨之雄，競起而效馳驅之任。於是便來了一個散文的黃金時代。在這時，商業是很發達的；儘管爭戰不已，但商賈的往來，則似頗富於『國際性』。大商人們在政治上似也頗有操縱的能力；陽翟大賈呂不韋的設謀釋放秦太子，便是一例。秦居關中，民風最爲强悍，又最不受兵禍，且似能充分的得到西方的接濟；故於七國中爲最强。齊楚諸國終於逐漸的爲秦所吞併。楚地的文學，在這時詩壇上最爲活躍；但大詩人屈原等在他國似無甚重要影響。

第三個時期的開始，便見秦已併吞了六國，始皇帝厲行新政，『書同文字車同軌，』廢封建爲郡縣，打破了貴族的地主制度。（秦的廢封建，似頗受巴比崙諸大帝國的影響，又其自稱始皇帝，而後以二世三世爲次，似更是模擬着西方的諸帝的榜樣的）這是極大的一個政治上的革命。自此，眞正的封建組織便消滅了。但始皇帝雖爲農民去了一層大壓力，而秦人的兵馬的鐵蹄卻代之而更甚的蹂躪着新征服的諸國。因此，不久的便招致了『封建餘孽』的反叛。大紛亂的結果，得天下者卻是破落戶的劉邦。戰國諸世家永遠是淪落了去了。劉邦即皇帝位後，大封同姓諸侯。但文景之後，封建制度又跟隨了七國之亂而第二次被淘汰。在這時候，北方的一個大敵匈奴，逐漸的更强大了。（他們爲周、趙、秦的邊患者本來已久）。惟於大政治家劉徹的領導之下，漢族卻給匈奴以一個致命傷。同時，西方諸國也和漢帝國更爲接近。西方的文化和特產開始輸入不少。王莽出現於西漢之末他要實現比始皇帝更偉大的一次大革命，經濟的革命。可惜時期未成熟，他失敗了。東漢沒有什麼重要的變動。漢帝國的威力，漸漸的墮落了。西方諸小國已不復爲漢所羈縻。

這三個世紀，並沒有產生什麼偉大的名著。但屈原的影響卻開始籠罩了一切。兩司馬（遷和相如）代表了文壇的兩個方面。遷建立了歷史的基礎；相如則以辭賦領導着許多作家們。但兩漢的辭賦，不是『無病而呻』的『騷』，便是浮辭滿紙絕少眞情的『賦』和『七』。他們祗知追蹤于屈宋的形式之後而全然遺棄其內在的眞實的詩情。散文壇也沒有戰國時代的熱鬧，但較之詩壇的情況，卻已遠勝。古籍整理的結果，往古的史實漸漸成爲常識；便有像王充一類的學者，以直覺的理解，去判斷議論過去的一切。五言詩漸代了四言的定式而露出頭角來。

四

第四個時期可以說是五言詩的獨霸時代；尚有詩人們在寫四言，但遠沒有五言的重要。在這時代，我們看見漢末的天下紛亂；我們看見魏的統一，晉的禪代；我們還看見異族的紛紛徙居於內地。魏、晉的這個羈縻政策的結果造成了後來的五胡十六國之亂。在這時的初期，魏、蜀、吳的三國雖是鼎峙着，而人才則幾有完全集中於魏都的概況。蜀、吳究竟是偏安一隅。因形勢的便利，又加之以曹氏父子兄弟的好延攬文人學士們，於是從建安到黃初，便是了一個最光榮的五言詩人的時代，一洗兩漢詩壇的枯陋。辭賦在這時代也轉變了一個新的機運。雋美沈鬱的詩思復在洛神登樓諸賦裏發見了。司馬氏繼魏而有天下；西南的機雲也隨了孫吳的被滅而入洛。詩人們更爲集中。因了兩漢儒學的反動，又佛教開始輸入，且在士大夫間發生了影響，玄談之風于以大熾。竹林七賢的風趣是往古所未有的；阮、嵇的詩也較建安諸子爲更深厚超逸，引導了後來無數的詩人們向同一路線走去。

在西晉的末葉，我們看了見大變亂將臨的陰影。諸王互相殘殺，文人們也往往受到最殘酷的惡運，徒然成了政爭的無謂的犧牲。從永興元年（公元三〇四年）劉淵舉起了反抗的旗幟，自稱大單于的時候起，中原便陷於水深火熱的爭奪戰中。中世紀的文學就在那個大紛亂的時代，奪取了古代文學的帝位。

第二章　文字的起源

中國語言的系統——南方語言種類的繁賾——文字的統一——文字與語言的聯合——文字的類別——中國文字的起源——典雅的古文之產生——口語文學的消沈——甲骨文字的發見——金石刻文——字體的變遷——文字孳乳的日繁——外來辭語的輸入

一

中國的語言，在世界的語言系統裏是屬於『印度支那語系』(Indo—Chinese Family)一支中之中國暹羅語的一部。說中國語的人民區域極爲廣大，人數也多到四萬萬以上。在其間，又可分爲南北兩部的方言；北部的方言，以流行於北平的所謂『官話』爲標準，雖因地域的區別而略有歧異，像天津話，遼寧話，山西話和北平話的差別，但其差別究竟是極爲微細的現在所謂『國語』，也便是以這種語言爲基礎而謀統一的實現的。南部的方言則極爲複雜；粗分之，可成爲浙江、福建、廣東的三系；浙江系包括浙江省及其附近地方；福建系包括福建全省及浙江、廣東使用福建系方言的一部分；廣東系則包括廣東、廣西二省、而在這三系裏又各自有着很不相同的歧系；像浙江方言又可分爲上海、寧波、溫州三種，福建方言又可分爲福州、廈門、汕頭三種，廣州方言又可分爲廣州、客家二種。

如果把全國的方言仔細分別起來的話，誠爲一種困難的複雜的工作。即就聖經公會所刊行的用各種不同的中國語系的方言所譯成的聖經的種數而計之，已是很驚奇的使我們發見其數量的巨大可觀的了。若更搜羅以各地方言寫成的種種民間歌曲話本等等，則其歧異的程度更是可驚。在實際的使用上說來，如果一位不懂得廣州方言的人，到南部去旅行，不懂得廈門話的人到馬尼拉、安南等地去考察，一定要感覺到萬分的困難的，正如一句德國或法國話不懂的人，到歐洲去旅行一樣，也許更要甚之。而不少的南部的人，到北國來，有的時候，竟也只好用異國方言來作交談的媒介。這見數見不鮮的事。

二

但中國的語言雖是這樣的複雜，文字卻是統一的。譬如，我們在廣東或香港旅行時，言語不通，遇到困難，以紙筆來作『筆談』卻是最簡單的一種解决的方法。原來不管語言的如何分歧，我們這個龐大的民族在很早的時候便已尋找到一種統一的工具了，那便是『文字』的統一。在遠東大陸上的這個大帝國所以會有那末長久的統一的歷史者，『文字』的統一，當爲其重要的原因之一。

文字和語言同爲傳達思想和情緒的東西。正同每個野蠻民族之必有其言語一樣，最野蠻的民族也必各有其最幼稚的文字的萌芽。語言只是訴之於聽覺的，其保存只是靠着人的記憶，其傳達只是靠着人的口說，未必能傳得遠，傳得久，傳得廣，或未必能夠正確無訛。但文字則不同，她是有語言所未必有之傳達的正確性和久遠性的。自有文字的發見，於是人類的文化才會一天天的進步；往古的文化得以傳遞下去，異地的文化得以輸傳過來，所取用者益廣，益博，於是所成就者也就愈偉大，愈光榮了。

在最早的時候，文字與語言是沒有什麼聯絡的關係的；他們雖同爲傳達思想，情緒的工具，卻一則訴之視官，一則訴之聽官，其發展並不是同循一轍的。在那時，文字還不過是繪畫的，或象徵的符號，其作用至爲簡單，只是幫助記憶而已。今日非洲及澳洲的土人們每遣使人他適，傳達意志時，則用一種樹枝造成的木棒，以種種樣式的符號刻劃於上，以備遺忘，或對方見了這棒也可以明瞭其意。秘魯的土人皆嘗用結繩的制度；這正如易繫傳所謂『上古結繩而治，後世聖人易以書契』的話相應。但較進的民族，則應用到更複雜的繪畫或和繪畫相類的方法，以傳達或記載某意或某事。最初的文字，大部和實物是相差不遠的；中國古代的象形字，如日、月、山、川、鳥、馬等等，皆不過是繪畫而已；埃及的象形字，像說兩匹馬，便是實在的繪着兩匹馬的。但後來，這些繪畫的字形，漸漸的簡單了，離開圖畫便一天天的遠了。同時，許多抽象的觀念，也能以會意的字表之，如上下等字，都是由象徵文字而出來的。

但文字如果不能和言語連合的話，便永遠只會是一種繪畫或象徵的符號而已。人類文化愈進步，於是文字不僅是實物的繪畫的或象徵的記錄，而也是語言的代表或符號了。文字和語言的合一，一面語言漸漸的得以統一了，一面文字也更趨於複雜孳生得更多，而同時，離象形字的狀態也益遠，更有許多象音，會意的字創造出來；在這種人類所特有的符號之下，千萬年來，是那樣精緻的記錄下，或傳達出人類的偉大的思想與情緒！所謂文學便是用這種特創的符號記錄下或傳達出的人類的情思的最偉大的最美麗的成就。

三

文字學者嘗將文字分爲二種，一爲意字，（ideograph），一爲音字（phonograph）。中國文字有一部分是『意字』，即所謂象形文字者是。音字又分單語文字，音節文字，單音文字的三種。單語文字，即一字可以代表一語者，中國文字也多有之。但同時並有將意字和音字連合起來了的像『江』『河』等『形聲字』皆是。在許慎說文裏，我們不知可以見到多少的『從某何聲』（如『雅』字便是從隹牙聲的）的文字。音節文字，即代表單語中所分之各音節，像日本之平假名片假名者是。單音文字即代表言語上之單音；語言上所用各種之音，本來不能一一以符號記之，祇將單音構成之元素記之，像歐洲各國的字母便是。

文字的目的，既在於代表語言；故當某種文字輸入於他處的時候，其組織法便跟了所輸入之處的語言的變異，而完全變更了過來。例如腓尼基的文字傳到希臘時，希臘人便將其組織的方法變更了一下而採用之。日本的文字，便也是採用了中國字的偏傍而用來代表其語言的。

中國古代的文字和語言是合一的；至少在中原的民族是合一的。其他各地，還使用着不同的語言；（像在春秋的時候，楚地呼『虎』爲『於菟』，便是一例。）至於是否有不同的文字，則不可知。我們觀於秦始皇帝的屢次提到『同書文字』（瑯玡台立石），『或書同文字』（始皇本紀）臣下們至以此和『車同軌』『器械一量』同爲歌功頌德之語；或當時各國所用的文字說不定竟未必是相同的。（或至少是有着各種不同的書寫方法。）惟就殷墟所發見的甲骨文字及殷、周諸代的銅器欵識觀之，又確知很早的便有一種共同的文字的存在。這種共同的文字，或其初祇是佔據於中原的民族之所用，後來才因了他們的勢力的漸漸擴大而流傳到各地去。總之，在很早的時候，中國的文字大約便已是統一了的。惟言語，則如上文所述，在南方各地就未能統一。又即在古代，因了語言的時代的變異，而文字則成了一成不變的固體，故中原民族所用的文字，便也漸漸的和語言不能合一。文字很早的便成了典雅的古文；而語言的流變和歧異則仍然繼續存在。總有兩千年以上的時間了，中央政府都在維持着『文字』的統一；至於語言的統一的要求，則似是最近的事。

中國的文學，大多數是用典雅的『古文』寫成了的；但也有是地方的方言和最大多數人民說着的北方的口語文寫成了的。那些口語文的文學，其歷史的長久是不下於『古文』的；惟往往爲古文的名著所壓倒，而不爲學者們所注意。直到最近，他們的眞價才爲我們所明白。

四

中國文字，相傳是由倉頡創作的。但這說起來甚晚。易繫傳祇說『後世聖人易之以書契。』到了戰國時代，才有倉頡作書之說。說文序以倉頡爲黃帝之史。如果他們的話可信，則中國文字是始創於黃帝時代（約公元前二六九〇年）的了。但我們以爲中國文字的起源或當更早於這個時代。惟眞實的有實物可徵的最早的文字，則始於殷商的時代。殷商時代的文字，於今可見者有兩個來源，一是在安陽出土的龜甲文字，一是歷代發掘所得的鍾鼎彝器。後者所存甚少，可靠者尤罕，像『乙酉父丁彝』『已酉戍命彝』『兄癸彝』『戊辰彝』等都還可信。前者則自光緒二十四五年間河南彰德小屯村出現了有刻文的龜甲獸骨之後，專門學者們致力於斯者不止十人；近更作大規模的發掘，所得益多。

把這些有刻辭的甲骨和鼎彝研究一下，便可知，中國今知的最古的文字，是什麼一個樣子的。雖然有許多文字到現在還未爲我們所認識，但就其可知的一部分看來，其字體是和後來的篆文很相同的。但有兩點是很應該注意的；第一，文字的形式尚未完全固定，一字而作數形者，頗爲不少。試舉羊、馬、鹿、豕、犬、龍六字的重文爲例：

第二，文字已甚爲進步，不獨是象形字，即會意字，形聲字也已很自由的用到。這可見那時的文化程度已是很高的了。在羅振玉的殷虛書契待問篇裏，說是可識者有五百餘字，而在商承祚的殷虛文字類編裏可識者已增到七百九十字，又待問篇更有四百字左右，共在一千字以上。而實際上，龜甲文辭尚在陸續發見，其所用的字，當決不止這些數目而已。

周代所用的文字，就金石刻文中所見者，與『殷虛書契』不甚相遠，也有不能完全辨識之處。晉時在古塚中所發見的古文，解者已少。漢時的經師，也以能讀古文爲專門之業。漢書藝文志有『史籀篇，周時史官教學童書也。』是乃今文千字文之流的東西。說文序道：『尉律，學童十七已上，始試諷籒書九千字，乃得爲吏。』是這種字體在漢時尚流行於世。此字體即爲大篆。後秦時李斯等又爲小篆；程邈等又爲隸書。到漢時，史遊又作章草。漸與今體相合。至於今日流行者，字體種類至多，篆書亦間見用；好奇者甚或用到龜甲鐘鼎的古文奇字；惟大都以楷書爲正體。

漢時誦九千字者即可爲吏；時代愈進化，則文字的孳生益多。自和印度交通後，印度，西域的辭語也輸入不少。到了清代編纂康熙字典時已收入四萬餘單字。但實際上有許多單字是很少獨用的，每須連合若干字成爲『一辭』；例如『菩薩』『菩提樹』『涅槃』『剪拂』等等，都只是一個辭語。若連這種種『辭語』而並計之，則總要在六七萬辭字以上。清末西方的文化又以排山倒海之力輸入，新字新辭的鑄造更見增多。用來抒寫任何種的情思，這末多的中國辭語是不怕不够應用的。

參攷書目

一、中國文字學　容庚編，有燕京大學石印本。

二、殷虛書契考釋　羅振玉編，有上虞羅氏刊本。

三、殷虛文字類編　商承祚編，有上虞羅氏刊本。

四、金文編　容庚編，有上虞羅氏刊本。

五、說文解字詁林　丁福保編，上海醫學書局出版，研究說文之書以此爲最完備。

六、康熙字典　有原刊本，有道光間刊本，後附校勘記，勘正原板錯誤處處數千餘條，惜日常所用者仍是康熙板，道光板未見流行。

第三章 最古的記載

最古的文書可靠者少——甲骨與鍾鼎刻辭的重要——甲骨文字是否全爲卜辭的問題——鍾鼎刻辭的簡短——毛公鼎——石鼓文——最古的誓誥的總集：尚書——今文與古文之爭——最古文書的三類：誓誥，文告書札，與記事的斷片——尚書的時代——山海經：古代神話與傳說的淵藪

一

最古的記載，可靠者很少。所謂邃古的書，『三墳，五典，八索，九邱』之類，當然是『虛無飄渺』的東西；即尚書裏的文章，像堯典，禹貢之類，也不會是堯禹時代的眞實的著作。又像甘誓之類，就其性質及文體上說來，比較的有成爲最早的記載的可能性，惟也頗爲後人所懷疑；至少是曾經過後人的若干次的改寫與潤飾的。今日所能承認爲中國文學史

的邃古的一章的開始的『文書』恐怕，最可靠的只有而被掘出的埋藏在地下甲骨刻辭和鐘鼎彝器的記載了。有刻辭的甲與骨，最早的發見在光緒二十六年。福山王懿榮首先得到，丹徒劉鶚又從王氏購得之；這使他異常的注意，更繼續的去收集，共得到五千餘片，選千片付諸石印，名曰鐵雲藏龜。（公元一九〇三年出版）立刻引起了學術界的大騷動。有斥之爲僞者，但也有知道其眞價的。上虞羅振玉于宣統間繼劉氏之業，所獲益多。民國十七年，中央研究院派人到殷虛進行正式發掘的工作，所得重要的東西不少。商代的文化，自此爲我們所知。但這些甲骨刻辭記載的是什麼呢？爲什麼會在同一個地點發見了那末許多的甲骨刻辭呢？其消息和拉耶（Layard）在尼尼微古城發見了整個楔形泥板書的圖書館是可列在同類的罷。龜板都是兩面磨斷得很平正的，獸骨也都很整齊；所刻文字，迄無首尾完全者；究竟一片龜板或一塊骨上刻了多少字，是很難知道的；長篇的記載，是否不止以一二片的龜板（或一二塊骨）了之，也是很有注意的價值的。中央研究院安陽發掘報告第一期董作賓先生的新獲卜辭寫本後記裏，曾說起發見刻有『冊

殷虛文字

殷虛所發見的獸骨及龜板上的刻辭已成爲研究中國古代文化最重要的資料。

—從殷虛書契菁華

『毛公鼎』的一段
——從周金文存

六』二字的龜板，且有穿孔。是則把許多龜板穿串爲冊子；是很有可能的。羅振玉殷虛書契菁華裏所載的骨上刻辭有長到百字左右的，且還是殘文。這可見殷商文辭不僅僅是簡短若竹書紀年春秋般的。從羅振玉諸人以來，皆以甲骨刻文爲卜辭；羅氏分此種卜辭爲九類：卜祭，卜告，卜享，卜出入，卜田獵，卜征伐，卜年，卜風雨，及雜卜。（殷虛書契考釋）董作賓氏則更加上了卜霽、卜瘳、卜旬的三類。（商代龜卜的推測）但這些甲骨刻辭是否僅爲占卜的記載呢？這是很可注意的。那些磨治得很光滑的龜板獸骨是否僅爲占卜及記載卜辭之用呢？最近發見的兩個獸頭上的刻辭，都是記載某月王田于某地，其中之一，且是記載着獲得某物的；這當然不會是卜辭。在龜甲刻辭上，有『獲五鹿』，由於陟往（缺）獲罘一，』『畢玆御獲罘一鹿七』等等，又多有帝王大臣之名，及地名等等，似不是單純的卜辭。或當是商殷的文庫罷，故曾有那末多的零片發見；爲了殷人好卜，所以卜而後行的事特別多，或便利用了占卜用過的甲骨以記載一切。這似都需要更仔細的討論，這裏且不提。

鍾鼎彝器的發見，爲時較早；宋代的記載古器物刻辭的書裏已有不少三代古器在着。

惟最古者仍當推屬於殷商時代之物。周代的東西也不少。鐘鼎彝器的刻辭，往往只是記載着某人作此，或子孫永寶用之的一類的銘辭。但也有很長篇的文辭，其典雅古奧的程度是不下於尚書中的誓誥的，像毛公鼎上的刻文便是一個好例。毛公鼎的刻辭有四百四十九字之多，當是今見的古代器物上刻辭的最長的一篇。又有石鼓文的，係刻於十個石鼓之上，記載一件田獵之事的；以『避車既工，避馬既同；避車既孜，避馬既駘』寫起，接着寫射鹿獲魚得雉，以至於獵歸；雖然殘缺不少，但還可以見到其弘偉的體製來。這篇文字的時代，論者不一；或以爲是周宣王時代的東西，或以爲是秦代的東西。但無論如何；把他歸到尚書時代的文籍裏當時不會很錯的。

三

但甲骨，鐘鼎刻辭等，不成片段者最多；其較爲完美的文籍的最古的記載，幾全在尚書裏。編集尚書者相傳爲孔子。據說全書原有一百篇；今存五十八篇。然此五十八篇却非原本，其中多有僞作。可信爲原作者僅由伏生傳下的二十八篇而已。其餘三十篇，有五篇係由舊本分出，有二十五篇則爲僞作。伏生的二十八篇亦稱爲今文本，五十八篇則亦稱爲古文本。今文本由伏生傳下傳其學者，在漢有大小夏侯及歐陽。古文本相傳係武帝末魯共王壞孔子宅以廣其居時，由壁中得到。漢書儒林傳：『孔子有古文尚書，孔安國以今文字讀之，以起其家，逸書得十餘篇。蓋尚書茲多於是矣』。又同書藝文志：『孔安國者孔子後也，悉得其書，以考二十九篇，多得十六篇，安國獻之。遭巫蠱事，未列於學官』。又同書楚元王傳亦言『得古文於壞壁之中，逸禮有三十九，書十六篇』。由此可見在西漢之時，逸書或古文尚書，較之今文僅多出十六篇。此古文尚書十六篇，大約在東晉大亂時已失不見。到了東晉元帝時豫章內史梅賾，忽上古文尚書，增多二十五篇。這個增多本，初無人疑其爲僞者。到了宋時，方才有人覺得可疑。到了清初閻若璩著尚書古文疏證，從種種方面證實增多的二十五篇，實爲梅賾所僞造，不僅『文辭格制，迥然不類』而已。這成了一個定讞。

就伏生本的二十八篇而研究之，尚書的內容是很複雜的，但大約可分為左之三類：

第一類　誓辭　這個體裁尚書裏面很多，自甘誓起，至湯誓，牧誓，費誓都是。這是用兵時的鼓勵臣民的話。我們在這些古遠的誓辭中很可以看出許多初民時代的信仰與思想。譬如甘誓是夏啟與與有扈氏戰於甘之野時的誓語，他對於六卿所宣佈的有扈氏罪狀乃是『威侮五行，怠棄三正』八個字；（有人據此八字疑其為後人所偽作。但至少當經後人的改竄）於是他便接下去說，『天用勦絕其命，今予惟恭行天之罰。』稱天以伐人國乃是古代民族最常見的事；凡當雙方以兵戎相見的時候，無論那一方，總是說，他是『恭行天之罰』的，他的敵人是如何如何的為天所棄。不僅啟如此而已。湯之伐桀，亦曰：『有夏多罪，天命殛之，』又曰：『夏氏有罪，予畏上帝，不敢不正。』武王伐紂亦曰：『今予發惟恭行天之罰。』總之，無論那一方，總是告訴他的部下說：『我們是上天所保祐的，必須順了天意前去征伐。』他們又是奉了廟主或神像前去征伐的，所以『用命』便『賞於祖，』不用命便『戮於社。』這很可看出古代如何的崇奉神道，或利用神道，無論什麼事。都是與神道有關係的。與一個民族有生死存亡的休戚的戰爭，當然更與神道有密切的關聯了。如果我們讀着甘誓（約公元前二一九七年）湯誓（約公元前一七七七年）及牧誓（公元前一一二二年）的三篇便很可以看出其中不同的氣分來；神的氣分是漸漸的少了，人的氣分却漸漸的多了。其爲不同時代的東西是無可致疑的。

第二類　文誥書札　這一類尚書中很不少，自盤庚，大誥，洛誥以至康誥，酒誥，梓材，秦誓皆是。貨又可爲二類，一類是公告對於民衆的公布，如盤庚，一類是對於個人的往來札，或勸告，如大誥，康誥，洪範。這一類的古代文書，在歷史上都是極有用的材料，更有許多珍言訓語在文學上也是很可寶貴的遺物；譬如康誥便是一篇懇摯的告誡文書，大誥盤庚中的文告便是兩篇反覆勸的又嚴正又周至的公告。

第三類　記事的斷片　這一類尚書中較少，如堯典，禹貢以至盤庚中的一部分及金縢等皆是。尚書中的諸文每有一小段記事（雖然不見每篇中皆有）列於其首，例如洪範篇首之『惟十有三祀王訪於箕子』，旅獒篇首之『惟克商，遂通道於九夷八蠻，西旅底貢厥獒。大保乃作旅獒，用訓於王』之類。

綜上所言，可知尚書的性質與內容是很不一致的，舊說春秋是紀事的，尚書是紀言的，尚書又何嘗止是紀言而已。

四

有的人以爲尚書中的最古文件是堯典，但堯典却明明不是堯舜時所作；牠記的是堯舜時代的事，且篇首即大書曰：『若稽古帝堯。』可見作此文者尚爲離堯舜時代很遠的人。（舊釋「若，順稽考也。能順考古道而行之者帝堯。」完全是不通的。）最可信的最古的一篇文字乃是甘誓，但就其明白曉暢的一點看來，至少有後人改寫的痕跡。禹貢亦是後人所追記。甘誓若果爲夏啟時代的作品，則此文之作蓋在公元前二千一百九十六年，即離今約四千年。四千年前，中國之有那樣簡樸的文字，並不是不可能的事；埃及巴比崙諸國，在這時期其文字已是很發達的了。再者，就甲骨刻辭和盤庚的文辭看來，在夏代而有甘誓的產生，似也是不足爲異的事。

尚書中最後的一篇文字秦誓，則寫於公元前六百二十七年

五

尚有山海經，也是很古遠的書籍，相傳爲夏禹時代伯益所作。畢沅則以五藏山經三十四篇爲「禹書」，海外經四篇海內經四篇爲周秦所述，大荒經以下五篇是「劉秀又釋而增其文」者。這書的著作時代確是非出一時的，但未必便像畢氏那末犂然可指的某篇爲某時所作。他所謂「禹書」，也不可信。但最遲似不會過戰國以後的；在漢時或更所增加。

這部書是古代神話的說集，和天問同爲古文學中的瓌寶。其中的人物，像夸父、西王母等，後皆成爲重要的「神人」；而鏡光緣乃更以其中禽獸人物出現於近代的故事中。像山經裏的「其中有鳥焉，名曰鵪，食之宜子，」「有草焉，名曰荀草，服之美人色」（中山經）云云

更大似後來的本草一類的醫藥服食的書的說法。二者之間，或不無關係。在海外經裏，神話最多，像『形天與帝至此爭神。帝斷其首，葬之常羊之山。乃以乳爲目，以臍爲口，操干戚以舞』（海外西經）；『夸父與日逐走，入日，渴欲得飲，飲於河渭。河渭不足，北飲大澤。未至，道渴而死。棄其杖，化爲鄧林。』（海外北經）都是很偉大的神話的核心，可惜後來並不曾把他們發揮光大。

參考書目

一、鐵雲藏龜 劉鶚編，自印本。

二、殷虛書契前後編 羅振玉編，自印本。

三、殷虛書契菁華 羅振玉編，自印本。

四、安陽發掘報告 中央研究院歷史語言研究所出版。

五、歷代鐘鼎彝器款識 宋薛尙功編，有明萬曆紅印本有石印本。

六、愙齋集古錄 吳大澂編，有涵芬樓石印本。

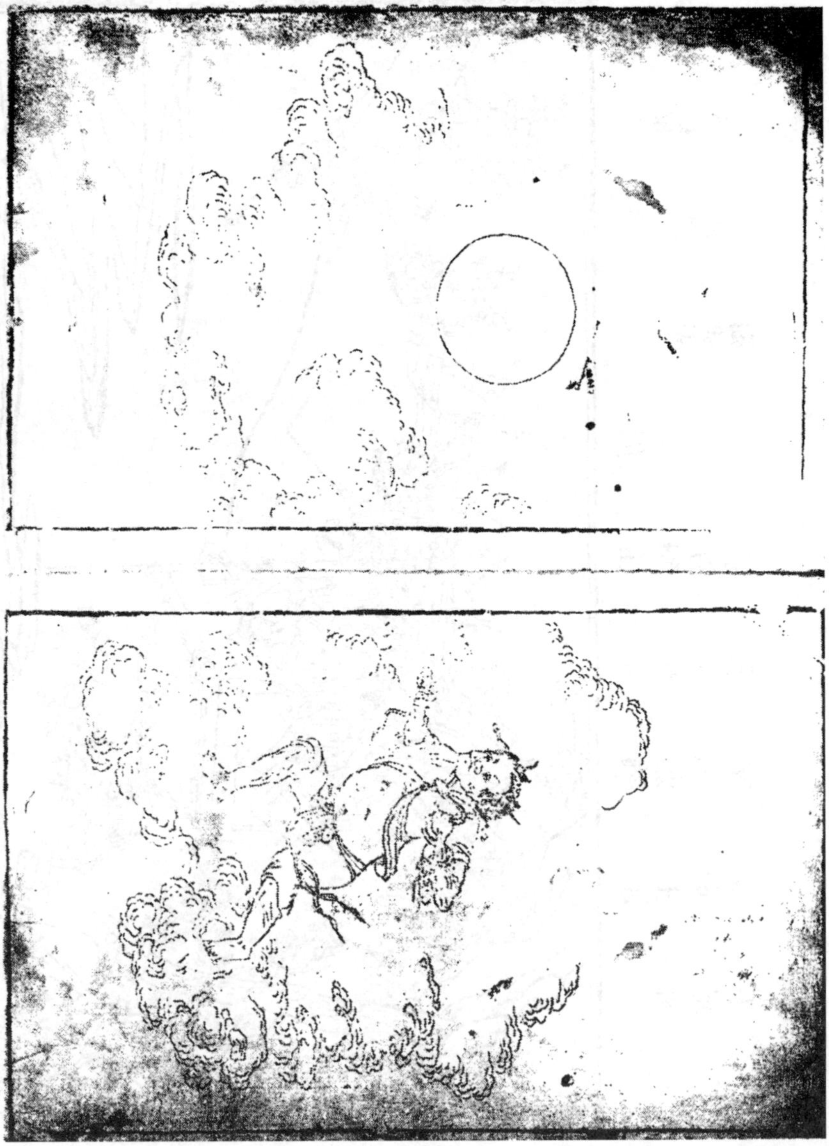

夸父逐日

這是古代的很弘偉的神話之一，被保存在山海經裏，也曾被淮南子，列子所重述。

（從明刊本山海經圖西諦藏）

周穆王 穆王乘八駿巡遊天下事，見于穆天子傳。

從帝鑑圖說（西諦藏）

七、尚書正義　唐孔穎達等撰，有十三經注疏本。

八、尚書讀本　宋蔡沈撰，有通行本。

九、古文尚書考異　明梅鷟撰，有平津館叢書本。

十、尚書古文疏證　清閻若璩撰，同治六年振綺堂刊本，又皇清經解續編本。

十一、尚書後案　清王鳴盛撰，有乾隆庚子刊本，又頤志堂原刊本，又皇清經解本。

十二、今文尚書經說考　清陳喬樅撰，有左海續集本，又皇清經解續編本。

十三、尚書歐陽夏侯遺說考　清陳喬樅撰，有皇清經解續編本。

十四、馬國翰的玉函山房輯逸書中，輯有大小夏侯及歐陽生諸人的尚書古訓註不少。

十五、山海經　有明刊本；畢沅注本，（局刊本）；汪紱注本（石印本）；郝懿行校本（原刊本）等。山海經圖也有明刊本。

第四章 詩經與楚辭

最古的詩歌總集詩經——風雅頌之分的不當——詩經中的詩人的創作——詩序的附會——亂離時代的歌聲——詩經裏的情歌——農歌的重要——貴族的詩歌——楚辭時代——屈原和他的離騷——九章九歌等——大招招魂的影響——宋玉景差等

一

詩經是最早的一部詩歌總集。周平王東遷前後的古詩，除見於詩經者外，寥寥可數，且大都是斷片；又有一部分是顯然的僞作。論者以爲詩三千，孔子選其三百，爲詩經。此語不甚可靠。不過古詩不止三百篇之數，則爲無可疑的事實。很可笑的僞歌，如皇娥歌及白帝子的答歌：『天清地曠浩茫茫，』『清歌流暢樂難極』

之類，見於王子年拾遺記，（詩紀首錄之）將這樣近代性的七言歌，放在離今四千五百年前的時代，自然是太淺陋的作僞了。『登彼箕山兮瞻天下』的一首箕山歌，『日出而作，日入而息』的擊壤歌，也都是不必辨解的僞作。『斷竹，斷竹，飛土逐宍』的彈歌，吳越春秋只言其爲古作，詩苑卻派定其爲黃帝作，當然是太武斷。『股肱善哉，元首起哉，百工熙哉』的虞帝與皋陶諸臣的唱和歌，比較的可靠，然卻未必爲原作。尚書大傳所載的卿雲歌，八伯歌也是不可信的較可信的。是秦漢以前諸書所載的逸詩。這些逸詩，玉海曾收集了一部分，後來郝懿行又輯增之爲詩經拾遺一書。但存者不及百篇，且多零語，其中尚有一部分是古代的諺語。所以我們研究古代的詩篇，除了詩經這一部僅存之選集之外，竟沒有第二部完整可靠的材料可得！

二

詩經的影響在孔子孟子的時代便已極大了。希臘的詩人及哲學家每稱舉荷馬之詩，以作論證；基督教徒則舉舊約新約二大聖經，以爲一己立身行事的準的；我們古代的政治家及文人哲士，則其所引爲辯論諷諫的根據，或宣傳討論的證助者，往往爲詩經的片言隻語。此可見當時的詩經已具有莫大的威權。這可見詩經中的詩，在當時流傳的如何廣！

詩經在秦漢以後，因其地位的抬高，反而失了她的原來的巨大威權。這乃是時代的自然淘汰所結果，非人力所能勉强的。但就文學史上而論，漢以來的作家實際上受詩經的風格的感化的卻也不少。韋孟的諷諫詩，在鄒詩，東方朔的誡子詩，韋玄成的自劾詩，戒子孫詩，唐山夫人的安世房中歌，傳毅的迪志，仲長統的述志詩，曹植的元會，責躬，乃至陶潛的停雲，時運，榮木，無不顯然的受有這個感化。

然而在同時，詩經卻遇到了不可避免的阨運，一方面她的地位被抬高了，一方面她的眞價與眞相卻爲漢儒的曲解胡說所朦蔽了。這正如絕妙的蘇羅門歌一樣，她因爲不幸而被抬舉爲聖經，而她的眞價與眞相便不爲人所知者好幾千年！

詩經中所最引人迷誤的是風、雅、頌的三個大分別。孔穎達說：『風，雅，頌者，詩篇之異體，賦、比、興者，詩文之異辭。……賦、比、興是詩之所用，風、雅、頌是詩的成形。』（毛詩正義）關於賦比興，我們在這裏不必多說，這乃是修辭學的範圍。至於風、雅、頌三者，則歷來以全部詩經的詩，屬於其範圍之內。三百篇之中，屬於『風』之一體者，有二南，王，豳，鄭，衛等十五國風，計共一百六十篇；屬於『雅』者，有大雅，小雅，計共一百零五篇；屬於『頌』者有周頌，魯頌，商頌，計共四十篇。詩大敘說：『上之風化下，下以風刺上，主文而譎諫，言之者無罪，聞之者足以戒，故曰風。是故一國之事，繫一人之本，謂之風。言天下之事，形四方之風，謂之雅。雅者正也，言王政所由廢興也。頌者美盛德形容，以其成功告於神明者也。』朱熹說：『凡詩之所謂風者，多出於里巷歌謠之作，所謂男女相與詠歌，各言其情者也。若夫雅頌之篇，則皆成周之世，朝廷郊廟樂歌之詞，其語和而莊，其義寬而密，其作者往往聖人之徒，固所以爲萬世法程，而不可易者也。』（詩經集註序）詩大序之說，完全是不可通的。漢人說經，往往以若可解若不可解之文句，闡說模糊影響之意思，詩大敘這幾句話便是一個例。我們勉

强的用明白的話替他疏釋一下便是：風是關於個人的，雅是關於王政的，頌是『以其成功告神明的。』朱熹之意亦不出於此而較爲明白。他只將風、雅、頌分爲兩類；以風爲一類，說他們是『里巷歌謠之作』，以雅、頌爲一類，說他們是『朝廷郊廟樂歌之詞』。其實這些見解都是不對的。當初的分別頌、風、雅三大部的原意，已不爲後人所知；而今本的詩經的次列又爲後人所亂竄，更不能與原來之意旨相契合。蓋以今本的詩經而論，則風、雅、頌三者之分，任用如何的巧說，皆不能將其抵牾不合之處，彌縫起來。假定我們依了朱熹之說，將『風』作爲里巷歌謠，將『雅頌』作爲『朝廷郊廟樂歌』，則『小雅』中的白華：『白華菅兮，白茅束兮，之子之遠，俾我獨兮！』與衛風中的伯兮：『伯兮朅兮，邦之桀兮。伯兮執殳，爲王前驅。自伯之東，首如飛蓬。豈無膏沐，誰適爲容？』同是摯切之至的懷人之作，何以後一首便是『里巷歌謠』，前一首便是『廟堂郊祠樂歌』？又『風』『雅』之中，更有許多同類之詩，足以證明『風』與『雅』原非截然相異的二類。至於『頌』則其性質也不十分明白。商頌的五篇，完全是祭祀樂歌；周頌的內容便已十分複雜，其中有一大部分，是祭祀樂歌，一小部分却與『雅』中的名數詩篇，未必有多大分別；（如小毖。）魯頌則只有閟宮可算是祭祀樂歌，其他泮水諸篇皆非是。又大雅中也有祭祀樂歌，如雲漢之類是。更有後人主張詩都是可歌的，其所謂風、雅、頌完全是音樂上的分別。鄭樵說：『樂以詩為本，詩以聲為用，八音六律為之羽翼耳。仲尼編詩為燕享祀之時，用以歌，而非用以說義也』。（通志樂略）又說『仲尼……列十五國風以明風土之音不同，分大小二雅以明朝廷之音有間，陳周魯商三頌所以侑祭也……』梁任公先生便依此說主張詩經應分為四體，即南、風、雅、頌。『南』即十五國風中之『二南』，與『雅』皆樂府歌辭，『風』是民謠，『頌』是劇本或跳舞樂。這也是頗為牽强附會的。古代的音樂早已亡失，如何能以後人的模糊影響之追解而為之分解得清楚呢？鄭樵之說，仍不外風土之音，（即民間歌謠）朝廷之音，及侑祭之樂的三個大分別。至於『四詩：南，風，雅，頌』之說，則尤為牽强。『南』之中有許多明明不是樂歌，如卷耳，行露，柏舟諸作，如何可以說他們是合奏樂呢？我們似不必拘泥於已竄亂了的次第而勉强去加以解釋，附會，甚至誤解。詩經的內容是十分複雜的；風雅頌之分是決不能包括其全體的何況這些分別又是充滿了矛盾呢。我們且放開了舊說而在現存的三百零五篇古詩的自身找出他們的眞實的性質與本相來！據我個人的意見詩經的內容可歸納爲三類：一、詩人的創作，像正月，十月，節南山，嵩高，烝民等。二、民間歌謠，又可分爲：（一）戀歌，像靜女，中谷，將仲子等。（二）結婚歌，像關雎，桃夭，鵲巢等。（三）悼歌及頌賀歌，像蓼莪，麟之趾，螽斯等。（四）農歌，像七月，甫田，大田，行葦，既醉等。三、貴族樂歌，又可分爲：（一）宗廟樂歌，像下武，文王等。（二）頌神樂歌或禱歌像思文，雲漢，訪落等。（三）宴會歌，像庭燎，鹿鳴，伐木等（四）田獵歌，像車攻，吉日等（五）戰事歌，像常武等。

三

詩人的創作，在詩經是很顯然可以看出的據詩序，『有主名』的創作有：（一）綠衣，衛莊姜作（邶風）（二）燕燕，衛莊姜作（邶風）；（三）日月，衛莊姜作，（邶風）；（四）終風，衛莊姜作，（邶風）；（五）式微，黎侯之臣作，（邶風）（六）旄丘，黎侯之臣作；（邶風）；（七）泉水，衞女作（邶風）；（八）柏舟，共姜作（鄘風）；（九）載馳，許穆夫人作（鄘風）；（十）竹竿，衞女作（衞風）；（十一）河廣，宋襄公母作（衞風）；（十二）渭陽，秦康公作（秦風）；（十三）七月，周公作（豳風）；（十四）鴟鴞，周公作（豳風）；（十五）節南山，周家父作（小雅）；（十六）何人斯，蘇公作（小雅）；（十七）頍弁，諸公作（小雅）；（十八）賓之初筵，衞武公作（小雅）；（十九）公劉，召康公作（大雅）；（二十）泂酌，召康公作（大雅）；（二十一）卷阿，召康公作（大雅）；（二十二）民勞，召穆公作（大雅）；（二十三）板，凡伯作（大雅）；蕩，召穆公作（大雅）；（二十五）抑，衞武公作（大雅）；（二十六）桑柔，芮伯作（大雅）；（二十七）雲漢，仍叔作（大雅）；（二十八）崧高，尹吉甫作（大雅）；（二十九）烝民，尹吉甫作（大雅）；（三十）韓奕，尹吉甫作，（大雅）；（三十一）江漢，尹吉甫作（大雅）；（三十二）常武，召穆公作（大雅）；（三十三）瞻卬，凡伯作（大雅）；（三十四）召旻，凡伯作（大雅）；（三十五）駉，史克作（魯頌）。此外尚有許多篇詩序以爲是『國人』作，『大夫』作，『士大夫』作『君子』作的。但詩序本來是充滿了臆度與誤解的，極爲靠不住。譬如，我們就上面三十幾篇而講，燕燕一詩，詩序以爲是『衞莊姜送歸妾也。』那末一首感情深摯的送別詩：『瞻望弗及，泣涕如雨，』『瞻望弗及，佇立以泣』，這豈像是一位君夫人送『歸妾』之詞？至於其他詩序以爲『刺幽王』『刺忽』『刺朝』『刺文公』的無名詩人所作，則更多誤會。像信彼南山：『信彼南山，維禹甸之，畇畇原隰，曾孫田之。我疆我理，南東其畝，……祭以清酒，從以騂牡，享于祖考，執其鸞刀，以啓其毛，取其血膋。……』不明明是一首村社祭神的樂歌麼？詩序却以爲是『刺幽王也。不能修成王之業，疆理天下，以奉禹功，故君子思古焉。』這是那裏說起的誤會呢？大約詩序將民歌附會爲詩人創作者十之六，將無名之作附會爲某人所作亦十之五六。據詩序，周公是詩經中的第一個大詩人。周公多才多藝，確是周室初年的一個偉大的作家。尚書中的大誥、多士、無逸等篇，皆爲他所作。詩經中傳爲周公所作者爲七月及鴟鴞二篇。史記：『東土以集，周公歸報成王，乃爲詩貽王，命之曰鴟鴞。』此詩音節迫促，語意摯切而淒苦，似是出於苦思極慮，憂讒畏譏的老成人所作。但這人是否即爲周公，卻很難說。而七月便決不會是周公所做的了；這完全是一首農歌，蘊着極沈摯的情緒，與刻骨銘心的悲怨，『七月流火，九月授衣。……無衣無褐，何以卒歲？……一之日于貉，取彼狐狸，爲公子裘。』這樣的近于詛咒的農民的呼籲，如何會是周公之作呢？詩序傳爲召康公所作之詩有三篇，皆在大雅，一爲公劉，一爲泂酌，一爲卷阿。公劉爲歌詠周先祖公劉的故事詩。或有召康公所作的可能。泂酌爲一種公宴時的樂歌，卷阿亦爲歡迎賓客的宴會樂歌，如何會是『召康公戒成王』呢？

所稱爲尹吉甫作的詩篇凡四，嵩高、烝民、韓奕及江漢。尹吉甫爲周宣王年代的人，（公元前八二七至七八二）。宣王武功甚盛，吉甫與有力焉。在詩經的詩人中，吉甫是最可信的一個。他在嵩高的末章說：『吉甫作誦，……以贈申公。』在烝民上說『吉甫作誦，……以慰其心』。這幾篇詩都是歌頌大臣的『廊廟之詩』，（嵩高是贈給申伯的；烝民是贈給仲山甫的，韓奕是贈給韓侯的，江漢是贈給召虎的）。富於雍容爾雅之氣概，卻沒有什麼深厚的情緒。召穆公與尹吉甫是同時的人。他的詩，據詩序有三篇見錄於詩經：民勞，蕩與常武。詩序說民勞與蕩是刺厲王的，常武是美宣王的。但民勞是從士大夫的憂憤與傷心中寫出的文字，蕩似爲歌述文王告殷的一段故事詩，模擬文王的語氣是又嚴正，又懇切。或爲史臣所追記，或爲史詩作者的一篇歌詠文王的故事詩中的一段。現在已不可知。但決不是『召穆公傷周室大壞也』則爲極明白的事。常武敍述宣王征伐徐夷的故事：這是一篇戰爭敍事詩中的傑作，也是詩經敍事詩中的傑作：『赫赫業業，有嚴天子，王舒保作，匪紹匪遊，徐方繹騷，震驚徐方，如雷如霆，徐方震驚。王奮厥武，如震如怒，進厥虎臣，闞如虓虎。鋪敦淮濆，仍執醜虜。截彼淮浦，王師之所。王旅嘽嘽，如飛如翰，如江如漢，如山之苞，如川之流，緜緜翼翼，不測不克，濯征徐國。……』

凡伯相傳與召穆公及尹吉甫同時，或較他們略前。作板更有一凡伯，相傳爲幽王時人，作瞻卬及召旻二詩。前凡伯爲厲王（公元前八七八——八四二）卿士。他是周公之後。後凡伯爲幽王時代（公元前七八一——七七一）的人。板與瞻卬及召旻，所表示的雖同是一個情思，且俱喜用格言，但一則諷諫，一則悲憤。兩個凡伯當都是有心的老成人，見世亂，欲匡救之而不能，便皆將其憂亂之心，悲憤之情，一發之於詩。因此與召穆公及尹吉甫的作風便完全不同：『天之方虐，無然謔謔。老夫灌灌，小子蹻蹻。匪我言耄，爾用憂謔。多將熇熇不可救藥。』（板）活畫出一位老成人在舉世的嬉笑謔浪之中而憂思慮亂的心境！來瞻卬與召旻便不同了；板是警告，瞻卬與召旻則直破口痛罵了：『人有土田，女反有之；人有民人，女覆奪之。此宜無罪，女反收之；彼宜有罪，女覆說之。哲夫成城，哲婦傾城！』（瞻卬）正是周室東遷時代，『日蹙國百里』的一種哀音苦語眞切的反映出當時的昏亂來。

衞武公爲幽王時人，所作賓之初筵，詩序以爲『衞武公刺時也』。但此詩係詠宴飲之事，決沒有刺什麼人之意，所以詩序所說的『衞武公』作，也許未免要加上一個疑問號。我們在社飲的詩中找不到一首寫得那末有層次有條理的作者：從鳴鐘鼓競射，『烝衎烈祖』『各奏爾能』以至或醉或未醉的樣子，而以『旣醉而出』及『匪言勿言，匪由勿語』的諍諫作結。其中有幾段眞是寫得生動異常，又有抑爲格言詩的一類教訓的氣味很重。詩序也說是衞武公『刺厲王，亦以自警也』。但詩序作者所說的時代卻是完全不對的。武公在幽王時，入仕於朝，初本爲侯。後幽王被犬戎所殺，武公引兵入衞及平王立，乃進武公爲『公』。所以他決不會去『刺厲王』的。他的心是很苦的，當他寫抑時。或者抑乃是他在幽王時所作，故有『於乎小子，告爾舊止，聽用我謀，庶無大悔，天方艱難，曰喪厥國，取譬不遠，昊天不忒。回遹其德，俾民大棘』諸語，像這種的情調，頗爲後人所模擬。

芮伯的時代在衞武公之前，（據詩序，）他的桑柔據說是『刺厲王』的。但觀桑柔中：『憂心慇慇，念我土宇。我生不辰，逢天僤怒。自西徂東，靡所定處。多我覯痻，孔棘我圉』諸語，似爲大亂時所作。此詩如果爲芮伯所作，也許芮伯便是幽王時人。桑柔亦多格言式的文句，但憂亂怨時之意則十分的顯露，並無一點的顧忌，若『降此蟊賊，稼穡卒痒』，若『維彼愚人，覆狂以喜』，若『大風有隧，貪人敗類』之類，則直至於破口大罵了。

仍叔爲宣王時人。據詩敘，仍叔作雲漢乃以『美宣王』的。其實雲漢乃是一篇皇帝或官吏或民衆，禱告神道以求止旱的禱文，悲摯懇切，是禱文中的名作，決不會是仍叔『美宣王』的詩：『旱既大甚，則不可沮。赫赫炎炎，云我無所。大命近止，靡瞻靡顧。羣公先正，則不我助。父母先祖，胡寧忍予！旱既大甚，滌滌山川。旱魃爲虐，如惔如焚。我心憚暑，憂心如熏。

羣公先正，則不我聞。昊天上帝，寧俾我遯。……』這可見出農業社會對於于天然災禍的降臨是如何的畏懼，無辦法。

家父，幽王時人；據詩序，他作了一篇節南山以『刺幽王。』在這首詩的篇末，他也自己說，『家父作誦，以究王訩。式訛爾心，以畜萬邦，』而『憂心如酲，誰秉國成。不自爲政，卒勞百姓。』的云云，諷刺執政者的意思是顯明的。

詩序謂何人斯爲蘇公刺暴公的；頍弁爲諸公刺幽王的。其實，以原詩仔細考察之下，何人斯實是一首纏綿悲惻的情詩，是一個情人『作此好歌，以極反側』的。『彼何人斯，其爲飄風：胡不自北？胡不自南？胡逝我梁？祇攪我心！』寫得十分的直捷明了。頍弁是一首當宴寫作之歌，帶着明顯的『今朝有酒今朝醉』的悲悽的享樂主義：『死喪無日，無幾相見。樂酒今夕，君子維宴』，又如何是刺幽王呢！渭陽是一首送人的詩，卻未必爲秦康公所作；竹竿是一首很好的戀歌也不會是衞女思歸之作；河廣也是一首戀歌，不會是宋襄公母思宋之作；柏舟，也未必爲共姜之作，『母也天只，不諒人只』是怨其母阻撓其愛情之

意,『之死矢靡』是表示其堅心從情人以終之意;載馳,詩序以爲許穆夫人作。其實也只是一首懷人之作,

在邶風裏,有衞莊姜的詩四篇,綠衣,燕燕,日月,終風。假定詩序的這個敘述是可靠的話,則衞莊姜乃是詩經中的一個很重要的女作家了。燕燕一詩,非她作,前面已經說過。日月是懷人之什;綠衣一詩,是一首男子懷念他的已失的情人的詩;終風也爲一首懷人的詩。『謔浪笑敖,中心是悼』這是如何深切的苦語。這些詩都附會不上衞莊姜上面去。又式微,旄丘,泉水,皆顯然爲懷人之什,也並不會是『黎侯之臣』們所作。又據詩序,史克作頌以頌魯僖公,即駉是。但駉本無頌人意。在本文上看來,明明是一首禱神的樂歌,民間常有禱祝牛馬以求其蕃殖者,駉當是這一類的樂歌。

在小雅中,有一個寺人孟子所作的巷伯,他自己在最後說着『寺人孟子,作爲此詩。凡百君子,敬而聽之。』這首詩是罵『譖人者』的;『取彼譖人,投畀豺虎,豺虎不食,投畀有北,有北不受,投畀有昊』,怨毒之極而至於破口大駡以詛咒之了!

總上所言，可知詩序所說的三十幾篇有作家主名的詩篇，大多數是靠不住的。其確可信的作家，不過尹吉甫、家父、寺人孟子等寥寥幾人而已。

四

許多無名詩人，我們雖不能知道他們的確切的時代，但顯然有兩個不同的情調是可以看得出的，第一是一種歌頌讚美的。第二是一種感傷憤懣迫急的。前一種大都是歌頌祖德的；後一種則大都是歌詠亂離，譏刺當局，憤歎喪亡之無日的。前者當是西周之作，後者當是周室衰落時代之作。經了幽王的昏暴，犬戎的侵入，中央的威信完全掃地了；各地的諸侯便自由的顧忌的互相併吞征戰，可使詩人憤慨悲憤的時代正是這樣的一個時代！這些後期的無名詩人之作，遣辭用語，更爲奔放自由，在藝術上有了極顯著的進步。

前期的無名詩人之作，在大雅中有文王，大明，緜，思齊，皇矣，靈台，生民，公劉諸篇，又小雅中亦有出車，六月，采芑等作，皆是敘事詩。細看這些詩，風格頗不相同，敘事亦多重覆，似非出於一人之手，亦非成於一個時代，當是各時代的朝廷詩人，追述先王功德，或歌頌當代勛臣的豐功偉蹟，用以昭示來裔，或竟是祭廟時所用的頌歌。在其間，惟緜及公劉最可注意。緜敍公亶父的事，他先是未有家室，後『至於岐下，爰及姜女，聿來胥宇』，乃謀議而決之於龜，龜吉，乃『日止日時，築室於茲』。底下一大段描寫他們耕田分職，築室造廟，卻寫得十分生動；公劉敍公劉遷移都邑的事；他帶領人民，收拾了一切，裹了『餱糧』，便啟行了。經山過水，陟於平原，最後乃決意定居於豳。『既溥既長，既景迺岡，相其陰陽，觀其流泉。其軍三單，度其隰原，徹田為糧，度其夕陽，豳居允荒』，活畫出古代民族遷徙的一幕重要的圖畫來。

後期的無名詩人之作，大都是憤當局之貪墨，歎大亂之無日，或嗟吁他自己或人民所受之痛苦的。其中最好的詩篇，像柏舟（邶風）寫詩人『耿耿不寐』，欲飲酒以忘憂而不可能。『我心匪石，不可轉也；我心匪席，不可卷也』；諸語，不僅意思很新穎，流轉，即音調也是很新穎流轉的。兔爰（王風）寫時艱世亂，人不聊生。詩人丁此亂世，卻去追想到未生之前之樂，又去追想到昧昧蒙蒙一事不知的睡眠之樂。他怨生，怨生之多事，他惡醒，惡醒之使他能見『百憂』因此惟希望自己之能寐而無覺，一切都在睡夢裏經過！葛藟（王風）也帶有這樣的悲苦調子。伐檀（魏風）是一首刺諷意味很深的詩；詩經中破口罵人的詩頗有幾首，而這一首特具冷雋的諷趣，『坎坎伐檀兮，寘之河之干兮，河水清且漣猗，不稼不穡，胡取禾三百廛兮，不狩不獵，胡瞻爾庭有縣貆兮，彼君子兮不素餐兮。』碩鼠（魏風）不是諷刺，却是謾罵。他竟將他無力驅逐去的貪吏或貪王比之爲碩鼠。他既不能起而逐去他們，只好消極的辱罵他們道，『碩鼠，碩鼠！不要再吃我的黍麥了，我的黍麥已經有三年被你奪去吃了。我現在終定要離開你而到別一個『樂土』去了。你不要再吃我的黍麥了！』不能反抗，却只好遷居以躲避——可憐的弱者！蟋蟀（唐風）和山有樞（唐風）都是寫出亂世的一種享樂情調，『我躬不閱，遑恤我後，』這個聲語是詩經所常見的。

在小雅的七十四篇中，這類的詩尤多，至少有二十篇以上的無名詩人作品是這樣的悲楚的亂世的呼號。最好的，像采薇是寫行役之苦的：而『昔我往矣，楊柳依依，今我來思，雨雪霏霏，行道遲遲，載渴載飢，我心傷悲，莫知我哀』的一段乃是詩經中最爲人所傳誦的雋語。正月以下的幾篇像正月，再無正也都是離亂時代文人學士的憤語哀談；他們有的是火一般的熱情，火一般的用世之心，他們是屈原，是賈誼，是陸游，是吳偉業；他們有心於救亂，然而却沒有救亂的力量；他們有志於作事，然却沒有作事的地位。於是他們只好以在野的身分，將其積憤，將其鬱悶之心，將其欲抑而不能自制的悲怒，滔滔不絕的一發之於詩，其辭或未免重叠紛擾，沒有什麼層次，有類於離騷，然而其心是悲苦的，其辭是懇摯的，在詩經之中，這些亂世的悲歌，與民間清瑩如珠玉的戀歌，乃是最好的最動人的雙璧。

五

詩經中的民間歌謠，以戀歌爲最多。我們很喜愛子夜歌，讀曲歌等等，我們也很喜愛詩經中的戀歌。在全部詩經中，戀歌可說是最晶瑩的圓珠圭璧；假定有人將這些戀歌都從詩經中收去了，——像一部分宋儒、淸儒之所主張者——則詩經究竟還成否一部最動人的古代詩歌選集，却是一個問題了。這些戀歌雜於許多的民歌，貴族樂歌以及詩人憂時之作中，譬若客室裏掛了一盞亮晶晶的明燈，又若蛛網上綴了許多露珠，爲夕陽的金光所射照一樣；他們的光輝竟照得全部的詩經都金碧輝煌，光彩眩目起來。他們不是憂國者的悲歌，他們不是歡宴者的謳吟，他們更不是歌頌功德者的曼唱；他們乃是民間小兒女的『行歌互答』，他們乃是人間的靑春期的結晶物。雖然註釋家常常奪去了他們的地位，無端給他們以重厚的面幕，而他們的絕世容光却終究非面幕所能遮俺得住的。

戀歌在十五國風中最多，小雅中亦間有之。這些戀歌的情緒都是深摯而懇切的；其文何又都是婉曲深入，嬌美可喜的。他們活繪出一幅二千五百餘年前的少男少女的生活來，他們將本地的風光，本地的人物，襯托出種種的可入畫的美妙畫幅來，『山有扶蘇，隰有荷華，不見子都，乃見狂且！』（鄭風）這是如何的一個情景；『十畝之間兮，桑者閑閑兮，行與子還兮』（魏風）這又是如何的一個情景；『雞既鳴矣，朝既盈矣，匪雞之鳴，蒼蠅之聲，』

（齊風）這又是如何的一個情景！但在這裏不能將這些情歌，一一的加以徵引，姑說幾篇最動人的。衛與鄭是詩人所公認的『靡靡之音』的生產地至今『鄭衛之音』尚爲正人君子所痛心疾首。然鄭風中情詩誠多；而衛風中則頗少，較之陳、齊似尚有不及。鄭、衛並稱，未免不當。鄭風裏的情歌都寫得很倩巧，很婉秀，別饒一種媚態，一種美趣。東風一詩的『其室則邇，其人甚遠，』『豈不爾思，子不我既』與青青子衿一詩的『縱我不往，子寧不嗣音』『一日不見如三月兮，』寫少女的有所念而羞於自即，反怨男子之不去追求的心懷，寫得眞沒有更好的了。『子不我思豈無他人狂童之狂也且！』（褰裳）似是鄭風中所特殊的一種風調這種心理，却沒有一個詩人敢於將她寫出來！其他像將仲子，擇兮，野有蔓草，出其東門及溱洧都寫得很可贊許。

陳風裏情詩雖不多，卻都是很好的，像月出與東門之楊，其情調的幽雋可愛，大似在朦朧的黃昏光中，聽凡霞令的獨奏，又如在月色皎白的夏夜，聽長笛的曼奏：『月出皎兮，佼人僚兮，舒窈糾兮，勞心悄兮。月出皓兮，佼人懰兮，舒慢勞兮，勞心慅兮。月出照兮，佼人僚兮，

舒天紹兮，勞心慘兮。』（月出）

齊風裏的情詩以子之還兮一首爲較有情致。盧令令一首則以音調的流轉動人。齊鄰于海濱，也許因是商業的中心，而遂缺失了一種清逸的氣分；這是商業國的一個特色。又、齊多方士，思想多幻妙虛空，故對於人間的情愛，其謳歌便較不注意。秦風中的蒹葭，措詞宛曲秀美。『所謂伊人，在水一方。遡洄從之，道阻且長；遡游從之，宛在水中央』即音調也是十分的宛曲秀美。

民間的祝賀之歌，或結婚，迎親之曲，在詩經裏亦頗不少。關雎，桃夭，鵲巢等都是結婚歌。螽斯及麟趾則皆爲頌賀多子多孫的祝詞。

民間的農歌，在詩經裏有許多極好的；他們將當時的農村生活極活潑生動的表現出來，使我們在二千餘年之後，還如目覩着二千餘年前的農人們在祭祀，在宴會，在牽引他們的牛羊，在割稻之後，快快樂樂的歌唱着，還可以看見他們在日下耕種，他們的妻去送飯，還可以看見一大羣的牛羊在草地上靜靜的低頭食草，還可以看見他們互相的談話，譏嘲，責罵。總之在那些農歌裏，我們竟不意的見到了古代的最生動的一幅耕牧圖了。

這些民間的或農人們的祭祀樂歌，皆在大小雅中；於上舉之七月等外，像無羊便是一首最美妙的牧歌，『爾羊來思，其角濈濈，爾牛來思，其耳溼溼，或降於阿，或飲于池，或寢或訛。爾牧來思，何蓑何笠，或負其餱……』其描寫的情境是活躍如見的。又像甫田那樣的禱歌，更不是平庸的駢四儷六的祭神文，靑詞，黃表之類可比。『今適南畝，或耘或耔，黍稷薿薿，……曾孫來止，以其婦子，饁彼南畝，田畯至喜。攘其左右，嘗其旨否』(甫田)其形狀農家生活，眞是『無以復加矣。』

民間的及貴族的宴會歌曲，儘有不少佳作。有時，竟有極清雋的作品。但這些宴會歌曲，結構與意思頗多相同，當是一種樂府相傳的歌曲因應用的時與地的不同，遂致有所轉變。像鄭風的風雨，小雅的菁菁者莪，隰桑，蓼蕭，裳裳者華，頍弁，以及召南的草虫等句法皆甚相同，很可以看出是由一個來源轉變而來的。而像伐木(小雅)寫一次的宴會情況，眞是翩翩欲活：『既有肥牡，以速諸舅，甯適不來，微我有咎！』乃至『坎坎鼓我，蹲蹲舞我，』

都是當前之景，取之不窮，而狀之則不易者。貴族或君王的田獵歌，也有幾首，像吉日，車攻且都不壞。帝王及貴族的頌神樂歌，或禱歌，或宗廟樂歌，則除了歌功頌德之外，大都沒有什麼佳語雋言。文王有聲（大雅）在祭神歌中是一個別格；這是祭「列祖」的歌；凡八章；先二章是祭文王的，故末皆曰：「文王烝哉！」末二章則最後皆曰，「武王烝哉！」

魯頌中眞正的祭神歌很少。泮水是一首很雄偉的戰勝頌歌，並不是禱神歌。閟宮乃是一首禱神歌，其格調却與周頌中的諸篇不同了。

商頌五篇，未必便是殷時所作。詩序說：「微子至於戴公，其間禮樂廢壞。有正考甫者得商頌十二篇於周之大師。」但其風格離詩經中的諸篇並不很歧遠。似當是周時所作或至少是改作的。其中亦有很好的文句，如：「猗與那與，置我鞉鼓，奏鼓簡簡，衎我烈祖。湯孫奏假，綏我思成。鞉鼓淵淵，嘒嘒管聲。既和且平，依我磬聲。」我們不僅如覩其形，亦且如聞其「鞉鼓淵淵」之聲矣。

六

繼于詩經時代之後的便是所謂『楚辭』的一個時代。在名爲『楚辭』那一個總集之中，最重要的作家是屈原。〔一〕他是『楚辭』的開山祖，也是『楚辭』裏的最偉大的作家。我們可以說，『楚辭』這個名辭，指的乃是『屈原及其跟從者』。

『楚辭』的名稱，或以爲始於劉向。然史記屈原列傳已言：『屈原既死之後，楚有宋玉唐勒景差之徒者，皆好辭而以賦見稱。』漢書朱買臣傳言買臣善楚辭，又言宣帝時，有九江被公善楚辭。『楚辭』之稱，在漢初當已成了一個名辭。據相傳的見解，謂屈原諸騷，皆是楚語，作楚聲，紀楚地，名楚物，故謂之楚辭。其後雖有許多非楚人作楚辭，雖未必皆紀楚地，名楚物，然其作楚聲則皆同。

後漢王逸著楚辭章句，於卷首題着：『漢護左都水使者光祿大夫臣劉向集，後漢校書

〔一〕屈原及宋玉等見史記卷八十四。

屈原

（古物陳列所特許借印）

屈原

陳洪綬作

從來刻本楚辭

（西諦藏）

郎臣王逸章句』。楚辭到劉向之時始有像現在那個樣子的總集，這是可信的事。惟這個王逸章句的詩辭，是否即爲劉向的原本，卻是很可疑的。據王逸的章句本，則名爲楚辭的這個總集，乃包括自屈原至王逸他自己的一個時代爲止的要多作品。據朱熹的集註本，則楚辭的範圍更廣，其時代則包括自周至宋，其作品則包括自荀況以至呂大臨。本書所謂楚辭，指的不過屈原宋玉幾個最初的楚辭作家。

楚辭，或屈原，宋玉諸人的作品，其影響是至深且久，至巨且廣的。詩經的影響，至秦漢已微。他的地位雖被高列於聖經之林，她在文學上的影響卻是不很巨偉的。但楚辭一開頭便被當時的作者們所注意。漢代是『辭，賦的時代』；而自建安以至六朝，自唐以至清也幾乎沒有一代無模擬楚辭的作家們。她的影響，不僅在『賦』上，在『騷』上，即在一般詩歌上也是如此。若項羽的『虞兮虞兮奈若何』！劉邦的『大風起兮雲飛揚』，以至劉徹的『草木黃落兮雁南歸』，『羅袂兮無聲玉墀兮塵生』諸詩固不必說顯然的是『楚風』了；即論到使韻遣辭一方面，楚辭對於後來的詩歌，其影響也是極大的。他們變更了健勁而不易流轉的四言格式，他們變更了純樸短促的民間歌謠，他們變更了教訓式的格言詩，他們變更了拘僅素質的作風。他們大胆的傾懷的訴說出自己鬱抑的情緒；從來沒有人曾那末樣的婉曲入微，那末樣的又直摯，又美麗的傾訴過。

屈原是古代第一個有主名的大詩人。在古代的文學上，沒有一個人可以與他爭那第一把交椅的。史記中有他的一篇簡傳；在他自己的作品裏也略略的提起過自己的生平。據史記，屈原名平，『原』是他的字。他自己在離騷裏則說：『皇覽揆余於初度兮，肇賜余以嘉名；名余曰正則兮，字余曰靈均。』是正則靈均又是他的名字。後人或以正則、靈均爲『平』字『原』字的釋義，或以爲正則、靈均是他的小名。他是楚的同姓，約生於公元前三百四十三年（周顯王二十六年，楚宣王二十七年戊寅）。初爲楚懷王左徒，博聞彊志，明於治亂，嫻于辭令，入則與王圖議國事，以出號令，出則接遇賓客，應對諸侯。原是懷王很信任的人。有一個上官大夫，與屈原同列爭寵，心害其能。懷王使屈原造爲憲令。屈原屬稾未定。上官大夫見而欲奪之。屈平不與。上官大夫因在懷王之前譏間他道：『王使屈平爲令，衆莫不知。每一令出，平伐其功，以爲非我莫能爲也』。王怒而疏屈平。『屈平疾王聽之不聰也，讒諂之蔽明也，邪曲之害公也，方正之不容也。故憂愁幽思而作離騷』。屈原既疏，不復在位，使於齊。適懷王爲張儀所詐，與秦戰大敗。秦欲與楚爲歡，乃割漢中地與楚以和。懷王恨張儀入骨，說道：『不欲得地，願得張儀。』張儀竟入楚。厚賂懷王左右，竟得釋歸。屈平自齊反，諫懷王曰：『何不殺張儀？』懷王悔，追張儀不及。後秦始皇與楚婚。欲懷王會。王欲行。屈原曰：『秦虎狼之國，不可信，不如無行。』懷王稚子子蘭勸王：『奈何絕秦歡！』懷王卒行，入武關。秦伏兵絕其後，固留懷王以求割地。懷王怒不聽，竟客死於秦而歸葬。長子頃襄王立，以其弟子蘭爲令尹。子蘭怒屈平不已，使上官大夫短之于頃襄王。頃襄王怒而遷之。這是他第二次在政治上的失敗。屈原既被疏被放，三年不得復見，竭智盡忠，而蔽障於讒；心煩意亂，不知所從。乃往太平鄭詹尹，欲決所疑。他問詹尹道：『寧正言不諱以危身乎？將從俗富貴以偸生乎？寧昂昂若千里之駒乎？將氾氾若水中之鳧，與波上下偸以全吾軀乎？此孰吉孰凶？何去何從？』詹尹却很謙抑的釋策說道：『用君之心，行君之意，龜策誠不能知此事』屈原至于江濱，被髮行吟澤畔，顏色憔悴，形容枯槁。乃作懷沙之賦。於是懷石自投汨羅以死。死時約爲公元前二百九十年（即頃襄王九年）的五月五日。在這一日到處皆競賽龍舟，投角黍於江，以弔我們的大詩人。

近來頗有人懷疑屈原的存在，以爲他也許和希臘的荷馬，印度的瓦爾米基一樣，乃是一個箭垛式的烏有先生。荷馬瓦爾米基之果爲烏有先生與否，現在仍未論定——也許永久不能論定——但我們的大詩人屈原，却與他們截然不同。荷馬的伊里亞特，亞特賽，瓦爾米基的拉馬耶那，乃是民間傳說與神話的集合體，或民間傳唱已久的小史詩，小歌謠的集合體。所以那些大史詩的本身，我即可以說他們是『零片集合』而成的。荷馬瓦爾米基那樣的作家，即使有之，我們也只可以說他們是『零片集合者』。屈原這個人，和屈原的這些作品，則完全與他們不同。他的作品像離騷，九章之類，完全是抒寫他自己的幽悶的，完全是訴說他自己的愁苦的，完全是個人的抒情哀語，而不是什麼英雄時代的記載。他們是反映着屈原的明瞭可靠的生平的，他們是帶着極濃厚的屈原個性在內的。

他們乃是徹頭徹尾，無可懷疑的個人創作。

七

漢書藝文志裏有屈原賦二十五篇。王逸章句本的楚辭與朱熹集註本的楚辭，所錄屈原著作皆爲七篇。七篇中，九歌有十一篇，九章有九篇，合計之正爲二十五篇。與漢志合。但王逸章句本，對於大招一篇，却又題着『屈原作，或曰景差作。』則屈原賦共有二十六篇。或以爲九歌實止十篇，因禮魂一篇乃是十篇之總結：故加入大招，仍合於二十五篇之數。或則去大招而加招魂，仍爲二十五篇。或則以九歌作九篇，仍加大招、招魂二篇，合爲二十五篇。但無論如何，這二十五篇，決不會全是屈原所作的。其中有一部分是極可懷疑的。遠遊中有『羨韓衆之得一』語；韓衆是秦始皇時的方士，此已足證明遠遊之決非屈原所作的了。卜居，漁父二篇，更非屈原的作品。兩篇的開始，俱說：『屈原既放，』顯然是第三人的記載。王逸也說，『楚人思念屈原，因叙其辭以相傳焉。』此外九歌，天問等篇，也都各有可疑之處。我們所公認爲屈原的作品，與他的生活有密切的關係者僅離騷一篇及九章九篇而已。

離騷爲古代最重要的詩篇之一；也是屈原最偉大的作品。『離騷』二字的解釋，司馬遷以爲『猶離憂也』。班固以爲『離，猶遭也；騷，憂也』。離騷全文共三百七十二句，二千四百六十一字。作者的技能在那裏已是發展到極點。她是秀美婉約的，她是若明若昧的，牠是一幅絕美的錦幛，交織着無數絕美的絲絃；自歷史上神話上的人物，自然界的現象，以至草木禽獸，無不被捉入詩中，合組成一篇大作。

屈原想像力是極爲豐富的。離騷未必有整飭的條理，未必有明晰的層次，却是一句一辭都如大珠小珠落玉盤，各自圓瑩可喜，又如春園中的羣花，似若散漫而實各在向春光鬥妍。自『帝高陽之苗裔兮，朕皇考曰伯庸』，起始而敘述他的身世，情格，繼而說他自己在『惟黨人之偸樂兮，路幽昧以險隘』之時，不得不出來匡正。『豈余身之憚殃兮，恐皇輿之敗績』。不料當事者並不察他的中情，『反信讒而齌怒』。他『固知謇謇之爲患兮，忽而不能合也。』在這時，『衆皆競進以貪婪兮，憑不厭乎求索，』獨有他的心却不急急於此，他所怕的是『老冉冉其將至兮，恐修名之不立。』他的心境是那末樣的純潔：『朝飲木蘭之墜露兮，夕餐秋菊之落英。』然『衆女嫉余之蛾眉兮，謠諑謂余以善淫。』他因慨然的說道：『鷙鳥之不羣兮，自前代而固然。何方圜之能周兮，夫孰異道而相安。屈心而抑老兮忍尤而攘詬。伏清白以死直兮，固前聖之所厚。』在這時，他已有死志。他頗想退修初服，『製芰荷以為衣兮，集芙蓉以為裳。』然而他又不能決心退隱。女嬃又申申的罵他，勸他不必獨異於衆。『衆不可戶說兮，孰察余之中情。』他却告訴她說，『阽余修而尼死兮，覽余初其猶未悔。不量鑿而正枘兮，因前修以菹醢。』時旣不容他直道以行，便欲騁其想像『上下而求索。』『飲余馬於咸池兮，總余轡乎扶桑。折若木以拂日兮、聊須臾以相革。前望舒使先驅兮，後飛廉使奔屬。鸞皇為余先戒兮，雷師告余以未具。吾令鳳凰飛騰兮，又繼以日夜。……欲遠集而無所止兮，聊浮遊以逍遙。』但『閨中旣以邃遠兮，哲王又不寤。懷朕情而不發兮，余焉能忍與此終古。』他悶悶之極，便命靈氛為他占之。靈氛答曰：『何所獨無芳草兮，爾何懷乎故宇。』他欲從靈氛之所占，心裏又猶豫而狐疑。『巫咸將夕降兮，懷椒精而要之。』巫咸又告訴他說道：『勉升降而上下兮，求矩矱之所同……』及年歲之未晏兮，時亦猶未央』。他仍不以此說爲然。他說道，『蘭芷變而不芳兮，荃蕙化而爲茅。何昔日之芳草兮今直爲此蕭艾也，豈其有他故兮，莫好修之害也。』實在的，『既干進而務入兮，又何芳之能祇，固時俗之從流兮，又孰能無變化！』他終于猶豫着，狐疑着，不能決定走那一條路好，最後他便決絕的說道：『靈氛既告余以吉占兮，歷吉日乎吾將行。』及其『陟升皇之赫戲兮，忽臨睨夫舊鄉。』便又留戀瞻顧而不能自已：『僕夫悲余馬懷兮，蜷局顧而不行。』他始終是一位徘徊瞻顧，沒有決心的人；他始終的猶豫着，狐疑着不知何所適而後可。到了最後之最後，他只好浩然長遠的嘆道：『已矣哉！國無人莫我知兮，又何懷乎故都！既莫足與爲善政兮，吾將從彭咸之所居。』他始終是一位詩人，不是一位政治家。他是不知權變的，他是狷狷自守的。他也想和尚同塵，以求達政治上的目的，然而他又沒有那末靈敏的手腕，他的潔白的心性，也不容他有違反本願的行動。於是他便始終的站立在十字街頭始終的猶豫狐疑，徘徊不安他的最後而最好的一條路便只有：『從彭咸之所居。』

在九章裏的九篇裏，大意也不外於此。九章本為不相連續的九篇東西，不知為什麼連合為一篇而總名之曰九章。這九篇的東西，並非作於一時，作風也頗不相同。王逸說：『屈原既放，思君念國，隨事感觸，輒形於聲。後人輯之，得其九章，合為一卷，非必出於一時之言也。』他以惜往日，悲回風二篇為其『臨絕之音』。其他各篇則不復加以詮次。後人對於他們的著作時日的前後，議論紛紜。涉江首句說，『余初好此奇服兮，年既老而不衰，』似也為晚年之作。惜誦，抽思二篇，其情調與離騷全同，當係同時代的作品，橘頌則音節舒徐，氣韻和平，當是他的最早的未遇困阨時之作。然在其中，已深蘊着詩人的矯昂不羣的氣態了：『嗟爾幼志，有以異兮。獨立不遷，豈不可喜兮！深固難徙。』思美人仍是寫他自己的低徊猶豫。哀郢是他在被流放的別地，思念故鄉而作的。他等候着復召，却永不曾有這個好音。他最後只好慨嘆的說道，『曼予目以流觀兮，冀一反之何時！鳥飛反故鄉兮，狐死必首邱。信非吾罪而棄逐兮，何日夜而忘之！』涉江也是他在被放於南方時所作。

他既久不得歸，于是又作懷沙，悲回風二賦，以抒其愁憤，且決志要以自殺了結他的貞固的一生。在這時他已經完全失望，已經完全看不出有什麼光明在前途了；國事日非，黨人盤據，『變白而爲黑兮，倒上而爲下，鳳皇在殿兮，雞鶩翔舞，同糅玉石兮，一概而相量。』當然不會有人知他。懷沙之作，在于『滔滔孟夏兮草木莽莽』之時。他在那裏，已決死志，反而淡淡的安詳說道，『民生稟命，各有所錯兮，定心廣志，予何畏懼兮。知死不可讓，願勿愛兮。』在悲回風裏他極敘自己的悲愁；『涕泣交而淒淒兮，思不眠而極曙，終長夜之曼曼兮，掩此哀而不去。』他到願意『隨死而流流兮，不忍此心之常愁。』至於惜往日或以爲『此作詞旨鄙淺，不似屈子之詞，疑後人僞託也。』我們見她一開頭便說，『惜往日之曾信兮，受命詔以昭時，奉先功以照下兮，明法度之嫌疑，』似爲直鈔史記的屈原列傳而以韻文改寫之的。屈原的作品，決不至如此的淺顯。僞作之說，當可信。

九歌天問也頗有人說其皆非屈原所出。王逸說，『昔楚南郢之邑，沅湘之間，其俗信鬼而好祀。其祀必使巫覡作樂歌舞以娛神。蠻荆陋俗，詞旣鄙俚，而其陰陽人鬼之間又或不能無褻慢淫荒之雜。原旣被逐，見而感之，故頗爲更定其詞，去其泰甚。』是則王逸也說九歌本爲舊文，屈原不過『更定其詞，去其泰甚』而已。這個解釋是很對的。我們與其將九歌的著作權完全讓給了屈原或楚地的民衆，不如將這個巨作的『改寫』權交給了屈原。我們看九歌中那末許多娟好的辭語：『桂櫂兮蘭枻，斲冰兮積雪，采薜荔兮水中，搴芙蓉兮木末。心不同兮媒勞，恩不甚兮輕絶。』（湘君）『帝子降兮北渚，目渺渺兮愁予。嫋嫋兮秋風，洞庭波兮木葉下。』（湘夫人）『秋蘭兮青青，綠葉兮紫莖。滿堂兮美人，忽獨與余兮目成。』（少司命）『若有人兮山之阿，被薜荔兮帶女羅。旣含睇兮又宜笑。』（山鬼）；我們很不能相信民間的祭神歌竟會產生這樣的好句。有許多民間的歌曲在沒有與文士階級接觸之前，都是十分的粗鄙可笑的。偶有一部分精瑩的至情語，也被拙笨無倫的辭筆所礙而不能暢達。這乃是文人學士的擬作或改作給他們以一種新的生命，新的色彩。九歌之成爲文藝上的巨作，其歷程當不外於此。

九歌有十一篇。或以禮魂爲『送神之曲』，爲前十篇所適用。或則更以最後的三篇山鬼、國殤、禮魂，合爲一篇以合于『九』之數。然山鬼、國殤諸篇決沒有合爲一篇的可能。但九歌實只有九篇。除禮魂外，東皇太乙實爲『迎神之曲』，也不該計入篇數之內。

九歌的九篇，（除了兩篇迎神、送神曲之外）相傳以爲都是禮神之曲。但像『思公子兮未敢言』（湘夫人）『悲莫悲兮生別離，樂莫樂兮新相知。』（少司命）『子交手兮東行，送美人兮南浦』（河伯）；『既含睇兮又宜笑，子慕予兮善窈窕』（山鬼）諸情語，又豈像是對神道說的。或以爲聖經中的蘇羅門歌，不是對神唱的歌曲，而同時又是絕好戀歌麼？不知蘇羅門歌正是當時的戀歌；後人之取來作爲聖歌，乃正是他們的附會。王逸也知九歌中多情語，頗不易解得通，所以便說：『其言雖若不能無嫌於燕昵，而君子反有取焉。』我的意見是，九歌的內容是極爲複雜的；至少可成爲兩部分，一部分是楚地的民間戀歌，如湘君，湘夫人，大司命，少司命，河伯，山鬼六篇；一部分是民間祭神祭鬼的歌，如雲中君，國殤，東君，東皇太乙，及禮魂。

湘君，湘夫人是楚辭裏最美麗的兩个詩篇。

——從蕭尺木楚辭圖

（西諦藏）

山鬼

這是一篇極雋秀的楚辭，被保存在傳爲屈原作的九歌中。

從蕭尺木楚辭圖。

天問是一篇無條理的問語；在作風上，在遣辭用語上，全不像是屈原作的。王逸說『屈原放逐，彷徨山澤，見楚有先王之廟，及公卿祠堂，圖畫天地山川神靈，琦瑋僑佹，及古賢聖怪物行事，因書其壁，呵而問之，以泄憤懣。楚人哀而惜之，因共論述，故其文義不次序云爾。』既是楚人所『論述』，可見未必出於屈原的手筆。且細讀天問全文，平衍率直，與屈原的離騷，九章諸作的風格完全不同。我們不能相信的是以寫離騷、九章的作者，乃更會寫出『簡狄在台，嚳何宜？玄鳥至貽，女何喜？』那末一個樣子的句法來。有人以為天問是古代用以考問學生的試題。這話頗有人加以非笑，以為在古代時，究竟要考問什麼學生而用到這些試題。我們以為以天問為試題，或未免過于武斷；但天問之非一篇有意寫成的文藝作品，則是無可懷疑的。她在古時，或者是一種作者所用的歷史神話傳說的備忘錄也難說。或者竟是如希臘海西亞特(Hesiod)所作的神譜，或亞甫洛杜洛斯(Apollodorus)的圖書紀；體裁乃是問答體的，本附有答案在後。後人因為答題過於詳細，且他書皆已有詳述，故刪去之，僅存其問題，以便讀者的記誦。這個猜測或有幾分可能性罷。

八

大招或以為屈原作，或以為景差作；王逸以為：『疑不能明。』朱熹則直以為景差作。招魂向以為宋玉作，並無異辭，至王夫之、林雲銘他們，始指為屈原作。此二篇內容極為相同，假定一篇是屈原『作』的話，則第二篇決不會更是他『作』的。但這兩篇原都是民間的作品。朱熹在招魂題下釋曰：『古者人死則使人以其上服升屋履危，北面而號曰：皋，某復。遂以其衣三招之，乃下以覆尸。此禮所謂復。而說者以為招魂復魂，又以為盡愛之道而有禱祠之心者，蓋猶冀其復生也。如是而不生，則不生矣。於是乃行死事。此制禮者之意也。而荊俗乃或以是施之生人。』此種見解，較之王逸的『以諷諫懷王，冀其覺悟而還之也』，自然高明得多。大招之作用，也是同一意思。所以這兩篇『招魂』的文章，無論是屈原，是宋玉，是景差所『作』，其與作者的關係都是很不密切的，只是居改作，或潤飾之勞而已。

這兩篇作品的影響，在後來頗不小。屈原的作品，如離騷，如九章，宋玉的作品，如九辯，都是浩浩莽莽的直抒胸臆之所欲言，他們只有抒寫，並不鋪敘，只是抒情，並不誇張；只是一氣直下，並不重疊的用意描狀。至於有意於誇張的鋪敘種種的東西，以張大他們的描狀的効力者在楚辭中卻只有大招、招魂這兩篇。例如他們說美人便道『朱唇皓齒，嫭以姱只；比德好閒，習以都只；豐肉微骨，調以娛只；魂乎歸徠，安以舒只；嫮目宜笑，蛾眉曼只；容則秀雅，稚朱顏只；魂乎歸徠，靜以安只。』（大招）他們說宮室便道：『高堂邃宇，檻層軒些；層台累榭，臨高山些；網戶朱綴，刻方連些；冬有突廈，夏室寒些；川谷徑復，流潺湲些；光風轉蕙，氾崇蘭些；經堂入奧，朱塵筵些。』（招魂）說飲食，說歌舞，也都是用這種方法。又他們對於招來靈魂，既歷舉四方上下的可怕不可居住，又盛誇歸來的可以享受種種的快樂，這種對稱的敘述重疊的有秩序的描狀。後來的賦家差不多沒有一篇這樣的。三都賦是如此，七發是如此，靈賦是如此。『賦者鋪也』一語，恰恰足以解釋這一類的賦。大招、招魂的重疊鋪敘，原是不得不如此的宗教的儀式，卻不料反開了後來的那末大的一個流派。

九

在楚辭裏，可指名的作家，屈原以外，便是宋玉了。史記在屈原列傳之末，提起這樣的一句話：『屈原旣死之後，楚有宋玉、唐勒、景差之徒者，皆好辭而以賦見稱。』司馬遷並沒有說起宋玉的生平。在漢書藝文志裏，於『宋玉賦十六篇』之下，也只註着『楚人，與唐勒並時，在屈原後也。』韓詩外傳（卷七）及新序（雜事第一及第五）裏，說起：宋玉是屈原以後的一位詩人，事楚襄王（韓詩外傳作懷王），爲小臣，並不得志。他在朝廷的地位，大約是與漢武帝時的司馬相如，枚皐，東方朔諸人相類。與他同列者有唐勒，景差諸人，皆能賦。他的一生，大約是這樣的很平穩的爲文學侍從之臣下去。他的死年，大約在楚亡以前。他與屈原的關係，以上幾部書都不曾說起過。只有王逸在他的楚辭章句上說、『宋玉者屈原弟子也』。（九辯序）這話沒有根據。大約宋玉受屈原的影響則有之，爲實際上的師弟則未必然。他在當時頗有一部分的勢力，他的鋒利的談片，或爲時人所豔稱，所以他有許多軼事流傳於後。

他的著作，漢書藝文志說有十六篇，今所有者則爲十四篇。在其中，惟九辯一篇，公認爲宋玉所作，並無異議。這一部大作，也實在是足以代表宋玉的文藝上的成功。她是以九篇詩組成的詩歌名作；之九篇的情調，也有相同的，也有不相同的，大約決不會是同時之作。九辯之名，或爲當時作者隨手所自題（九辯原爲古詩名，）或爲後人所追題。在九辯裏的宋玉，其情調與屈原却大有不同。他也傷時，然而他只說到『悼余生之不時兮，逢此世之侹攘』而止；他也怨君之不見察，然而他也只說到：『君棄遠而不察兮，雖願忠其焉得，欲寂寞而絕端兮，竊不敢忘初之厚德』而止；他也罵世，然而他只說到『何時俗之工巧兮，滅規榘而改鑿，獨耿介而不隨兮，願慕先聖之遺敎』而止。他是蘊蓄的，他是『溫柔敦厚』的。

九辯裏寫秋景的幾篇是最著名的：『悲哉秋之爲氣也；蕭瑟兮草木搖落而變衰。憭慄兮，若在遠行，登山臨水兮送將歸。泬寥兮天高而氣清，寂寥兮收潦而水清。潛悽增欷兮薄塞之中人。愴怳懭悢兮，去故而就新。坎廪兮貧士失職而志不平，廓落兮，覊旅而無友生。惆悵兮而私自憐；』簡直要一口氣讀到底，捨不得在中途放下。

宋玉的其他諸作，除招魂外，自風賦以下，便都有些靠不住；一則他們的文體是率疏的，與九辯之緻密不同，再則，他們的情調是淺露無餘的，與九辯之含蓄有情緻的不同；三則他們的結構是直捷的，與九辯之纏綿宛曲者又不同。且像那樣的記事的對話體的賦，一開頭便說：『楚襄王游于蘭台之宮，宋玉、景差侍，』（風賦）便說：『昔者，楚襄王與宋玉遊于雲夢之台，』（高唐賦）便說：『楚襄王與宋玉遊于雲夢之浦，』（神女賦）顯然不會是出于宋玉本人之手下的。且高唐賦中簡直的寫上了『昔者楚襄王與宋玉遊雲夢之台，』這還不是後人的追記麼？笛賦中還有『宋意將送荆卿於易水之上，得其雎焉』之語。宋玉會引用到荆卿的故事麼？又登徒子好色賦與諷賦皆叙的是一件事；結構與情調完全是相彷彿的，高唐賦，神女賦與高唐對三篇也叙的是同一的事件。假定他們全是宋玉寫的，他又何必寫此同樣的若干篇呢？而第一次見于古文苑的笛賦、大言賦、小言賦、諷賦、釣賦、辭賦，其來歷更是不可問的。劉向見聞至廣，王逸也博採楚辭的作品。假定當時宋玉有這許多作品流傳着，他們還不會收入楚辭之中麼？

此外，楚人之善辭者，尚有唐勒景差二人。漢書藝文志著錄唐勒賦四篇，無景差的作品。史記却提到過景差，王逸說：『大招，屈原之所作也，或曰景差，疑不能明也。』朱熹則斷大招爲景差之作。但這二人都不甚重要。景是楚之同姓；景差大約與宋玉同時。唐勒也是與他們同時，也事楚襄王爲大夫，且嘗與宋玉爭寵而妒害他。勒的作品絕不可見，在全上古六朝文裏祇有他的奏土論的殘文數語。

參攷書目

一、毛詩正義四十卷　漢毛亨傳，鄭玄箋，唐孔穎達疏，有十三經註疏本。
二、詩集傳八卷　宋朱熹撰，坊刻本極多。
三、詩經通論十八卷　清姚際恆撰，有道光丁酉刊本。
四、讀詩偶識四卷　清崔述撰，有畿輔叢書本，有日本刊東壁遺書本。

五、詩經原始十八卷　清方玉潤撰，有鴻濛室叢書本，有石印本。

六、詩三家義集疏二十八卷　王先謙撰，有乙卯年虛受堂原刊本。

七、詩經的阨運與幸運　顧頡剛撰，載于小說月報第十四卷第三號至第五號，又有小說月報叢刊本。

八、讀毛詩序　鄭振鐸撰，載於小說月報第十四卷第一號。

九、關於詩經研究的重要書籍介紹　鄭振鐸撰，載於小說月報第十四卷第三號。

十、楚辭　王逸章句，洪興祖補註，有汲古閣刊本，有金陵書局刊本。

十一、楚辭集註　朱熹撰，有古逸叢書本，有坊刊本。

十二、讀楚辭　胡適著，見胡適文存二集，亞東圖書館出版。

第五章 先秦的散文

先秦散文壇的盛況——哲學家的天下——儒道墨的分道並馳——老子——孔子和墨子的積極的救世的精神——「儒分爲八墨離爲三」——孟子與荀子——莊子——韓非與呂不韋——諸歷史家——戰國策——春秋左氏傳——穆天子傳

一

上古文學，在詩歌一方面，不過有詩經與楚辭的兩個總集，偉大的作家也寥寥可數。但在散文一方面，作家卻風起泉湧，極一時之盛，或爲哲學家，或爲政治家，或爲辯士，或爲歷史家，或爲專門的學者，各有所長，各有所見，各有所執持。他們是抒達自己的意見而無諱避的，他們沒有什麼傳統的信仰與意見的束縛，他們各欲爲開山祖，也各有他們的信徒。

這個時代，論者每以為是中國哲學的黃金時代。

雖然他們並不以文學為業，但他們的文章卻也是光彩煥發，風致遒美，其結構的嚴整，文句的精粹，都為漢以後散文作家所少見。他們每能以盛水不漏的嚴密的哲學思想，裝載於美麗多趣的文字裏，驅遣着豐富的想像，生動的比喻，活潑而有情致的文辭，為他自己的應用，因此他們的作品便不惟成了哲學上的名著，也成了文學上的名著。

他們都是生活在從公元前五百七十年（周靈王時）到公元前二百三十年（秦始皇時）之間的一個時代的。這一個時代，即所謂春秋戰國的時代。這時，中國的各地，尤其是黃河流域，都繼續的陷在局部戰爭的情形之中；爭戰不休，兵戈時舉；一切的傳統的道德與思想都已被打得粉碎；政治上社會上的紛紜也已達於極點。於是新創的哲學思想與政治觀念便應運而出；有的人表白出消極的厭世的破壞思想；有的人還要努力的維持古代的傳說思想，保存古代的一切良好的制度，積極的與社會相爭鬥；有的人欲以仁愛及實用之學來挽救這種的變亂與民間的疾苦；有的人則更欲以嚴明的政治及法律來統轄這種的紛擾的局面。這些都是由社會的自然的趨勢裏蘊釀出他們的哲學來的。重要的派別，有三：即所謂儒、道、墨者是。道家抱消極的厭世思想，儒家則主張保守與用世，墨家則以救天下博愛爲己任。更有持極端的個人主義，雖拔一毛而利天下也不肯爲的楊朱，以嚴刑峻法統治一國的商鞅、韓非，以詭辯伏人而自喜的公孫龍、鄒衍等等。但他們的影響究竟沒有儒、道、墨三家那末大，他們的跟從者也沒有儒、道、墨三家那末多。這三派的哲學家，各有其開山祖，儒家爲孔丘，道家爲李耳，墨家爲墨翟。這一個時代，恰好也是希臘哲學的黃金時代；蘇格拉底，柏拉圖，亞利斯多德，西諾諸人相繼而起。我們沒有阿斯克洛士，優里辟特似的大悲劇家，我們沒有狄摩桑士(Demosthenes)似的大演說家，然而我們却有許多的哲學家，足以與希臘哲學界東西相輝耀着的。

二

在這些先秦哲學家中，最先出來的是老子。老子〔一〕姓李，名耳，字聃（據史記）楚國人。關於他的神話甚多，有的說他活了二百餘歲，有的說他出關仙去，於是更有老子化胡經，老子七十二變化圖之作。道家也以他爲他們的宗教的始祖，於是他便成了與釋迦牟尼的三身如來佛相配當的『三淸』（即所謂老子一氣化三淸）。孔子曾與他相見過。因爲他做過周守藏室之吏，所以孔子向他問禮。大約他的生活時代與孔子相差不遠，其生當在公元前四百七十年（周元王時）以前。老子所代表的思想是消極的，厭世的。他的書有道德經〔二〕上下二篇，共八十一章，文字極簡直。他因爲當時政治的齷齪，言治者紛然出而天下愈擾，於是主張無爲，主張無治，以爲『不尙賢，使民不爭，不貴難得之貨，使民不爲盜，不見可欲，使民心不亂。是以聖人之治，常使民無治無欲。』鷄犬之聲相聞，而民至老死不相往來，這就是他的理想國的景象。他不主張法治，以爲：『民不畏死，奈何以死懼之！』他不喜歡賢能與强力，而以謙下與柔弱爲至德；他說：『江海所以能爲百谷王者，以

〔一〕老子見史記卷六十三。〔二〕道德經刊本極多，以明世德堂六子本爲最好（有石印本）。

老子

（古物陳列所特許借印）

莊周

——從程氏墨苑（西諦藏）

善下之，故能爲百谷王。』又說：『天下莫柔弱於水，而攻能彊者，莫之能勝，其無以易之』他的悲觀，極爲澈透。他說：『天地不仁，以萬物爲芻狗；聖人不仁，以百姓爲芻狗。』這種悲觀的消極的思想，在當時極爲流行；一部分的人，以生爲苦，於是唱着：『知我如此，不如無生，』一部分的人則流於玩世不恭，譏笑一切僕僕道路的以救民救世爲己任的人，如論語中所載長沮、桀溺諸人都是。老子便是他們的代表。

因爲這一派厭世的消極的思想的流行，於是孔子便起來反抗他們，宣傳堯、舜、文、武之治，努力維持傳統的政治的與社會的道德，以中庸的積極的態度，始終不懈的從事於改良當時的政治，以復於他所理想的古代清明的政治狀況。他在當時的影響極大。主要的弟子有七十餘人。他名丘，字仲尼，魯國人。〔一〕生於公元前五百五十一年（即周靈王二十一年）卒於公元前四百七十九年（即周敬王四十一年）。他的事蹟與言論，許多書上都有紀載着，但以論語〔二〕所記者爲最可靠。他曾做過魯國的司空及司寇。後來去官

〔一〕孔子見史記卷四十七。　〔二〕論語刊本極多，有十三經注疏本，有朱熹注本。

周遊列國，到了六十八歲時，復回魯地。專心著述，編訂尚書，詩經，周易及春秋，還訂定了禮與樂。卒時，年七十三。孔子的思想，是入世的，是積極的。論語雖爲曾子的門人所記，文字雖極簡樸直捷，却能把孔子的積極的思想完全表現出。老子主張無治無爲，孔子則主張有爲，主張政刑與德禮爲治世者所必要。他說：『道之以政，齊之以刑，民免而無恥。道之以德，齊之以禮，有恥且格。』孔子是極力欲維持傳統的道德的。所以齊陳恆殺其君，孔子三日齋而請伐齊。季氏舞八佾於庭，孔子說道：『是可忍也，孰不可忍也！』當時的人常譏嘲孔子之僕僕道路，而無所成。但孔子則不悲觀。『楚狂接輿歌而過孔子曰：「鳳兮，鳳兮！何德之衰！往者不可諫，來者猶可追。已而，已而！今之從政者殆而。」孔子下，欲與之言，趨而辟之，不得與之言。長沮桀溺耦而耕，孔子過之，使子路問津焉。長沮曰：「夫執輿者爲誰？」子路曰：「爲孔丘。」曰：「是魯孔丘歟？」曰：「是也。」曰：「是知津矣！」問於桀溺，曰：「子爲誰？」曰：「爲仲由。」曰：「是魯孔丘之徒歟？」對曰：「然。」曰：「滔滔者天下皆是也，而誰以易之！且而與其從辟人之士也，豈若從辟世之士哉。」耰而不輟。子路行以告。夫子憮然曰：「鳥

孔子像

此爲今日所見刻本中孔子像之最古者。與坊間習見之孔子像，頗不相同。

（從明弘治本《闕里志》）

（西諦藏）

子路問津

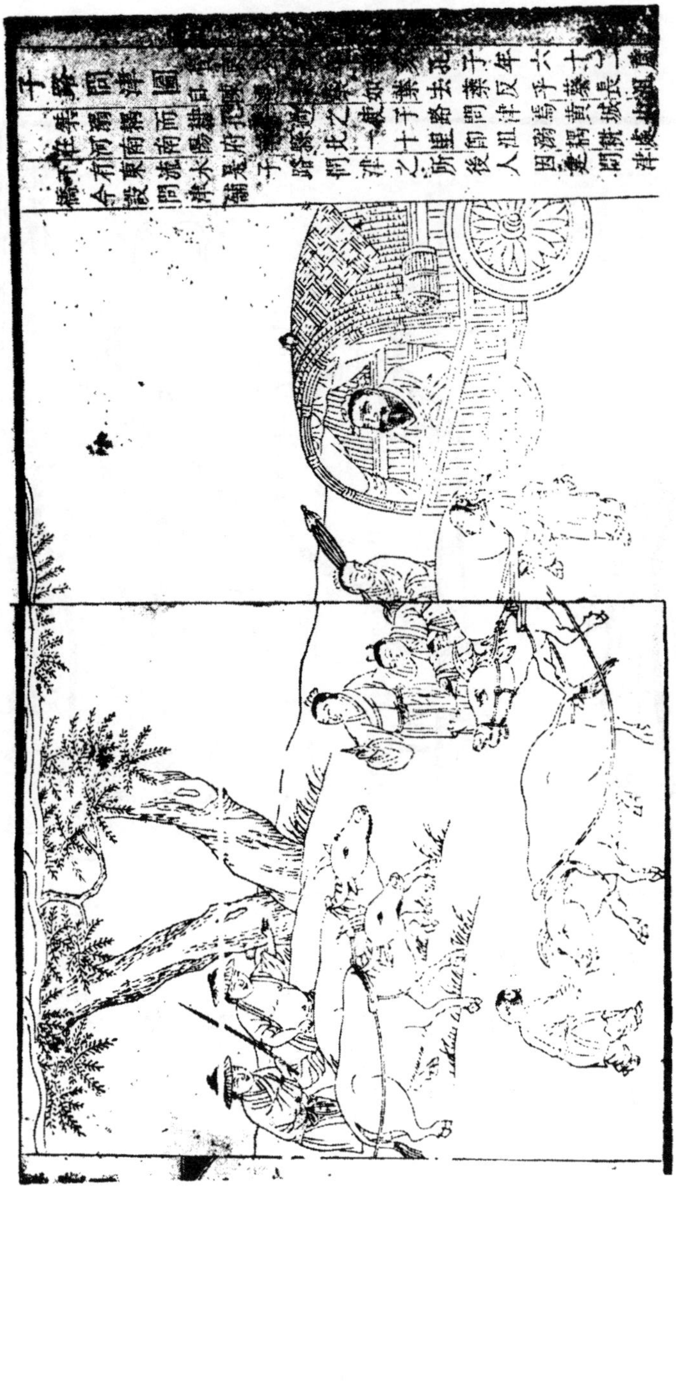

子路問津的故事，表現出孔子是如何的一位救世主。

——從明刊本聖蹟圖（西諦藏）

獸不可與同羣。吾非斯人之徒與而誰與！天下有道，邱不與易也』！（論語微子）這種精神眞足以感動一切時代的人！

較孔子略後而與孔子具有同樣的積極的救世的精神者爲墨子。〔一〕墨子主張博愛，非攻。他的勢力在當時也極大。老、孔、墨三派的思想幾乎三分天下。墨子名翟，或以他爲宋人，或以他爲魯人。他的生活時代約在公元前五百年（周敬王時）到公元前四百十六年（周威烈王時）之間。關於墨子的書有墨子〔二〕五十三篇。但未必爲墨子所自著；一部分是墨者記述墨子的學說與行事的，一部分是後人加入的。墨子有孔子的積極救世的精神，其救助被損害之國的熱情，且較儒者尤爲強烈。孟子的『墨子兼愛，摩頂放踵利天下爲之』數語，即足表現他的精神。楚國使公輸般造雲梯欲攻宋，墨子走了十日十夜，趕去見公輸般，說服了他，使他中止攻宋。但同時，他與儒家有好幾點反對。儒者主張王者之師，並不反對戰爭；墨子則澈底的主張非攻。儒者主張愛有等次，墨子則主張博愛。儒者

〔一〕墨子見史記卷七十四。　〔二〕墨子閒詁孫詒讓著，有自刊本。

不信鬼而信天命，重禮樂，重視喪葬之事。墨子則主張明鬼而非命，提倡節葬而非樂。

儒、道、墨三派各有其信徒。然他們的學說傳世既久，便又起了分化。韓非子在顯學篇裏，將儒墨二家的分化說得非常詳細，他說『自孔子之死也，有子張之儒，有子思之儒，有顏氏之儒，有孟子之儒，有漆雕氏之儒，有仲良氏之儒，有孫氏之儒，有樂正氏之儒。自墨子之死也，有相里氏之墨，有相夫氏之墨，有鄧陵氏之墨。故孔墨之後，儒分爲八，墨離爲三』。漢書藝文志著錄道家爲三十七家，除伊尹、太公及老子經傳經說之外，自文子、蜎子、關尹子，莊子、列子、老成子、長盧子、王狄子，以至公孫牟、中子、老萊子、黔婁子等不下十餘家。他們既各自著書立說，則當然又各有他們的見地與主張了。這三大派的分化，一方面使儒道墨的學說互相影響互相採納，一方面使儒道墨的學說益爲分歧迷亂，不能有截然的分野。分化的結果，遂陷入不可避免的衰落的途程中。又他們既『取舍相反不同，而皆自謂眞孔墨，孔墨不可後生，將誰使定後世之學乎？』（韓非子顯學篇）自己一派的互相爭論的結果，又使後來者目迷五色，耳紛八音，有無所適從之苦。這都是追促他們以就於滅亡的。

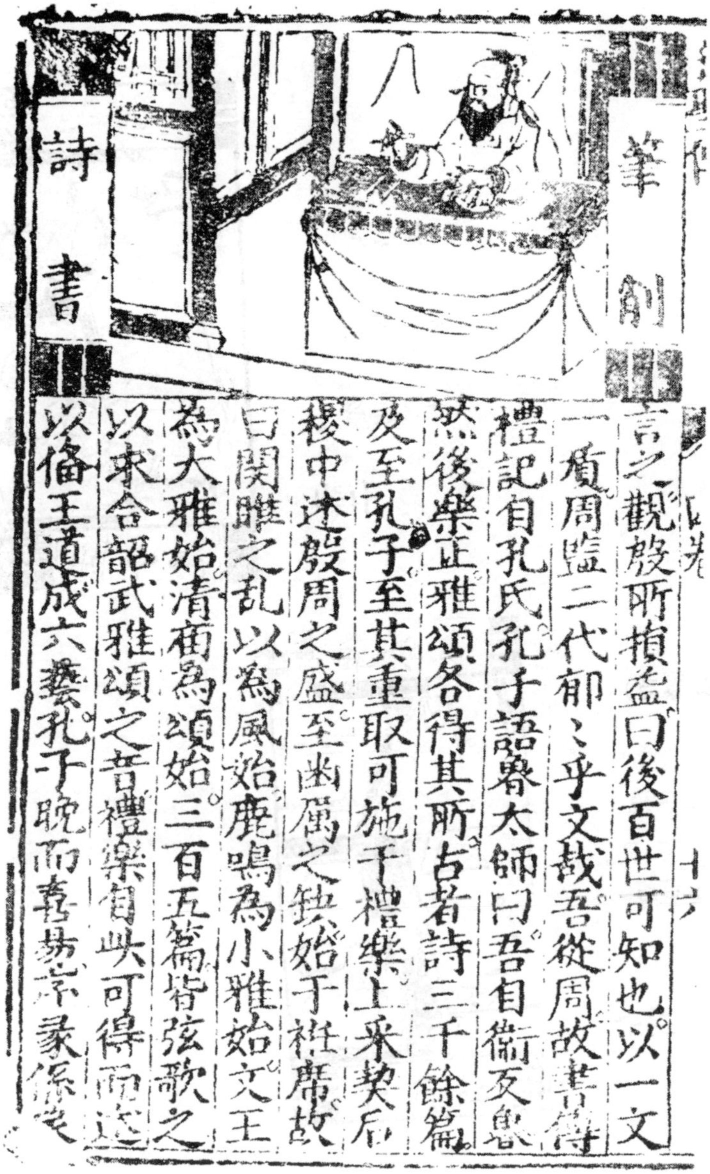

言之觀殷所損益曰後百世可知也以一文一質周監二代郁郁乎文哉吾從周故書傳禮記自孔氏孔子語魯太師曰吾自衛反魯然後樂正雅頌各得其所古者詩三千餘篇及至孔子至其重取可施于禮樂上采契后稷中述殷周之盛至幽厲之缺始于衽席故曰關雎之亂以爲風始鹿鳴爲小雅始文王爲大雅始清廟爲頌始三百五篇皆弦歌之以求合韶武雅頌之音禮樂自此可得而述以備王道成六藝孔子晚而喜易序彖係象

筆削詩書

從明嘉靖刊本孔子評傳（慈谿馮氏藏）

孟子

——從明刊本儒林列傳（西諦藏）

左邱明

——從明刊本儒林列傳（西諦藏）

墨家之書，存者僅墨子一作。儒家之書，存於今者在禮記中有大學，中庸二篇。大學相傳爲曾子及其門人所作的。中庸相傳爲孔子之孫子思所作。又有孝經相傳係孔子爲曾子說的，由後人記載下來。還有其他各書，但都不甚重要。其中最重要的，且最有影響於後來的文學的作品，爲孟子和荀子。

孟子〔一〕名軻，鄒人。生於公元前三百七十二年（即周烈王四年）卒於公元前二百八十九年（即周赧王二十六年）；卒時，年八十四。他曾受業於子思的門人，見過齊宣王，梁惠王，所如不合，『退而與萬章之徒，序詩書，述仲尼之意，作孟子〔二〕七篇』（史記）有的人頗疑孟子，以爲係後人所僞作，有的人則以爲孟子一書未必爲軻所自著，而是弟子所記述的。大約以後說爲較可靠。當孟子時，天下競言功利，以攻伐從橫爲賢，孟子乃稱述唐虞三代之德，痛言功利之害，宣傳仁義之說，努力維持傳統的道德。是以時人都以他爲『迂遠而闊於事情』但他一方面卻也染了戰國辯士之風，頗好辯難，喜以喻比宣達他的

〔一〕孟子見史記卷七十四。 〔二〕孟子坊刊本極多，

意見。因此孟子一書較之論語及孝經諸書，其文辭更富於文學的趣味；辭意駿利而深切，比喻贍美而有趣。他和孔子相差不過一世紀，而作風之不同已如此。

荀子名況，[一]字卿，趙人。初仕齊，三爲祭酒。齊人或讒荀卿，卿乃適楚，春申君用他爲蘭陵令。春申君死，荀卿失官，因家蘭陵，著書數萬言，[二]而卒。卿的生活時代約在公元前三百十年至前二百三十年左右。他的書荀子，有三十三篇，內有賦五篇，詩二篇。漢魏六朝以至唐，最流行之文體之一，即爲賦，而其名實自荀卿始創之。荀卿並不墨守儒家的思想；他批評墨道及諸子之失時，對於儒家之子思、孟子也不肯收過。他主張人性是惡的，反對孟子性善之說；主張法後王，反對儒家法先王之說；又主人治，反對天治；對於盤據於中國人的心中的『相』的觀念，加以嚴肅的駁詰。其影響是很大的。

道家的支流，最著者爲莊子；他的書爲後來文學者所最喜悅。莊子[三]名周，蒙人。嘗爲蒙漆園吏，與梁惠王、齊宣王同時，約死於公元前二百七十五年左右。他甚博學，最喜老子

[一]荀子見史記卷七十四。 [二]荀子有楊倞注本。 [三]莊子見史記卷六十三。

的學說，著書十餘萬言。〔一〕其文字雄麗洸洋，自恣以適己。『以天下爲沈濁，不可與莊語，以巵言爲曼衍，以重言爲眞，以寓言爲廣，獨與天地精神往來，而不敖倪於萬物，不譴是非，以與世俗處……上與造物者遊，而下與外生死無終始者友。』（天下篇）他的書，莊子，現在存三十三篇，其中讓王，說劍，盜跖，漁父諸篇，是後人僞作的。他最喜以以美麗而雄辯的文辭自恣其所言，像秋水，胠篋諸篇都是最漂亮的散文。

道家於莊子之外，尚有關尹子，文子，列子亦皆各有遺文傳於世。關尹子及列子皆僞作。文子則柳宗元也以牠爲駁書，『其渾而類者少，竊取他們以合之者多。凡孟子輩數家皆見剽竊』（柳宗元辨文子）故這裏俱不詳之。

三

持其說以自騁於世者，於儒，道，墨三家外，還不少。孟子裏說及的，有許行及楊朱。許行與

〔一〕莊子集解，郭慶藩編，有長沙刊本。

『其徒數十人，皆衣褐捆屨織席以爲食。』他主張『賢者與民並耕而食，饔飧而治。』他的徒從以爲，『從許子之道，則市賈不貳，國中無僞，雖使五尺之童適市，莫之或欺，布帛長短同，則賈相若，麻縷絲絮輕重同，則賈相若，五穀多寡同，則賈相若。』（孟子滕文公上）楊朱的學說，也只見於他書。孟子說『楊朱墨翟之言盈天下；天下之言，不歸楊則歸墨。楊氏爲我，是無君也；墨氏兼愛，是無父也。』最後他又慨然的說道，『能言距楊墨者，聖人之徒也』！（孟子滕文公下）楊朱之學說能引起孟子那末激烈的反抗，當然在那個時候一定流傳得很廣。『天子之言，不歸楊則歸墨，』由這句話可知楊朱的勢力已與墨翟並駕齊驅的了。

莊子天下篇所敘列的『天下之治方術者』有儒家，有以墨翟禽滑釐爲中心的墨家，有宋鈃、尹文，有彭蒙，田駢，愼到，有關尹，老聃，有莊周他自己，有惠施。他所評論者凡七家，每一家都有簡略的敘述。荀子的非十二子篇，則所非者凡六派，十二人。一派是它囂，魏牟，一派是陳仲，史鰌，一派是愼到，田駢，一派是墨翟，宋鈃，一派是惠施，鄧析，一派是子思，孟軻。韓非子的顯學篇則說到儒、墨二家及其所分化的十一支派。司馬遷在史記的孟子荀卿列傳中，所敘列的除荀、孟之外，則有：齊之騶忌，騶衍，淳于髡，愼到，環淵，接子，田駢，騶奭；趙有公孫龍，劇子；魏有李悝；楚有尸子，長盧，阿有吁子（即芋子）『世多有其書』。宋則有墨翟。他父親司馬談作論六家要旨（史記卷一百三十太史公自序），所舉的六家則爲陰陽、儒、墨，名、法、道德，也各給以評判。到了劉向則總諸子爲十家，實則『其可觀者九家而已』。十家者，一儒家，二道家，三陰陽家，四法家，五名家，六墨家，七從橫家，八雜家，九農家，十小說家。這可見那時的思想界是如何的熱鬧：劉向的敘列可以說是最有系統的。但這些家派的書今百不存一，我們要研究他們實在是異常的困難，但在那些有書遺留下來的『諸子』中，有一部分卻是後人搜集重編的（如尸子，）有一小部分又顯然可以看見他是僞託的（如商子，）公孫龍、鄧析、諸人的書也不甚重要，現在都不講。只講比較重要的韓非。

韓非［一］是韓國的公子，喜刑名法術之學。與李斯同事荀卿。他口吃，不能說話，而善於著書。他看見韓國日以削弱，數以書諫韓王，不見用，進作孤憤，五蠹，內外儲，說林，說難十餘

［一］韓非見史記卷六十三。 ［二］韓非子集解有長沙刊本。 ［三］蘇秦、張儀見史記卷七十四

萬言以見志。後韓國使非於秦。非在秦被殺，他死的時候，是公元前二百三十三年（即秦始皇十四年）。他的書，韓非子，有五十五篇，其中一部分是他自己著的，一小部分是後人加入的。他的文辭緻密而深切，後來論文家受他的影響者甚多。

漢書藝文志著錄縱橫家自蘇子（秦）張子（儀）龐煖以下至蒯子（通）鄒陽，主父偃等凡十二家，其中除漢人以外，先秦作者，如蘇張二人雖已無書傳世，然他們的辯辭，却爲戰國策保存得不少。戰國策爲古代最好的散文名作之一，牠的精華所在，便是諸辯士的論難的文士與其足以聳動人主聽聞的議論。所以張儀蘇秦的絕好的政論，我們却仍能很愉快的享受到。他們的長處在於能夠度察天下的大勢而出之以引人入勝以妙喻好句，出之以驚人心腑的危辭險語。在政論上說來，實在是一種的傑作，後人很少能及得到的。賈誼不過悲憤而已，陸贄不過懇切而已，若蘇張之作，才可當得起雋脆清俊，深入無間之稱。我們沒有對公共講述的大演說家西塞羅等人。然我們却有可同樣的不朽的政論者蘇、張。尚有管子一書，託名管仲著，晏子一書託名晏嬰著，孫子一書託名孫武著，吳子一書託名吳起著，以及其他如鬻子之屬，數皆爲後人所作，所以這裏也都不講。

春秋戰國時代的燦爛無比的思想界，到了戰國之末漸漸的衰落下來；於是有秦相呂不韋集許多賓客，使各著所聞，以爲八覽六論十二紀，名之曰呂氏春秋。這一部無所不包的雜書，就是中國古代思想界的總結束。到了秦始皇統一各國，焚天下之書，以愚天下人民之耳目，各種的思想便一時被撲滅無遺。漢興，儒道二派的餘裔又顯於時，但俱苟容取媚於世，已完全沒有以前的那種救世的積極的精神了。

四

我們如將先秦的歷史家與先秦的哲學家比較一下，我們便知道歷史家在散文上所占的地位實在是非常的邈小的。先秦的歷史書籍，有被稱爲『斷爛朝報』的春秋；有依據這個編年體裁而敘述得比較詳細的左傳；有依國別編次，並無敘述的統系的國語，國策，此外更有唯一的傳記：穆天子傳。像春秋，竹書紀年等編年體的歷史，本來不算是什麼有組織的東西，他們不過依了時間的自然順序以記載歷年所發生的史蹟而已，他們是編輯方法最原始的史籍。惟春秋左氏傳〔一〕較爲進步，常有許多着意的描狀，足稱爲一部文學的歷史。左氏傳爲左邱明作。左邱明的生平，我們知道得很少，據說，他是一個盲人。孔子的春秋起於魯隱公元年（公元前七百二十二年）終於魯哀公十四年，（公元前四百八十一年）左邱明的傳，則書孔子卒，直至哀公二十七年始告終止。

國語記載自公元前九九〇年（周穆王十二年）到公元前四五三年（周貞定王十六年）的諸國的史蹟。相傳這部書亦爲左邱明所作。左邱明作春秋傳，意有未盡，『故復采錄前世穆王以來，下訖魯悼智伯之誅，邦國成敗，嘉言善語，……以爲國語』〔二〕這部書的性質與春秋傳不同。春秋傳編年，國語則分國敘述；凡二十一卷，分敘周，魯，齊，晉，鄭，楚，吳，及越等八國的重要的史事。戰國策繼續國語的體例，而敘三家分晉至楚漢未起之前的

〔一〕左氏傳有十三經注疏本，有相台五經本。

〔二〕國語有士禮居刊本，有坊刊本。

左邱明

（古物陳列所特許借印）

晉文公

晉楚間的幾次大戰，爲左傳寫得最生動的文字。晉文公常是其中最重要的人物。

——從明刊本養正圖解（西諦藏）

重要史事。戰國策〔一〕在文學上的威權不下於春秋左傳及國語。而『國策』的時代是一個新的時代，舊的一切，已完全推倒，完全摧毀，所有的言論都是獨創的直捷的，包含可愛的機警與雄辯的；所有的行動都是勇敢的，不守舊習慣的，都是審辨直接的利害極為明瞭的，因此，戰國策遂給讀者以一個新的特創的內容。牠如一部中世紀的歐洲的傳奇，如一部記述『魏蜀吳』三國的史事的小說三國誌使讀者永遠的喜歡讀牠。戰國策初名國策，或名國事，或名短長，或名長書，或名修書，卷帙亦錯亂無序。漢時劉向始把牠整理過，定名為戰國策，分之為三十三篇，所叙的諸國，為東周，西周，秦，齊，楚，趙，魏，韓，燕，宋，衛及中山。

穆天子傳〔二〕為晉時東晳所見之『汲冢書』之一。其體裁與春秋，國語，國策二書俱異，乃叙周穆王遊行之事。左傳言：『穆王欲肆其心，周行於天下，皆使有車轍馬跡焉。』大約穆王的遊行天下的事，必為當時所盛傳的，所以有人記錄他的遊跡，作為此傳，文字多

〔一〕戰國策有士禮居刊本，有坊刊本。〔二〕穆天子傳有明刊古今逸史本，有百子全書本，平津館叢書本。

殘闕，其中敘述穆王見西王母，及盛姬之死與葬事，極爲渾樸動人，是古代最有趣的文字之一。

尙有越絕書，吳越春秋及晉史乘，楚史檮杌諸書，大概都是纂輯古書中的記載而爲之的。越絕記越王句踐前後的事，相傳爲子貢撰，或子胥所爲，俱爲依託之言。或斷定爲漢時袁康，吳平所撰。吳越春秋敘吳越二國之事，自吳太伯起至句踐伐吳爲止。亦爲漢人所作（古今逸史題爲漢趙曄撰，）晉史乘及楚史檮杌二書，則歷來書目俱不載，至元時乃忽出現。顯然是好事者所僞作的。二書前有元大德十年吾邱衍序，以爲此書乃他所發現，實則即他自己輯集左傳，國語，說苑，新序及諸子書中關於晉、楚的記事的編成的。

參攷書目

一、二十子　有浙江書局刊本。

二、六子　明世德堂刊本。

三、十子全書　有蘇州王氏刊本。

四、百子全書　有湖北書局刊本。

五、玉函山房叢書　馬國翰輯，有原刊本，湖南刊本。

六、諸子平議　俞樾著，有俞氏叢書本。

七、清、明各叢書裏，收入周、秦古書不少。以清人所校者為可靠。像平津館叢書、守山閣叢書中所收諸子，皆很重要。

第六章　秦與漢初文學

秦的統一——學術思想的定於一尊——善頌善禱的文人李斯——漢初的散文家——陸賈賈誼枚乘鄒陽鼂錯等——漢初的辭賦作家——莊夫子和賈誼的賦——枚乘七發的影響——漢初的楚歌作者——韋孟的諷諭詩

一

秦在很早的時候便是一個強悍的國家，她的民族也便是一個強悍的民族。在秦風裏，我們已看出她具有着剛毅不屈的氣概，堅恒奮發的情操：『豈曰無衣，與子同袍。王于興師，修我戈矛，與子同仇。』商鞅變法之後，秦國更一天一天的強大了。戰國時代，魏、韓、趙、齊、燕、楚、諸國互相攻戰爭奪，無一寧日，秦或加入其中，總是取利而歸。她的函谷關却從未被敵人侵入過一次。等到合從連橫的說蠭起之時，秦的聲勢已足以震撼天下而有餘了。列國莫不競競自保。但已不能阻止了秦人鐵蹄的蹂躪。在十數年之間，秦遂亡韓，滅趙，墟魏，下楚，入燕，平齊，『六王咸伏其辜，天下大定。』

秦的統一天下是古代史上一件絕大的事故。從前的統一，不過分封藩王，覊縻各地的異族而已。他們仍然保持其封建的制度，不甚受命於中央。到了秦皇統一之後，方才將根深柢固的封建的制度打得粉碎，改天下爲郡縣，以其常勝的精兵在各地管轄鎮壓着，正如羅馬兵之留鎮於東方亞歷山大兵之鎮守于波斯、印度各地一樣。當『三世皇帝』孺子嬰的時候，戰國諸王的遺臣遺民，又蠭起而各舉獨立之旗。但他們却都不過曇花的一現，不必等到劉邦的統一，而都已死的死，逃的逃了。舊式的封建國家已非當時時勢所能允許其存在的了。

秦始皇與他的丞相李斯，眼光都是極爲遠大的，不僅在政治方面，即在思想方面，學術方面，文字方面，也都力求其能統一。在李斯未執政權之前，呂不韋已致賓客，編者呂覽

（即呂氏春秋）有八覽：有始覽，孝行覽，愼大覽等；六論：開春論，愼行論等；十二紀：孟春紀，仲春紀，季春紀等。這部書本沒有一貫的主張，然而其氣魄却是偉大的，無所不包，無所不談，大有要將天下的學術囊括於一書以內之雄心。及天下統一了之後，始皇，李斯却更進一步的求統一天下的學術思想，以定於一尊。諸子紛爭之時，同派的每欲壓倒了異派的學者，如孟子之攻楊墨，荀子之非十二子。不過他們都是沒有權力，只不過嘴裏嚷嚷打倒而已。到了秦始皇，他却眞的以政治的力量來統一或泯滅一切『異端』的思想了。他又使中國的文字統一了，正如他們之使天下的車同一軌轍。他們不許學者『道古而害今，飾虛言而亂實』。『史官非秦記，皆燒之，非博士官所職，天下敢有藏詩書百家語者，悉詣守尉雜燒之。有敢偶語詩書棄市，以古非今者族，吏見知不舉者與同罪。』以如此的嚴刑峻法，對待學者，於是古代的學術精華一掃而空。直到了漢惠帝之時，挾書還是有禁。歐洲中世紀的基督敎徒，對於古典文學的毀害，還沒有秦始皇在短促的時代間對於中國古典文學的毀損那末重大。這實在是中國學術文藝的一個絕大的阨運。秦始皇在政治上雖給中國民族以很大的供獻，在文化上，他却是一個古今無比的罪人。

在那末深誅痛惡異派思想與『處士橫議』的一個時代，在挾書有禁、藏書有罪、偶語詩書棄市的一個時代，文學的不能發達，自無待說。不僅列國的諸王臣民不能有什麼痛傷亡國的作品出現；即秦地的文人，歌頌大一統的光榮的作品，也絕無僅有。李斯所稱的秦記以及博士官所職的詩書，已付於咸陽一火，絕不可得見。今所以得見者，不過幾篇公詔奏議以及刻石文而已。沒有一個時代遺留的作品像秦代那末少的。秦代沒有一個詩人，沒有一個散文作家、所有的，只不過一位善禱善頌的李斯！

李斯，〔一〕楚上蔡人，少年時爲郡小吏。後從荀卿學帝王之術。學已成，度楚王不足事、而六國皆弱，無可爲建功者，乃西入秦。適秦方逐客，李斯議亦在逐中。他乃上書諫逐客，以爲秦之四君，皆以客之功，使秦成帝業。客本無負於秦。『夫物不產於秦，可寶者多，士不產於秦，而願忠者衆。今逐客以資敵國，損民而益讎，內自虛而外樹怨於諸侯，求國無危，不可得

〔一〕李斯見史記卷八十七。

也。』秦王乃除逐客之令。時李斯已行，秦皇使人追至驪邑，始還。卒用其計謀。二十餘年，竟幷天下，以斯爲丞相。始皇卒，斯爲趙高所譖，二世乃下之獄。二世二年，斯論腰斬咸陽市。斯出獄，顧謂其中子道：『吾欲與若復牽黃犬俱出上蔡東門逐狡兔，豈可得乎！』遂父子相哭，而夷三族。斯的散文明潔而嚴於結構，短小精悍，而氣勢殊爲偉大。凡秦世的大制作，始皇遊歷天下，在泰山各處所立的碑碣，其文皆爲斯所作。今錄之罘東觀刻石一文爲例：

維二十九年，皇帝春遊，覽省遠方，逮於海隅，遂登之罘，昭臨朝陽，觀望廣麗，從臣咸念，原道至明。聖法初興，淸理疆內，外誅暴强，武威旁暢，振動四極，禽滅六王，闡並天下，菑害絕息，永偃戎兵。皇帝明德，經理宇內，視聽不怠，作之大義，昭設備器，咸有章旗，職臣遵分，各知所行，事無嫌疑。黔首改化，遠邇同度，臨克絕尤，常職既定，後嗣循業，長承聖治，群臣嘉德，祗誦聖烈，請刻之罘。

二

漢初文學，仍承秦弊，沒有什麼生氣。儒生們但知定朝儀，取媚於人主，對於文藝復興的工作，一點也不曾着手。秦代所有的挾書律，也至惠帝四年（公元前一九一年）方才廢止。文景繼之，始稍有活氣。這時封建制度，一時暫現其光芒，於是諸辯士又乘時而起，各逞其驚世的雄談，爲自己的利益而奔走着。頗有復現戰國時代的可驚羨的政談與橫議的趨勢。但封建制度既因七國之被剷而第二度破滅，這種風氣便也一時的煙消雲滅。一般的才智之士，或者『投筆從戎』，有開闢異域之雄心，或馳騁於文壇，以辭賦博得盛名，或者拘拘於一先生之言，抱遺經而終老。這個情形，在漢武帝時代，達到了她的極峯。

劉邦不喜儒。『諸客冠儒冠來者，沛公輒解其冠，溺其中，與人言，常大罵』。（漢書酈食其傳）跟從於他身邊的儒生辯士，如酈食其，婁敬，陸賈，叔孫通等，皆是食客而已，不能與蕭何，張良等爭席而坐。除陸賈外，他們皆不著書。陸賈，[一]楚人，有口辯，從劉邦定天下，居左右，常使諸侯。以說趙佗功，拜爲大中大夫。賈時前說詩書，劉邦乃命他道，『試爲我著秦所以失

[一]陸賈見史記卷九十七；漢書卷四十三。

天下，吾所以得之者及古成敗之國。』賈凡著十二篇。每奏一篇，邦未嘗不稱善。稱其書曰新語。新語雖今尚存在，但是後人所依托，非賈的原書。他又能辭賦，漢書藝文志有『陸賈賦三篇』；但其文已佚。文帝時有賈誼，亦善於辭賦，而其散文也頗可觀。賈誼〔一〕雒陽人。年十八以能誦詩書屬文稱於郡中，爲河南吳公所知。吳公爲廷尉，言誼年少頗通諸家之書，文帝召以爲博士。是時誼年二十餘。文帝以其能，悅之，超遷歲中至大中大夫。當時諸法令所更定及列侯就國，其說皆誼發。但爲讒臣所間，竟不得大用，而出他爲長沙王太傅。後歲餘，文帝復召入拜他爲梁懷王太傅。這時匈奴彊侵邊，諸侯僭疑地過古制。誼數上陳疏政事，多所欲匡建。後梁王墜馬死。誼自傷爲傅無狀，常哭泣，歲餘亦死，年三十三。他的散文議論暢達而辭勢雄勁，審度天下政治形勢也極洞澈明了，但已不復有戰國時代狂飈烈火似的偉觀壯彩了。本傳稱其著述〔二〕凡五十八篇。然今所傳有新書五十八篇，却非其舊，多取漢書誼本傳所載之文割裂章段，顛倒次序而加以標題。景帝之時智謀之士頗多，

〔一〕賈誼見史記卷八十四；漢書卷四十八。 〔二〕賈太傅集有漢魏六朝百三家集本。

如鼂錯，如鄒陽，如枚乘，其說辭皆暢達美麗而明於時勢，有類於戰國諸說士。枚乘〔一〕字叔，淮陰人，曾兩上書諫吳王，當時稱其有先知之明。〔二〕鼂錯〔三〕潁川人，爲景帝內史，號曰智囊，即首謀削諸侯封地者，吳楚反，以誅錯爲名，錯遂被殺。錯洞明天下大勢，言必有中。在文帝時初上書言兵事，論防禦匈奴，復言守備邊塞，勸農力本，此皆尚時之急務。又有鄒陽〔四〕齊人，初事吳王濞，後從孝王遊。賈山〔五〕潁川人，嘗給事潁陰侯爲騎，孝文時，嘗言治亂之道，借秦爲諭，名曰至言。

三

漢初，詩人絕少。陸賈有賦三篇，朱建有賦二篇，趙幽王有賦一篇，皆見於漢書藝文志，今並片語隻字無存；所存者惟劉邦的歌詩二篇而已。一爲過沛時所作的『大風起兮雲飛

〔一〕枚乘見漢書卷五十一。〔二〕枚叔集有漢魏百三家集本。〔三〕鼂錯見史記卷一百〇一；漢書卷四十九。〔五〕鄒陽見史記卷八十三；漢書卷五十一。〔五〕賈山見漢書卷五十一。

揚，』一爲對戚夫人所唱的『鴻鵠高飛，一舉千里。』到了文景之時，詩人方才輩出。漢書藝文志所載者，有莊夫子賦二十四篇，賈誼賦七篇，枚乘賦九篇。又有唐山夫人的安世房中樂等等。莊夫子的賦今僅存哀時命一篇。他名忌，一作嚴忌，會稽吳人，字夫子。與枚乘等同爲梁孝王客。他的哀時命與賈誼的弔屈原賦，服鳥賦相類，皆是摸倣屈原的離騷，九章，以抒寫他自己的不得意之感的。我們看：『哀時命之不及古人兮，夫何予生之不遘時！往者不可扳援兮，倈來不可與期。志憾恨而不逞兮，抒中情而屬詩。夜炯炯而不寐兮，懷隱憂而歷茲。心鬱鬱而無告兮，衆孰可與深謀。欿愁悼而委情兮，老冉冉而逮之。』還不逼肖離騷的調子？

賈誼的境遇有些和屈原相同，便自然的同情於屈原。他爲長沙王太傅，度湘水，爲賦以弔屈原道：『造托湘流兮，敬弔先生。遭世罔極兮，乃殞厥身。嗚呼哀哉兮，逢時不祥。鸞鳳伏竄兮，鴟梟翱翔。闒茸尊顯兮，讒諛得志。賢聖逆曳兮，方正倒植。……彼尋常之汙瀆兮，豈能容夫吞舟之巨魚。橫江湖之鱣鯨兮，固將制于螻蟻。』他不惟是哭屈原，也且在自哭了。他在長沙三年，有鵩鳥飛入其舍，止於坐隅。鵩似鴞，不幸鳥。長沙卑濕，誼自傷悼，以爲壽不得長。乃爲賦以自廣。在這個地方，我們頗可想得 Allen Poe 作烏雅詩的一個環境來。然誼終於自己寬慰的說道『其生兮若浮，其死兮若休，澹乎若深泉之靜，泛乎若不繫之舟。不以生故自寶兮養空而浮。德人無累，知命不憂，細故蔕芥，何足以疑。』又有惜誓。見楚辭，王逸以爲『不知誰所作也。或曰賈誼，疑莫能明也。』今讀其首句：『惜余年老而日衰兮』；便知決非誼之所作。

在這個漢賦的初期，離騷的模擬是很流行着的。但到了景帝之時，大詩人枚乘出現，却將漢賦帶到了別一條道路上去。乘所作有七發諸賦，而以七發爲最著。七發的結構極似楚辭中的招魂，大招，顯然受有他們的很深的影響。此種文體的結構，皆至爲簡單，像七發便分爲左之七段：

序曲：楚太子有疾，吳客往問之。他以爲太子之病，可以要言妙道說而去之。

第一段他初以音樂說太子，琴聲是那樣的淒美，然而太子却病不能聽。

第二段：繼以飲食說太子，美味那末多，廚手又是那末高明，然而太子却病不能嘗。

第三段：更以駿馬名騎說太子，馬是那樣的神駿，然而太子却病不能乘。

第四段：再以宮苑池觀之樂導太子，又有賓客賦詩，美人侍宴，然而太子却病不能遊。

第五段：又以游獵之樂說太子，太子之病雖未痊，然而已有起色。

第六段：於是他更以到廣陵之曲江觀濤之說進。太子還是病不能興。

第七段最後，吳客道將爲太子奏方術之士，論天下之精微，理萬物之是非。太子便據几而起，涊然汗出，霍然病已。

這種幼稚簡單的結構，與其浮誇的敘寫，給後來的漢賦以絕大的影響。

楚歌在漢初，最爲流行。於劉邦大風，鴻鵠二歌外，更有可述者。項羽歌：『力拔山兮氣蓋世，時不利兮騅不逝；騅不逝兮可奈何，虞兮虞兮奈若何！』乃是這絕代英雄最後的哀號。趙幽王名友，爲呂后所囚而死；他在囚時曾作一歌：『爲王餓死兮誰者憐之，呂氏絕理兮，托天報仇』，誠乃是一首最坦白的悲憤詛咒之作。劉章在諸呂用事時，曾作『深耕概種，立苗欲疏，非其種者，鋤而去之』一歌，具有很巧妙的雙關之意。唐山夫人爲劉邦姬，作安世房中樂歌十六章。漢書禮樂志說『凡樂樂其所生，禮不忘其本。高祖樂楚聲，故房中樂楚聲也』。房中樂並沒有詩的情緒，不過是皇室的樂歌，用以歌頌皇德祀神而已。

更有韋孟［一］魯國鄒人，爲楚元王傅，傅子夷王及孫王戊。戊荒淫不遵道，孟作詩諷諫。後徙家于鄒，又作一詩。這兩篇詩都是模擬詩經的四言之作，具着老成人的苦口的教訓的。

參考書目

一、漢魏百三名家集 明張溥輯，有原刊本，翻刊本。
二、古詩紀 明馮惟訥編，有原刊本。
三、全漢魏六朝詩 丁福保輯，有醫學書局刊本。
四、全上古六朝文 清嚴可均輯，有黃岡王氏刊本，有醫學書局石印本。

［一］韋孟見史記卷九十六；漢書卷七十三。

五、漢魏名家集 丁福保輯，醫學書局出版。

六、文選 梁蕭統編，有胡氏刊本四部叢刊本。

第七章 辭賦時代

詩人皇帝劉徹——他的偉大的時代——漢賦內容的空虛——詩人的落寞——司馬相如——東方朔枚皋嚴助等——王襃張子僑——揚雄——後漢的辭賦作家們——班固崔駰等——張衡——蔡邕

一

從漢武帝以後到建安時代，我們稱之爲辭賦時代。漢武帝是一位雄才大略的人，在文學上，他也是一位雄才大略的人。自文景以來，漢民族經過了幾十年的休生養息，經濟的能力已足使他們向外發展了，政治又已上了軌道。幸運兒的漢武帝恰恰生在此時，便使喚着許多名將向北方侵略。把千年來的強敵匈奴，攻打得痛深創鉅，再不敢正眼兒南窺。

這是秦始皇所未竟的功，也是漢高文景所不敢想望的事業。同樣的政治與經濟的安定與發達，使文學也跟着繁盛起來。

這個大時代，就文學而言，有兩個大傾向，一個傾向是弘麗的體製，縵誕的敘述，過度的描狀，誇張的舖寫，這一方面的代表人是司馬相如，東方朔，枚臯。別一個傾向是規模偉大的著作，夰括前代一切知識，成績，而給他們以有系統有組織的敘狀：這一方面的代表人是司馬遷與劉安。這是必然的一種結果；生活上多了餘裕的富力與時間，便自然的會傾向于精細的雕飾的文彩一方面去。同時經過了這樣的一個大時代，也自然的會有將前代的種種事物告一個總結束的雄心。

二

漢賦是體製弘偉的，是光彩輝煌的，但內容却是空虛的。我們遠遠的看見了一片霞彩，一道金光，卻把握不到什麼。他們沒有什麼深摯的性靈，也沒有什麼眞實的詩的雋美；他

荀况

（古物陳列所特許借印）

揚雄

（古物陳列所特許借印）

們只是一具五彩斑斕的中空的畫漆的立櫃。他們不是什麼偉大的創作；他們的作者們也不是什麼偉大的詩人們。從賈誼、枚乘以來，漢代辭賦家便緊跟在屈原，宋玉們走去。但獲得的不是屈，宋的眞實的詩思，卻是他們的糟粕。我們可以說，兩漢的時代乃是一個詩思最消歇，詩人最寥寞的時代。

漢賦作者們，對于屈宋是亦步亦趨的；故無病的呻吟便成了騷壇的常態。又沿了大招，招魂和荀卿賦的格局而專以『鋪敍』爲業。所謂『賦』者，遂成了徧搜奇字，窮稽典實的代名辭。這是很有趣味的：幾位重要的辭賦作家，同時便往往也是一位字典學者；像司馬相如曾作凡將篇，揚雄嘗著方言。

漢賦雖未必是眞實偉大的東西，卻曾經消耗了這三百年的天才們的智力。他們至少是給予我們以若干弘麗精奇的著作。劉徹（漢武帝）他自己也是一位很好的詩人。在這個時代而有了像劉徹這樣的一位眞實的大詩人實不僅是『慰情聊勝無』的事。他爲當時許多無眞實詩才的詩人的東道主，而他自己卻是一位有眞實的詩才者。他一即位，便以蒲車安輪去徵聘枚乘，不幸乘道死。他讀了司馬相如的賦，自恨生不同時，而不意相如卻竟是他的同時代的人。漢書藝文志載其有自造賦二篇。今所傳之李夫人歌『是邪？非邪？立而望之，偏何姍姍其來遲！』及秋風辭『秋風起兮白雲飛，草木黃落兮雁南歸：蘭有秀兮菊有芳，懷佳人兮不能忘……』落葉哀蟬曲『羅袂兮無聲，玉墀兮塵生，虛房冷而寂寞，落葉依於重扃。』以及其他，都是很雋美的。又有李夫人賦：『去彼昭昭，就冥冥兮，既下新宮，不復舊庭兮』見于漢書外戚傳。集合于他左右的賦家有司馬相如，東方朔嚴助、劉安、吾丘壽王、朱買臣諸賦家。大歷史家司馬遷也善于作賦。（漢書藝文志載司馬遷賦八篇）

司馬相如〔一〕字長卿，蜀郡成都人。（179B.C.—117B.C.）初事景帝為武騎常侍，非其所好。後客遊梁，著子虛賦。〔二〕梁孝王死，相如歸，貧無以自業。至臨邛，富人卓氏女新寡，聞相如鼓琴，悅之，夜亡奔相如。卓氏怒，不分產於文君。於是二人在臨邛買一酒舍酤酒。文

〔一〕司馬相如見史記卷一百十七；漢書卷五十七。〔二〕司馬相如集有漢魏百三家集本。

君當鑪，相如則着犢鼻褌滌器於市中。卓氏不得已遂分與文君僮百人錢百萬，相如因以富。武帝時相如復在朝，著天子遊獵賦。後爲中郎將，略定西夷。不久病卒。所著尙有大人賦，哀秦二世賦，長門賦等。相如之賦，其靡麗較枚乘爲尤甚。子虛賦幾若有韻之地理志，其山川則什麼，其土地則什麼，其南則什麼所有物產地勢無不畢敍；像子虛賦；『雲夢者，方九百里。其中有山焉。其山則盤紆岪鬱，隆崇嵂崒，岑崟參差，日月蔽虧；交錯糾紛，上干青雲；罷池陂陀，下屬江河，其土則丹青赭堊，雌黃白坿，錫碧金銀，衆色炫耀，照爛龍鱗。』什麼都被拉撦上去了；不問是否合于實際。後來的賦家，像班固，張衡，左思諸人受此種影響爲最深。

東方朔〔一〕齊人，也善於爲賦。他喜爲滑稽之行爲。作七諫，答客難等。其與相如諸賦家異者，爲在相如諸人的賦中，絕不能見出他們自己的性格。而朔的賦則頗包含着濃厚的個性。他的答客難一作，尤爲著名，引起了後人的無數的擬作。所謂曼倩的滑稽的風趣，頗可於此見之。他本是謾駡，卻寫成了冷笑的自解。他『自以爲智能海內無雙』；而『積數

〔一〕東方朔見史記卷一百二十六；漢書卷六十五。東方曼倩集有漢魏六朝百三家集本。

十年，官不過侍郞，位不過執戟』，自己也不知怎麽解釋，便只好以『彼一時也，此一時也……今天下平均，合爲一家，動發舉事，猶運之掌，賢與不肖，何以異哉！』爲無可奈何的託辭。大政治家的劉徹對於嚴安，主父偃等的待遇和文人的東方朔，枚皐等是不同等級的；其間的作用，頗可測知。

嚴助〔一〕爲忌的族子，作賦三十五篇，今一篇無存。又劉安作賦八十二篇，吾丘壽王作賦十五篇，朱買臣作賦三篇，（皆見漢書藝文志）枚皐作賦百二十篇，傳于今者也絕少。劉安爲漢宗室，曾封淮南王，所作招隱士曾被編入楚辭中，但乃是他的客所爲，並非他作。此後的辭賦作家，有王褒，張子僑諸人。張子僑官至光祿大夫，曾作賦三篇，今也無一篇見存。王褒〔二〕字子淵，爲諫議大夫，作賦十六篇。〔三〕其洞簫賦，聖主得賢臣頌，四子讓德論，甘泉宮頌等皆有名於時。其九懷一篇，則被王逸選入楚辭中，但那時最重要的賦家卻

〔一〕嚴助，吾丘壽王，朱買臣均見漢書卷六十四。〔二〕王褒見漢書卷六十四。

〔三〕王子淵集有漢魏六朝百三家集本。

要算是揚雄。雄〔一〕字子雲，蜀郡成都人。（53B.C.18A.D.）他是典型的一位漢代作家，以模擬爲他的專業，既沒有獨立的思想，更沒有濃摯的情緒，他所有的僅只是漢代詞人所共具有的遺麗辭用奇句的工夫而已。然韓愈諸人卻以他爲孔、孟道統中的承前啟後的一員，眞未免過於重視他了。雄所作，幾乎沒有一書一文不是以古人爲模式的。〔二〕古人啟發了他的文趣，也啟發了他的思想。他讀了易，便作太玄經；讀了論語，便作法言；讀了楚辭，便作反離騷，廣騷，畔牢愁；讀了東方朔的答客難，便作解嘲。甚至論語十三篇，他的法言也是十三篇。而雄的賦如甘泉，羽獵，長楊等，也是以司馬相如諸賦爲準的。除堆砌美辭奇字，行文穩妥炫麗之外，便什麼也沒有了。

三

後漢的辭賦作家，也完全不脫西京的影響；西京有什麼，東京的作家一定是有的。司馬

〔一〕揚雄見漢書卷八十七。〔二〕揚子雲集有漢魏六朝百三家集本。

相如有子虛賦，班固便有兩都賦；東方朔有荅客難，班固便有荅賓戲，崔駰便有達旨，張衡便有應閒；枚乘有七發，張衡便有七諫。兩漢人士模擬之風本盛，而以東京爲尤甚，而辭賦作家則尤爲甚之甚者。許許多多的辭賦，皆可以一言而蔽之曰：『無病而呻』；而其結構佈局，更是習見無奇的。

東京的第一個重要的辭賦作家是班固，固〔一〕字孟堅（32A.D.—92A.D.）扶風安陵人。年九歲，能屬文，爲蘭台令，述作漢書。成不朽之業。其所著之賦，以兩都賦爲最〔二〕著。兩都賦之結構，絕似子虛賦，先言西都賓盛誇西都之文物地產以及宮闕之美，於東都主人之前。東都主人則爲言東都之事以折之，於是西都賓爲其所服。又作荅賓戲，則爲倣東方朔荅客難者。永元初（公元八九年）大將軍竇憲出征匈奴，以固爲中護軍，後憲敗，固被捕，死于獄中。

同時有崔駰〔三〕也善爲辭賦，所作達旨亦倣東方朔荅客難。其他反都賦諸作，今已散

〔一〕班固見後漢書卷七十。 〔二〕班堅孟集有漢魏六朝百三家集本。 〔三〕崔駰見後漢書卷八十二。

佚。馮衍〔一〕字敬通，京兆杜陵人，亦以能作賦名。王莽時不仕，更始立，衍爲立漢將軍，光武時爲曲陽令。所作有顯志賦及書銘等。張衡〔二〕字平子，南陽西鄂人。(78—139) 所作有西都賦、東都賦、南都賦、週天大象賦、思玄賦、冢賦、髑髏賦等；又有七諫，應間，倣枚乘，東方朔之作。〔三〕此種著作在現在看來，自不甚足貴，其足以使他永久不朽者，乃在他的四愁詩：

> 我所思兮在太山，欲往從之梁父艱，側身東望兮涕沾翰。美人贈我金錯刀，何以報之英瓊瑤，路遠莫致倚逍遙，何爲懷憂心煩勞。

此詩之不朽，在於牠的格調是獨創的，音節是新鮮的，情感是眞摯的；雜於冗長浮誇的無情感的諸賦中，自然是不易得見的傑作。衡並善於天文，爲太史令，造渾天儀，候風地動儀，精確異常，乃是中國古代最大的一位天文家。後出爲河間相，有政聲，徵拜尚書卒。

李尤〔四〕字伯仁，廣漢雒人(55?—137?)初以賦進，拜蘭台令史。與劉珍等撰漢記，後爲

〔一〕馮衍見後漢書卷五十八。　〔二〕漢衡見後漢書卷八十九。

〔三〕馮張諸人集有漢魏六朝百三家集本。　〔四〕李尤見後漢書卷一百十。

樂安相卒。有函谷關賦，東觀賦等。其九曲歌雖僅餘二句：『年歲晚暮時已斜，安得力士翻日車（下闕）』却已顯其弘偉的氣魄。

馬融〔一〕字季長，扶風茂陵人（79—166）爲漢季之大儒，但亦工於作賦，善鼓琴，好吹笛，達生任性不拘儒者之節。常坐高堂，施絳紗帳，前授生徒，後列女樂。所作以笛賦爲最著。〔二〕

王逸〔三〕字叔師，南郡宜城人，元初中舉上計吏，爲校書郎。順帝時爲侍中。其不朽之作爲楚辭章句一書，他自己之九思亦列入其中。此外尚作機賦、荔支賦等。

蔡邕〔四〕字伯喈，陳留圉人。（133—192）爲漢末最負盛名之文學者。召爲議郎，校正六經文字，自書丹於碑，使工鐫刻，立於太學門外。觀視及摹寫者車乘日千餘兩，塡塞街陌。後免去。董卓專政，强迫邕詣府，甚敬重之，三日之間，周歷三台，拜左中郎將。卓被殺，邕竟被

〔一〕馬融見後漢書卷九十。 〔二〕王逸見後漢書卷一百十。

〔三〕馬季長集有漢魏六朝百三家集本。 〔四〕蔡邕見後漢書卷六十九。

株連死獄中所作文甚多，〔一〕賦以述行爲最著。有詩名飲馬長城窟行者，辭意極婉美：『青青河畔草，綿綿思遠道。遠道不可思，宿昔夢見之。夢見在我傍，忽覺在他鄉。他鄉各異縣，展轉不可見。』編邕集者多把牠列入、文選則題爲無名氏作。

參考書目

一、文選　蕭統編，有胡克家刊本四部叢刊本。

二、全上古漢魏六朝文　清，嚴可均編，有王氏刊本；醫學書局印本。

三、漢魏六朝百三名家集　明，張溥編，有原刊本；長沙刊本。

四、漢魏六朝名家集　丁福保編，醫學書局出版。

五、歷代賦彙　康熙敕編，有揚州書局刊本；有石印本。

〔一〕蔡中郎集有聊城楊氏刊本；明蘭雪堂活字本；四部叢刊本；漢魏六朝百三家集本。

第八章　五言詩的產生

五言詩的重要——五言詩不會產于蘇李的時代——更不會產生在枚乘的時代——最早的五言詩——民歌與民謠——古詩十九首等——兩篇偉大的五言敘事詩：悲憤詩與孔雀東南飛——蔡邕酈炎孔融等——樂府古辭——相和歌辭——漢鐃歌

一

五言詩的產生，是中國詩歌史上的一個大革命，一個大進步。詩經中的詩歌，大體是四言的，楚辭及楚歌，則爲不規則的辭句。楚歌往往陷於粗率。而四言爲句，又過於短促，也未能盡韻律的抑揚。又其末流乃成了韋孟諷諫詩傳毅迪志詩等等的道德訓言。其命運誠是十分可悲的。五言詩乘了這個時機，脫穎而出，立刻便征服了一切，代替了四言詩，代替了楚歌，而成爲詩壇上的正宗歌體。自屈原，宋玉之後，大詩人久不產生。五言詩體一出現，便造成建安，正始，太康，諸大時代。曹操，曹植，陶潛諸大詩人便也陸續的產生了。詩思最爲銷歇的『漢賦時代』遂告終止。

五言詩的出生，在什麼時候呢？鍾嶸詩品托始於李陵。蕭統的文選也以『良時不再至，離別在須臾』幾篇爲李陵之作。徐陵選玉臺新詠則以『西北有高樓』『青青河畔草』諸作爲枚乘之詩。如果枚乘李陵之時，五言詩的體格已經是那末完美了，則他們的起源自當更遠在其前了。至少五言詩是當與漢初的楚辭及楚歌同時並存的。然而在漢初，我們却只見有『大風起兮雲飛揚』『諸呂用事兮劉氏微』『力拔山兮氣蓋世』(項羽歌)却絕不見有五言詩的蹤影。即在武帝之時也只有『陸沈於俗，避世金馬門』(東方朔歌)『鳳兮鳳兮歸故鄉』(司馬相如歌)『秋風起兮白雲飛』(武帝秋風辭)；却絕不見有五言詩的蹤影。那末，枚乘，李陵的『良時不再至』『西北有高樓』等等的至完至美的五言詩，難道竟是如摩西的十誡，莫哈默德的可蘭經似的從天上落下，出上帝給予的麼？像這樣的奇踪，是文學史上所不許有的。

我們且看，主持着李陵、枚乘爲五言之祖的人，到底有提出什麼重要證據來沒有。鍾嶸、蕭統皆以李陵爲五言之祖，然鍾嶸他自己已是遊移其辭：『古詩眇邈，人世難詳，推其文體，固炎漢之製，非衰周之倡也』。昭明文選先錄古詩十九首，題曰古詩，並不著作者姓氏，其次乃及李陵之作。然鍾嶸嘗說：『其外「去者日以疏」四十五首，雖多哀怨，頗爲總雜。舊疑是建安中曹王所製。』「去者日以疏」正在古詩十九首中。鍾氏既疑其爲「建安中曹王所製」，而蕭統却反列於李陵之上。可見這兩位文藝批評家對於這些古作的時代與作者，也是彼此矛盾，且滿肚子抱了疑問的。劉勰說：『成帝品錄，三百餘篇，朝章國采，亦云周備，而辭人遺翰，莫見五言，所以李陵、班婕妤見疑於後代。』此語最可注意。漢書藝文志，選錄歌詩最爲詳盡，自高祖歌詩二篇，以至李夫人及幸貴人歌詩三篇，南郡歌詩五篇等，凡二十八家，三百一十四篇，無不畢錄。假如李陵有如許的佳作，藝文志的編者是決不會不記錄下來的。又漢書傳記中所錄詩賦散文，至爲繁富。李陵傳中，亦自有其歌：

『徑萬里兮度沙漠，爲君將兮奮匈奴。路窮絕兮天刃權，士衆滅兮名已隤。老母已死，雖欲報恩將安歸！』這是蘇武還漢時，李陵置酒賀武，與武決別之詩。所謂李陵別蘇武詩，蓋即此詩而已，別無所謂『良時不再至』諸作也。這詩乃是當時流行的楚歌的格式，也恰合李陵當時的情緒與氣概。『良時不再至，離別在須臾，屏營衢路側，執手野踟躕，』『攜手上河梁，遊子暮何之？徘徊蹊路側，悢悢不能辭；』『嘉會難再遇，三載爲千秋。臨河濯長纓，念子悵悠悠』這三首『別詩，』誠極纏綿悱惻之致，然豈是李陵別蘇武之詩？又豈是『置酒賀武曰：「異域之人一別長絕，」因起舞而歌，泣下數行，遂與武決』的李陵所得措手的！古文苑及藝文類聚中，又有李陵的錄別詩八首『有鳥西南飛』『爍爍三星列』等等，則更爲不足信了。

蘇武亦傳有『結髮爲夫妻』『黃鵠一遠別』諸詩，其不足信，更在李陵詩之上。像：『結髮爲夫妻，恩愛兩不疑。歡娛在今夕，燕婉及良時。征夫懷往路，起視夜何其。參辰皆已沒，去去從此辭！』誠是一篇悲婉之極的名作，卻奈不能和蘇武這一個人名聯合在一處何又有武答李陵詩一首，見古文苑及藝文類聚；別李陵詩一首，見初學記。則更爲顯然的僞托。

爲什麼鍾、蕭諸人定要將這些絕妙好辭抬高了三個多世紀而與李陵蘇武發生了關係呢？可能的解釋是：自五胡亂華之後，中原淪沒，衣冠之家不東遷則必做了異族的臣民，蘇李的境況，常是他們所親歷的，所以他們對於蘇、李便格外顯得同情。基於這樣的同情，六朝人士便於有意無意之中，爲蘇、李製造了，附加了許多著作；有名的李陵答蘇武書便是這樣動機僞作出來的；將許多無主名的古詩黏上了蘇、李的名字，其動機當也是這樣的。

至於五言詩始於枚乘之說，則連鍾嶸、蕭統他們也還不知道。這一說，較之始於蘇、李的一說爲更無根據更無理由。第一次披露的，是徐陵編輯的玉台新詠。他以古詩十九首中的西北有高樓，東城高且長，行行重行行，青青河畔草，庭中有奇樹，迢迢牽牛星，明月何皎皎，涉江采芙蓉八首，定爲枚乘作，更加了蘭若生春陽一首。大約硬派這九首『古詩』於枚乘名下的，當是相沿的流說，未必始於徐陵。劉勰在他的文心雕龍中已說起：『古詩佳麗，或稱枚乘。』徐陵好奇過甚，以此『或說』逕見之著錄了。

總之五言詩發生於景、武之世之一說。（156B.C.—87B.C.）是絕無根據的。在六朝以前沒有人以五言詩爲始自景、武之世，也沒有一首五言詩是可以確證其爲景、武之世之所作。虞美人答項羽『力拔山兮氣蓋世』一歌的：『漢兵已略地，四方楚歌聲，大王意氣盡，賤妾何聊生！』（見於史記正義）以及卓文君給司馬相如與之決絕的白頭吟，『皚如山上雪，皎若雲間月，聞君有兩意，故來相決絕！』（見西京雜記）固與蘇李枚乘同爲絕不可靠的。即班婕妤的怨歌行：『新裂齊紈素，皎潔如霜雪。裁成合歡扇，團團似明月。出入君懷袖，動搖微風發。常恐秋節至，涼飈歛炎熱，棄捐篋笥中，恩情中道絕。』作於成帝（32B.C.—7B.C）之時者，劉勰且以爲疑，文選李善註也以爲『古詞』。則西漢之時，有否如此完美的五言詩實是不可知的。顏延之庭誥說：『李陵衆作，總雜不類，元是假托，非盡陵制，至其善篇，有足悲者。』蘇東坡答劉沔書說：『李陵、蘇武贈別長安詩，有江漢之語，而蕭統不悟。』（通攷引）洪邁容齋隨筆說『文選李陵、蘇武詩，東坡云後人所擬。余觀李詩云「獨有盈觴酒。」盈，惠帝諱。漢法觸諱有罪，不應陵敢用，東坡之言可信也。」顧炎武日知錄說：『李陵詩，「獨有盈觴酒，」枚乘詩「盈盈一水間。」二人皆在武、昭之世而不避諱，又可知其為後人之擬作而不出於西京矣。』又文選旁證引翁方綱說：『今即以此三詩論之，皆與當時情事不切。史載陵與武別，陵起舞作歌「徑萬里兮」五句，此當日眞詩也。何嘗有攜手河梁之事。所以河梁一首言之，其曰「安知非日月，弦望自有時。」此謂離別之後，或尚可冀其會合耳。不思武既南歸，即無再北理，而陵云「大丈夫不能再辱」亦自知決無還漢之期，則此日月弦望為虛辭矣。』翁氏又說：『嘉會難再遇，三載為千秋。蘇、李二子之留匈奴，皆在天漢初年。其相別則在始元五年，是二子同居者十八九年之久矣。安得僅云三載嘉會乎？若準本傳歲月證之，皆有所不合。』錢大昕十駕齋養新錄也說：『七言至漢，而大風、瓠子見於帝製，柏梁聯句，一時稱盛，而五言靡聞。其載於班史者，唯「邪徑敗良田」童謠，見於成帝之世耳。……要之，此體之興，必不在景、武之世。』由此可知以古詩十九首等無主名的五言詩為枚乘、蘇、李所作，是有了種種的實證，知其為無稽的；固不僅僅以其違背於文學演化的原則而已。

那末五言詩應該始於何時呢？五言詩的發生，是有了什麼樣的來歷的呢？我們所知道的，最早的最可靠的五言詩是漢書五行志所載的漢成帝時代的童謠：

邪徑敗良田，讒口亂善人。桂樹華不實，黃雀巢其顛。昔為人所羨，今為人所憐。

及班固的詠史詩：『三王德彌薄，惟後用肉刑。太倉令有罪，就逮長安城。』這些五言詩，都是很幼稚的，可見其離草創的時代還未遠。又漢書載永始元延間（16B.C.—9B.C.）尹賞歌：『安所求子死？桓東少年場。生時諒不謹，枯骨復何葬。』後漢書載光武時（25A.D.—55A.D.）涼州歌：『遊子常苦貧，力子天所富。甯見乳虎穴，不入冀府奇。』後漢書又載童謠歌云：『城中好高髻，四方高一尺；城中好廣眉，四方眉且半；城中好大袖，四方全匹帛』；崔氏家傳載崔瑗為汲令，開溝造稻田，瀉鹵之地更為沃壤，民賴其利，長老歌之道：『上天降神明，賜我仁慈父。臨民布德澤，恩惠施以序。穿溝廣溉灌，決渠作甘雨。』常璩華陽國志載太山吳資孝順帝永建中（126—130）為巴郡太守，屢獲豐年，人歌之云：『習習晨風動，澍雨潤禾苗。我后恤時務，我人以優饒。』其後賓遷去，人思之，又歌云：『遠望忽不見，惆悵當徘徊。恩澤實難志，悠悠心永懷。』由此，我們可以知道五言詩的草創時代，當在離公元前三十二年（成帝建始元年）不遠的時候。在這個草創時代，五言詩似尚在民間流傳着，爲民歌，爲童謠，雖偶被史家所採取，却未爲文人所認識。班固的詠史却是最早的一位引進五言詩於文壇的作家。同時的傅毅，雖有人曾以古詩十九首中的『冉冉孤生竹』一首歸屬於他，而論者也往往以爲疑。張衡的同聲歌：『邂逅承際會，得充君後房，情好新交接，恐慄若探湯。不才勉自竭，賤妾職所當。綢繆主中饋，奉禮助烝嘗。……』也與詠史一樣，正足以見卓創期的古拙僵直的氣分。直至東漢的季葉，蔡邕、秦嘉、孔融出來，五言詩方才開始了他的黃金時代。

二

五言詩之所以會發生於成帝時代的前後，似乎並不是偶然的事。在這個時候（32B.

（9）中國與西域的溝通，正是絡繹頻繁之時：隨了天馬，苜蓿，葡萄等等實物，而進到中國的，難保不有新聲雅樂文藝詩歌之類的東西。五言詩的發生，恰當於其時，或者不無關係罷。或至少是應了新聲的需要而產生的。最初是崛起于民間的搖籃中；或那些新聲最初的為民間所採納。所謂無主名的許多『古詞』『古詩』蓋便是那許多時候的民間所產生的最好的詩歌，經由文人學士所潤改而流傳於世的。因為論者既不能確知其時代，又不能確知其作者，所以總以『古詞』『古詩』的混稱概括之。其播之於樂府者則名之為『樂府古辭』。這些『古詩』『古詞，』氣魄渾厚，情思眞摯，風格直捷，韻格樸質，無奧語，無隱文，無曲說，極自然流麗之致，劉彥和所謂：『結體散文，直而不野，婉轉附物，怊悵切情。』（文心雕龍）在在都足以見其為新出于鉶的傑作。

在最早的那些『古詩』『古詞』裏，有一部分是抒情詩，又有一部分是敘事詩；而這兩方面都具有很好的成績，抒情詩自當以古詩十九首為主。在這十九首之中，作者未必是一人，時代也未必是同時。內容亦不一致，有的是民間的戀歌，有的是遊子思歸之曲，有的是少年懷人之什，有的是厭世的曠達的歌聲。或曾經過文人的不止一次的潤飾，或竟有許多是擬作。鍾嶸詩品以爲『舊疑以爲曹王之作』，或者這些詩竟是到曹、王才潤飾到如此的完備之境的吧。在這十九首中，情歌便占了十首，或出之於自己的口氣；或出於他人的代述，類多情意懇摯，措辭眞率，不求乎工而自工，不求於麗而自有其嬌媚迷人之姿。我們看詩經的陳、鄭、衞、齊諸風中的許多情詩，我們看流行於六朝時代的樂府曲子，如子夜讀曲之屬，便知道這些情詩乃正是他們的眞實的同類。其中最好的，像第一首行行重行行：『行行重行行，與君生別離。相去萬餘里，各在天一涯。……相去日已遠，衣帶日已緩。浮雲蔽白日，遊子不顧返。思君令人老，歲月忽已晚。』第二首青青河畔草：『青青河畔草，鬱鬱園中柳。盈盈樓上女，皎皎當牕牖。娥娥紅粉妝，纖纖出素手。昔爲倡家女，今爲蕩子婦。蕩子行不歸，空牀難獨守。』第六首涉江採芙蓉：『涉江採芙蓉，蘭澤多芳草。采之欲遺誰？所思在遠道』都是寫得很嬌婉動人的；而第八首冉冉孤生竹：『冉冉孤生竹，結根泰山阿。與君爲新婦，兎絲附女羅』云云，頗使我們想起了希臘人的葡萄藤依附於橡樹的常喻。第十八首客從遠方來，則彈着另外的一個戀歌的調子：

客從遠方來，遺我一端綺。相去萬餘里，故人心尚爾。文彩雙鴛鴦，裁爲合歡被。著以長相思，緣以結不解。以膠投漆中，誰能別離此。

除了這些情歌之外，便是一些很淺近坦率的由厭世而遁入享樂主義的歌聲了；但也間有較爲積極的憤慨的或自慰自勵的作品。這種坦率的厭世的人生觀，是民間所常蟠結着的。遇着『世紀末』更容易發生。十九首中自第三首青青陵上柏，第十一首迴車駕言邁，第十三首驅車上東門以至第十四首去者日以疎，第十五首生年不滿百都是如此的一個厭世調子。『晝短苦夜長，何不秉燭遊』便是其中一部分厭世的享樂主義者的共同的供語。『不如飲美酒，被服紈與素。』坦率的厭世主義者，便往往是只求霎時間的享用的。又第四首今日良宴會第七首明月皎夜光都是憤懣不平的調子。

於十九首外，更有好些抒情的『古詩。』這些古詩，其性質也甚爲複雜，但大都可信其是民間的坦樸的作品。如藁砧今何在的『菟絲從長風，根莖無斷絕。無情尚不離，有情安可別；』高田種小麥的：『高田種小麥，終終不成穗。男兒在他鄉，焉得不憔悴。』都是極為純朴可愛的。採葵莫傷根的兩首古詩，更是最流行的格言式的歌謠，意義直捷而淺顯：『採葵莫傷根，傷根葵不生。結交莫羞貧，羞貧友不成。甘瓜抱苦蒂，美棗生荊棘。利傍有倚刀，貪人還自賊。』像步出城東門『步出城東門，遙望江南路。前日風雪中，故人從此去。』及橘柚垂華實，十五從軍征等等，也都是很深刻，瑩雋的詩篇。

民歌常因了易地之故，每有一首轉變於各地，成為好幾首的，也常襲用常唱常見之語句的。這在許多『古詩』『古詞』裏都可以見到的。又我們如果仔細的讀了那許多『古詩』『古詞』便知道他們雖或經過了好幾次的文人的改作，或竟是文人的擬作，却終於撲滅不了民歌的那種村樸的特色。民歌的天真自然的好處，往往是最不會喪失了去的；而一到了文人的筆下，也往往會變成更偉大的東西。失去了的乃是不通與野陋；保存了的却都是她們的眞實的美；且更加入文士們的豊縟的辭藻。

三

五言的叙事詩，在這時候，並不發達。叙事詩的構成本比抒情詩爲難；抒情詩可以脫口而出；叙事詩則非有本事，有意匠，有經營不可。在樂府古辭之中，原有些叙事詩，但大都不是以五言體寫成的；用五言詩寫的，只有陌上桑等一篇耳。現在我們所講的五言體的叙事詩，在實際上只有兩篇；而這兩篇，却都是很偉大的作品；結構都很弘麗，內容也極動人，遣辭也很雋妙。民間叙事詩，假定在那時已經發達的話，這兩篇却決不是純然出於民間的，極少也是幾個傑出於民間的無名文人的大作，而經過了幾個大詩人的潤改的。這兩篇大作便是悲憤詩（相傳爲蔡琰作）與古詩爲焦仲卿妻作。先說悲憤詩。

悲憤詩共有兩篇，一篇是五言體，一篇是楚歌體，更有一篇胡笳十八拍，其體裁乃是這時所絕無僅有的類似以音樂爲主的『彈詞』體。這三篇的內容，完全是一個樣子的，叙的都是蔡琰（文姬）的經歷；由黃巾造反，她被虜北去起，而說到受詔歸來，不忍與她的子女相別，却終於不得不同的苦說爲止。（琰爲邕女，博學有才辯，適河東衞仲道。夫亡，無子，歸寗於家。興平中，天下喪亂，姬爲胡騎所獲，沒於南匈奴左賢王。在胡中十二年，生二子。曹操遣使者以金璧贖之，而重嫁陳留董祀。）這三篇的結構也完全是一個樣子的，全都是用蔡琰自述的口氣寫的；敘述的層次也完全相同。難道這三篇全都是蔡琰寫作的麼？如此情調相同的東西，她爲什麼要同時寫作了三篇呢？以同一樣的戀愛的情緒，在千百種的幻形中寫出，以同一樣的人生觀念，在千百個方式中寫出，都是可能的；却從來不曾有過以同一個的故事，連佈局結構都完全相同的，乃用同一種敘事詩的體裁，在同一個作家的筆下，連續表現三篇之多的。胡笳十八拍一篇，乃是沿街賣唱的人的敘述；乃如白髮宮人彈說天寶遺事的樣子，乃如應伯爵盲了雙目以彈說西門故事爲生的情形。（應事見續金瓶梅）難道這樣的一種敘事詩竟會出於蔡琰她自己的筆下麼？這當然是不可能的。所以三篇之中，胡笳十八拍不成問題的是後人的著作；且也顯然可見其爲悲憤詩的放大。此外，尚有兩篇悲憤詩，到底那一篇是蔡琰寫的呢？楚歌體的一篇嗟薄祜兮遭世患比較寫的簡率些，五言體的漢季失權柄則比較的寫得詳盡些。後漢書謂：『琰歸董祀後，感傷亂離，追懷悲憤，作詩二章。』則此二章，五言體的與楚歌體的，皆是琰作的了。但所謂二章，未必便指的是不同體的二篇。或者原作本是楚歌體的；成後，乃再以當時流行的五言體重寫一遍的吧？不過細讀二詩，楚歌體的文字最渾樸，最簡單，最着意於練句造語；一開頭便自歎薄祜遭患門戶單孤，自身被執以北；以後便完全寫的她自己在北方的事。沒有一句空言廢話。確是最適合于琰的悲憤的口吻。琰如果有詩的話，則這一首當然是她寫的無疑。琰在學者的家門，古典的氣習極重；當然極有採用了這個詩體的可能。至於五言體的一首，在字句上便大增形容的了。先之以董卓的罪過，再之以胡兵的刦略，直至中段，才寫到自己。且琰的父邕原在董卓的門下，終以卓黨之故被殺；琰爲了父故，似未便那末痛斥卓吧！詩中敍述胡兵擄略人民的事；『馬邊懸男頭，馬後載婦女，』大似韋莊的秦婦吟。像這樣的詩，雖用第一身的口氣寫之，實頗難信其爲作者自身的經歷。最有可能的，是時人見到了琰的悲憤詩，深感其遭遇，便以五言體重述了出來。後人分別不清，使也以此作當爲琰之作的了。五言詩體到了這時，正到運用純熟之境，作者們每想以這一種新成熟的新詩式來試試新的文體，而五言體的悲憤詩及古詩爲焦仲卿妻作二大名作，便是他們的偉大的嘗試念的結果罷。

關於古詩爲焦仲卿妻作一詩，頗有許多意見與問題；但其爲中國古代詩史上的一篇最弘偉的敍事詩，却沒有一個人否認。此詩共一千七百四十五字，沈歸愚以爲是『古今第一首長詩』。敍的是一個家庭中的悲劇。其著作的時代似較晚，當是五言詩的黃金期中的作品。序文云：『時人傷之，爲詩云爾。』假如序言完全可靠的話，此詩也是『漢末建安（公元一九六—二二〇）中』的『時人』所著的了。然論者對此，異議尚多。梁啟超說：像孔雀東南飛和木蘭詩一類的作品，都起於六朝，前此却無有。（印度與中國文化之親屬關係）爲什麼這一類的敍事詩會起於六朝呢？他主張，他們是受了佛本行讚一類的翻譯的佛教文學的影響。但胡適之先生則反對他的主張：『以爲孔雀東南飛之作，是在佛教盛行於中國以前』。且以爲『大概在建安以後不遠，約當三世紀的中葉，但流傳在民間，經過三百多年之久（二三〇—五五〇）方才收在玉台新詠裏，方才有最後的寫定。』胡適的主張比較的可信。中國的敘事詩並不是突然而起的。在漢人樂府中，已有了好些敘事詩；如陌上桑，婦病行，孤兒行，雁門太守行等皆是；蔡琰的悲憤詩也在漢末出現，又魏黃初（約二二五）間，左延年有秦女休行。在這個時代（一九六—二二五）的時候，寫作敘事詩的風氣確是很盛的。所以孔雀東南飛之出現於此時，並無足怪。五言詩在此時實已臻於抒情敘事，無施不可的黃金期了。

四

有主名的五言詩的早期作家，有蔡邕、秦嘉、酈炎諸人。蔡邕的飲河長城窟行為五言詩中的最雋妙者之一，然或以為係古詞，非他所作。他的翠鳥一作，其情思便遠沒有飲馬長城窟行那末雋美了：『庭陬有苦榴，綠葉含丹榮。翠鳥時來集，振翼修容形。』

秦嘉字士會，隴西人。桓帝時仕郡上計，入洛除黃門郎。病卒於津鄉亭。當他為郡上計時，其妻徐淑寢疾，還家不獲面別，他贈詩有云：『人生譬朝露，居世多屯蹇。憂艱常早至，懽會常苦晚，』『顧看空房中，彷彿想姿形。一別懷萬恨，起坐不爲寧。』深情繾綣，頗足感人。然已離開民間歌謠的風格頗遠。

酈炎〔一〕的見志詩二首：『大道夷且長，窘路狹且促。修翼無卑棲，遠趾不步局……』趙壹〔三〕的疾邪詩二首：『河清不可俟，人命不可延。順風激靡草，富貴者稱賢。文籍雖滿腹，不如一囊書。伊優北堂上，骯髒倚門邊，』及『埶家多所宜，欬唾自成珠。被褐懷金玉，蘭蕙化爲芻。賢者雖獨悟，所困在羣愚。且各守爾分，勿復空馳驅，哀哉復哀哉，此是命矣夫。』以及孔融的雜詩：『巖巖鍾山首，赫赫炎天路……呂望尙不希，夷齊何足慕；』臨終詩：『言多令事敗，器漏苦不密。』都是以五言的新體來抒寫他們的悲憤的。五言詩在此時已佔奪了四言詩及楚歌的地位，而成爲文士階級所常用的詩體了。五言詩到了這個時代便已離開民間而成爲文人學士的所有物了。自成帝（32B.C.）至這時（219A.D.）凡二

〔一〕酈炎見後漢書卷二百十。 〔二〕趙壹見同上。

百五十年，而五言詩已由草創時代而到了她的黃金時代；已由民間而登上了文壇的重地了。

五

當五言詩在暗地裏生長着的時候，其接近於音樂的詩篇，則發展而成爲樂府。惟樂府不盡爲五言的。漢書卷二十二說：『〔武帝〕乃立樂府，採詩夜誦，有趙、代、秦、楚之謳。以李延年爲協律都尉。』同書卷九十三又說：『李延年，中山人，身及父母兄弟皆故倡也。延年坐法腐刑，給事狗監中。女弟得幸於上，號李夫人。……延年善歌，爲新變聲。是時上方興天地諸祠，欲造樂，令司馬相如等作頌。延年輒承意弦歌所造詩，爲之新聲曲。』又同書卷九十七上，說李夫人死，武帝思念不已，令方士李少翁招魂。武帝彷彿若有所遇，乃作詩道：『是耶非耶？立而望之，偏何姍姍其來遲？』因『令樂府諸音家弦歌之。』在這些記載中已可見所謂樂府，不外兩端：第一是『採詩夜誦，有趙代秦楚之謳』，其次是自作新聲，爲新詞作新譜。然自制之作本未足與民間已有之樂曲爭衡，而廟堂祭祀的詩頌雖譜以新聲，卻更不足以流傳於當時。世俗所盛行者，總不過是所謂『鄭衛之聲』而已。漢書卷二十二又說：『是時（成帝時），鄭聲尤甚。黃門名倡丙彊、景武之屬富顯于世，貴戚五侯定陵富平外戚之家淫侈過度，至與人主爭女樂。哀帝自爲定陶王時疾之，又性不好音。及卽位，下詔曰：『……鄭衛之聲興，則淫僻之化興，而欲黎庶敦朴，家給，猶濁其源而求其清流，豈不難哉？……其罷樂府官。郊祭樂及古兵法武樂在經非鄭衛之樂者條奏，別寓他官。』然皇帝的一封詔書又怎能感化了多年的積習呢？所以『樂府官』儘管罷去，而『百姓漸漬日久，又不制雅樂有以相變，豪富吏民湛沔自若。』

『雅樂』不要說『不制』，卽制作了，也是萬萬抵抗不了俗曲的；已死的古樂怎敵得過生龍活虎的活人的歌曲；一時的提倡更改革不了代代相傳，社會愛好的民間樂府。所以晉書樂志說，『凡樂府古辭，今之存者，並漢世街陌謠謳，江南可採蓮、烏生十五子、白頭吟之屬是也。』晉世荀勖採舊辭施用於世，謂之淸商三調，然而被於新聲的調句與古辭已很有異同。有一部分，我們現在只能知其新詞而忘其古辭，這是很可惜的。但有一部分，則古辭幸得保存。唐書樂志說：『平調，清調，瑟調，皆周房中曲之遺聲，漢世謂之三調。又有楚調，漢房中樂也。與前三調，總謂之相和調。』張永元嘉移錄說：『有吟漢四曲亦列於相和歌。又有大曲十五篇，分於諸調。唯滿歌行一曲，諸調不載，故附見於大曲之下云。』他們的話是不大可靠的，特別是以平，清，瑟三調爲『周房中曲之遺聲也』的一說。晉書樂志的『並漢世街陌謠謳』一語最得其眞相。我們一看那些古辭便可知其實出於『街陌』而非古代遺聲。

大抵漢代的樂府古辭，可分爲相和歌辭，舞曲歌辭，及雜曲歌辭的三類。所謂雜曲歌辭，連孔雀東南飛亦在內，所包括的只是一個『雜』字而已。舞曲歌辭則大都爲舞蹈之歌曲，文辭絕不可解者居大多數，我們現在所最要注意者惟相和歌辭而已。

相和歌辭凡六類，又附一曲滿歌行，據張永元說是無可歸類的。第一類相和曲，我頗疑心他們眞是相和而唱的。公無度河，江南可採蓮以及薤露歌，蒿里曲都有相和相接而唱着的可能；鷄鳴高樹顛，烏生八九子，平陵東也可和唱；惟陌上桑爲第三人叙述的口氣，不像相和之曲，然陌上桑全文都爲純美的五言詩體寫成，與其他相和曲完全不同。或是誤行混入的。第二類，『吟嘆曲』今只有王子喬一曲，且還是魏晉樂所奏，非是本辭。全文似爲祝頌之辭，如『令我聖朝應太平』之類。第三類，『平調曲』今存者有長歌行三首，君子行一首，猛虎行一首，這幾首都是五言的。君子行一首亦載曹子建集中。第四類，『清調曲』今存者有豫章行，董逃行，相逢行，及長安有狹斜行四首。相逢行及長安有狹斜行文字較爲簡樸，似當爲本辭。第五類，『瑟調曲』今存者有善哉行，隴西行，步出夏門行，折楊柳行，西門行，東門行，婦病行，孤兒行，雁門太守行，雙白鵠，豔歌行二首及豔歌上留田行等。在這個曲調中，頗多叙事的作品，這是很可注意的。像東門行，孤兒行，及婦病行都是很好的叙事詩；在當時，大約是當作短篇的史詩或故事詩般的唱着的吧。第六類『楚調歌』今所傳僅有三首；皚如山上雪，共二首，一爲本辭，一爲晉樂所奏。皚如山上雪即相傳爲卓文君作的白頭吟。大曲中只有一篇滿歌行，但有二首，一爲本辭，一爲晉樂所奏。其情調與怨歌行及『人生不滿百』等皆甚相同。

在『雜曲歌辭』裏頗多好詩傷歌行的『昭昭素明月』諸語，大似李白的『床頭明月光。』悲歌雖只是寥寥的幾句，却寫得異常的沈痛：『悲歌可以當泣，遠望可以當歸。』枯魚過河泣似只是一首很有趣的兒歌：『枯魚過河泣，何時悔後及作書與魴鱮，相敎愼出入。』

更有『郊廟樂章，』爲朝廷所用的『雅樂，』其辭大都是出於詞臣的手下。深晦古奧，甚不易解，大似舞曲歌辭。但也有極佳之作。此種郊廟樂章也可分爲二類：郊廟歌辭（漢郊祀歌十九首）及鼓吹曲歌辭（漢鐃歌十八曲）。漢郊祀歌者，蓋即漢書禮樂志所謂：『武帝定郊祀之禮，祠太乙於甘泉，祭后土於汾陰。乃立樂府，采詩夜誦，以李延年爲協律都尉。舉司馬相如等數十人造爲詩賦，略論律呂以合八音之調，作十九章之歌。』詞臣應制所作的東西自易流於古奧。

漢鐃歌十八曲中多不可解者。崔豹古今註曰：『短簫鐃歌，軍樂也。……漢樂有黃門鼓吹，天子所以宴樂群臣也短簫鐃歌，鼓吹之一章耳，亦以賜有功諸侯。』古今樂錄曰，『漢鼓吹鐃歌十八曲字多訛誤』沈約謂：『樂人以音聲相傳，訓詁不可復解。凡古樂錄，皆大字是辭，細字是聲。聲辭合寫故致然耳。』沈約之說最爲近理。但也未必盡然。當亦有竄亂，或古語本來難知者。其中最好者像戰城南：『戰城南，死郭北。野死不葬烏可食。爲我謂烏：且爲客豪。野死諒不葬，腐肉安能去子逃！』而有所思與上邪二首，也皆爲絕好的民間情歌。所可怪的是，在『郊廟樂章』的鼓吹曲辭中，爲什麼竟有這些絕不類『廟堂』之作的民歌在。這個，可有兩種解釋：第一，是民歌侵入鐃歌的範圍中去；第二是，鐃歌的曲調普及於民間，民間乃取之以製新詞。

參攷書目

一、全漢三國六朝詩　丁福保編；有醫學書局印本。
二、古詩源　沈德潛編，有原刊本及商務書館鉛印本。
三、文選　有汲古閣刊本；有胡氏仿宋刊本，有四部叢刊影宋本。

四、玉台新詠　有坊刊本。

五、漢詩研究　古層冰著，啓智書局出版。

六、古詩十九首解　金聖嘆著，有唱經堂刊本。

七、漢鐃歌考釋（？）　王先謙著，有長沙王氏刊本。

八、白話文學史上卷　胡適著，新月書店出版，可參看其第三章漢朝的民歌。

第九章　漢代的歷史家與哲學家

司馬遷和他的史記——一部弘偉的百科全書體的史書——史記在文學上的影響——淮南子——董仲舒公孫弘——徐樂嚴安等——劉向劉歆父子——他們的整理工作的重要——班固與荀悅——理性的復活時代——王充的論衡——王符仲長統等

一

這個時代，兩司馬並稱，然司馬遷的重要實遠過於司馬相如。司馬相如徒以虛誇無實之辭，寫荒誕不眞的內容，他以烏有先生，亡是公爲其所創作的人物，其作品的內容，也不過是烏有，亡是之流而已。司馬遷的著作卻是另一個方面的，他的成就也是另一個方面。他不誇耀他的絕代的才華，他低首在那裏工作。他排比，他整理古代的一切雜亂無章的

司馬遷

（古物陳列所特許借印）

荊軻刺秦王

——從漢武梁祠刻石

史料，而使之就範於他的一個囊括一切前代知識及文化的一個創作的定型中。而他又能運之以舒卷自如豐澤精刻的文筆。他的空前的大著太史公書（即史記）不僅僅是一部整理古代文化的學術的要籍，歷史的巨作，也且成了文學的名著。中國古代的史書都是未成形的原始的作品，太史公書才是第一部正式的史書，且竟是這樣驚人的偉作。司馬遷於史著上的雄心大略，眞是不亞於劉徹之在政治上。遷〔一〕字子長，左馮翊夏陽人，生於公元前一百四十五年（景帝中五年丙申），其卒年不可考，大約在公元前八十六年（即漢昭帝始元元年乙未）以前。父談為太史令。遷『年十歲則誦古文，二十而南遊江淮，上會稽，探禹穴，闚九疑，浮於沅湘，北涉汶泗，講業齊、魯之都，觀孔子之遺風，鄉射鄒嶧，尼困鄱薛、彭城，過梁、楚以歸。』初為郎中，後繼談為太史令，紬史記石室金匱之書。後五年（太初元年）始着手作其大著作史記。後李陵降匈奴，遷為之辯護，受腐刑。後又為中書令，尊寵任職。遷之作史記〔二〕實殫其畢生之精力，自遷以前，史籍之體裁，簡樸而散漫，

〔一〕司馬遷見漢書卷五十六；又史記卷一百三十，自序生平甚詳。

〔二〕史記有通行二十四史本。

像國語，國策，春秋，世本之類，都是未經剪裁的史料。於是遷乃采經摭傳，纂述諸家之作，合而爲一書。其取材有根據於古書者，有記叙他自己的見聞，他友人的告語，以及旅遊中所得者。其叙述始於黃帝（2697B.C.）迄於漢武帝。『凡百三十篇，五十二萬六千五百字』（自序）分本紀十二，年表十，書八，世家三十，列傳七十。本紀爲全書的骨幹，年表，書，世家，列傳，則分叙各時代的世序，諸國諸人的事蹟，以及禮儀學術的沿革。將古代繁雜無序的書料，編組成於此完美的第一部大史書，其工作至艱，其能力也至可驚異。自此書出，所謂中國的『正史』的體裁以立，作史者受其影響者至二千年。此書不僅爲政治史，且包含學術史，文學史，以人物傳的性質。其八書——禮書，樂書，律書，歷書，天官書，封禪書，河渠書，平準書——自天文學以至地理學，法律，經濟學，無不包括。其列傳則不惟包羅政治家，且包羅及於哲學家，文學家，商人，日者，以至於民間的游俠。在文字一方面，亦無一處不顯其特創的精神。他串集了無數的不同時代，不同著者的史書，陶融冶鑄之爲一，正如合諸種雜鐵於一爐而燒冶成了一段極純整的鋼鐵一樣，使我人毫不能見其湊集的縫跡。此亦爲一大可驚異之事。且遷之採用諸書，並不拘拘於採用原文，有古文不可通於今者，則改之。在後來文學史上，史記之影響也極大。古文家往往喜擬倣他的敍寫的方法。實際上，史記的敍寫，雖簡樸而卻能活躍動人，能以很少的文句，活躍躍的寫出其人物的性格，且筆端常帶有情緒。像下面刺客列傳（卷八十六）的一段，便是好例：

『荊軻者，衞人也……日與狗屠及高漸離飲於燕市。酒酣以往，高漸離擊筑，荊軻和而歌於市中，相樂也。已而相泣，旁若無人者。……乃裝爲遣荊卿……太子及賓客知其事者，皆白衣冠以送之。至易水之上。既祖，取道，高漸離擊筑，荊軻和而歌，爲變徵之聲，士皆垂淚涕泣。又前而歌曰：『風蕭蕭兮易水寒，壯士一去兮不復還。』復爲羽聲慷慨，士皆瞋目，髮盡上指冠。於是荊軻上車而去，終已不顧。遂至秦。……軻既取圖奏之。秦王發圖，圖窮而匕首見。因左手把秦王之袖，而右手持匕首揕之，未至身，秦王驚，自引而起，袖絕，拔劍，劍長，操其室。時惶急，劍堅，故不得立拔。荊軻逐秦王，秦王環柱而走。羣臣皆愕，卒起不意，盡失其度。……惶急不知所爲。左右乃曰：『王負劍。』負劍，遂拔以擊荆軻，斷其左股。荆軻廢，乃引其匕首以擿秦王，不中，中銅柱，秦王復擊軻，軻被八創。軻自知事不就，倚柱而笑，箕倨而罵曰：『事所以不成者，以欲生劫之，必得約契以報太子也，』

史記一百三十篇，曾缺十篇，褚少孫補之，其他文字間，亦常有後人補寫之跡。但這並無害於史記全體的完整與美麗。

二

太史公書以外的散文著作，以淮南子爲最著。淮南子爲劉安〔一〕集合門下賓客們所著的書。安爲漢之宗室，封淮南王，好學喜士，爲當時的文學者的東道主之一。後以謀反爲武帝所殺。他曾招致天下諸儒方士，講論道德，總說仁義，著書二十一篇，號曰鴻烈，即淮南子。〔二〕尚有外篇，今不傳。此書亦囊括古今的一切哲學思想以及許多形而上的見解，頗

〔一〕劉安見前漢書卷四十四。 〔二〕淮南子集解，劉文典編，商務印書館出版。

有許多重要的材料在內。文辭亦奇奧豐腴，有戰國諸子之風。同時的儒學的作家，如董仲舒，〔一〕公孫弘〔二〕等皆有所作。董仲舒作春秋繁露。但他們的文字大都庸凡無奇，在散文上是無可述的。仲舒又有士不遇賦，也不過是憂窮愁苦的許多詠『士不遇』的作品的一篇而已。

幾個策士，如徐樂，嚴安，主父偃，〔三〕吾丘壽王，他們其文辭都是很犀利的，內容也是很動人的審度情勢的切實議論。戰國說士之風似一時復活起來了，但偉大的漢武時代一過去，他們便也都消聲匿跡了。

此後無甚偉大的散文著作。劉向，劉歆〔四〕父子在西漢末葉的出現，又把散文帶到另一方面去。

自漢與百數十年到劉向的時候，操於儒生之手的文藝復興，直不曾有過什麽成績，除

〔一〕董仲舒見史記卷一百二十一，漢書卷五十六。 〔二〕公孫弘見史記卷一百十二，漢書卷五十八。

〔三〕徐樂、嚴安、主父偃均等見漢書卷六十四。 〔四〕劉向、劉歆見漢書卷三十六。

了爭立博士，招收弟子之外。他們不過做實了『抱殘守闕』四字而已；爲了利祿之故，死守着一先生之言，不敢修正，更不必望其整理或編纂什麼了。所以這百數十年來的文藝復興的時間，我們與其說是『復興』不如說是在『典守』。（司馬遷說『百年之間，天下遺文古事靡不畢集太史公』。班固說：『於是建藏書之策，置寫書之官，下及諸子傳說，皆充秘府。至成帝時，以書頗散亡，使謁者陳農求遺書於天下』。劉歆七略說：『外則有太常，太史，博士之藏，內則有延閣，廣內，秘室之府』。此皆漢代收藏古籍之情形。）而有了這百數十年來的搜集保守，便給了一個偉大的整理者劉向以一個絕好的整理編纂的機會。

劉向字子政，爲漢之宗室。他曾時時上書論世事，爲當時的大政治家之一，又善於辭賦，作九嘆，見於楚辭中。而他的一生精力則全用於他的整理與編纂古典籍上面。向與其子歆所撰的七錄，今已亡佚，然班固的漢書藝文志卻是完全抄襲他的。所以七錄雖亡而實未亡。漢書藝文志將古典文籍分爲七大部分，即所謂『七略』者是。『七略』者一，輯略，叙述諸書之總要；二，六藝略，記錄六經的註釋；三，諸子略，登記九流十家之書；四，詩賦略，登

劉向

（古物陳列所特許借印）

趙飛燕

前漢書外戚列傳叙述趙飛燕姊妹的故事很有小說趣味；成爲後來僞作的飛燕外傳及雜事秘辛的底本。

從明刊本帝鑑圖說

記純文藝的著作五兵書略，登記行兵布陣以及軍法軍紀之書；六數術略，登記關於陰陽五行星卜占卦諸數術的書；七方技略，登記醫術神仙之書。『大凡書六略——輯略在外——三十八種，五百九十六家萬三千二百六十九卷』。這個浩瀚的大文庫，其中每一部書都是經過向及其合作者（任宏，尹咸，及李柱國）的校閱的。『每一書已，向輒條其篇目，撮其指意錄而奏之』。像這樣偉大的一個工作，這樣清晰的一副頭腦，即以太史公書之牢籠百家較之，似也有所不及。經生不配去整理古籍，他們也不能去整理。只有像向、歆那樣清晰前代思想制度，文學，技術的變遷，而又有了博大『容忍』的心胸的，方才有整理的資格與能力。

向除了整理古典文籍之外，又加之以編纂。但他只是編纂，並不著述。他所編纂的書，今存者尚有：（一）戰國策（二）列女傳（三）說苑（四）新序。此外如新國語等等皆已亡佚。戰國策在向之前是傳本不同，異名極多的一部書，經了他的重加編纂之後，方才成了一部完整的書。說苑，新序，列女傳則皆搜集故說舊聞由他加以排比歸類的；和漢文帝時燕人韓嬰所作的韓詩外傳體例略同。列女傳專敘古代婦女的言行，以許多的故事，歸之於毋儀，賢明，仁智，貞順，節義，辯通，孽嬖等幾個總目之下，每傳並附以頌一首。此書有一部分為後人所補入者。後來的人以附有頌者定為劉向原文，無頌者定為後人所補，在此三書中，有許多故事是很可感人的。又有孝子傳，相傳亦為向撰。

劉向子歆亦為當時一個極重要的學者。他繼續了他父親的遺志，完成了絕代的大著作七略；他又極力與當時以利祿為目的，門戶之見極重的經生們奮鬥，欲爭立古文尚書，左傳，毛詩於學官。他的讓太常博士書，曝露了當時經生們的偏私與無聊。他對於古學的熱忱直是充分的表白出來！他又極力表章著了一部絕代的理想政治的模式周禮。後人每以左傳，周禮為他的偽作；但那實是不近情理的一個偏見。

三

後漢的散文，也以歷史及論文為主。歷史名著之重要者有二，皆為摹擬古代名著之作；

舜從東家井中出

舜的純孝的故事，傳說至多且久；劉向新序裏也說起其浚井塗廩的故事。——徐州孝子堂刻石。

（北平圖書館藏）

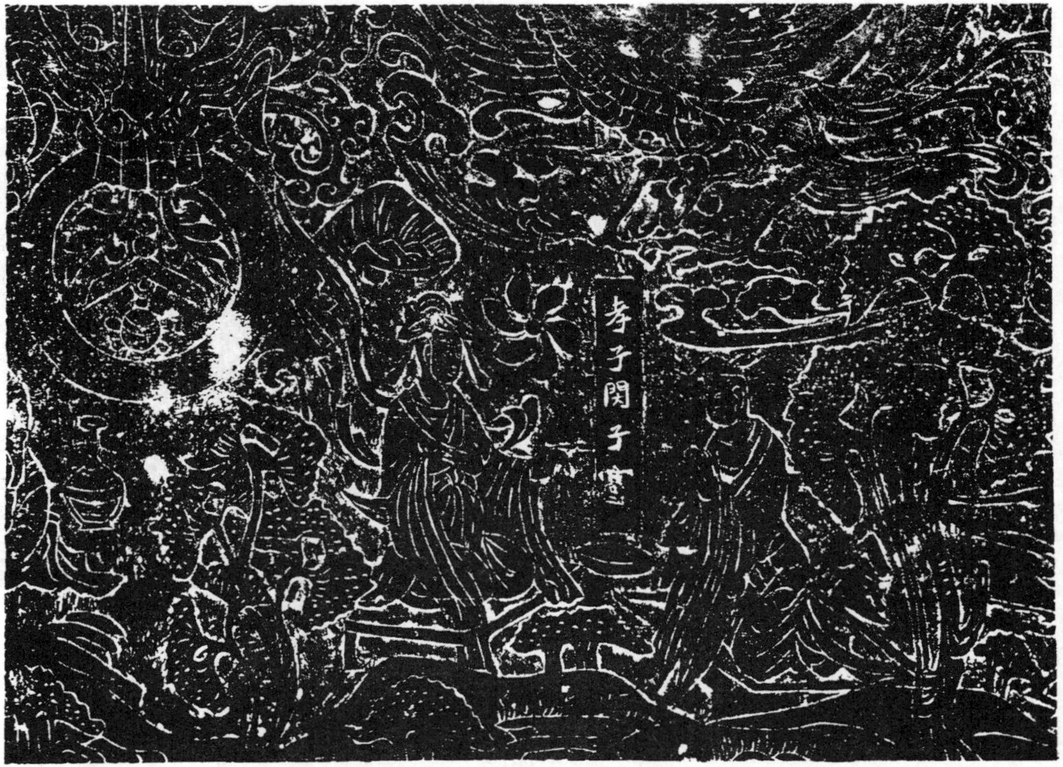

閔子騫圖

閔子騫孝順後母的故事，見于劉向編的孝子傳裏。——從北魏墓室刻石（容希白藏）

一爲漢書，班固著，係摸擬司馬遷的史記的；一爲漢紀，荀悅著，係摸擬左邱明的左傳的。

漢書[一]的體例幾完全倣之於史記。漢書凡一百篇，計帝紀十二，表八，志十，列傳七十。這些帝紀表志列傳皆爲史記所已有的體例。其與史記不同之點，一漢書是斷代的，其敘述起于漢之興起止於王莽之時代，而史記則爲古今通史；二史記有世家，而漢書則無之；三史記的『書』漢書則改名爲『志』。漢書的文字，武帝以前事，大抵直鈔史記文字，很少更動，武帝以後則很根據其父彪所續前史之文而加以補述增潤。固寫此作，很費匠心，自永平中始受詔作史，潛精積思二十餘年，至建初中乃成。當世甚重其書，學者莫不諷誦。然當他死時，其中八表及天文志尚未告成，乃由其妹昭補成之。漢書原爲斷代之史，僅記西漢二百二十九年間之事，然間有體例混淆者；如古今人表上及古代人物，藝文志也網羅古今著作。劉知幾的史通曾致不滿于班氏之書；鄭樵對於漢書尤力加詆毀，責備得他體無完膚。但這部歷史雖不是什麼創作，却也頗有些很活躍的敘述，使我們不得埋沒了

[一]漢書有通行二十四史本又四史本。

牠。

荀悅[一]字仲豫，潁川潁陰人。（148—209）好著述，初在曹操府中，後遷黃門侍郎。當時獻帝好典籍，常以班固漢書文繁難省，乃令悅依左氏傳體以爲漢紀[二]三十篇。在沒有發展到『紀事本末』的一個體裁之前，其由『百科全書』體的歷史而重復回到比較簡樸，比較原始的編年體裁的左傳式，乃是必然的一個趨勢。論者謂其書『辭約事詳』頗爲可觀。左傳式的史書，其較史漢容易使人醒目處，也便在於他的『辭約事詳』。荀悅又作申鑒[三]五篇，凡政體，時事，俗嫌各一篇，雜言二篇。也頗有些切中時弊的箴誡。然當時的形勢，已到了非漢室『瓦解』另換了一個新的局面不能的急轉直下的傾向，所以悅的這些空論，全是無補於實際的政治的。

但在後漢的時候，學者思想已不復囿於儒家的專制之下。因了劉向父子的努力，古籍

[一]荀悅見後漢書卷九十二。[二]漢紀有明、黃省曾刊本；四部叢刊本。

[三]申鑒有明黃省曾注本；漢魏叢書本。

漸爲學者所易見。於是加以研究，加以探討，加以比較之後，便到處發見其中的誇誕與矛盾之處或有許多是不順適於後代文明社會的見解與觀點的。於是一二個勇敢的學者便捉住了這些所在加以直覺的理性的評判。每一次繼於古籍的整理之後，必有這樣的一次理性運動發生。而在劉向父子之後也便來了一位大懷疑者王充。〔一〕他開闢了後來的劉知幾，崔述等人的先路。他字仲任，會稽上虞人。曾師事班彪，仕郡爲功曹，以數爭諫不合去。充卒於公元九十年間。（漢和帝永元中）他嘗閉門潛思，絕慶弔之禮，戶牖牆壁，各置刀筆，遂成論衡八十五篇。論衡實爲漢代最有獨創之見的哲學著作。當時儒教已爲思想的統治者，而充則毅然能與之問難。他在問孔篇上說：『世儒學者，好信師而是古，以爲賢聖所言皆無非，專精講習，不知難問。夫聖賢下筆造文，用意詳審，尙未可謂盡得實，況倉卒吐言，安能皆是。不能皆是，時人不知難，或是而意沈難見，時人不能問。案聖賢之言，上

〔一〕王充見後漢書卷七十九。

〔二〕論衡有明通津草堂刊本；抱經堂刻本；漢魏叢書本；四部叢刊本；百子全書本。

下多相違，其文前後多相伐者，世之學者不能知也』。又在物勢篇上說：『儒者論曰：天地故生人，此言妄也。夫天地合氣，人偶自生也。猶夫婦合氣，子則自生也。夫婦合氣，非當時欲得生子，情欲動而合，合而生子矣。且夫婦不故生子，以知天地不故生人也。』這些話都說得很勇敢。但充的文辭，殊覺笨重，不能暢達其意，這是很可惜的。略後於充者有王符。符字節信，安帝時人。志意蘊憤，隱居著書，以譏當時之得失，不欲彰顯其名，故曰潛夫論，〔一〕凡三十六篇，但其言論却無甚新意。

此後，至獻帝時，又有兩個論文家出現。一爲仲長統。〔二〕統字公理，山陽高平人（179—219）性俶儻，不矜小節，語默無常，時人或謂之狂生。曾參曹操軍事。每論說古今及時俗行事，恆發憤嘆息，因著論名曰昌言，〔三〕凡三十四篇。一爲徐幹。幹字偉長，北海人（171—218）著中論〔四〕二十餘篇。曹操曾屢辟之，俱不應。此數人的思想俱不脫儒家的範圍，遠

〔一〕潛夫論有漢魏叢書本，湖海樓本（此本有汪繼培箋）；〔二〕仲長統見後漢書卷七十九，三國志卷二十一。〔三〕徐幹見三國志卷二十一，〔四〕中論有漢魏叢書本。

沒有王充的大胆與成就。

參攷書目

一、全上古秦漢六朝文七百四十六卷　清嚴可均編，黃岡王氏刊本，板存廣雅書局；又醫學書局石印本。

二、漢魏六朝一百三家集　明張溥編，有原刊本，長沙刊本。

三、漢魏六朝名家集　丁福保編，已刻四十家。上海醫學書局出版。

四、文選　梁蕭統編，有胡克家刊本；四部叢刊本。

五、古文苑　有平津館叢書本；有坊刊本。

六、百子全書　有湖北書局刊本。

七、漢魏叢書　有明程榮刻本（三十八種）；何允中刻本（七十六種）；清王謨刻本（八十六種，後又增到九十四種。）

第十章　建安時代

五言詩的成熟時代——以曹氏父子兄弟爲中心的詩壇——曹操與曹丕——曹植的兩個時期的詩篇——建安七子：孔融王粲徐幹等——應璩的百一詩——繁欽繆襲等

一

建安時代是五言詩成熟到了她的頂點的時代。作家的馳騖，作品的美富，有如秋天田野中的黃金色的禾穀，垂頭迎風，黍實豐滿；又如果園中的嘉樹，枝頭纍纍皆爲晶瑩多漿的甜果。五言詩雖已有幾百年的歷史，却只是無名詩人的東西，民間的東西，還不曾上過文壇的最高角；偶然有幾位文人試手去寫五言詩，也不過是試試而已，並不見得有多大的成績。五言詩到了建安時代，剛是蹈過了文人學士潤改的時代，而到了成爲文人學士的主要的詩體的一個時代。

這個時代的作者們，以曹氏父子兄弟爲中心。吳、蜀雖亦分據一隅，然文壇的主座却要讓給曹家。曹氏左右詩人紛紜，爭求自獻，其熱鬧的情形是空前的。

曹氏父子兄弟，不僅地位足以領袖羣英，即其詩才也足以爲當時諸詩人的中心而無媿。曹操及子丕、植都是很偉大的詩人。尤以曹植爲最有高才。屈原之後，詩思消歇者幾五六百年，到了這時，詩人們才由長久的熟睡中蘇醒過來。不僅五言，連四言詩也都照射出夕陽似的血紅的恬美的光亮出來。

曹操〔一〕字孟德，小字阿瞞，譙人。本姓夏侯氏，其父嵩爲曹氏的養子，故遂姓曹。操少機警有權數。年二十舉孝廉爲郎。除洛陽北部尉。光和末，黃巾賊起。拜騎都尉，討潁川賊。遷濟南相。董卓廢立時，操散家財，合義兵討卓。初平中，袁紹表薦他爲東郡太守。建安中，操到洛陽，便總攬了政治大權。他迎帝都許。自爲大將軍。破袁紹、袁術，斬呂布等，次第削平各地。獻

〔一〕曹操見三國志卷一。

帝以他爲丞相，加九錫，爵魏王。他部下毋勸他正位，他說道：『若天命有歸，孤其爲周文王乎？』操子丕果應其言廢獻帝自立。追尊操爲武帝。操頗受後人的唾罵。其實也未見得比劉裕、蕭道成、蕭衍、李淵、趙匡胤他們更卑鄙。然而他却獨受惡名！他是一位霸氣縱橫的人，即在詩壇裏也是如此。他的詩是沈鬱的雄健的，有如他的爲人。當這個時候，古樂府的擬作是很流行的風氣，所以操詩多五言的樂府辭，如蒿里行，苦寒行等；又四言詩也顯着復盛之況，所以操詩也多四言者，如短歌行等。[一] 薤露，蒿里，本是輓歌曲子。操則襲用之，成爲短的敘事詩；一以敘述何進召董卓事（薤露）一以敘述袁紹、袁術兄弟相爭，連年兵甲不解事（蒿里行）。這兩詩多憤激之語，當是他早期之作。苦寒行是一首絕好的征夫詩。『我心何怫鬱，思欲一東歸。』這時操還是在不得意的時代吧。『行行日已遠，人馬同時飢。担囊行取薪，斧氷持作糜』幾句寫得更爲生動新穎，非取之於當前之情景必寫不出來。卻東西門行也是詠征夫的。『冉冉老將至，何時返故鄉？』又『狐死歸首丘，故鄉安可忘！』

[一]魏武帝集有漢魏六朝百三家集本。

操暮年，或已厭於言兵了吧？操的四言詩寫的似乎較他的五言詩更爲俊健可喜，如短歌行，如龜雖壽，都是當時不易見到的佳作。『月明星稀，烏鵲南飛，繞樹三帀，何枝可依』（短歌行）諸語實爲難得的寫景描情。『老驥伏櫪，志在千里，烈士暮年，壯心不已』。（龜雖壽）操的雄志是躍躍於紙背的。又觀滄海寫『東臨碣石，以觀滄海』時所見的海景是很雋好的。操之詩往往若無意於爲文辭，而文辭却往往是錯落有致，精彩自生的。士不同一首也是如此。詩人無不善感多愁，操的詩也是善感多愁，然於『心常歎怨，戚戚多悲』（士不同）裏却透露着一段英俊之氣，雖悲戚，却並不頹廢。雖『憂從中來，不可斷絕』却終於沒有忘記了『山不厭高，海不厭深，周公吐哺，天下歸心』的壯志。此便是操之所以終與疏懶頹放的詩人不同的所在。

曹丕[一]爲操之長子，字子桓。操卒，丕嗣爲丞相，魏王。建安末，廢獻帝爲山陽公，篡漢，自即皇帝位。都洛陽，國號魏。改元黃初。在位六年卒，謚曰文帝。丕性好文學，雖居要位，並不廢

[一]曹丕見三國志卷二。

業。博聞強識，以著作爲務。所著有典論及詩賦百餘篇。〔一〕像典論那樣的著作是同時的詩人們所不敢輕於問鼎的。特別關於論文得失，臧否人物的一方面。他的詩，與操詩，風格大不相同；操的詩始終是政治家的詩，丕的詩則完全是詩人的詩。情思婉約悱惻，能移人意，却缺乏着剛勁猛健的局調。五言詩到了他的時代，方才脫離了樂府的束縛，而任情的抒寫着。子桓的雜詩諸作，都是用五言體寫的。雜詩二首其情韻尤爲獨勝：『漫漫秋夜長，烈烈北風涼。展轉不能寐，披衣起彷徨。彷徨忽已久，白露霑我裳。俯視清水波，仰看明月光。天漢同西流，三五正縱橫。草蟲鳴何悲，孤雁獨南翔。』但我們如仔細一讀，便可見這些雜詩完全是擬摸着古詩十九首的；不惟風格相類，即情調亦極相似。陸機等的此類的詩，直題之曰擬古；子桓則僅稱『雜詩』，其實也是『擬詩』之流。子桓的四言調，其情調也很婉曲。像短歌行，孟德的同名的一篇，如風馳雲奔，一氣到底；子桓之作則宛轉哀鳴，孺慕正深，極力的寫着：『其物如故，其人不存』的悲感。孟德雄莽，雜言無端，僅以壯氣貫串之而已，

〔一〕魏文帝集有漢魏百三名家集本。

子桓則結構精審，一意到底；這確是大爲進步之作品。又他的善哉行，只是感到『人生如寄』便想起不必自苦還是及時行樂，『策我良馬，被我輕裘。載馳載驅，聊以忘憂。』和孟德『周公吐哺』的云云情調已大異了。子桓更有數詩，與當時流行的詩體不大相類；如燕歌行則爲七言寡婦則爲楚歌體。但其風調則始終是娟娟媚媚的；像燕歌行：『秋風蕭瑟天氣涼，草木搖落露爲霜。賤妾煢煢守空房，憂來思君不敢忘。………明月皎皎照我牀。星漢西流夜未央，牽牛織女遙相望，爾獨何辜限河梁。』在無數的思婦曲中，這一首是很可以占一個地位的。寡婦的背景也在秋冬之交，『木葉落兮凄凄』之時。這時是最足以引起悲情的。寡婦之作原爲傷其友人阮瑀之妻。當時風尚每一詩題，往往有多人同時並作。故後來潘岳作寡婦賦，其序便假托的說道：『阮瑀既沒，魏文悼之，並命知舊作寡婦之賦』。

二

曹植〔一〕字子建，丕弟。少即工文。黃初三年，進侯爲鄄城王，徙封東阿，又封陳。明帝太和元年卒，年四十一。謚曰思。(192—232)有陳思王集。〔二〕植才大思麗，世稱繡虎。謝靈運以爲天下才共一石，陳王獨得八斗。論者也以爲『其作五色相宣，八音朗暢』，爲世所宗。植當建安黃初之間，境況至苦。曹丕本來狠猜忌他，到了丕一即位，便先剪除植的餘黨。植當然是很不自安的。自此以後，便終生在憂讒畏譏的生活中度過。他不得不懍懍小心，以求無過，以免危害。他本是一個詩人，情感很豐烈的，遭了這樣一個生活，當然要異常的怨抑不平的了。而皆一發之于詩。故他的詩雖無操之壯烈自喜，卻較操更爲蒼勁；無丕之嫵媚可喜，卻較丕更爲婉曲深入。孟德、子桓於文學只是副業，爲之固工，卻不專；仲宣、公幹諸人，爲之固專，而才有所限，造詣未能深遠；植則專過父兄，才高七子，此便是他能夠獨步當時，無與抗手的原因。

〔一〕曹植見三國志卷十九。

〔二〕曹子建集有明仿宋刻本；明安氏活字版本；蔣氏密韻樓仿宋刊本；四部叢刊本；漢魏六朝百三家集本。

他的詩可劃成前後二期；前期是他做公子少爺無憂無慮的時代的所作；其情調是從容不迫的，其題材是宴會，是贈答，別無什麼深意，只是爲做詩而做詩罷了。像箜篌引：『置酒高殿上，親友從我遊。中廚辦豐膳，烹羊宰肥牛。秦箏何慷慨，齊瑟和且柔。』像名都篇『名都多妖女，京洛出少年。寶劍值千金，被服麗且鮮。』像公讌『公子敬愛客，終宴不知疲。淸夜遊西園，飛蓋相追隨。』像侍太子坐『白日曜靑春，時雨靜飛塵。寒冰辟炎景，涼風飄我身。』都只是從容爾雅的陳述，無繁絃，無急響；又像『歡怨非貞則，中和誠可經；』『狐白足禦寒，爲念無衣客；』『君子通大道，無願爲世儒』的云云，也都是公子哥兒所說的話。

到了後期，植已飽嘗了虀豆然萁之痛，受盡了憂讒畏譏之苦，他的情調便深入了，峭幽了，無復歡愉之音，惟見哀愁之嘆，他的文筆也更精練，更蒼勁了，不再是表面上的浮艷，而是骨子裏的充實。他的精光愈是內斂，他的文彩愈見迫人。一個詩人是什麼也藏不住的；心中有了什麼，便非說出來不可，便非用了千百種的方式，說了出來不可。李後主高唱着：『無限江山，別時容易見時難，』子建便也高唱着：『本是同根生，相煎何太急！』這一類的詩，子建集中很不少，像『吁嗟此轉蓬，居世何獨然。長去本根逝，夙夜無休閒。飄飖周八澤，連翩歷五山。流轉無恆處，誰知我苦艱。願爲中林草，秋隨野火燔，糜滅豈不痛，願與根荄連。』（吁嗟篇）將他的『轉蓬』似的身世寫得異常的沈痛；然而『根荄』相連『同生』之感，始終是離棄不了的。而贈白馬王彪一篇更簡直痛痛快快的破口了：『意毒恨之，……憤而成篇』『玄黃猶能進，我思鬱以紆。鬱紆將何念，親愛在離居。本圖相與偕，中更不克俱，鴟梟鳴衡軛，豺狼當路衢。蒼蠅間白黑，讒巧反親疏。欲還沒無蹊，攬轡止踟躕。踟躕亦何留！相思無終極。』這些，已儘可見子建的悲憤的心懷了；持以較煑豆然萁之作：『煑豆持作羹，漉豉以爲汁，萁在釜中然，豆在釜中泣。本是同根生，相煎何太急！』則『同根生』之語，似猶未免過於淺薄頭露，不似子建的口吻。（按此詩本集不載，僅見世說新語，或不是子建所作。）

建安之世，擬古詩十九首等作的風氣甚盛，類皆題着『雜詩』之名。植亦有這樣的雜詩數首，『去去莫復道，沈憂令人老』諸語，當係脫胎於『棄置勿復道』諸詩的。植寫樂府，也有一部分是利用着或襲用着古代的題材與作風的，例如美女篇，便顯然是脫胎於羅敷行的：『頭上金爵釵』諸語形容美女的裝飾，與『頭上倭墮髻』諸語之形容羅敷是無所異的，『行徒用息駕，休者以忘餐』與『行者見羅敷，下担捋髭鬚，……耕者忘其犂，鋤者忘其鋤，』沒有什麼不同。惟後半篇主意略異耳。七哀詩作者不少，植亦作有一篇。『明月照高樓，流光正徘徊，』一開頭便是一篇紗妙好辭。全篇情調則大似擬古的雜詩中的一篇。『願爲西南風，長逝入君懷，』與四坐且莫諠的『從風入君懷』是顯然的同調。

三

建安時代之才士，集合於曹氏父子兄弟的左右者，有所謂『七子』的。七子者：魯國孔融文舉，廣陵陳琳孔璋，山陽王粲仲宣，北海徐幹偉長，陳留阮瑀元瑜；汝南應瑒德璉，東平劉楨公幹。這七人以外，更有：應璩、楊修、吳質，繁欽，路粹、丁儀，丁廙等也俱是時之才人。曹氏父子既好士能文，又善於評騭高下。故人才號稱最多。吳蜀之地本為古代人之鄉者，這時却寂寂無聞，僅能仰望光芒萬丈的鄴都而興『才難』之嘆耳。七子之稱，始於曹丕。丕在典論上說道：『斯七子者，於學無所遺，於辭無所假，咸以自騁驥騄於千里，仰齊足而並馳。以此相服，亦良難矣。蓋君子審己以度人，故能免於斯累而作論文。王粲長於辭賦，徐幹時有齊氣，然粲之匹也。如粲之初征、登樓、槐賦、征思，幹之玄猿、漏卮、圓扇、橘賦，雖張蔡不過也。然於他文未能稱是。琳瑀之章表書記，今之儁也。應瑒和而不壯，劉楨壯而不密。孔融體氣高妙，有過人者，然不能持論，理不勝辭，至於雜以嘲戲，及其所善，揚班儔也。』他的批評，頗稱的當。在七子之中，粲幹皆以賦見長，琳瑀則以章表書記見多。孔融〔一〕為孔子之後，少有重名，舉高第，為侍御史。嘗與曹操爭議，為操所殺。融所作頗多，有集〔二〕十卷，今所存的五言詩像『遠送新行客，歲暮乃來歸。入門望愛子，妻妾向人悲。孤墳在西北，常念君來遲。褰裳上墟丘，但見蒿與薇。白骨歸黃泉，肌體乘塵飛。生時不識父，死後知我誰。』其悲感發於

〔一〕孔融見後漢書卷一百。

〔二〕孔文舉集有漢魏六朝百三家集本。

眞情，不能自己，故格外的深摯動人。

王粲，〔一〕山陽高平人。有異才。漢献帝西遷，粲亦徙居長安。後之荊州依劉表。表卒，曹操辟爲丞相掾。賜爵關內侯，拜侍中。建安二十二年卒。有集。〔二〕粲長於辭賦，登樓賦尤爲人所稱。然四五言詩則不甚好，其歌功頌德的樂府不必說，即贈蔡子篤詩，贈士孫文始，以及思親詩，公讌詩諸作，也皆傷於平舖直敘，缺乏情致。惟七哀詩三首，爲未遇時所作，頗多傷感的氣分，大似他的登樓賦。『荊蠻非吾鄉，何爲久滯淫，』他久已有赴中原之志了。天下喪亂，人不能顧其家。仲宣爲了避難求遇之故，乃棄鄉南去。不料仍是不遇，且又遇亂，所以益生悲嘆。『詩窮而後後。』仲宣這時方窮，故其詩也不復見淺率。陳琳廣陵人，避難冀州。袁紹使典文章，曾爲紹作討曹操檄，天下傳誦。及袁氏敗，琳又投於操。操却善待之，使他與阮瑀並爲司空軍保祭酒，管記室。軍國書檄，多琳瑀所作。徙門下督。有集十卷。琳不以善詩

〔一〕王粲見三國志卷二十一。陳琳、阮瑀、應瑒、應璩、吳質、繁欽、路粹、繆襲等皆附粲傳。

〔二〕王仲宣及其他七子文集，有漢魏六朝三百名集本。

名，然所作却很不弱惜他的詩傳於今者太少耳。徐幹，北海人，爲司空軍祭酒椽屬，五官中郎將文學。幹的詩善作情語；即答劉公幹詩也有：『所經未一旬，……其愁如三春。雖路在咫尺，難涉如九關』之語。他的情詩：『君行殊不返，我飾爲誰榮？鑪薰闔不用，鏡匣上塵生。綺羅失常色，金翠暗無精。嘉肴既忘御，旨酒亦常停。顧瞻空寂寂，惟聞燕雀聲。憂思相連屬，中心如宿酲。』寫得殊眞率盡致。室思六首也都是同樣的戀歌的調子。第三首：『自君之出矣，明鏡暗不治』諸句，後人擬作者極多，成了一個很流行的體製。劉楨，東平人，曹操辟爲丞相椽屬。曹丕嘗宴諸文學。酒酣，命夫人甄氏出拜。坐中咸伏，楨獨平視。操聞之，不悅，乃收治辠，減死輸作署吏。建安二十二年卒。有集四卷。曹丕道：『公幹有逸氣，但未遒耳。至五言詩之善者妙絕時倫。』然楨詩今存者不多。『豈不羅凝寒，松柏有常性，』平視的氣概，躍然如見。阮瑀字元瑜，陳留人，少受學於蔡邕。曹操辟爲司空軍謀祭酒，管記室，後爲倉曹椽屬。建安十七年卒，有集五卷。瑀詩也是很質實的，並無浮辭豔語。其駕出北郭門外行，甚似古樂府中的孤兒行及婦病行。應瑒，汝南人，漢泰太山守劭之從子。曹操辟爲丞相掾

屬，轉平原侯庶子。後爲五官中郎將文學。建安二十二年卒。有集二卷。瑒詩存者不多，俱傷平凡，

應璩爲瑒弟，不在七子之列。他博學好屬文，明帝時，歷官散騎常侍。曾爲詩以諷曹爽。後爲侍中，典著作。嘉平四年卒。有集十卷。璩所作以百一詩爲最著。所謂『百一』者，義頗晦，解者因之而多。丹陽集說：『璩爲爽長史，切諫其失如此，所謂百一者，庶幾百分有一補於爽也。』（此解亦見文選五臣注引文章錄。）樂府廣題則以爲：『百者數之終，一者數之始。士有百行，終始如一者，以一士行而言也。』七志云：『以百言爲一篇者，以字數而言也。』此數說俱未允。百字之說更非，因百一詩今存五篇，每篇只有四十字，並無至百字以上者。據今存者而論，如『下流不可處，君子愼厥初』諸首，都並不高明。鍾嶸詩品以陶潛詩出于應璩，頗引起世人的駭怪。然璩詩本多，唐藝文志載璩百一詩有八卷之多。李充翰林論說璩作五言詩百數十篇，孫盛也說璩作詩百三十篇。或者璩詩果有與淵明詩情調相似處，可惜已不可得見。繁欽字休伯，機辨有文才，少便得名於汝潁間。爲丞相主薄。建安二十

三年卒。欽詩不甚爲人所稱，然其造詣却在粲、幹以上。如定情詩之類，實可登曹氏之堂：『我既媚君姿，君亦悅我顏。何以致拳拳？綰臂雙金杯。何以致殷勤？約指一雙銀。何以致區區？耳中雙明珠。何以致叩叩？香囊繫肘後。何以致契闊？繞腕雙條脫。何以結恩情？佩玉綴羅纓。何以結中心？素縷連雙鍼。何以結相於？金薄畫幧頭。何以慰別離？耳後瑇瑁釵。何以答歡忻？紈素三條裙。何以結愁悲？白絹雙中衣。與我期何所？乃期東山隅。日旰兮不來，谷風吹我襦。遠望無所見，涕泣起踟躕。……日暮兮不來，凄風吹我襟。望君不能坐，悲苦愁我心。愛身以何爲，惜我華色時。』正是張衡的四愁的同類。應璩有集十卷，今不傳。五言詩僅有一首，題雜詩，見於初學記，頗近民間的歌謠：『貧子語窮兒，無錢可把撮。』繆襲字熙伯，東海蘭陵人。有才學，多所敍述。辟御史大夫府，歷事魏四世，官至侍中尚書光祿勳。正始六年卒。襲詩有魏鼓吹曲十二首，皆叙述魏曹諸帝的功德者。此種宮庭詩人所作的頌詩，當然不會有什麼可觀的。

參攷書目

一、唐魏六家百三家集　明、張溥編，有明刊本；長沙刊本。

二、漢魏六朝名家集　丁福保編，醫學書局出版。

三、古詩紀　明、馮惟訥編，有明刊本。

四、全漢魏六朝詩　丁福保編，醫學書局出版。

五、文選　梁、蕭統編，有胡氏刻本；四部叢刊本。

六、古詩源　清、沈德潛編，有原刊本；有商務印書館鉛印本。

第十一章 魏與西晉的詩人

黃初時代的詩人們——何晏與左延年——嵇康與阮籍——諸葛亮——太康時代詩人們的蠭起——三張兩傅——潘岳與陸機陸雲——大詩人左思——其妹左芬——同時代的諸小詩人們：荀勖成公綏程曉石崇等——蘇伯玉的盤中詩

一

繼于建安之後的是一個更熱鬧的詩人的時代。建安七子中像孔陳阮諸人，他們並不以作詩爲業。但到了黃初以後，專業的詩人們便漸漸的多起來了；因了曹氏父子兄弟的提倡與感化，久已消歇的詩思至此乃蓬蓬勃勃，呈現着如火如荼之觀，歷數百年而未中衰。他們的作風雖各不同。然阮、嵇諸作，信筆皆有隽氣，左延年的樂府，何晏的諸詩也都很

蔡　邕

（古物陳列所特許借印）

『竹林七賢』
——從程氏墨苑
（西諦藏）

可注意。他們一面承襲了初期的高邁，一面開啟了西晉的清雋；一面結束了七子的複雜的風格，一面闢殖了陸、張、潘、石的工力深厚的詩業。

何晏〔一〕字平叔，南陽宛人。娶魏帝女。然曹丕不甚信任之。黄初之際，未見有所事任。正始中，曹爽乃用他爲中書主選舉。宿舊者多得濟拔。爲司馬氏所殺。有論語集解十卷，老子道德論二卷，集十一卷〔二〕。五言詩今存二首。在這二首中，頗可見出晏的眞實的情緒來。名士傳載：『是時曹爽輔政，識者慮有危機。晏有重名，與魏姻戚，內雖懷憂而無復退也。著五言詩以言志。』擬古與『失題』的一首所寫的完全是這種憂懼的心理。『常恐入網羅，憂禍一旦并。』『豈若集五湖，順流唼浮萍，』然而他雖欲如此，已是不可能的了。

左延年〔三〕未知其里名。晉書樂志僅載其在黄初中以新聲被寵。他的從軍行雖爲不全的殘作，却已可見出是未必較杜甫白居易諸同類的作品低劣的。『苦哉邊地人，一歲三從軍。三子到燉煌，二子詣隴西。五子遠鬥去，五婦皆懷身。』（下闕）其秦女休行一篇尤

〔一〕何晏見三國志卷九。〔二〕何平叔集有漢魏百三名家集本。〔三〕左延年見三國志卷二十九。

爲敍事詩中的偉作；平平淡淡的寫來，樸樸質質的寫來，不必需要什麼繁辭華語，而好處自見：『步出上西門，遙望秦氏廬。秦氏有好女，自名爲女休。休年十四五，爲宗行報讐。左執白楊刃，右據宛魯矛。讐家便東南，仆僵秦女休。』

嵇康〔一〕字叔夜，譙郡銍人。好言老莊而尚奇任俠。寓居山陽。家貧，鍛以自給。與魏宗室婚，拜中散大夫。〔二〕山濤爲吏部，舉康自代。康答書頗詆訶之。當時司馬氏的權勢日甚，略略有遠見的人皆已見禍至之無日，特別是與曹魏有關係的人。稽康雖極力的頹唐自廢，終於不能自免。景元三年，康被司馬昭以細故殺之。有集十五卷。康在獄中時曾作幽憤詩以見志。孫登對稽康道：『子才多識寡，難乎免於今之世也。』康臨刑時，索琴彈之曰：『廣陵散自此絕矣！』康的詩，以四言爲最多，且最好。陶潛的四言詩便頗似他的。他的贈秀才入軍詩十九首，很有幾首是極爲雋妙的。四言詩的生命已中絕了很久，想不到在建安、正

〔一〕嵇康見三國志卷二十一；晉書卷四十九。

〔二〕嵇中散集有明、黃省曾刻本；漢魏六朝三百家集本；四部叢刊本。

始之時乃走上了中興之運，且有了很偉大的作家，如曹氏父子與嵇康。康的四言像『春木載榮，布葉垂陰。習習谷風，吹我素琴；』『目送歸鳴，手揮五絃。俯仰自得，遊心太玄，』如珠的好句，都是未之前見的；此種韶秀清玄的風格，也是未之前見的。在嵇康之後，在思想上固另闢了一條老莊的玄超的大路，一說漢儒的陰陽五行，凡近實踐的淺陋；在詩歌上也別有了一條高超清雋的要道，一洗漢詩乃至建安詩中的淺近的厭世享樂的思想。在這一方面，康的雜詩與遊仙詩是很可以表現出這個新傾向來的。『遙望山上松，隆谷鬱青葱。自遇一何高，獨立迥無雙。願想遊其下，蹊路絕不通。王喬棄我去，乘雲駕六龍，飄颻戲玄圃，黃老路相逢。授我自然道，曠若發童蒙。』（遊仙詩）

阮籍〔一〕字嗣宗，陳留尉氏人，瑀之子。容貌瓌傑，志氣宏放。初辟太尉掾，進散騎常侍。司馬昭欲為其子炎求婚於籍。籍大醉六十日，不得言而止。後引為從事中郎。籍聞步兵廚多美酒，遂求為步兵校尉。縱酒昏酣，遺落世事。又對人能為青白眼。由是禮法之士深所讐疾。

〔一〕阮籍見晉書卷四十九。

却賴司馬昭常保持之。有集[二]十三卷。嵇康與籍同爲時人所疾，然康死而籍却全，此中消息當然是有關於政治的內幕的。籍的五言詩，有詠懷八十二首，其成就極爲偉大。姑舉數首：

夜中不能寐，起坐彈鳴琴。薄帷鑒明月，清風吹我襟。孤鴻號外野，翔鳥鳴北林。徘徊將何見？憂思獨傷心。

嘉樹下成蹊，東園桃與李。秋風吹飛藿，零落從此始。繁華有憔悴，堂上生荆杞。驅馬舍之去，去上西山趾。一身不自保，何況戀妻子。凝霜被野草，歲暮亦云已。

灼灼西隤日，餘光照我衣。迴風以四壁，寒鳥相因依。周周尙銜羽，蛩蛩亦念飢。如何當路子，磬折忘所歸。豈爲夸譽名，憔悴使心悲。寧與燕雀翔，不隨黃鵠飛。黃鵠遊四海，中路將安歸。

這八十二首的詠懷詩作非一時，詠非一意，故我們只能將他們作八十二首詩看；其中有

[二]阮步兵集有漢魏六朝百三家集本。

很高妙的詩篇却也有些質實無情趣的東西。『登高眺所思，舉袂當朝陽。』揮袂撫長劍，仰觀浮雲征，』在無數的悲憤詩『士不遇賦』以及『人生幾何』的篇什裏，我們第一次見到那末高邁可喜的名句；這實足以使我們心目為之一清新，為之一震撼的。在過於樸實的無玄想的，囿於現實的境地裏的作品中，忽然遇見了像籍的：『天地解兮六合開，星辰隕兮日月頹。我騰而上將何懷！』（大人先生歌）當然要很清警的遊心於別一個天地之中的。籍與嵇康、劉伶等七人常作竹林之遊，世目之為『竹林七賢』，努力於打破禮法的運動；以疏狂自放於物外。這種疏狂的行動，超於物外的主張，打破禮法的運動，不僅僅是如向來的見解，所謂為了避世免禍之故的吧。這其間是具有更深厚的意義的。恰當於漢末『孝廉』掃地之時，曹操本身是個『孝廉』出身的，且憤然的要舉異才高能之士，不孝不義，為鄉黨所棄者與之同事；孔融也高唱着『非孝』之說。雖然許多儒家學說的擁護，還在竭力的攻擊這些非毀禮教，放蕩不覊的人物，然禮教的本身以及儒道的瑣碎禁忌的規律，已完全被時代所破壞了；一方面是佛教的輸入，給老，莊以一個新的同感，一方面政治的紛擾需要着不徒孝廉清謹之人士，於是疏於禮法的便更要以此自己標榜着了。自王、何以至竹林七賢幾乎都是這一派的人物。阮籍、劉伶便是其中最著的代表人。這時的詩人，尚有郭遐周、郭遐叔兄弟及阮侃，皆與嵇康相贈答。二郭未知其里居，遐周贈康之作凡三首，皆傷於平衍質實，無足稱道。阮侃字德如，尉氏人，有俊才而飭以名理，風儀雅致，與嵇康爲友，仕至河內太守。他有答嵇康詩二首。

在此，還應一叙吳、蜀的作家們。韋昭作吳鼓吹曲十二曲，叙孫氏的祖德，只是廟堂之樂，在文學上無甚可稱。昭字弘嗣，吳郡雲陽人。少好學，能屬文。仕孫吳，官至中書僕射。爲孫皓所殺。有國語註二十二卷，今存。

諸葛亮[一]字孔明，瑯琊陽都人。仕蜀，封武鄉侯，領益州牧。死謚忠武侯。有集二十五卷[二]論前漢事一卷，集誡二卷，女戒一卷。論前漢事等作皆不傳。史稱亮未遇時，躬耕隴畝，

[一]諸葛亮見三國志卷三十五。

[二]諸葛忠武侯集有沔縣祠堂本；乾坤正氣集本；漢魏六朝百三家集本。

好爲梁甫吟。梁甫吟今傳一首。『步出齊城門，遙望蕩陰里。里中有三墳，纍纍正相似。問是誰家墓？田疆古冶子。』只是一首很平常的詠史詩。

秦宓有遠遊一詩：『遠遊何所見？所見邈難紀。巖穴非我鄰，林麓無知已。虎則豹之兄，鷹則鵰之弟，困獸走環岡，飛鳥驚巢起。』頗具稚氣，難稱名篇。宓字子敕，廣漢緜竹人。劉備平蜀，以爲從事祭酒。後爲大司農。

二

黃始、正始之後，便來了太康時代。司馬氏諸帝，雖非文人，且也非文人的衛護者，然而五言詩的成就已臻於最高點；雖政局時時變動，文人多被殺害，終無損其發展。在秦漢久已蟄伏不揚的詩思，經過了建安諸曹的喚醒，便一發而不可復收了。三張，二傳，兩潘，一左，相望而出，詩壇上現着極燦爛的光明。即在建安、正始時代寂無聲息的東吳，這時也出現了陸氏兄弟。鍾嶸說道：『太康中，三張，二陸，兩潘，一左，勃爾而起，是爲文章之中興』五言詩體到了這時，已成爲文壇的中心，詩體的正家，正如詩經時代之四言，楚辭時之騷賦。故陸張潘左諸詩人皆可直謚之曰五言詩人。

三張者，張華、張載、張協；二傅者，傅玄、傅咸；兩潘者，潘尼、潘岳；二陸者，陸機、陸雲；一左者，左思。張華[一]字茂先，范陽人。晉武帝受禪，以他爲黃門侍郎。以力贊伐吳功，封廣武侯。遷尚書。後進爲侍郎中中書監。盡忠匡輔，加封爲公。元康六年拜司空。以與趙王司馬倫及孫秀有隙，被他們所害。有博物志十卷集十卷。[二]華博學強記，當世無倫；歷居要位，自身又是一位詩人，故對於文人們極爲維衛。太康文學之盛，他是很有功績的。關於他，頗有些不根的神話，像豐城劍氣之類的傳說。華的詩，鍾嶸頗貶之，以爲『置之中品疑弱，處之下科恨少，在季孟之間矣。』其實詩品的三品之分，本極可笑。華雖未必及陳王，至少可追仲宣。仲宣則列上品，茂先則並中品而不逮，何故？嶸又說：『其體華艷，興托不奇，巧用文字，務爲妍冶。雖名高曩代，而疏亮之士，猶恨其兒女情多，風雲氣少。謝康樂云：「張公雖復千篇，猶一

[一]張華見晉書卷三十六。　[二]張茂先集有漢魏六朝百三名家集。

體耳。』然華詩實能以平淡不飾之筆，寫眞摯不隱之情。像他的門有車馬客行：『門有車馬客，問君何鄉士？捷步往相訊，果是舊鄰里。語昔有故悲，論今無新喜。』明白暢達，意近情深，這一類的詩，決不是謝靈運他們所能賞識的。他的情詩：『居歡惜夜促，在戚怨宵長。拊枕獨嘯歎，感慨心內傷；』『巢居知風寒，穴居識陰雨。不曾遠別離，安知慕儔侶』等等也都是很佳妙可喜的。他所作，意未必曲折，辭未必絕工，語未必極新穎，句未必極穠麗，而其情思卻終是很懇切坦白，使人感動的。

張載［一］字孟陽，安平人。博學有文章。起家位著作郎。累遷弘農太守。長沙王乂請爲記室督。拜中書侍郎。復領著作。稱疾歸卒。有集七卷。載詩在三張之中，最爲駑下，他沒有深摯的詩情，也沒有穠麗的詩語。如他所擬的四愁詩四首，較之張衡的原作來，眞要形穢。

張協［二］字景陽，載弟，與他齊名於時。辟公府掾，轉秘書郎。累遷中書侍郎，轉河間內史。時當諸王相攻，天下喪亂。協遂屏諸草澤，以屬詠自娛，不復出仕。終於家。有集四卷。他富於

［一］張載、張協皆見晉書卷五十五。

詩才，不惟高出於兄且也過於茂先，鍾嶸詩品列之於上品，並論他道：『文體華淨，少病累，又巧構形似之言。雄于潘岳，靡於太沖，風流調達，實曠代之高手。調彩葱蒨，音韻鏗鏘，使人味之，亹亹不倦。』所作存者，僅雜詩十一首，詠詩一首，遊仙詩半首而已。茲錄其雜詩一首於下：

秋夜涼風起，清風蕩暄濁。蜻蛚吟階下，飛蛾拂明燭。君子從遠役，佳人守煢獨。離居幾何時，鑽燧忽攻木。房櫳無形跡，庭草萋以綠。青苔依空牆，蜘蛛網四屋。感物多所懷，沈憂結心曲。

傅玄〔一〕字休奕，北地泥陽人。博學善屬文。舉秀才。晉王未受禪時爲帝侍。及即位，進爵爲子，並爲諫官後遷侍中，轉司隸校尉。免官卒於家。謚曰剛。有傅子百二十卷，集五十卷。〔二〕玄詩鍾嶸列之下品，與張載同稱，且還以爲不及載。（嶸曰：孟陽乃遠慚厥弟，而近超兩傅）實爲未允。玄詩傳於今者，佳篇至多，至少是可以和陸機、張協、左思、潘岳諸大詩人

〔一〕傅玄、傅咸並見晉書卷四十七。 〔二〕傅休奕集有漢魏六朝百三家集本。

分一席地的，何至連張載也赶不上呢！他的詩有絕爲清俊，絕爲秀麗可愛者，如雜言及車遙遙篇等：

雷隱隱，感妾心。傾耳清聽非車音。 ——雜言

車遙遙兮馬洋洋，迢思君兮不可忘。君安遊兮西入秦，願爲影兮隨君身。君在陰兮影不見君依光兮妾所願。 ——車遙遙篇

玄子咸字長虞。剛簡有大節，風格峻整，識性明悟。好屬文論。雖綺麗不足而言成規鑒。潁川庾純嘗歎曰：『長虞之文，近乎詩人之作矣。』襲父爵。官至司隸校尉。有集三十卷。咸七經詩今傳者凡六經，都不過是格言或集句而已；與尙書同僚詩諸作，也大半是韋孟在鄒之遺風，離開眞正的詩人之作，實在過於遼遠。但像愁霖詩：『舉足沒泥濘，市道無行車。蘭桂賤朽腐，柴粟貴明珠。』其樸質無文的作風卻不同於時流。

陸機陸雲〔一〕並稱二陸。機字士衡，吳郡人，大司馬陸抗之子。少有奇才，領父兵爲牙門

〔一〕陸機陸雲並見晉書卷五十四。

將吳亡，入洛。張華深賞其才華。趙王倫輔政，引爲參軍。大安初，成都王穎等起兵討長沙王義，假機後將軍河北大都督，因戰敗，爲倫所殺。有集〔一〕四十七卷。潘岳稱他：『世人惟患才少，機則惟患才多。』鍾嶸詩品置他於上品，稱他說：『才高辭贍，舉體華美，氣少於公幹，文劣於仲宣。尚規矩不貴綺錯，有傷直致之奇。然其咀嚼英華，厭飫膏澤，文章之淵泉也。』然就機現在所遺存的詩篇上看來，他未必便是『高才絕代』的一個詩人。他的詩只是圓穩華贍而已，並無如何的駿逸高朗之致，纏綿深情之感。擬古詩十餘首，如擬明月何皎皎等情態雖畢肖，而藻飾已趨工麗。猛虎行諸作，宜可剛勁焱發，而亦乃靡弱工整，亦足見其才之所限。又如爲顧彥先贈婦詩，宜可深婉悱惻，若不勝情，乃亦多泛泛之言。惟他贈顧彥先一作，雖僅存四語，却頗可注意：『清夜不能寐，悲風入我軒，立影對孤軀，哀聲應苦言。』所創造的詩境乃是同時代作的品中所少見的。

陸雲字士龍，少與兄機齊名。吳平，偕機同入洛。後成都王同馬穎表他爲淸河內史。機爲

〔一〕機雲文集皆見漢魏百三名家集。

穎所殺，雲亦遭害。有陸子新書十卷。雲在文藻方面，不能如機之繽紛，他的詩篇，更多冗長庸腐之作。如大將軍宴會被命作詩等四言。惟谷風一作，殊爲淸雋，頗像陶淵明的篇什。

論者評潘岳潘尼，〔一〕每以岳爲高出於尼遠甚。實則岳惟哀悼之詩最爲傑出耳。〔二〕

岳字安仁，滎陽中牟人。美姿儀。少時每出，婦人擲果滿車。善屬文，淸綺絕世。擧秀才爲郎。後遷給事黃門侍郎。素與孫秀有隙。及趙王司馬倫輔政，秀遂誣岳與石崇爲亂，殺之。有集十卷。鍾嶸詩品謂：『翰林嘆其翩翩然如翔禽之有羽毛，衣服之有綃縠，猶淺於陸機。謝混云：潘詩爛若舒錦，無處不佳。陸文如披沙簡金，往往見寶。嶸謂益壽輕華，故以潘爲勝。翰林篤論，故嘆陸爲深。余常言：陸才如海，潘才如江。』岳時有深情之作，故辭不求工而自工，不像陸機之情浮意浮，獨賴綺辭以掩其浮淺。像岳的悼亡詩，陸機集中是不會有的。哀詩雖若曠達，實則悲緒更爲深摯。『堂虛聞鳥聲，室暗如日夕』，（哀詩）這類的詩句取之於當前而不是出之以鍛鍊的。潘尼字正叔，擧秀才，爲太常博士。後齊王冏起義兵，引尼爲參軍事

〔一〕潘岳、潘尼均見晉書卷五十五。

〔二〕尼、岳集並有漢魏百三家集本。

平，封安昌公，歷中書令。永嘉中遷太常卿。有集十卷。尼詩，今存者多爲應制及贈答，無多大的作用。

左思〔一〕字太沖，齊國臨淄人。徵爲秘書郎。齊王冏命他爲記室，辭疾不就。因得以疾終於家。當時諸王爭權，日尋兵戈，陸潘諸賢皆不得免，惟思見機，得以善終。有集〔二〕五卷。鍾嶸詩品列思於上品。他說：『文典以怨，頗爲精切，得諷諭之致。雖野於陸機，而深於潘岳。謝康樂嘗言，左太沖詩，潘安仁詩，古今難比。』沈德潛頗不以他此言爲然，以爲：『鍾嶸評左詩謂野於陸機而深於潘岳，此不知太沖者也。太沖胸次高曠，而筆力又復雄邁，陶冶漢，魏，自製偉詞，故是一代作手，豈潘，陸輩所能比埒。』德潛之推尊太沖，並非無故。太康之詩，大都辭有餘而意不足，文深而情淺，乏勁蒼之力，而多藻飾之功，即陸機、潘岳也都不免此譏。獨思之作，辭意並茂，肉骨皆雋，情固高曠不羣，力亦健俊莫追。太康之際，實罕其儔。『一代作手』之稱，誠當舍潘、陸、張、傅而推思。思之所作存者不多，卻沒有一首不是很雋好

〔一〕左思見晉書卷九十二。　〔二〕左太沖集有魏漢六朝百三家集本。

的。他的悼離贈妹詩凡二首，雖運以四言，而深情轉摯：『以蘭之芳，以膏之明，永去骨肉，內充紫庭。至情至念，惟父惟兄。悲其生離，泣下交頸』（第二）『將離將別，置酒中堂。銜杯不飲，涕洟縱橫。會日何短，隔日何長！仰瞻曜靈，愛此寸光』。太沖與妹素友愛，妹亦有文彩，乃被招入宮，生離亦同生別，『此其悼離』之情所以更與尋常之別不同。他更具豪邁不羣之氣概，高曠難及的意緒，我們一讀他的詠史、雜詩、招隱諸作，未有不爲其傲倔之風格所動的。此種風格在五言詩裏，曹操以外，惟太沖具之耳。

弱冠弄柔翰，卓犖觀羣書。著論准過秦，作賦擬子虛。邊城苦鳴鏑，羽檄飛京都。雖非甲冑士，疇昔覽穰苴。長嘯激清風，志若無東吳。鉛刀貴一割，夢想騁良圖。左眄澄江湘，左盼定羌胡。功成不受爵，長揖歸田廬。——詠史

皓天舒白日，靈景耀神州。列宅紫宮裏，飛宇若雲浮。峨峨高門內，藹藹皆王侯。自非攀龍客，何爲欻來遊。被褐出閶闔，高步追許由。振衣千仞岡，濯足萬里流。——詠史

他的詠史詩並非專詠一人一事者，只是借歷史上的人物以抒己懷而已。『振衣千仞岡，濯足萬里流。』其雄氣是足呑數十百輩小詩人於胸中，曾不芥蒂的。

思妹名芬，即被徵入宮者。少好學，善綴文，武帝聞而納之。泰始八年，拜修儀，後爲貴嬪。姿陋無寵，惟以才德見禮。她的詩存者僅二首，其中一首感離詩，即答思悼離贈妹之作者。雖文藻非甚麗，却也是至情流露之作。

三

太康詩人，還不止三張，兩傅，二陸，一左，兩潘十人而已。荀勖〔一〕字公曾，潁川人，初辟曹爽掾。晉武帝受禪，領著作秘書監，封濟北郡公。太康中遷尙書令。成公綏〔二〕字子安，東郡白馬人。少有俊才，詞賦甚麗。張華雅重綏，薦爲太常博士，遷中書郎。泰始九年卒。嵇喜字公穆，譙國銍人，嵇康之兄。入晉拜揚州刺史，遷太僕宗正。嵇康子紹，〔三〕字延祖，亦能詩，甫十

〔一〕荀勖見晉書卷三十九。 〔二〕成公綏見晉書卷九十二。 〔三〕嵇紹、嵇含見晉書卷八十九。

歲而康死，事母孝謹。仕至散騎常侍。晉惠帝敗於蕩陰，百官左右皆奔，惟紹不去，以身衞帝，遂以見害。嵇含字君道，紹從子。以家於鞏縣亳丘，自號亳丘子。舉秀才，除郎中。惠帝時，官至平越中郎將，廣州刺史。程曉字季明，爲昱之孫。嘉平中爲黃門侍郎，遷汝南太守，有集二卷。曉常與傅玄贈答，其嘲熱客一作，卻多俚語俗言，與時流之競爲典雅艱深之語者有殊。可算是古代詼諧之作中很重要的一個篇什：

平生三伏時，道路無行車。閉門避暑臥，出入不相過。今世褦襶子，觸熱到人家。主人聞客來，顰蹙奈此何！謂當起行去，安坐正咨嗟。所說無一急，嗜唅一何多！疲瘵向之久，甫問君極那，搖扇髀中疾，流汗正滂沱。莫謂爲小事，亦是一大瑕。傳戒諸高明，熱行宜見呵。

棗據[一]字道彥，潁川長社人，善文辭。賈充伐吳，請爲從事中郎。軍還，徙黃門侍郎，太子中庶子，卒。摯虞[二]字仲治，京兆長安人，才學通博，舉賢良，官至光祿勳，太常卿。世亂年荒，

[一]棗據見晉書卷九十二。　[二]摯虞、束晳並見晉書卷五十一。

虞竟以餒卒。虞所著述甚富，有三輔決錄注七卷，文章流別志論二卷，集十卷。束晳字廣微，陽平元城人，博學多聞，性沈退，不慕榮利。張華請人辟之，爲尙書郎。趙王倫欲請爲記室，晳辭疾罷歸。晳以著補亡詩六首有名。司馬彪字紹統，晉之宗室，少薄行，爲父所責，不得嗣爵。由是專精學習，博覽羣籍。泰始中爲秘書郎，後拜散騎常侍，惠帝末卒。何劭字敬祖，陳國陳夏人，曾子。晉武帝踐阼，以他爲散騎常侍，趙王倫篡位，以他爲太宰。永寧二年卒，謚曰康。張翰字季鷹，吳郡人。有清才，縱任不拘，時人稱爲江東步兵。齊王冏辟爲東曹掾，在洛，見秋風起，思吳中菰飯蓴羹鱸魚膾，嘆曰：『人生貴得適意爾，何能羈宦數千里以要名爵』！因作思吳江歌，命駕而返。夏侯湛字孝若，譙國人。幼有盛才，文章宏富。泰始中舉賢良，拜郎中。惠帝即位，湛爲散騎常侍，元康初卒。王讚字正長，義陽人，博學有俊才，辟司空掾，歷散騎侍郎，卒。孫楚〔一〕字子荊，太原中都人，少負才氣，多所陵傲。初爲石苞驃騎參軍，以不和去。後扶風王駿起爲征西參軍。惠帝初拜馮翊太守，卒。石崇〔二〕字季倫，渤海人，年二十餘，爲城陽

〔一〕孫楚見晉書卷五十六。 〔二〕石崇見晉書卷三十三。

太守。伐吳有功，封安陽鄉侯。累遷秀中出爲南中郎將，荊州刺史，領南蠻校尉。致富不貲。頗因此爲人所側目。有愛妓綠珠，孫秀使人求之不得。綠珠墮樓而死。崇亦因之被殺，且族其家。崇在當時，以豪富雄長於儕輩，儼然爲一時文士的中心。其家金谷園每爲詩人集合之所。崇自己也善於詩。其王明君辭尤有聲於世。又有思歸引、思歸嘆諸作。屢興：『思歸引，歸河陽；假余翼鴻鶴高飛翔，』『感彼歲暮兮悵自愍，廓羈旅兮滯野都，願御北風兮忽歸徂』之思，然而他的地位却已使他欲歸不得，終於及禍。曹攄字顏遠，譙國人。篤志好學，參南國中郎將，遷高密王左司馬。流人王道等侵掠城邑，遇戰軍敗死之。更有：郭泰機河南人，與傳咸爲友。鄭豐字曼季，孫拯字顯世（吳郡富春人）又夏靖諸人，皆與陸機、陸雲兄弟相贈答。其贈答諸詩，今並存于殘本文館詞林中。

最後更應一提蘇伯玉妻的盤中詩。伯玉被使在蜀，久而不歸。其妻居長安，思念之，因作此詩。關於此詩時代，論者頗滋紛紜。馮惟訥的古詩紀，徑題爲漢人作，固已有人紛紛駁之。玉台新詠次此詩於傳休奕詩後，則她當是太康之際的人物。此詩情意至爲新雋：『當從中央周四角』一類的體裁固隣於遊戲，然殊無害於此詩的完美：『山樹高，鳥鳴悲；泉水深，鯉魚肥。空倉雀，常苦飢。吏人婦，會夫稀。出門望見白衣，謂當是而更非。還入門，中心悲。北上堂，西入階。急機絞，抒聲催。長嘆息，當語誰。君有行，妾念之。出有日，還無期。結巾帶，長想思。君忘妾，天知之。妾忘君，罪當治。』漢、魏之際，智人頗喜弄滑稽，作隱語；若蔡邕之題曹娥碑後，曹操之嘆雞肋，成了一時的風氣，至晉未衰。由文字的離合遊戲，進一步而到了『當從中央轉四角』一類的文字部位的遊戲，乃是極自然的趨勢。更進一步而到了蘇若蘭廻文詩的繁複的讀法，也是極自然的趨勢。

參考書目

一、古詩紀　明馮惟訥編，有明刊本。

二、全漢三國晉南北朝詩　丁福保編，有醫學書局鉛印本。

三、漢魏六朝百三家集　明張溥編。有明刊本，清長沙翻刊本。

四、漢魏六朝名家集　丁福保編，醫學書局出版，已出四十家。

五、文選　梁、蕭統編。坊刊本極多。有胡克家仿宋刻本；四部叢刊本。
六、玉台新詠　陳、徐陵編，有通行本，四部叢刊本。
七、古詩源　淸、沈德潛編，有原刊本，有商務印書館鉛印本。
八、樂府詩集　郭茂倩編。有汲古閣刊本；湖北書局刊本，四部叢刊本。
九、古樂苑　明、梅鼎祚編，有明刊本。
十、詩品　梁、鍾嶸著，有歷代詩話本。近人陳延傑有詩品註，（開明書店）又古直也有詩品註。
十一、文館詞林（殘本）　有古逸叢書本，佚存叢書本，楊守敬校刊本；三本各有多寡。張鈞衡曾併合三本，除其重復，刊爲一冊。又武進董氏亦有印本。

第十二章 玄談與其反響

玄談之風所以流行的原因——魏晉時代諸名士講談名理的情況——反響的發生——裴頠的崇有論——玄談諸家在文壇上的地位——王弼與何晏——『竹林七賢』——『八達』與『四友』——阮修無鬼論——江統徙戎論

一

王充開始了對於古書的懷疑、問難之風；這把前漢若干年來的守一經、專一師的腐儒們的迂狹可笑的觀念打得粉碎。自此以後，爭立某經或某師之說於學官的習慣便銷聲匿影。這持以較劉歆用盡大力以求立左氏傳於學官的事實，誠然是進步得很多了！以後馬融、鄭玄們的解經，其心胸便闊大得多了，這樣的迂狹觀念的打破，乃是王、何、嵇、阮諸子的玄談的風氣之開創的遠因。

漢的時代，是以清議登庸學士文人的；『孝廉』之類，便是文人們出身的路階。最爲世俗所豔稱的許武不惜自汚以求其二弟的出仕的事，還算是較好的結果。其他以卑鄙作僞的手段而浪得浮名者更不知道有許多。所以遂生了『處士純盜虛聲』之歎。曹操他自己也是一個『孝廉』出身；然到了他主政的時候，却不惜再三再四的下令去求『得無有盜嫂受金而未遇無知』的，『或負汚辱之名，見笑之行，或不仁不孝而有治國用兵之術』的賢士們。這種反動，是當然要有的。然幾百年來養成的臧否人物的『淸議』，決不是一二個人的命令所可得而挽回或消滅之的。而魏武所提倡的祖率不羈之風，遂反成爲『淸議』所羡稱的對象了。王、何諸子便在這樣的空氣裏以主持『淸議』自居了。再者，經典與章句之儒的拘束，幾百年來也够使人討厭的了，遂有反抗的運動產生，專以談名理，講老莊爲業。恰好佛敎哲學也輸入了。玄談之風，遂愈煽而愈烈。

我們懸想那些名士們各執着麈尾，玄談無端，終日未已，或宣揚名理，或臧否人物，相率爲無涯岸之言，驚俗高世之行。彼此品鑑，互相標榜。少年們則發狂似的緊追在他們之後，以得一言爲無上光榮。世說新語（卷一）裏嘗有一則故事，最足以見出他們那些人的風度來：

二

諸名士共至洛水戲。還，樂令問王夷甫曰：『今日戲樂乎？』王曰：『裴僕射善談名理，混混有雅致。張茂先論史漢，靡靡可聽。我與王安豐說延陵、子房，亦超超玄箸。王武子、孫子荊各言其土地人物之美。王云：其地坦而平，其水淡而清，其人廉且貞。孫云：其山嶵巍以嵯峨，其水浬渫而揚波，其人磊砢而英多。』

世說新語又說：『裴郎作語林，始出，大爲遠近所傳，時流年少無不傳寫，各有一通。』這可見他們是如何成爲流俗人的仰慕嚮往的中心。其結果，遂到了空談無聊，廢時失業。其熱中玄談的情形，竟至有如癡如狂之概：

孫安國往殷中軍許共語。左右進食，冷而復暖者數四。彼我奮擲，麈尾悉墮落滿飯中。賓主遂至暮忘飧。 ——郭子（玉函山房輯逸書本）

個個人略有才情的便想做名士；一做名士，便曠棄世務，惟以狂行狂言為高，或腐心於片談，或視一言為九鼎，或故為祖卒之行動，以自示不同於流俗。這樣的風氣一開，舉世便皆若狂人。當時守法拘禮的人們，當然要視他們為寇讎了。王孝伯嘗道：『名士不須奇才，但使常得無事，痛飲酒，讀離騷，便可稱名士也。』（見郭子）這是多末刻骨的諷刺！便是本身善談名理的人物，像裴頠，便也引起反動了。頠[一]字逸民，河東聞喜人，時人謂為『言談之林藪』。他深患時俗放蕩，『何晏、阮籍素有高名於世，口談浮虛，不遵禮法，尸祿耽寵，仕不事事。至王衍之徒，聲譽太盛，位高勢重，不以物務自嬰，遂相放效，風教陵遲。』（晉書卷三十五）乃著崇有論以釋其蔽。這篇大文章，關係很大，足以給當世崇尚老、莊虛無論者們以

[一]裴頠見晉書卷三十五。

一個當心舉。他主張，『躬其力，任勞而後饗』如『賤有，則必外形。外形則必遺制；遺制則必忽防；忽防則必忘禮。禮制弗存，則無以爲政矣。』然當時諸人則『立言藉其虛無，謂之玄妙；處官不親所司，謂之雅遠；奉身散其廉操，謂之曠達。故砥礪之風彌以淩遲。……其甚者至裸裎，言笑忘宜』。更極力攻擊着老子的虛無論。『由此而觀，濟有者皆有也。虛無奚益于已有之羣生哉！』頠的這些話足以代表了當時一大部分遠識中正之士的意見。然玄談之風已成，終於不能熄下去。過江之後，此風猶熾。或以王、何之罪，上同桀紂，晉之南渡，全爲彼輩所造成。這話當然過於酷刻。然也足以見名士輩的翩翩自喜的風度是如何的足以引起反動。

三

在政治上，王、何輩的玄談之風，或有一部分惡影響；然以社會、國家崩壞之罪孽全歸之他們，卻也未爲持平之論。在若文壇上，則繼於步步拘束的無生氣的儒生的朽腐作風之後，而有了那末祖率自然，放蕩不羈的許多東西出現，實是足令我們為之心目一爽的。這正如建安詩壇之代替了漢人的板澀無聊的辭賦一樣，玄談的風氣也扭轉了漢人的酸腐的作風，而回復到恣筆自放，不受羈勒的自由境地上去。這時代的散文的成就，故是兩漢所未可同步的。

玄談始於王、何，而所謂『竹林七賢』者更極推波助瀾之致。王弼、何晏皆生於漢魏之際。晏〔一〕字平叔，南陽宛人。文帝時拜駙馬都尉。後為吏部尚書，封關內侯。後為司馬氏所殺。有老子道德論及論語集解等。他嘗祖述老、莊，為無為無名之論。他說道：『天地萬物皆以無為為本。無也者，開物成務，無往不成者也。陰陽恃以化生，萬物恃以成形，賢者恃以成德，不肖恃以免身。』是所謂『無』者大有符咒似的作用在其中了。弼〔二〕字輔嗣，山陽人。正始中為尚書郎，有周易注及老子注。他所論存者皆為斷片，然像戲答荀融書：『夫明足以尋極幽微，而不能自然之性；』難何晏聖人無喜怒哀樂論：『然則聖人之情，應物而無

〔一〕何晏見三國志卷九。 〔二〕王弼見三國志卷二十八。

累于物者也。今以其無累，便謂不復應物，失之多矣。』這些話都是較何晏之僅以『無』字爲論旨者遠爲近情近理。他似只是主張着純任天眞，復歸自然的。

『竹林七賢』者，爲山濤、阮籍、嵇康、向秀、劉伶、阮咸、王戎的七人。其中以嵇康、阮籍〔一〕爲最有文名。他們嘗爲竹林之遊，世便稱之爲『竹林七賢』。阮籍任性不羈，或閉戶視書，累月不出，或登臨山水，經日忘歸。尤好莊老。嗜酒能嘯。他聞步兵廚營人善釀，有貯酒五百斛，乃求爲步兵校尉。又能爲青白眼。禮法之士，疾之若讐。他的達莊論、樂論都是很雄辨的。大人先生傳則爲其自傳，其哲思幾全在於傳裏：『若先生者，以天地爲卵耳。如小物細人，欲論其長短，議其是非，豈不哀也哉！』他是那樣傲世慢俗！劉伶嘗爲酒德頌，其意也同此。伶字伯倫，沛國人。放情肆志，常以細宇宙，齊萬物爲心。與阮籍、嵇康相遇，欣然神解，攜手入林。嵇康有與山巨源絕交書，自叙生平性情甚詳。所作養生論，辭旨至爲犀利；他說道：『善養生者清虛靜泰，少私寡欲。知名位之傷德，故忽而不營，非欲而彊禁也；識厚味之害性，欲

〔一〕阮籍嵇康等見晉書卷四十九。

棄而弗顧，非貪而後抑也。外物以累心不存，神氣以醇白獨著。曠然無憂患，寂然無思慮。』這便是他的自贊他的宣言！向秀嘗與之論難，康再答之，益暢所欲言。又叠與呂子論難『明膽』和張遼叔論難『自然好學』及『宅無吉凶攝生論』。又嘗暢論『聲無哀樂』的問題。他的談鋒頗犀利得可怕，惟往往止於中庸，不故爲偏激之言：像他論宅無吉凶，乃結之以『吾怯於專斷，進不敢禍福于卜相，退不敢謂家無吉凶也。』首鼠兩端，似不是大論文家的態度。阮籍便較他大胆偏激得多了。

晉書敘嵇康、劉伶諸人並及謝鯤、胡毋輔之、畢卓、王尼、羊曼、光逸諸人，皆好爲誇誕驚俗之行。光逸嘗避難渡江，往依輔之。輔之與謝鯤、畢卓、阮放、羊曼、桓彝、阮孚散髮裸袒，閉室酣飲，已累日。逸將排戶入，守者不聽。逸便於戶外脫衣露頭，於狗竇中窺之而大叫。輔之驚道：『他人決不能爾，必我孟祖（逸字）也。』遽呼入，遂與飲，不捨晝夜，時人謂之八達。

同時王衍（字夷甫）樂廣尤以一時重望爲任達者們的領袖。王澄、王敦、庾敳及胡毋輔之，俱爲衍所昵，號曰四友。然他們卻都沒有什麼重要的製作。

晉代的論文家善於持論者尙有阮修，〔一〕字宣子，也好易老，善淸言，與王衍交，嘗著無鬼論，以爲『今見鬼者云着生時衣服。若人死有鬼，衣服有鬼邪？』又有江統〔二〕者，字應元，陳留圉人，元康中爲華陰令。後遷黃門侍郞，散騎常侍，領國子博士。他的徙戎論是極有關係的政論；他追述諸夷人徙入內地的歷史及其在當日的情形；指陳形勢，至爲明切。他說道：『今百姓失職，猶或亡叛，犬馬肥充，則有噬齧，況於夷狄，能不爲變！』最後便主張着：『可申諭發遣，還其本域，慰彼羇旅懷土之思，釋我華夏纖介之憂。惠此中國，以綏四方；德施永世，于計爲長。』這未始不是一策。然可惜已經太晚了。不久，五胡便如火山爆裂似的大舉變亂了！晉帝被殺，王家世族，皆倉皇渡江避難；整個政治的局面全換了樣子；而古代文學的歷程也閉幕於此大混亂的時代。當中世紀的最初的文壇開幕時，又是別一樣的面目了。

參攷書目

〔一〕阮修見晉書卷四十九。 〔二〕江統見晉書卷五十六。

一、漢魏六朝百三名家集　明張溥編，有原刊本，有長沙翻刊本。
二、漢魏六朝名家集　丁福保編，有醫學書局鉛印本。
三、全上古漢魏六朝文　清嚴可均編，有黃岡王氏刊本，有醫學書局石印本。
四、文選　梁蕭統編。有胡克家刊本，有四部叢刊本。
五、世說新語，宋劉義慶編，坊刊本甚多。
六、玉函山房輯逸書　清，馬國翰編，有原刊本；有長沙刊本。

第十三章　中世文學鳥瞰

中世紀文學的歷程——三個時期——印度文學的偉弘的影響——諸種新文體的出現——中印通婚的結果——輝煌無比的一個大時代——政治上的黑暗——異族的不斷的侵略——朱元璋的起來及其黑暗——中世紀告終於正德的時代

一

中世紀文學開始於晉的南渡而終止於明正德的時代，其歷程凡一千二百餘年（公元三一七——一五二一年）；在中國文學史上這一段的文學的過程是最爲偉大最爲繁賾的。古代文學是單純的本土文學，於辭賦，四五言詩，散文以外便別無所有了。這個時代，卻是印度文學和中國文學結婚的時代；在這一千二百年間，幾乎沒有一個時代曾和印度的一切完全絕緣過。因了印度文學的輸入，我們乃於單純的詩歌和散文之外，產生許多偉大的新文體，像變文，像戲文，像小說等等出來。在思想方面，在題材方面，我們也受到了不少從印度來的恩惠。我們可以說，如果沒有中印的結婚，如果佛教文學不輸入中國，我們的中世紀文學究竟要成了一個甚等樣子的局面，卻是無人能知的。我們眞想不到，在古代期最後的時候所輸入的佛教，在我們中世紀的文學史乃會有了那末弘巨的作用！經了那個弘麗絕倫的結婚禮之後，更想不到他們所產生的許多寗馨兒竟個個都是那末偉大的「巨人」！

凡在近代繼續生長着的文體，在這個時代差不多都已產生出來了；且大都是由了印度文學的影響而產生的。

民間文學所給予我們許多大作家的助力在這個大時代裏也很明白的可以看出。

歐洲文學史上的中世紀，是一個黑暗的時代，但我們的中世紀，卻是那樣的輝煌燦爛的一個大時代；幾乎沒有一紀一年不是天朗氣清的「佳日」；她不曾有過兼旬的霖雨，也不曾有過長久的陰晦無月的夜景。是那樣偉大的一個中世紀！說起來便不禁得要令人神往！——雖然在政治上是常常的那樣的黑暗。

二

在這一千二百年間的中世紀的文學，其歷程可分爲左列的三個時代：

第一時代，從晉的南渡到唐開元以前；這仍是一個詩和散文的時代但在詩和散文上，其思想題材，乃至辭語，已深印上佛教的及印度的影響在上了；小說的前影在這時已可見到，但只是短篇的故事。遊仙窟的出現，才眞實的開始了中國小說的歷史。在這時代之末，七言詩已成爲最流行的詩體。

第二時代從唐開元、天寶到北宋之末葉。佛教及印度文學的影響，在這個時候，不僅僅自安於思想題材或若干辭語的供給了；他們已是直捷的闖入我們文壇的中心而欲奪取其主座的了。印度所特有的以韻文和散文合組而成的文體，已在這時代成爲『變文』，而佔領了一個重要的地位，產生出很多偉大的作品。同時，許多新體的詩歌所謂「詞」者也嶄然露出頭角來。「詞」的音樂有一部分是受了印度及中央亞細亞諸國的樂歌的感應的；有一部分則爲各地民間的產物。在散文壇上，這時也發生了一種革命的運動，即所謂古文運動的起來打倒了既不便於抒情，更不便於論議、敘事的僵化了的駢偶文，其最高的成就乃見之於許多雋妙「傳奇文」上。

第三個時代，從南宋初年到明正德之末。這時，詩壇上是於詞之外，更有了一種新體的可唱的詩，所謂「散曲」者出現。印度文學的影響，更顯著更猛烈的在我們文學上表現出來。所謂儒士，已是無條件的採納了許多印度的哲理到中國哲學裏去。印度說書的風氣，在第二時代僅流行於寺廟裏，僅爲和尚們所主講着者，這時代卻大見流行，有了種種不同的分化。短篇的以國語寫成的小說，所謂「詞話」的，以至長篇的歷史小說，所謂「講史」的，因此遂產生出來。「變文」的勢力更大，一方面在「寶卷」的別名之下延長其生命下去，一方面更產出了另一個重要的文體，所謂「諸宮調」者出來。戲劇的一個重要的文體也由印度輸入了最初是在中國的東南部，溫州流行着，後乃成爲普遍性的在北方，受了戲文及影戲等等的影響乃也由諸宮調蛻化出一種別體的戲曲，所謂『雜劇』的出來。中世紀的文學乃告終止於諸種新的偉大的文體在發展得成熟的時候；許多偉大的名著，如暮春三月的落花的殘瓣，如秋日的霖雨的綿綿不絕似的繼續不斷的出現。

三

這一千二百年間的政治和社會常常陷於黑暗無比的深阱裏，恰似和光芒萬丈的文壇成一個黑白極顯明的反映。中國民族所遭受的痛苦和不幸，乃是古代期裏諸作家所不曾夢想得到的。至少總有八百年以上，中國是在不斷的遭受着北部的諸野蠻民族的侵略的；其中至少有四百年以上，北方的全部而被陷入異族的掌握之中而無法收復的；其中更有一世紀，乃至連南方的全部也都被一個游牧民族的鐵蹄所蹂躪，所征服。所謂契丹，（遼）所謂女真，（金）所謂蒙古，（元）他們此興彼滅的不斷的在中國政治舞台上活動着；而開其端者則爲五胡的亂華。

從五胡亂華的時候，漢族開始養成能够在異族的最大的壓力之下生存着的耐力和勇氣。公元三一六年，劉曜陷長安。第二年劉聰殺愍帝。司馬睿在江南便自立爲皇帝，是謂東晉的開始。世家大族紛紛的由中原逃到江南來。時時有志士們懷着恢復中原的雄心，但都只是若曇花的一現。中原及北部是陷入那樣的不可救葯的大混亂之中。五胡十六國，如萬蛇在坑中似的翻騰不已。到了公元四百四十年，北魏太平眞君統一了北地，人民們方才略略有些安息的日子過。其後北魏又分裂爲北齊和後周；南朝也由宋、而齊、而梁而陳的數易其主。公元五八一年，楊堅代後周而有天下；過了九年又平陳。南北二地始復見統一的局面。公元六一八年，李淵復代隋而建立唐帝國。一個更强有力的中樞政府，遂以形成。

因了這四百年間是那樣的一個不太平的黑暗時代，於是佛教的勢力便乘機大爲發展；上自皇帝，下到平民，殆無不受這個欲解脫人生痛苦的偉大宗教的洗禮。佛經的翻譯成了最重大的事業。無數的文士們專心致志的從事于乎此。梵音的使用，佛家故事的改譯，遂成了這時代很重要的，且是對於後來很有影響的工作。

四

第二個時代開始於唐帝國的全盛時代（公元七一三年）。繼于李世民的開創之後，李隆基的雄才大略，使得漢族和西方諸國有了更密切的關係。印度和西域的事物，急驟的輸入中國來，特別是音樂，碰到了好歌善舞的李隆基，立刻便有了很大的成就。我們開始的見到新體詩的『詞』的萌芽。但唐帝國對於外來民族仍是抱着羈縻的政策，且進一步而組織着正式的藩軍。這政策的不幸的結果，乃爆發於公元七五五年安祿山的舉叛旗。自此，天下又有了好幾年的紛亂。但這個紛亂，卻打破了大帝國的酣舞清歌的迷夢；在詩壇上產生了像杜甫，白居易般的大詩人；在散文壇上也開始發生了古文的運動。惟中樞政府的統御力自此便一蹶不振。軍閥專橫，民生困苦萬狀，乃至產生了許多空想的劍俠的故事。契丹開始表現其勢力於中國的北部及中原。公元九〇七年，朱溫篡唐而自立。五代不過五十年而已五易其姓。石敬塘等且皆藉契丹之力以入主中原。於是這個遼（契丹）民族的野心乃更大。趙匡胤雖統一了天下，而於遼卻是不敢『加遺一矢』的。公元一一二五年，宋與金同盟舉兵滅遼。第三年，這個勃興的金民族便又滅宋而佔有了北方的天下。宋高宗僅倚長江的天險而自保。又成了南北朝對峙的局面。

五

第三個時代開始於宋、金兩朝的南北對峙。金雖是勃興的野蠻民族，但入主北地以後，其文化也突然的成就得很高的地位。當中原的藝術家們正紛紛的逃過江南來時，一部分沒有遷徙得動的詩人們，小說家們，便在中原爲金人而歌唱着，講說着故事。其結果遂產生了像董解元的西廂記和無名氏的劉知遠諸宮調那末偉大的名著出來。稍後，便又由着大詩人關漢卿的大力而創作了雜劇的一個新體的戲曲出來。同時，在南宋，說話人們正在創作他們的『詞話』，永嘉的詩人們也正在編寫他們的戲文。

正在這時，北方忽如流星的經天似的出現了一個更強盛的以游牧爲生的蒙古民族；他們在幾個大政治家大軍事家指揮之下，鐵騎所到，無不殘破，遂建立了一個曠古未有的蒙古大帝國，竟包括了一部分的歐洲乃至印度在內。公元一二三四年，蒙古滅金，過了四十五年，他們又一舉而滅了南宋。在這個野蠻民族的統治底下，中國人民的痛苦之深是無待說的。但文壇卻並不見得怎樣闇淡。那時的農村經濟似是很充裕的。觀於杜善夫的庄家不識勾欄，一個農夫乃肯不經意的費了『二百文』去見識見識勾欄裏演劇的情形，其盛況是頗可由此明白的。大都和臨安仍是兩個文化的中心。雜劇和戲文在這個時期極爲發達。長篇的歷史小說也產生得不少。但這個蒙古大帝國卻崩壞得很快。公元一三六八年，朱元璋的兵逐走了元順帝，恢復了漢民族的天下。在朱明統治之下的中國卻也並不怎樣快樂；朱姓諸皇帝是那樣的專制和無理性！洪武，永樂，都是殘忍成性的人物。文壇似乎反而較元代無生氣。成化、弘治、正德諸代，比較的有復興的氣象，偉大的傑作也時時有產生出來。然一切文體經歷了這許多年之後，都有些疲乏了；急待需要一個新的轉變。近代期的文學便在這樣的一個時候開始。

第十四章　南渡及宋的詩人們

晉的南渡——劉琨與郭璞——楊方湛方生庾闡等——謝道蘊與蘇若蘭——佛教的哲理第一次被引入中國詩裏——和尚詩人們惠遠等——陶淵明——謝靈運顏延之等——鮑照鮑令暉與湯惠休

一

晉的南渡是中國歷史上最大的變動之一，也是文學史上最大的變動之一。自南渡之後，中世紀的文學便開始了。本土的文學，自此便逐漸的薰染上許多外來的影響。詩歌本是最着根於本土的東西，但在這時，於情調上，於韻律上也逐漸的有些變動了。從南渡到宋末，便是這個變動的前期。我們已可以看得出南渡以來的詩人們的作風，和古代諸詩人們是有些不同了。這個不同，一部分的原因是由於五胡的紛擾、叛亂所引起；另一方面却已有些外來影響的踪影可見。

五胡的喪亂，直把整個中原的地方，由萬丈的光芒的文化的放射區，一掃而成爲黑暗的中心，回復到最野蠻的狀態裏去。在南渡的前後，中原是一無文學可談的。（自北魏的起來，方才有所謂北地文壇的建立。）跟隨了士大夫王族們的南渡，文學的中心也南渡了。南渡後的許多年，南朝雖然曾數易其主，但並沒有多大的擾亂；劉氏倒了，蕭氏起來，蕭氏倒了，陳氏起來等等的事實，對於江南的全部似不甚有影響。故六朝的文學，其中心可以說常是在南方。

二

這個南渡時期的文士，自當以劉琨及郭璞爲領袖；稍後，則有陶淵明挺生出來，若孤松之植於懸岩，爲這時代最大的光榮。謝氏諸彥，鮑照和顏延年，其文彩也並有可觀。

劉琨〔一〕的詩，存者雖不甚多，然風格遒勁，寄托遙遠，實足爲當代諸詩人冠。晉書說：「琨詩托意非常，攄暢幽憤，遠想張陳，感鴻門白登之事，用以激諶。諶素無奇略，以常詞酬和，殊乖琨心。」我們讀了盧諶劉琨的酬與答，立刻也便覺得琨詩是熱情勃勃的，諶詩不過應聲附和而已。琨重贈盧諶道：「苟能隆二伯，安問黨與讐！中夜撫枕歎，相與數子遊。……功業未及建，夕陽忽西流。時哉不我與，去乎若雲浮。朱實隕勁風，繁英落素秋。狹路傾華蓋，駭駟摧雙輈。何意百鍊鋼，化爲繞指柔！」而諶之答詩，卻只是「璧由識者顯，龍因慶雲翔」云云的情調。琨又有扶風歌：「左手彎繁弱，右手揮龍淵，顧瞻望宮闕，俯仰御飛軒。據鞍長歎息，淚下如流泉」云云，也是具着極悲壯雄健之姿態的。琨字越石，中山人。永嘉初，爲并州刺史。建興四年，奔投段匹磾。元帝渡江，加琨太尉，封廣武侯。後爲匹磾所殺。謚曰愍。有集。〔二〕

郭璞〔三〕的作風卻和劉琨不同；琨是壯烈的，積極的，憤激的，是決不忘情於世事的；璞

〔一〕劉琨見晉書卷六十二。　〔二〕劉越石集有漢魏六朝百三家集本。　〔三〕郭璞見晉書卷七十二。

郤是閒澹的，清逸的，高飛遠舉的，璞的遊仙詩十四首，其情調甚類阮籍的詠懷；但籍猶能爲青白眼，有駡世不恭之言。璞則純然是一位出世的詩人，〔一〕至多只是說着：『朱門何足榮，未若托蓬萊』的話。他慕神仙；他羡長生；他歌詠着：『青谿十餘仞，中有一道士。雲生梁棟間，風出窗戶裏』『中有冥寂士，靜嘯撫淸絃。放情凌霄外，嚼蘂挹飛泉。赤松臨上游，駕鴻乘紫烟。左挹浮丘袖，右拍洪崖肩』；他神往於『神仙排雲出，但見金銀台。陵陽挹丹溜，容成揮玉杯，姮娥揚妙音。洪崖頷其頤，升降隨長烟，飄颻戲九垓』的境地，他想望着要『尋我青雲友，永與時人絕』。然他明白這些話都不過是遊思，是幻想，是一場的空虛的好夢，決不會見之於實現的；所以即在遊仙詩裏，他已是再三的慨嘆道：『雖欲騰丹谿，雲螭非我駕，愧無魯陽德，迴日向三舍。臨川哀年邁，撫心獨悲吒！』他的一首『失題』：

君如秋日雲，妾似突中煙。高下理自殊，一乖雨絕天。

郤是絕好的一篇情詩。他字景純，河東聞喜人。精於卜筮之術。王導引爲參軍，補著作佐郎，

〔一〕郭景純集有漢魏六朝百三家集本。

遷尙書郎。後以阻王敦謀叛，被殺。追贈弘農太守。有集。

三

劉、郭同時的詩人們，可稱者殊少。惟楊方的合歡詩五首，較可注意。方字公回，少好學。司徒王導辟爲掾。轉東安太守。後又補高梁太守。以年老棄郡歸，終於家。像合歡詩的『居願接膝坐，行願攜手趨。子靜我不動，子遊我不留。齊彼同心鳥，譬此比目魚，情至斷金石，膠漆未爲牢。但願長無別，合形作一軀。生爲併身物，死爲同棺灰。』『子笑我必哂，子感我無歡。來與子共迹，去與子同塵』云云，都是最大胆的戀愛的宣言，和子夜讀曲諸情歌唱同調的。其第三首：『獨坐空室中，愁有數千端。悲響答愁嘆，哀涕應苦言』；那樣的苦悶着，卻爲的祗是『白日入西山，不覩佳人來！』在戀中的詩人，其心是如何的烈火般的燋熱！

孫倬（字興公）有情人碧玉歌二首，也是很動人的。其第二首尤爲嬌豔可愛：

碧玉破瓜時，相爲情顛倒。感郎不羞郎，同身就郎抱。

湛方生嘗爲衛軍諮議參軍，所作天晴詩：『青天瑩如鏡，凝津平如研。落帆修江渚，悠悠極長眄，』又還都帆：『白沙窮平源，林松冬夏青』云云，在當時的詩壇裏乃是一個別調。庾闡（字仲初，潁川人，徵拜給事中）的採藥詩，又遊仙詩十首，則是擬仿郭璞的，卻不是璞的同類。璞的遊仙，寄托深遠，對於人生的究竟，有懇切的陳述，闡的所述，則只是以浮辭歌詠神仙之樂而已；我們在那裏看不出一點詩人的性靈來。

顧愷之（字長康，晉陵無錫人。桓溫引爲大司馬參軍，後爲殷仲堪參軍）是當時有大名的畫家。他的詩雖祇有左列的一首神情詩的摘句（也見陶淵明集）卻可見出其中是充溢着清挺的畫意的：

春水滿四澤，夏雲多奇峯，秋月揚明輝，冬嶺秀寒松。

這時的女詩人們也有幾個，謝道蘊爲謝奕女王凝之妻。曾有和謝安等詠雪的聯句：『未若柳絮因風起』盛爲人所傳。然她別的詩卻不能相稱。蘇若蘭爲苻堅時秦州刺史竇滔妻，名蕙，嘗作璇璣圖寄滔，計八百餘言，題詩二百餘首，縱橫反覆皆爲文章。這是最繁賾的一篇文字遊戲的東西。—遠較蘇伯玉妻盤中詩爲繁賾；二蘇之間或是些關係罷。到唐武則天時方盛傳於世。我意這當是許多年代以來才智之士的集合之作，未必皆出於蘇氏一人之手。正如七巧圖一類的東西一樣。年代愈久，內容便愈繁賾愈完備。惟像這種遊戲的東西究竟是不會成了很偉大的詩篇的。

四

這時佛教的哲理已被許多和尚詩人們招引到詩篇裏去了；像『菩薩彩靈和，眇然因化生。四王應期來，矯掌承玉形』（支遁四月八日讚佛詩）『一喻以喻空，空必待此喻。借言以會意，意盡無會處。既得出長羅，住此無所住。若能映斯照，萬象無來去』（鳩摩羅什十喻詩）；『本端竟何從，起滅有無際。一微涉動境，成此頹山勢』（惠遠報羅什偈）都是我們本土文學裏未之前見的意境。所謂『菩薩』，『由延』，『四王』，『八音』，『六淨』，『七住』，『三益』等等外來的辭語也便充分的被利用着。這是很重要的一件事實，我們應該大書特書的。

以記載有的印度的影響第一次在中國文學裏所印染下來的痕跡，原來是這樣的！這或正和『伯理璽天德』『巴律門』諸辭語之在譚嗣同諸人的詩裏第一次被引用着的情形不大殊異罷。

支遁在諸和尚詩人裏是最偉大的一位。他字道林，本姓關，陳留人，或云河東林慮人。幼隱居餘杭山。年二十五出家。後入剡。晉哀帝時在都中東安寺講道。留三載，遂乞歸剡山。太和元年終。有集。道林的『文彩風流』爲時人追隨仰慕之的。他的詩是沈浸於佛家的哲理的；便題目也往往是佛家的，像四月八日讚佛詩，詠八日詩，五月長齋詩，八關齋詩等。他的詠懷詩在阮籍詠懷，太沖詠史，郭璞遊仙之外，別具一種風趣。像『詠發清風集，觸思皆恬愉。俯欣質文蔚，仰悲二匠徂。…無矣復何傷，萬殊歸一塗。道會貴冥想，罔象掇玄珠。悵怏濁水際，幾忘映清渠。反鑒歸澄漠，容與含道符。心與理理密，形與物物疎』。那樣的哲理詩是我們所未之前見的。

鳩摩羅什，天竺人。漢義『童壽』。苻堅命將呂光，伐龜茲，致之於中國。堅死，他留姚光所。

光死，復依姚興興待以國師之禮晉義熙五年死於長安。他是傳播佛教於中土的大師之一，其全力幾皆耗於譯經上面。（這將於下文詳之。）其詩不過寥寥二首，像贈沙門法和『心山育明德，流薰萬由延』云云也是引梵語於漢詩裏的先驅者。

又有惠遠，鴈門樓煩人，本姓賈氏。年二十一，過釋道安以為師。年六十後，便結宇匡廬，不復出山。至八十三而終。他的東林雜詩：『希聲奏羣籟，響出山溜滴。有客獨冥遊，徑然忘所適。揮手撫雲門，靈關安足闢。流心叩玄扃，感至理弗隔。……好同趣自均，一悟超三益』也是很好的一篇哲理詩。相傳惠遠居廬山東林寺，送客不過溪。一日和陶淵明及道士陸靜修共話，不覺踰之。虎輒驟鳴。三人大笑而別。至今此遺跡尚在。

帛道猷本姓馮，山陰人，有陵峰採藥觸興為詩一篇：『茅茨隱不見，雞鳴知有人。間步踐其徑，時時見遺薪』已具有淵明、摩詰的清趣。

竺僧度本姓王名晞字玄宗，東莞人，其出家時答其未婚妻苕華的詩：『今世雖云樂，當奈後生何！罪福良由己，寧云己恤他』也已是很熟悉的運用佛家之說的了。

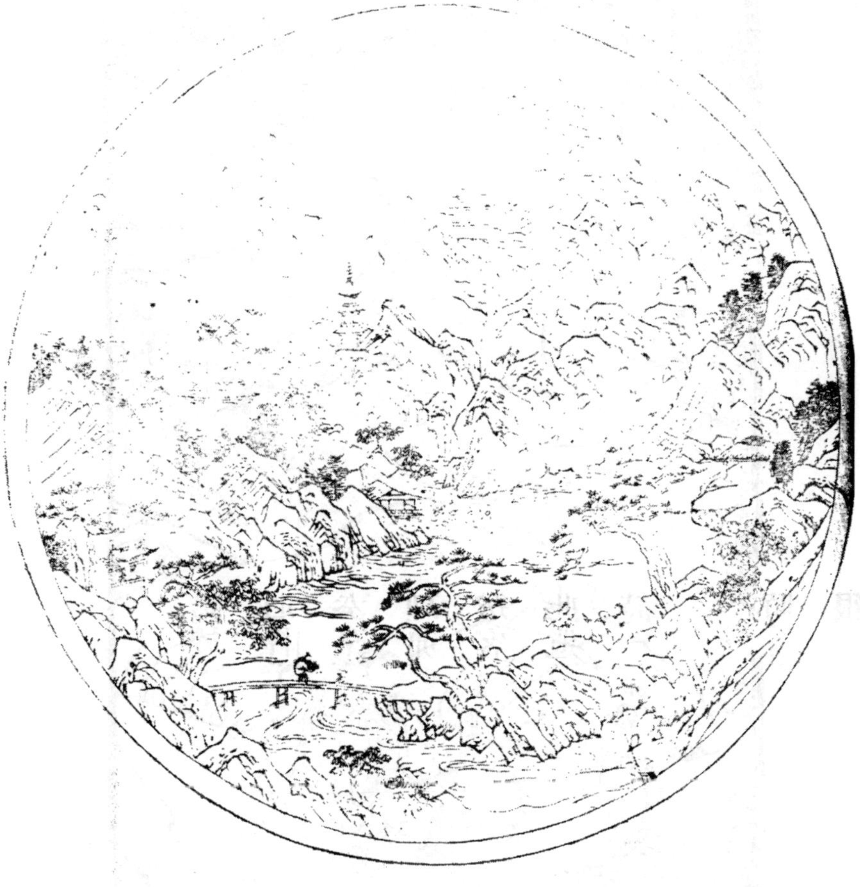

虎溪三笑

從程氏墨苑

（西諦藏）

蓮社高賢圖

此爲蓮社高賢圖的一部分（原圖附明板蓮社高賢傳後，）傳李公時作。乘竹籃者爲病足之陶淵明，騎馬者爲謝靈運。

（西諦藏）

五

陶淵明[一]生於晉末，是六朝最偉大的詩人。六朝的詩，自建安，太康以後，便有了兩個趨勢，第一是文彩塗飾得太濃艷，第二是最多寫閨情離思的東西。固不待到了齊，梁的時代才是『連篇累牘，不出月露之形；積案盈箱，唯是風雲之狀』的。只有豪俠之士方能自拔於時代的風氣之外。陶淵明便是這樣的一位『出于汙泥而不染』的大詩人。他並不是不寫情詩，像閑情賦，寫得祇有更爲深情綺膩；他並不是不工於鑄辭，像他的諸詩，沒有一篇不是最雋美的完作。但他卻是天真的，自然的，不故意塗朱抹粉的。他是像蘇軾所言『外枯而中膏，似淡而實美』的。黃庭堅也說：『謝康樂，庾義成之詩，鑪錘之功，不遺餘力，然未能窺彭澤數仞之牆者』。在這個時代而有了淵明那樣的眞實的偉大的天才，正如孤鶴之展翮於晴空，朗月之靜掛於夜天。大詩人終於是不會被幽囚於狹小的傳統的文

[一]陶淵明見晉書卷九十四；宋書卷九十三；南史卷七十五。

境之中的！（沈宋時代而有王摩詰的挺生，其情形恰與此同。）

淵明名潛，一云名淵明，字元亮。潯陽柴桑人。少有高趣，『嘗著文章自娛，頗示已意，忘懷得失。』曾出就吏職，一度爲彭澤令。以不樂爲五斗米折腰，賦歸去來辭而自解歸。遂不復出仕（365—437）但他雖孤高，卻並不是一位寂寞無聞的詩人。他死時，顏延年爲誄，並諡之曰靖節徵士。梁時，昭明太子爲其集作序，盛稱之道：『其文章不羣，辭彩精拔，跌宕昭彰，獨超衆類。抑揚爽朗，莫與之京。橫素波而傍流，干青雲而直上。語時事則哲而可想，論懷抱則曠而且眞。加以貞志不休，安道苦節，不以躬耕爲恥，不以無財爲病。自非大賢篤志，與道隆汙，孰能如此乎？』自唐韋應物以至宋蘇軾諸詩人皆嘗慕而擬之。他的作風雖不可及，卻是那樣爲後人所喜悅！［一］

淵明詩雖若隨意舒卷，只是蕭蕭疎疎的幾筆，其意境卻常是深遠無涯；郭璞遊仙，阮籍

［一］陶淵明文集有嘉靖間魯氏仿宋刊本；清末莫氏仿宋刊本，汲古閣刊本；何氏成都翻毛氏刊本。又陶靖節詩注，宋湯漢注，有拜經樓校本。

詠懷似都未必有他那末『叔度汪汪』的清思。我們如果喜歡倪雲林的小景，便也會永遠忘不了淵明的小詩像『曖曖遠人村，依依墟里烟。狗吠深巷中，雞鳴桑樹巔。戶庭無塵雜，虛室有餘閑。久在樊籠裏，復得返自然』；『山澗清且淺，可以濯吾足。撥我新熟酒，隻雞招近屬。日入室中闇，荊薪代明燭。歡來苦夕短，已復至天旭』（歸園田居）；『結廬在人境，而無車馬喧。問君何能爾，心遠地自偏。採菊東籬下，悠然見南山。山氣日夕佳，飛鳥相與還。此中有眞意，欲辨已忘言』（飲酒）；『孟夏草木長，遶屋樹扶疏。衆鳥欣有托，吾亦愛吾廬。既耕亦已種，時還讀我書』（讀山海經）；這些詩都是五言詩裏最晶瑩圓潤的珠玉。他們有一種魔力，一捉住了你，是再也不會放走了你的。他們是那樣的深入于讀者的內心，不是以辭語，而是直捷的以最天眞最濃摯的情緒和你相見的。不僅五言，即他運用了久已『褪色』失効的四言詩也是同樣的可愛。像停雲，時運，榮木等，都是四言裏最高的成就，而使這個已沒落了的文體再來一次燦爛的『同光返照』的。

邁邁時運，穆穆良朝。襲我春服，薄言東郊。山滌餘靄，宇曖微霄。有風自南，翼彼新苗。洋洋平澤，乃漱乃濯；邈邈遐景，載欣載矚。稱心而言，人亦易足。揮茲一觴，陶然自樂。……

淸琴橫床，濁酒半壺。黃唐莫逮，慨獨在余。

——時運

他嘗著五柳先生傳以自況：『閑靜少言，不慕榮利。好讀書，不求甚解！每有會意，欣然忘食。性嗜酒。……期在必醉。既醉而退，曾不吝情去留。環堵蕭然，不蔽風日。短褐穿結，簞瓢屢空，晏如也。』這樣的一位心胸闊大的詩人自然不會說什麼無聊的閑話的！

六

陶、謝並稱；然淵明遠矣！靈運〔一〕競於外物，徒知刻劃形狀。淵明則是『嘔出心肝來』的眞摯的詩人。不過在五言的進展上，靈運的地位也是不可蔑視的。〔二〕鍾嶸詩品道：『元嘉中，有謝靈運，才高詞盛，富豔難蹤，固已含跨劉、郭，陵轢潘、左。故知：謝客爲元嘉之雄，顏延年爲輔。斯皆五言之冠冕，文詞之命世也。』顏延之嘗問鮑照，已與靈運優劣。照道：

〔一〕謝靈運見宋書卷六十七；南史卷十九。　〔二〕謝康樂集有魏漢六朝百三家集本。

陶淵明

（古物陳列所特許借印）

謝靈運

（古物陳列所特許借印）

『謝五言如初發芙蓉，自然可愛。君詩若鋪錦列繡，亦雕繢滿眼。』這些話未免於靈運稍涉奢誇。然謝詩像『步出西城門，遙望城西岑。連障疊巘崿，青翠杳深沈。曉霜楓葉丹，夕曛嵐氣陰。』（晚出西射堂）。『初景革緒風，新陽改故陰。池塘生春草，園柳變鳴禽。』（登池上樓）；『時竟夕澄霽，雲歸日西馳。密林含餘清，遠峰隱半規。久痗昏墊苦，旅館眺郊歧。澤蘭漸被徑，芙蓉始發池。』（遊南亭）也並不是什麼輕率的篇什。而像『林壑斂暝色，雲霞收夕霏。芰荷迭映蔚，蒲稗相因依。』（石壁精舍還湖中作）；『連巖覺路塞，密竹使徑迷。來人忘新道，去子惑故蹊。活活夕流駛，噭噭夜猿啼。沈冥豈別理，守道自不攜。』（登石門最高頂）；『殷憂不能寐，苦此夜難頹。明月照積雪，朔風勁且哀。』（歲暮）尤富有自然之趣，不以雕斲為工。他為陳郡陽夏人，後移籍會稽。晉孝武帝時，襲封康樂公。劉裕代晉，降爵為侯，起為散騎常侍。少帝時，出為永嘉太守。文帝徵為秘書監，撰晉書未就，稱疾歸。他好為山澤之遊，嘗與賓客自始寧南山，伐木開逕，直到臨海，從者數百人。人驚疑其為山賊。後被殺於廣州，年四十九。(385—433)有集。劉勰謂：『宋初文詠，莊、老告退，而山林方茲。儷采百字之偶，爭價一句之爭；情必極貌以寫物，辭必窮力而追新，此自靈運倡之矣。』在這一方面，靈運誠是功不蔽過的。

靈運族弟瞻及惠連也並能詩。瞻字宣遠，宋時爲豫章太守，卒。所作存者不多，罕見才情，而像『夕霽風氣涼，閑房有餘淸。開軒滅華燭，月露皓已盈』(答靈運)卻也未遜于靈運所作。惠連十歲能屬文。元嘉元年爲彭城王法曹參軍，年三十七卒。有集。靈運嘗云，每有篇章，對惠連輒得佳句；在永嘉西堂思詩，竟日不就，忽夢惠連，即得『池塘生春草』句，大以爲工。但在惠連的集中像『池塘生春草』那樣自然的辭語也是很少見的；他的成就像『漣漪繁波漾，參差層峰峙。蕭疎野趣生，逶迤白雲起』已算是很高的了。

同時又有謝莊的，字希逸。孝武帝時爲吏部都官尚書，左衛將軍，又領參軍將軍。明帝時，加金紫光祿大夫，卒。有集。蕭子顯謂：謝莊之誄，起安仁之塵，其詩卻無甚可觀的。

顏延之[一]與謝靈運齊名，時稱顏謝。而延之所作，雕鏤之工更甚于靈運。延之字延年，琅邪臨沂人。性疎淡，不護細行。劉裕即帝位，補太子舍人。元嘉三年，出爲永嘉太守。因不得

[一]顏延之見宋書卷七十三；

志，作五君詠以見意。孝武帝時爲金紫光祿大夫卒。贈特進，諡曰憲。有集。他較好的篇章；像夏夜呈從兄散騎車長沙：『側聽風薄木，遙睇月開雲，夜蟬當夏急，陰蟲先秋聞』，也是很拘促于綺語浮辭之間的。有集。〔一〕

與顏，謝鼎立于當時者有鮑照。〔二〕然名位不顯，『故致湮當代。』但照卻是一位眞實的有天才的作家，其對于後來的恩賜是遠過于顏、謝的；齊梁之間，照名尤著。然其險狹之處，挺逸之趣，則繼軌者無聞焉。照字明遠，東海人。初見知于臨川王義慶，爲秣陵令。文帝時，選爲中書舍人。帝方以文章自高，照懼，乃以鄙言累句自汙；時謂才盡。後佐臨海王子頊爲前軍參軍。子頊敗，照也被害。（421?—465?）有集。〔三〕鍾嶸評他的詩，以爲『貴尚巧似，不避危仄，頗傷清雅之調。』杜甫則稱之曰：『俊逸鮑參軍。』他所作誠足當『俊逸』之評而無媿。在顏、謝作風籠罩一切之下，照的『俊逸』卻正是『對症之葯。』他喜爲擬古

〔一〕顏光祿集有漢魏六朝百三名家集本。

〔二〕鮑照見宋史卷五十一；南史卷十三。

〔三〕鮑參軍集有漢魏六朝百三家集本；又有明朱應登刊本；明程榮刊本。

之作，像『傷禽惡弦驚，倦客惡離聲。離聲斷客情，賓御皆涕零』（代東門行）；『蓼虫避葵堇，習苦不言非。小人自齷齪，安知曠士懷』（代放歌行）；『薄暮塞雲起，飛沙被遠松。……去來今何道，卑賤生所鐘』（代陳思王白馬篇）；這些，都不僅僅是『擬古』而已。和左思的詠史是同樣的具有更深刻的意義的。而松柏篇擬傅玄者，尤爲罕見的傑構：『事業有餘結，刊述未及成。貲儲無担石，兒女皆孩嬰。一朝放捨去，萬恨纏我情。……墓前人跡滅，冢上草日豐。空林響鳴蜩，高松結悲風。長寐無覺期，誰知逝者窮。』借古人之酒杯，澆自己的傀儡，尤極沈痛。擬行路難十八首，幾乎沒有一首不是美好的：『瀉水置平地，各自東西南北流。人生亦有命，安能行嘆復坐愁！』『君不見河邊草，冬時枯死春滿道；君不見城上日，今暝沒山去，明朝復更出。今我何時當得然，一去永滅入黃泉。』『中庭五株桃，一株先作花。陽春妖冶二三月，從風簸蕩落西家。西家思婦見悲惋，零淚沾衣撫心歎。』『剉蘗染黃絲，黃絲歷亂不可治。昔我與君始相值，爾時自謂可君意。』『君不見枯籜走階庭，何時復靑著故莖；君不見亡靈蒙享祀，何時傾杯竭壺罌。君當見此起憂思，寧及得與時人爭！』這些，也都是爽脆之至，清暢之至的東西，又何嘗是什麼『危仄』！他的五言諸作也風格遒上，陳言俱去，像贈故人馬子喬：

> 寒灰滅更燃，夕華晨更鮮。春冰雖暫解，冬水復還堅。佳人捨我去，賞愛長絕緣。歡至不留日，感物輒傷年。

又像『嚴風亂山起，白日欲還次』（冬日）『寐中長路近，覺後大江違：此土非我土，慷慨當訴誰！』（夢歸鄉）之類，又何嘗是什麼『危仄』！

同時更有袁淑（字陽源，陽夏人，元嘉末被殺，）王微（字景玄，瑯琊人）王僧達（瑯琊臨沂人，孝武時爲中書令，被殺）吳邁遠（他每作詩得稱意語，輒擲地呼道：曹子建何足數哉！）諸人皆有詩名，而篇章存者不多，未足以見其風格。又有湯惠休者，字茂遠，初入沙門，名惠休，孝武令還俗，本姓湯，位至揚州刺史。詩品道『惠休淫靡，情過其才，世遂匹之鮑照』。顏延之鄙薄惠休詩，以爲『惠休制作委巷中歌謠耳』。惟其鄰於委巷中歌謠，故尚富天真之趣。他的詩多爲艷曲，且多爲七言者，是很可注意的；七言詩在這時當已在『委巷歌謠』裏發展着的了！姑錄他白紵歌一首，以見這種七言詩的一斑：

少年窈窕舞君前，容華豔豔將欲然。爲君嬌凝復遷延，流目送笑不敢言。長袖拂面心自煎，願君流光及盛年。

女作家鮑令暉爲鮑照妹。詩品稱其詩『往往嶄絕清巧，擬古猶勝，唯百願淫矣』。她所作都爲戀歌，像寄行人：『桂吐兩三枝，蘭開四五葉，是時君不歸，春風徒笑妾』也甚近于『委巷歌謠』。

參攷書目

一、漢魏六朝百三名家集　明，張溥編，有原刊本，長沙翻刊本。

二、漢魏名家集　丁福保編，醫學書局出版。

三、古詩紀　明，馮惟訥編，有原刊本。

四、全漢魏六朝詩　丁福保編，有醫學書局鉛印本。

五、詩品　梁，鍾嶸編，有歷代詩話本；詩品注有陳延傑編（開明書局）及古直編的數種。

六、文選　梁，蕭統編，有胡克家仿宋刊本；四部叢刊本。

第十五章　佛教文學的輸入

中世紀文學史上的最大的一件事：佛教文學的輸入——佛教經典的翻譯事業——四十二章經——安世高嚴佛調等——支謙與聶承遠父子——南北朝佛教大盛的原因——這二百七十年間的翻譯家——鳩摩羅什——曇無讖與佛所行讚經——佛陀跋陀羅——法顯及其佛國記——拘那羅陀及所譯唯識論等——佛典翻譯的困難

一

中世紀文學史裏，最大的一件事，是佛教文學的輸入；從佛教文學輸入以後，我們的中世紀文學所經歷的路線，便和前大不相同了。我們於有了許多偉大的翻譯的作品以外，在音韻上，在故事的題材上，在典故成語上，殆無往而不受佛教文學的影響。最後，且更擬仿着印度文學的『文體』而產生出好幾種弘偉無比的新的文體出來。假如沒有中印的這個宗教上的結婚，我們中世紀文學當決不會是現在所見的那個樣子的。關於佛教文學的影響本章不講；我們在下文差不多隨時都可以見得到。本章所講的祇是在六朝的時候，佛教文學輸入中國的一段歷史。

佛教文學的翻譯事業總有一千年以上的歷史。最早的翻譯的開始，究竟在於何時，我們已不能知道。相傳有漢明帝求法之說。但明帝永平八年（公元六五年）答楚王英詔裏，已用了『浮屠』『伊蒲塞』『桑門』三個外來的名辭，可見當時佛教的典籍已有人知道的了。相傳最早的翻譯的書是攝摩騰所譯的四十二章經，同來的竺法蘭也譯有幾種經。但四十二章經祇是編集佛教的精語以成之的，並不是翻譯的書；其句法全學老子。這可見較早的介紹，只是一種提要式的譯述；其文體也總是犧牲外來文學的特色以就本土的習慣的。

可考的最早的譯者爲漢末桓，靈時代（147以後）的安世高，支讖，安玄，康巨，嚴佛調等。安世高爲安息人，支讖爲月支人，康巨爲康居人，他們皆於此時來到洛陽，宣傳佛敎，所譯皆小品。嚴佛調則爲最早的漢人（臨淮人）和安玄合作，譯有維摩詰經等。到了三國的時候，主要的譯者若支謙，康僧會，維祇難，竺將炎等，仍皆是外國人。維祇難是天竺人，黃初三年（公元二二四年）到武昌，與竺將炎譯曇合鉢經（今名法句經），用四言五言的詩體，來裝載新輸入的辭藻，像『假令盡壽命，勤事天下神，象馬以祠天，不如行一慈』（慈仁品）；『夫士之生，斧在口中，所以斬身，由其惡言』（明哲品），都給我們詩壇以清新的一種哲理詩的空氣。支謙譯經甚多，影響很大，在其中以阿彌陀經，維摩詰經爲最重要。謙本月支人而生於中國，故所譯殊鮮『格格不入』之弊。西晉的時候，竺法護是最重要的譯者，他本月支人，世居敦煌，嘗赴西域，帶來許多梵經，譯爲漢文。高僧傳說『所獲賢劫，正法華，光贊等一百六十五部，孜孜所務，唯以弘通爲業，終身寫譯，勞不告勸。』和他合作的有聶承遠，道眞父子二人。『此君父子比辭雅便，無累於古。』竺法護譯文弘達欣暢，雍容清雅，未始非聶氏父子潤飾之力。

二

但翻譯的最偉大時代還在公元三一七年以後；這時候是五胡亂華，南北分朝，民生凋敝到極點的時候，然佛教徒卻以更勇猛的願力，在這個喪亂的時代活動着。據洛陽伽藍記所載，洛陽佛寺，在元魏的時候，大小不齊千數。雖也曾遇到幾次的大屠殺和迫害，然無害於佛教的發展。南朝的蕭衍，身爲皇帝，也嘗捨身於同泰寺；其他著名的文士，若謝靈運，沈約等，無不是佛弟子。著名的文學批評家劉勰且成了和尚。我們如讀着弘明集及廣弘明集便知這時候的佛教勢力是如何的巨大。范縝的神滅論剛一發表，攻擊者便紛紛而至。慧琳的白黑論方才宣布，宗炳，何尙之便極力的壓迫他，至詆之爲『假服僧次而毀其法』。他們是持着如何的蔑視異端的純正的宗教徒的態度！爲什麼佛教在這時會大行於世呢？一則是許多年來的暗地裏的培植，這時恰大收其果；二則亂華的諸胡，其本爲佛教的信仰者甚多；三則喪亂的時代，無告的人民們最容易受宗教的薰染而遁入未來生活的信仰之中。四則中國本土的宗教實在太原始太無組織，故受佛教的侵迫，而無能反抗。然許多佛教徒持着『殉教』的精神，在宣傳，在講道，在翻譯，卻也是最重要的一因。

從晉的南渡（公元三一八年）起到隋的滅陳（公元五八九年）止，祇有二百七十多年，然據開元釋教錄所記載南北二朝譯經者凡有九十六人，所譯經共凡一千一零八十七部三千四百三十七卷。如果非宗教的熱忱在迫驅着他們，怎麼會有那末弘偉的成績可見呢。在這九十幾個翻譯家裏，最重要者爲鳩摩羅什，佛陀跋陀羅，法顯，曇無讖，拘那羅陀諸人。

鳩摩羅什是六朝翻譯界裏最重要的一位大師。其父天竺人，母龜茲王之妹，釋道安聞其名，勸苻堅迎之。堅遣呂光滅龜茲，挾什歸，至未而堅已亡。鳩摩羅什遂依呂光於涼州，凡十八年，故通曉中國語言文字。至姚興滅後涼，始迎他入關，於弘始三年十二月（公元四○二年）到長安。在姚秦弘始十一年（公元四○九年）卒。他在長安凡九年，所譯的經凡三百餘卷，其中有大品般若，小品金剛般若，十住，法華，維摩詰，首楞嚴，持世等經，又有諸種律，論等。鳩摩羅什通漢文，門下又多高明之士（有僧肇，僧叡，道生，道融，時號四聖，皆參譯事）。故羅譯獨暢達弘麗；於中國文學極有影響。金剛，維摩詰，法華諸經，於六朝及唐文學上尤爲輸入印度文學的興趣的最重要的媒介。維摩詰經是一部絕妙的小說，敘述居士維摩詰有病，佛遣諸弟子去問病，自舍利弗，大目犍連以下皆訴說維摩詰的本領，不敢前去。後來只有文殊師利肯去。這部經，在中國文學上影響極大。在唐代嘗被演成偉大的維摩詰經變文。底下引羅什譯文一段：

佛告阿難，『汝行詣維摩詰問疾。』阿難白佛言：『世尊，我不堪任詣彼問疾。所以者何？憶念昔時，世尊身有小疾，當用牛乳，我即持鉢詣大婆羅門家門下立。時維摩詰來謂我言：「唯，阿難，何爲晨朝持鉢住此？」我言：「居士，世尊身有小疾，當用牛乳，故來至此。」維摩詰言：「止止，阿難，莫作是語。如來身者金剛之體，諸惡已斷，衆善普會，當有何疾？當有何惱？默住，阿難，勿謗如來。莫使異人聞此麤言。無命大威德諸天及他方淨土諸來菩薩得聞斯語。阿難，轉輪聖王以少福故，尙得無病，豈況如來無量福會普勝者哉？行矣，阿難，勿使我等受斯恥也。外道梵志若聞此語，當作是念：何名爲師，自疾不能救，而能救諸疾人？可密速去，勿使人聞。當知，阿難，諸如來身，即是法身，非思欲身，佛爲世尊，過於三界。佛身無漏，諸漏已盡。佛身無爲，不墮諸數。如此之身，當有何疾？」時我，世尊，實懷慚愧，得無近佛而謬聽耶？即聞空中聲曰：「阿難，如居士言，但爲佛出五濁惡世，現行斯法，度脫衆生。行矣，阿難，取乳勿慚？」「世尊，維摩詰智慧辯才爲若此也，是故不任詣彼問疾。」

羅什所譯法華經影響也極大，此經於散文外，並附有韻文的『偈』；這乃是把印度所特有的韻散文雜的一種文體灌輸到中國來的一個重要的事件。後來『變文』『寶卷』『彈詞』乃至『小說』皆是這種影響而產生的。

曇無讖，中天竺人，北涼沮渠蒙遜時，到姑臧。初于玄始中譯大般涅槃經，次譯大集，大雲，悲華，地持，金光明等經，復六十餘萬言；而佛所行讚經五卷的移植，尤爲佛教文學極重要的事實。佛所行讚經（Buddha Carita）爲佛教大詩人馬鳴（Asvaghosha）所著，以韻文述佛一生的故事。曇無讖以五言無韻詩體譯之，約九千三百餘句，凡四萬六千多字；可以說是中國文學裏一首極長的詩。

北部的譯者極多，最重要者唯斯二人。在南朝重要的翻譯家，則有佛陀跋陀羅（中名覺賢）迦毗羅衛人，初至長安，甚爲羅什所敬禮。後乃南下。宋武帝禮供之。他在南方所譯凡經論十五部百十有七卷，其中以大方廣佛華嚴經六十卷爲最有影響。又有法顯，俗姓龔，平陽武陽人，以晉隆安二年（公元三九九年）遊印度求經典，義熙十二年。凡在印度十五年，所歷三十餘國，著有佛國記，是今日研究中印交通及印度歷史的最重要的作著作之一。他自陸去，從海歸，故把當時水陸二途的交通寫得很詳盡。他帶回經典不少，自己也動手譯方等泥洹經等。同時又有求那跋陀羅，智嚴，寶雲（譯佛本行經）諸譯者。到了梁，陳間則有拘那羅陀（中名眞諦）本西天竺優禪尼國人，以大同十二年由海道到中國。所譯有攝大乘論，唯識論，俱舍論，大乘起信論等凡六十餘部，二百七十餘卷。他所給予中國哲學的影響是很大的。

當這二百七十餘年間，南北二朝政治上雖成對立之勢，宗敎卻是同一的；佛敎徒們常交通往來於二大之間：慧遠嘗向鳩摩羅什問學，覺賢不容於北，便赴南朝。在宗敎上，南北朝可以說是統一的。

但佛敎文學是一個泊生的闖入者，其不能融洽於中國本土文學是自然的現象。但傳敎者們總是要求本土的人們的了解與贊許的。所以初期的譯者，述者們不是編述四十二章經，便是譯曇鉢經，或其他小品，寧願以牽就本土的趣味爲主。鳩摩羅什諸人所譯，也多所删節移動，所以他自己嘗不滿意的說：『改梵爲秦，失其藻蔚，雖得大意，殊隔文體。有似嚼飯與人，非徒失味，乃令嘔噦也。』然即此『失味』的翻譯，在中國文學上已是成就了不知多少的工績了。

參考書目

一、大藏經有明板的南藏北藏，清板的乾隆藏等；但以日本板的大正大藏經爲最便于檢閱。

二、宏明集（釋僧佑編）及廣弘明集（釋道宣編）均有大藏經本；四部叢刊本及金陵新刻本。

三、高僧傳（慧皎編）及續高僧傳（道宣編）有大藏經本，亦有單刻本。

四、梁啓超飲冰室文集（中華書局），可讀其第四集的一，二，三卷論佛典翻譯的諸作。

五、胡適白話文學史（新月書店），可讀其第九及第十章佛教的翻譯文學。

第十六章　新樂府辭

六朝文學的光榮：新樂府辭——少年男女的戀歌——清新而健全的作風——與漢魏樂府的不同——民歌升格運動的程序——『吳聲歌曲』與『西曲歌』——子夜歌——華山畿與讀曲歌——三洲歌等——新樂府辭影響——『梁鼓角橫吹曲』

一

六朝文學有兩個最偉大的成就；一是佛敎文學的輸入，二是新樂府辭的產生。但在六朝，佛敎文學還沒有很巨大的影響，翻譯作品是如潮水似的推湧進去了；其作用，卻除了給予『故事』與俊語，新辭之外，並不曾有多少的開展。翻譯作品的本身，有若干固是很弘麗很煌亮有若彗星的經天，足以撼動人的心肝；有若烟火的升空，足以使人目眩神移，但一過去了，便爲人所忽視。像把泰山似的大岩，擲到東海裏去，起了一陣的大浪花。但沉到底了，其影響也便沒有了。我們可以說，在唐以前，佛教文學在中國文學裏所引起的發酵性的作用實是微之又微的。直到連印度文學的體製也大量輸入了時，方才是火候純青、醴酒澄香的時期，而『變文』一類的偉大的體製便也開始產生出來。

所以，實際上爲六朝文學的最大的光榮者乃是『新樂府辭』。有人說，六朝文學是『兒女情長，風雲氣短』。新樂府辭確便是『兒女情長』裏的產物；有人說，六朝文學是『連篇累牘，不出月露之形』，新樂府辭確便是『風花雪月』的結晶。這正是六朝文學之所以爲『六朝文學』的最大的特色，這正是六朝文學之最足以傲視建安，正始，踢倒兩漢文章，且也有殊於盛唐諸詩人的所在。人類情思的寄托不一端，而少年兒女們口裏所發出的戀歌，卻永遠是最深摯的情緒的表現。若遊絲，隨風飄黏，莫知其端，也莫知其所終棲；若百靈鳥們的歌囀，晴天無涯，惟聞清唱，像在前，又像在後；若夜溪的奔流，在深林紅牆裏聞之，彷彿是萬馬嘶鳴，又彷彿是松風在響時似喧擾，而一引耳靜聽，便又清音轉遠；他們輕喟，輕得像金玲子的幽吟，但不是聽不見；他們深嘆，深重得像餓獅的夜吼，但並不足怖厲；他們歡笑，笑得像在黎明女神剛穿了桃紅色的長袍飛現於東方時，齊張開千百個大口對着她打招號的牽牛花般的嬉樂；他們陶醉，陶醉得像一個少女在天陰雪飛的下午，圍着炭盆，喝了幾口甜蜜蜜的紅葡萄酒，臉色腓紅得欲燃，心腔跳躍得如打鼓似的半沈迷，半清醒的狀態之中；他們放肆，放肆得像一個『半馬人』追逐在一個林中仙女的後邊，無所忌憚的求戀着；他們狂歌，狂歌得像阮籍立在絕高的山頂在清嘯，山風百鳥似皆和之而同吟。總之，他們的歌聲乃是永久的人類的珠玉；人類一天不消滅，他們的歌聲便一天不會停止。『擣麝成塵香不滅，拗蓮作寸絲難絕。』他們是那樣的頑健的生存着！六朝的新樂府便是表現着少年男女們這樣的清新頑健的歌聲的；便是坦率大胆的表現着少年男女們這樣的最內在、最深摯的情思的。在中國文學史上，可以說，沒有一個時期有六朝那末自由奔放，且又那末清新健全的表現過這樣的少年男女們的情緒過的。在詩經時代與楚辭時代，他們是那樣清雋的歌唱出他們的戀歌：『月出皎兮，佼人僚兮，舒紛糾兮，勞心悄兮；』『滿堂兮美人，獨與余兮目成。』然而他們究竟是遼遠了，太遼遠了，使我們聽之未免有些模糊影響、古詩十九首時代比較得近，卻只是千篇一律的『迢迢牽牛星，皎皎河漢女，纖纖擢素手，札札弄機杼，』並未能使我們有多大廣賾與深刻的印象。、溫李諸人的歌詩，卻又是罩上了一層輕紗的；、明清的許多民間情歌，又往往粗獷淺率得使我們覺得有些聽不慣。六朝的新樂府辭卻是表現得恰到好處的。他們眞率，但不獷陋；他們溫柔敦厚，但不隱晦。他們是明白如話的；他們是清新宛曲的；他們的情緒是那樣的繁賾，但又是那樣的深刻！像他們那樣的：『歡欲見蓮時，移湖安屋裏。芙蓉繞牀生，眠臥抱蓮子。』（楊叛兒）『不能久長離，中夜憶歡時，抱被空中啼。』（華山畿）以及

打殺長鳴鷄，彈去烏臼鳥；願得連冥不復曙，一年都一曉、（讀曲歌）

都是大胆顯豁，卻又是那樣的溫柔敦厚的。

二

所謂新樂府辭，和漢、魏的樂府是很不相同的。漢、魏樂府的題材是很廣賾的，從思婦之嘆，孤兒之泣，輓悼之歌，以至戰歌，祭神曲無所不包括，但新樂府辭便不同了；她只有一個調子，這調子便是少年男女的相愛，她只有一個情緒，那便是青春期的熱戀的情緒。然而在這個獨絃琴上，卻彈出千百種的複雜的琴歌來，在這個簡單的歌聲裏，卻翻騰出無數清雋的新腔出來。差不多要像人類自己的歌聲，在一個口腔裏，反反覆覆，任什麼都可以表現得出。新樂府辭的起來，和楚辭及五言詩的起來一樣，是由於民間歌謠的升格。郭茂倩樂府詩集及馮惟訥古詩紀皆別立一類，不和舊樂府辭相雜。他們稱之爲『清商曲辭』。這有種種的解釋。『清商樂一曰清樂；』這話頗可注意。所謂『清樂』，便是『徒歌』之意罷，（大子夜歌：『絲竹發歌響，假器揚清音。不知歌謠妙，聲勢出口心』，可爲一証。）故不和伴音樂而奏唱的舊樂府辭同列。蓋凡民歌，差不多都是『徒歌』的。在『清商曲』裏，有江南吳歌及荆楚西聲，而以吳歌爲最重要。（至今吳歌與楚歌還是那末婉曼可愛！）馮惟訥謂『清商曲古辭雜出各代。』而始於晉；這見解不差。在晉南渡以前，這種新歌是

我們所未及知的。到了南渡之後，文人學士們方才注意到這種民歌，正如唐、劉禹錫、白居易之注意到柳枝詞等等民歌一樣。其初是好事者的潤改與擬作，後乃見之絃歌而成爲宮庭的樂調。這途徑也是民歌升格運動的必然的程序。

『吳聲歌曲』當是吳地的民歌。其中最重要的爲子夜歌。唐書樂志：『晉有女子名子夜，造此聲，聲過哀苦。』這話未必可信。『後人乃更爲四時行樂之詞，謂之子夜四時歌，又有大子夜歌，子夜警歌，子夜變歌，皆曲之變也。』（樂府解題。）今存這些『子夜歌』凡一百二十四首，幾乎沒有一首不是『絕妙好辭』。像『擥枕北窗臥，郎來就儂嬉。小喜多唐突，相憐能幾時？』『夜長不得眠，明月何灼灼。想聞散喚聲，虛應空中諾。』（子夜歌）『春林花多媚，春鳥意多哀。春風復多情，吹我羅裳開』；『初寒八九月，獨纏自絡絲。寒衣尚未了，郎喚儂底爲』；（子夜四時歌）那末漂亮的短詩，確是我們文庫裏最圓瑩的明珠。『歌謠數百種，子夜最可憐』，（大子夜歌）這可想那歌聲的如何宛曼動人。

此外又有上聲歌、歡聞歌、歡聞變歌、前溪歌、阿子歌、團扇郎、七日夜女郎歌，黃鵠歌，懊儂歌，碧玉歌，華山畿，讀曲歌等，皆是以五言的四句（或三句）組織成之的。其間以懊儂歌，華山畿及讀曲歌爲最重要。像『懊惱奈何許！夜聞家中論，不得儂與汝』（懊儂曲）；『歔欷闇中啼，斜日照帳裏。無油何所苦，但使天明爾』（讀曲歌）；都可算是最清雋的情歌。華山畿及讀曲歌多有以一句的三言及二句的五言組織之者，像『松上蘿，願君如行雲，時時見經過』（華山畿）；『百花鮮，誰能懷春日，獨入羅帳眠』（讀曲歌）；其歌唱的調子當也是不同的。

『西曲歌』爲『荊楚西聲』，其情調與組織大都和『吳聲歌曲』相同；其中重要的歌調，有三洲歌，採桑度，青陽度，孟珠，石城樂，莫愁樂，烏夜啼，襄陽樂等。像『望歡四五年，實情與懊惱。願得無人處，回身與郎抱』（孟珠）；『布帆百餘幅，環環在江津。執手雙淚落，何時見歡還？』（石城樂）『莫愁在何處？莫愁石城西。艇子打兩槳，催送莫愁來』（莫愁樂）；和子夜、讀曲是沒有什麼殊別的；所不同者，『西曲歌』爲長江一帶的情歌，故特多水鄉別離的風趣耳。

這些民歌的風調，很早的便侵入於文人學士的歌詩裏去；所謂『宮體』所謂『春江花月夜』等等的新調，殆無不是受了『新樂府辭』的感應的。最早的時候，相傳爲王獻之與其妾桃葉相酬答的短歌，便是受這個影響的。釋寶月的估客樂，沈約六憶之類，也是從子夜讀曲中出的。蕭衍嘗擬子夜歡聞碧玉諸歌，像『合桃落花日，黃鳥鶯飛時，君住馬已疲，妾去蠶欲飢』（子夜四時歌），宛然是晉宋的遺音。其他如蕭綱、蕭繹、張率、王筠諸人的所作，無不具有很濃厚的這種民間情歌的成分在內。陳叔寶所作，尤爲淫靡；不獨擬作估客樂、三洲歌而已，且還造作『黃鸝留及玉樹後庭花、金釵兩鬢垂等曲，與幸臣等製其歌詞，綺豔相高，極於輕蕩，男女唱和，其音甚哀。』（隋書樂志）惜今存者獨有玉樹後庭花：『映戶凝嬌乍不進，出帷含態笑相迎。妖姬臉似花含露，玉樹流光照後庭』存，聊可見其新聲的作風的一斑。

三

在梁代(502—557)突然又有一種新聲起來;那便是梁鼓角橫吹曲。晉書、樂志:『橫吹有鼓角,又有胡角,即胡樂也。』其來源可追溯到漢武帝時代。然有歌辭可見者惟在梁代。我的意見,這些胡曲的輸入時代,與其說是漢,不如說是五胡亂華的時候爲更適宜些。漢樂已渺茫莫考,而這些胡曲則當是隨了諸胡而入漢的新聲。在這些歌曲裏,也有戀歌,像:『腹中愁不樂,願作郎馬鞭。出入擐郎臂,蹀座郎膝邊,』然其風趣卻和子夜、三洲大殊了。戀歌以外,更多他調,像『放馬大澤中,草好馬著臕』(企喻歌);『隴頭流水,流離西下。念吾一身,飄曠野』(隴頭流水歌);『兄爲俘虜受困辱,骨露力疲食不足』(隔谷歌)等等,都是沈浸着北方的一種凄壯勁直之氣魄的。又古詩紀等並附木蘭詩於此。但那是一篇很好的敘事詩,其時代至爲可疑;中有『對鏡帖花黃』語,花黃爲唐時之女飾,以歸之唐,似不會很錯。

參考書目

樂府詩集一百卷　宋、郭茂倩編,有汲古閣刊本;湖北書局刊本,四部叢刊本。

二、古詩紀（明馮惟訥編）及全漢魏六朝詩（近人丁福保編）亦應參考。

三、樂府古題要解二卷　題唐吳兢著，有津逮秘書，學津討源及歷代詩話續編本。

第十七章 齊梁詩人

齊梁詩的影響——詩的韻律的定式之發見——『竟陵八友』——謝朓沈約范雲等——任昉劉繪孔稚圭等——蕭衍蕭綱諸皇帝詩人——梁文學的極盛——江淹丘遲張率王筠等——何遜與吳均——蕭子顯與劉孝綽——陳叔寶及其時代——徐陵陰鏗江總等

一

齊梁詩體爲世人所詬病者已久。但齊梁體的詩果是如論者所攻擊的徒工塗飾，一無情思麼？唐宋文人慣於自誇的說什麼『文起八代之衰』，或什麼『自從建安來，綺麗不足珍。』但唐宋的許多大詩人，其多少的受有齊梁詩人們的影響，是無可諱言的。李白詩的飄逸的作風，決不是六朝詩體所可範圍者，然他卻佩服謝朓，登九華山云：『恨不攜謝朓驚人詩來！』杜甫也嘗不客氣的說他道：『李侯有佳句，時時似陰鏗。』杜甫他自己是那樣的目無往古，卻也嘗讚嘆的說道：『清新庾開府。』而他們所稱的謝朓陰鏗，庾信卻都是徹頭徹尾的齊梁派的詩人們！這可見齊梁時代的製作是並未被後來的大詩人們所卑鄙唾棄之的。凡是大詩人們便都知道欣賞齊梁詩裏的眞正的珠玉。齊梁作風，固嘗偏於一隅，然執以較之『花間集』一個的時代，和『北宋詞』的一個時代，他們又何嘗都不是以一種的作風成爲一個時代的風氣呢。齊梁詩裏應酬頌揚之作過多，這是一病，但儘有許多眞實的偉大的作品在着。上文所說的許多的新樂府辭，當然是他們最光榮的產品，而此外，也未嘗無物。我們如果沒有什麼偏見實在該駐足於此，爲齊梁諸大詩人的作品一沈吟，一詠賞的。

齊梁詩人們有一個極大的貢獻，那便是對於詩的音韻的規律的定式之發見。在沈約以前，做詩的人都是僅憑天籟，習焉不察的；約所謂，『自靈均以來，此秘未覩。或闇與理合，匪由思至』，並不是誇大的話。到了齊永明的時候（483—493）沈約受了印度拚音文字輸入的影響，方才有四聲的發見，八病的披露。這使得詩律確立了下來，也使得音調更爲諧和，對偶更爲工整。這時候雖沒有『律詩』之名，而『律詩』的基礎，已在這時候打定的了。

二

從蕭道成移了宋祚之後，文章益盛。老詩人們逝去不少，而新詩人們的崛起，則更有如春艸自綠，池萍自殖般的繁多。永明之際，詩壇之盛，足以追踪建安，正始。當時文士們皆集合於竟陵王蕭子良的左右。子良爲武帝第二子，知藝好客，他自己也是一個詩人。蕭衍，王融，謝脁，任昉，沈約，陸倕，范雲，蕭琛等八人尤爲子良所敬畏，號曰竟陵八友。在這八人裏，謝脁最長於詩，任昉，陸倕則工爲散文，沈約則詩文並美。南齊書陸厥傳道：『永明末，盛爲文章。吳興沈約，陳郡謝脁，琅邪王融，以氣類相推轂。汝南周顒善識聲韻。約等文皆用宮商，以平上去入爲四聲，以此制韻，不可增減。世呼爲永明體。』又有張融，劉繪，孔稚圭，等在齊代也甚有文名。然其領袖，則允當推謝朓，王融，沈約，范雲的數人。

所謂『永明體』實開創了齊，梁詩的風格。在永明以前，六朝詩的作風並不曾統一過；有顏謝的緻密，也有淵明的疏蕩自然；有郭璞的俊逸，也有鮑照的奇健清新。所謂六朝的作風，實在祇是在永明的時候方才有了一個共同的趨勢的。對仗更工整了，題材更狹小了，情緒更纖柔了，音律更精細了；不是在文辭上做工夫，便是在歌詠着靡靡醉人的清音新調。這時產生出不少的『詩律工細』的詩人們；有時其風格也是很高超的。但像景純的遊仙，明遠的『擬古』，淵明的飲酒般的東西卻永遠不見於詩境了。這時有的祇是『夕殿下珠簾，流螢飛復息，』『餘霞散成綺，澄江靜如練，』『垂楊低復舉，新萍合且離』（謝朓）；祇是『況復飛螢夜，木葉亂紛紛』『絲中傳意緒，花裏寄春情』（王融）祇是『夢中不識路，何以慰相思，』『楊柳亂如絲，綺羅不自持，』『調與金石諧，思逐風雲上』（沈約）。他們的情調是清新的，他們的意境是雋美的，他們的音律是和諧的。所可議者或在格局，才情偏於纖巧的一邊。他們帶領了一大批的沒有天才的文人們走入一條很窄的死路上去了。然而在這一百十（年從齊到陳）間，在這種所謂齊，梁風尚裏，大詩人們卻仍是不斷的產生出來成爲一個詩人的大時代。而謝朓在其間，尤有影響。

謝朓〔一〕字玄暉，陳郡陽夏人。初爲豫章王太尉行參軍。宣城王鸞輔政，以他爲驃騎諮議，掌中書詔誥。出補宣城太守。後遷至吏部郎，兼衞尉。永元初，下獄死。（464—499）有集。〔二〕朓詩精麗工巧，奇章秀句，往往錯出，而風格也警遒勁挺，不流於弱。沈約稱之道：『吏部信才傑，文鋒振奇響。調與金石諧，思逐風雲上。』又嘗云，『二百年來無此詩也。』而後人之『一生低首謝宣城』者固也不止李白一人。他的五言頗多遊山宴集之作。康樂以善寫山水著稱，然時多生澀之語，遠不若朓詩的自然多趣。像『觸賞聊自觀，即趣咸已展』（遊山）『魚戲新荷動，鳥散餘花落。不對芳春酒，還望青山郭。』（遊東田）；『牕中列遠岫，庭際俯喬林』（答呂法曹）那樣的句子，都是顏謝所不能措手的。

〔一〕謝朓見南齊書卷四十七。

〔二〕謝宣城集有王士賢刊本；拜經樓校本；張溥『名家集』本。

王融〔一〕字元長，琅邪人。少驚慧，博涉多通。仕齊爲中書郞。竟陵王子良拔爲寧朔將軍。武帝將死時，他謀立子良爲帝，未成。及鬱林王卽位，捕他下獄，殺之。（468—494）有集。〔二〕融有淨行詩十首都是贊頌佛敎的，像『三受猶絕雨，八苦若浮雲。朝遊淨國侶，暮集靈山衆，』『但念目前好，安知身後悲；』『淨花莊思序，慧沼盥身倪，』其情調和辭彩固已都是印度的了。

沈約〔三〕字休文，吳興武康人。幼孤貧，篤志好學，晝夜不倦。母恐其以勞生疾，常遣減油滅火。齊時官至吏部尙書。入梁，爲尙書僕射，封建昌縣侯。卒謚曰隱。（441—513）約好聚書，至二萬卷。所著撰甚多。文集至有一百卷。〔四〕鍾嶸評其詩，『謂詞密于范（雲），意淺於江（淹）。』未爲知言。在齊梁詩人裏，約實是最『長於淸怨』的。他的戀歌都是嬌媚若不勝情的。像夜夜曲：『星漢空如此，寧知心有憶。孤燈曖不明，寒燈曉猶織，』像六憶詩：『憶

〔一〕王融見南齊書卷四十七。

〔二〕王寧朔集有張溥本。

〔三〕沈約見梁書卷十三

〔四〕沈隱侯集有張溥輯本。

來時，灼灼上堦墀，勤勤敘別離，慊慊道相思。相看常不足，相見乃忘飢』；『憶眠時，人眠強未眠。解羅不待勸，就枕更須牽。復恐傍人見，嬌羞在燭前。』他的八詠詩最為生平傑作。凡八首，每一首都是用了大力來寫作的。即事即景，用以攄懷，乃是抒情詩裏很弘麗的製作。

范雲〔一〕亦殊清雋。詩品稱雲作『清便宛轉，如流風迴雪。』像『江干遠樹浮，天末孤煙起。江天自如合，烟樹還相似。』（之零陵郡次新亭）；『春草醉春烟，深閨人獨眠。積恨顏將老，相思心欲然。幾回明月夜，飛夢到郎邊。』（閨思）等，誠足以當此好評。雲字彥龍，南鄉舞陰人。齊時為廣州刺史，免官。梁時為散騎常侍，吏部尚書卒。諡曰文。有集。

任昉〔二〕不以詩名。然所作凝重質實，在齊梁體中實為別調。像『近岸無暇目，遠峯更興想；』（濟浙江）『勿以耕蠶貴，空笑易農士』（答何徵君）等，一望便知非沈范的同流。

劉繪〔三〕字士章，彭城人。在集於蕭子良左右的諸文士裏，他是比較得晚輩的。官至大司馬從事中郎，卒。所作像『別離安可再，而我更重之。佳人不相見，明月空在帷。共銜滿堂酌，

〔一〕范雲見梁書卷十三。〔二〕任昉見梁書卷十四。〔三〕劉繪及孔稚圭均見南齊書卷四十八。

獨斂向隅眉。中心亂如雪，寗知有所思？』(有所思)寫得是那樣的清俊。可惜他所作存者已少。

孔稚珪字德璋，會稽山陰人。齊時爲太子詹事，散騎常侍卒。張融字思光，吳郡人，齊時爲司徒，兼右長史，是稚珪的外兄。二人情趣相得。並好文詠。然所作零落已甚，並不足觀。

三

梁武帝(蕭衍)的時代，又是一個花團錦簇的詩人的大時代，也許較永明時代爲更熱鬧。蕭衍他自己是竟陵八友之一，天生的一位文人的東道主；他自己又是那末的工於爲詩。故集合他左右的詩人們，是較之前一個時代更爲衆多，也更爲活動。繼於衍之後者，若綱，若繹，也都是有天才的作家，當然很知道怎樣的看重詩人們。蕭氏的這些『詩人皇帝』們，實在都是很可愛的；其文彩風流，照耀一時，不徒其地位足爲當時諸詩人們的領袖，即其天才，也都足成爲他們的主人翁。不幸他們恰生當一個喪亂的時代，父子兄弟無

梁武帝

（古物陳列所特許借印）

蕭衍

蕭衍捨身于同泰寺的故事，曾成爲小說家的題材。

（從帝鑒圖說）

（西諦藏）

一人得以善終。『詩人皇帝』們的結果竟乃如此的可哀！

蕭衍〔一〕字叔達，小字練兒。於公元五百零二年即皇帝位。大清三年（公元五四九年）侯景攻陷台城。衍被幽死。（464—549）衍在齊時已有文名，以與齊爲同姓，大見親任。後乃代齊而有天下。居帝位四十八年，於文學宴集之外，便講經論道。南朝的佛教，在他的時最爲熾盛。所編著之文籍極多。今有文集存。〔二〕他的詩，以新樂府辭爲最嬌艷可愛。（已引見上文）其他像述三教：『少時學周孔，弱冠窮六經。……中復觀道書，有名與無名。……晚年開釋卷，猶日映衆星，』是叙述他自己的宗教的閱歷的；像十喻：『蜃蛤生異氣，闔婆鬱中天。青城接丹霄，金樓帶紫烟。皆從望見起，非是物理然』則是將佛教哲學捉入詩中的。

衍子統，〔三〕（昭明太子）以所編文選得大名於世。他字德施，生而聰睿。爲太子時，寬和容衆，接引才俊。先衍卒，年三十一。（501—531）有集。〔四〕他的詩以詠宴遊聽講著爲

〔一〕梁武帝見梁書卷一至三。　〔二〕梁武帝集有張溥輯本。

〔三〕蕭統見梁書卷八。　〔四〕梁昭明集有明汪士賢士刊本；張溥輯本。

多像『法苑稱嘉柰，慈園羨修竹。靈覺相招影，神仙共棲宿。慧義比瓊瑤，薰染猶蘭菊』（講帝將畢賦）便也是以佛理爲題材的。

蕭綱（簡文帝）〔一〕爲衍第三子，字世纘，也早慧天生的一個早熟的詩人，辭藻豔發，宛曲嬌麗，故或譏其傷于寫靡。時號其詩爲『宮體』。昭明死，立爲皇太子。即位期年，爲侯景所殺。（503—551）他的作風〔二〕是最適宜于寫新樂府辭的，故所作不少即宴遊酬和之作，淸什也很多，像『漬花枝覺重，濕鳥羽飛遲，儻令斜日照，併欲似遊絲』（賦得入階雨）；『窗陰隨影度，水色帶風移』（餞別）；『草化飛爲火，蚊聲合似雷』（晚景納涼），都可看出他如何聰明的在鑄景遣辭。其第七弟繹〔三〕（元帝）字世誠，初封湘東王，後爲荆州刺史。遣王僧辯討侯景，殺之，遂即帝位于江陵。西魏伐梁，繹兵敗出降，彼殺。（508—555）他著述甚富，〔四〕金樓子尤爲學者所稱。其詩的風格，不離『宮體』，故所作往往和蕭綱的相混

〔一〕梁簡文帝見梁書卷四。　〔二〕簡文帝集有張溥輯本。

〔三〕梁元帝見梁書卷五。　〔四〕梁元帝集有張溥輯本。

雜。像『澄江涵皓月，水影若浮天。風來如可泛，水急不成圓』（望江中月影）；『風細雨聲遲，夜短更籌急』（夜宿柏齋）都是狀物極爲工切的而詠物的短詩尤爲雕鏤得玲瓏可愛。像『風輕不動葉，雨細未霑衣。入樓如霧上，拂馬似塵飛』（細雨）；『著人疑不熱，集草訝無煙。到來燈下暗，翻往再中然』（詠螢火）。其幽逼詩四首作于被幽的詩候者尤具着無涯的悲憤，與平日的儇巧的作風不類。

集于梁代諸帝左右的文士們是計之不盡的；老詩人沈約、范雲們爲蕭衍的老友，最見親信。其他像江淹、丘遲、王僧孺、柳惲、吳均、庾肩吾、何遜、張率、王筠以及蕭子顯、劉孝綽兄弟等也並見愛護。王褒、庾信二人在這時代亦爲大家，梁亡時方入仕北朝。他們在北去以前的作品，其風格也無殊沈范諸人，經喪亂後，始變而爲遒勁。（王、庾見第二十二章。）

江淹［一］字文通，濟陽考城人，宋時爲建平王鎮軍參軍，入齊，爲御史中丞，又出爲宣城太守。梁時爲散騎常侍，遷金紫光祿大夫，卒謚曰憲。（444—505）有集。［二］淹詩初極精

［一］江淹見梁書卷十四；南史卷五十九。　［二］江文通集有明胡之驥注本；梁賓校刊本；張溥輯本。

工，晚節才思減退。世以為『江郎才盡』。像『涼草散螢色，衰樹斂蟬聲』(臥疾怨別劉長史)；『白露滋金瑟，清風蕩玉琴』(清思詩)之類，對仗精切，而頗少生趣。像効阮公詩(十五首)及悼室人(十首)之類，才是他的傑作。『昔余登大梁，西南望洪河。時寒原野曠，風急霜露多……落葉縱橫起，飛鳥時相過』(効阮公詩)，其情思的健曠，確似左思詠史和阮籍詠懷。丘遲[一]字希範，烏程人。梁時為司空從事中郎。王僧孺[二]東海剡人，仕梁為蘭陵太守。是很得新樂府辭的神髓的。張率[三]字士簡，吳郡人，梁時為秘書丞，出為新安太守卒。柳惲字文暢，河東解人。梁時為廣州刺史，徵為秘書監，後又出為吳興太守。庾肩吾字[四]子慎，新野人；是庾信之父。梁時為太子中庶子，後出為江州刺史，領義陽太守卒。王筠字元禮，一字德柔，琅邪人。梁時為太子洗馬，中書舍人，雅為昭明太子所禮重。他們這幾個人作風的靡蕩，大體相類。惟庾肩吾亂後所作，像『泣血悲東走，橫戈念北奔。方憑七廟略，誓雪

[一]丘遲見梁書卷四十九。 [二]王僧孺、張率、王筠均見梁書卷三十三。

[三]柳惲見梁書卷二十一。 [四]庾肩吾見梁書卷四十九。

五陵寃』（亂後行經吳郵亭）云云，較見別調。[一]

但在這個大時代裏眞實的有天才的詩人們卻要算是吳均[二]和何遜二人。沈約最愛常何遜的詩，嘗謂之道：『讀卿詩一日三復，猶不能已。』遜字仲言，東海郯人。八歲能賦詩。嘗和范雲結忘年交。雲也深嗟賞之，嘗道：『頃觀文人，質則過儒，麗則傷俗，其能含清濁，中今古，見之何生矣！』元帝也道：『詩多而能者沈約，少而能者謝朓、何遜。』他是那樣的爲時人所推重！他在梁時，嘗爲建安王水曹參軍，後爲廬陵王記室。卒。有集。[三]我們看他的所作，『夕鳥已西度，殘霞亦半消。風聲動密竹，水影漾長橋。旅人多憂思，寒江復寂寥』（夕望江橋）；『星稀初可見，月出未成光。澄江照遠火，夕霞隱連檣。』（敬酬王明府）；『客心已百念，孤遊重千里。江暗雨欲來，浪白風初起。』（相送）；那一句不是淸新之氣逼人的，誠無媿爲第一流的大詩人。

[一]丘遲、王僧孺、王筠、庾肩吾四人集均有張溥輯本。　[二]吳均及何遜均見梁書卷四十九。

[三]何水部有有明張紘刻本；張溥輯本。

吳均的影響在當時也極大；或效其作風，號曰吳均體。他字叔庠，吳興故鄣人。家至貧賤。沈約見其文而好之。柳惲爲吳興，召補主簿。後爲建安王偉記室。（469—512）有集。〔一〕他的詩體也是很清拔的，像『松生數寸時，遂爲草所沒；未見籠雲心，誰知負霜骨』（贈王桂陽）；『悵然不自怡，端憂坐漠漠。風急雁毛斷，氷堅馬蹄落』（奉使廬陵）；『山際見來烟，竹中窺落日。鳥向簷上飛，雲從牕裏出』（山中雜詩）等等，都不是塗朱抹粉的靡靡之什。

蕭子顯〔二〕和兄子範（字景則），弟子雲（字景喬），子暉（字景光）皆善詩；他們是蕭道成的後裔，却皆仕梁。在其間，子顯尤爲白眉。子顯字景暢，梁時爲吏部尚書，又出爲吳興太守。所著述甚多，詩尤靡麗可喜，像春別：『銜悲攬涕別心知，桃花李花任風吹。本知人心不似樹，何意人別似花離。』同時，劉氏兄弟們也多才情。孝綽、〔三〕孝儀、孝勝、孝威、孝先等並皆馳騁騷壇，競爲雄長。孝綽得名尤甚。他本名冉，彭城人。天監初，爲著作佐郎。後坐

〔一〕吳朝請集有張溥輯本。

〔二〕蕭子顯見梁書卷三十五。

〔三〕劉孝綽見梁書卷三十三。

事左遷臨賀王長史卒。他負才傲忽，前後五免。然辭藻爲後進所宗。〔一〕其詩似最長于寫水上的景色；像『反景照移塘，纖羅殊未動。駭水忽如湯，乍出連山合』（上虞鄉亭觀濤津渚）；『日入江風靜，安波似未流。岸迴知舳轉，解纜覺船浮。蒼烟生遠渚，夕鳥赴前洲』（夕逗繁昌浦）；『月光隨浪動，山影逐波流』（月半夜泊鵲尾）云云，都是絕妙的景色。第一次被捉入詩裏的。孝威，天監末爲太子中庶子，通事舍人，所作像『聯村倏忽盡，循汀俄頃同。疑是傍洲退，似覺前山來』（帆渡吉陽洲）。狀船行至爲入神。孝先，元帝時爲侍中，所作像『葉動花中露，湍鳴闇裏泉。竹風聲若雨，山虫聽似蟬』（草堂寺尋無名法師），也寫得極工。孝綽又有三妹，並富才學。其稱劉三娘（名令嫺）者嫁徐悱，文尤淸拔。同時又有劉溉、劉洽兄弟，彭城武原人，也並善於詩，知名當世。

尙有陶弘景〔二〕者，字通明，丹陽秣陵人。齊時，隱於句曲山，自號華陽隱居。蕭衍屢加禮

〔一〕劉孝綽及劉孝威集均有張溥輯刊本。

〔二〕陶弘景見梁書卷五十一；南史卷七十五。

聘，不出。卒諡曰貞白先生。他的詩〔一〕曉暢而峻切，雖不多，卻都爲珠玉。像詔問山中何所有賦詩以答：『山中何所有？嶺上多白雲。只可自怡悅，不堪持寄君』。這種風趣，淵明後便久已不見的了。

四

陳霸先代蕭氏，收拾天下於殘破之餘；文人之四逸以避難者，一時復集。陳氏並向北國求還被羈之士，以是人才遂盛。到了後主時代，便又來了一個很偉大的詩人的時代。後主陳叔寶〔二〕他自己也是一位有天才的詩人。他所作半爲艷嬌的樂府新辭。（見前）其他詩像『苦色隨水溜，樹影帶風沈』（汎舟玄圃）；『枝多含樹影，煙上帶珮生』（詠遙山燈），都是出之以苦吟的。他字元秀，以公元八五三年，即皇帝位。隋師伐陳，他出降。（公元五八九年）。仁壽四年，終於洛陽。（553—604）有集。〔三〕他最喜歌詩，嘗以宮人有文學者袁

〔一〕陶隱居集有張溥輯本。

〔二〕陳後主見陳書卷六。

〔三〕陳後主集有張溥輯本。

昭明太子

（古物陳列所特許借印）

陳後主（從明刊本帝鑑圖說）（西諦藏）

大捨等爲女學士，每使她們和狎客共賦新詩，互相贈答，採其尤豔麗者以爲曲詞，被以新聲。這時的老詩人們，有徐陵、陰鏗等；又沈炯、張正見、江總等也皆以詩鳴，而總尤見寵禮。

徐陵［一］字孝穆，東海郯人，摛之子，（摛在梁，亦以能詩名）在梁爲散騎常侍，入陳歷侍中光祿大夫太子少傅，建昌縣開國侯。（507—583）所編玉臺新詠和文選並爲僅存之六朝的『文學選本』。有集。［二］其詩像『風光今旦動，雪色故年殘』（春情）；『嫩竹猶含粉，初荷未聚塵』（侍宴）等也見刻意經營之迹。

陰鏗［三］的才情是很大的，杜甫、李白皆推尊之。杜詩道：『頗學陰、何苦用心。』像他的『山雲遙似帶，庭葉近成舟』（閑居對雨）；『從風還共落，照日不俱銷』（雪裏梅花）；『夜江霧裏闊，新月迥中明』（五洲夜發），確都是『苦用心』之作。他字子堅，武威人，早慧。陳時爲晉陵太守，散騎常侍卒。有集。［四］

［一］徐陵見陳書卷二十六。　［二］徐孝穆集有張溥輯本；吳兆宜箋注本。（吳注有原刊本，有阮氏困學書屋重刻本。　［三］陰鏗見梁書卷四十六；南史卷六十四。　［四］陰常侍集有二酉堂叢書本。

沈炯〔一〕不甚以詩名，然其亂後所作，卻是那樣的凄楚沈痛，『猶疑屯虜騎，尚畏值胡兵。空村餘拱木，廢邑有頹城。舊識既已盡，新知皆異名』（長安還至方山愴然自傷）。這種情調，和庾信、王褒所作，卻祇有更悲切。他字禮明，一作初明，吳興武康人。約之後。妻子皆爲侯景所殺。西魏尅荊州時，炯又被虜。後得放歸。陳武帝以爲御史中丞。難怪他是那樣的悲歌痛哭着。

張正見〔二〕詩『律法已嚴於四傑』（王世貞語）；像『高峰落迥照，逝水沒驚波』（何章侍讀）；『風前飛未斷，日處影疑重』（賦得題新雲）等可證。他字見賾，清河、東武城人，仕陳爲通直散騎侍郎。其五言詩尤善，大行於世。

江總〔三〕字總持，濟陽考城人。梁時已有重名。入陳，官尚書令。陳亡，隨後主入隋，拜上開府，卒（519—594）。他不持政務，但日與後主遊宴後庭，共陳暄、孔範等十餘人，號爲狎客。故頗爲後人所譏。但他的詩雖也彼譏爲浮豔，卻實頗有風骨；像『果熟猶藏井，花紅柳尚知

〔一〕沈炯見陳書卷十九。 〔二〕張正見見陳書卷三十四；南史卷七十二。 〔三〕江總見陳書卷二十七。

門」（南還尋草市宅）「輕飛入定影，落照有疏陰」（經始興廣果寺）；「心逐南雲逝，形隨北鴈來；故鄉籬下菊，今日幾枝開？」（於長安歸還揚州）；「屏風有意障明月，燈火無情照獨眠」（閨怨篇）等，都不純是一味柔靡之作。〔二〕

一、漢魏六朝三百名家集　明、張溥輯，有明刊本，有長沙翻刻本。

二、古詩紀　明、馮惟訥編，有明刊本。

三、全漢魏六朝詩　近人丁福保編，有醫學書局鉛印本。

四、文選及玉臺新詠也應一讀。

五、古詩源　清、沈德潛編，這是比較通俗的選本；有原刊本，商務印書館印本。

〔二〕沈炯、張正見、江總集均有張溥輯本。

第十八章 批評文學的發端

孔子的文學觀——漢代諸作家的文學觀——曹丕典論論文——文學批評的產生——陸機的文賦——摯虞的文章流別志論——齊梁的偉大的時代——反切法的輸入——四聲八病說——其反動——鍾嶸詩品——劉勰文心雕龍——爲藝術的藝術論之絕叫——其反對者

一

在建安以前，我們可以說，沒有文學批評。孔子對於文學，一方面祇是抱着欣賞的態度，像『師摯之始，關雎之亂，洋洋乎盈耳哉！』（論語泰伯）一方面郤抱的是功利主義的文學觀，故屢屢的說道：『不學詩，無以言』（論語季氏），『詩可以興，可以觀，可以羣，可以怨；邇之事父，遠之事君，多識於鳥獸草木之名。』（論語陽貨）這可以說是最徹底的詩的應用論了。郤也還够不上說是『人生的藝術觀』。他又有『思無邪』之說，但其意義卻是不甚明瞭的。總之，孔子的詩論，祇是側重在應用的一方面的。這也難怪，我們看那個時代的外交上的辭令，幾乎都是稱『詩』以爲證的，便可知『詩』的應用，在實際上已是很廣大的了。

漢代是詩思最消歇的時代，文學批評也極不發達。專門的辭賦家，像司馬相如，祇是說，賦是天才的產品，其奧妙是不可知的；楊雄則倡讀千賦則能爲賦之說。那都不過是隨意的漫談。漢書藝文志詩賦略的序是比較得很有系統的批評，其見解卻也不脫敎訓主義的色彩。後漢時代最有懷疑精神的王充，在論衡裏曾一很重要的發見，那便是『藝增』一類的倡論；但無其說是屬於批評的，還不如說是屬於修辭的。

真實的批評的自覺期，當開始於建安時代。當時曹丕、曹植兄弟，恣其直覺的意見，大胆無忌的評騭着當代的諸家；像曹丕典論裏的論文及與吳質書裏，都把文章的價値抬得很高，他也許是最早的一個人，感得『文章』具有獨立生命與不朽的。他道：『年壽有時而盡，榮樂止乎其身，二者必至之常期，未若文章之無窮。』（典論）他又一方面批評孔融、王粲、徐幹等七人的得失；這有些近於作家的批評了；同時還要探討文體的分類與特質：「夫文，本同而末異；蓋奏議宜雅，書論宜理，銘誄尚實，詩賦欲麗。此四科不同，故能之者偏也。」（典論）這裏把「文」分爲奏議、書論、銘誄、詩賦的四類，大約是最早的一種文體論的嘗試了。他又說：「文以氣爲主」。這乃開創了後人論文的一條大路。曹植在與楊德祖書裏也評論着王粲、陳琳、徐幹諸人。惟他卻薄辭賦爲小道，而欲以「建永世之業，流金石之功」爲急；假如不是有激而云然，則其批評見解是遠不若他哥哥的超雋了。

陸機在晉初著作了文賦，那是以賦體來論文的一篇偉大的東西；對於著作的甘苦，他是頗能闡發之的。在文體論一方面，他雖分爲詩、賦、碑、誄、銘、箴、頌、論、奏、說等類，比曹丕多出若干，其大體卻仍是就曹氏之論而放大了的。關於文章作法的一邊，那是他自己的特色。但也偏重於修辭、謀篇的部分。他主張言辭與理意是應該並重的，而其本卻還爲理意。「謝朝華於已披，啟夕秀於未振」，他是那樣的具有開拓一個宗派的雄心。

與陸機的同時的有摯虞，他編集了號爲第一部總集（該說除詩經、楚辭外）的文章流別集（本傳說三十卷，隋志云四十一卷），專選詩賦，又有文章流別志論有遺文見存，其主張也是說：以情義爲本，以辭藻爲佐；和陸機差不了多少。東晉時，有李充作翰林論，宋時，有王微作鴻寶，顏延之作論文，他們的遺文都已不見隻字，故這裏不能說及。（顏氏庭誥中有論文語，當非即所謂論文也）。

范曄的獄中與諸甥侄書也是一篇論文章的得失的大作，其主張仍是：『嘗謂情志所托，故當以意爲主，以文傳意。以意爲主，則其旨必見，以文傳意，則其詞不流。』

二

齊、梁在文學批評史上是一個大時代；出現了好幾部偉大的批評的著作；產生了許多不同的批評見解。我們的批評史，從沒有那樣的熱鬧過。第一是沈約，陸厥們的關於音韻的辨論。這是一場極大的文學論戰，一方主張着韻律的定格的必要；一方則主張着自然的韻律論；易言之，也便是受了印度文學洗禮過的文人和本土的守舊的文人間的爭鬥。

原來，隨了譯經而同來的便是梵文的拼音字母的輸入。這把中國古來的『聲音』讀若某』的不大確切的『諧』音法根本打倒了；代之而起的，是擬仿着拼音文字而得的反切法。（始于魏、孫炎）後沈約更取之而倡爲四聲八病之論。同時謝朓、王融、周顒等皆相與應和。陸厥雖極力的反對，其聲音卻若落在曠野中去了。第二是鍾嶸詩品的創作；也許是受有漢書古今人表的影響吧，故他把五言詩人們分別爲上中下三品而討論之。雖有人對于他的三品之分，表示不滿意。但像他那樣的統括着五言詩諸大家于一書而恣意批評之的氣魄，卻是空前的。他在序裏闡發着詩以性情爲主，及『但令清濁通流，口吻調利，斯爲足矣』的主張，是很足注意的。爲了他反對過度的格律的定式，故他對于『平上去入』『蜂腰鶴膝』之說也表示不滿。第三是劉勰文心雕龍的出現。勰字彥和，東莞莒人，梁時，爲步兵校尉兼舍人。後來出家，改名慧地。他的文心雕龍也是空前的偉作，共有五十篇，（其中隱秀一篇或以爲僞作）可分爲三個部分；原道、徵聖、宗經、正緯及序志是『文學通論』；辯騷、明詩、樂府、以至諸子、奏啟、書記等二十一篇是文體論；神思、體性、風骨、以至知音、程器等二十四篇是修辭的原理和方法論。其主幹的見解是『因文而明道，』和陸機所論相同而其大體也不出文賦的範圍以外。然而，從文賦到文心，是如何的一種進步呢！第四是『爲藝術的藝術觀』的絕叫。文藝久成了功利主義的俘擄，但這時，則被解放了。蕭統的文選首斥經書、史籍及諸子于文學的領土之外；徐陵的玉臺新詠更嚴『純文學』的門閥。蕭子顯的自序道：『風動春朝，月明秋夜，早鴈初鶯，開花落葉，有來斯應，每不能已也』蕭繹也道：『文者惟須綺縠紛披，宮徵靡曼，脣吻遒會，情靈搖蕩。』（金樓子）這是古所未有的大胆的主張。雖裴子野嘗作雕虫論以糾之；北朝也屢有反抗的運動。然運會所趨，終莫能挽。能給純文學以最高的估値與賞識者，在我們文學史上，恐怕也只有這一個時代了。

參攷書目

一、全上古六朝文　清嚴可均輯，有黃岡王氏刊本，有醫學書局石印本。

二、文心雕龍、詩品、文選、玉臺新詠諸書，傳本皆甚易得。

三、中國古代文藝論史　日本鈴木虎雄著，孫俍工譯，北新書局出版。

第十九章 故事集與笑談集

漢以前小說的亡佚——神異經與十洲記——邯鄲淳的笑林——小說與啓顏錄——列異傳與博物志——搜神記異苑續齊諧記等——宗教的故事集——語林與世說等——漢武故事飛燕外傳等

一

在唐以前，我們可以說是沒有小說；漢以前的所謂『小說』，大都亡佚，遺文極少看不出其性質何若；漢以後的所謂『小說』，卻祗是宇宙間異物奇事的斷片的記載和短篇的渾樸少趣的故事的傳錄而已。前者是山海經一流的神異經、十洲記；他們根本上不能列入小說之林，像神異經所記：『崑崙之山有銅柱焉其高入天所謂天柱也。……上有大鳥，名曰希有，南向，張左翼覆東王公，右翼覆西王母；西王母歲登翼上，會東王公也。』（中荒經）那一類怪誕無稽的段片的神話，便是這種書的好例。神異經和十洲記相傳俱說是東方朔所撰，但不可信。後者較有小說的格局，但卻都是樸樸質質的片段的敘述和記載，一點描狀的風趣都沒有；所以祇是『故事』不是『小說』。這種『故事』往往成為一集。他們又有兩種的區別；一種是『滑稽談』或所謂『笑談集』的，專是掇拾人間的小小的錯誤以為談笑之資。這一種故事是最近于小說的；一種是記載宇宙間的奇事異聞的，其中儘多各地方的民間傳說，也有很雋美的故事，卻都不過是未成形的小說。

關於『滑稽談』或『笑談集』，最早者為笑林。隋書經籍志題為後漢給事中邯鄲淳撰。淳一名竺，字子禮，潁川人。少有雋才。元嘉元年（公元一五一年）上虞長度尚為曹娥立碑，淳給於席間作碑文，操筆而成，所無點定，遂以知名。黃初初為魏博士給事中。笑林今有馬國翰輯本。這部書所載的『笑談』有到現在還流傳於民間的；像『某甲夜暴疾，命門人鑽火。其夜陰暝，不得火，催之急。門人忿然曰：君責人亦大無道理。今闇如漆，何以不把火照我？我當得覓鑽火具，然後易得耳。孔文舉聞之曰：責人當以其方也；』『楚人貧居，讀淮南方，得螳螂伺蟬自鄣葉可以隱形。遂於樹下仰取葉螳螂執葉伺蟬以摘之。葉落樹下。樹下先有落葉，不能復分別，掃取數斗歸。一一以葉自鄣，問其妻曰：汝見我不？妻始時恒答言見。乃厭倦不堪，紿云不見。嘿然大喜。賚葉入市，對面取人物。吏遂傳詣縣，縣官受辭，自說本末。官大笑，放而不治。』都是很雋永的。梁時又有殷芸（471--529）撰小說，皆抄集群書而成，中也多可笑的故事。隋侯白作啟顏錄，也是這一流的東西。

二

記載奇聞異事的故事集，其著作也始於魏。有列異傳者，隋志以爲曹丕撰，（唐志則云張華撰）今已佚，惟於太平廣記等書中猶可見殘文若干：『武昌新縣北山上有望夫石，狀若人立者。相傳云昔有貞婦，其夫從役，遠赴國難。婦攜幼子，餞送此山，立望而形化爲石。』像這樣的很哀艷的傳說，而祇是以數行的枯燥無趣的記述了之；這頗可見出一般『故事集』作者的描寫力的不夠。又有博物志，也傳爲張華作。王嘉拾遺記說，華嘗『捃采天下遺逸，自書契之始，考驗神怪，及世間閭里所說，造博物志四百卷，奏於武帝。』帝令芟截浮疑，分爲十卷。這書今存，係分類記載異境、古物以及古代瑣聞雜事的；幾乎什麼都被包羅在內有點像太平廣記的前驅。東晉有干寶者，作搜神記二十卷，體例始略純，不甚雜瑣談，而多載故事。其中很有不少重要的民間傳說，且有至今尚流傳於內地的；像所載豫章新喻學男子娶鳥女爲妻事便是世界上流行最廣的『鵝女郎』的故事的一個。印度的影響，已開始出現於這部書裏，像所載天竺胡人『有數術，能斷舌復續，吐火』事便是。寶字令升，新蔡人。東晉時爲著作郎。後爲始安太守，遷散騎常侍。又有搜神後記者，凡十卷，係續干寶之書的，題陶潛撰，但不甚可信，或以其中曾收入潛的桃花源記（見卷一）而致誤歟？但這書所載的神話和傳說，重要者甚多，像謝端娶『螺婦』之類的故事，可信其當爲直接從民間的口傳的故事裏來的；又關於佛敎和僧侶們的故事，也不少；這也是很可珍異的資料。晉時又有荀氏作靈鬼志，陸氏作異林，戴祚作甄異傳，祖沖之作述異記，祖台之作志怪，王浮作神異記等，原書並佚，僅有遺文見於太平廣記諸類書裏。晉、宋間，有劉敬叔，彭城人，嘗爲宋給事黃門郎，曾著異苑，卻幸得存於今。其記述的技術，也不殊於干寶。宋時有臨川王劉義慶作幽明錄，散騎常侍東陽无疑作齊諧記，也俱佚不存。梁吳均曾續无疑之書（名續齊諧記），其中嘗記『鵝籠書生』的故事，殊爲奇詭可喜。然其來歷卻是印度的最早的輸入印度故事者，尚說出那是外來的，但到了均此時，卻已把外來的故事改穿上中國的衣服，當作我們自己的東西了。又傳爲王嘉作的拾遺記，傳爲任昉作的述異記，其中也很有些重要的古代的神話與傳說。

同時，佛教盛行的結果，因果報應之說便因之而深入民間，代替了本土的定命論的人生觀，地獄受罪，天堂享樂之故事，也紛紛而起。我們相信這些故事中定有許多是從印度故事改頭換面而來的。這種宗教的故事集，有宋劉義慶宣驗記，齊王琰冥祥記，隋顏之推集靈記，寃魂志，侯白旌異記，所記不外是念佛、拜經或造像者的受福，而謗佛不信者卻有人曾在地獄裏見其受罪；在六朝的神怪故事集裏，卻彈出別一種的調子來。

又有別一類專門記載人間的瑣事雋談的集子，開始出現於晉代。這是王、何輩玄談的結果以一言一動，臧否人物，標榜風韻；亦時有雋語，卻往往不成其為有系統的『故事。』裴啟的語林，郭澄之的郭子，劉義慶的世說，沈約的俗說皆其著者，今惟世說盛行於世。

相傳為漢時的小說，像漢武帝故事（稱班固撰），漢武帝內傳（亦稱班固撰），漢武洞冥記（稱郭憲撰）飛燕外傳（稱伶玄撰）等殆無一為眞漢人之作；然其狀事寫情，卻已頗有小說的趣味。除雜事秘辛等顯為明人所偽作外，餘殆皆出於六朝人的所作，其或就反要較故事集等為崇高。

參考書目

一、太平廣記　宋李昉等編，有明談氏刊本，明活字本，明許自昌刊本，清黃氏袖珍本，筆記小說大觀本，掃葉山房石印本。

二、玉函山房輯逸書　清馬國翰編，有原刊本，有長沙翻刊本。

三、百子全書　湖北書局刊行。

四、說郛　元陶宗儀編，有汲古閣刊本，有商務印書館鉛印本。

五、中國小說史略　魯迅著，北新書局出版。

第二十章 六朝的辭賦

辭賦的再生——曹植禰衡與王粲——向秀陸機潘岳——陶淵明的閑情賦——鮑照謝莊等——江淹的恨賦別賦——蕭衍的淨業賦——沈炯江總等

一

復興了辭賦的『詩趣』的，乃是六朝的諸作家。這個復興運動，似當開始於建安時代。隨了詩思的復活，『辭賦』也便重見生機。禰衡的鸚鵡賦，引物以譬人，寫得那樣的可憐。曹植的洛神賦，是那末的有風趣，已不是徒以奇字麗句堆砌成文的了；王粲的登樓賦，其情調遠規靈均，近同平子（張衡有歸田賦）雖未盡宛曲之趣，實是披肝露膽之作。其後向秀作思舊賦以弔嵇康、呂安：『於時日薄虞淵，寒冰淒然。鄰人有吹笛者，發聲寥亮。追思曩昔遊宴之好感音而歎』陸機作歎逝賦以哀故友：『人何世而弗新，世何人之能故。野每春其必華，草無朝而遺露』罔不是眞情流露，詩意充溢的。其文賦也具陳文心，備言甘苦，不是敷衍之作。而潘岳尤長於哀誄懷人之什。追逝思故，若不勝情；像他的西征、秋興、閑居、懷舊、寡婦諸賦，殆沒有一篇不是淸雋之氣逼人的。秋興固足以上比宋玉，而懷舊之寫『墳壘壘而接壟，柏森森以攢植；何逝沒之相尋，曾舊草之未異！』寡婦賦之寫『願假夢以通靈兮，目烱烱而不寢。夜漫漫以悠悠兮，寒淒淒以凜凜，氣憤薄而乘胸兮，涕交橫而流枕。』尤皆留連於生死故舊之情，淒迷於存亡勞念之際，決不是那些以塗飾誇誕自喜者之比。左思的三都賦追蹤兩都、三京，雖不是抒情之作，卻也甚見工力。

東晉南渡以後，辭賦作家暫見消歇。郭璞的江賦和木華的海賦並爲寫前人所未涉及的景色的，但究竟不大高明。到了晉末宋初，大詩人陶淵明、鮑照相繼而出，立刻把賦也抬高到未之前有的妙地仙境裏去。陶淵明的閒情賦，雖蕭統不大滿意，斥之爲『白璧微瑕』，（陶集序）然實是極淸新眞切的長篇的抒情詩。像『願在衣而爲領，承華首之餘芳；悲羅襟之宵離，怨秋夜之未央。願在裳而爲帶，束窈窕之纖身，嗟溫涼之異氣，或脫故而服新。…願在絲而爲履，附素足以周旋，悲行止之有節，空委棄於牀前。願在晝而爲影，常依形而西東；悲高樹之多蔭，慨有時而不同。願在夜而爲燭，照玉容於兩楹，悲扶桑之舒光，奄滅景而藏明。…考所願而必違，徒契契以苦心。擁勞情而罔訴，步容與於南林；』情詩寫到這樣宛轉敦厚的地位，還有誰可及呢？見此，眞覺得像『君依光兮妾所願』諸作，還未免嫌單調。

鮑照的蕪城賦，我們祇讀其歌：『邊風急兮城上寒，井逕滅兮丘隴殘。千齡兮萬代，共盡兮何言！』便已嗅出其淒涼的氣分來。別人都寫輝輝煌煌的三都、兩京，照獨憑吊『蕪城』；廢井頹垣，榛路荒基的寫照，或較離宮禁苑的鋪張揚厲尤能打動人的情感罷。連昌宮辭（唐元稹作）、哀江南曲（見孔尚任桃花扇）並此而三，難能有四！

謝惠連的雪賦祇是一篇詠物的名作，然其祭古塚文卻是眞實的一篇雋妙的抒情詩。

謝莊的月賦確能將渺茫朦朧的月夜的氣分寫出。『美人邁兮音塵闕，隔千里兮共明月。臨風歎兮將焉歇，川路長兮不可越。…月既沒兮露欲晞，歲方宴兮無與歸。佳期可以還，微露霑人衣。』他竟是充溢着惆悵的情懷的。

梁時，江淹作恨賦，別賦，那又是充滿着悵惘淒楚的空氣的。『試望平原，蔓草縈骨，拱木斂魂』；『黯然銷魂者唯別而已矣』；他選的是那樣一種的傷感的題目！『春草碧色，春水淥波；送君南浦，傷如之何！』這已夠令人淒然了；『春草暮兮秋風驚，秋風罷兮春草生；綺羅畢兮池館盡，琴瑟滅兮丘壟平。自古皆有死，莫不飲恨而吞聲！』更是直彈到人生的最深邃的中心了。漢人每喜誇誕的漫談；其失也淺薄；六朝人卻反了過來，專愛在傷感的情緒上着力，遂多『哀感頑艷』『情不自禁』之作。六朝賦與漢賦之別便在於此。

蕭衍嘗作淨業賦，以佛入思想滲透到辭賦裏去，恐怕要以此篇為唯一之作。其子綱，嘗作悔賦，顯然是模仿文通的恨別二賦的。蕭繹所作玄覽賦，浩浩莽莽，幾復同到司馬、揚、班的時代；然其蕩婦秋思賦：『況乃倡樓蕩婦，對此傷情。於時露萎庭蕙，霜封階砌。坐視帶長，轉看腰細。重以秋水文波，秋雲似羅。日黯黯而將暮，風騷騷而渡河，』卻是具有很幽渺的抒情的成分的。

沈約有郊居賦，極寫郊外園林之樂，而用『惟以天地之恩不報，書事之官靡述』云云爲結，未免迂腐。同時有陸倕，字佐公，吳郡吳人，爲國子博士，守太常卿，他的感知已賦贈任昉（昉也有一賦答之）卻是『眞性情』流露之作。劉峻的廣絕交論雖名爲論，實似一賦，也是出於不自己的憤激之心意的。張纘字伯緒，爲梁駙馬都尉，後授雍州刺史，爲蕭察所殺。他的南征賦乃是安仁西征的同流。沈炯的歸魂賦，寫梁末喪亂，身爲北朝所羈留；『每日夕而靡依，常一步而三嘆，言語之所不通，嗜欲之所不同。豈論生平與意氣，止望首丘于南楓』痛定思痛，情意至爲淒惶。江總也有修心賦，其情調與歸魂頗同。他們都是庾子山的哀江南賦的同道。

參考書目

一、全上古三代漢魏六朝文　清嚴可均輯，有黃岡王氏刊本，醫學書局石印本。

二、漢魏六朝百三名家集　明張溥編，有原刊本，有清長沙翻刻本。

三、歷代辭賦　清陳元龍編，有殿刊本。

思想文化经典丛书

插图本中国文学史

二

郑振铎 著

中央编译出版社
CCTP
Central Compilation & Translation Press

第二十一章 六朝的散文

六朝文筆之分——六朝散文的重要——抒情小品的流行——劉琨郭璞等——王羲之獻之父子的雜帖——陶淵明的五柳先生傳與自祭文等——謝靈運顏延之與鮑照——王融與孔稚珪——梁代諸帝與蕭統——沈約任昉江淹等——何遜吳均等——劉峻的廣絕交論——丘遲的與陳伯之書——徐陵沈炯陳叔寶江總等——六朝宗教家的活躍——本土思想對于佛家思想的反攻——慧琳的白黑論——顧歡的夷夏論——范縝的神滅論——抱朴子與金樓子——六朝的史書作者

一

六朝文章有『文』『筆』之分，文即『美文』，筆則所謂應用文者是。劉勰文心雕龍總術篇謂：『今之常言有文有筆，以爲無韻者筆也，有韻者文也。』梁元帝金樓子立言篇亦謂：

『至如不便爲詩如閻纂，善爲章奏如伯松，若此之流，汎謂之筆。吟咏風謠，流連哀思者謂之文。』又謂：『至如文者惟須綺縠紛披，宮徵靡曼，脣吻遒會，情靈搖蕩。』是則，所謂『文』者並不是以韻者爲限，只要是以『綺縠紛披』之文來抒寫個人情思者皆是。當然『文』是包括了詩賦在內的；但如制誥章奏之流，便是所謂『筆』了。故除了『應用文』之外，凡『文章』皆可謂之文。南史顏延之傳：『宋文帝問延之諸子才能。延之曰：竣得還筆，測得還文。』梁書劉贊傳：『幼孤，兄弟相勵勤學，並工屬文。孝綽常曰：三筆六詩，三即孝儀，六孝威也。』這裏所謂『詩，』便是延之之所謂『文。』直到中唐，還有此別。趙璘因話錄云：『韓文公與孟東野友善。韓文公文至高，孟長於五言，時號孟詩韓筆。』實則六朝之『文筆』，相差也至微。即所謂朝廷大制作，也往往是『綺徽紛披，宮徵靡曼』的。我們可以說，除了詩賦不論外，其他六朝散文，不論是美文，或是應用文，差不多莫不是如隋初李諤所攻擊的『連篇累牘，不出月露之形，積案盈箱，唯是風雲之狀』的云云。在這種狀態之下的散文便是『古文家』所集矢的。後人的所謂『文起八代之衰，』便是斷定了六朝文是要歸在『衰』之列的。但六朝的散文果是在所謂『衰』的一行列中麼？其文壇的情態果是如後人之所輕蔑的麼？這倒該爲她一雪不平。

把什麼公牘記載之類的應用文，都駢四儷六的做起來，故意使得大衆看不懂，這當然是一個魔道。但如個人的抒情的散文，寫得『綺縠紛披宮徵靡曼脣吻遒會情靈搖蕩』難道便也是一個罪狀麼？在我們的文學史裏，最苦的是抒情的散文之少；六朝卻是最富於此類小品的一個時代。這，我們可以說是六朝的最特異的最光榮的一點；足以和她的翻譯文學，新樂府辭並稱爲鼎立的三大奇蹟的。在我們的文學史裏，抒情小品文之發達，除了明清之交的一個時代之外，六朝便是其最重要的發展期了。明清之交的散文的奇葩，不過如『曇花一現』而已，六朝散文則維持至於近三百年之久，其重要性，尤應爲我們所認識。其他論難的文字，描狀的史傳，也儘有許多高明的述作，不單是所謂『月露之形』，『風雲之狀』而已。

抒情的散文，建安之末便已萌芽。子桓兄弟的書札，往往憶宴遊的愉樂，悼友朋的長逝，悱惻纏綿，若不勝情，已開了六朝文的先路。正始之際，崇尚清談，士大夫以寥廓之言，祖蕩之行相高，更增進了文辭的雋永。五胡之亂，士族避地江南者多，『暮春三月，江南草長，雜花生樹，群鶯亂飛，』在這樣的山川秀麗的新環境裏，又濬啟了他們不少的詩意文情。于是便在應用，酬答的散文之間，也往往『流連哀思，』充滿了微茫的情緒。

二

東晉之初，劉琨，郭璞並為重要之政治家。琨勇於任事，有澄清中原之志，所作章奏，辭意慷慨，風格遒上。像上愍帝情北伏表，勸進元帝表等等，痛陳世勢，指數方略；『厄運之極，古所未有。在食土之毛，含茹之類，莫不叩心絕命，行號巷哭，』當此之時，惟有『以社稷為務，不以小心為先，以黔首為憂，不以克讓為事，』其言都是出之以蓬勃的熱情的。然時勢已不可為，軍士乏食，一籌莫展；『衣服藍縷，木弓一張，荊矢十發，編草盛糧，不盈二日；夏則桑樵，冬則菽豆。視此哀歎，使人氣索！』（與丞相牋）終於在這種情形之下，爲悍將段匹磾所殺！

同時有盧諶的，字子諒，范陽涿人，尚武帝女滎陽公主。劉琨以爲司空主簿。其與琨贈答的簡牘，頗爲世人所稱；又琨被殺後，諶上理劉司空表，痛切的申琨之志理琨之冤，頗能扶發當時姑息之政的內幕。

郭璞著書極多，大都爲注釋古書者，如爾雅注，方言注，三蒼注，穆天子傳注，水經注，楚辭注等等。璞以阻王敦謀亂被殺；看他的許多表奏，對于天天在崩壞的時局，他是很能注意到的。

爲中興重鎭的王導〔一〕字茂弘，琅邪臨沂人，成帝時，進太傅，拜丞相，咸和五年卒，年六十四；所作書札，類皆指揮計劃當時的政治與時事的，而措辭沖淡，中多至情披露之語，其抒寫也頗有情趣。

〔一〕王導見晉書卷六十五。

同時又有殷仲堪，〔一〕侃陶，〔二〕溫嶠，〔三〕庾亮〔四〕諸人，皆爲主持朝政，或獨當一面者，其互相贈答的文扎或指陳政局，或相與激厲，在疏理陳辭之間，亦復楚楚有情致。仲堪，陳郡長平人，爲都督荆益寧三州諸軍事，荆州刺史，假節鎮江陵，安帝時爲桓玄所敗自殺。侃字大行，鄱陽人，拜侍中太尉，加都督交廣寧七州軍事，又加都督江州，領刺史，咸和七年卒，年七十六。嶠字太眞，太原祁人，拜驃騎將軍，開府儀同三司，加散騎常侍。亮則爲晉國戚，久居政府，他字元規，潁川鄢陵人，嘗鎮武昌，號征西將軍，開府儀同三司；爲當時文士的東道主之一。

世家子弟的王羲之，〔五〕字逸少，琅邪臨沂人，爲右軍將軍，會稽內史。（321—379）以善書得盛名。所作簡牘雜帖，隨意揮寫，而自然有致；所論皆家人細故，戚友交往，乃至贈賚雜物，慰勞答問，雖往往寥寥不數行，而澹遠搖蕩，其情意若千幅低所不能盡。這是六朝簡

〔一〕殷仲堪見晉書卷八十四。 〔二〕陶侃見晉書卷六十六。 〔三〕溫嶠見晉書卷六十七

〔四〕庾亮見晉書卷七十三。 〔五〕王羲之見晉書卷八十。

王羲之

——從南薰殿舊藏聖賢畫册

（古物陳列所特許借印）

蘭亭修禊圖
（從宋薛紹彭「蘭亭硯」
（故宮博物院特許借印）

牘的最高的成就。一半也有了他的字爲後人所慕，故此種雜帖，遂保留於今獨多。姑舉二三例：

甲夜，羲之頓首：向遂大醉，乃不憶與足下別時。至家乃解。尋憶乖離，其爲歎恨，言何能喻。聚散人理之常，亦復何云。唯願足下保愛爲上，以俟後期。故旨遣此信期取足下過江。問臨紙情塞。王羲之頓首。

期小女四歲，暴疾不救，哀愍痛心，奈何奈何！吾衰老，情之所寄，唯在此等，奄失此女，痛之纏心，不能已已，可復如何？臨紙情酸！

奉橘三百枚。霜未降，未可多得。

雨寒，卿各佳不？諸患無賴，力書不一一。羲之問。

他的三月三日蘭亭詩序爲古今宴遊詩序中最爲人知的一篇；『此地有崇山峻嶺，茂林修竹，又有清流激湍，映帶左右，引以爲流觴曲水，列坐其次。』雖沒有什麼絲竹管弦之

〔一〕王右軍集二卷有漢魏百三名家集本。

盛，『一觴一詠，亦足以暢敘幽情。』又從宴樂感到人生的無常。雖不是什麼極雋妙的『好辭』，却自有羲之的清濬的風格在着。大約這蘭亭序之所以盛傳，又半是爲了他的書法之故罷；後人翻刻之石，至有五百帖以上。

羲之子獻之，亦以善書知名，他字子敬，尙新安公主，除建威將軍，吳興太守；徵拜中書令卒。(344—388)所作雜帖，傳者也多：

鏡湖澄澈，清流瀉注。山川之美，使人應接不暇。

像二王的種種雜帖，假如不是爲了書法美妙之故，(集中是不會全收的，)恐怕是不會流傳到後世來的。六朝的一部分社會情態，文士生涯，往往賴斯爲我們所知。故在別一方面看來，也是頗可注意的，從其間所謂『六朝風度』者，往往可於無意中領略到。

孫綽[二]字興公，太原中都人，嘗爲殷浩建威長史，浩敗，王羲之引爲右軍長史；轉永嘉太守，拜衞尉卿。有至人高士傳讚二卷，列仙傳讚三卷，孫子十二卷，今不盡傳，傳者惟詩文

[一]孫綽見晉書卷二十六。　[二]孫廷尉集一卷，有漢魏六朝百三名家集本。

若干篇。(全晉文中有孫子及至人高士傳讚及列仙傳讚殘文)與公長於哀誄碑版之文，政府要人死後，其碑文出于他的筆下者不少。

東晉之末，有詩人陶淵明，他的散文和他的詩一樣，全然是獨立於時代的風尚以外的。貌若澹泊，而中實豐腴，和當時一般的作品，慣以彩艷來掩飾其淺陋者，恰恰立於相反的地位。他的五柳先生傳是自敍傳，是個人的自適生活的寫眞，其桃花源記卻便欲以這個個人生活推而廣之，使之成爲一個理想的社會了。原因是見了當代的喪亂，故不得不有托而逃。『不知有漢，何論魏晉』，更何有於晉宋的紛紛攘奪呢！但桃花源究竟是不會有的；在整個龍爭虎鬥的社會裏，怎麼會有什麼避世的桃花源呢。故遂以『迷不復得路』結之。但淵明究竟祇是一個自了漢，他只明白一個消極的躲避的辦法，故桃花源也遂不是什麼積極的理想社會的模範，像什麼烏托邦，(Utopia)共和國(Republic)新大西洋(New Atlantic)之流，而祇是一個『避』秦之地，避秦之地終於是一個寓言的世界，於是五柳先生遂不得不逃於酒，在醉鄉裏躲了過去。淵明全部理想幾全可以此釋之，所以他祇是一位田園詩人澈頭澈尾的詩人，而不是什麼偉大的政治理想家。他的所作，其重要並不在此，卻在於他的特殊的澹泊的風格，在於他的若對家人兒女談家常瑣事似的懇切的態度。他不用一個濃艷的雕斲的辭句，他不使一點的做作的虛矯的心情；他只是隨隨便便的稱心稱意的說出他的整個情思來；純然以他的眞樸無飾的詩人的天才，來戰勝了一般的慣好浮誇與做作的作家們。這便是他的眞實的偉大的所在。無論在詩，在散文方面，都是如此。故他的散文，如五柳先生傳和桃花源記等並不算得什麼，而與子儼等書，祭程氏妹文，祭從弟敬遠文及自祭文等，卻乃是眞實的傑作。

又淵明除了風格的澹遠以外，其他是純然的一位承襲了魏，晉以來的風度的人物，一位純然的世說新語裏的文士。他和他的晉故征西大將軍長史孟府君傳裏所述的龍山落帽，『好酣飲，逾多不亂，至於任懷得意，融然遠寄，傍若無人』的孟嘉，乃是眞實的同志。他自己是『開卷有得，更欣然忘食；見樹木交陰，時鳥變聲，亦復欣然有喜。常言五六月中，北窗下臥，遇涼風暫至，自謂是羲皇上人。』（與子儼等疏）『性嗜酒，家貧不能恆得。親舊知其如此，或置酒而招之，造飲輒盡，期在必醉，既醉而退，曾不吝情去留。』（五柳先生傳）像這樣一位坦率任性的人物，誠是『竹林七賢』以內的人物！

三

淵明雖生在晉末宋初，而元嘉以下的文士們的風格，却一點也不曾受到他的影響——雖然他們並不是不知敬重他，愛好他（六朝人士常是最好的文藝欣賞者）；如顏延之爲陶徵士誄，蕭統也爲之作傳。在實際上，像他那樣的純任天眞，不加浮飾的風格，非僅僅模擬之所能及的；且他的風格，也半由於他的田園生活所造成，當然像六朝文士們那樣的鎮日擾擾於侍宴遊樂之間者是決不會企冀得到的。然風格雖殊，而『六朝風度』的灌溉，卻是同然一體的。故淵明的澹遠雖不可及，而宋，齊，梁，陳之際，『唇吻遒會，情靈搖蕩』的散文也所在都有。

與淵明同代的，有謝靈運，顏延之及鮑照等。他們也都是詩人們，但於散文也都有相當的成就。靈運喜遊山水，乃竟因遊山之故，被誣爲謀反，見殺。被殺前，他上詣闕自理，表情辭甚爲悲惻，然竟無救於他的死。他的遊名山志今僅存殘文，故無可觀。他的族弟惠連，有祭古冢文，其中充滿了詩意的悲緒；又他的從子謝莊，也長於書奏哀誄，所作頗多。

顏延之的庭誥，是淵明的與子儼等書的一流，然文繁意密，不復有瀟蕩之姿。其中也充滿了由經驗與學問給他的許多的儒家的教訓，像『言高一世，處之逾嘿，器重一時，體之茲沖。不以所能干衆，不以所長議物，』的云云，也已不復是坦率任意的魏晉風度了。

鮑照的散文，所作雖不若他的詩賦的重要，然如登大雷岸與妹書，狀石寫水，也頗盡物趣，仍具着嚴謹的風格。同時又有雷次宗的，字仲倫，豫章南昌人。元嘉中，徵至京師，開館於鷄籠山，聚徒教授，除給事中，不就，加散騎常侍。他是當時的一位儒者，嘗有與子姪書，以言所守，其情趣甚同於淵陶明的與子儼等書。

以作後漢書著稱的范曄，也有一篇獄中與諸甥侄書以自序，在將就戮之前，作着這末一篇『自序，』當然是很富於情意的；然其中序生平事蹟者少，而論文事，音樂的利鈍者多。

或者宋書曄傳登錄此書時，只是節取的罷。

四

齊代的文學，以文學者的東道主的蕭子良〔一〕爲中心。子良爲武帝的第二子，封竟陵郡王。鬱林王即位，進太傅，督南徐州。子良邸中所聚賢豪最多，其後騰揚於梁代的人物，自蕭衍以下，幾全集於他的左右。他自己所作，以散文爲多，尤以書疏爲宛曲動人。〔二〕王儉及其子融皆以文名。融爲鬱林王所殺，所作書序，皆甚可觀。其曲水詩序，以巧麗稱，一時有勝於顏延年之譽。劉繪陸澄所作，傳者甚少。孔稚珪〔三〕字德璋，會稽山陰人，宋泰始中爲州主簿，東昏王時爲散騎常侍，永元三年卒(447—501)他嘗和子良論難宗教問題，又作北山移文以嘲周顒；有『叢條瞋胆，叠穎怒魄，或長柯以折輪，乍低枝而掃跡，請迴

〔一〕蕭子良見齊書卷四十。　〔二〕竟陵王集二卷，有漢魏六朝百三家集本。

〔三〕孔稚圭見齊書卷四十八。　〔四〕孔詹事集一卷，有漢魏六朝百三家集本。

俗士駕爲君謝逋客』語，草木雲石，皆有感覺，斯爲罕見的名作。又同時有謝朓，以詩鳴於世，而其牋啟也很可喜。

五

梁代的散文其盛況幾同於建安，蕭氏的父子兄弟們以皇帝親王之尊，而躬親著作，不僅作文士們的東道主，且並是文士團體裏的健將，其情形也有同於曹氏的父子兄弟們。蕭綱（簡文帝）與蕭臨川書，與湘東王書，蕭繹（元帝）諸短啟書札，蕭統與晉安王綱令，答湘東王求文集及詩苑英華書等等，皆所謂『流連哀思』之文，絕類陳思兄弟的書啟。誠足以領袖群倫，主持風雅。蕭衍所作，亦多雅思。他沈浸於佛法之中，所下詔諭，往往有『煦煦爲仁』之意，與一般帝王詔令之嚴厲風行，詞嚴旨酷者很不相同。

追隨於蕭氏父子兄弟們的左右的文士們是計之不盡的；與蕭衍同輩的則有沈約，任昉，范雲，江淹，陸倕，陶弘景諸人；稍後則有何遜，吳均，劉孝綽兄妹們，劉峻，王僧孺，王筠，丘遲，庾肩吾諸人。

沈約所著甚多，而詩名最著，散文的書，論，傳者也不少。約篤信佛法，書牘來往，以言宏法衞敎者爲多，亦有留連光景，商榷辭章之作。其修竹彈甘蕉文，爲很有趣味的『遊戲文章』，或有些別的微意在其中罷。

任昉字彥昇，小名阿堆，樂安博昌人，爲竟陵王記室。入梁，拜黃門侍郎，出爲義興太守。天監七年卒。所作雜傳地志等至五百卷之多。昉爲文壯麗，沈約稱其心爲學府，辭同錦肆。時人云，任筆，沈詩，他聞之，甚以爲病；晚節用意爲之，欲以傾沈，然終不能及。他的散文以『大手筆』爲多，但也有很好的書啟之作。

江淹所作散文也以牋啟爲最好；其報袁叔明書，乃是很雋永的抒情文：

方今仲秋風飛，平原彫色，水鳥立於孤洲，蒼葭變於河曲，寂然淵視，憂心辭矣。獨念賢明蚤世，英華殂落，僕亦何人，以堪久長，一旦松柏被地，墳壟刺天，何時復能銜杯酒者乎？忽忽若狂，願足下自愛也。

范雲，陸倕所作罕有精思。倕[一]字佐公，吳郡吳人，齊爲竟陵王議曹從事參軍；入梁，終于國子博士守太常卿，普通七年卒。倕文章[二]與任昉並稱。蕭綱道：『謝朓，沈約之詩，任昉，陸倕之筆，實文章之冠冕，述作之楷模也。』（與湘東王書）然就今所傳者觀之，倕實不如昉遠甚。范雲之作，傳者絕少，也並不足與昉並論。

陶弘景所作碑文，頗多浮豔之辭，其尋山誌始以『倦世情之易撓，迺杖策而尋山』，實乃一賦。但像答謝中書書：

山川之美，古來共談。高峯入雲，清流見底。兩岸石壁，五色交暉。青林翠竹，四時俱備。曉霧將歇，猿鳥亂鳴；夕日欲穨，沈鱗競躍。實是欲界之仙都。自康樂以來，未復有能與其奇者。

卻是六朝散文中最高的成就之一。

何遜散文見傳者僅寥寥數篇耳，而皆工麗可喜。爲衡山侯與婦書：『心如膏火，獨夜自

[一]陸倕見梁書卷二十七。　[二]陸太常集一卷，有漢魏六朝百三名家集本。

煎，思等流波，終朝不息』諸語也見巧思。吳均的與施從事書，與朱元思書，與顧章書等，皆爲絕妙好辭，能以儁巧之語，狀清雋之景像：

風煙俱淨，天山共色，從流飄蕩，任意東西。自富陽至桐廬一百許里，奇山異水，天下獨絕。水皆漂碧，千丈見底，遊魚細石，直視無礙。……橫河上蔽，在晝猶昏，疏條交映，有時見日。

——與朱光思書

狀風光至此，直似不吃人間煙火者；這乃是『其秀在骨』決不會拂拭得去的；誰說六朝人只會造浮艷的文章呢！

劉氏兄弟姊妹們，幾無不能文者。劉孝綽，〔一〕彭城安上里人，本名冉，小字阿士，繪子，爲秘書監；所作箋啟甚工。〔二〕劉潛〔三〕字孝儀，以字行，孝綽第三弟，太淸初，爲明威將軍，豫章內史，在大同中，有彈賈執傅湛文，頗傳人口。〔四〕又劉令嫺爲孝綽第三妹，僕適射徐

〔一〕劉孝綽見梁書卷三十三。　〔二〕劉秘書集有漢魏六朝百三家集本。　〔三〕劉潛見梁書卷四十一。　〔四〕劉豫章集有漢魏六朝百三家集本。

勉子晉安太守悱，今傳祭夫文『雹碎春紅，霜彫夏綠。躬奉正衾，親觀啟足。一見無期，百身何贖。嗚呼哀哉生死雖殊，情親猶一！敢遵先好，手調薑橘。素俎空乾，奠觴徒溢！』甚爲惻惻動人。

劉峻〔一〕字孝標，初名法武，平原平原人。梁時爲荊州戶曹參軍，以疾去職，居東陽之紫岩山。普通二年卒，（463—521）門人謚曰玄靖先生。〔二〕有世說注十卷最爲有名。世說注隨事見人，隨人隷事，所引之古書今已亡逸者至多，故極爲世人所重。孝標所作散文，並皆雋妙；辯命論才情瀰溢，一切歸之天命，似爲有激而言，廣絕交論則明爲任昉諸孤而作，更多悲切之音。其他書啟亦甚動人，像送橘啟：

南中橙甘，青鳥所食。始霜之旦，采之，風味照座，劈之香霧噀人。皮薄而味珍，脈不黏膚，食不留滓。甘踰萍實，冷亞冰壺。可以熏神，可以芼鮮，可以漬蜜。毳鄉之果，寧有此耶？

〔一〕劉峻見梁書卷五十。

〔二〕劉戶曹集一卷有漢魏六朝百三家集本。

我們讀此，似也覺得『香霧噀人』。

王僧孺〔一〕東海郯人，王肅八世孫。齊爲唐令。梁時，嘗因事入獄。後爲南康王諮議參軍，入直西省。普通三年卒(465—522)。僧孺才辯犀利，而名位不達，故所作每多憤激之語。當他免官久之不調，友人廬江何炯，猶爲王府記室，乃致書於炯道：『寒虫夕叫，合輕重而同悲；秋葉晚傷，雜黃紫而俱墜。蜘蛛絡幕，熠燿爭飛，故無車轍馬聲，何聞鳴雞吠犬。俛眉事妻子，舉手謝賓遊。方與飛走爲鄰，永用蓬蒿自沒。』辭意雖甚酸楚，而亦不無幾分的懇望在着，故結之以：『唯吳馮之遇夏馥，范式之值孔嵩，愍其留賃，憐此行乞耳』的云云。有文集〔二〕。

丘遲〔三〕字希範，吳興烏程人。梁時嘗爲永嘉太守，遷司徒從事郎中。天監七年卒(464—508)。他的與陳伯之書，勸伯之來歸江南者，最爲傳誦人口。『霜露所均，不育異類；姬

〔一〕王僧孺見梁書卷三十三，南史卷五十九。

〔二〕王左丞集有漢魏六朝百三家集本。

〔三〕丘遲見梁書卷四十九。

漢舊邦，無取雜種。此虜僭盜中原，多歷年所，惡積禍盈，理至燋爛……而將軍魚游于沸鼎之中，燕巢於飛幕之上，不亦惑乎！」六朝人所僞托的李陵答蘇武書或正足爲這封名札作一個答案罷。[一]

王筠[二]字元禮，一字德柔，小字養悁子。梁簡文帝時爲太子詹事。庾肩吾[三]字子慎，新野人。簡文時爲度支尚書。二人並有牋啟碑銘，爲世所得，肩吾也著書品，極論書法，頗有意緒。

又後梁有王琳者，（酉陽雜俎作韋琳）明帝時爲中書舍人，嘗作䱹表（酉陽雜俎作鰓表）頗富滑稽之趣。

六

[一]丘司空集一卷有漢魏六朝百三家集本。 [二]王筠見梁書卷三十三。

[三]庾肩吾見梁書卷四十九。

陳承蕭梁之後，遺老的散文作家們有徐陵、沈炯、周弘讓等，稍後又有陳叔寶（後主）、江總諸人。

徐陵爲陳代文萃的寶鼎，有如梁之沈約、任昉，不僅他的詩爲時人所宗式，即其散文也並爲當代的楷模。陵的才情甚大，自朝廷大制作，以至友朋間短札交往，無不抒卷自如，隨心點染。他初與庾信齊名，合稱徐、庾，後信被留拘北庭，不得歸來，陵遂獨爲文章老宿。信因環境艱苦，情緒遂以深邃，故所造有過於陵者。然陵也嘗於梁太清中爲魏人所拘繫，久乃得還。陵在此時所作與齊尚書僕射楊遵彥書，在北齊與宗室書，與王僧辯書，與王吳郡僧智書等，莫不悽楚懷歸，情意纏惻。『遊魂已謝，非復全生，餘息空留，非爲全死。』（與王僧辯書）而與楊遵彥書慷慨呈辭，愷切備至：『山梁飲啄，非有意於籠樊，江海飛浮，本無情鍾鼓。況吾等營魄已謝，餘息空留，悲默爲生，何能支久！……出月如流，人生何幾，晨看旅雁，心赴江淮，昏望牽牛，情馳揚越。朝千悲而下泣，夕萬緒以迴腸，不自知其爲生，不自知其爲死也！……若一理存焉，猶希矜眷，何故期令我等必死齊都，足趙魏之黃塵，加幽并之片骨，遂使東平拱樹，長懷向漢之悲，西洛孤墳，恆表思鄉之夢。』那樣的沈痛的呼號似不遜於哀江南賦。

沈炯〔一〕於江陵陷時，也嘗被俘入西魏，迫仕爲儀同三司。紹泰中始歸國。爲王僧辯所作勸進諸表，慷慨類越石諸作。而他的經漢武通天台爲表奏陳思歸意：『陵雲故基，共原田而膴膴，別風餘址，帶陵阜而茫茫，羈旅縲臣，豈不落淚』，竟乞哀於故鬼，尤可悲痛！〔二〕清初吳偉業嘗譜此事爲通天台雜劇，借古人之酒杯，澆自己之塊壘，並是血淚成書，不徒抒憤寫意而已。

陳後主叔寶，詩才甚高，書札也復不凡。他的與江總書悼陸瑜，追憶遊宴論文之樂，惜其『遽從短運，遺迹餘文，觸目增泫，』大類子桓兄弟給吳質各書。

江總的散文今傳者不多，有自序，時人謂之實錄，惜僅存其大略。其他諸文，大都和釋氏有關。他自以爲弱歲便歸心釋教，『深悟苦空，更復練戒，運善於心，行慈於物。』齊梁以來

〔一〕沈炯見陳書卷十九。　〔二〕沈侍中集有漢魏六朝百三名家集本。

的作家殆無不是如此的

六

六朝散文，論者皆以爲惟長於抒情，而於說理則短。這話是不大公允的。六朝不僅是詩人雲起的時代，且也是宗教家衛道者最活躍的時候。在六朝的散文裏，至少宗教的辯難是要佔領一個很重要的地位的。那時，自漢以來的佛教勢力，漸漸的根深柢固了，自皇帝以至平民，自詩人以至學士，無不受其熏染，爲之護法。南朝的梁武帝至捨身於同泰寺，北朝的魏都洛陽，城內外寺觀之數至一千餘（見洛陽伽藍記）。但以外來的佛教，佔有那末偉大的力量，當然本土的反動是必要發生的了。這是必然的結果。漢魏是吸收期，六朝卻因吸收已達飽和期而招致反動了。故六朝便恰正是本土的思想與佛教的思想，本土的信仰與佛教的信仰作決死戰的時候。這場決戰的結果，原是無損於佛教的豪末。卻在中國思想史上，文學史上留下一道光明燦爛的遺跡。我們看，佛法的擁護者是有着一貫的主張，具着宗教家的熱忱的，其作戰是有條不亂的，然而本土的攻擊者，卻有些手忙足亂，東敲西擊，且總是零星散亂，不能站在一條戰線上作戰的；時而以純粹的儒家見解來攻打；時而以新生的道教信仰當作攻打的武器；時而站在國家主義的立場上就夷教排斥論來鼓動一般人的敵愾之心；時而又發表什麽「白黑論」以宣傳道釋並善之說。總之，攻擊的陣線是散亂的，佛家的防禦卻是一貫的；以一貫之旨來敵散亂之兵，當然是應付有餘的了。但在決戰的時候，雙方的搏擊卻是出之以必死之心的；其由衝突而生的火光，是如黑夜間的雷電似的，特別明亮的出現於烏漆如黑的天空，顯着異樣的炯麗。自此以後，向佛家進攻的，如持着儒家正統論的韓愈，歐陽修等，其立論之脆弱更是不足當佛徒之一擊的了。

這種論難的最早的開始，當在於宋元嘉十二年（公元四三五年）的公布的白黑論的時候。何尚之[一]有列叙元嘉讚揚佛教事，把這次辯難的經過說得很詳細：

[一]何尚之見宋書卷六十六，南史卷三十。

是時，有沙門慧琳假服僧次，而毀其法，著白黑論。衡陽太守何承天與琳比狎，雅相擊揚，著達性論，並拘滯一方，詆呵釋敎。永嘉太守顏延之，太子中舍人宗炳信法者也，檢駁二論，各萬餘言。琳等始亦往還，未抵蹟乃止。炳因著明佛論以廣其宗。

今白黑論等幷存於世，旨頗可知。慧琳本姓劉，秦郡秦縣人，出家住冶城寺。元嘉中在朝廷頗有勢力。他的白黑論（即均善論）設爲白學先生和黑學道士的論辨，以『白』主中國聖人之敎，『黑』主談幽冥之途，來生之化的釋敎。其結論是：『夫道之以仁義者，服理以從化，帥之以勸戒者，循利而遷善。故甘辭興於有欲，而滅於悟理，淡說行於大解，而息於貪僞：但知六度與五敎並行，信順與慈悲齊立耳。』是明持着儒釋折衷論的。以沙門而發這種議論，當時護佛者自然要大譁起來了；何尙之遂稱他爲『假服僧次，而毀其法』。何承天〔一〕似是當時唯一表同情於他的人，他將白黑論分送朝士，力爲宣傳。他是東海郯人，宋時爲尙書祠部郎，領國子博士，遷御史中丞。元嘉二十四年坐事免官，卒年七十八。（3

〔一〕何承天見宋書卷六十四，南史卷三十三。

40—447）他原是當代的儒學的宗師，本來對於佛教是一肚子的不滿，看見有一個釋子做出了那樣的『毀法』的文章來，自然是十二分的高興代盡分送的義務。因此，起了很重要的反響。護法的文士無不參加論戰。宗炳原是承天的論敵，便首起舉難。炳字少文，南陽涅陽人。義熙中，爲劉裕主簿；後入宋，屢徵皆不就。他見了白黑論，便寫幾封長信給何承天，討論此事，後又著作明佛論，大爲佛家張目。承天初送白黑論給他，只是請他批評。及炳長篇大論的攻擊起來，承天也便親自出馬，與之駁難。又著達性論及報應問。報應問直攻佛家的中心的信仰，舉例證明『殺生者無惡報，爲福者無善應。』又和顏延之往復辨難。延之也是信從佛教者。連作三論，專攻承天的達性論。

同時又有范泰，王弘，鄭鮮之[二]諸人，討論『道人踞食』事，但那是佛教本身的儀式問題，沒有多大的重要性，卻也可以看出一般人對於沙門等之行動，像踞坐與以手取食等頗爲詫怪不滿。

[二]鄭鮮之見宋書卷六十四，南史卷三十三。

白黑論的論戰過去了，卻又起了另一個新的論難，那便是以顧歡的夷夏論爲中心的一場論難。顧歡〔一〕字景怡，一字玄平，吳郡鹽官人，宋末徵爲揚州主簿，永明初徵爲太學博士，並不就。夷夏論的攻擊較白黑論更爲明白痛快，也更爲狠惡深刻。先引道經，說明老子入天竺維衛國，因國王夫人淨妙晝寢，遂乘日精入其口中，後生爲釋迦，佛道興焉。「道則佛也，佛則道也。」然因所在地不同，故儀式有異。「今以中夏之性，效西戎之法，既不全同，又不全異。下棄妻孥，上廢宗祀，……且理之可貴者道也，事之可賤者俗也。舍華效夷，義將安取？若以道邪，道固符合矣。若以俗邪，俗則大乖矣。」這場攻擊，頗爲可怕，說他基本之道，原是中國的，而儀式則大不同，以此鼓動人民愛國之心而去排斥佛教，方法是很巧妙的。故當時此論一出，駁者便紛紛而起，若袁粲，若朱昭之，若朱廣之，若明僧紹，皆備陳其說，加以詳辯；和尚一方面也有慧通、僧愍二人做文章來反攻，僧愍作了戎華論折顧道士夷夏論，以戎華論來罵歡的夷夏論，恰好是針鋒相對。僧愍也引經來說明老子爲大士迦叶的

〔一〕顧歡見南史卷七十五。

化身，『化緣既盡，迴歸天竺，故有背關西引之邈。華人因之作化胡經也。』正是以矛攻盾之法。又引經說佛據天地之中而清導十方，『故知天竺之土是中國也。』針對歡之責以中夏之性，效西戎之法『子出自井坎之淵，未見江湖之望矣，』以更闊大的一個世界來駁歡的偏狹的夷夏之別。末更醜道而揚佛，欲其革已以從佛理。確是一篇很雄辯的東西。欲以淺薄標竊的道教的理論，來攻擊佛教，當然是不會成功的。奉佛甚虔的沈約嘗著均聖論，闡揚佛家素食之說，以殺生爲戒，並證之以中國往古聖人『聞其聲不食其肉』等等事，決定『內聖外聖義均理一。』這不是什麼很重要的文章，但因此招致了道士陶景弘的熱烈的責難。約又作了一篇答陶隱居難均聖論，便辭旨弘暢得多了。弘景之難，頗似顧歡之論，仍以『夫子自以華禮興教，何宜乃說夷法』爲責難的中心。約則偏是規避此點不談。

但當時最重要的辨難，還不是什麼就國家主義而立論的『夷夏論』，也不是什麼折衷儒佛的白黑論，眞實的決死戰卻在於以范縝的神滅論爲中心的一場大爭鬭。范縝

〔二〕字子眞，南鄉舞陰人。齊初爲寧蠻主簿。建武中出爲宜都太守。天監四年徵爲尚書左丞，坐事徙廣州，還爲中書郎國子博士。縝的神滅論，未知作於何時。然齊的鄭鮮之已有神不滅論：『多以形神同滅照識俱盡，夫所以然其可言乎？』鮮之卒於元嘉四年（公元四二七年）。難道縝的此論竟作於元嘉四年以前麼？但縝的所作，在梁武帝時候，（公元五○二——五四九年）才有人紛紛的加以駁難，甚至連梁武帝他自己也親自出馬，可見此作決不會是八十幾年前產生的。鄭氏的神不滅論和縝的此論當是題材的偶同，而不會有什麼因果的關係的。

佛家所持以勸人者，像因果報應，幽冥禍福等等，類皆以靈魂不滅論爲其骨幹；若人死靈魂果即消失，則佛家所說的一切，胥皆失所附麗。從前的夷夏，白黑論皆祇攻其皮毛，到了范縝的神滅論，才以最科學的態度，直攻其核心的觀念，欲一舉而使其土崩瓦解。當縝著論之時，正是南朝佛家最爲專霸的時代，自天子以至親王大臣，將軍們，幾無不爲佛氏

〔一〕范縝見梁書卷四十八，南史卷五十七。

的信徒，而緽則居然冒大不諱而向之進攻，誠不能不謂之豪傑之士。惟蕭衍及其臣下們究竟還是持着異端的寬容主義的，他雖作救答臣下神滅論，駡了緽一頓『妄作異端，運其隔心，鼓其騰口，虛畫瘡痏，空致詆訶，』而實際上也不曾加他以重罪。緽所論的要旨如下：

或問予云：神滅，何以知其滅也？答曰：神即形也，形即神也。是以形存則神存，形謝則神滅也。⋯神之於質，猶利之於刀；形之於用，猶刀之於利。利之名非刀也；刀之名，非利也。然而捨利無刀，捨刀無利。未聞刀沒而利存，豈容形亡而神在！⋯浮屠害政，桑門蠹俗，風驚霧起，馳蕩不休。吾哀其弊，思拯其溺。⋯又惑以茫昧之言，懼以阿鼻之苦，誘以虛誕之辭，欣以兜率之樂。故捨逢掖，襲橫衣，廢俎豆，列缾缽，家家棄其親愛，人人絕其嗣續。致使兵挫於行間，吏空于官府，粟罄於墮遊，貨殫於泥木。所以姦宄弗勝，頌聲尚擁，惟此之故。其流莫已，其病無限！

這論，太重要了，不僅對於佛家挑戰，實在也對一切宗敎挑戰。這正是一個當心拳，對於當時與高采烈的佛教徒們。故他們見了，莫不一時失色，紛紛的出死力以駁之。只沈約一人，使作了形神論，神不滅論，難范縝神滅論等好幾篇文章。居皇帝之尊的蕭衍也親自出馬來訓斥了范縝一頓。縝又有答曹思文難神滅論，更伸前旨。這場論辯，實在是太有趣太重要了。

當時，又有三破論出現，專攻佛而崇道。全文已不存，幸劉勰的滅惑論所引不少，尚可見其大要。三破所論，與夷夏鮮殊，和彥所駁，也不過佛家常談，故無甚重要。

與顧歡約同時的，有張融，以作門律致書周顒等諸遊生，力言佛家攻道之非，『吾見道士與道人戰儒墨，道人與道士獄是非。昔有鴻飛天道，積遠難亮。越人以爲鳧，楚人以爲燕。人自楚越耳，鴻常一鴻乎！』他持着佛道調和論，以爲其本則一，其源則通。這已是道家的防禦戰，而非攻擊戰了。但他的論敵周顒則窮追不已，力擁佛而攻道。他以爲非道則佛，不宜持兩端。『道佛兩殊，非鳧則燕，唯足下所宗之本一物爲鴻耳。』此言殊足以破佛道調和論之壁壘。（顒有答張融書難門律及重答張融書難門律。）

如此紛紜的論戰，大約要到梁代的後半葉方才告了滅熄。其所以滅熄之故，半因佛家勢力的一天天的澎漲，半也因皇家的熱心護法，足以緘止攻擊者之口。

七

於關於佛家的論難以外，六朝也不是沒有其他的名著；像葛洪的抱朴子，蕭繹的金樓子，都是很重要的巨作。

葛洪〔一〕字稚川，丹陽句容人。晉惠帝時，吳興太守顧秘檄爲將兵都尉，遷伏波將軍。元帝時，以功封關內侯，後遷爲散騎常侍，領大著作，固辭求爲句漏令。卒年八十一。他是一位很奇怪的人物，既是儒生，又是道士式的官僚，頗以神仙飲食爲務。其求爲句漏令，蓋即以其地多出丹沙。他的抱朴子〔二〕有內篇有外篇；內篇言黃白之事，外篇則爲『駁難通釋』之文。今內外二篇存者頗多。外篇諸文，尤爲後人所傳誦，如勗學，崇敎，君道，臣節，貴賢，

〔一〕葛洪見晉書卷七十二。　〔二〕抱朴子有明刊本，平津舘叢書本，百子全書本，四部叢刊本。

任能，欽士，用刑，擢才以至酒誡，疾繆，刺驕，安貧，文行，彈禰等等皆是儒家之言，並異方士之術。而詰鮑一文專攻鮑敬言老、莊式的議論，其立場也是在站純粹的儒學之上的。由此看來，他似是有兩重人格的著抱朴子內篇的是一位葛洪，作外編的，又是另一位葛洪。前一位是道人，是術士，後一位卻似可列入文、武、周公、孔子的道統表裏的純粹的儒者。

蕭繹（梁元帝）的金樓子〔三〕自興王至自序凡十四篇，其中以有關文章者為多，如聚書，立言，著書等皆是。惟往往多及往古之事，如興王便敘古帝王事，志怪便敘天地間怪異之事，大似張華的博物志，聚瑣屑的雜事而為之整理歸類；並不是有一貫的主張，有堅固的壁壘的，像抱朴等的。但其中保存古代神話傳說不少，頗可供我們的研究。

八

最後，還要一敘那時代的關於歷史的著作，六朝人士們著作史書的勇氣與興致都甚

〔三〕金樓子有知不足齋叢書本，百子全書本。

高；故晉書之作，前後至有十八家之多，像王隱、虞預、朱鳳、何法盛、謝靈運、臧榮緒、沈約諸人皆有一家的著作。沈約又著宋書，至今尚傳於世。又有范曄者，著後漢書，也成爲最後的一個定本。裴松之則爲陳壽的三國志作註，該博淵深，至今猶爲尋輯古代逸書的寶庫之一。蕭衍嘗集儒士們著作通史，規模極爲偉大，當是合力的史書的最早之一部，可惜今已不傳了。

參考書目

一、全上古六朝文　清嚴可均輯，有黃岡王氏刊本，有醫學書局石印本。
二、漢魏六朝百三名家集　明張溥輯，有明刊本，有清長沙翻刊本，有石印本。
三、弘明集　唐釋僧佑編，有大藏經本，有四部叢刊本，有金陵新刻本。
四、廣弘明集　唐釋道宣編，有大藏經本，有四部叢刊本，有金陵新刻本。
五、百子全書　有湖北書局刻本，有掃葉山房石印本。
六、漢魏六朝名家集　丁保福編，醫學書局鉛印本。

第二十二章　北朝的文學

北朝文學的開始——北地漢人地位的低下——北朝文學深受南朝的影響——北魏的文士們溫子昇邢邵及魏收——北齊的才人們顏之推楊休之等——顏氏家訓——楊衒之的陽五伴侶——保持着異國情調之文士們拓拔勰高昂——無名氏的敕勒歌與楊白花——由南朝入周的文士們王褒庾信——哀江南賦——爲北地光榮的兩部不朽名著：洛陽伽藍記與水經注

一

所謂北朝文學，是指相當於南方的東晉、宋齊、梁陳諸朝的北地的文學而言。李延壽北史始於魏道武帝登國元年（公元三八六年即南朝晉孝武帝太元十一年），終於隋義寧二年（公元六一八年）。但我們所謂『北朝』，却要開始於南北朝對峙的第一年，即晉愍帝被劉聰所殺的第二年，也即晉元帝即皇帝位於金陵的那一年（東晉太興元年、公元三一八年）。其終止，則在隋文帝開皇九年（公元五八九年）滅南朝的陳而統一南北的時候，這其間共凡二百七十二年。在這二百七十餘年的時代，南方是正邁開大步向純文學的一條路走去。北地的文壇是怎樣的呢？除上文所述的爲北國之光的佛教翻譯文學及佛教故事集以外，還有的是什麼呢？這便是本章所要述的。

從晉惠帝的時候，所謂五胡亂華的時代起，北方的天下，便沒有一天安寧過。長安陷落了，晉愍帝被劉聰所殺了，司馬睿和許多世族都逃到南方來，倚長江的天塹以爲固。北地的江山，千年來的帝王之都，便棄擲給許多異族的武士們，任他們在那裏彼此吞併，互相殘殺。中間南朝也曾有過數次的恢復故都運動，像桓溫、謝安、劉裕之所爲，然不久也仍然不得不放棄不顧。北方的大殘殺，到了各個不同民族的新國盡爲北魏所破滅（公元四四〇年）的時候，方才宣告停止。在這一年，（即宋文帝元嘉十七年）方才是眞正的成爲南北二朝的對立。到了梁武帝大同元年，（公元五三五年）北魏又分爲東西二朝，後東魏被禪代而成爲北齊，西魏也被禪代而稱爲後周。到了陳宣帝太建九年（公元五七七年）北齊爲後周所滅，北朝方復統一。在這樣的兩個世紀半的時間裏，北地是那樣的多難！在這樣多難的一個時代裏，純文學當然是不易產生。所以北朝的文學，遠不及比較安靜的南朝那樣的蓬勃有活氣。

再者，還有一個重要的原因使她不能產生什麼偉大作品出來，那便是：無論是秦，（苻氏）是涼，是魏（托跋氏），是周（宇文氏）是齊（高氏）卻沒有一個不是異族，不是以馬上的征戰爲生涯的。他們不大懂得漢字，更不會寫什麼雅麗的文學的著作。至於本土的漢人呢。終年的被蹂躪在異族的鐵蹄之下，又誰有閒情逸致來寫作什麼！顏之推的顏氏家訓裏有一段極沉痛的話：

齊朝有一士大夫嘗謂吾曰：『我有一兒，年已十七，頗曉書疏，教其鮮卑語及彈琵琶，稍欲通解。以此伏事公卿，無不寵愛，亦要事也。』吾時俛而不答。——教子篇

那時漢人的地位是如何的可憐！又崔浩以修魏史觸怒魏人，至被夷三族。漢人那裏還有

絲毫的什麼自由呢！以此，在北朝的初期，差不多是沒有什麼文學可談的，除了宗教的譯作以外。

到了稍後的時候，蠻族沈浸於漢人的文化中，漸漸的長久了，獷厲的性質，便也漸漸的變更過來，知道重文好士，文網也較寬。于是南方的文學潮流，便排闥登堂的輸入北國去了。就實際上說來，除了極少數的例外，北地的文學和南朝的是沒有多大的區別的。後王褒，庾信又相繼的入仕于周，更煽動的北人的欣豔之心。所以遠在南北朝的政治上的統一以前，他們的文學是早已統一的了。

二

北史文苑傳所述文士，始於許謙，崔宏，崔浩，高允，高閭，游雅及袁翻，常景等，後則有袁躍，裴敬憲，盧觀，邢藏，裴伯茂，孫彥舉，溫子昇諸人。視子昇較後者，則有邢邵，魏收二人。諸人所作，類擬南朝，鮮見自立。例如，邢邵雅慕沈約，魏收則竊任昉。

溫子昇〔一〕字鵬舉，自云太原人，晉溫嶠之後。嘗作侯山祠堂碑文，爲常景所賞。梁使張皐寫子昇文筆，傳于江外。梁武稱之曰：『曹植，陸機，復生于北土。』王暉業也說；『我子昇足以陵顏轢謝，含任吐沈。』他的詩，像『光風動春樹，丹霞起暮陰』（春日臨池），『素蝶向林飛，紅花逐風散，花蝶俱不息，紅素還相亂』（詠花蝶），都是南歌，看不出一點的北國的氣息出來。〔二〕

邢邵〔三〕字子才，河間鄚人。十歲便能屬文。雅有才思，聰明强記。年未二十，名動衣冠。既參朝列，屢掌文誥。與溫子昇同稱『溫邢』。子昇死，又並魏收，稱爲邢魏。高氏禪代後，邢邵即仕齊。他的樂府，像思公子：

綺羅日減帶，桃李無顏色。思君君未歸，歸來豈相識！

宛然是齊梁風度。〔四〕

〔一〕溫子昇見魏書卷八十五，北史卷八十三，　〔二〕溫侍讀集一卷有漢魏六朝百三名家集本。

〔三〕邢邵見北齊書卷三十六。　〔四〕邢特進集一卷有漢魏六朝百三家集本。

魏收〔一〕字伯起，小字佛助，鉅鹿下曲陽人。與邢子才並以文章顯，世稱『大邢小魏』。收於子才爲後輩，然時與之爭名。議論更相訾毁，各有朋黨。收每陋邵文。邵卻說：『江南任昉，文體本疏。魏收非直模擬，亦大偸竊。』收聞之，乃道：『伊常於沈約集中作賊，何意道我偸任！』斯可見二人的所好。收嘗奉詔爲魏書，是非頗失實。衆口諠然，號爲穢史。入齊後，爲光祿大夫尚書右僕射特進。收頗無行，在京洛輕薄尤甚，人號爲驚蛺蝶。齊武平三年卒。〔二〕

北齊受魏禪，文章之士，於先代的邢魏外，復有祖鴻勳，李廣，劉逖，顏之推諸人，而之推爲尤著。又有陽休之的詩名也甚著。

顏之推〔三〕字介，琅邪臨沂人，博覽群書，無不該洽。自梁入齊。河清末，被舉爲趙州功曹參軍，後除司徒錄事參軍。累遷中書舍人。齊亡入周。隋開皇中，太子召爲學士，甚見禮重，尋以疾終。之推有觀我生賦，文致淸遠，而其不朽則在家訓〔四〕一書。家訓凡二十篇，自序致，

〔一〕魏收見北齊書卷三十七。

〔二〕魏特進集一卷有漢魏六朝百三家集本。

〔三〕顏之推見北齊書卷四十五。

〔四〕顏氏家訓有百子全書本，抱經堂本，知不足齋叢書本。

敎子，文章，養生以至雜藝無所不談。以澹樸的文辭，或述其感想，或敍狀前代或當時的故事，或評騭人物及文章，其親切懇摯有若面談。亦往往因此而多通俗的見解，平庸的議論；像文章篇中的一段云：

江南文制，欲人彈射。知有病累，隨即改之。陳王得之于丁廙也。山東風俗，不通擊難。吾初入鄴，遂嘗以此忤人，至今爲悔。汝曹必無輕議也。

充分的可以看出一位謹愼小心多經驗怕得罪人的老官僚的口氣來。

陽休之，字子烈，北平無終人。初仕魏，爲給事黃門侍郎。入齊，遷吏部尙書左僕射。周平齊，休之又被任爲和州刺史，至隋開皇間始罷任，終于洛陽。休之有詩名，頗得齊梁風趣，像秋詩：

日照前窗行，露濕後園薇。夜蛩扶砌響，輕蛾遶燭飛。

休之弟俊之，當文襄時，多作六言。『歌辭淫蕩而拙』。世俗流侍，名爲陽五伴侶，寫而賣之，在市不絕。俊之嘗過市取而改之，言其字誤。賣書的人道：『陽五古之賢人，作此伴侶；君何所知，敢輕議論！』俊之大喜。後待詔文林館。自言有文集十卷，『家兄亦不知吾是才士也。』可惜俊之的六言今已不傳一字，不知其風格究竟如何。惟既已成爲通俗文體，而流行於市井間，則其作風，必與當時文士有所不同。史稱其『歌辭淫蕩而拙，』或是用當時流行的北方的民歌體而寫的罷？子夜讀曲獨傳南國，而北地的陽五伴侶則絕迹不見，殊是憾事！

三

惟在齊梁風尚瀰漫着的北地文學裏，保持着北人的剛健的風格者，也未嘗沒有其人。像拓拔勰的應制賦銅鞮山松：

問松林：松林經幾冬？山川何如昔？風雲與古同？

這是南朝詩裏所未嘗有的一種豪邁悲壯的風度；雖祇是寥寥的十餘字，却勝似一篇纏綿悲惻的長賦。勰爲魏獻文帝第六子，宣武帝時爲高肇譏構所殺。後其子孝莊帝嗣統，追尊他爲文穆皇帝。又像高昂的征行詩：

壟種千口牛，泉連百壺酒。朝朝圍山獵，夜夜迎新婦。

還不是游牧民族的一幅行樂圖麽？正如無名氏的敕勒歌：

敕勒川，陰山下，天似穹廬，籠蓋四野。天蒼蒼，野茫茫，風吹草低見牛羊。

同樣的爲佔據中原的異族所遺留給我們的最好的詩歌。其中是充滿了異國的風趣的。

昂字敖曹，北海蓨人，齊神武起，昂傾意附之。除侍中司徒，兼西南道都督。他雖是武士，却酷好爲詩，雅有情致，爲時人所稱。

拓拔勰的兒子子攸，（孝莊帝）被爾朱榮立爲帝，改元永安。後爾朱兆所殺。年二十四。他的臨終詩『權去生道促，憂來死路長。懷恨出國門，含悲入鬼鄉』云云，是殊爲悽惻動人的。

還有無名氏的一篇楊白花，相傳爲魏胡太后思楊華之作；華投梁後，太后追思他不能已，作此歌，使宮人連臂蹋足歌之，聲甚悽惋：

陽春二三月，楊柳齊作花。春風一夜入閨闥，楊花飄蕩落南家。含情出戶脚無力，拾得楊花淚沾臆。秋去春還雙燕子，願銜楊花入窠裏。

這歌，和子夜讀曲的調子是顯然有異的。雖因了南北之隔，華夷之別，而北人之作與南國不同者，僅此寥寥數曲而已。

四

當梁元帝時（公元五五二——五五四年），庾信、王褒相繼爲北人所羈，所擄，遂留于北方不歸。在北地，他們二人發生過不少的影響。庾信嘗聘東魏。文章辭令，盛爲鄴下所稱。還爲東宮學士。侯景之亂，信奔江陵。元帝時，奉使於周。遂被羈留長安，不得歸。屢膺顯秩，俄拜洛州刺史。陳、周通好，南北流寓之士，各許還其舊國。陳氏乃請王褒及信等十數人。周人唯放回王克、殷不害等。信及褒並留而不遺。遂終于北方。〔一〕

王褒之入北方，事在梁元年承聖三年（公元五五四年），較庾信爲略後。是年，周師征江

〔一〕庾信集有漢魏六朝百三名家集本，汪士賢刊本，四部叢刊本。

陵，元帝授褒都督城西諸軍事。軍敗，從元帝出降。同時北去者還有王克、劉毅、宗懍、殷不害等數十人。他們到長安時，周太祖喜道：『昔平吳之利，二陸而已。今定楚之功，羣賢畢至，可謂過之！』後爲宜州刺史。〔一〕

這二人所作，原是齊梁的正體，然到了北地之後，作風卻俱大變了；由浮艷變到沈鬱，由虛誇變到深刻，由泛泛的駢語變到言必有物的美文。因此，庾、王在公元五五四年後之作，遂在齊、梁體中得到了一個未之前有的最高的成就。像那樣的又深摯又美艷的作風，是六朝所絕罕見的。我們看子山的詠懷：

楚材稱晉用，秦臣即趙冠。離宮延子產，羈旅接陳完。寓衛非所寓，安齊獨未安。雪泣悲去魯，悽然憶相韓。唯彼窮途慟，知余行路難。

懷抱獨惛惛，平生何所論。由來千種意，併是桃花源。穀皮兩書帙，壺盧一酒樽。自知費天下，也復何足言！

〔一〕王褒集有漢魏六朝三百名家集本。

以及『涸鮒常思水，驚飛每失林，』『倡家遭强娉，質子值仍留，』『不特貧謝富，安知死羨生，』『楚歌饒恨曲，南風多死聲，』『其面雖可熱，其心長自寒，』（以上並詠懷中句）『胡塵幾日應盡，漢月何時更圓，』（怨歌行）『值熱花無氣，逢風水不平，』（慨然成詠）等等，並是很露骨的悲怨所積的憤辭！處在這樣的一個逆境之下，當然所作會和酒酣耳熱，留連光景的時候的愉辭大爲不同的。他的哀江南賦，尤爲一代絕作。家國之思，身世之感，背奔湊于腕下，故遂滔滔不能自已；和僅僅弔古或詠懷之作，其胸襟之大小是頗爲不相牟的。其序云：『燕歌遠別，悲不自勝，楚老相逢，泣將何及。畏南山之雨，忽踐秦庭，讓東海之濱，遂餐周粟。下亭漂泊，皋橋羈旅；燕歌非取樂之方，魯酒無忘憂之用。追爲此賦，聊以記言。不無危苦之詞，唯以悲哀爲主。日暮途窮，人間何世！』被羈而見亡國之痛，充耳唯聞異國之音，能不『悽愴傷心』麼？環境迫得子山不得不猒顏事敵。這使他竟有『安知死羨生』之嘆；然這種悲憤的歌聲，卻使他的後半生的所作，較之一般齊，梁之什，都更爲偉大了！生丁百兇，僅得造成一大詩人，亦可哀已！

王褒入周後所作，與子山有同調。這緣環境相同，心聲遂亦無歧。像褒的渡河北（苑詩類選作范雲詩，非。）

　　秋風吹木葉，還似洞庭波。常山臨代郡，亭障繞黃河。心悲異方樂，腸斷隴頭歌。薄暮臨征馬，失道北山阿。

以及『寂寞灰心盡，摧殘生意餘』（和殷廷尉歲暮）『猶持漢使節，尙服楚臣冠。飛蓬去不已，客思漸無端』（贈周處士）等，還不是和子山『其心長自寒』之語相類麼？當汝南周弘正自陳聘周時，周帝許褒等通親知音問。褒贈弘正弟當弘讓詩，幷致書道：『嗣宗窮途，楊朱歧路。征蓬長逝，流水不歸。舒慘殊方，炎涼異節。……還念生涯，繁憂總集。視陰愒日，猶趙孟之徂年；負杖行吟，同劉琨之積慘。河陽北臨，空思鞏縣；霸陵南望，還見長安。所冀書生之魂，來依舊壤，射聲之鬼，無恨他鄉。白雲在天，長離別矣！』像這樣的情調，是六朝的不幸的人士們所常執持着的。爲什麼在六朝會造作出許多李陵蘇武的故事，以及把許多古詩都歸在蘇李名下，還要僞作什麼李陵答蘇武書之類，大約都不是沒有意義的罷！那些心抱難言之痛的士大夫們，以今比古便不得不有『李陵從此去』（庾信詩）的寄托的文章。被陷在同樣環境之下的士大夫們，從五胡之亂以後起，蓋不僅庾信王褒等區區可指數的若干人而已！

五

爲北朝文學之光榮者，在散文一方面還有兩部不朽的名著，即洛陽伽藍記與水經注者是。

洛陽伽藍記［一］爲後魏楊衒之作。衒之，一姓羊，北平人。魏末爲撫軍府司馬，歷秘書監，出爲期城太守。齊天保中（公元五五〇——五五九年）卒於官。這是一部偉大的史記。雖說是記載洛陽城中的廟宇，而魏代的興亡，於此亦可見之；其中包含着無數的悲劇，無數的可泣可歌的資料。異族的蠻人，在此古老的都城裏所幹的殘殺，祈禱，等等的玩意兒，無不

［一］洛陽伽藍記有明如隱堂刊本，大藏經本，武進董氏新刊本。學津討源諸叢書中也有之。

被捉入這書中而又用了輕儁可喜的文字來描寫，來叙狀，益使這書成了一部文學的史籍。這書共五卷。在第五卷裏，所節錄的宋雲西行求法的記載，乃是佛教史中最重要的史料之一，且又和西陲及印度的歷史有大關係。衒之著作此書，大約在武定之末，（公元五四七—五四九年）他自序道：『武定五年，歲在丁卯，（公元五四七年）余因行役，重覽洛陽。城郭崩毀，宮室傾覆，寺觀灰燼，廟塔丘墟。牆被蒿艾，巷羅荊棘。野獸穴於荒階，山鳥巢於庭樹；遊兒牧豎，躑躅於九逵，農夫耕稼，藝黍於雙闕。麥秀之感，非獨殷墟；黍離之悲，信哉周室！京城表裏凡有一千餘寺。今日寥廓，鐘聲罕聞。恐後世無傳，故撰斯記。』然其涉筆所及，又不獨在記述廟觀而已。

水經注〔一〕爲後魏酈道元作。道元〔二〕字善長，范陽人，官御史中尉。所注水經，凡四十

〔一〕水經注有明朱謀瑋刊本，戴震校注本，楊希閔校注本。最近在永樂大典『水』字殘本數册中發見水經注全部，半在涵芬樓，半在北平李玄伯先生處。已爲合浦之珠。將謀印行，不幸涵芬被焚，此事遂不得實現。（大典本足補正明清人刊本之闕誤不少）。

〔二〕酈道元見魏書卷八十九。

套，繁徵博引，逸趣橫生，一洗漢魏人注書的積習。其實他這書已是超出『注』的範圍以外，凡於一水經流之地，必考其故實，述其逸聞；古代之神話與傳說，往往賴以保存。正如希臘樸桑尼(Pausanias)氏之希臘遊記(Descriptin of Greece)，其所保存的各地的傳說，竟成爲今代研究民俗學，神話學之寶庫。然酈氏之作，更有較樸桑尼氏之作爲尤偉大處。希臘遊記只是乾燥的旅行記載，而酈氏的水經注則爲肌體豐腴的絕妙之文學作品。凡所狀寫，無不精妙。而於寫景描聲，尤爲擅長。在一切文學史中，以注『古書』而其注的自身成爲絕好之不朽名著者，此書而外，似無第二部。像他注水經的『淸水出河內修武縣之北黑山』一句云：

黑山在縣北白鹿山東，淸水所出也。上承諸陂散泉，積以成川，南流，東南屈，瀑布乘岩，懸河注壑二十餘丈，雷赴之聲，震動山谷。左右石壁層深，獸跡不交，隍中散水霧合，視不見底。南峯北嶺，多結禪棲之士；東岩西谷，又是剎靈之圖。竹柏之懷，與神心妙遠，仁智之性，共山水效深，更爲勝處也。其水歷澗飛流，淸冷洞觀，謂之淸水矣。……

即柳宗元最佳之記遊小品。即不過是注中似此之處，更是應接不暇，且又絕少雷同之文，作者之筆力誠可稱是抒卷自如，重過千鈞。

參考書目

一、北史　唐、李延壽撰，有二十四史本。

二、魏書　北齊、魏收撰，有二十四史本。

三、北齊書　唐、李百藥撰，有二十四史本。

四、周書　唐、令狐德棻撰，有二十四史本。

五、古詩紀　明、馮惟訥編，有明刊本。

六、全漢魏三國六朝詩　丁福保編，有醫學書局鉛印本。

七、漢魏百三名家集　明、張溥編，有海刊本，有明長沙覆刊本。

八、全上古六朝文　清、嚴可均輯，有黃岡王氏刊本，有醫學書局石印本。

第二十三章　隋及唐初文學

隋及唐初文學皆受梁陳的影響——南朝文士北上者之多——隋的詩壇——詩人的楊廣——北方詩人：薛道衡盧思道及李德林——楊素與孫萬壽——南朝的降臣們：王胄及許善心等——唐初的詩壇——陳隋的遺老們：許敬宗等——長孫無忌李義府與上官儀——魏徵——王績——初唐四傑：王楊盧駱——白話詩人王梵志——隋及唐初的散文——玄奘的翻譯工作——大唐西域記

一

從庾信王褒入周以後，北朝的文學起了一個很大的變動。幾乎是自居於六朝風尚的『化外』的北周與北齊的文壇，登時發生了一個大改革，把他們自己擲身到時代的潮流之中，而成爲六朝文學運動中的北方的支流。到了隋文帝開皇九年（公元五八九年），南朝的陳，爲隋兵所滅，自後主陳叔寶以下諸文臣學士皆北徙。於是跟隨了南北朝的統一，而文壇也便統一了。在隋代的三十四年間(581—618)差不多沒有什麼新的樹立，從煬帝楊廣以下，全都是無條件的承襲了梁、陳的文風的。李淵禪代(公元六一八年)之後，情形還是不變。唐初的文士們，不僅大多數是由隋入唐的，且也半是從前由陳北徙的；像傅奕、歐陽詢、褚亮、蕭德言、姚思廉、虞世南、李百葯、陳叔達、孔穎達、溫彥博、顏師古諸人，莫不皆然。當然，那時文壇的風氣是不會有什麼不變的。及王、楊、盧、駱的四傑出現，唐代的文學，始現出從自身放射出的光芒來。但王、楊、盧、駱諸人，與其說是改變了六朝的風尚，還不如說是更進展的把六朝的風尚更深刻化，更精密化，更普及化了。他們不是六朝文學的改革者，而是變本加厲的把六朝文學的勢力與影響更加擴大了的。他們承襲了六朝文學的一切，咀嚼了之後，更精練的吐了出來。他們引導了，開始了『律詩』的時代。在他們的時候，倩妍的短曲，像子夜、讀曲之流，是不見了；梁、陳的別一新體，像『沙飛朝似幕，雲起夜疑城』(梁簡文帝)『白雲浮海際，明月落河濱』(吳均)『終南雲影落，渭北雨聲多』(江總)

之流，卻更具體的成爲流行的詩格。這便啟示着『律詩時代』的到來。在這一方面，所謂『四傑』的努力是不能忘記的。

二

先講詩壇的情形。隋代的詩壇，全受梁陳的餘光所照。既如上文所述，陳叔達，許善心，王冑以及虞世基世南兄弟皆爲由陳入隋者。北土的詩人們，像盧思道，薛道衡等也全都受梁陳的影響。當時的文學的東道主，像帝王的楊廣，大臣的楊素也都善於爲文。楊廣的天才尤高，所作豔曲，上可追梁代三帝，下亦能比肩陳家後主。

楊廣〔一〕爲文帝楊堅第二子，弘農郡華陰人。開皇元年（公元五八一年）立爲晉王。後堅廢太子勇，立廣爲太子。又五年，殺堅自立。在位十二年。爲政好大喜功，且溺於淫樂，天下大亂遂起。廣幸揚州，爲宇文化及所殺。廣雖不是一但很高明的政治家，卻是一位絕好的

〔一〕楊廣見隋書卷四及卷五。

詩人，正和陳、李二後主，宋的徽宗一樣，而其運命也頗相同。他雖是北人，所作卻可雄視南士，薛、盧之流，自然更不易與他追踪逐北。像他的悲秋：

故年秋始去，今年秋復來。露濃山氣冷，風急蟬聲哀。鳥擊初移樹，魚寒欲隱苔。斷霧時通日，殘雲尚作雷。

又像他的春江花月夜：

暮江平不動，春花滿正開。流波將月去，潮水共星來。

都是置之梁祖簡文諸集中而不能辨的。又有『寒鴉飛數點，流水遶孤村』的數語，曾爲秦觀取入詞中，成爲『絕妙好辭』。惜全篇已不能有。〔一〕

有了這樣的一位文學的東道主在那裏，隋代文學，當然是很不枯窘的了。相傳廣妒心甚重，頗不欲人出其上。薛道衡初作昔昔鹽，有『暗牖懸蛛網，空梁落燕泥』語，及廣殺之，乃說道：『還能作「空梁落燕泥」語否？』此事未必可信。『空梁落燕泥』一語，並不見如何

〔一〕見鐵圍山叢話

高妙，昔昔鹽全篇，更爲不稱，廣又何至忮刻至此呢。

薛道衡[一]字玄卿，河東汾陰人。少孤，專精好學，甚著才名。爲齊尚書左外兵郎。齊亡，又歷仕周隋。煬帝頗不悅之。不久便以論時政見殺。(540—609)有集三十卷。江東向來看不起北人所作，然道衡所作，南人往往吟誦。像他的人日思歸：

入春纔七日，離家已二年。人歸落雁後，思發在花前。

頗不媿爲短詩的上駟。

與道衡同時有聲並歷諸朝者，爲盧思道[三]及李德林。[四]德林字公輔，博陵安平人。初仕齊，後又歷仕周隋。後出爲湖州刺史。有集。德林詩傳者甚少。思道字子行，范陽人，聰爽有才辯。也歷仕齊隋周三朝。開皇間爲散騎侍郎。有集。思道所作，情思頗爲寥落。此二人俱並道衡而不及。

[一]薛道衡見隋書卷五十七。

[二]道衡集見張溥輯的漢魏六朝百三名家集中。

[三]盧思道見隋書卷五十七。

[四]李德林見隋書卷四十二。

在北人裏較有才情者還要算是一位不甚以詩人著稱的楊素。素〔一〕字處道，弘農華陰人。仕周，以平齊功，封成安縣公。楊堅受禪，加上柱國，進封越國公。大業初，拜太師，改封楚公。有集。他的詩，像『日出遠岫明，鳥散空林寂』（山齋獨坐）諸語，還不脫梁風格。至於贈薛播州十四首，中如：

北風吹故林，秋聲不可聽。鴈飛窮海寒，鶴唳霜皐淨。含毫心未傳，聞音路猶敻。唯有孤城月，裴徊獨臨映。弔影余自憐，安知我疲病。

便非齊梁所得範圍的了；殆足以上繼嗣宗，下開子昂。北史謂：『素嘗以五言詩七百字贈播州刺史薛道衡。詞氣穎拔，風韻秀上，爲一時盛作。未幾而卒。（?—606）道衡曰：『人之將死，其言也善，若是乎！』

又有孫萬壽字仙期，信都武强人。在齊爲奉朝請。楊堅爲帝時，滕穆王引爲文學。坐衣冠不整，配防江南。宇文述召典軍事，鬱鬱不得志。爲五言詩寄京邑知友，有『如何載筆士，翻

〔一〕楊素見隋書卷四十八。

作負戈人！飄飄如木偶，棄置同芻狗。失路乃西浮，非狂亦東走』語，盛爲當世吟誦。天下好事者，多書壁而翫之。後歸鄉里，爲齊王文學。終於大理司直。他所作亦多北人勁秀之氣，直吐憤鬱，不屑作兒女之態。像東歸在路率爾成詠：

學宦兩無成，歸心自不平。故鄉尚千里，山秋猿夜鳴。人愁慘雲色，客意慣風聲。羈恨雖多緒，俱是一傷情。

又孔紹安，大業末爲監察御史，與萬壽齊名。後入唐爲祕書監。他的落葉：『早秋驚落葉，飄零似客心。翻飛未肯下，猶言惜故林』，頗具有深遠之意。

開皇九年（公元五八九年）是隋文學上很可紀念的一年；政治上成就了南北的統一，結束了二百七十餘年（317—589）的南北對峙的局面，而文壇上爲了南朝的降王降臣的來臨，更增加了活氣不少。

陳後主叔寶到了北朝以後，是否仍然繼續從前的努力，我們無從知道。即使還未放棄了創作的生活，其風格當也仍是不曾變動過；我們在他的集裏看不出一點過着降王的生活後的影子。他死於仁壽四年（公元六〇四年），離開他的被俘，已是十六年之久了。相傳他和楊廣交甚厚。或者不至爲過着『以眼淚洗面』的生活罷。叔寶的弟叔達也是因了這個政治上的統一而由南北上者。叔達字子聰，陳宣帝第十六子。年十餘歲，援筆便成詩，徐陵甚奇之。入隋爲絳郡通守。後又降李淵。貞觀中，拜禮部尚書。他的詩是澈頭澈尾的梁陳派，與他哥哥一樣，惟天才較差。

同在這一年北上的，有王胄，虞世基〔一〕世南兄弟。王胄字承基，琅琊臨沂人，仕陳爲東陽王文學。入隋爲學士。以與楊玄感交遊，坐誅。虞世基字茂世，會稽餘姚人。仕陳爲尚書左丞。入隋，楊廣深愛厚之。宇文化及殺廣時，世基也遇害。其弟世南字伯施，與兄同入隋。時人以方二陸。大業中，官秘書郎。後入唐，累官秘書監。

許善心雖不是一位被俘的降人，卻也是一位庾信、王褒似的南人留北者。他字務本，高陽北新城人。陳禎明二年，以通直散騎常侍聘於隋。爲隋所留，縶賓館。及陳亡，衰服號哭。後乃拜

〔一〕虞世基見隋書卷六十七。

官。楊廣被殺時，善心也同時遇害。

這幾個人的詩風格都不甚相殊，可以王冑的棗下何纂纂爲代表：

御柳長條翠宮槐細葉開。還得聞春曲，便逐鳥聲來。

三

所謂初唐的詩壇，相當于李淵以後的三主的時代，即自武德元年到弘道元年的六十餘年(618—683)間。開始於陳隋遺老的遺響，終止於王、楊、盧、駱四傑的騰揚。這其間頗有些可述的。當武德初，李世民與其兄建成，弟元吉爭位相傾，各延攬儒士，以張勢力。世民於秦邸開文學館，召杜如晦、房玄齡、于志寧、蘇世長、薛收、褚亮、姚思廉、陸德明、孔穎達、李道玄、李守素、虞世南、蔡允恭、顏相時、許敬宗、薛元敬、蓋文達、蘇勗等十八人爲學士，時號十八學士。及他殺建成、元吉後，太子齊王二邸中的豪彥，也並集于朝。世民他自己也好作『豔詩』。當時的風尚，全無殊於隋代。詩人之著者，像陳叔達、虞世南、歐陽詢、李百藥、杜之松、許敬宗、褚亮，蔡允恭，楊師道諸人皆是由隋入唐的。此外還有長孫無忌，李義府，上官儀，魏徵，王績諸人，一時並作，詩壇的情形是頗爲熱鬧的。王績尤爲特立不群的雄豪。

歐陽詢〔一〕字信本，潭州臨湘人，仕隋爲太常博士。入唐，撰藝文類聚，甚有名，官至太子率更令。李百葯〔二〕字重規，德林子，七歲能屬文。時號奇童。隋時爲太子通事舍人。入唐，拜中書舍人。曾著齊史。百葯藻思沈鬱，尤長五言，雖樵童牧子亦皆吟諷，像詠蟬：

清心自飲露，哀響乍吟風。未上華冠側，先驚翳葉中。

已宛然是沈宋體的絕句了。杜之松博陵曲阿人，隋起居舍人，貞觀中爲河中刺史，與王績交好。許敬宗〔二〕字延族，杭州新城人。善心子。入唐爲著作郎，高宗時爲相。有集。褚亮字希明，杭州錢塘人。隋爲太常博士，貞觀中爲散騎常侍，封陽翟縣侯。蔡允恭荊州江陵人，隋爲起居舍人，貞觀中，除太子洗馬。楊師道，隋宗室，字景猷。入唐尚桂陽公主，封安德郡公。貞觀

〔一〕歐陽詢見新唐書卷一百九十八。　〔二〕李百藥見新唐書卷一百〇二。

〔二〕許敬宗，李義府均見舊唐書卷八十二，新唐書卷二百二十三。

中爲中書令。爲詩如宿搆，無所竄定。

李義府瀛州饒陽人。對策擢第。累遷太子舍人，與來濟〔一〕俱以文翰見知，時稱來，李。高宗時爲中書令，後長流嶲州。他的堂堂詞：

嬾整鴛鴦被，羞褰玳瑁牀。春風別有意，密處也尋香。

甚有名，是具着充分的梁陳的氣息的。同時，長孫無忌〔二〕字機輔，河南洛陽人，爲唐外戚。(文德后兄)封齊國公。高宗時，貶死黔州。其新曲：『玉珮金鈿隨步遠，雲羅霧縠逐風輕。轉目機心懸自許，何須更待聽琴聲』云云，也是所謂『艷詩』的一流，甚傳于時。

上官儀〔三〕也是義府與無忌的同道。其詩綺錯婉媚，人多効之，謂爲『上官體』。他的早春桂林殿應詔：『曉樹流鶯滿，春堤芳草積。風光翻露文，雪華上空碧』云云，無媿於梁陳之作。他字游韶，陝州陝人。貞觀初，擢進士第。高宗時爲西台侍郎，同東西台三品。後以事下

〔一〕來濟見新唐書卷一百五。　〔二〕長孫無忌見舊唐書卷六十五，新唐書卷一百五。

〔三〕上官儀見舊唐書卷八十；新唐書卷一百五。

獄死。(616?—664)

魏徵[一]述懷卻不是梁陳作風所能拘束的，像『縱橫計不就，慷慨志猶存。……人生感意氣，功名誰復論』云云，其氣概豪健的，蓋不是所謂『宮體』『豔詩』所能同羣者。『人生感意氣』云云，活畫出一位直腸的男子來，以阮嗣宗與陳子昂較之，恐怕還要有些差別。獨惜徵所作不多耳。徵字玄成，魏州曲城人。少孤，落魄有大志。初從李建成，爲太子洗馬。世民殺建成，乃拜他爲諫議大夫，封鄭國公。

王績[二]與魏徵又有所不同，他却是以澹遠來糾正濃豔的。績字無功，絳州龍門人。隋大業中爲揚州六合丞，以非所好，棄去不顧。結廬河渚，以琴酒自樂。武德初，以前官待詔門下省。或問待詔何樂？：『良醞可戀耳。』照例日給酒三升，陳叔達特給他一斗。時太樂署史焦革家善釀，績求爲丞。革死，又棄官歸。嘗躬耕於東皐，故時人號東皐子。或經過酒肆，

[一]魏徵見舊唐書卷七十一，新唐書卷九十七。

[二]王績見舊唐書卷一百九十二隱逸傳，新唐書卷一百九十六隱逸傳。

動經數日往往題壁作詩，多爲好事者諷詠。死時，預自爲墓誌。其行事甚類陶淵明，而其作風也與淵明相近。(590?—644) 像田家：(一作王勃詩，但風格大不類。)

阮籍生涯懶，嵇康意氣疎。相逢一醉飽，獨坐數行書。小池聊養鶴，閑田且牧豬。草生元亮徑，花暗子雲居。倚牀看婦織，登壠課兒鋤。迴頭尋仙事，並是一空虛。

還不類淵明麼？更有趣的是像田家的第二首：

家住箕山下，門枕潁川濱。不知今有漢，唯言昔避秦。琴伴前庭月，酒勸後園春。自得中林士，何忝上皇人。

以及第三首的『恆聞飲不足，何見有殘壺』云云，連其意境也便是直襲之淵明的了。他的最好的詩篇，像野望：

東皋薄暮望，徙倚欲何依？樹樹皆秋色，山山唯落暉。牧人驅犢返，獵馬帶禽歸。相顧無相識，長歌懷采薇。

像過酒家：

對酒但知飲，逢人莫强牽。倚壚便得睡，横甕足堪眠。

也渾是上繼嗣宗淵明，下起王維李白的。在梁陳風格緊緊握住了詩壇的咽喉的時候，會產生了這樣的一位風趣澹遠的詩人出來，是頗爲可怪的，或正如顏謝的時候而會有淵明的同樣的情形罷。一面自然是這酒徒的本身性格，一面也是環境的關係。他不曾做過什麽『文學侍從之臣』，故也不必寫作什麽『侍宴』『頌聖』的東西，以損及他的風格，或合己以從人。

四

『四傑』的起來，在初唐詩壇上是一個極重要的消息。『四傑』也是承襲了梁陳的風格的；惟意境較爲闊大深沉，格律且更爲精工嚴密耳。他們是上承梁陳而下起沈宋（沈佺期，宋之問）的。王世貞說：

盧，駱，王，楊號稱四傑。遺詞華靡，固沿陳隋之遺；骨氣翩翩，意象老境然勝之。五言遂爲

律家正始。內子安稍近樂府，楊盧尚宗漢魏。賓王長歌，雖極浮靡，亦有微瑕，而綴錦貫珠，滔滔洪遠，故是千秋絕藝。〔一〕

在許多持王，楊，盧，駱優劣論者當中，世貞此話，尚較爲持平。

王勃字子安，絳州龍門人。很早的便會寫詩，相傳他六歲善文辭，九歲得顏師古注漢書讀之，作指瑕以擿其失。麟德初（公元六六四年）劉祥道表於朝；對策高第。年未及冠，授朝散郎。沛王聞其名，召署府修撰。因作檄英王鷄文，被出爲虢州參軍。後又因事除名。上元二年（公元六七五年）往交趾省父，渡海溺水，悸而卒，〔二〕年二十九。（647—675）有集。〔三〕初他道出鍾陵，九月九日都督大宴滕王閣，宿命其婿作序以夸客，因此紙筆徧請客，莫敢當。至子安，抗然不辭。都督怒起更衣，遣吏伺其文輒報。至『落霞與孤鶩齊飛，秋水共長天一色』語，乃矍然道：『天才也！』請遂成文，極歡罷。那便是有名的滕王閣序。又相傳子

〔一〕見王世貞的全唐詩說（學海類編本）。　〔二〕見舊唐書卷一百九十文苑傳，新唐書卷二百一文藝上。　〔三〕子安集有通行本。四部叢刊本。

安屬文初不精思，先磨墨數升，引被覆面而臥。忽起書之，不易一字。時人謂之腹藁。他所作以五言爲最多，且均是很成熟的律體，像郊興：

空園歌獨酌，春日賦閑居。澤蘭侵小徑，河柳覆長渠。雨去花光濕，風歸葉影疎。山人不惜醉，唯畏綠尊虛。

還不是律待時代的格調麼？又像：

抱琴開野室，攜酒對情人。林塘花月下，別似一家春。（山屏夜坐）

山泉兩處晚，花柳一園春。還持千日醉，共作百年人。（春園）

還不宛然是最正格的五絕麼？又像寒夜懷友雜體：

北山烟霧始茫茫，南津霜月正蒼蒼。秋盡客思紛無已，復值征鴻中夜起。

雖說是『雜體』，其實還不是『七絕』之流麼？沈宋時代的到來，蓋在『四傑』的所作裏，已先看到其先行陣的踪跡了；正如太陽神萬千縷的光芒還未走在東方之前，東方是先已佈滿了黎明女神的玫瑰色的曙光了。

楊炯華陰人，幼即博學好爲文。年十一，舉神童，授校書郎，爲崇文館學士，遷詹事司直。恃才簡倨，人不容之。武后時，遷婺州盈川令，卒於官〔一〕（650—695?）。他聞時人以四傑稱，便自言道：『吾愧在盧前，恥居王後。』（當時的品第是王，楊，盧，駱，他故云然。）張說道：『楊盈川文思如懸河注水，酌之不竭，既優於盧，亦不減王也。』有盈川集〔二〕。他的詩像：『帝畿平若水，官路直如絃』（驄馬），『三秋方一日，少別比千年』（有所思），『離亭隱喬樹，溝水浸平沙。左尉才何屈，東關望漸賒』（送豐城王少尉）等，也都是足稱律詩的前驅的。

『四傑』身世皆不亨達，而盧照鄰爲尤。他爲了不可治的疾病，艱苦備嘗，以至於投水自殺，在我們的文學史裏同樣的人物是很少的。照鄰字昇之，幽州范陽人。年十餘歲，從曹憲王義方授蒼雅及經史，博學善屬文。初授鄧王府典籤。王有書二十車，照鄰披覽，略能記憶。王甚愛重之，對人道：『此即寡人相如也。』後拜新都尉，因染風疾去官，居太白山中，以服餌爲事。而疾益篤。客東龍門山，友人時供其衣藥。疾甚，足攣，一手又廢，乃徙陽翟之具茨山下，

〔一〕見舊唐書卷一百九十文苑上。唐書卷二百一文藝上。　〔二〕盈川集有四部叢刊本。

買園數十畝，疏潁水周舍。復豫爲墓，偃臥其中。作五悲及釋疾文，讀者莫不悲之。然疾終不愈。病既久，不堪其苦，乃與親友執別，自投潁水而死，時年四十。〔一〕（650?—689?）有集。〔二〕照鄰少年所作，不殊子安、盈川，及疾後，境愈苦，詩也愈峻，像釋疾文：

歲將暮兮歡不再，時已晚兮憂來多。東郊絕此麒麟筆，西山秘此鳳凰柯。死去，死去今如此，生兮生兮奈汝何！

蓋已具有死志了。像羈臥山中的『臥壑迷時代，行歌任死生。紅顏意氣盡，白璧故交輕。澗戶無人跡，山窗聽鳥聲。春色緣岩上，寒光入溜平。雪盡松帷暗，雲開石路明』云云，蓋還是雖疾而未至絕望的時候所作，故尚有『紫書常日閱，丹藥幾年成』云云。

駱賓王善於長篇的歌行，像從軍中行路難，夏日遊德州贈高四，帝京篇，疇昔篇等，都可顯出他的縱橫任意，不可羈束的才情來。疇昔篇自敘身世，長至一千二百餘字，從『少年重英俠，弱歲賤衣冠』說起，直說到『鄒衍銜悲繫燕獄，李斯抱怨拘秦桎。不應白髮頓成

〔一〕見舊唐書卷一百九十文苑上，又見唐書卷二百一文藝上。　〔二〕照鄰集有四部叢刊本。

絲，直爲黃河暗如漆。』大約是獄中之作罷。這無疑是這時代中最偉大的一篇巨作，足和庾子山的哀江南賦列在同一型類中的。所謂在獄中，當然未必是指稱敬業失敗後的事，或當指武后時（公元六八四年）因坐贓『入獄』（?）的一段事。故篇中並未敘及兵事，而有『祇爲須求負郭田，使我再干州縣祿』語。這樣以五七言雜組成文的東西，誠是空前之作。當時的人，嘗以他的帝京篇爲絕唱，而不知疇昔篇之更遠爲弘偉。賓王，婺州義烏人。與子安等同是早慧者，七歲即能賦詩。但少年時落魄無行，好與博徒爲伍。初爲道王府屬。嘗使自言所能。賓王不答。後爲武功主簿。裴行儉做洮州總管，表他掌書奏，他不應。高宗末，調長安主簿。武后時，坐贓左遷臨海丞，怏怏不得志，棄官而去。時徐敬業在揚州起兵討武后，署賓王爲府屬。軍中檄都是他所作。武后讀檄文到『一坏之土未乾，六尺之孤安在！』語，大驚問爲何人所作，或以賓王對。后道：『宰相安得失此人！』敬業敗死，賓王也不知所終。〔二〕有集。〔三〕（?——684?）

〔二〕駱賓王見舊唐書卷一百九十文苑上，新唐書卷二百一文藝上。

〔三〕駱賓王集有四部叢刊本。

五

在這個時代，忽有幾個怪詩人出現，完全獨立於時代的風氣之外；不管文壇的風尚如何，廟堂的倡導如何，他們只是說出他們的心稱意抒懷，一點也不顧到別的作家們在那裏做什麼。在這些怪詩人裏王梵志是最重要的一個。王梵志詩埋沒了千餘年，近來因敦煌寫本的發現，中有他的詩，才復有我們所知。〔一〕相傳他是生於樹癭之中的（見太平廣記卷八十二）。其生年約當隋唐之間。（胡適之推定其年代爲約當五九○到六六○年）他的詩教訓或說理的氣味太重，但也頗有好的篇什，像：

吾有十畝田，種在南山坡。青松四五樹，綠豆兩三窠。熱即池中浴，涼便岸上歌。遨遊自取足，誰能奈我何！

城外土饅頭，餡草在城裏。一人喫一個，莫嫌沒滋味。

這樣直捷的由厭世而逃到享樂的意念，我們的詩裏雖也時時有之，但從沒有梵志這末大胆而痛快的表現！

梵志的影響很大，較他略後的和尚寒山，拾得，豐干都是受他的感化的。寒山，拾得，豐干的時代，不能確知，相傳是貞觀中人。但最遲不會在大歷以後。寒山詩像『有人笑我詩，我詩合典雅！不煩鄭氏箋，豈用毛公解。……忽遇明眼人，即自流天下』；『欲得安身處，寒山可長保，微風吹幽松，近聽聲逾好，』的云云，和拾得詩像『世間億萬人，面孔不相似。……但自修己身，不要言他己』的云云，都是梵志的嫡裔。顧況，和杜荀鶴，羅隱諸人，也都是從他們那裏一條線脈聯下去的。我們要知道，廟堂之上，雖很熱鬧的在酬和着，民間卻自有另一派的他們自己的詩人在着呢。

六

隋與唐初的散文，也和其詩壇的情形一樣，同是受梁陳風氣的支配。楊堅即位時，有李

[一]王梵志詩，有敦煌掇瑣本。

[二]寒山拾得詩，有日本影宋本，明刊本，四部叢刊本。

謬者，嘗上書論文體輕薄，欲圖糾正。他以爲：『江左齊梁，其弊彌甚，貴賤賢愚，唯務吟咏。遂復遺理存異，尋虛逐微，競一韻之奇，爭一字之巧，連篇累牘，不出月露之形，積案盈箱，唯是風雲之狀。世俗以此相商，朝廷據茲擢士。祿利之路既開，愛尙之情愈篤。』於是他便主張應該：『屏黜浮詞，遏止華僞。自非懷經抱質，志道依仁，不得引預搢紳，參廁纓冕。』還要對於那一類僞華的人，聞風劾奏，普加搜訪，『有如此者，具狀送台。』但那一篇煌煌巨文，却如投小石於巨川，一點影響也不曾發生過。文壇的風尚還是照常的推進，沒有一點不變。李林德，盧思道，薛道衡諸人所作散文，也並皆擬仿南朝，以駢偶相尙。至於由南朝入隋的文人們，像許善心，王冑，江總，虞世基等，更是無論了。

唐初散文，無足稱述。四傑所作，也不殊於當時的風尙。六朝之際，尙有所謂『文筆』之分；美文多用駢儷，公牘書記，尙存質樸之意。至唐則差不多公文奏牘，也都出以駢四儷六之體，且浸淫而以『四六文』爲公文的程式，爲實際上應用的定型的文體了。

〔一〕見舊唐書卷一百九十文苑傳，及唐書卷二百二文藝傳。　〔二〕賓王集有四部叢刊本。

這時期可述者惟爲若干部重要史籍的編纂。岑文本與崔仁師作周史；李百葯作齊史，姚思廉次梁陳二史；魏徵編隋史。思廉百葯之作，皆爲一家言。又有李延壽者，世居相州，貞觀中爲御史台主簿，兼修國史，本其父志，更著北史南史二書。同時，又有晉書百三十卷的編撰，則出於群臣的合力。開後世『修史』的另外一條大路。自此以後，爲一代的百料全書的所謂『正史』者，便永成爲『合力』的撰述，而不復是個人的著作了。

七

佛經的翻譯，在這時代仍成爲重要的事業。但從鳩摩羅什大舉翻譯後，能繼其軌轍者唯唐初的玄奘法師。玄奘姓陳氏，(596——664)曾往印度求法，遍歷西方諸小國及印度各地而歸，齎回經典極多。他離國十七年，艱苦無所不嘗。曾以其所身歷者，著爲大唐西域記一書（書題辯機譯；當是玄奘口述由辯機寫下者。辯機爲當時最有天才的和尚，玄奘的最有力的帮手。可惜因和太宗女上陽公主通，事發被殺。這是一個極大的損失。玄奘的譯書，如永遠得他的幫忙，成績當不至限於今日之所見者。）此書的價值絕爲弘偉；是一部最好的散文的旅行記述。前者宋雲，法顯遊印時，並有所記，然特以較玄奘之作，則若小巫之見大巫。這部西域記大類希臘人僕桑尼（Pausanias）所著的希臘遊記（The Description of Greece）。僕桑尼之作，在今日，其價值益見巨大。西域記亦然。今日論述印度中世史者，殆無不必此書爲主要的資料。而其中所載之迷信，故蹟民間傳說等等，尤爲我們的無價之寶。更有甚者，經由了這部偉著，無意中有許多印度傳說乃都轉變而成爲中土的典實。像著名之杜子春傳便是明顯的係由西域記〔一〕中的一個故事改寫而成的。這將在下文裏再詳說。

玄奘自貞觀十九年歸京師後起，直到龍朔三年圓寂的時候爲止，這十九年的功夫全都耗費在翻譯工作上面。他所譯的共有七十三部，一千三百三十卷。傳稱：『師自永徽改元後，專務翻譯，無棄寸陰。每日自立程課，若晝日有事不充，必兼夜以讀。遇乙之後，方乃停

〔一〕大唐西域記有大藏經本，商務印書館石印本。

筆。攝經已，復禮佛行道。三更暫眠。五更復起，讀誦梵本朱點次第，擬明旦所翻。』像這樣的一位專心一志的翻譯家，祇有宗教的熱忱才能如此的驅迫着他。他能在他所譯經中，尤以瑜伽師地論一百卷，阿毗達磨大毗婆沙論二百卷，大般若波羅密多經六百卷為最重要、其灌溉於後人的思想中者最為深厚。他還譯老子為梵文，又將大乘起信論同譯為梵文，以遺彼土欲睹此已失之名著者。他在溝通中印文化上是盡了說不盡的力量的！在玄奘以前，譯經者不是過於直譯，為華土讀者所不解，便是過於意譯，往往失去原意。玄奘之譯卻能祛去這兩個積弊，力求與梵文相近。玄奘傳云：『前代已來所譯經教，初從梵語倒寫本文，次乃迴之，順同此俗。然後筆人觀理文句，中間增損，多墜全言。今所翻傳，都由奘旨，意思獨斷，出語成章，詞人隨寫，即可披翫。』以他那樣精通梵文的人來釋經典，自然要較一般的譯者們為更高明的了。再者，也以他處在鳩摩羅什諸大家之後，深知其病之所在，故也易為之治療耳。〔一〕

〔一〕玄奘見舊唐書卷一百九十一方伎傳，又見慧立大慈恩寺三藏法師傳（有支那內學院新印本）。

玄奘西行的經歷，其自身不久便成了傳說；他自己也被視作佛敎聖人的一個。自唐末以來，便有種種的西遊記以記述這個傳說。像這樣的一位重要的人物，一位偉大的宗敎家，其成爲傳說的中心，當是無足訝怪的事罷。

參考書目

一，隋書　唐魏徵等撰，有二十四史本。
二，舊唐書　晉劉昫撰，有二十四史本。
三，新唐書　宋歐陽修，宋祁撰，有二十四史本。
四，全漢魏三國六朝詩　丁福保輯，醫學書局鉛印本。
五，全唐詩　揚州詩局原刊本，上海同文書局石印本。
六，唐百名家詩　席氏刻本。
七，藝苑卮言　明王世貞撰，有歷代詩話續編本。
八，胡適：白話文學史第十一章

九，梁啓超：飲冰室文集（中華書局）卷六十　佛典之翻譯，又卷六十一翻譯文學與佛典，又卷六十二支那內學院精校本玄奘傳書後。

十，敦煌掇瑣　劉復輯，中央研究院出版。

十一，全上古六朝文　嚴可均輯。有黃岡王氏刻本，有醫學書局石印本。

十二，全唐文　有揚州詩局原刊本，有廣東覆刻本。

第二十四章　律詩的起來

由古詩到律詩的途徑——六朝風尚的總結束時期——律詩的成立——絕句與排律的同時產生——沈宋時代——沈宋律詩的成功與其影響——沈宋的絕句——沈宋的排律——沈宋的生世——同時代的諸詩人：蘇味道李嶠——杜審言崔融——崔湜崔液——上官婉兒——喬知之劉希夷——陳子昂

一

由不規則的古體詩，變爲須遵守一定的程式的律詩，其演進是很自然的。自建安以後，詩與散文一樣，天天都在向駢偶的路上走去。散文到了『四六文』，是走到『駢儷文』的最高的頂點了；辭賦到了『律賦』，也已是走到『駢儷賦』的最高的頂點了。詩也是同樣的發展到『律詩』的創作的時候，也便是無可再發展的了。在這個無可再發展的時代，便起了幾種轉變；『絕詩』因之起來，詞也因之起來；同時便也有人回顧到古體詩的一方面，欲再度使之復活。

在這個進展的途中，也頗有些『豪傑之士』奮起而思有所改革；然究竟像以孤柱敵狂瀾，無損於水勢的東趨。由建安（公元一九六年）到嗣聖（公元六八四年），快五百年了，這個趨勢還是不變。變動時代的到來，是要在安史的亂（開始於公元七五五年）以後那時，水勢是平衍了，是疲乏了，儘有分流與別導到溝渠裏去的可能。

許多人都以為初唐時代是改革六朝風尚的開始，卻不知道六朝風尚到了初唐卻更變本而加厲。在唐代的初期的近一百五十年間（公元六一八——七五五年），無論在詩與散文上都是這樣。儘管有人在喊着『復古』，在做着『尚書』體的大誥，但他們的聲音，自行消失於無反響的空氣中了；文風還是照常的進展。特別是詩體，一方面這百餘年間的進展更為顯著，對於後來的文壇也最有影響。

在嗣聖（公元六八四年）之前，是初唐四傑的時代；他們禀承了齊，梁的作風，更加以擴大與發展。在五言詩方面引進了更趨近於『律體』的格調，在七言詩方面也給她以極可能的發展的希望。這在上文已經說到過了。在嗣聖到安，史之亂（公元七五五年）的七十幾年間，便是『律詩』的成立的時代了。五言的律詩是最先成立的，接着七言的律詩也成立爲當時最重要的文體之一了；接着別一種的新詩體，即所謂『五絕』『七絕』者，也發生了；接着聯合了若干韻的律詩而成爲一篇的長詩，即所謂『排律』者，的風氣，也出現了。在這短短的七十餘年間，誠是詩壇上放射出最燦爛的異彩的時代，誠是空前的變異最多而且最速的時代。

這七十餘年的時代，又可以分爲兩期；第一期是『律詩』的成立時代，也可以名之爲沈，宋時代，第二期是『絕詩』與『排律』盛行的時代，也可以稱之爲開元天寶時代。現在本章先講第一期。

二

第一期從嗣聖元年到先天元年（公元七一二年），爲時不到三十年，却奠定了『律詩』的基礎。這時代的兩個代表人便是沈佺期與宋之問。唐書文藝傳說：

> 魏建安後迄江左，詩律屢變。至沈約，庾信，以音韻相婉附，屬對精密。及之問，沈佺期，又加靡麗，回忌聲病，約句準篇，如錦繡成文。學者宗之，號爲沈、宋。語曰：蘇，李居前，沈，宋比肩；謂蘇武，李陵也。〔一〕

這一段話頗足以表示出『律詩』的由來。又胡應麟云：『五言律體，兆自梁陳。唐初四子，靡縟相矜，時或拗澁，未堪正始。神龍以還，卓然成調。沈，佺，蘇，李合軌於前，王，孟，高，岑並馳於後。新製迭出，古體攸分，實詞章改革之大機，氣運推遷之一會也。』這些話也可略見出律詩的歷史。蓋自沈約以四聲八病相號招，已開始了律詩的先驅。嗣聖時代，沈佺期，宋之問，

〔一〕沈佺期，宋之問見舊唐書卷一百九十中文苑中，新唐書卷二百二文藝中。

出現便很容易的收結了五百年來的總帳；『同忌聲病，約句準篇』而創出『律詩』的一個新體來。大勢所趨，自易號召，自易成功。所謂『聲病』云云的討論，自此竟不成了一個問題。

『律詩』中的『五言律詩，』『四傑』時代已是流行。例如駱賓王的在獄聞蟬：

西陸蟬聲唱，南冠客思侵。那堪玄鬢影，來對白頭吟！露重飛難禁，風多響易沉！無人信高潔，誰爲表予心？

已是『律詩』的最完備的體格了。惟大暢其流者，則爲沈，宋。如沈佺期的送喬隨州侶：

結交三十載，同遊一萬里。情爲契闊生，心由別離死。拜恩前後人，從宦差池起。今爾歸漢東，明珠報知己。

宋之問的途中寒食題黃梅臨江驛寄崔融：

馬上逢寒食，愁中屬暮春。可憐江浦望，不見洛陽人！北極懷明主，南溟作逐臣。故園腸斷處，日夜柳條新。

都是示後進以準的之作。但沈，宋對於律體的應用，不限於五言，且更侵入當時流行的七言詩體範圍之內。七言詩開始流行於唐初，至沈宋而更有所謂『七言律』『七言律』的建立，對於後來的影響是極大的。沈宋的最偉大的成功便在於此。沈佺期的古意呈補闕喬知之：

盧家少婦鬱金堂，海燕雙棲玳瑁梁。九月寒砧催木葉，十年征戍憶遼陽。白狼河北音書斷，丹鳳城南秋夜長。誰謂含愁獨不見，更敎明月照流黃。

頗爲有聲。宋之問所作的七律，今傳者甚少，姑引三陽宮侍宴應制得幽字一首：

離宮秘苑勝瀛洲，別有仙人洞壑幽。巖邊樹色含風冷，石上泉聲帶南秋。鳥向歌筵來度曲，雲依帳殿結爲樓。微臣昔忝方明御，今日還陪八駿遊。

在這一方面的成功，沈宋二人似都應居於提倡者的地位；他們的倡始號召之功，似較他們的創作爲更重要。舊唐書文苑傳云〔一〕『中宗增置修文館學士，擇朝中文學之士之

〔一〕見舊唐書卷一百九十文苑傳宋之問傳中。

問與薛稷杜審言等首膺其選，當時榮之。及典舉，引拔後進，多知名者。』唐書之問傳亦叙其陪奉武后遊洛南龍門，后『詔從后賦詩，左史東方虬詩先成，后賜錦袍。之問俄頃獻，后覽之嗟賞，更奪袍以賜。』宋尤袤全唐詩話云：『中宗正月晦日，幸昆明池賦詩，羣臣應制百餘篇。帳殿前結綵樓，命昭容選一篇為新翻御製曲。從臣悉集其下。須臾，紙落如飛。各認其名而懷之。既退，惟沈、宋二詩不下。移時，一紙飛墜。競取而觀之，乃沈詩也。及聞其評曰：二詩工力悉敵。沈詩落句云，微臣雕朽質，羞睹豫章才，蓋詞氣已竭。宋詩云，不愁明月盡，自有夜珠來，猶陡健豪舉。沈乃伏，不敢復爭。』像這樣的從容遊宴，所賦詩篇，傳遍天下，又加以典貢舉，天下士自然的從風而靡的了；何況『滾石下山，不達底不止』，這風氣又是五百年來的自然的進展的結果呢。同時，『絕詩的一體』也跟了『律詩』的發達而大盛。絕詩的起來，與律詩的產生有不可分離的關係。漢魏古詩六朝樂府中，五言的短詩為最多，類皆像王台卿所作的陌上桑：

令月開和景，處處動春心。挂筐須葉滿，息倦重枝陰。

般的以四句的五言成篇『律詩』『約句準篇』每篇句類有定，不合寫作這一類短詩之用。於是律詩作者們同時便別創所謂『絕』詩的一體。這維持了短詩的運命，且成爲我們詩體中常是最有精彩的一部分的傑作。宋洪邁至集唐人絕句至萬首之多，編爲專書。〔一〕可見此體愛好者之多且篤了。胡應麟謂：『五七言絕句，蓋五言短古，七言短歌之變也。五言短古，雜見漢魏詩中，不可勝數。唐人絕體，實所從來。七言短歌，始於垓下。梁陳以降，作者坌然。第四句之中，二韻互叶，轉換旣迫，音調未舒。至唐諸子，一變而律呂鏗鏘，句格穩順，語半於近體，而意味深長過之，節促於歌行，而咏嘆悠永倍之，遂爲百代不易之體。』〔二〕胡氏的話，對於『絕句，』已盡讚頌之極致。但他又頗以『截近體首尾或中二聯』以成絕句之說爲非。此則緣昧於詩體的自然演進的定律，故有異論耳。沈宋之前，固有類乎『絕句』之物，惟『絕句』之成爲一個新體之物，且有定格，則爲創始於沈宋時代，未可以偶

〔一〕洪邁的萬首唐人絕句有明萬歷間刊本。王士禎有唐人萬首絕句選，有原刊本，又商務印書館有鉛印本。

〔二〕見少室山房筆叢後附之詩藪內篇六。筆叢有原刊本，有清嘉慶間翻刊本。

然的『古已有之』的幾個篇章,便推翻了演進的定律。沈,宋的五七言絕句,佳作甚多。宋之問貶後所作,尤富於真摯的情緒,悽楚的聲調,像渡漢江:

嶺外音書斷,經冬復歷春。近鄉情更怯,不敢問來人。

即應制之作也還不壞;像苑中逢雪應制:

紫禁仙輿詰旦來,青旗遙倚望春台。不知庭霰今朝落,疑是林花昨夜開。

沈佺期的五言絕句,今傳者甚鮮。其七言絕句像邙山:

北邙山上列墳塋,萬古千秋對洛城。城中日夕歌鍾起,山上惟聞松柏聲。

是頗具着渺渺的餘思的。若僅以『典麗精工』[一]視沈,宋,似乎是太把他們估價得低了。

[一]胡應麟語(見詩藪內編四)。

四

爲唐代壇重鎮的一個新詩體，所謂『排律』的，也起於沈，宋之時。胡應麟謂：『排律，沈，宋二氏，藻贍精工。』排律爲較長的詩體，非運之以弘偉的才情，出之以精工的筆力不可的。沈宋創造了『律詩，』同時並打開了排律的一個新的局面。王世貞謂：『二君正是敵手。排律用韵穩妥，事不旁引，情無牽合，當爲最勝。』〔一〕沈，宋的排律，五言最多，也最好。如佺期的釣竿篇：

朝日斂紅烟，垂竿向綠川。人疑天上坐，魚如鏡中懸。避檝時驚透，猜鈎每誤牽。湍危不理輯，潭靜欲留船。釣玉君徒尚，徵金我未賢。爲看芳餌下，貪得會無筌。

之問的初至崖口：

崖口衆山斷，嶔崟聳天壁。氣衝落日紅，影入春潭碧。錦繢織苔蘚，丹青圖松石。水禽泛

〔一〕見其所著詩唐全說（學海類編本，即藝苑卮言的一部分）。

容與。岩花飛的皪。微路從此深，我來限於役。悵惘情未已，羣峯暗將夕。

狀物陳形，已臻佳境。在排律中氣度雖未若杜甫的闊大，波瀾雖未若杜甫的汹湃，然已是不易得的東西了。

五

沈，宋並稱，而沈，宋的詩也往往相混雜。可見其風格的相近。沈佺期字雲卿，相州內黃人。及上元二年（公元六七五年）進士第，由協律郎累除給事中考功。與張易之等蒸昵寵甚。易之敗，遂長流驩州。後得召見，拜起居郎兼修文館直學士。尋歷中書舍人，太子少詹事。開元初卒。（？—713？）

宋之問字延清，一名少連，汾州人。之問偉儀貌，雄於辨。甫冠，武后召與楊炯分直習藝館。累轉尚方監丞，左奉宸內供奉。與佺期閻朝隱等傾心媚附易之。易之所賦詩篇，盡之問，朝隱所爲。及敗，貶隴州。之問逃歸洛陽，匿張仲之家。武三思復用事。仲之欲殺之。之問上變，由是擢鴻臚主簿。天下醜其行。中宗時，下遷越州長史，窮歷剡溪山，置酒賦詩，流布京師，人人傳諷。睿宗立，流之問欽州，復賜之死。（660?——710）

宋，沈以附張易之聲名頗爲狼藉，然其才名則不可掩。佺期嘗以詩贈張說，說道：『沈三兄詩清麗須讓居第一也。』徐堅論之問以爲其文如良金美玉，無不可。之問友人武平一爲纂集其詩成十卷。〔一〕佺期亦有集傳於世。〔二〕沈，宋之詩，至流徙後而尤工。佺期在驩州諸作，像三日獨坐驩州思憶遊，從驩州廨宅移住山間水亭，赦到不得歸題江上石，答魑魅代書寄家人諸篇，皆出之以五言排律，而於沈痛鬱結之中，不失其流麗疏放之體。答魑魅一篇長至十二韻以上，尤爲當時罕有之作。『死生離骨肉，榮辱間朋遊，棄置一身在，平生萬事休，』（移住山間水亭）其情誠可哀矜！

之問兩經流放，終至被殺，身世尤苦於佺期，故所作更多悲戚的聲韻；惟長篇較少，五律

〔一〕之問集今刻席有唐百家詩本，又見全唐詩中。
〔二〕佺期集今有席刻唐百名家詩本，又見全唐詩中。

爲多。像度大庾嶺：

度嶺方辭國，停軺一望家。魂隨南翥鳥，淚盡北枝花。山雨初含霽，江雲欲變霞。但令歸有日，不敢恨長沙。

又像『故園長在目，魂去不須招』（早發韶州），『誰言望鄉國，流涕失芳菲』（早入清遠峽），『鄉心新歲切，天畔獨潸然。老至居人下，春歸在客先』（新年作）諸語，莫不表示出遲暮投荒，徘徊欲泣的情緒來。沈宋的詩自當以這種遷謫後所作得最工；應製諸什，非不精妙，卻不盡是從肺腑中流出的，故有靈魂，有眞情感者甚少。

六

沈宋同時的詩人極多。『初中宗景龍二年（公元七〇八年）始於修文館置文學士四員，學士八員，直學士十二員，象四時八節十二月。于是李嶠，宗楚客，趙彥昭，韋嗣立爲大學士；李適，劉憲，崔湜，鄭愔，盧藏用，李乂，岑羲，劉子元爲學士；薛稷，馬懷素，宋之問，武平一，杜審言，沈佺期，閻朝隱等爲直學士，又召徐堅，韋元旦，徐彥伯，劉允濟等滿員。』〔一〕這裏殆已把沈，宋派詩人一網打盡了。但在其中的及未預其例的詩人們，若蘇味道，李嶠，杜審言，崔融，喬知之，崔湜，崔液，陳子昂，劉希夷，諸人尤稱大家。更有女流作家上官婉兒在當時主持風雅，提倡文藝甚力，也當一敘及。

蘇，李是和沈，宋並稱的。蘇味道，趙州欒城人。弱冠擢進士。證聖元年出爲集州刺史。聖歷初，遷鳳閣侍郎，同鳳閣鸞台三品。居相位數載。神龍時坐張易之黨，貶眉州刺史，還爲益州長史，卒。(?—707)李嶠〔二〕字巨山，與味道同里。弱冠擢進士第。武后時，官鳳閣舍人。每有大手筆，皆特命嶠爲之。累遷鸞台侍郎，知政事，封趙國公。睿宗立，出刺懷州。玄宗時貶爲滁州別駕，改廬州。嶠初與王楊接踵，中與崔蘇齊名，晚諸人沒，獨爲文章宿老。但嶠與味道所作，今存者類多應制之詩，未能窺其眞性情。姑舉嶠的酬杜五弟晴朝獨坐見贈爲例：

〔一〕見宋尤袤全唐詩話卷一。

〔二〕蘇味道，李嶠，崔融，同見舊唐書卷九十四，又新唐書卷一百十四（崔蘇）及卷一百二十三（李）。

平明坐虛館，曠望幾悠哉。宿霧分空盡，朝光度隙來。影低藤架密，香動藥欄開。未展山陽會，空留池上杯。

這已是他們的很高的成就了。風格同於沈宋，而才情卻顯然有些差別。相傳明皇將幸蜀，登花萼樓，使樓前善水調者奏歌。歌曰：『山川滿目淚霑衣，富貴榮華能幾時！不見只今汾水上，惟有年年秋雁飛。』帝慘愴移時，顧侍者曰：『誰為此？』對曰：『故宰相李嶠之詞也。』帝曰：『眞才子』！不待終曲而去〔一〕。

杜審言〔二〕字必簡，京兆人，咸亨元年（公元六七〇年）進士。為隰城尉，恃高才傲世見疾。蘇味道為天官侍郎，審言集判出，謂人道：『味道必死』！人驚問何故，道：『他見吾判當羞死耳』。又道：『我文章當特屈宋作衙官，吾筆當得王羲之北面』。其矜誕類此。坐事貶吉州司戶。武后時召還，授著作郎，為修文館直學士。卒，他病時，宋之問武平一去看他，他道：『

〔一〕見辛文房唐才子傳卷一李嶠條下。『山川滿目』四語見嶠所作汾陰行中。

〔二〕杜審言見舊唐書卷一百九十上文苑上，新唐書卷二百一文藝上。

甚爲造化小兒相苦，尚何言！然吾在，久壓公等。今且死，但恨不見替人也。」審言少與李嶠，崔融，蘇味道爲文章四友，在這幾個人中，審言自是以天才獨傲的。〔二〕舉其二詩爲例：

北地春光晚，邊城氣候寒。往來花不發，新舊雪仍殘。水作琴中聽，山疑畫裏看。自驚牽遠役，艱險促征鞍。

——經行嵐州

遲日園林悲昔遊，今春花鳥作邊愁。獨憐京國人南竄，不似湘江水北流。

——渡湘江

崔融字安成，齊州全節人。長安中授著作佐郎，進鳳閣舍人。坐附張易之兄弟，貶袁州刺史，尋召拜國子司業。(?－707)他的詩詠從軍者爲多；像西征軍行遇風：

北風卷塵沙，左右不相識。颯颯吹萬里，昏昏同一色。馬煩莫敢進，人急未遑食。草木春更悲，天景晝相匿。(下略)

〔一〕杜審言集二卷有明刊本：

頗具有異域的風趣;置在這個時代裏,總算是別調。

女流作家上官婉兒〔一〕是這時主持風雅的一位很重要的人物。律詩時代的成立,她是很有力于其間的。婉兒爲儀之孫,武后時配入掖庭。善于文章,年十四,即爲武后內掌詔命。中宗即位,大被寵愛,進拜昭容。當時文壇因她的努力而大爲熱鬧。臨淄王兵起,她被殺。她的詩,今所存者僅二十餘篇,大都是應制之作,未能見出她的眞實的情緒。像『密葉因裁吐,新花逐翦舒:……春至由來發,秋還未肯疎。借問桃將李,相亂欲何如?』(侍宴內殿出翦花綵應制)正是律詩時代的『最格律矜嚴』之作。

七

崔湜,崔液〔二〕兄弟所作並皆可觀,而液詩似更在其兄上。湜字澄瀾,定州人。擢進士第。

〔一〕上官婉兒見舊唐書卷五十一后妃上;新唐書卷七十六后妃上章皇后傳。〔二〕崔湜,崔液見舊唐書卷七十四崔仁師傳。

預修三教珠英曾數度爲相。明皇立，流嶺外，復追及荆州，賜死。(668－713)液字潤甫，湜之弟。工五言詩。擢進士第一人。湜常呼他的小字道：『海子，我家龜龍也。』官至殿中侍御史。液所作，今傳者以閨情爲多。像上元夜：

星移漢轉月將微，露灑烟飄燈漸稀，猶惜路傍歌舞處，躊躕相顧不能歸。

又像擬古神女宛轉歌（一作郎大家作）：

日已暮，長簷鳥應度。此時望君君不來，此時思君君不顧。歌宛轉，宛轉那能異棲宿！願爲形與影，出入恆相逐。

是很有子夜讀曲的風趣的。

劉希夷與喬知之所作，皆以歌行爲多。知之〔一〕同州馮翊人，則天時，爲右補闕，遷左司郎中，爲武承嗣所害。相傳知之有婢窈娘，爲承嗣所奪。他作綠珠篇密送與窈娘，她結詩衣帶，投井而死。承嗣以是諷酷吏羅織殺之。知之有擬古贈陳子昂一詩：『別離三河間，征戰

〔一〕喬知之見舊唐書卷一百九十文苑中。

二庭深。胡天夜雨霜，胡鴈晨南翔』云云，是頗似子昂的感遇的。

希夷一名庭芝，[一]潁川人，上元二年（公元六七五時）進士，時年二十五。工篇詠，特善閨帷之作，詞情哀怨，多依古調，體勢與當時的風尚不合，遂不爲所重。他美姿容，好談笑，善彈琵琶，飲酒至數斗不醉。落魄不拘常檢。嘗作白頭吟有『今年花落顏色改，明年花開復誰在』語，自以爲不祥，又吟一聯：『年年歲歲花相似，歲歲年年人不同。』遂嘆道：『生死有命，豈由此虛言乎？』遂併存之。詩成未周歲，果爲奸人所殺。（651—680?）或謂其舅宋之問，苦愛後一聯，知其未傳于人，懇求之，許而竟不與。之問怒其誑已，使奴以土囊壓殺于別舍，時未及三十。[二]這話未必可信，之問爲一代宗匠，又何至奪甥之作！後孫翌撰正聲集，以希夷詩爲集中之最，由是大爲人所稱。白頭吟（一作代悲白頭翁）自是傑作，但像春日行歌：

[一]劉希夷見舊唐書卷一百九十文苑中。唐才子傳（卷一）作字延芝。[二]見辛文房唐才子傳（佚存叢書本）卷一。

山樹落梅花，飛落野人家。野人何所有？滿甕陽春酒。攜酒上春台，行歌伴落梅。醉罷臥明月，乘夢遊天台。

其拓落疏豪的態度，已是李白的一個先驅了。

九

但在這一群詩人裏，還不得不推陳子昂爲一個異軍突起者。子昂和劉希夷、喬知之皆非沈、宋所能牢籠，所能範圍者。而子昂尤爲傑出。齊梁風尚的轉變，在子昂的詩裏，已充分的透露出消息來。子昂〔一〕字伯玉，梓州射洪人。開耀二年（公元六八二年）進士。初年十八，未知書，以富家子任俠尚氣，好弋博。後入鄉校，感悔，即於州東南金華山觀讀書，痛自修飾，精窮墳典。武后時，拜麟台正字，累遷拾遺。聖歷初，解官歸，爲縣令段簡所誣詐，捕下獄，死。年四十三（656—698）。相傳子昂初入京，不爲人知。有賣胡琴者，價百萬，豪貴傳視，無辨者。

〔一〕陳子昂見舊唐書卷一百九十中文苑中；新唐書卷一〇七。

子昂突出，顧左右以千緡市之。衆驚問。答道：『余善此樂。』皆道：『可得聞乎？』子昂道：『明日可集宣陽里。』如期偕往，則酒肴畢具，置胡琴于前。食畢，捧琴語道：『蜀人陳子昂有文百軸，馳走京轂，碌碌塵土，不爲人知。此樂賤工之役，豈宜留心！』舉而碎之，以其文軸遍贈會者。一日之內，聲華溢都。〔一〕子昂初爲感遇詩，王適見而驚道：『此子必爲海內文宗。』柳公權評其詩道：『能極著述，克備比興，唐興以來，子昂而已。』有集十卷。〔二〕子昂感遇詩，今見三十八章，其風格大似阮籍詠懷，左思詠史，當是受他們的啟示而寫的。這三十八章的詩篇，內容甚雜，或詠史，或抒懷，或超脫，或悲憫，但綜其格律，放在沈宋的一羣裏，卻是不類不同的像：

林居病時久，水木澹孤清。閑臥觀物化，悠悠念無生。青春始萌達，朱火已滿盈。徂落方自此，感歎何時平。

〔一〕見全唐詩話（歷代詩話本）引獨異記語。〔二〕陳伯玉文集三卷，詩集二卷，有新都楊春刊本；清楊國楨輯刻本；又明刊本（二卷）；四部叢書刊本。

索居猶幾日，炎夏忽然衰。陽彩皆陰翳，親友盡暌違。登山望不見，涕泣久漣洏。宿夢感顏色，若與白雲期。馬上驕豪子，驅逐正蚩蚩。蜀山與楚水，攜手在何時？

朔風吹海樹，蕭條邊已秋。亭上誰家子，哀哀明月樓。自言幽燕客，結髮事遠遊。赤丸殺公吏，白刃報私讎。避讎至海上，被役此邊州。故鄉三千里，遼水復悠悠。每憤胡兵入，常爲漢國羞。何知七十戰，白首未封侯！

比了一般的頌聖酬宴的所作，自然是高出萬倍的了；他痛快的抒其所懷抱的情思，一點也不顧忌一點也不宛曲迴避，直活現出一位『性褊躁』易於招禍的詩人來。又像登幽州台歌：

前不見古人，後不見來者。念天地之悠悠，獨愴然而涕下。

那樣的豪邁，那樣的蕭洒，自不會向『破家縣令』屈膝，自要爲其所陷害的了。

參考書目

一、舊唐書卷一百九十文苑傳。

二，新唐書卷二百一至三文藝傳。

三，辛文房唐才子傳；（有佚存叢書本；涵芬樓有石印本佚存叢書。）

四，唐詩紀事，宋計有功撰，有清刊本，有石印本。

五，全唐詩話，宋尤袤撰，有何文煥刻歷代詩話本。（歷代詩話有原刊本，有醫學書局石印本。）

六，全唐詩　有揚州詩局原刊本，有同文書局石印本。

七，少室山房筆叢　明胡應麟撰，有明刊本，有清嘉慶間刊本。

八，全唐詩說　明王世貞撰，有學海類編本。

九，唐詩癸籤　明胡震亨撰，有明刊本，又震亨的唐詩談叢，有學海類編本。

十，唐百名家詩　清席氏編刊。

第二十五章 開元天寶時代

唐詩的黃金時代——張九齡與吳中四傑——新詩人的紛起——王維與裴迪——孟浩然——王孟作風的不同——謫仙人李白——老詩人高適——富於異國情調的作家岑參——王昌齡常建崔顥等——崔國輔王翰賈至等。

一

開元天寶時代乃是『所謂唐詩』的黃金時代；雖祇有短短的四十三年（公元七一三—七五五年），却展布了種種的詩壇的波濤的壯觀，呈獻了種種不同的獨特的風格。這不單純的變幻百出的風格，便代表了開天的這個詩的黃金的時代。在這裏，有着飄逸若仙的詩篇，有着風致澹遠的韻文，又有着壯健悲涼的作風；有着醉人的譫語，有着壯士

李白

從南薰殿舊藏聖賢畫册

故宮博物院特許借印）

杜甫

從南薰殿舊藏聖賢畫册

（故宮博物院特許借印）

的浩歌，有着隱逸者的閒詠，也有着寒士的苦吟；有着田園的閒逸，有着異國的情調，有着濃豔的閨情，也有着豪放的意緒。總之，這時代是囊括盡了種種的詩的變幻的，也沒有一個時代，更曾同時挺生那末許多的偉大的詩人過的！然而，她祗是短短的四十三年！希臘的悲劇時代，英國的莎士比亞時代，還不祗是短短的數十年間麼？

五七言的古律詩體，到了這個時代，格律已是全備。其中七言的律絕，方才剛剛萌芽，還不會有人用全力去灌溉之；正是詩人最好的一試騁馳的好身手的時候。故開天的詩人們，於此獨擅勝場，正如建安時代的五言詩，沈宋時代的五言的律絕。把握着新發於硎的牛刀，而以其勃勃的詩思爲其試手的對象，那些天才的『庖丁』們當然個個的都會『得手應心』『功成而退』的了。

二

開天間的詩人們，一時是計之不盡的。殷璠的河嶽英靈集，錄當時詩人至二十四人之多；元結的篋中集所載也有七人。此外不在其中者，更還有不少。杜甫也初次出現於這個時代的詩壇上，但他的重要的詩篇，幾皆是開天以後的所作。這個黃金時代，包納不了杜甫，而杜甫在這個時代，也未盡揮展出他的驚人的天才。故另於下章詳之。

開天時代的老詩人們，有張九齡，賀知章，姚崇，宋璟，包融，張旭，張若虛，張說，蘇頲，李乂等。

張九齡〔一〕字子壽，韶州曲江人。七歲知屬文。擢進士。遷左拾遺。後以張說薦，爲集賢院學士。俄拜中書侍郎同平章事。爲李林甫所排擠，貶荊州長史。卒。有集〔二〕。九齡的詩，廻旋於沈宋的時代，而別有所自得。他的感遇十二首，和陳子昂的所作又自不同，其托意的直率，頗有影響於後來的詩壇。像感遇中的一首：

江南有丹橘，經冬猶綠林。豈伊地氣暖，自有歲寒心。可以薦嘉客，奈何阻重深。運命唯所遇，循環不可尋。徒言樹桃李，此木豈無陰！

這全是以『丹橘』自況的，和後來的『粧畢低聲向夫婿，畫眉深淺入時無？』是在同一

〔一〕張九齡，見舊唐書卷九十九。

〔二〕張曲江集二十卷，有明刊本；順治刊本；四部叢刊本。

個調子裏的東西，但似更爲露骨些。九齡詩往往如此，故頗傷於直率，少含蓄的餘味。

與張九齡同爲開元，天寶時代的名相的姚崇，宋璟〔一〕也並能詩。崇初名元崇，又名元之，陝州人。貞觀中，應下筆成章舉，授濮州司倉。後數居台輔，負時重望。薦宋璟自代。其詩像：『舟輕不覺動，纜急始知牽』語甚有致。宋璟，邢州南和人，繼崇爲相，耿介有大節；他的送蘇尚書赴益州：『園林若有送，楊柳最依依』意境也很新。

賀知章字季真，會稽永興人，少以文辭知名。累遷秘書監。他性放曠，晚尤縱誕，自號四明狂客。天寶初，請爲道士還鄉里。詔賜鏡湖剡川一曲。年八十六卒。其七言絕句，像詠柳的『不知細葉誰裁出？二月春風似剪刀』和回鄉偶書的二首：『少小離鄉老大回』，『唯有門前鏡湖水，春風不改舊時波』。都是盛傳人口的。

他和包融，張旭，張若虛並號吳中四傑。融，湖州人，爲大理司直。旭，蘇州吳人，嗜酒，善草書，每醉後號呼狂走，才下筆，或以頭濡墨而書。既醒，自視以爲神，世呼爲張顛，或傳稱爲草聖。

〔一〕姚崇宋璟並見舊唐書卷九十六；新唐書卷一百二十四。

若虛，揚州人，爲兗州兵曹，所作春江花月夜：『春江潮水連海平，海上明月共潮生。灧灧隨波千萬里，何處春江無月明』的一首七言的長篇，乃是令人諷吟不能去口的雋什。

張說〔一〕和蘇頲也並爲開元名相，也皆能詩。說字道濟，一字說之，洛陽人。武后時爲鳳閣舍人，以忤旨配流欽州。開元初，進中書令，封燕國公。亦數經遷謫，至左丞相卒。他喜延納後進，朝廷大述作多出其手，與蘇頲號『燕許大手筆』。謫後的詩益悽惋動人，人謂得江山之助。〔二〕像南中別蔣五岑向青州：

老親依北海，賤子棄南荒。有淚皆成血，無聲不斷腸。此中逢故友，彼地送還鄉。願作楓林葉，隨君度洛陽。

誠是深以遷謫爲念的。但像：『絲管清且哀，一曲傾一杯。氣將然諾重，心向友朋開』（宴別王熊）卻頗有些豪邁的意氣。

〔一〕張說見舊唐書卷九十七，新唐書一百二十五。　〔二〕張燕公集二十五卷，有聚珍版叢書本。

蘇頲〔一〕字廷碩，瓌子。幼敏悟。明皇愛其文，進紫微侍郎，知政事。與李乂對掌書命。帝道：『前世李嶠蘇味道，文擅當時，號蘇李。今朕得頲及乂，又何愧前人。』他的小詩，也時有佳趣，像將赴益州題小園壁：

歲窮惟益老，春至卻辭家。可惜東園樹，無人也作花。

李乂字尚眞，趙州房子人，幼工屬文。開元初爲紫微侍郎，除刑部尚書，卒年六十八。與兄尚一，尚貞並有文名，有李氏花萼集。

三

但開元天寶的時代，虎據於詩壇上者，並不是這些老作家們；新興的詩人們是像雨日的層雲般，推推擁擁的向無垠的天空上跑去。在那些無數的新詩人們裏，無疑的要揀出王維，孟浩然，李白，高適，岑參的五人，作爲最重要的代表。那五位詩人們的作風，都是很不

〔一〕蘇頲見舊唐書卷八十八；新唐書卷一百二十五。

相同的，差不多也可以代表了當時五方面的不同的傾向。先說王維。

王維〔一〕的作風，是直接承繼了東晉的陶淵明的；淵明的詩，澹泊而有深遠之致，維詩亦然。像那樣的田園詩，若淺實深，若凡庸實峻厚，若平淡實豐腴的，千百年間僅得數人而已。維字摩詰，河東人，工書畫，與弟縉俱有俊才。開元九年進士擢第。天寶末爲給事中。安祿山陷兩都，維被囚於菩提寺。肅宗時，爲尚書右丞。維篤於奉佛，晚年長齋禪誦。一日忽索筆作書別親故，舍筆而卒(699—759)。開天間，維詩名最盛，王侯豪貴之門，無不拂席迎之。嘗得宋之問輞川別墅，山水絕勝，與裴迪深舟往來，嘯詠終日。殷璠謂：『維詩，詞秀調雅，意新理愜，在泉成珠，著壁成繪。』蘇軾亦云：『維詩中有畫，畫中有詩。』〔二〕集異記（全唐詩話引）載維未冠時，文章得名，妙能琵琶。春之一日，岐王引至公主第，使爲伶人進主前。維

〔一〕王維見舊唐書卷一百九十下文苑下；新唐書卷二百二文藝中。

〔二〕王右丞集六卷，宋劉辰翁編，四部叢刊本；王右丞集註二十八卷，趙殿成註，原刊本；王右丞詩集六卷，明顧可允註說，嘉靖刊本，日本刊本。

田園樂　王維

桃紅復含宿雨，
柳綠更帶朝煙。
花落家童未掃，
鶯啼山客猶眠。

從明刊本唐詩畫譜（西諦藏）

少年行　王維

新豐美酒斗十千，
咸陽遊俠多少年。
相逢意氣爲君飲，
繫馬高樓垂柳邊。

從明刊本《唐詩畫譜》

（西諦藏）

進新曲，號鬱輪袍，並出所作。主大奇之。此事或未可信。明人王衡嘗作鬱輪袍雜劇，爲維辨誣。惟唐人進身之階，往往要藉大力，像維一類的事，蓋當時並不以爲可怪。安史亂後，音樂家的李龜年奔放江潭，嘗於湘中採訪使筵上，唱：『紅豆生南國，春來發幾枝，』又『秋風明月苦相思，蕩子從戎十載餘，』諸作，皆維詩也。可見當時維詩的流行的盛況。維的詩，最有畫意者，像渭川田家：

斜陽照墟落，窮巷牛羊歸。野老念牧童，倚杖候荊扉。雉雊麥苗秀，蠶眠桑葉稀。田夫荷鋤至，相見語依依。即此羡閑逸，悵然吟式微。

像山居秋暝：

空山新雨後，天氣晚來秋。明月松間照，淸泉石上流。竹喧歸浣女，蓮動下漁舟。隨意春芳歇，王孫自可留。

和『草際成棊局，林端舉桔槔，』（春園即事），『牧童望村去，獵犬隨人還。』（淇上田園即事）『春風動百草，蘭蕙生我籬，』（贈裴十迪）『山下孤煙遠村，天邊獨樹高原，』『花落家僮未掃，鶯啼山客獨眠』(一作皇甫曾詩)(以上田園樂)『空山不見人，但聞人語響。返景入深林，復照靑苔上』。(鹿柴)等等，都是富於田園的風趣的；但他偶寫城市，也是同樣的可愛，像早朝：『皎潔明星高，蒼茫遠天曙。槐霧暗不開，城鴉鳴稍去。始聞高閣聲，莫辨更衣處。銀燭已成行，金門儼騶馭。』和隋代無名氏的鷄鳴歌：『東方欲明星爛爛：千門萬戶遞漁鑰』恰是同類的雋作，若琵琶記的辭朝，從黃門官口中說出那末一大片的話來，卻徒覓其辭費耳。維的七言絕句，像少年行：『相逢意氣爲君飲，』『縱死尤聞俠骨香，』像九月九日憶山東兄弟：『遍插茱萸少一人，』像渭城曲：『渭城朝雨浥輕塵，』像戲題輞川別業：『藤花欲暗藏猱子，』像私成口號誦示裴迪，『萬戶傷心生野烟，』都是很『俊雅』的。而渭城曲，論者(如胡應麟)尤推之以爲盛唐絕句之冠。

集合於王維左右的詩人們，有維的弟縉，(字夏卿，廣德大歷中爲門下侍郎同平章事)及其友裴迪，(關中人，嘗爲尙書省郎，蜀州刺史)崔興宗(嘗爲右補闕)苑咸(成都人，中書舍人)丘爲(蘇州嘉興人，太子右庶子)等。裴迪，崔興宗嘗與維同居終南山。苑咸能書梵字，兼達梵音，曲盡其妙。後維與裴迪又同住輞川，交往尤密，故迪的作風，甚同于維，於輞川諸詠尤可見之，像：『秋來山雨多，落葉無人掃』（宮槐陌）『汎汎鷗鳧渡，時時欲近人』（欒家瀨）等。

四

孟浩然〔一一〕襄陽人，少好節義，工五言，隱鹿門山，不仕。四十遊京師，與諸詩人交往甚歡。嘗集秘省聯句，浩然道：『微雲淡河漢，疏雨滴梧桐，』衆皆莫及。其詩的作風，也正可以此十字狀之。張九齡，王維都極稱道他。維待詔金鑾，一旦私邀浩然入。俄報玄宗臨幸，浩然錯愕伏匿床下，維不敢隱，因奏聞。帝喜曰：『朕素聞其人而未見也。』浩然遂出，命吟近作，至『不才明主棄，多病故人疎』之句，帝慨然道：『卿不求仕，朕何嘗棄卿，奈何誣我！』因命放還南山。開元末，王昌齡遊襄陽，時浩然新病起，相見甚歡，浪情宴謔，食鮮，勤疾而終。（689

〔一一〕孟浩然見舊唐書卷一百九十下文苑下，新唐書卷二百三文藝下。

—740)有集。[一]

浩然爲詩，佇興而作，造意極苦，篇什旣成，洗削凡近，超然獨妙；雖氣象清遠，而采秀內映，藻思所不及。像宿業師山信期丁大不至：

夕陽度西嶺，羣壑倏已瞑。松月生夜涼，風泉滿清聽。樵人歸欲盡，磴鳥棲初定。之子期未來，孤宿候蘿逕。

又像『相望始登高，心飛逐鳥滅。愁因薄暮起，興是清秋發』（秋登蘭山寄張五）『春眠不覺曉，處處聞啼鳥。夜來風雨聲，花落知多少』（春曉）『獨至螢火滅，荷枯雨滴聞』（初出關旅亭夜坐懷王大校書）『莫愁歸路瞑，招月伴人還』（遊鳳林寺西嶺）『陰崖常抱雪，枯澗爲生泉』（訪聰上人禪居）等等，都足以見出他的風格來。

他和王維的作風，看來好像很相近，其實卻有根本的不同之點在着。維的最好的田園詩，是恬靜得像夕光濛籠中的小湖鏡面似的躺着，連一絲的波紋兒都不曾動蕩；人與自

[一]孟浩然集四卷，明刊本，李夢陽刊本(二卷)，閔齊伋刊本，四部叢刊本。

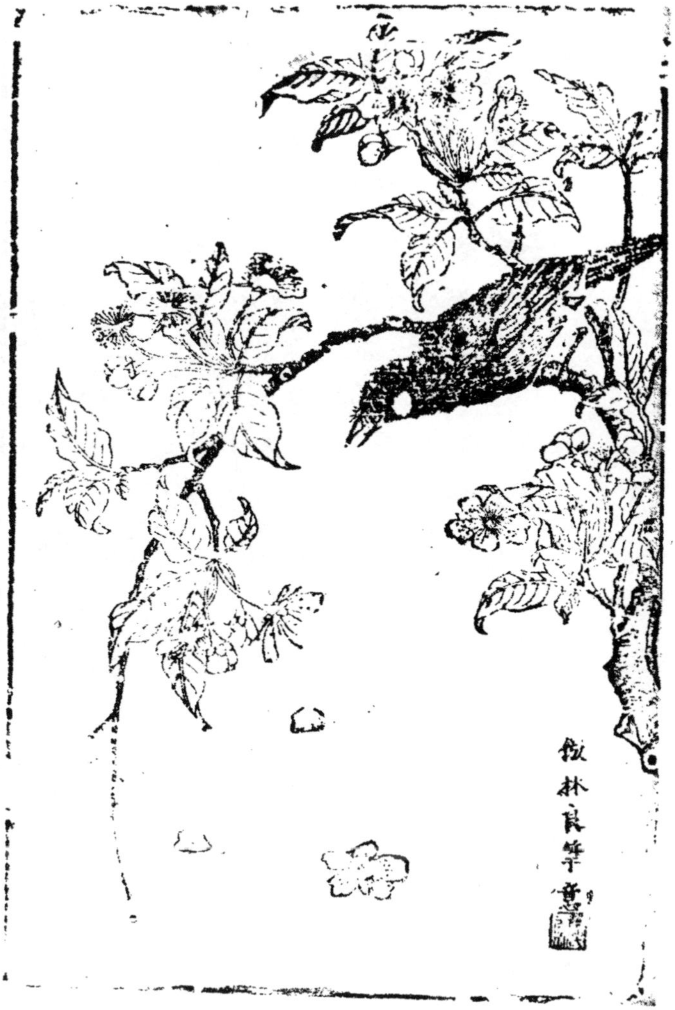

春曉 孟浩然

春眠不覺曉，
處處聞啼鳥。
夜來風雨聲，
花落知多少？

——從明刊本唐詩畫譜（西諦藏）

聽張立本女吟

高適

自把玉釵敲砌竹，清歌一曲月如霜。

——從明刊本唐詩畫譜（西諦藏）

然，合而爲一，詩人他自己是融合在他所寫的景色中了。但浩然的詩，雖然也寫山，也寫水，也寫大自然的美麗的表現，但他所寫的大自然，卻是活躍不停的，卻是和我們的人似的刻刻在動作着的。像『却聽泉聲戀翠微』（過融上人蘭若）的戀字，便充分的可以代表他的獨特的作風。細讀他的詩什，差不多都是慣以有情的動作，繫屬到無情的自然物上去的。又王維的詩，寫自然者，往往是純客觀的，差不多看不見詩人他自己的影子，或連詩人他自己也都成了靜物之一，而彼畫入畫幅之中去了；他從不把自然界來拉到自己身上，作爲自己動作或情緒的烘托的。浩然則不然，他的詩都是很主觀的，處處都有個我在，更喜用『歲月青松老，風霜苦竹餘』（尋白鶴岩張子容隱居）一類的句子。所以王維是個純客觀的田園詩人，浩然則是個性很強的抒情詩人；王維的詩境是恬靜的，浩然的詩意卻常是活潑跳動的。

五

現在該說第三個不同型的詩人李白〔一〕了。白的詩，縱橫馳騁，若天馬行空，無跡可尋；若燕子追逐於水面之上，倏忽西東，不能羈縶。有時極無理，像『愁來白髮三千丈』，有時又似極幼稚可笑，像『願餐金光草，壽與天齊傾』（古風，）但那都無害他的詩的純美。他的詩如遊絲，如落花，輕雋之極，卻不是言之無物；如飛鳥，如流星，自由之極，卻不是沒有軌轍；如俠少的狂歌，農工的高唱，粗豪之極，卻不是沒有腔調，他是蓄儲着過多的天才的，隨筆揮寫下來，便是晶光瑩然的珠玉，在音調的鏗鏘上，他似尤有特長。他的詩篇幾乎沒有一首不是『擲地作金石聲』的，尤其是他的長歌，幾乎個個字都如『大珠小珠落玉盤』，吟之使人口齒爽暢，若不可中止。

但他是遠於人間的，他是徹頭徹尾的一個不省事的詩人；他也寫出塞詩，他也作閨怨辭，但似都不深入。他早年是一位『長安』的遊俠少年，中年是一位行止不檢的酒的詩人，晚年是一位落魄不羈的眞實的『醉翁』，相傳他是死於醉後的落水的。他從中年起便把

〔一〕李白見舊唐書卷一百九十下文苑下，新唐書卷二百二文藝中。

少年的意氣都和酒精一同的蒸發於空中去了。他好神仙，他愛說長生上天等等的瘋話。那也大約都是醉後的狂吟罷。他的少年的意氣，便這樣的不結實於地上，而騁馳於天府之上。[三]

他的詩是在飄逸以上的；有人說他的詩是『仙』的詩，但仙人似決不會有他那末狂放，我們勉強的可以說他的詩的風格是豪邁；聯合了清逸的他是高適，岑參，又加上了王維，孟浩然的他恰好代表了這一個音樂的詩的奔放的黃金時代。在我們的文學史上，沒有第二個像開天的萬流輻輳，不名一軌的時代，也沒有第二個像李白似的那末同樣的作風的他是不可摸擬的！[二]

白字太白，隴西成紀人，或曰山東人，或曰蜀人。他少有逸才，志氣宏放，初隱岷山，益州刺史蘇頲見而異之，道：『是子天才英特，可比相如。』天寶初，到長安，見賀知章。知章見其文，

[一]李太白集三十卷，清繆曰芑仿宋刻本；分類補註李太白集三十卷，楊齊賢蕭士贇註，元刊本，明刊本，
四部叢刊本李太白詩集註三十六卷，清王琦註，乾隆刊本。

嘆道：『子謫仙人也。』乃解金龜換酒，終日相樂。言於明皇，召見金鑾殿，奏頌一篇。帝賜食，親爲調羹。有詔供奉翰林，白猶與酒徒飲于市。帝坐沈香亭子，意有所感，欲得白爲樂章，召入而白已醉。左右以水頮面，稍解，援筆成文，婉麗精切。白嘗侍帝，醉，使高力士脫靴。力士恥之，乃讒於楊貴妃。白自知不爲親近所容，懇求還山。帝賜金放還。乃浪跡江湖，終日沈飲。後永王李璘辟白爲僚佐。璘以謀亂敗，白坐長流夜郎。會赦得還。依族人陽冰於當塗，卒（701——762）。相傳他是於度牛渚磯時，醉後入水中捉月而被溺死的。元人王伯成作李太白流夜郎雜劇，乃有白入水中，爲龍王所迎去之說。明馮夢龍所輯的警世通言裏，也有李謫仙醉草嚇蠻書的平話一篇。白的生平，是久已成爲傳說的一個中心的。白有與韓荊州書，自敘早年的生平甚詳。他喜縱橫擊劍，爲任俠，輕財好施。嘗客任城，與孔巢父，韓準，裴政，張叔明，陶沔，居徂徠山中，日沈飲，號竹溪六逸。在長安時，又與賀知章，李適之，王璡，崔宗之，蘇晉，張旭，焦遂爲飲酒八仙人。他晚年與杜甫交尤善。然二人的作風却是很不相同的。他的作風，最能於長歌中表現出來。像行路難：

醉興 李白

江風索我狂吟，山月笑我酣飲。醉臥松竹梅林，天地藉爲衾枕

從明刊本唐詩畫譜

江畔獨步尋花

杜甫

黃四孃家花滿蹊，
千朵萬朵壓枝低。
留連戲蝶時時舞，
自在嬌鶯恰恰啼。

從明刊本唐詩畫譜

（西諦藏）

金樽清酒斗十千，玉盤珍羞直萬錢。停杯投筯不能食，拔劍四顧心茫然。欲渡黃河氷塞川，將登太行雪滿山。閑來垂釣碧溪上，忽復乘舟夢日邊。行路難，行路難，多岐路，今安在！長風破浪會有時，直挂雲帆濟滄海。大道如青天，我獨不得去。羞逐長安社中兒，赤鷄白狗賭梨栗。彈劍作歌奏苦聲，曳裾王門不稱情。淮陰市井笑韓信，漢朝公卿忌賈生。君不見昔時燕家重郭隗，擁篲折節無嫌猜。劇辛樂毅感恩分，輸肝剖胆效英才。昭王白骨縈爛草，誰人更掃黃金台！行路難，歸去來！

像北風行：『唯有北風怒氣天上來，燕山雪花大如席，片片吹落軒轅台，』少年行：『看取富貴眼前者，何用悠悠身後名，』經亂離後天恩流夜郎憶舊遊書懷贈江夏韋太守良宰：『學劍翻自哂，爲文所何成。劍非萬人敵，文竊四海聲。兒戲不足道，五噫出西京！』廬山謠：『我本楚狂人，鳳歌笑孔丘，』夢遊天姥吟留別：『天台四萬八千丈，對此欲倒東南傾。我欲因之夢吳越，一夜飛度鏡湖月。』蜀道難：『連峯去天不盈尺，枯松倒挂倚絕壁。飛湍瀑流爭喧豗，砯崖轉石萬壑雷。』將進酒：『君不見黃河之水天上來，奔流到海不復迴，君不見

第二十五章　開元天寶時代　四一七

高堂明鏡悲白髮，朝如青絲暮成雪。人生得意須盡歡，莫使金樽空對月！』等等，都是氣吞斗牛，目無齊梁的。他騁其想像的飛馳，盡其大胆的遣辭，一點也不受什麼拘束，一點也不顧忌什麼成法，所以能夠狂言若奔川赴海，滔滔不已，雖時若『言大而誇』，卻並不是什麼虛矯的誇大。有他的這樣的天才，這樣的目無古作，才可以說是：『自從建安來，綺麗不足珍』。(古風)他誠是獨往獨來於古今的歌壇上的。

他的短詩，雋妙的也極多，幾乎沒有一首不是爽口悅耳的，卻又具具着渾重之致，一點也不流於浮滑。又，在其間，關于酒的歌詠是特多。像前有一樽酒行：

春風東來忽相過，金樽淥酒生微波。落花紛紛稍覺多，美人欲醉朱顏酡。青軒桃李能幾何，流光欺人忽蹉跎。君起舞，日西夕，當年意氣不肯平，白髮如絲歎何益！

像月下獨酌『花間一壺酒，獨酌無相親。舉杯邀明月，對影成三人』，像山中與幽人對酌，『我醉欲眠卿且去』，像自遣『對酒不覺暝，落花盈我衣。醉起步溪月，鳥還人亦稀！』等等。其都是他像越中覽古『宮女如花滿春殿，如今惟有鷓鴣飛，』早發白帝城：『兩岸猿聲啼不盡，輕舟已過萬重山』等等，也都是七言絕句裏的最高的成就。如烏夜啼，烏棲曲等，也都是冷雋之氣森森逼人。

六

高適年過五十，始學爲詩，即工；以氣質自高，多胸臆間語。他雖沒有王維，孟浩然的澹遠，李白的清麗奔放，卻自有一種壯激緻密的風度，爲王孟他們所沒有的。適〔一〕字達夫，一字仲武，滄州人。少性拓落，不拘小節。恥預常科，隱跡博徒，才名便遠。後舉有道，授封丘尉，不幾，哥舒翰表掌書記。後擢諫議大夫，負氣敢言，權近側目。李輔國忌其才，蜀亂，出爲蜀，彭二州刺史，遷西川節度使，還爲左散騎常侍。永泰初卒（700?——765）有集。〔二〕他尙氣節，語王霸，袞袞不厭。遭時多難，以功名自許。嘗過汴州，與李白杜甫會酒酣登吹台，慷慨悲歌，臨風懷古。中間唱和頗多。他的詩也到處都顯露出以功名自許的氣概。他不談窮說苦，

〔一〕高適見舊唐書卷一百十一。　〔二〕高常侍集十卷明刊本；四部叢刊本（八卷）。

不使酒罵坐，不故爲隱遁自放之言，不說什麼上天下地，不落邊際的話；他是一位『人世間』的詩人，是一位顯達的作家。開天以來，凡詩人皆窮，顯達者惟適一人而已。爲的是一位慷慨自喜的人，又是一位屢次獨當方面的人物，所以他的作風，於舒暢中又透着壯烈之致；於積極中更露着企勉之意。像『窮達自有時，夫人莫下淚』（效古贈崔二），知君不得意，他日會鵬搏』（東平留贈狄司馬）『男兒爭富貴，勸爾莫遲迴』（宋中遇劉書記有別）等，自非若『不才明主棄』一類的失意人語。他的詩每一篇已，好事者輒傳播吟玩。他的最高的成就，像七言絕句中的：

危冠廣袖楚宮妝，獨步閑庭逐夜涼。自把玉釵敲砌竹，清歌一曲月如霜。——聽張立本女吟

十里黃雲白日曛，北風吹雁雪紛紛。莫愁前路無知己，天下誰人不識君！——別董大

又像五言的登五丈峯；『漢壘青冥間，胡天白雪掃。憶昔霍將軍，連年此征伐』塞上，『總

戎掃大漠，一戰擒單于。常懷感激心，願効縱橫謨。』自淇涉黃河途中作：『北風吹萬里，南雁不知數。歸意方浩然，雲沙更迴互。』等等，都頗足以窺見他的慷慨壯烈的風格來。

七

岑參〔一〕是開天時代最富于異國情調的詩人。王維的友人苑咸善於梵語，可惜其詩傳者不多，未見其曾引梵詩的風趣到漢詩中來。岑參卻是以秀挺的筆調，介紹整個的西陲、熱海給我們的。唐詩人詠邊塞詩頗多，類皆捕風捉影，他卻自句句從體驗中來，從閱歷裏出。以此，他一邊具有高適的慷慨壯烈的風格，一邊卻較之更爲深刻雋削，富于奇趣新情。他南陽人，文本之後。天寶三年進士及第。後出爲嘉州刺史。杜鴻漸表置安西幕府，以職方郎兼侍御史領幕職。流寓不還，遂終於蜀。他累佐戎幕，往來鞍馬烽塵間十餘載，極征行離別之情。城障塞堡，無不經行。他的詩便在這樣的環境中寫出。論者謂參詩『辭意清切，

〔一〕岑嘉州詩四卷有明刊本；四部叢刊本。

迴拔孤秀，多出佳境。每一篇出，人競傳寫，比之吳均，何遜，』或又謂他『放情山水，故常懷逸念，奇造幽致，所得往往超拔孤秀，度越常情，與高適風骨頗同，讀之令人慷慨懷感。』其實，他的所得，似尤出于吳均，何遜及高適，清拔孤秀的風格雖同，而他的題材，卻不是他們所能有的；這特殊的異國的情調，給他的詩以另一般的風趣與光彩。像天山雪歌：『北風夜捲赤亭口，一夜天山雪更厚。……將軍狐裘臥不煖，都護寶刀凍欲斷，』火山雲歌：『火雲滿山凝未開，飛鳥千里不敢來。繚繞斜吞鐵關樹，氛氳半掩交河戍。』銀山磧西館：『銀山磧口風似箭，鐵門關西月如練，』贈酒泉韓太守：『酒泉西望玉關道，千山萬磧皆石草。』優鉢羅花歌：『葉六瓣，花九房，夜掩朝開多異香，』宿鐵關西館：『馬汗踏成泥，朝馳幾萬蹄。雪中行地角，火處宿天倪。』經火山：『赤焰燒虜雲，炎氛蒸塞空，』熱海行：『側聞陰山胡兒語，西頭熱海水如煑』等等，是風，是沙，是雪，是火雲，是熱海，這些，都是第一次方被連續的捉入我們的詩裏的罷。在『終日風與雪，連天沙復山』（寄宇文判官）『秋來唯有雁，盡夏不聞蟬。再拂氈牆濕，風搖毳幕羶』。（首秋輪台）的境地裏，自然是會有另一種的情趣的。他的七言絕句，像趙將軍歌：

九月天山風似刀，城南獵馬縮寒毛。將軍縱博場場勝，賭得單于貂鼠袍。

寫邊塞將士們的生活是極爲活躍的，又像磧中作：

走馬西來欲到天，辭家見月兩回圓。今夜不知何處宿，平沙萬里絕人烟。

大約是他第一次『走馬西來』的所作罷。其他像山房春事二首：

風恬日煖蕩春光，戲蝶遊蜂亂入房。數枝門柳低衣桁，一片山花落筆牀。

梁園日暮亂飛鴉，極目蕭條三兩家。庭樹不知人死盡，春來還發舊時花。

請調與他作甚異，但這表白了我們的詩人，也不是不會寫作那末清雋可喜之篇什的。

八

這五位詩人們之外，還有王昌齡，儲光羲，常建，王灣，崔顥，王之渙，祖詠，李頎等若干人；他們都不是依花附草的小詩人們，他們也都是各具特殊的作風，騁馳於當世而不稍爲他人屈的。

王昌齡〔一〕字少伯，京兆人，與高適，王之渙齊名，而昌齡獨有『詩天子』的稱號。他登開元十五年進士第，爲江寧丞，後因不護細行，貶龍標尉卒。他的詩緒密思精，多哀怨清溢之作。『秦時明月漢時關』（出塞）傳誦最盛，實非其至者。像采蓮曲：『亂入池中看不見，聞歌始覺有人來』，長信秋詞：『玉顏不及寒鴉色，尤帶昭陽日影來』；閨怨『閨中少婦不知愁，春日凝妝上翠樓』，芙蓉樓送辛漸：『洛陽親友如相問，一片冰心在玉壺』等，才足以代表他的作風罷。他作七言絕句甚多，也是最成功者的一個。

王之渙并州人，與兄之咸，之賁，皆有文名。天寶間與王昌齡，崔國輔，鄭昈聯唱迭和，名動一時。集異記載：一日天寒微雪，之渙和高適，王昌齡三詩人共詣旗亭貰酒小飲，聽梨園伶官唱詩。三詩人的所作皆爲所唱，及獨妓中之最佳者，乃唱之渙的『黃河遠上白雲間，一片孤城萬仞山』（涼州詞）一詩。明清戲曲家以旗亭記爲名的演此事之劇本不止一二

〔一〕王昌齡見舊唐書卷一百九十下文苑下，新唐書卷二百三文藝下。

本而已。

儲光義〔一〕兗州人，登開元中進士第，歷監察御史。祿山亂後，坐陷賊貶官。光義詩傳者頗多，殊有玉石雜混之感。像洛陽道：

洛水春冰開，洛城春水綠。朝看大道上，落花亂馬足。

等小詩，似是他較好的成就。

常建〔二〕在殷璠的河嶽英靈集中，爲所錄二十四詩人們之冠。建開元中進士第，大歷中爲盱眙尉。論者謂他的詩『似初發通莊，却尋野徑百里之外，方歸大道。其旨遠，其興僻。佳句輒來，唯論意表』。像他的『松際露微月，淸光猶爲君』（宿王昌齡隱居）『戰餘落日黃，軍敗鼓聲死』（弔王將軍墓）『曲逕通幽處，禪房艸木深。山光悅鳥性，潭影空人心』（題破山寺後禪院）；都是足當『其旨遠，其興僻』之譽的。

〔一〕儲光義詩五卷有雍正刊本。 〔二〕常建集三卷有汲古閣本，明刊本（二卷）。

第二十五章 開元天寶時代 四二五

崔顥[一]汴州人，開元十一年登進士第。累官司勳員外郎。天寶十三年卒。他少年爲詩，多浮豔語，晚乃風骨凜然，奇造往往並驅江、鮑。後遊武昌，登黃鶴樓，感慨賦詩道：『黃鶴一去不復返，白雲千載空悠悠。』及李白來，道：『眼前有景道不得，崔顥題詩在上頭。』無作而去。顥好蒲博嗜酒，娶妻擇美者，稍不愜，即棄之，凡易三四。他苦吟詠，當病起清虛，友人戲之道：『非子病如此，乃苦吟詩瘦耳。』遂爲口實。今傳顥詩，仍以豔體爲多。像長干曲：

君家住何處？妾住在橫塘。停船暫相問，或恐是同鄉。

神情大類子夜讀曲。他的歌行，像贈王威古『春風吹淺草，獵騎何翩翩』，行路難：『萬萬長條拂地垂，二月三月花如霰』，渭城少年行，『長安道上春可憐，搖風蕩日曲江邊』等都是很暢麗的。

王灣洛陽人，登先天進士第。終洛陽尉。他文名早著，其『海日生殘夜，江春入舊年』（江南意）之句當時稱最，張說至手題於政事堂。

[一]崔顥見舊唐書卷一百九十文苑下，新唐書卷二百二文藝中。

李頎東川人家於潁陽，擢開元十三年進士第，官新鄉尉。王世貞謂：『盛唐七言律，老杜外，王維，李頎，岑參耳。』但他的七絕，像野老曝背：

　　百歲老翁不種田，惟知曝背樂殘年。有時捫虱獨搔首，目送歸鴻籬下眠。

也有獨特的風趣。

祖詠，洛陽人，登開元十二年進士第，與王維友善。有司嘗試以終南望餘雪，詠賦道：『終南陰嶺秀，積雪浮雲端。林表明霽色，城中增暮寒。』僅此四句，就交了卷，或詰之，他道：『意盡！』

又有孫逖，河南人，開元中進士，終太子詹事；崔國輔，吳郡人，爲禮部員外郎，後坐事貶晉陵郡司馬；盧象字緯卿，汶水人，以受祿山僞署，貶永州司戶；王翰字子羽，晉陽人，登進士第。爲仙州別駕。日與才士豪俠飲樂遊畋，坐貶道州司馬卒；綦毋潛字孝通，荊南人，終著作郎；崔曙，宋州人，少孤貧，不應薦辟，苦志高吟；薛據，荊南人，終水部郎中；沈千運，吳興人，數應舉不第；孟雲卿，關西人，仕終校書郎；賈至字幼鄰，洛陽人，開元中爲起居舍人，大曆初爲京兆尹，右散騎常侍；劉眘虛、江東人，天寶時官夏縣令，皆以能詩名，而王翰的涼州詞：『葡萄美酒夜光杯，』尤盛傳人口。

參考書目

一，全唐詩　有揚州詩局原刊本，有同文書局石印本。

二，唐百名家詩　席世臣刊本。

三，唐四家集　明仿宋刊本，同文書局石印本。

四，唐五十家小集　元和江氏仿宋刊本。

五，唐才子傳　辛文房著，日本佚存叢書本。

六，唐詩紀事　宋計有功著，有清刊本，石印本。

七，全唐詩話　宋尤袤著，有歷代詩話本。

八，唐詩癸籤　明胡震亨著，有明刊本。

第二十六章　杜甫

杜甫的時代——安史大亂與詩人的覺醒——杜甫的生平——他的詩的三個時代——『李邕願識面』的時代——安史亂中的所作——詩人的苦難與時代的苦難——真實的偉大的精神——晚年的恬靜的生活——具着赤子之心的詩人——大歷詩人們——韋應物與劉長卿——詼諧詩人顧況——李嘉祐皎然等——大歷十子才——戎昱戴叔倫及二包等。

一

杜甫既歸不到上面開元天寶的時代，也歸不到下面的大歷十子的時代裏去。杜甫是在天寶的末葉到大歷的初期，最顯出他的好身手來的，這時代有十六年（公元七五五——七七〇年）。我們可以名此時代爲杜甫時代。這時代的大樞紐，便是天寶十四年

〈公元七五五年〉十一月的安祿山的變亂。這個大變亂，把杜甫鍾鍊成了一個偉大的詩人，這個大變亂也把一切開元，天寶的氣象都改換了一個樣子。

開天有四十年的昇平，所謂『兵氣銷爲日月光』者，差可擬之。然昇平既久，人不知兵。霹靂一聲，忽然有一個大變亂無端而起。安祿山舉兵於漁陽，統蕃漢兵馬四十餘萬，浩浩蕩蕩，投奔長安而來，破潼關，陷東京，如入無人之境。第二年的正月，他便稱帝，六月，明皇便倉皇奔蜀。等到勤王的兵集合時，主客之勢，差不多是倒換了過來。又一年，安祿山被殺，然兵事還不曾平定。自此天下元氣大傷，整個政治的局面，完全改了另一種式樣。中央政府漸漸失去了控御的能力，驕兵悍將，人人得以割據一方，自我爲政。所謂藩鎭之禍，便自此始。杜甫便在這個兵連禍結，天下鼎沸的時代，在將自己所身受的，所觀察到的，一一捉入他的苦吟的詩篇裏去。這使他的詩，被稱爲偉大的『詩史』。差不多整個痛苦的時代，都表現在他的詩裏了。

這兩個時代太不相同了；前者是『曉日荔枝紅』『霓裳羽衣舞』，沈酣於音樂，舞蹈，醇酒，婦人之中留連於山光水色之際園苑花林之內不僅一人之上的皇帝如此，即個個平民們也無不如此。金龜換酒旗亭畫壁詩人們更是無思無慮的稱心稱意的在宛轉的歌唱着。雖有愁歎，那卻是輕呷，那卻是沒名的感慨，並不是什麼深憂劇痛。雖有悲歌，那卻是出之於無聊的人生的苦悶裏的，卻是嘆息於個人功名利達的不遂意的。但在後者的一個時代裏卻完全不對了！漁陽鞞鼓，驚醒了四十年來的繁華夢，開天的黃金時代的詩人們個個都飽受了刺激，他們不得不把迷糊的醉眼，回顧到人世間來。他們不得不放棄了個人的富貴利達的觀念而去罣念到另一個痛苦的廣大的社會。他們不得不把無聊的歌唱停止了下來，而執筆去寫另一種的更遠為偉大的詩篇；他們不得不把吟風弄月，遊山玩水的清興遏止住了，而去西奔東跑，以求自己的安全與衣食。於是全般的詩壇的作風，也都變更了過來。由天際的空想，變到由人間的寫實；由祗有個人的觀念，變到知道顧及社會的苦難；由寫山水的清音，變到人民的流離痛苦的描狀。這豈止是一個小小的改革而已。杜甫便是全般代表了這個偉大的改革運動的。他是這個運動的先鋒，也是這個運動的主將。

二

杜甫〔一〕字子美，京兆人。是唐初狂詩人審言的孫子。家貧，少不自振，客於吳越，齊，趙間。李邕奇其材，嘗先往訪問他。舉進士不中第。困長安。天寶三年獻三大禮賦於明皇。帝奇之，使待詔集賢院。命宰相試文章。擢河西尉。不拜。改右衛率府胄曹參軍。數上賦頌，高自稱道。他這時似極想做鳴朝廷之盛的一位宮庭詩人。〔二〕但祿山之亂跟着起來了。他的太平詩人的夢被驚醒了。跟了大陣朝臣，避難於三川。肅宗立，自鄜州羸服欲奔行在。為賊所得。至德二年，亡走鳳翔，上謁，拜左拾遺。嘗因救護房琯之故，幾至得罪。時天下大亂，所在寇奪。

〔一〕杜甫見舊唐書卷一百九十下文苑下，新唐書卷二百一文藝上杜審言傳。

〔二〕集千家註杜詩二十卷，元高楚芳編，明許自昌刊本，清刊本；杜詩評注二十五卷，清仇兆鰲注，康熙刊本，通行本；杜詩鏡銓二十卷，楊倫注，通行本，鉛印本；四部叢刊影印宋本。

甫家寓鄜，彌年艱窶，孺弱至餓死。因許甫自往省視。從還京師，出爲花州司功叅軍。關輔飢，輒棄官去。客秦州，負薪拾橡栗自給。流落劒南，營草堂成都西郭浣花溪。召補京兆功曹叅軍，不至。會嚴武節度劒南西川，因往依之。武再帥劒南，表爲參謀檢校工部員外郎。武以世舊，待甫甚厚。相傳甫對武頗無禮，一日，醉登武床，瞪視道：『嚴挺之乃有此兒！』武心銜之。欲殺之，其母力救得免。但此說不大可靠。嚴杜交誼殊厚，甫集中贈武詩至三十餘篇之多，皆有知己之感，而武死，甫爲詩哭之尤慟。當決不至有此事的。武死後，甫往來梓夔間。大歷中，出瞿塘，沂沅湘以登衡山。因客耒陽，遊嶽祠。大水暴至，涉旬不得食。縣令具舟迎之，乃得還。爲設牛炙白酒，大醉，一夕卒，年五十九。(712—770)

他的生平，可以分爲三個時代，他的詩也因之而有三個不同的作風。第一期是安祿山亂前(公元七五五年前)。這時，他正是壯年，頗有功名之思，很想做一個『致君堯舜上』的重臣，不獨要成一個不朽的詩人而已。他又往往薰染了時人的誇誕之習，爲詩好高自稱道；像：『讀書破萬卷，下筆如有神，賦料楊雄敵，詩看子建親。李邕求識面，王翰願卜鄰。自謂頗挺出，立登要路津。致君堯舜上，再使風俗醇。』（奉贈韋左丞丈）這不能怪他，凡唐人差不多莫不如此。在這時，他的詩已是充分的顯露出他的天才。但像樂遊園歌：『此身飲罷無歸處，獨立蒼茫自詠詩！』像官定後戲贈：『耽酒須微祿，狂歌托聖朝。』其情調與當時一般的詩人，若李白孟浩然等，是無殊的。

到了第二期，即從安史亂後到他入蜀以前（公元七五五—七五九年）他的作風卻大變了。在這短短的五年間，他身歷百苦，流離遷徙，刻不寧息。極人生的不幸，而一般社會所受到的苦難，更較他為尤甚。他的情緒因此整個的轉變了，他便收拾起個人利祿的打算，換上了一副悲天憫人的心腸。他遠離開了李白孟浩然他們的同伴，而獨肩起苦難時代的寫實的大責任來。雖祗短短的五年，而他是另一個人了，他的詩是另一種詩了。在他之前，那末偉大的悲天憫人之作從不曾出世過；在他之後，才會有白居易他們產生出來。他的影響是極大的！在這五年裏，他留下了一百四十幾首詩，差不多總有一半是歌詠這次的大變亂的。我們不曾看見過別一個變亂的時代曾在別一位那末偉大的詩人的篇什裏留下更深刻更偉大的痕迹過！

他在這時代所寫的歌詠亂離的詩，仍以寫自身所感受的爲最多。好容易亂中脫賊而赴鳳翔，喜達行在所：『眼穿看落日，死心著寒灰。所親驚老瘦，辛苦賊中來。』然而家信還渺然呢！他的憶家之作，是寫以血淚的。後來回家了，他回到家中時的情形，是很可痛的；北征：『經年至茅屋，妻子衣百結。慟哭松聲回，悲泉共幽咽。平生所嬌兒，顏色白勝雪。見耶背面啼，垢膩脚不韤。牀前兩小女，補綻才過膝。海圖坼波濤，舊繡移曲折。天吳及紫鳳，顚倒在裋褐。』後來和家人同在遷徙流離着了，然而又苦飢寒，百憂集行：『入門依舊四壁空，老妻覩我顏色同癡兒。未知父子禮，叫怒索飯啼門東。』乾元中寓居同谷縣作歌七首，是總寫他的窮困的生活和家庭的生死流離的。他自己是：『歲拾橡栗隨狙公，天寒日暮山谷裏。中原無主歸不得，手脚凍皴皮肉死。』是手把着白木柄的長鑱，掘黃精以爲食，然雪盛，黃精無苗，只得空手與長鑱同歸：『男呻女吟四壁靜。』有弟在遠方，『三人各瘦何人强。生別展轉不相見，胡塵暗天道路長！』有妹在鍾離，婿沒遺諸孤，已是十年不相見了。在這樣的境地裏，恰好又是『四山多風溪水急，寒雨颯颯枯樹濕，黃蒿古城雲不開，玄狐跳梁黃狐立』，能不興『我生何爲在窮谷，中夜起坐萬感集』之嘆麼？

但他究竟是一位心胸廣大的熱情的詩人，不僅對於自己的骨肉，牽腸罣腹的憶念着，且也還推己以及人，對於一般苦難的人民，無告的弱者，表現出充分的同情來。茅屋爲秋風所破歌最足以見出這個偉大的精神：『布衾多年冷似鐵，嬌兒惡臥踏裏裂。牀頭屋漏無乾處，雨脚如麻未斷絕。自經喪亂少睡眠，長夜霑濕何由徹。』因了自己的苦難，忽然的發出一個豪念：『安得廣廈千萬間，大庇天下寒士俱歡顏，風雨不動安如山。嗚呼！何時眼前突兀見此屋，吾廬獨破受凍死亦足！』天下寒士們如果都有所庇了，自己便『吾廬獨破受凍死亦足！』這是甚等的精神呢！釋迦，仲尼，耶穌還不是從這等偉大的精神出發的麼？

他所寫當時一般社會社會的苦難的情形，可於新安吏，潼關吏，石壕吏，新婚別，垂老別，無家別等作中見之。新安吏，石壕吏，新婚別，垂老別所敘的都是徵兵徵役的擾苦。『客行新安道，喧呼聞點兵。……肥男有母送，瘦男獨伶俜。白水暮東流，青山聞哭聲。莫自使眼枯，收汝淚縱橫。眼枯即見骨，天地終無情！』這是集丁應徵的情形。但農民們是往往躲藏了以避徵發的，於如『石壕吏』者便不得不於夜中捉人。『老翁踰牆走』了，力衰的老嫗只好『請從吏夜歸，急應河陽役。』在這些被徵發的丁男裏，有的是新婚即別的。於『沈痛迫中腸』裏，新婦還不得不安慰她的夫婿道：『勿爲新婚念，努力事戎行。』連老翁也不得不去。『子孫陣亡盡，焉用身獨完！』於是他遂『投杖出門去，長揖別上官』，也願不得『老妻臥路啼』了。像這種的情形，是大殊於『祈戰死』的送別的。他在天寶十年所作的兵車行，也是寫這種生離死別的情形的；『生女猶得嫁比隣，生男埋沒隨百草，』誠也是沈痛之至的詛咒！但較之新安吏等篇，似尤未臻其深刻。人類的互相殘殺是否必不得已的呢？驅和平的農民們市人們，教他們無故的執刀去殺人是否發狂的舉動？民族的防禦戰，尚有被視爲無意識者，何況是內亂中的相斫。一九一四年的歐洲大戰，產生了不少的非戰文學出來。安史之亂也產生了杜甫的這些偉大的詩篇。不過甫祇是替被徵發的平民們說話，對於戰爭的本身他還沒有勇氣去直捷的加以攻擊，加以詛咒。他的潼關吏是敘述士卒築潼關城的情形的；頗寓勸誡意：『請囑防關將，愼勿學哥舒。』這樣的風格後來便爲白居易的『新樂府』所常常襲用。無家別是敘述亂後人民歸家時的情形的，『寂寞天寶後，園廬但蒿藜。我里百餘家，世亂各東西。存者無消息，死者爲塵泥。』這場大亂，眞的把整個社會的基礎都震撼得倒蹋了。

第三期是從他於乾元二年的冬天到成都起，直到他的死爲止。（公元七五九—七七〇年）中間雖也曾由蜀播遷出來，但生活究竟要比第二期安定，舒服。所以他這十一年中的詩，往往都是很恬靜的，工緻的，蒼勁的，與中年時代的血脈僨張，痛苦呼號者不同。雖也有痛定思痛之作，但不甚多。爲了生活的比較安定，所以這時代的詩寫得最多，幾要占全集的十分之七八以上。在這時，他似又恢復了從容遊宴之樂。他的浣花里的居宅似頗適意。可望見江流，又種竹植樹，以增其趣。他縱酒嘯詠，與田夫野老相狎蕩，無拘檢。秋興八首，爲這時期的代表作。茲錄其一：

聞道長安似奕棋，百年世事不勝悲。王侯第宅皆新主，文武衣冠異昔時。直北關山金鼓振，征西車馬羽書遲。魚龍寂寞秋江冷，故國平居有所思。

他似仍未忘懷於國家的大事。

三

他是一位眞實的偉大的詩人；不惟心胸的闊大，想像的深邃，異乎常人，即在詩的藝術一方面，也是最爲精工周密，無瑕可擊的。『文章千古事，得失寸心知。』他是執持着那末愼重的態度來寫作的，而他的寫作又是那末樣的專心一意，『語不驚人死不休，』故所作都是經由千錘百鍊而出，而且是屢經改削的。（他自己有『新詩改罷自長吟』語。）他還常和友人們討論。（春日憶李白：『何時一尊酒，重與細論文。』）然而他還未必自滿；我們於『晚節漸於詩律細』一語，也可見其細針密縫的態度來罷。他最長於寫律詩，他的七言律，王世貞至以爲『聖』。他的五言律及七言歌行以至排律，幾無不精妙。在短詩一方面雖論者忽視之，但也有很雋妙的篇什，像漫成一絕：

江月去人只數尺，風燈照夜欲三更。沙頭宿鷺聯拳起，船尾跳魚潑剌鳴。

置之王，孟集中還不是最好的東西麼？所以後人於杜，差不多成了宗仰的中心，當他是一位『集大成』的詩人。雖他不五十年的元稹已極口的恭維着他：『至於子美，蓋所謂上薄風騷，下該沈，宋，言奪蘇，李，氣吞曹，劉，掩顏，謝之孤高，雜徐，庾之流麗，盡得古今之體勢，而兼人人之所獨專矣。使仲尼考鍛其旨要，尙不知貴其多乎哉。苟以爲能所不能，無可無不可，則詩人以來，未有如子美者！』韓愈也說：『李，杜文章在，光燄萬丈長！』

凡大詩人沒有一個不是具有赤子之心的。於杜甫尤信。他最篤於兄弟之情，而於友朋之際，尤爲純厚。他和李白是最好的朋友，集中寄白及夢白的詩不止二三見而已。李邕識他於未成名之時，故他感之最深，嚴武助他於避難之頃，故他哭之尤慟。（他有八哀詩歷叙生平已逝的友人）。

也爲了他是滿具着赤子之心的，故時時做着很有風趣的事，說着很有風趣的話。相傳有一天，他對鄭虔自誇其詩。虔猥道，『汝詩可已疾。』會虔妻痁作，語虔道：『讀吾「子璋髑髏血模糊，手提擲還崔大夫」立瘥矣。如不瘥，讀句某；未間，更讀句某。如又不瘥，雖和扁不能爲也。』他又有戲簡廣會文一篇：

廣文到官舍，繫馬堂階下。醉即騎馬歸，頗遭官長罵。才名四十年，坐客寒無氈。賴有蘇司業，時時與酒錢。

也是和鄭虔開玩笑的。鄭虔〔一〕是當時一位名士，有『鄭虔三絕』之稱，必定也是一位很有風趣的人物，惜他的詩僅傳一首，未能使我們看出其作風來。

四

杜甫死於大歷五年（公元七七〇年），他的影響要到了元和、長慶之間才大起來。大歷、貞元間的詩人們對於他似都無甚關係，他亂後僻居西川，死於耒陽；雖是時時得到京

〔一〕鄭虔見新唐書二百二文苑中。

城裏的消息，知道『同學少年皆不賤』卻始終不曾動過東遊之念。

現在，爲了方便計，姑將十幾位大歷的詩人們附於本章之後說着。

五七言詩的發展是很奇怪的，經了千百年的演化，只有一步步的向前推進，卻從不曾有過衰衰落的時代；變體是一天天的多了；詩律是一天天的細了；風格是一天天的更變幻了；詩緒是一天天的更深邃了。到了開元，天寶之時，體式與詩律是進展到無可再進展了；卻變了一個方向；作家們都在不同的風格底下，各自有長足的進展。王，孟，李，岑，高，風格各自不同，杜甫更與他們相異，其他無數的開天詩人們也都各自有其作風。照老規矩是，一種文體，極盛之後，便難爲繼。但五七言詩體卻出了這個常例之外。經過了開，天的黃金時代，她依然是在發展，在更深邃，更廣漠的擴充她的風格的領土。繼於其後的是大歷時代。大歷時代的詩人們很不在少數，其盛況未亞於開天。其中，最著者爲韋應物，劉長卿，顧況，釋皎然，李嘉祐，諸人，更有所謂大歷十才子者也在這個代的詩壇上活動着。

韋應物，京兆長安人，少以三衛郎事明皇。晚更折節讀書。建中三年，拜比部員外郎，出爲

閑居寄諸弟

韋應物

秋草生庭白露時，
故園諸弟益相思。
盡日高齋無一事，
芭蕉葉上獨題詩。

——從明刊本唐詩畫譜

（西諦藏）

十五夜望月 王建

中庭地白樹棲鴉，冷露無聲濕桂花。今夜月明人盡望，不知秋思落誰家？

從明刊本唐詩畫譜（西諦藏）

滁州刺史。久之，改左司郎中，又出爲蘇州刺史。應物性高潔，所在焚香掃地而坐，唯顧況，劉長卿，丘丹，秦系，皎然之儔得厠賓客，與之酬唱。〔一〕評者謂：其詩閑澹簡遠，人比之陶潛，稱陶，韋云。白樂天謂『韋蘇州五言高雅閒澹，自成一家之體。』蘇東坡也說：『樂天長短三千首，卻遜韋郎五字詩。』〔二〕應物風格雖閒遠，但與其說他近淵明，不如說他較近於孟浩然。眞實的淵明的繼人應是王維而非應物。他和浩然相同，往往喜用自然景物來牽合一來烘托自己的情緒。像：『流水赴大壑，孤雲還暮山，無情尚有歸，予行何獨難，』（擬古詩）『携酒花林下，前有千載墳。……聊舒遠世蹤，坐望還山雲。』（與友生野飲效陶體）；『天邊宿鳥生歸思，關外晴山滿夕嵐，立馬欲從何處別？都門楊柳正毿毿。』（送章八元秀才）等等都是。但像上皇三台：

不寐倦長更，披衣出戶行。月寒秋竹冷，風切夜窗聲。』

〔一〕韋蘇州集十卷，有汲古閣刊本，席氏刊本，項䌹翻刻宋本，四部叢刊本。〔二〕白蘇二人語，均見宋葛立方韻語陽秋引。

之類，却別有一種幽峭之趣。

劉長卿〔一〕字文房，官至隨州刺史。皇甫湜嘗道：『詩未有劉長卿一句，已呼宋玉爲老兵矣。』其爲人所重如此。每題詩不言其姓，但言長卿而已。因人謂：『前有沈，宋，王，杜，後有錢，郎，劉，李。』乃道：『李嘉祐，郎士元焉得與予齊稱耶！』長卿詩意境幽雋者甚多，像『柴門聞犬吠，風雪夜歸人』（逢雪宿芙蓉山主人）；『荒村帶返照，落葉亂紛紛。……野橋經雨斷，澗水向田分』（喜皇甫侍御相訪），『細雨濕衣看不見，閒花落地聽無聲』（別嚴士元）『春草雨中行徑沒，暮山江上捲簾愁』（漢陽獻李相公）等等，何減於淵明，右丞；惟往往貪多務得，未免時多雷同的想像，用此爲累耳。

顧況〔二〕字逋翁，蘇州人。至德進士。性詼諧；與之交者雖王公貴人，必戲侮之。竟坐此貶饒州司戶參軍。後隱茅山卒。皇甫湜序其集〔三〕道：『偏於逸歌長句，駿發踔厲，往往若穿

〔一〕劉隨州集十卷，有明活字版本，席氏刊本，四部叢刊本。　〔二〕顧況見舊唐書卷一百三十。

〔三〕顧況華陽集二卷，有明姚士達輯本，席氏刊本（五卷）。

天心，出月脅，意外驚人語。非常人所能爲，甚快意也！』這話並不是瞎恭維；就創作的勇氣上說來，他是遠在應物長卿以上的他什麼字都敢用，他什話都麼敢說：他不怕俗，不怕人笑；他不願意把很好的想像，很好的意思，葬送在『古雅』的墳墓之中。他有什麼便寫什麼。他並不是故意要求『語不驚人死不休』；他實在是落想便奇。有人單挑杜甫的幾首略帶詼諧的意味的詩來恭維，但像顧況才是眞實的詼諧詩人。在這一方面他是比之開天諸大詩人都更有成就的。人家都是苦吟的雅語，他卻是嘻嘻哈哈的在笑，對於一切都要調謔，像長安道：

長安道，人無衣，馬無草，何不歸來山中老？

像行路難：『君不見擔雪塞井空用力，炊砂作飯豈堪食，』『君不見古人燒水銀，變作北邙山上塵。藕絲掛在虛空中，欲落不落愁殺人』；又像范山人畫山水歌：

山崢嶸，水泓澄，漫漫汗汗一筆耕，一草一木棲神明，忽如空中有物，物中有聲；復如遠道望鄉客，夢遶山川身不行。

又像杜秀才畫立走水牛歌『江村小兒好誇驍，脚踏牛頭上牛領，淺草平田攃過時，大虫著鈍幾落井。』又像李供奉彈箜篌歌『指剝葱，腕削玉，饒鹽饒醬五味足。弄調人間不識名，彈盡天下崛奇曲。胡曲漢曲聲皆好，彈着曲髓曲肝腦。往往從空入戶來，瞥瞥隨風落春草。草頭只覺風吹入，風來草即隨風立。草亦不知風到來，風亦不知聲緩急。蒸玉燭，點銀燈，光照手，實可憎，只照箜篌弦上手，不照箜篌聲裏能。』又像古仙壇：

遠山誰放燒？疑是壇旁醮。仙人錯下山，拍手壇邊笑。

這些話有誰曾說過呢？典雅的詩人們恐怕連想都不敢想到罷。他的田園詩也和一般田園詩人們的詩不同：

帶水摘禾穗，夜擣具晨炊；縣帖取社長，嗔怪見官遲。——田家

板橋人渡泉聲，茆簷日午鷄鳴。莫嗔焙茶煙暗，却喜曬穀天晴。——過山農家

這樣的即情即景的話爲什麽別人便不說呢？更可怪的是上古之什補亡訓傳十三章裏的囝一章：

囝，哀閩也。（原註：囝音蹇；閩俗呼子爲囝，父爲郎罷。）

囝生閩方，閩吏得之，乃絕其陽。爲臧爲獲，致金滿屋；爲髡爲鉗，如視草木。天道無知，我罹其毒。神道無知，彼受其福。郎罷別囝，吾悔生汝。及汝既生，人勸不舉。不從人言，果獲是苦。囝別郎罷，心摧血下。隔地絕天，及至黃泉，不得在郎罷前。

這是最悲慘的一幅圖畫，卻出之以閩人的方言。到了現在，閩人還呼子爲『囝』，呼父爲『郎罷』，千年還不曾變。在方言文學裏這眞要算是最早的最重要的一頁。在那時，閩人還是被視爲化外的，故可以任『吏得之，乃絕其陽』，當作奴隸。他的哀歌，更是眞情流露。像傷子：

老夫哭愛子，日暮千行血。聲逐斷猿悲，跡隨飛鳥滅。老夫已七十，不作多時別。

白居易的詩，人以爲明白如話，婦孺皆知。像顧況的詩才是眞實的說話呢。他敢於應用俗語方言入詩，居易卻還不敢。

釋皎然名晝，姓謝氏，長城人，靈運十世孫，居杼山，文章儁麗。〔一〕因話錄載：皎然嘗謁韋應物，恐詩體不合，乃於舟中抒思作古體十餘篇爲贄，韋公全不稱賞。晝極失望。明日寫其舊製獻之。韋公吟諷，大加歎咏。因語晝云：『師幾失聲名！何不但以所工見投，而猥希老夫之意。人各有所得，非卒能致。』晝大伏其鑒別之精。這是很有趣的一件故事。

李嘉祐字從一，趙州人，大曆中爲袁州刺史，與劉長卿，冷朝陽，嚴維等爲友。高仲武說他『往往涉於齊梁，綺美婉麗，蓋吳均阿遜之敵也。』像詠螢：『映水光難定，陵虛體自輕。夜風吹不滅，秋露洗還明；』像雜興『花間昔日黃鸝轉，妾向青樓已生怨。花落黃鸝不復來，妾老君心亦應變』，都很有齊梁風趣。

秦系字公緒，會稽人，天寶末避亂剡溪。建中初住泉州南安。其後東度秣陵，年八十餘卒。南安人思之，號其山爲高士峯。權德輿道：『長卿自以爲五言長城，系用偏師攻之，雖老益壯』。系所作瘦脊而高雋，確是隱逸者之詩；像『游魚牽荇沒，戲鳥踏花摧，』(春日閑居)，『鳥

〔一〕杼山集有汲古閣刊本，

來翻藥椀，猿飲怕魚竿』（題石室山王宇所居），似都是苦吟而出之的。

嚴維字正文，越州山陰人，終秘書省校書郎；冷朝陽，金陵人，登大歷進士第，爲薛嵩從事。

五

所謂『大歷十才子』，唐書文藝傳指的是盧綸，吉中孚，韓翃，錢起，司空曙，苗發，崔峒，耿湋，夏侯審，及李端。江隣幾所志則多郎士元，李嘉祐，李益，皇甫曾，而無夏侯審，崔峒，及韓翃。凡十一人。嚴羽滄浪詩話所載，則又有冷朝陽。但在這十幾個詩人當中，値得稱道的也祇有錢起，郎士元，盧綸，韓翃，二李及皇甫曾耳。

錢起，〔一〕吳興人，天寶中舉進士，與郎士元齊名，時人稱之道：『前有沈，宋，後有錢，郎，』終考功郎中。高仲武稱其『詩格淸奇，理致淡遠。』他少年時和王維，裴迪爲友，故甚受他們的影響。像『山色不厭遠，我行隨處深』（遊輞川）；『返照亂流明，寒空千嶂淨』（題準上山

〔一〕錢考功集十卷，有明活字本，席氏刊本，四部叢刊本。

鶚若）等，皆是惟像『鳥道挂疎雨，人家殘夕陽，』『長樂鐘聲花外盡，龍池柳色雨中深』（高仲武所特舉者）等語未免雕斲的斧痕太顯露。

郎士元字君冑，中山人，天寶中擢進士第。歷右拾遺，出為郢州刺史。他的詩，流暢多趣，似當在錢起之上；像送張南史：

雨餘深巷靜，獨酌送殘春。車馬雖嫌僻，鶯花不棄貧。虫絲粘戶網，鼠跡印牀塵。借向山陽會，如今有幾人？

盧綸字允言，河中蒲人。建中初為昭應令；貞元中卒。

韓翃字君平，南陽人，侯希逸表佐淄青幕府，終中書舍人。本事詩有『章台柳』的一段故事，即為關於翃者；明人曾作為雜劇及傳奇。他長於絕句，像寒食：『春城無處不飛花，寒食東風御柳斜』等詩，皆頗傳誦人口。

李益〔一〕為盧綸的妹婿；他字君虞，姑臧人，大歷四年進士。長於歌詩〔二〕每一篇成樂

〔一〕李益見舊唐書卷一百三十七。　〔二〕李君虞集二卷有席氏刊本。

工爭以賂求取之，被聲歌供奉天子。又有寫征人歌，早行詩爲圖畫者。但益有心病，不見用，淪落久之後乃爲禮部尚書致仕卒。唐人將防有霍小玉傳，即敘益少年事。明湯顯祖也爲作紫簫紫釵二記。王世貞道：『絕句李益爲勝，韓翃次之。』

李端字正已，趙郡人，大歷中進士。官杭州司馬卒。他短詩佳者甚多。明暢如話，時有奇趣，像蕪城懷古：

風吹城上樹，草沒邊城路。城裏月明時，精靈自來去。

皇甫曾字孝常，丹陽人，天寶中登進士第。其兄冉，〔一〕字茂政，大歷初官至右補闕。二人並有時名，時人比之張氏景陽、孟陽。冉詩，高仲武最所稱賞，謂其：『可以雄視潘、張，平揖沈謝』。

吉中孚，鄱陽人，官戶部侍郎；司空曙字文初，廣平人，從韋皋於劍南，終虞部郎中；苗發終都官員外郎；崔峒終右補闕；耿湋終右拾遺；夏侯審終侍御史。

〔一〕皇甫冉見新書卷二百二文藝中。

六

「十才子」外，更有戴叔倫，戎昱，張繼及包何包佶等，也挺生於大歷之際，負一時詩人之望。

戴叔倫字幼公，潤州金壇人，爲撫州刺史，遷容管經略使，綏徠蠻落，威名遠聞。戎昱荊南人，建中中爲辰虔二州刺史。他的苦哉行（共五首）叙寫唐人利用蕃兵攻戰，結果是妻孥被擄，民間擾苦無已：

彼鼠侵我廚，縱狸授梁肉，鼠雖爲君却，狸食自須足。冀雪大國恥，翻是大國辱。羶腥逼綺羅，塼瓦雜珠玉。登樓非騁望，目笑是心哭。何意天樂中，至今奏胡曲。

這是杜甫所不及知所不曾寫的；別的詩人們却又是不敢放筆去寫。唐中葉利用蕃軍的成績，於他的此等詩中已沈痛的寫出，這是最好的史料，別的地方所不能得見的。

張繼字懿孫，襄州人，登天寶進士第，大歷末檢祠部員外郎。高仲武謂其『秀發當時，詩體清廻，有道者風』像歸山：

心事數莖白髮，生涯一片青山。空林有雪相待，古道無人獨還。

似頗可以證實仲武的評騭之的當。

包何及其弟佶為離子，皆能詩，世稱二包。何登天寶進士第，大曆中為起居舍人。他的詩像『雨痕連地綠，日色出林斑』（秋苔）是狀物工緻的。佶字幼正，也登天寶進士第。後為諸道鹽鐵輕貨錢物使，改祕書監，封丹陽郡公，為大曆諸詩人中最顯達者。其詩像對酒贈故人：

扶起離披菊，霜輕喜重開。醉中驚老去，笑裏覺愁來。月送人無盡，風吹浪不回。感時將有寄，詩思澀難裁。

轉折周旋，新意層叠，是大曆詩中罕遇的佳什。

參攷書目

一，全唐詩　有原刊本石印本。

二，全唐詩話 宋尤袤著，有歷代詩話本。
三，唐詩記事 宋計有功著，有清刊本，石印本。
四，唐才子傳 元辛文房著，有日本佚存叢書本。
五，唐百名家詩 席氏刊本。
六，五十唐人小集 仁和江氏影宋刊本。

第二十七章　韓愈與白居易

五七言詩風格的兩個極端的轉變——艱險與平易——韓愈與白居易——韓愈的詩——奇崛的創作——韓愈的同道者：盧仝，孟郊，賈島等——流暢如秋水的汎濫的白居易體——白氏的『新樂府』——偉大的敘事詩與抒情詩——元稹與李紳——劉禹錫，柳宗元與姚合——第三派的崛起：王建，張籍，李賀等——女流作家薛濤。

一

上面已經說過，五七言詩的格律到了大歷間，是已發展到無可再發展的了，其體式也已進步到無可再進步的了，詩人們祇有在不同作風底下，求他們自己的深造與變幻。但大歷的諸詩人，除了顧況一人外，其他『十才子』之流，皆沒有表現出什麼重要的獨特的風格出來他們彷彿都只在舊的詩城裏兜着圈子走；最大的原因是，沒的偉大的詩人出來，其才情够得上獨闢一個天地的。但過了不久，偉大的詩人們終於是產生了。其中最重要者便是韓愈與白居易。他們各得開闢了一個嶄新的詩的園地，各自率領了一批新的詩人們向前走去。他們完全變更過了『齊，梁』『沈，宋』乃至王，孟，李，杜，以來的風格；他們嘗試了幾個古人們所從不曾嘗試過的詩境，他們闢出了幾個古人所從不曾窺見的詩的園地。但他們卻是兩條路走着的；他們是兩個極端。韓愈把沈，宋，王，孟，以來的濫調，用艱險的作風一手拗轉過來；白居易則用他的平易近人，明白流暢的詩體，去糾正他們的庸熟。韓愈是向深處險處走去的；白居易是向平處淺處走去的。這使五七言詩的園苑裏更增多了兩朵奇葩；這使一般的詩的城國裏，更出現了兩種重要的嶄新的作風。

二

韓愈是一位古文運動的大將，他的詩似不大為人所重。當時孟郊的詩名，實較他為重；

韓愈

（從南薰殿舊藏聖賢畫冊故宮博物院特許借印）

白易居

從南薰殿舊藏、聖賢畫冊

（故宮博物院特許借印）

故有『孟詩韓筆』之稱。又宋人往往以爲柳子厚的詩工於退之。那大概是他的文名太大了，故把他的詩名也掩蔽住了。在他的同時，艱深險瘦的作風，把捉到者固不止他一人；像孟郊，賈島，盧仝之流，莫不皆然。但他的才情實遠在他們以上，如同在散文上一樣，他在詩壇上也是一位天然的領袖人物。

愈[一]字退之，南陽人。生三歲而孤，由嫂鄭夫人撫育。少好學。貞元二年（公元七八六年）始到京師。到貞元八年（公元七九二年）才登進士第。他頗銳意於功名，數投書於時相，皆不報。因離京到東都，後寧武節度使張建封聘他爲府推官。貞元十七年（公元八〇一年）調四門博士，遷監察御史。十九年以事貶陽山令。憲宗即位（公元八〇六年），爲國子博士，改都官員外郎。後裴度宣慰淮西，奏以愈爲行軍司馬。吳元濟平，入爲刑部侍郎。元和十四年（公元八一九年），憲宗遣使到鳳翔迎佛骨入宮。愈上表切諫，帝大怒，貶他爲潮州刺史。穆宗立（公元八二一年），召他爲國子祭酒，後又爲京兆尹，轉吏部侍郎。長慶

[一]韓愈，孟郊見舊唐書卷一百六十，新唐書卷一百七十六；並附盧仝，賈島，皇甫湜等。

四年卒。(768—824)年五十七。[一]

他的詩，和他的散文的作風很不相同。他在散文方面的主張，是要由艱深的駢儷回復到平易的『古文』，他打的旗幟是『復歸自然』的一類。但他的詩的作風卻不相同了，雖然同樣的持着的反對濃艷與對偶的態度，卻有意的要求險，求深，求不平凡；而他的才情的弘灝，又足以肆應不窮；其結果，便樹立了詩壇上的一個奇幟，一個獨創出來的奇幟。故他的散文是揚雄，班固，左傳，史記等等的模擬，他的詩卻是一個創作，一個嶄新的創作。他在詩一方面的成就，是要比他的散文為高明的。唐書謂他『為詩豪放，不避麤險，格之變，亦自愈始焉』。歲寒堂詩話說：『柳柳州詩字字如珠玉，精則精矣，然不若退之變態百出也。使退之收斂而為子厚，則易，使子厚開拓而為退之，則難矣。意味可學，而才氣則不可及也』。這許語頗為公允。他為了才氣的縱橫，故於長詩最為擅長，像南山詩是最著名的。他在其中連用五十幾個『或』字以形容崖石的奇態。其想像的奔馳，是遠較漢賦的僅以

[一]韓昌黎集四十卷，有東雅堂刊本，蘇州翻刻本，四部叢刊本；又編年昌黎詩注，方世舉注，雅雨堂本。

堆字爲工者不同的；

或連若相從，或蹙若相鬥，或妥若弭伏，或竦若驚雊，或散若瓦解，或赴若輻湊，或翩若船遊，或決若馬驟，或背若相惡，或向若相佑，或亂若抽筍，或嶕若注灸，或錯若繪畫，或繚若篆籀，或羅若星離，或蓊若雲逗，或浮若波濤，或碎若耡耨，或如賁育倫，賭勝勇前購先強勢已出，後鈍嗔誼譎。或如帝王尊，叢集朝賤幼，雖親不褻狎，雖遠不悖謬。或如臨食案，肴核紛飣餖，又如遊九原，墳墓包槨柩。或纍若盆甖，或揭若甑豆，或覆若曝鼈，或頹若寢獸，………

差不多把一切有生無生之物排捉進來當作形容的工具的了。又像嗟哉董生行：壽州屬縣有安豐，唐貞元時縣人董生召南隱居行義於其中……嗟哉，董生朝出耕，夜歸讀古人書，盡日不得息，或山而樵，或水而魚，』其句法是那樣的特異與不平常！沈括要說他，『韓退之詩乃押韵之文耳』了。在短詩方面，比較不容易施展這種非常的手段，但他也喜用奇字發奇論，像答孟郊：『名聲暫羶腥，腸肚鎮煎燘。古心雖自鞭，世路終難拗。弱拒喜張臂，猛弩閑縮爪。見倒誰肯扶？從嗔我須斅』又像晚寄張十八助教周郎博士：『日薄風景曠，出歸偃前簷。晴雲如擘絮，新月似磨鎌。』但他所刻意求工者，究竟還在長詩方面，他的許多長詩差不多個個字都現出斧鑿錘打的痕跡來，一句句也都是有刺，有角的；令人讀之，如臨萬丈削壁，如走危岩險徑，毛髮森然，汗津津然出，不敢一刻放鬆，不敢一步走錯，卻自有一個特殊的刺激與趣味。這是他的成功！

三

和他同道的，有盧仝，孟郊，賈島，劉叉，劉長史諸人；他們也都是刻意求工，要從險削，從寒瘦處立定足根的。盧仝，范陽人，隱居少室山，自號玉川子。[一]韓愈爲河南令，愛其詩，與之酬唱。後因宿王涯第，涯被殺，仝竟也罹禍。他的長詩像月蝕詩，也是險峻異常的，但工力的深厚，較韓愈卻差得多了；且設想也幼稚得可笑。短詩卻儘有很可愛的，像示添丁：『泥人

[一]玉川子集有清孫之騄編刊本，四部叢刊本。

孟郊

從南薰殿傳藏聖賢畫册

（古物陳列所特許借印）

賈島

——從南薰殿舊藏聖賢畫册

（古物陳列所特許借印）

哭聲呀呀。忽來案上翻墨汁，塗抹詩書如老鴉。父憐母惜摑不得，卻生癡笑令人嗟。』又像喜逢鄭三遊山：

相逢之處花茸茸，石壁攢峯千萬重。他日期君何處好，寒流石上一株松。

孟郊〔一〕字東野，湖州武康人。少隱嵩山，性介少諧合。韓愈一見爲忘形交。年將五十始得登進士第。調溧陽尉。鄭餘慶鎮興元，奏爲參謀，卒。(751—814)張籍私謚之曰貞曜先生。郊最長於五言。李觀說他：『郊之五言詩，其高處在古無上，其平處下顧兩謝。』他沒有寫過什麼很長的詩，但個個字都是出之以苦思的。他喜寫窮愁之狀，喜繪寒飢之態。像寒地百姓吟：『無火炙地眠，半夜皆立號。冷箭何處來，棘針風騷騷。霜吹破四壁，苦痛不可逃。』飢雪吟：『飢烏夜相啄，瘡聲互悲鳴。冰腸一直力，天殺無曲情。』出東門：『餓馬骨亦聳，獨驅出東門。少年一日程，衰叟十日奔。』寒溪：『曉飲一杯酒，踏雪過清溪。⋯⋯獨立欲何語？默念心酸嘶。』秋懷：『秋至老更貧，破屋無門扉。一片月落床，四壁風入夜。』答友人贈炭：『驅郤座

〔一〕孟東野集十卷，有汲古閣本，席氏刊本，閔刻朱墨本，四部叢刊本。

上千里寒：：暖得曲身成直身』等等，豈便是所謂『郊寒』的罷？

賈島字浪仙，范陽人。初爲僧，名無本。韓愈很賞識他，勸他去浮屠，舉進士。後爲普州司參倉軍。會昌初卒，年六十五。（777－841）島與孟郊齊名，時稱他們的詩爲『郊寒島瘦』。像『鬢邊雖有絲，不堪織寒衣』。（客喜）『坐聞西床琴，凍折兩三弦』。（朝飢）等等，也頗有寒酸氣。〔一〕相傳他初赴舉在京時，雖行坐寢食，苦吟不輟。嘗跨蹇張蓋，橫截天衢。時秋風正厲，黃葉可掃，遂吟道：『落葉滿長安』，方思屬聯，杳不可得，忽想到『秋風吹渭水』五字，喜不自勝，至唐突某官，被繫一夕始釋。又一日在驢上得句云：『鳥宿池邊樹，僧敲月下門』，思易『敲』爲『推』，引手作推敲之勢，至犯韓愈的車騎，他還不覺。〔二〕這眞是一位深思遺世，神遊象外的詩人了。他嘗自道：『二句三年得，一吟雙淚流』。可見其吟詠之苦。每至除夕，必取一歲所作，置几上，焚香再拜，酹酒祝曰：『此吾終年心血也』。痛飲長謠而罷。

劉叉少任俠，因酒殺人亡命。會赦出，更折節讀書。聞韓愈接天下士，步歸之，作冰柱，雪車

〔一〕賈島的長江集十卷，有汲古閣本，席氏刻本，四部叢刊本。　〔二〕見野客叢話，

二詩後以爭語不能下賓客，因持愈金數斤去，道：『此諛墓中人得耳，不若與劉君爲壽』，遂行歸齊，魯，不知所終。他的雪車，是很大胆的謾罵：『士夫困征討，買花載酒誰爲適！天子端然少旁求，股肱耳目皆姦慝。……相羣相黨，上下爲蟊賊。廟堂失祿不自慙，我爲斯民嘆息還歎息！』

劉言史，邯鄲人，他的詩美麗恢贍。和孟郊友善。初被薦爲棗彊令，辭疾不受，後客漢南，李夷簡署司空掾。尋卒。他的詩頗近郊，島，像：『老性容茶少，羸肌與簟疏。舊醅難重漉，新菓未勝鉏。』（立秋日）

四

要是說韓愈一派的詩，像景物蕭索，水落石出的冬天，那末白居易一派的詩，便要說他是像秋水的汎濫，暢流東馳，顧盼自雄的了。韓愈派的詩是有刺的，白居易派的詩卻是圓滾得如小皮球似的周轉溜走，無不如意。韓愈派的詩是刺目澀口的，白居易派的詩，卻是爽心悅耳的連孩子們念來也會朗朗上口。

白居易[一]字樂天下邽人幼慧五六歲時，已懂得做詩以家貧，更苦學不已登進士第後，授祕書省校書郎元和三年（公元八〇八年）拜左拾遺元和九年（公元八一四年）授太子左贊善大夫未幾，以事貶江州司馬移忠州刺史元和十五年升主客郎中知制誥。長慶二年（公元八二二年）除杭州刺史文宗開成元年（公元八三六年）爲太子少傅進封馮翊縣開國侯後以刑部尚書致仕卒年七十五（772—846）有白氏長慶集。[二]

他是最勤於作詩的人；他嘗序劉夢得的詩道：『彭城劉夢得詩豪者也其鋒森然，少敢當者予不量力往往犯之……一二年來日尋筆硯同和贈答，不覺滋多太和三年春已前，紙墨所存者凡一百三十八首其餘乘興仗醉，率然口號者不在此數』僅僅一二年間，已

[一]白居易見舊唐書卷一百六十六；新唐書卷一百十九。 [二]白氏長慶集七十一卷有明蘭雪堂活字本；馬調元刊本；日本活字本；四部叢刊本。又白香山詩集四十卷，汪立名編一隅草堂刊本。

有了那末多的成績在他的長久的詩人的生涯裏，所得自然更多。他嘗自分其詩爲四類：一，諷諭，即題爲『新樂府』者，這是他自己最看得重的一部分；二，閒適，是他『知足保和，吟玩情性者』；三，感傷，是他『事物牽於外，情理動于內，隨感遇而形於歎詠者』；四，雜律，是他的『五言七言長短絕句，自一百韻至兩韻者』。但他的詩，最重要者自爲他的新樂府。他與元九書說：『文章合爲時而著，歌詩合爲事而作。』他是徹頭徹尾抱着人生的藝術之主張的；故他的詩『非求宮律高，不務文字奇；惟歌生民病，願得天子知。』（寄唐生）而許多題爲『新樂府』者，便都是在這樣的主張底下寫成的。杜甫的許多歌詠民間疾苦的詩，祇是寫實而已。即潼關吏且有諷諫之意者，也祇是汎汎的勸誡而已。但居易却是眞心眞意的把他的詩拿來做勸誡的工具了。他的『新樂府』作於元和四年（公元八〇九年），恰好是他做左拾遺的時候；全部『凡九千二百五十二言，斷爲五十篇。』其自序道：『其辭質而徑，欲見之者易喻也；其言直而切，欲聞之者深誡也；其事覈而實，使采之者傳信也；其體順而肆，可以播於樂章歌曲也。總而言之，爲君爲臣爲民爲物爲事而作，不爲文而作也。』已把他的主旨說得很明白。這樣澈底的人生的藝術觀，是我們唐以前的文學史上所極罕見的。在這五十篇中，有議論，像海漫漫，華原磬等；有敍事，像新豐折臂翁，賣炭翁等但即敍事者也往往以勸誡的議論結。新豐折臂翁最有名，是寫一個折了臂的老人的故事其所以折臂者，蓋全爲了逃避兵役之故。『此臂折來六十年，一肢雖廢一身全。』這和杜甫的兵車行等是同樣表曝了唐代徵兵程度的罪惡的。除了『新樂府』外，像秦中吟十首也同是此意；惟『新樂府』多婉曲的勸諭，秦中吟則是不客氣的諷刺與責罵：『日中爲樂飲，夜半不能休。豈知閿鄉獄，中有凍死囚』（歌舞）；『有一田舍翁，偶來買花處；低頭獨長嘆；此嘆無人喻：一叢深色花，十戶中人賦』（買花）。大約『新樂府』爲了是居諫臣之位時所作，『願得天子知』的，故措辭不得不和平，婉曲些罷。但此類的『新樂府』實在未見得成功天子知與不知，且不說，就文學而論，則五十篇中，眞實的可算做詩的，還不到十篇；無疑的，新豐折臂翁與賣炭翁乃是其中的最好的二篇。居易的好詩，實不在此而在彼；他自己所不大看得重的『閒適』和『感傷』的二類的詩，其中儘有許多眞實

晚秋閑居

白居易

地僻門深少送迎，披衣閒坐養幽情，秋庭不掃攜藤杖，閑踏梧桐黃葉行。

——從明刊本唐詩畫譜（西諦藏）

遣懷 柳宗元

小苑流鶯啼晝，
長門浪蝶翻春。
烟鎖顰眉慵飾，
倚闌無限傷心。

從明刊本唐詩畫譜(西諦藏)

的偉大的作品在着長恨歌是很成功的一篇敘事詩；琵琶引也是很偉大的一篇抒情詩。我們讀了『大弦嘈嘈如急雨，小弦切切如私語。嘈嘈切切錯雜彈，大珠小珠落玉盤。間關鶯語花底滑，幽咽泉流水下灘。水泉冷澀弦疑絕斷。……銀瓶乍破水漿迸，鐵騎突出刀槍鳴。曲終收撥當心畫，四弦一聲如裂帛。東舟西舫悄無言，惟見江心秋月白。』（但這似有些受顧況李供奉彈箜篌歌的暗示的罷）實在覺得韓愈的南山，盧仝的月蝕有些吃力不討好。其他長歌短什，好的也很不少。相傳他未冠時謁顧況，況恃才少所推可。見其文自失道：『吾謂斯文遂絕，今復得子矣！』居易作風，有一部分確近顧況，惟顧況較他更爲逼近口語耳。居易他自己也很想做到婦孺皆能懂的地位。墨客揮犀曾記着：『白樂天每作詩，令一老嫗解之，問曰：解否？曰解，則錄之；不解，則又復易之。』他既這樣的要求通俗，所以當時他的詩流傳得也最盛。豐年錄：『開成中，物價至賤，村路賣魚肉者，俗人買以胡絹半尺，士大夫買以樂天詩。』（唐詩癸籤引）酉陽雜俎也記着當時有刺樂天詩意於身，詑白舍人行詩圖者的事。又雞林行賈售居易詩於其國相，率篇易一金。流行之盛，可謂自詩人以來所未曾有。

五

和白居易同時的詩人們，有元稹，李紳，和劉禹錫諸人，他們都是居易的好友，雖然作風未必十分相同。居易和元稹先有元，白之稱；稹卒，又和劉禹錫齊名號劉，白。居易叙禹錫詩道：『予頃與元微之唱和頗多，或在人口。嘗戲微之云：僕與足下二十年來爲文友詩敵，幸也，亦不幸也。吟詠情性，播揚名聲，其適遺形，其樂老者幸也。然江南士女語才子者多云元，白。以子之故，使僕不得獨步於吳越間，此亦不幸也。今垂老復遇夢得，夢得得非重不幸耶？』把他們的關係，說得很明白。

元稹〔一〕字微之，河南人。詩名與白居易相埒，天下傳諷，號『元和體』。往往播樂。妃嬪近習皆誦之，宮中呼元才子。嘗爲工部侍郎同平事。事後官武昌軍節度使。(779—831)

〔一〕元稹見舊唐書卷一百六十六；新唐書卷一百七十四。

有元氏長慶集百卷。[一]稹雖和居易相酬唱，但居易的流暢平易的作風。他却未能得到。不過他的詩雖不能奔放，却甚整鍊；像『荆榛櫛比塞池塘，狐兎驕癡緣樹木。舞榭欹傾基尚在，文窗窈窕紗猶綠。塵埋粉壁舊花鈿，烏啄風箏碎珠玉。蛇出燕巢盤鬭棋，菌生香案正當衙』（連昌宮辭），寫殘破的蕪宮是很盡了力量的。他的和李校書新題樂府十二首，顯然是受了白居易『新樂府』的影響的。他嘗謂：『近代唯詩人杜甫悲陳陶，哀江頭，兵車，麗人等凡所歌行，率皆即事名篇，無復倚傍。余少時與友人樂天，李公垂輩，謂是爲當，遂不復擬賦古題。』（樂府古題序）這是『新樂府』的一篇簡史。他還寫了代曲江老人百韻，茅舍，賽神，青雲驛，陽城驛以及連昌宮辭等，皆有諷勸之意。他還作了一篇傳奇，會眞記，成了後來的一個最有名的傳說。

李紳[二]字公垂，潤州無錫人，與元白爲友，就是元稹和李校書新題樂府十二首裏所

[一]元氏長慶集有明馬調元刊本；清董氏刊本；四部叢刊本。　[二]李紳見舊唐書卷一百七十二；新唐書卷一百八十一；

說的李校書。今紳所作的新題樂府（凡二十首）已不傳。而他詩傳者甚多。他於武宗時爲中書侍郎同門下平章事。他的鶯鶯歌，失傳已久，近乃於金董解元西廂記諸宮調中輯得之，可見出其敘事歌曲的作風的一斑。

劉禹錫〔一〕字夢得，彭城人，貞元間登進士第，爲監察御史。以附王叔文，貶爲朗州司馬。落魄不自聊，吐詞多諷託幽遠。蠻俗好巫，嘗倚其聲，作竹枝詞十餘篇，武陵谿洞間悉歌之。後入爲主客郎中，又出刺蘇州。遷太子賓客，分司。會昌時，加檢校禮部尚書。卒年（772——843）年七十二。有集。〔二〕他雖和樂天微之相酬唱，但他卻不是他們的一羣。他很少寫什麼諷勸的『願得天子知』的東西，他有他自己很特異的作風。他久在蠻方，其短歌，是很受蠻人的情歌的影響的，故甚富於異國的情調；像竹枝詞：

楊柳青青江水平，聞郎江上唱歌聲。東邊日出西邊雨，道是無晴卻有晴。

〔一〕劉禹錫見舊唐書卷一百六十；新唐書卷一百六十八。

〔二〕劉夢得文集四十卷，有武進董氏刊本；四部叢刊本。

山桃紅花滿上頭，蜀江春水拍天流。花紅易衰似郎意，水流無限似儂愁。

山上層層桃李花，雲間煙火是人家。銀釧金釵來負水，長刀短笠去燒畬。

這些情歌的風趣是我們的詩歌裏所不曾有過的。禹錫的模擬，可說是成功的。

六

和劉禹錫最友好的柳宗元〔一〕與韓愈同以古文鳴；但他的詩却和他的散文同爲我們所看重。他並不像韓愈那樣的善於鼓吹宣傳，且又久竄蠻方，無召集一班跟從者的憑藉，所以他在當時，雖然文名甚著，却是很寂寞的；除了老朋友們像韓愈劉禹錫等，時時還提到他外，別的人幾乎是都不曾想到過有那末一位詩人！他字子厚，河南人，登進士第，調藍田尉。王叔文用事時，待宗元甚厚，擢尚書禮部員外郎。叔文敗，與劉禹錫等並遭貶斥。他貶永州司馬。自此蹭蹬不振，以是益自刻苦爲文章，養成了雋鬱而淸幽的作風。元和十年

〔一〕柳宗元見舊唐書卷一百六十，新唐書卷一百六十八。

移柳州刺史後四年卒。年四十七。(773——819)有集[一]他的詩，像柳州二月榕葉落盡偶題：

宦情羈思共悽悽，春半如秋意轉迷。山城過雨百花盡，榕葉滿庭鶯亂啼。

以及『煙銷日出不見人，款乃一聲山水綠』(漁翁)；『泉迴淺石依高柳，逕轉垂藤間綠筠』(過盧少尹郊居)；『孤舟蓑笠翁，獨釣寒江雪』(江雪)；『蒹葭淅瀝含秋霧，橘柚玲瓏透夕陽』(得盧衡州書)等，都是精瑩如珠玉似的，與韓愈詩之大氣包舉萬象森列者大不相同。

和柳宗元風格略同而影響更大者有姚合，陝州峽石人，登元和進士第，授武功主簿，後出爲杭州刺史，終秘書監。他和張籍王建諸人遊，詩名重於時，人稱『姚武功』。曾成了後一期詩人們的一個中心。他的詩頗具幽峭之趣，刻意苦吟，務求古人體貌所未到，像『童子病來烟火絕，清泉漱口過齋時』(寄顯一律師)『幽處尋書坐，朝朝閉竹扉。山僧封茗寄，野客乞詩歸』(寄張徯)；『秋燈照樹色，寒雨落池聲。好是吟詩夜，披衣坐到明』(武功縣中作)；

[一]柳河東集四十五卷，有明郭雲鵬刊本，蔣之翹刊本，四部叢刊本。

等者是足供清吟的；宋永嘉四靈便是奉他爲宗主的。他曾選極玄集，錄王維至戴叔倫二十一人詩一百首，頗可見其意旨所在。有集。〔一〕

七

元和，會昌之間（公元八〇六——八四六年）的詩人們裏，曾別有一群，挺生出來，爲韓白二派如不能包納；那便是張籍和李賀王建等。他們是復興了宮體的豔詩，而更加上了窈渺之情思的。他們開闢了別一條大道，給李商隱溫庭筠他們走。這一派的詩，關係既大，影響也極巨偉。唐五代以來的『詞』的一個新詩體，其作風差不多都是由此而衍繹下去的。他們是繁絃細管的音樂，是富麗䁷瞹的宮室，是夏日晝光所反映的海水，是酒後模糊的譫語；若可解若不可解，若明又若昧，那便是他們的作風。

王建字仲初，潁川人。大歷十年進士。初爲渭南尉。太和中，出爲陝州司馬，從軍塞上。後歸

〔一〕姚少監集十卷有明刊本；汲古閣本；席氏刊本；四部叢刊本。

咸陽，卜居原上。他工樂府，與張籍齊名。宮詞百首，尤傳誦人口。像：

水面細風生，菱歌慢慢聲。客亭臨小市，燈火夜妝明。（江館）

合暗報來門鎖了，夜深應別喚笙歌。房房下著珠簾睡，月過金階白露多。（宮詞）

都是很豔麗且很富於含蓄之情韵的；已是開了張籍與溫李的先路。他初作宮詞時，因與樞密使王守澄有宗人之分，故多知禁掖事。後因過燕飲，以相譏謔。守澄深銜之，忽曰：『吾弟所作宮詞，內庭深邃，何由知之？明當奏。』上建作詩以謝，末句云：『不是姓同親說向，九重爭作外人知？』守澄恐累己事，遂寢。［一］

張籍［二］字文昌，蘇州吳人，或曰和州烏江人。貞元十五年登進士第。韓愈深重之，薦爲國子博士，仕終國子司業。他的詩，其作風甚類王建，往往要想留些『有餘不盡』之意。又往往善寫怨女春情之事。像：『曲江亭上頻頻見，爲愛鸕鷀雨裏飛。』（贈項斯）『梧桐葉下

［一］王司馬集八卷，有汲古閣刊本；席氏刊本；胡介祉刊本。

［二］張籍見舊唐書卷一百六十；新唐書卷一百七十六。

黃金井，橫架轆轤牽素綆。美人初起天未明，手拂銀缾秋水冷』（楚妃怨）；『江南人家多橘樹，吳姬舟上織白苧。……清莎覆城竹為屋，無井家家飲潮水』（江南曲）等皆是。相傳朱慶餘受知於籍，籍為選定其詩。慶餘因之登第，尚為謙退，作閨意以獻籍道：『洞房昨夜停紅燭，待曉堂前拜舅姑；粧罷低聲問夫婿，畫眉深淺入時無？』籍和之道：『越女新粧出鏡心，自知明豔更沉吟；齊紈未足人間貴，一曲菱歌抵萬金。』全以『閨情』為象徵，這便是他們所最擅長之處。有集。〔一〕

李賀〔二〕字長吉，系出鄭王後。七歲能辭章。韓愈，皇甫湜始聞未信。過其家，使賀賦詩，輒就，乃大驚。自是有名。賀每旦日出，騎弱馬，從小奚奴，背古錦囊；遇所得，書投囊中。及暮歸，足成之。母道：『是兒嘔出心肝乃已耶？』然不能禁也。所作樂府，樂工皆合之管弦。仕為協律郎。卒年二十七。有集。他的詩〔三〕句尚奇詭，絕去畦徑，但其大體則近於王建、張籍，惟較為

〔一〕張司業集八卷明刊本馮班校刊本；席氏刊本；四部叢刊本。　〔二〕李賀見舊唐書卷一百三十七；新唐書卷二百三文藝下。　〔三〕李賀歌詩編四卷明刊本；唐四名家本；四部叢刊本。

生硬耳。胡蝶飛一詩，最足以見出其作風：

楊花撲帳春雲熱，龜甲屏風醉眼纈，東家胡蝶西風飛，白騎少年今日歸。

又像他的長篇昌谷詩：『遙巒相壓疊，頹綠愁墮地。光潔無秋思，涼曠吹浮媚。……嘹嘹濕蛄聲，咽源驚濺起。』蓋並有退之奇之而建、籍之豔者。

八

這時有一個女流作家薛濤。其詩很可稱道。濤字洪度，隨父官，流落蜀中為妓女。辨慧工詩，甚為時人所愛。元稹嘗喜之。韋皋鎮蜀，也時召令侍酒賦詩，稱為女校書。暮年屏居浣花溪，著女冠服。好製松花小箋，時號薛濤箋。其詩輕蒨而豔麗，時有佳句。像題竹郎廟：

竹郎廟前多古木，夕陽沉沉山更綠。何處江村有笛聲？聲聲盡是迎郎曲。

參攷書目

一,全唐詩　有原刊本;石印本。

二,全唐詩話　宋尤袤撰,有歷代詩話本。

三,唐才子詩　元辛文房撰,有佚存叢書本。

四,唐詩紀事　宋計有功撰,有原刊本,有石印本。

五,唐百名家集　清席氏刊本。

六,五十唐人小集　仁和江氏仿宋刊本。

第二十八章 古文運動

古文運動的意義——其成功的原因——北朝古文運動的曇花一現——蕭穎士與李華等——大宗傳家韓愈——韓愈成功的祕訣——柳宗元——古文運動的成就並不怎樣侈大——韓門的諸子——附陸贄

一

古文運動是對於魏晉六朝以來的駢儷文的一種反動嚴格的說起來，乃是一種復歸自然的運動；欲以魏晉六朝以前的比較自然的散文的格調來代替了六朝以來的日趨駢儷對偶的作風的。原來自六朝以來到了唐代，駢儷文的勢力，深中於朝野的人心，連民間小說也受到了這種的影響；［二］連朝庭上的應用的公文也都是非用這種格調不可。馴至成了所謂『四六文』的一個專門的名辭即上一句是四言下一句必須是六言的其相對的第三句第四句，也都應是四言與六言的；總之，必須以四與六的句法交錯成文到底。這樣，與律詩的情形恰是一樣，成了一種最嚴格的文章公式，一點也不能變動。舊唐書敍李商隱從令狐楚那裏得到了作『今體章奏』的方法，遂成爲名家的一般話，是很可以使我們注意的。在正式的『公文程式』上，這種文體自唐以後還延長壽命很久，但在文學的散文上，駢儷文的運命卻自唐以來便受了古文作家們最大的攻擊，以致於消聲匿跡，不再成爲會要的一種文體。古文運動爲什麼會成功呢？最大原因便在於駢儷文的矯糅做作，徒工塗飾，把正當的意思與情緒反放到第二層去；而且這種駢四儷六的文體，也實在不能儘量的發揮文學的美與散文的好處。這樣，駢儷本身的崩壞，便給古文運動者以最大的可攻擊的機會。這和清末以來在崩壞途中的古文，一受白話文運動者的聲

［二］見本書第三十三章變文的出現。

討，便立即塌倒了的情形，正是一毫也不殊。在大衆正苦於駢儷文的陳腐與其無謂的桎梏的時候，韓愈們登高一呼，萬山皆響，古文運動便立刻宣告成功了。

二

但古文運動也並不是一時的突現，其伏流與奔泉也由來已久。在六朝的中葉，北方淪陷於異族之後，異族的人根本上不甚明白漢文，更難於懂得當時流行之駢儷文體，所以當時在北方頗有反駢儷文的傾向。宇文在魏帝祭廟的時候，曾命蘇綽爲大誥奏行之。後北周立國，凡綽所作文告皆依此體。然大誥實爲模擬尚書之作，其古奧難懂的程度，似更在齊梁駢體以上。故此體在當時不過曇花一現，終不能行。後隋文帝時，李諤又上書論正文體。他大罵了齊梁文體一頓：『江左齊梁，其弊彌甚，貴賤賢愚，唯務吟咏。遂復遺理存異，尋虛逐微；競一韻之奇，爭一字之巧。連篇累牘，出不月露之形，積案盈箱，唯是風雲之狀。世俗以此相高，朝廷據茲擢士。』這話是不錯的，確曾把齊梁文體的根本弱點指出來了。他又說明，開皇四年，曾『普詔天下公私文翰，並宜實錄。』其年九月，泗州刺史司馬幼之爲了文表華豔之故，還付所司推罪。既然『聞外州遠縣，仍踵弊風，』故他更要文帝：『請勒有司普加搜訪，有如此者，具狀送台。』但這一場以官力來主持的文學改革運動終於不久便消滅了。平陳以後，南朝文士們的紛紛北上，益增加北朝文風的齊梁化；自此至唐，風尙不改。武后時，陳子昂曾有改革齊梁風氣的豪志；他的與東方左史虬修竹篇的序言道：『文章道弊五百年矣。漢魏風骨，晉宋莫傳；然而文獻有可徵者。僕嘗暇時觀齊梁間詩，彩麗競繁，而興寄都絕，每以永嘆。竊思古人，常恐逶迤頹靡，風雅不作，以耿耿也。』但他的所指，還在詩歌；至於散文方面，他是不大注意的。然其書疏，氣息也甚近古。同時有盧藏用〔一〕富嘉謨吳少微〔二〕者，也皆棄去徐庾，以經典爲宗。時人號嘉謨，少微之文爲富吳體。蕭穎士也盛推盧富。然他們的影響卻都不很大。

〔一〕盧藏用見舊唐書卷九十四；唐新書卷一百二十三。　〔二〕富嘉謨吳少微見舊唐書卷一百九十；文苑中；新唐書二百二卷文藝中。

三

到了開元，天寶之際，蕭穎士，李華〔一〕出，以其絕代的才華，力棄俳綺，復歸自然，才第一次使我們看見有所謂非駢儷的『文學的散文』。〔二〕蕭穎士字茂挺，四歲屬文，十歲補太學生。開元二十三年（公元七三五年）舉進士，對策第一。天寶初，補秘書正字，後免官，客濮陽，執弟子禮者甚衆，號蕭夫子。官至揚州功曹參軍，客投汝南，年五十二。門人共謚曰文元先生。子存，字伯誠，亦能文辭，與梁肅，沈既濟等善。李華與穎士齊名，世號蕭李。又並與賈至，顏眞卿等同遊。華字遐叔，趙州贊皇人，天寶中嘗爲監察御史。晚去官，客隱山陽，安於窮槁。然天下士大夫家傳墓版文及州縣碑頌，乃時時齎金帛往請。大曆初卒。華作弔古戰場文，極思研榷，已成，汚爲故書，雜置梵書之庋。他日，與穎士讀之，稱工。華問：『今誰可及？』穎士道：

〔一〕李華，蕭穎士見舊唐書卷一百九十下文苑下，新唐書二百二及二百三文藝中（蕭）及文藝下（李）。

〔二〕蕭茂挺文集一卷，盛氏刊本。李遐叔文集四卷，抄本。

『君加精思，便能至矣。』華愕然而服。華的宗子翰及從子觀皆有名。

賈至〔一〕字幼鄰，長樂人，嘗從玄宗幸蜀，知制誥，與蕭李善。又有獨孤及〔二〕者，出李華之門；及字至之，河南人，官至常州刺史；梁肅〔三〕又出於及之門。肅字敬之，一字寬中，陸澤人，官至右補闕。又有元結〔四〕者，字次山，河南人，天寶十二載登進士第，官至道州刺史。他們皆衍蕭李之緒，於乾元，大曆間以古文鳴於時。

四

但蕭李諸人雖努力於古文，且也有不少的跟從者，卻還不曾大張旗鼓的宣傳着他們；似都不是很好的宣傳家；或祇是獨善其身，自傳其家學的，沒有鼓動時代潮流的勇氣的文士們。所以他們的影響並不大。到了貞元，元和的時候，大影響便來到了。一方面當然是

〔一〕賈至見舊唐書卷一百九十文苑中；新唐書卷一百十九。　〔二〕獨孤及見新唐書卷一百六十二。

〔三〕梁肅見新唐書卷二百二。　〔四〕元結見新唐書卷一百四十三。

若千年的伏流，奔湧而出地面，遂收水到渠成之功，但他一方面也是因了當時於一二位天生的偉大宣傳家，像韓愈，出來主持這個運動，故益促其速成。所謂古文運動便在這個時代正式宣告成立；古文自此便成了文學的散文，而駢儷文卻反祇成了應用的公文程式的東西了。這和六朝的情形，恰恰是一個很有趣味的對照。那時，也有文筆之分，『筆』指的是應用文；不料這時的應用文，卻反是那時的所謂『文』，而那時的所謂『筆』者，這時卻成爲『文』了。

韓愈是一位天生的煽動家，宣傳家，古文運動之得成立於他的主持之下，並不是偶然的事。他最善於鼓吹自己，宣傳自己；他慣能以有熱力有刺激的散文來說動別人。想來他的本身也便是一團的火力，天然的有吸引人的本領。所以當時的怪人們，像李賀，孟郊，賈島，劉乂等莫不集於他的左右。我們看他勸賈島放棄了和尚的生涯的一段事，便可知他的影響是如何的大。他在少年未得志的時代，便慣於呼號鼓吹，慣於自己標榜；像他的幾篇上時相書，送窮文，進學解等等，那一篇不是『言大而誇』，那一篇不是替自己標榜。爲了這，——兼之，他是那樣的故意自己大聲疾呼的談窮訴苦！——所以天然的便容易得到一般人的同情，一般人的迷信。他嘗說道：

> 性本好文章，因困厄悲愁，無所告語，遂得究窮於經傳史傳百家之說，沈潛乎訓義；及復乎句讀，礱磨乎事業，而奮發乎文章。

又說道：

> 學之二十餘年矣！始者非三代兩漢之書不敢觀，非聖人之志不敢存；處若忘，行若遺，儼乎其若思，茫乎其若迷。當其取於心，注於手也，惟陳言之務去，戛乎其難哉！

又自信不惑的說道：

> 用力深者，其改名也遠。若皆與世沈浮，不自樹立，雖不爲當時所怪，亦必無後世之傳也。

這些，都是用最巧妙的宣傳的口氣出之的。難怪會吸引了多數的人跟隨着他走。他在貞元十八年爲四門博士，元和初爲國子博士；元和十五年爲國子祭酒，元慶間爲吏部侍郎；

督是處在領導天下士人們的地位，所以他的影響更容易傳播出去。他還不僅僅要做一個文學運動的領袖，他還要做一個衛道者，一個在『道統』中的教主之一。他作原道以攻佛，又上表力諫憲宗的迎佛骨。他的所謂『道統』，乃是『堯以是傳之舜，舜以是傳之禹，禹以是傳之湯，湯以是傳之文武周公，文武周公傳之孔子，孔子傳之孟軻，軻之死不得其傳焉。荀與揚也，擇焉而不精，語焉而不詳。』而他自己卻儼然有直繼孟軻之後；而取得這個『道統』上的『傳統者』的地位的豪氣！他的原道並不是什麼了不得的大著作，祇是以淺近的常識論來攻擊佛教的組織而已。（也許和勸賈島棄僧服的事有關係）。然其影響則極大『文以載道』的一句話，幾與古文運動劃分不開，其引端便是從他起的；個個古文家都以而負『道統』自任——到了今日還有妄人們在閉目念着道統表呢——其作俑也便是從他始的。

但韓愈的古文運動，他自己雖諱言其所從來，實與開天時代的蕭李未嘗沒有淵源的關係。愈少時為蕭穎士子存所知；又和李華的從子觀同舉進士，相友善，而華之宗子翰，能爲古文，愈每稱之。舊唐書也稱愈嘗從獨孤及及梁肅之徒遊。晁公武讀書志引唐實錄，謂韓愈學獨孤及之文。這其間的影響是灼然可知的。

同時與愈並舉進士者，於李觀外，尚有閩人歐陽詹，〔一〕字行周的，也會寫作古文。但觀與詹俱早卒，故名不得與愈同稱。其與愈並稱爲古文運動中的兩大柱石者，惟柳宗元一人耳。

柳宗元是比較韓愈爲孤介的，他並不怎樣宣傳他自己；他的境遇又沒有韓愈好，自王叔文敗後，他便被竄斥於荒癘之地，鬱鬱不得志以死。然他的古文，實在是整鍊隽潔，自有一段不得掩飾的精光在着，故後學的人們也往往歸之。他嘗自敘其爲文的淵源：

每爲文章，本之書，詩，禮，春秋，易，參之穀梁以厲其氣，參之孟，荀以暢其支，參之老，莊以肆其端，參之國語以博其趣，參之離騷以致其幽，參之太史以著其潔。

這和退之的『非三代兩漢之書不敢觀』的話對照起來，足知古文家的復歸自然的程度

〔一〕歐陽行周集有明萬歷間刊本，明劉氏刻本，麟後山房刊本；四部叢刊本。

是怎樣的這當然要比蘇綽的擬仿尚書爲大誥的可笑舉動，是高明到萬倍的，故遂得以大暢其流。然究竟還是『托古改制』還未忘有諸經典及莊，騷，史記的模範在着，故雖是一個文學改革運動，卻究竟還不是什麼眞正的文學革命運動；爲的是他們去了一個圈套——六朝文——卻又加上了另一個圈套——秦漢文——他們是兜圈子走的，並不是特創的，且不曾創造出什麼新的東西來，故其成功究竟有限，祇是把散文從六朝的駢儷體中解放出來而已，其本身的造就卻並不怎樣的了不得。

宗元的文字往往仿離騷，這是他境遇使然；他又喜作山水遊記在永柳諸州所作者，尤爲精絕，往往有詩意畫趣，是古文中的眞正的珠玉，足和酈道元的水經注並懸不朽的。

五

子厚退之齊名于世，而退之的影響獨大。有李翺，李漢，張籍，皇甫湜，沈亞之等皆爲退之之徒。樊宗師爲文奇僻，也和退之相友善。子厚所交厚者，如劉禹錫，呂溫等也善爲古文。

柳宗元

（從南薰殿舊藏聖賢畫冊古物陳列所特許借印）

陸贄

（從南薰殿舊藏聖賢畫冊

故宮博物院特許借印）

李翺〔一〕字習之，韓愈的姪婿，元和初爲國子博士；後官至山南東道節度使；韓愈的影響由他的傳播而益大張。皇甫湜字持正，睦州新安人，爲陸渾尉，仕至工部郎中。沈亞之字下賢，蘇州人，元和七年以書不中第。

後又有孫樵劉蛻等也學退之爲文。樵與王霖秀才書道：『樵嘗得爲文眞訣於來無擇，來無擇得之于皇甫持正，皇甫持正得之于韓吏部退之。』歷敍淵源，大類退之的敍述『道統』。這也是古文家的常態。（來無擇名澤）大詩人李商隱也善爲古文。大約從韓柳以後，古文的一體便正式的成爲文學的散文了；凡欲爲文士欲得文名傳于後世便非學做古文不可；而駢儷文在文壇上的運命遂告了一個結束。

六

但在這個古文運動的時代，却有一位奇特的人物，陸贄，〔二〕出現。他並不提倡古文，他

〔一〕李翺見舊唐書卷一百六十。

還是寫着應用的時代的對偶文字，但他的成就卻很可驚。他並不想成就一位文人，他祇是一位大政治家。但他的關於政治的文章，卻使他在文壇上得了一個不朽的地位，使我們不能不記住。他的文章，雖出以之對偶，卻一點也不礙到他的陳情，他的滔滔動人的議論，他的指陳形勢，策劃大計。他以清瑩如山泉，澎湃如海濤的文筆寫出之。這乃是駢儷文中最高的成功，也是應用文中最好的文章。他的影響很大。宋代的許多才人們，例如蘇軾，其章奏大都是以他的所作爲範式的[二]。

參考書目

一，舊唐書卷一百六十韓愈等人傳。
二，新唐書卷一百七十六韓愈等傳人。
三，全唐文一千卷　有揚州詩局刊本，廣雅書局本。

[一]陸贄見舊唐書卷一百三十九，新唐書卷一百五十七。

[二]陸宣公集，通行本；正誼堂叢書本（選本）。

四，唐文粹一百卷　宋姚鉉編，有明刊本；顧廣圻校刊本，蘇州局刊本；四部叢刊本。

五，唐宋八大家文鈔　明茅坤編，通行本。

六，唐宋十大家文集　清儲欣編，於八家外加李翺孫樵，蘇州局刊本。

第二十九章 傳奇文的興起

傳奇文為古文運動的附庸——附庸的蔚為大國——最美麗的故事的淵藪——最早的傳奇文：古鏡記，白猿傳——張文成的遊仙窟——遊仙窟的影響——大歷元和間的黃金時代，——沈既濟沈亞之李公佐等——小小的人間的戀愛的故事——鶯鶯傳，霍小玉傳，李娃傳等——劍俠故事的起源——酉陽雜俎與傳奇諸書裏的劍俠故事——傳奇文所受古作的和外來影響——杜子春

一

自蕭李，韓柳所提倡的古文運動告了成功之後，古文的一個製製，便成為文學的散文，這在上文已經闡明過了。古文運動的主旨，原是論道與記事，其主要的著作為碑傳，論，札之類，但那些作品，眞有偉大的價值者卻很少；其眞實的珠玉反為柳宗元的小品文，像他

的山水遊記之類。若古文運動的成就，僅止於此，當然未免過於寒儉。但附庸於這個運動之後者，卻還有一個遠較小品文更爲偉大的成就在着；——這是從事於古文運動者所不及料的一個成功，也是他們所從不曾注意到的一件工作，——那便是所謂『傳奇文』者的成就。唐代『傳奇文』是古文運動的一支附庸，卻由附庸而蔚成大國。其在我們文學史上的地位，反遠較蕭李韓柳之散文爲更重要。他們是我們的許多最美麗的故事的淵藪，他們是後來的許多小說戲曲所從汲取原料的寶庫。其重要有若希臘神話之對於歐洲文學的作用；而他們的自身又是那樣精瑩可愛；如碧玉似的溫潔，如水晶似的透明，如海珠似的圓潤。有一部分簡直已是具備了近代的最完美的短篇小說的條件。若將六朝的許多故事集置之於他們之前，誠然要如爝火之晃朝日似的闇然無顏色。他們是中國文學史上有意識的寫作小說的開始。他們是中國短篇小說上的最高的成就之一部分。他們把散文的作用擴施於另一個最有希望的一方面去，總之，他們乃是古文運動中最有成就的東西——雖然後來的古文運動者們未必便引他們爲同道。

二

『傳奇文』的開始，當推原於隋，唐之際，但其生命的長成則允當在大曆，元和之時無疑。在隋，唐之際的『傳奇文』，只是萌芽而已；大歷元和之間才是開花結果的時代。而促成其生長者，則古文運動『與有大力焉』。蓋古文運動開始打倒不便于叙事狀物的駢儷文，同時，更使樸質無華的『古文』，增加了一種文學的姿態，俾得儘量的向『美』的標的走去。『傳奇文』便這樣的產生於古文運動的鼎盛的時代；其間的消息當然很明白的可知的。『傳奇文』的著名作者沈既濟乃是受蕭穎士的影響的；又沈亞之也是韓愈的門徒；韓愈他自己也寫着遊戲文章毛穎傳之類。其他元稹，陳鴻，白行簡，李公佐諸人皆是與古文運動有直接間接之關係的。故『傳奇文』的運動，我們自當視爲古文運動的一個別支。當時的文士們也往往有將傳奇文作爲投謁時的行卷之用者。可見時人也並不卑視此體。（但清人所輯的全唐文則屏斥傳奇文而不收入）宋洪邁嘗說道：『唐人小說不可不熟。

小小事情，悽惋欲絕，洵有神遇而不自知者。與詩律可稱一代之奇』這話不錯；從零星斷片的宗教故事，神異故事及『世說新語』到唐人的傳奇文，其間的進步是不可以道里計的。唐人傳奇文不僅是第一次有意的來寫小金的嘗試，且也是第一次用古文來細膩有致的抒寫人間的物態人情以至瑣屑情事的。這種新鮮的嘗試立刻便成了功。

三

在沒有說到大歷，元和及其後的傳奇文以前，先須略略提起隋唐之際的幾篇東西。那幾篇東西恰是介乎六朝故事集與唐人傳奇文之間的著作，也正是由故事集到傳奇文的必然要走的一個階段。他們乃是故事集的結束而傳奇文的先驅者。

有一篇很有趣味的東西，在隋唐之際出現，那便是見於太平廣記卷二百三十的一篇王度，實即王度所自作的古鏡記。王度，太原祁人，文中子王通之弟而詩人王績的兄也。大業中為御史，後出為芮城令，武德中卒。他在這篇古鏡記裏，先自述他的神鏡的由來，後詳敘神鏡的降魅驅妖之功。最後敘其弟績（原作勣）遠遊，借古鏡以自衛，也歷在各地殺除怪物不少。歸後，還鏡于度。一夕，聞鏡在匣中悲鳴，良久乃定，「開匣視之，即失鏡矣」。其中所敘古鏡的功績爲：（一）使程雄家婢鸚鵡現出老狸原形而死；（二）述鏡「合于陰陽光景之妙」，與薛俠的寶劍較之，鏡上吐光，明照一室，劍則無復光彩；（三）度爲芮城令時，懸鏡於令廳前妖樹上，夜中有風雨電光纏繞此樹，至明，有一大蛇死于樹下；（四）治張龍駒家人的疫疾；（五）王績遠遊時，遇山公、毛生，以鏡照之，一化爲龜，一化爲猿，皆死；（六）除黿湫中妖魚；（七）殺大雄雞妖，治愈張珂家女子的病；（八）遇風濤大作，出鏡懸之，波不進，屹如雲立，然後面則濤波洪湧，高數十丈；（九）治愈李敬慎家三女的魅病，殺死一鼠狼、一老鼠、一守宮。這些故事原都是六朝故事集裏所常見的東西，今則以一古鏡的線索把他們連貫起來，成爲一篇了。這是古鏡記的嘗試的成功之一點。

又有補江總白猿傳，不知什麼人寫的，（見太平廣記卷四百四十四，題曰歐陽訖）也作于這個時代。敘梁將歐陽訖的妻爲白猿所奪，及救歸，已孕生一子，貌類猿。即後來有盛名的歐陽詢。因紇死時，詢爲江總所收養，故以『補江總』白猿傳爲名。這篇東西與古鏡記不同，乃是單一的故事，頗具描寫的姿態，與後來的傳奇文很相同。惟此作有大可注意之處：紇妻被奪事，大類印度最流行的拉馬耶那(Ramayana)的傳說，而若飛的神猿又是這個傳說中之所有的。或者中土的講談者，把魔王的拉瓦那(Ravana)和救人的神猿竟纏合而爲一了罷。這故事在後來的影響極大。宋元間的『陳巡檢梅嶺失妻』的話本，戲文等，皆係由此而衍出者。

四

但在唐武后時，又有絕代的奇作游仙窟出現；這是張鷟所作的；鷟字文成，調露初（公元六七九年）登進士第。調長安尉。開元初，貶嶺南，後終司門員外郎。（660?——690?）

[一]他所作有朝野僉載，龍筋鳳髓判，今皆傳於世。獨遊仙窟本土久佚，惟日本有之，此作

[一]張鷟見舊唐書卷一百四十九張薦傳，又新唐書卷一百六十一張薦傳。

在日本所引起的影響很大。唐書謂：『新羅日本使至，必出金寶購其文。』當是那時流傳出去的。相傳他作此文，隱約的說着他自己和武后的戀愛事，一說已成，一說是幻想的描寫。[三]總之，這是我們文學史上的第一部有趣的戀愛小說無疑。他自叙奉使河源，道中夜投一宅，遇十娘，五娘二婦人，悉爲笑謔宴樂，止宿而去。文近駢儷，又多雜詩歌，更夾入不少通俗的雙關語，拆字詩等等；當是那時代通俗流行的一種文體。這種文體，其運命很長，敦煌發見的小說，體裁也甚近此作；明人瞿佑，李昌祺，雷燮諸人所作，又明板的國色天香，繡谷春容，燕居筆記諸書中所錄的諸通俗的傳奇文，若嬌紅記等，殆無不是遊仙窟的親裔。而唐代的諸傳奇文，若周秦行記，秦夢記等，其情境和遊仙窟幾全同；又其中每雜歌詩，也大似有張鷟的影響在着。故遊仙窟的軀體在中國雖已埋沒了一千餘年，而其精靈卻是永在的。遊仙窟中的詩曾被輯錄入全唐詩逸中（佚存叢書本後又收入粵雅堂叢書

[二]遊仙窟有古逸小說叢刊本；日本有注本；北新書局鉛印本。

[三] 詳見周作人先生的北新版遊仙窟跋。

中）已先本文而被重傳到中土來。

五

開元天寶的全盛時代，祇是一個歌詩的全盛時代而已；傳奇文反而感到寂寞。直到大歷（公元七六六—七七九年）的時候，方才有沈既濟起來，第一個努力於傳奇文的寫作。既濟爲蘇州吳人，曾和蕭頴士子存相友善。以楊炎薦召拜左拾遺史館修撰。貞元時，炎得罪，既濟也貶爲蘇州司戶參軍。後官至禮部員外郎卒。[一]（750?—800?）既濟所作有枕中記（太平廣記卷八十二題作呂翁）及任氏傳，皆大傳於世。枕中記敍盧生於一頓黃粱還未熟的夢境中，遍歷了人間的富貴榮華，亦嘗遇阨境；以此，醒後便憮然若失，功名之念頓灰。元馬致遠的黃粱夢劇，明湯顯祖的邯鄲記傳奇，皆衍此事。但既濟也有所本；干寶搜神記中有楊林入夢事，與此悉同。盧生便是楊林的化身罷。任氏傳（廣記卷四百五十

[一]沈既濟見新唐書卷百三十二。

二）敘妖狐化爲美女，嫁鄭生。不爲强暴爲屈。後出行。遇獵犬，現原形而被殺死。鄭生購其屍葬之。宋金間諸宮調有『鄭子遇妖狐』卽衍其事。

大曆間又有陳玄祐者作離魂記敘：張鎰女倩娘與王宙相戀；但鎰別以女許嫁他人。宙鬱鬱別去。倩娘追之同行。凡生二子。歸省鎰，大駭，蓋室中別有一倩娘在着，病臥已久。聞她至，自起相迎，兩身合爲一。離去者原來是倩娘的魂。玄祐生平未知，而此記則流行甚廣；元鄭德輝有倩女離魂劇。

略後，元和間有沈亞之者，爲韓愈之門徒；字下賢，吳興人，元和十年進士第。後爲南康尉，終郢州掾。集今存。〔一〕集中有湘中怨記鄭生遇龍女事；異夢錄記邢鳳夢見美人及王炎夢侍吳王，作西施挽歌二事；秦夢記則自敘夢入秦爲官，尙秦穆公公主弄玉；後弄玉死，秦穆公乃遣之歸事。亞之文名甚盛；李賀有送沈亞之歌，中有『吳興才人怨春風』云云，李商隱也有擬沈下賢詩。但他這幾篇傳奇文，都無甚情致；秦夢固遠在南柯下，而湘中怨也

〔一〕沈下賢集有明刊本，長沙葉氏刊本，四部叢刊本。

大不及柳毅傳。

南柯記爲李公佐作；公佐亦元和間人，字顓蒙，隴西人，嘗舉進士，元和中爲江淮從事。大中時猶在。南柯敘淳于棼夢入古槐穴中，爲大槐國王駙馬，拜南柯太守，生五男二女。後與檀蘿國戰敗，公主又死，王遂送之歸。既醒，則『斜日未隱於西垣，餘樽尚湛於東牖，夢中倏忽，若度一世矣。』和枕中記是此類傳奇文中的兩大傑作；而枕中記於情意的愉悅動人處似猶欠他一着。明人湯顯祖作南柯記傳奇即衍其事。公佐還作謝少娥傳：敘少娥變男子服刺殺其仇人事；盧江馮媼敘媼見女鬼事；李湯敘水神無支祁事，皆無甚趣味，其情致更遜南柯。

柳毅傳爲李朝威作。朝威，隴西人，生平不知，當也是這時代的人物。柳毅傳敘柳毅下第，爲龍女傳書後乃結爲婣眷事。元人戲曲敘此事者不少，尚仲賢有柳毅傳書劇，李好古有張生煑海也敘龍女事與此並有關。所謂『龍女』在中國古代並無此物，無疑的乃是由印度所給予我們的許多故事裏傳達進來的。

相傳爲牛僧孺〔一〕作的周秦行記，也當寫於此時。李德裕嘗作周秦行記論欲因此文致僧孺罪，蓋此文本爲德裕客韋瓘作，正要用以傾陷僧孺者。但這個文字獄竟沒有羅織成功，徒成爲牛李交惡案中的一個談資而已。周秦行記托僧孺自敘，謂他於某夜旅中，夢見古帝王的后妃與之宴樂，並以昭君薦寢。其情境無殊於游仙窟，秦夢記諸作，似更爲淺露無聊。僧孺自有玄怪錄，今佚，太平廣記尚載若干則，其瑣屑無當大類六朝故事集，置之唐傳奇文裏，其貌頗爲不揚。

六

以上的那些傳奇文，都是欲於夢幻中實現其恣意所欲的享用與戀愛的；表面上似是淡漠的覺悟，其實是蘊着更深刻的悲哀。觀於作者們的大多落拓失意，便知其所以欲於夢境中求快意之故，大約他們多少都有些受遊仙窟的影響罷。（惟倩娘離魂事別是一

〔一〕牛僧孺見舊唐書卷一百七十二，新唐書卷一百七十四。

會眞圖

此圖從顧玄緯刊本西廂記雜錄卷首取來。暖紅室刊董西廂亦借用此圖。然一經改刻，全失本來面目。今從原書直接複印，古本渾樸的風趣宛然猶在。（西諦藏）

崑崙奴傳

此爲著名的武俠故事之一，在後來文壇上的影響很大。

（從明刊本崑崙奴雜劇）

（西諦藏）

；型任氏傳也顯然是諷刺着世俗的妖姬蕩婦的作者或於愛情上受有某種刺激罷）

但最好的傳奇文，却存在別一個型式之中；夢裏的姻緣，空中的戀愛，究竟是隔一塵宇的。眞實的人世間的小小的戀愛悲劇的記載，却更足以動人心肺，往往會給人以『悽惋欲絕』之無端的遊絲似的感慨。本來人世間的瑣瑣細故，已是儘夠作家們的取用的。

在這一型的傳奇文中，首屈一指者自當爲元稹的鶯鶯傳。（一作會眞記）此傳流傳最廣，影響最大，有衍之爲詩歌者（鶯鶯歌，李公垂作，今存董西廂中）；爲鼓子詞者（趙令畤商調蝶戀花）；爲諸宮調者（董西廂）；爲雜劇者（王實甫西廂記）；爲傳奇者（李日華陸采諸人的南西廂記）；更有翻西廂，續西廂，竟西廂諸作出現於明清之交的，也不下十餘種。可謂爲我們最熟悉的一個故事。惟鶯鶯傳裏，敍張生無端與鶯鶯絕，却是很可怪的事，尤不近人情。董解元把後半結果改作團圓，雖落熟套，却未爲無識。

但寫得最雋美者還要算蔣防的霍小玉傳。防字子徵，義興人，爲李紳所知，歷官翰林學士，中書舍人。長慶中貶汀州刺史。此傳寫詩人李益事，當不會是憑空造出的。霍小玉爲都中名妓，與李益交厚。但益竟負心絕之，從母命別婚盧氏。小玉因臥疾不能起。一日，益出遊，竟爲黃衫豪士强邀至小玉家。小玉數說了他一頓，乃大慟而絕。其情緒的悽楚，令讀者莫不酸心。明人的平話杜十娘怒沉百寶箱，其所創出的情境與此傳也略相同，而大不如此傳的婉微可喜。湯顯祖曾爲此傳衍作傳奇兩部——紫簫記與紫釵記。

白行簡的李娃傳恰可與霍小玉傳成一對照；小玉傳爲一不可挽回的悲劇，李娃傳却是一個情節很複雜的喜劇。行簡字知退，詩人居易弟，與李公佐爲友。元和十五年授左拾遺，累遷司門員外郎主客郎中。寶曆二年卒。[一]此傳作於貞元十一年，是其早年之筆。敘李娃的多情，鄭子的能悔過，頗能諧合俗情，故劇場上至今猶演唱此故事不絕。（元，石君寶有曲江池劇，明薛近兗有繡襦記傳奇，也衍此事）行簡此作，文甚高潔，描敘也甚宛曲動人，與小玉傳同是唐人傳奇文裏最高的成就。他又有三夢記敘次也很有趣，且是近代心理學上的很好的資料。

[一]白行簡附見舊唐書卷一六六及新唐書卷一一九白居易傳中。

陳鴻的長恨歌傳係爲白居易的長恨歌而作。鴻字大亮，貞元主客郎中，與白居易爲友。長恨歌傳敍述明皇楊妃事，從她入宮起，到馬嵬之變及道人之索魂天上止，全包羅以後的來一切「天寶遺事」的綱目。以此傳爲出發點而衍爲諸宮調，雜劇，傳奇者不少，最著者爲元王伯成天寶遺事諸宮調，白仁甫唐明皇秋夜梧桐雨劇，及清洪昇長生殿傳奇。明人之彩毫驚鴻諸記，亦並及太眞事。唐人傳奇文之最爲人知者，元氏鶯鶯傳外，便要算是此作了。

在此時前後，尚有許堯佐作柳氏傳，敍韓翃及柳氏事；薛調作無雙傳，敍王仙客及無雙事；皇甫枚作非烟傳，敍趙象及非烟事；房千里作楊娼傳，敍楊娼及某帥事；皆是以人間的眞實的戀愛的故事爲題材者。在其中，尤以韓翃柳氏及王仙客無雙二事最爲人所知；明陸采有明珠記，卽衍仙客無雙事。

七

但到了唐的末葉，時勢日非，軍人也益橫暴，各各割據了一個地方，不聽中央政府的命令，他們自己更各自爭戰併吞，連橫合縱，天下騷然，民間受苦益甚。於是在無可奈何之中，有一班富於思想的文人們，便造作出種種劍俠的故事，聊以自慰。劍俠是自己站在千妥萬穩的立場上，而以其橫絕無敵的精技，來除暴安良，或爲人報仇雪恨的。爲了直接抵抗的不可能，民間便自然的要造作出這些超人的劍俠們的故事，欲借重他們以掃蕩自己之所惡的。這正和義和團及紅槍會之產生於清末及我們的時代中的情形頗爲相同。更有一點，也足以促進劍俠思想的傳播，那便是這時的佛教故事的大量的宣揚。在佛教故事裏，超自然的故事是太多了，騰空而去，霎時而返，乃是他們的常談；「上窮碧落下黃泉」，更是他們所奢語者。又道士們也在此時大顯神通，恣誑着不可能的情境。這些都更足以助長劍俠故事的氣焰。明人刊有段成式的劍俠傳一書，便是集合這些劍俠故事的大成的。但這劍俠傳實是僞書，托段氏之名以傳者。在成式的酉陽雜俎裏，自有盜俠（卷九）一類，所敘自魏明帝時登緣凌雲臺的異人起，凡九則。在其間，有敘述韋行規，黎幹，韋生及唐山人事的四則，最爲奇詭可觀，這四則都已被錄入劍俠傳中。韋行規自負勇武，乃遇京西店中老人以劍術折其銳氣，段氏寫來，頗虎虎有生氣，自是酉陽雜俎裏最好的文字之一。成式字柯古，臨淄人，爲宰相文昌子，以蔭爲校書郎，終太常少卿。〔一〕他的酉陽雜俎〔二〕包羅的事物甚廣，仍未脫張華博物志的窠臼，惟其中間亦雜有頗爲佳妙的傳奇文。

在裴鉶的傳奇裏，敘述這一類劍俠的故事也頗不少，最有名的是崑崙奴，聶隱娘二則。鉶爲高駢從事，駢好神仙，所爲多妄誕，故鉶之所敘，較其他同類之作更多些詭奇之趣，像聶隱娘裏的黑白衛，用之則爲活衛，收之則爲紙剪的驢，又所謂妙手空空兒等等的事，皆已超出於劍俠故事的範圍以外，而入於神仙故事的範圍之中了。崑崙奴一作，也甚可注意，所謂『崑崙奴』，據我們的推測，或當是非洲的尼格羅人，以其來自極西，故以『崑崙奴』；

〔一〕段成式見舊唐書卷一百六十段文昌傳，新唐書卷八十九段志玄傳。

〔二〕酉陽雜俎三十卷，有明脈望館刊本，津逮秘書本，學津討源本，四部叢刊本，又有單行刊本。

名之。唐代敍『崑崙奴』之事的，於裴氏外，他尚有之，皆可證其實爲非洲黑人。這可見唐帝國內所含納的人種是極爲複雜的；又其與世界各地的交通，也是甚爲通暢廣大的。在文學上說來，鉶的這兩則故事，對於後來作家們皆甚有影響；明梅鼎祚有崑崙奴雜劇，清尤侗有黑白衛雜劇，所敍的事，皆以此二故事爲藍本。

袁郊的甘澤謠裏，有紅線一則，也極爲流行。郊爲唐末人，官刑部郎中；甘澤謠作於咸通戊子（公元八六八年）正是劍俠故事流傳極盛之時，故郊所寫的紅線，乃是典型的女俠之一。但也甚有些仙氣；『再拜而行，倏忽不見，』而『忽聞曉角吟風，一時墜露，』紅線迴矣。這種飛來飛去的行蹤，乃正是聶隱娘的同道。明梁辰魚嘗以此事寫爲雜劇，約同時，又有無名氏傳奇雙紅記，合紅線紅拂二事而爲一；可見這故事的如何的爲後人所豔稱。所謂『紅拂，』便是有名的虬髯客傳。此作相傳爲張說所寫；但太平廣記（卷一百九十三）所載，僅註明『出虬髯傳，』而不著其作者。明顧元慶文房小說乃著其爲杜光庭作；其以爲張說作者，蓋明末人的妄題。光庭字賓至，處州縉雲人，爲唐末道士。入蜀，依王建。所作有

長恨歌：『行宮見月傷心色，夜雨梧桐腸斷時。』

——從明刊本元曲選（西諦藏）

紅拂私奔圖

虬髯客傳是一篇荒唐不經的道士氣息很重的傳奇文；但這故事在後來的劇壇上卻有了很大的勢力。

——從明凌氏刻本紅拂記（西諦藏）

廣成集（四部叢刊本）及錄異記。虬髯傳所言，頗多方士的氣息；他所寫的海外為王的事，後來陳忱的後水滸傳所敘的李俊稱王事，似係本之此傳。流傳殊盛，於雙紅記外，梁辰魚有紅拂劇（今佚），張鳳翼有紅拂記，凌濛初有虬髯翁。

無名氏原化記當也作於此時，其中像嘉興繩技，車中女子等故事，也並見收於劍俠傳。在詞人孫光憲的北夢瑣言〔二〕裏，也有好幾則同類的記載，像荊十三娘等。這一類的故事，不僅由唐末而蔓延到五代，即到了宋初，也還有吳淑的一部江淮異人傳〔三〕的出現。江淮異人傳全敘劍俠事，已把這一類幻想的復仇的故事當作一種專門的寫作的目標了。

八

這一類唐人的傳奇文，也和六朝的故事集相同，往往有陳陳相因的同一個傳說，往往

〔二〕北夢瑣言有雅雨堂刊廣州刻本；

〔三〕江淮異人傳有知不足齋叢書本。

被好幾個作家們捉來寫下。像太平廣記卷四百九十所載的無名氏東陽夜怪錄敍述成自虛於夜間遇見諸精怪吟詩事，和牛僧孺玄怪錄的元無有（太平廣記三百六十九引）其情趣與結構幾全相同，而所謂成自虛，元無有也便是同爲『烏有先生』的一流，固不僅是巧合而已。而更有甚者，作者們競寫此種大半空想的故事的結果，往往想像枯窘，不得不於古作或外來的傳說裏乞求些新的資料。南柯諸記之遠同遊仙窟固不必說；最有趣的是下面一事：段成式酉陽雜俎續集卷四貶誤一門裏，嘗引相傳的中岳道士顧玄績命一人看守丹竈，囑其愼勿與人言；不料歷諸幻境之後，其人乃突然失聲，因此豁然夢覺，鼎破丹飛的一則故事。成式以爲此事係出於釋玄奘西域記；『蓋傳此之誤，遂爲中岳道士』。這已是够可笑的了，而不料李復言玄怪續錄所載的杜子春（太平廣記卷十六引）卻又是明目張胆的鈔襲這個印度的故事，而改穿上中國的衣裝。在古今說海裏又有韋自東傳，（亦見太平廣記卷三百五十六原出裴鉶傳奇） 其所記載的故事，又和此完全相同。這竟是不厭一而再再而三的輾轉傳述的了！想不到這個流傳於印度一個地方的傳說，偶然被保存於大唐西域記裏的，乃竟會在中國引起了那末大的一場文學的波瀾。這很同於我們讀了著名的魔鬼的二十五故事，(Vikram and the Vampire)看着那位勞而無功的國王屢次的因了失聲發言而把前功盡棄的情形，而覺得發笑，頗同有些異國的情趣之感。像這樣的外來的資料，如果肯仔細的抓尋起來，在唐人傳奇文裏恐怕還不知有多少呢。我們的文學裏，乃具着那末多的外來的成分，這乃是我們從前所不自知，而今日一從事於六朝故事集和唐代傳奇文的研究，而便要愕然的感受到異常的衝動的。

參攷書目

一，太平廣記五百卷　宋太平興國三年（公元九七八年）李昉等編，保存古代逸書極多，唐代傳奇文的尋求，可以此書爲淵藪，明人們所紛紛刊刻者，都不過拾其唾餘而已。像其中第四百八十四卷到第四百九十二卷的九卷雜傳記，即保存了最著名的傳奇文不少。又像其中第一百九十三卷到第一百九十六卷的四卷豪俠類裏，也便保存了本文所敘述的劍俠的故事最多。有明活字印本；談氏刊本；許自昌刊本；清乾隆間黃氏刊袖珍本；筆記小說大觀本；掃叶山房石印本。

中國文學史　第二册　五一二

二，唐宋傳奇集　魯迅編，北新書局鉛印本。

三，中國短篇小說集第一册，　鄭振鐸編，商務印書館鉛印本，

四，通行本的龍威秘書，唐代叢書（唐人說薈）裏也有唐傳奇不少。

五，中國小說史略　魯迅著，可看其中第八篇到第十篇。

六，古今說海　明刊本；嘉慶間刊本；鉛印本。

第三十章 李商隱與溫庭筠

五七言詩作風的別闢一奇境——詩人的兩大派別——白居易與溫李——溫李的作風為五代宋詞的先驅——溫李與張籍——李商隱的生平——他的無題詩——溫庭筠風格的綺靡燠暖——他的生平——溫李的跟從者：韓偓，吳融，李羣玉等——同時代的諸詩人：杜牧，張祜等——張籍的一派：司空圖，朱慶餘等——賈島的一派：李洞，唐求及喻鳧——姚合的一派：李頻，周賀等——李咸用，方干，陳陶等——『芳林十哲』：鄭谷等——通俗詩人們：三羅，杜荀鶴，胡曾等。

一

從韓，白時代以後，便來到了溫李的時代。溫李時代當開起於唐元宗開成元年（公元八三六年）而終止於唐代的滅亡（公元九〇七年）；也即相當於論者所謂『晚唐』一個時期。

這個時代的詩人們，其風起雲湧的氣勢，大似開元，天寶的全盛時代。但其作風卻大相同。這時代的代表作家們，無疑是李商隱與溫庭筠二人。其餘諸作家，除杜牧等若干人外，殆皆依附於他們二人的左右者。溫李的作風，甚爲相類，是於前代諸家之外獨闢一個奇境者。五七言詩到了溫李，差不多可闢的境界也已略盡了；故其後遂也只有模擬而鮮特創的作風。但溫李雖是最後的創始一種作風的一羣，其影響與地位卻是特別的重要。原來，在詩的園地裏，作風雖多，總括之，卻不過數種。像陶淵明，王摩詰一類的田園詩，其作風不算不閒逸，卻不是人人所可得而學得者；韓愈，盧仝一類的奇險怪誕的詩，其作風，不能不謂之特闢一境，卻因過於嶮窄，走的人多了，也便走不通，會失掉其特性。李白一類的遊仙的與酒人的詩，其作風雖較爲闊大可喜，卻也不是一般詩人們所得而追逐於其後者。他們都祇是小支與別派，不能說是詩壇的正體與大『宗』。眞實的說起來，祇有兩派的作風，是永遠的在對峙着，也是永遠的給詩人們走不厭的兩條大路；一派是白居易領導着的明白易曉婦孺皆懂的作風，一派便是溫李所提倡着的曖昧朦朧精微繁縟的作風了。白居易的一派惟恐人不懂他們的東西；溫李派的詩什，則惟恐人家一讀就懂。白居易派的詩，是可讀唱給老嫗聽的；溫李派的詩，則就是好學深思的人讀之也要費些功夫。總之，白要明易，溫李要晦昧；白要通俗，溫李則但求『可爲知者道耳』；白是主張着人生的藝術的，溫李則是主張着藝術的藝術的。白派的詩，如太陽光滿晒着的白晝似的，物無遁形，情皆畢露；溫李派的，則如有微雲來去不已的月夜，萬象皆朦朦朧朧，看不清楚。白派是托爾斯泰的一流；溫李派則是和近代的法國象徵派，高蹈派的詩人們，像麥拉爾格（M-allarmé）戈底葉（Gautièr）諸人爲同黨。詩歌到底是要明白如太陽似的呢，還是要朦朧如月夜似的呢，這恐怕是要成了永久的爭端，不能在一朝一夕，以一言數語決之的。有人喜愛前者，也有人喜歡後者；正如在宇宙的恒久的現象裏，雖有人喜歡白天的金黃色的太陽光，但也有人會喜歡夜間的銀灰色的月光的。這，我們不能在這裏仔細討論。但溫李派的出現，其爲我們文壇上最重要的一件大事，則是無可致疑的。當然，也有時對溫李派集矢，正如托爾斯泰派之集矢於鮑特萊爾（Baudelaire）諸人們一樣，但那並無害於溫李的偉大。我們的諸種文學，往往爲了過於求明白，很少最崇高的成就，也就減少想像力的騁馳的絕好機會。溫李派的終於產生，不能不說是一個絕爲偉大的進步的事態。五七言詩的作風，進展到溫李也便『至矣，盡矣蔑以復加矣』了。以後，溫李的跟從者幾乎無代無之；而其更高的成就，則結果在五代與宋的絕妙好『詞』上。我們的抒情詩的一體，所謂『詞』者，其在五代與宋之間的造就，無疑的乃是我們的詩史裏的爲偉大的一個成就。而溫李卻是他們的『開天闢地』的盤古女媧！

在溫李之前，王建，張籍他們已有走上這條大路的傾向，這在上文已經說到過；但王建，張籍究竟衹是打先鋒的陳勝，吳廣，不能成大事立大業，溫李才是眞正的得天下的劉邦。假如我們說，溫李派的詩的作風，像深藏在重簾深幕之後的絕代美人，那末，張籍諸人的風趣，卻衹是像臉上蒙了一塊避風紗的近代北方的女郎們而已。張籍他們還是夕陽西下未黃昏的氣候，溫李則已是『月上柳梢頭』的夜晚的光景了。王建，張籍等衹是齊梁的風格的復活，再上了些朦朧的略具暗示的餘味；溫李才是眞正的『高蹈派』的開始。建籍不過說的是閨怨，春愁，用的是含蓄的語氣，究竟還不難懂，溫李則連題材和風格都是不大好了解的，有時簡直以無題二字了之，而其用字也並是若明若昧，『不求甚解』的。所以溫李不僅是建籍的門楣的廓大，而建籍終於不過是溫李的勝，廣而已。

二

李商隱字義山，懷州河內人。令狐楚奇其文，召入幕中。開成二年，擢進士第。調弘農尉。王茂元鎭河陽，愛其才，表掌書記，以女妻之。得侍御史。茂元死，來遊京師，久不調。更依桂管觀察使鄭亞府爲判官。亞謫循州，他從之。凡三年，乃歸。後柳仲郢節度劍南東川，辟判官，檢校工部員外郎。府罷，客滎陽，卒。（813——858）〔一〕商隱初自號玉溪子，有玉溪生詩三卷。

〔一〕李商隱見舊唐書卷一百九十下文苑下，新唐書卷二百三文藝下。

〔一〕評者謂其詩『如百寶流蘇，千絲鐵網，綺密瓌妍，要非適用之具』。〔二〕這當然是由文學功利論者的眼光裏所看出來的。其實商隱詩大體還不至如溫庭筠那末曖昧難明呢。像樂遊原：

向晚意不適，驅車登古原。夕陽無限好，只是近黃昏。

還有點像澹遠一流的作品，不過意象卻已大爲不同耳。在『夕陽無限好』之下，澹遠一流的作家恐怕是不會加上那末一句：『只是近黃昏』的。他的詩題曖昧難知者頗多。像錦瑟，爲有，一片，日射，搖落，如有等等，都與詩意毫不相干，只是隨意採用了詩中的頭二字題而已；有的時候，簡直連這種題目也不用，只是乾脆的寫上『無題』二字。『無題』詩在玉溪子詩中，見不一見，最足以代表他的作風，姑舉幾首於下：

颯颯東風細雨來，芙蓉塘外有輕雷。金蟾齧鎖燒香入，玉虎牽絲汲井迴。賈氏窺簾韓

〔一〕李義山集三卷，汲古閣本，席氏刊本，四部叢刊本（詩集六卷，文集五卷）；又義山詩箋注有朱鶴齡，姚培謙，馮浩諸本；文集有徐樹穀，徐炯箋注本。 〔二〕見唐才子傳卷七。

掾少，宓妃留枕魏王才。春心莫共花爭發，一寸相思一寸灰。

相思時難別亦難，東風無力百花殘。春蠶到死絲方盡，蠟炬成灰淚始乾。曉鏡但愁雲鬢改，夜吟應覺月光寒。蓬山此去無多路，老鳥殷勤爲探看。

大約所謂『無題』，便是給某某女郎的情詩的代名詞罷。（後來的人便皆以『無題』來作『情詩』的代名詞）他還喜歡詠落花，詠垂柳，詠月，詠蜂，詠蝶等等，而詠蝶者更不止一二見。他的作風還不和五色斑爛，粉光輝耀的輕蝴蝶似的麼像？『遠恐芳塵斷，輕憂艷雪融』；『爲問翠釵釵上鳳，不知香頸爲誰迴』；『相兼惟柳絮，所得是花心』；『葉葉復翻翻，斜橋對側門』（省詠蝶）『色染妖韶柳，光含窈窕蘿』（西溪）；『花鬢柳眼各無賴，紫蝶黃蜂俱有情』（二月二日）『蠟照半籠金翡翠，麝熏微度繡芙蓉』（無題），『南塘漸暖蒲堪結，兩兩鴛鴦護水紋』（促漏）；又像：

三更三點萬家眠，露欲爲霜月墮烟。鬥鼠上堂蝙蝠出，玉琴時動倚窗絃。

——半夜

擬杯當曉起，呵鏡可微寒。隔箔山櫻熟，褰帷桂燭殘。書長為報晚，夢好更尋難。影響輸雙蝶，偏過舊畹蘭。

——曉起

還不都是『五色令人目迷，五音令人耳亂』的繁縟之至，焰灼之至的篇什麼？我們要指義山詩的好處與特點，便當在這種粉蝶翩飛似的境地裏去尋找。

三

假如我們說李商隱的詩似粉光斑斕的蝴蝶，那末，溫庭筠〔一〕的詩便要算是綺麗膩滑的錦繡或綵緞的了；溫詩是氣魄更大，色調更為鮮明，紋彩更為綺靡的東西。他的所述，更不容易令我們明白，他愛用織錦詞，夜宴謠，曉仙謠，舞衣曲，水仙謠，照影曲，晚歸曲等等的題目，而他的詩材便也題目般的那末繁褥而爛爍。〔二〕我們且看他所抒寫的『晴碧烟

〔一〕溫庭筠見舊唐書卷一百九十下文苑下，新唐書卷九十一溫大雅傳。

〔二〕溫庭筠集有明刊本，有四部叢刊本，又溫飛卿集箋注（顧予咸等注），有秀野草堂本。

滋重疊山羅屏半掩桃花月』（郭處士擊甌歌）；江風吹巧剪霞綃，花上千枝鵑杜血』（錦城曲）；『金梭淅瀝透空薄，剪落鮫綃吹斷雲』（舞衣曲）；『繡頸金鬟蕩倒光，團團皺綠雞頭葉』（蘭塘詞）；『格格水禽飛帶波，孤光斜起夕陽多……水極晴搖泛豔紅，草平春染烟綿綠。玉鞭騎馬楊叛兒，刻金作鳳光參差』（晚歸曲）；『擣麝成塵香不滅，拗蓮作寸絲難絕』（達摩支曲）；『紅珠斗帳櫻桃熟，金尾屏風孔雀閑。雲鬟幾迷芳草蝶，額黃無限夕陽山』（偶遊）；『紅絲穿露珠簾冷，百尺啞啞下纖綆……涼簪墜髮春眠重，玉兔熅香柳如夢』（春愁曲）『日影明滅金色鯉，杏花唼喋靑頭雞』（經西塢偶題）；『蟲歇紗窗靜，鴉散碧梧寒。……亂珠凝燭淚，微紅上露盤』（詠曉）；等等還不都是不平常的想像與鑄辭麼？還不都是如春夢似的迷惘，如蟬影似的倩空麼？就是他偶寫社會的苦難的光景，卻也仍是出之以這種的不平常的錦繡斑爛的文彩的，像燒歌：

起來望南山，山火燒山田。微紅夕如滅，短燄復相連。差差向岩石，冉冉凌靑壁。低隨迴風盡，遠照簷茅赤。鄰翁能楚言，倚插欲潸然。自言楚越俗，燒畬為早田。豆苗蟲促促，籬上花當屋廢棧豕歸欄，廣場鷄啄粟……誰知蒼翠容，盡作官家稅。

這裏寫山上田家的光景是極爲逼眞可喜的；雖是詛咒「官家」，其氣象究竟和杜甫與白居易之作有別。他還喜用舊曲名像春江花月夜，勅勒歌，公無渡河之類，然其所述則仍是溫馥綺豔，特具一體。

庭筠本名岐，字飛卿，太原人。少敏悟，才思豔麗，工爲詞章小賦，與李商隱皆有名，稱溫李。每入試，押官韻作賦，凡八叉手而八韻成，時號溫八叉。多爲鄰舖假手，日救數人。然行爲輕薄，頗爲縉紳所不齒。宣宗愛唱菩薩蠻詞，丞相令狐綯假其修撰，密進之，戒令勿泄，而遽言於人。由是疎之。他也有言道：「中書堂內坐將軍，」以譏相國的無學。宣宗好微行，嘗遇庭筠於逆旅，他不識之，傲然而詰之道：「公非長史司馬之流？」帝道：「非也。」又道：「得非六參簿尉之類？」帝道：「非也。」謫爲方城尉，再遷隋縣尉卒。

溫，李的作風，開闢了五七言詩的另一條大路給後人們走。而當時受其影響者便已不少；其中最有名者爲韓偓，吳融，唐彥謙等，而皮日休與陸龜蒙二人也可附此派之中。

韓偓字〔一〕致光，一云字致堯，小字冬郎，京兆百年人，好爲豔綺之詩，李義山甚稱許之。龍紀元年（公元八八九年）擢進士第。佐河中幕府，歷翰林學士，中書舍人，兵部侍郎。以不附朱全忠貶濮州司馬。天祐二年復原官，〔二〕偓不赴，依王審知而卒。有翰林集一卷，香奩集三卷。他的作風，於義山爲近，像幽窗：『刺繡非無暇，幽窗自鮮歡。手香江橘嫩，齒軟越梅酸；』繞廊：『濃煙隔簾香漏泄，斜燈映竹光參差；』嬾起：『枕痕霞黯澹，淚粉玉闌珊。籠繡香煙歇，屏山燭燄殘，』又像已涼：

碧闌干外垂，猩血屏風畫柘枝。八尺龍鬚方錦褥，已涼天氣未寒時。

也都是像『樓閣朦朧煙雨中』（夜深）的光景的。他的無題數首，顯然也是受義山的影響的。

〔一〕韓偓見新唐書卷一百八十三，　〔二〕韓內翰別集一卷，汲古閣本席氏刊本玉山樵人集香奩集附，四部叢刊本，麟後山房刊本。

吳融字子華，越州山陰人。龍紀初（約公元八八九年）及進士第，後爲翰林承旨，卒。有唐英集三卷。他的作風雖說是學溫李，卻沒有他們的燠暖縟麗，反時露悽楚之音，這是溫李派中所罕見的。『不必繁弦不必歌，靜中相對更情多，』（紅白牡丹）這二語便足以形容他的風格罷。像野廟：

古原荒廟掩莓苔，何處喧喧鼓笛來。日暮鳥歸人散盡，野風吹起紙錢灰。

悽涼欲泣，更那裏有一絲一毫的溫李的溫馥之感呢？他也作無題：『萬態千端一瞬中，心園蕪沒佇秋風。鶺鴒夜警池塘冷，蝙蝠晝飛樓閣空。』但已渾不是義山的無題：『鳳尾香羅薄幾重，碧文圓頂夜深縫。扇裁月魄羞難掩，車走雷聲語未通』一類的無思慮的繁縟昇平的氣象了。大約融隨了昭宗播遷，受苦擔驚，怕無時不在驕兵悍將的刀光劍影之下討生活，已深感到了社稷殘破的悲悼罷。

唐彥謙〔一〕字茂業，並州人。咸通中（公元八六〇年以後）舉進士，十餘年不第。乾符末

〔一〕唐彥謙見舊唐書卷一百九十下文苑下；新唐書卷八十九唐儉傳。

（約公元八七九年）携家避地漢南。楊守亮鎭興元，署爲判官。累官至副使，閬，壁，絳三州刺史。他博學多藝能，書畫音樂，無不出於輩流，號鹿門先生。他少時師溫庭筠，故風格類之。而宋人楊大年又說他：『爲詩慕玉溪，得其清峭感愴。』他也有無題十首。（錄其一）

夜合庭前花正開，輕羅小扇爲誰裁？多情驚起雙蝴蝶，飛入巫山夢裏來。

似較近於義山。

皮日休〔二〕字襲美，一字逸少，襄陽人。性傲誕，隱居鹿門，自號間氣布衣。咸通八年（公元八六七年）登進士第。授太常博士。黃巢陷長安，日休爲所殺。（？—880）他頗受白居易的影響，曾作正樂府十篇，蓋即居易的新樂府的同流；但他後來和陸龜蒙唱酬最多，未免也受了他的很深的影響，而寫着：『爲說松江堪老處，滿船烟月濕莎裳』（行次野梅）；『孔雀釧寒窺沼見，石榴紅重墮堦聞。牢愁有度應如月，春夢無心祇似雲』（病後春思）；『溪光冷射鸂鶒，柳帶凍脆攢欄杆。竹根乍燒玉節快，酒面新潑金膏寒』（奉和魯望早春雪中作吳

〔一〕皮子文藪十卷；有明刊本四部叢本刊。

體見寄）一類的話。其實他並不能算是溫李的同伴。

陸龜蒙〔一〕字魯望，蘇州人。舉進士不第。辟蘇湖二郡從事。退隱松江甫里，多所論撰，自號天隨子。他和皮日休唱酬最多。日休序其集道：『近代稱溫飛卿，李義山爲之最，以陸生參之，烏知其孰爲先後也！』龜蒙詩確於溫李爲近，像：『行欹每依鷗鳥影，挑頻時見鼠姑心』（偶掇野蔬寄襲美有作）；『鬢亂羞雲卷，眉空羨月生』（寄遠），『黃蜂一過慵，夜夜棲香蕊』（春曉）。

李羣玉〔二〕字文山，澧州人。裴休薦爲弘文館校書郎。未幾，乞假歸。其風格似溫李而略爲明暢，於感春一詩可知之：

春情不可狀，豔豔令人醉。暮水綠楊愁，深窗落花思。吳宮新暖日，海燕雙飛至。愁思逐煙光，空濛滿天地。

〔一〕唐甫里先生文集二十卷，有四部叢刊本。又笠澤叢書有江都秦氏刊本。　〔二〕李群玉詩集八卷，有汲古閣刊本（三卷）；席氏刊本；四部叢刊本。

劉滄字蘊靈，魯人，大中八年（公元八五四年）進士第。調華原尉，遷龍門令。所作大類溫李，而較多蕭爽的秋氣，像『啟戶清風枕簟幽，虫絲吹落挂簾鈎』（秋日山齋書懷）；『半夜秋風江色動，滿山寒葉雨聲來』（秋夕山齋即事）；『微微一點寒燈在，鄉夢不成聞曙鷄』（晚春宿僧院）；『雲鬟高動水宮影，珠翠乍搖沙露光。心寄碧沈空婉戀，夢殘春色自悠揚』（洛神怨）；『羸馬客程秋草合，晚蟬關樹古槐深』（入關留別主人）等等，都具悽清之意，若寒潭的水，冷碧之色，直撲人眉宇間。

馬戴字虞臣，會昌四年（公元八四四年）進士第。為龍陽尉，咸通末佐大同軍幕，終太常博士。他和賈島是朋友，常相往來，故其作風，於紛渺中也並具清瘦之態，像『寒雁過原急，渚邊秋色深。煙霞向海島，風雨宿園林』（宿賈島原居）；『微陽下喬木，遠色隱秋山』（落日悵望）；『亂鐘嘶馬急，殘日半帆紅』（行客）；『初日照楊柳，玉樓含翠陰。……幽怨貯瑤瑟，韶光凝碧牀』（春思）；『斜日挂邊樹，蕭蕭獨望間』（隴上獨望）；『落葉他鄉樹，寒燈獨夜人』（灞上秋居），都是其較好之作。

許渾〔一〕字用晦，潤州人。大中三年（公元八四九年）任監察御史，終郢睦二州刺史。所作於溫馥中也多愴楚之感，像：『松楸遠近千官塚，禾黍高低六代宮。石燕拂雲晴亦雨，江豚吹浪夜還風』（金陵懷古）；『芳草渡頭微雨時，萬株楊柳拂波垂。蒲根水暖雁初下，梅逕香寒蜂未知』（初春雨中）。

女流作家魚玄機也在這個時代出現，寫着頗大胆的情詩，和溫飛卿和酬答。玄機的生平很怪。她字幼微（一字蕙蘭），爲長安里家女。喜讀書，有才思。初爲李億妾，後出爲女道士，主持咸宜觀，和諸名士往返。以笞殺女童綠翹，被京兆溫璋所戮。有集。她的應酬詩，無甚可觀，但像情詩寄李子安：『書信茫茫何處問，持竿盡日碧江空』；閨怨：『春去秋來相思在，秋去春來信息稀』；冬夜寄溫飛卿：『滿庭落葉愁風起，透幌紗窗惜月沈』；暮春有感寄友人：『鶯語驚殘夢，輕妝改淚容』云云，都很有濃情深意在着。她雖進不了溫李的堂室，但在女流作家裏却是很傑出的；她是那末坦白的披露出她的胸臆，那是她們所少有的。

〔一〕許渾丁卯集二卷，有明弘治刊本；汲古閣刊本；四部叢刊本。

五

超然於溫李派影響之外者，有杜牧。牧字〔一〕牧之，京兆萬年人，太和二年（公元八二八年）擢進士第。爲牛僧孺淮南節度府掌書記，擢監察御史，移疾分司東都。拜殿中御待史、內供奉。歷黃池睦三州刺史，又爲湖州刺史。踰年，拜考功郎中，知制誥，遷中書舍人卒。牧剛直有奇節，敢論列大事。他的詩也情致豪邁，與時流之競爲枯瘠清瘦或繁縟溫馥之作者不同。人號爲小杜，以別杜甫。有樊川集。〔二〕他的作風，大類元，白；像感懷詩，冬至日寄小姪阿宜詩，華清宮三十韻，昔事文皇帝三十二韻都是逼肖元，白之作。他很想用世：『處士有常言：殘虜爲犬豕，常恨兩手空，不得一馬箠』（送沈處士）；但有時却又頗頹唐自放：『但爲適性情，豈是藏鱗羽。一世一萬朝，朝朝醉中去』（雨中作）。這兩種的矛盾心理的表現，在白

〔一〕杜牧見舊唐書卷一百四十七杜佑傳；新唐書卷一百六十六杜佑傳。

〔二〕樊川文集二十卷，明刊本；四部叢刊本。又註四卷，清馮集梧撰刊本。

居易的詩裏也是常常見之的。牧之還喜愛李杜韓柳之作：『高摘屈宋豔，濃薰班馬香；李杜泛浩浩，韓柳摩蒼蒼。近者四君子，與古爭強梁』（冬至日寄小姪阿宜詩）而尤推崇韓杜：『杜詩韓集愁來讀，似倩麻姑癢處抓』（讀韓杜集）故他於韓的奇，杜的整鍊也頗得之。他的短詩，雋永的也不少，像獨酌：

窗外正風雪，擁爐開酒缸；何如釣船雨，蓬底睡秋江。

同時又有張祜，趙嘏二人，甚為牧之所稱許。牧之贈張祜道：『粉毫唯畫月，瓊尺只裁雲』；又殘春獨來南亭因寄張祜道：『仲蔚欲知何處在？苦吟林下拂詩塵』。又有雪晴訪趙嘏街西所居：『命代風騷將，誰登李杜壇？……今日訪君還有意，三條冰雪獨來看』。張祜字承吉，清河人。以宮詞得名。辟諸侯府，多不合，自劾去。嘗客淮南，愛丹陽曲阿地，築室卜隱。他的宮詞：『故國三千里，深宮二十年。一聲河滿子，雙淚落君前』曾流入宮禁；武宗疾篤，孟才人唱此詞歌『一聲河滿子』，氣亟立殞。上令醫候之，『脈尚溫而腸已絕』。祜因之為孟才人歎，敘此事。趙嘏字承祐，終於渭南尉。他嘗家於浙西，有美姬，惑之，為浙帥所奪。後嘏中第，浙帥遣此姬歸之。嘏方出關，逢於橫水驛。姬抱嘏慟哭而卒，葬於橫水之陽。嘏的詩，像長安秋望：『殘星幾點雁橫塞，長笛一聲人倚樓。紫艷半開籬菊靜，紅衣落盡渚蓮愁。』是甚有張籍諸人的風趣的。

六

在這時，張籍的影響甚大；司空圖，項斯，朱慶餘，任蕃，陳標，章孝標等無不受其陶冶。然籍的作風，頗同于溫李，這可見這時風尚之所歸向。司空圖〔一〕字表聖，河中人。咸通十年（公元八六九年）進士第。王凝爲宣歙觀察使，辟置幕府。後拜禮部員外郎。黃巢亂，僖宗次鳳翔，以圖爲知制誥，中書舍人。昭宗召爲兵部侍郎，以足疾自乞還。圖家本中條山王官谷，有先人田廬，遂隱不出。自號知非子，耐辱居士。後聞哀帝被弒，不食扼腕，嘔血數升而卒。年

〔一〕司空圖見舊唐書卷一百九十下文苑下；新唐書卷一百九十四卓行傳。

七十二。(837—908)有一鳴集〔二〕他嘗著詩品，以雋永之語，標舉古今詩的風格，是批評文裏空前的清俊之什。他也寫『伏溜侵堦潤，繁花隔竹香』(春中)；『恰値小娥初學舞，擬偸金縷押春衫』(楊柳枝) 然最多的却是嘆亂傷時之什，像狂題十八首，像寓居有感三首，像偶題三首，像即事九首等等，都是如杜鵑啼血似的哀吟；最可痛者，像河湟有感：『一自蕭關起戰塵，河湟隔斷異鄉春；漢兒盡作胡兒語，却向城頭罵漢兒，』整個不良社會都已被映寫出來了，爲了環境的不同，他已不是張籍派所可包羅的了。章孝標，桐廬人，元和十四年(公元八一九年)進士第。太和中試大理評事。他是張籍的好友，這時代的老詩人。又有任蕃，陳標，項斯，朱慶餘諸人，皆爲依附張籍而成名者。他們所作，風格皆不大相殊，上文所舉朱慶餘的『待曉堂前拜舅姑』一詩便可作爲代表。相傳項斯始未爲聞人，因以卷謁楊敬之，楊苦愛之，贈詩道：『平生不解藏人善，到處逢人說項斯。』明年斯遂擢上第。這恰和朱慶餘與張籍的遇合之際有些相似。

〔二〕司空聖集，明刊本；席氏刊本；乾坤正氣集本；四部叢刊本(文集十卷，詩集五卷)。

七

追逐於賈島的左右而力擬其作風者有李洞，唐求及喻鳧。李洞字才江，京兆人。唐宗室。慕賈島爲詩，至鑄其像，事之如神。昭宗時不第，遊蜀卒。他因模擬賈島過度，故有僻澀之誚，獨吳融甚稱之。他的詩像：『醉眼青天小，吟情太華低』（贈唐山人）；『臥語身粘蘚，行禪頂佛松』（宿鳳翔天柱寺）；『冷箭和雪倚，朽櫟帶雲燒』（維摯陽林居）等，都是斲句甚苦的。唐求居蜀之味江山。王建帥蜀，召爲參謀，不就。放曠疎逸，邦人謂之唐隱居。爲詩撚稿爲圓，納之大瓢。後臥病，投瓢於江，道：『斯文苟不沈沒，得者方知吾苦心爾。』流至新渠，有識者道：『唐山人瓢也。』接之十纔二三。他的詩都是從苦吟與體驗中得到的，像：『爲雨疑天晚，因山覔路遙』（塗次偶作）；『竹和庭上春烟動，花帶溪頭曉露開』（題李少府別業）。喻鳧，毘陵人，登開成五年（公元八四〇年）進士第，終烏程尉。他和賈島是朋友，作風也甚清瘦，像『鐘沈殘月塢，鳥去夕陽村。搜此成閑句，期逢作者論』（龍翔寺言懷），却沒有賈島那樣的精鍊與拗强了。

八

與姚合爲一輩而深受其影響者，有殷堯藩，李頻，周賀諸人。李頻是兆合的女婿。他字德新，睦州壽昌人。時合爲給事中，有詩名，士多歸重。頻走千里，丐其品。合大稱賞，遂以女妻之。大中八年（公元八五四年）擢進士第，終於建州刺史。他所作詩，工力甚深，像『沙渚漁歸多濕網，桑林蠶後盡空條』（鄂州頭陀寺上方）；『架書抽讀亂，庭果摘嘗稀』（過嵩陰隱者）等等。

周賀字南卿，東洛人。初爲浮屠，名清塞。姚合爲杭州太守時，愛其詩，加以冠巾，改名賀。所作像：『出定聞殘角，休兵見壞鋒』（送省巳上人）；『亂雲迷遠寺，入路認靑松。鳥道緣巢影，僧鞋印雪踪』（入靜隱寺途中作）；『蠹根停雪水，曲角積茶烟』（玉芝觀王道士）等等都是出之以淸吟與深思的。

殷堯藩蘇州嘉興人。元和中登進士第。辟李翺長沙幕府，加監察御史，又嘗爲永樂令。他和姚合，雍陶，馬戴，許渾等相酬和，所作多清婉可喜，像『踏碎羊山黃葉堆，天飛細雨隱輕雷』（遊山南寺）；及經靖安里：

巷底蕭蕭絕市塵，供愁疏雨打黃昏。悠然一曲泉明調，淺立閑愁輕閉門。

九

咸通左右，又有李咸用，來鵬陳陶，曹鄴。方干，諸人，雖詩名重於一時，却皆命薄如雲，流落以終。（惟曹鄴較顯達）。李咸用與來鵬同時，工詩不第，嘗應辟爲推官，有披沙集。咸用的詩顯然可見是受多方面的影響而不名一家的，——許多晚唐詩人大概都是這樣的——像：『須知代不乏騷人，貫休之後惟修睦而已矣』（讀修睦道上人歌篇）宛然是韓愈的口氣；『淅淅夢初驚，幽窗枕簟清』（聞泉）又有些像姚合了。來鵬（一作鵠）豫章人，咸通中舉進士不第。他詩思清麗，像：『冷酒一杯相勸頻，異鄉相遇轉相親。落花風裏數聲笛，芳草烟中無限人』（鄂渚清明日）；『新曆才將半紙開，小庭猶聚爆竿灰』（早春）等等，皆頗能狀日常情況入詩中。

方干字雄飛，新定人。嘗謁杭州太守姚合，合視其貌陋，甚卑之。坐定覽卷，乃駭目變容。館之數日，咸通中一舉不得志，遂遯會稽，漁於鑑湖。他的詩名滿于江之南，後進私謚曰玄英先生。〔一〕（？—888？）像『未明先見海底日，良久遠鷄方報晨』；『古樹含風長帶雨，寒岩四月始知春』（題龍泉寺絕頂）；『坐牽蕉葉題詩句，醉觸藤花落酒杯』（題越州袁秀才林亭）等等，也很情致疏蕩。曹鄴字業之，桂州人，登大中（公元八四七—八五九年）進士第，終洋州刺史。他的詩頗能表現出唐末喪亂頻仍的時代的內幕來，像築城、戰城南、甲第、官倉鼠、薊北門行、秦後作等都有些與白居易的新樂府相類。但居易還以勸誡為名，他則直抒哀怨了。他也有清雋異常之作，像早起：

月墮滄浪西，門開樹無影。此時歸夢闌，獨立梧桐井。

陳陶字嵩伯，嶺南人（一作鄱陽人，又作劍浦人）。大中時遊學長安。南唐昇元中，隱洪

〔一〕方干玄英集有席氏刊本。

州西山後不知所終。他的詩也多悽楚之音，雖間作超世語，却多用世意。像『可憐無定河邊骨』（隴西行）是最爲人所傳誦者，又像『近來詩思淸于水，老去風情薄似雲』（答蓮花妓）等等也殊可喜。

同時又有曹唐的，曾作遊仙詩百首，却都膠執無聊，一點也沒有靈雋飛動之意緒，可說是這一類詩中的最下者。他字堯賓，桂州人，初爲道士，後舉進士不第。

同時又有所謂『芳林十哲』者，唱答往還，自成一派。這『十哲』是鄭谷，許棠，任濤，張蠙，李棲遠，張喬，喻坦之，周繇，溫憲（庭筠子）及李昌符。而鄭谷，許棠，張喬，張蠙尤有名。鄭谷〔一〕字守愚，袁州宜春人，幼穎悟絕倫，七歲能詩。光啓三年（公元八八七年）第進士。乾甯四年爲都官郎中，詩家稱鄭都官；又嘗賦鷓鴣，警絕，復稱鄭鷓鴣。未幾告歸，卒於北岩別墅。他的詩淸婉明白，不俚而切，齊已攜詩卷來表謁谷；早梅云：『前村深雪裏，昨夜數枝開』。谷道：『數枝非早也，未若一枝佳』。已不覺設拜道：『我一字師也』！谷詩頗多警策之什，像

〔一〕鄭谷雲台編三卷有席氏刊本。

『雨昏青草湖邊過，花落黃陵廟裏啼』（鷓鴣）而也時有訴老談窮之作，像『流年俱老大失意又東歸』。（送進士盧棨東歸）。許棠字文化，宣州涇縣人。咸通十二年（公元八七一年）登進士第，授涇縣尉，又嘗爲江寧丞。也多談窮訴苦之作，像『連春不得意，所業已疑非』（留別友人）；『欲吟先落淚，多是怨途窮』（客行）；『飛塵長滿眼，衰髮暗添頭』（遣懷）之類。張喬池州人，咸通中（公元八六六年左右）進士。黃巢之亂，罷歸，隱九華。他的詩像秋山清若水，吟客靜於僧』（題鄠侍御藍田別業）；『憑檻見天涯，非秋亦可悲。山水分鄉縣，干戈足別離』（江樓作）等，皆於澹遠之中見出喪亂之感的。張蠙字象文，清河人，初與許棠張喬齊名，登乾寧二年（公元八九五年）進士第，爲犀浦令。入蜀，終金堂令。相傳王衍與徐后遊大慈寺，見壁間題云：『牆頭細雨垂纖草，水面迴風聚落花。』深喜之，問寺僧，知爲蠙作，欲大用之，而讒者以蠙輕忽傲物爲言，遂止。

老馬 姚合

臥多扶不起，惟向主人嘶。惆悵東郊道，秋來雨不泥。

——從明刊本唐詩畫譜

馬上作

杜荀鶴

五里復五里，
住時無住時。
日將家漸遠，
猶恨馬行遲。

——從明刊本《唐詩畫譜》（西諦藏）

但在這個温，李，杜，韓的影響瀰漫着唐末的詩壇上的時候，却有另外一羣的詩人們起來，打着通俗的旗幟，做着自以爲是的詩歌，闖進雅典秀緻的書室裏，把一切的陳設都撕下了，摔壞了，任意放歌，任意舞踏，殊富粗豪諧俗的意興。但他們却並不是突然的從天掉落來的；他們的淵源是很古遠的，從王梵志，到顧況，到他們，那是一條直線的路逕。不過中間常受雅典的沙石所壓迫，故他們遂常成爲地中的伏流，偶一遇土質鬆動處才得噴流出來，成爲清泉，或成爲小溪。唐末是喪亂頻仍的時代，科第已失了羈縻人心的效力，個個才士都要自謀出路，自求發展；這一層壓力一去，於是那一股伏流便滾滾滔滔的湧出地面上來了。在這一股伏流裏，三羅，杜荀鶴，李山甫及胡曾是其代表。他們慣是以俗意淺言，來作民間能懂的詩的；他們的詩眞的是常在民間的口頭上說着，至於今千年未絕，且也成了民間生活常識的一部分，分離不開，影響極大。白居易詩每以婦孺皆懂爲目的，然究竟還是過於典雅，未必眞的能够深入民間；像羅隱，杜荀鶴，胡曾等才是眞正的民間詩人呢。

三羅者，爲羅鄴，羅隱及羅虬。而羅隱之名最大。羅隱字昭諫，餘杭人。光啟中，依浙江錢鏐，鏐辟他爲節度判官副使。朱溫召之，不行。年八十餘卒。〔一〕隱是民間自己的眞實的詩人，至今浙人尚流傳着他的許多聰明的故事；且有『羅隱皇帝口』云云的俗諺，說他是『言無不中。』詠齋閒覽道：『唐人詩句中用俗語者，惟杜荀鶴，羅隱爲多。羅隱詩如曰：「西施若解亡人國，越國亡來又是誰？」曰：「今宵有酒今宵醉，明日愁來明日愁」；曰：「能消造化幾多力，不復陽和一點塵」；曰：「只知事逐眼前去，不覺老從頭上來」；曰：「時來天地皆同力，運去英雄不自由」；曰：「採得百花成蜜後，不知辛苦爲誰甜？」曰：「明年更有新條在，繞亂春風卒未休。」今人多引此語，往往不知誰作。』蓋這些詩句也已深入民間而成爲他們自己的日常的成語的了。他所作有羅昭諫集。〔二〕

羅鄴〔三〕也是餘杭人。楊愼推他爲三羅之首，大約因爲他的詩在三羅中是最典雅的

〔一〕羅隱見十國春秋卷八十四。

〔二〕羅昭諫集有張瓚刊本；汲古閣刊本；席氏刊本，四部叢刊本。

〔三〕羅鄴詩有五十唐人小集本。

之故罷。但像：『不愁世上無人識，唯怕村中沒酒沽』（自遣）；『萬里山河星拱北，百年人事水歸東』（春晚渡河有懷）等等也還是很諧俗的。羅虬〔一〕台州人，依鄜州李孝恭爲從事。他狂宕無檢束；嘗在孝恭坐，殺了一個妓女名杜紅兒，後悔之，乃作比紅兒詩百首，當時盛傳。像比紅兒詩中的『不似紅兒些子貌，當時爭得少年狂』，『若同人世長相對，爭作夫妻得到頭』云云，也是近於俗語方言的。

杜荀鶴字彥之，池州人，有詩名，自號九華山人。景福二年（公元八九三年）進士第。或以他爲杜牧出妾之子。朱溫受禪，拜他爲翰林學士，數日而卒。（848—907）他自序其詩爲唐風集。他的詩也以類乎格言的成語，爲最得民間歡迎，像：『舉世盡從愁裏老，誰人肯向死前休』；『世間多少能言客，誰是無愁行睡人？』『逢人不說人間事，便是人間無事人』；『易落好花三個月，難留浮世百年身』等等。

李山甫咸通中數舉進士被黜，依魏博幕府爲從事。他有不羈才，能爲青白眼。往往不得

〔一〕羅虬比紅兒詩註一卷，清沈可培註，有昭代叢書本。

衆情，以陵傲之以此無所遇。時人憐之，後不知所終。山甫詩也喜用淺語，不避俗談，像『有時三點兩點雨，到處十枝五枝花，』（寒食）；『南朝天子愛風流，盡守江山不到頭』（上元懷古）『老逐少來終不放，辱隨榮後直須勻。勸君不用誇頭角，夢裏輸贏總未眞』（寓懷）等等，在古典的批評家眼中，都是很粗鄙的。

胡曾有詠史詩百篇，盛傳於世，凡通俗小說，像三國志演義，隋唐志傳等等，殆無不引入曾的詠史詩。辛文房謂：『詠史詩皆題古君臣爭戰廢興塵跡，經覽形勝，關山亭障，江海深阻，一一可賞；人事雖非，風景猶昨。每感輒賦，俱能使人奮飛。至今庸夫孺子，亦知傳誦。』他，長沙人，咸通中舉進士，不第。嘗爲漢南節度使從事。他的詠史詩能以淺近之辭，表達歷史上的可泣可歌之事，像夾谷：

夾谷鶯啼三月天，野花芳草整相鮮。來時不見侏儒死，空笑齊人失措年。

爲的是頗能諧合一般民衆的口味，故得以傳誦不休。

參考書目

一，五十唐人小集　有仁和江氏仿宋刊本。
二，全唐詩　有原刊本，石印本。
三，唐百名家詩　有席啓寓編刊本。
四，唐才子傳　有佚存叢書本；諸詩人傳皆在其中。
五，唐詩紀事　宋，計有功編；有清刊本，石印本。
六，全唐詩話　宋，尤袤編，有歷代詩話本。

第三十一章　詞的起來

詞與詩的區別——詞非「詩餘」——詞的來歷——胡夷之曲與里巷之曲——新曲的創作——回波樂——李隆基——李白——元結——張志和——調笑令與三台——劉禹錫與白居易——閒中好——溫庭筠——李曄韓偓等

一

五七言詩在唐代，時見之歌壇，但並不是每一首詩都可歌。詩人們每以其詩得入管絃爲榮。開元中王昌齡，高適，王之渙旗亭畫壁事，即是其一例。唐代可歌的曲調，有辭傳於世者絕少。崔令欽的教坊記，共錄曲名三百二十五，爲詞人所襲用者不過十一而已。在這三百二十五曲中，究竟有多少是用五七言詩體來歌唱的，今已不可得而知。所可知者，即唐代的歌壇上所用的歌曲是極爲繁夥的，在其間五七言詩體也往往『合之管絃』。到了後來，便專名這種可以入樂或『合之管絃』的歌曲爲『詞』。故後來『詞』中也有南柯子，三台令，小秦王，瑞鷓鴣，竹枝，柳枝，阿那等曲，原是七言的律絕體。所以，我們可以說，『詞』乃是可歌的樂曲的總稱，而五七言詩則未必全是可歌者，必須要『合之管絃』，方能被之聲歌。

論者每以『詞』爲『詩餘』；沈括在夢溪筆談裏說：『詩之外又和聲，則所謂曲也。唐人乃以詞塡入曲中，不復用和聲。』朱熹也說：『古樂府只是詩，中間却添許多泛聲。後來人怕失了那泛聲，逐一添個實字，遂成長短句，今曲子便是。』（朱子語類百四十）他們是主張詞由詩變的。其實不然。詞和詩並不是子母的關係。詞是唐代可歌的新聲的總稱。這新聲中，也有可以五七言詩體來歌唱的；但五七言的固定的句法，萬難控御一切的新聲，故嶄新的長短句便不得不應運而生。長短句的產生是自然的演進，是追逐於新聲之後的必然的現象。清人成肇麐說：『其始也皆非有一成之律以爲範也。抑揚抗隊之音，短修之節，運轉於不自已，以蘄適歌者之吻。而終乃上躋於雅頌，下衍爲文章之流別。詩餘名詞，蓋非其朔也。唐人之詩，未能胥被管絃，而詞無不可歌者』（七家詞選序）這話最有見地。

二

詞的來歷，頗爲多端。但最爲重要者則爲『胡夷之曲』，一種新文體的產生，往往有其很悠久的歷史；若蝴蝶然，當其成虫之前，必當經過了毛虫和蛹的階段。詞雖大行於唐末五代，然其醞釀的時期，則已久了。中國音樂受外來的影響最深。漢代樂歌已雜西域之聲。及六朝而更盛行『胡夷之曲』。隋書音樂志叙此種情形甚詳。唐書音樂志也說：『自周，隋已來，管絃雜曲將數百曲，多用西涼樂；歌舞曲多用龜茲樂。其曲度皆時俗所知也。』這可見『胡夷之曲』的如何流行於世。詞調中，受這種影響最深。我們或可以說，唐五代宋詞的一部分，便是周，隋以來『胡夷之曲』的被保存下來的歌辭。可惜唐以前那些胡曲的歌辭，皆已不傳，或竟往往是有曲而無辭的，故我們於唐末五代詞外，便絕罕得見以前的樂『詞』

因爲受了新的『胡夷之曲』的排斥，『古曲』在唐代幾乎盡失。唐書音樂志謂：『自長安已後，朝廷不重古曲，工伎轉缺，能合於管絃者唯明君，楊伴……等八曲。』『里巷之曲』也爲『詞』的來歷之一，惟影響較小。如竹枝詞，楊柳枝，浪淘沙，調笑，欸乃曲等皆爲南方的民歌。劉禹錫說：『里中兒聯歌竹枝，吹短笛擊鼓以赴節。歌者揚袂睢舞，以曲多爲賢』（劉賓客集竹枝詞序）。又如張志和有名的漁歌子，也當是擬仿當時的漁歌而作者。

初期的『詞』，大約只是胡夷里巷之曲的擬仿，但到了後來，便有自製的新聲出現。歐陽炯說道：『楊柳，大堤之句，樂府相傳，芙蓉曲渚之篇，豪家自製』（花間集序）。所謂『豪家自製』，便指的是音樂家們的創作了。這些創作的新聲，在詞調裏也有不少。宋人嘗寫『自度曲』；直到清代，也還有所謂『自度曲』者出現。

三

最早的『詞』，或追溯到六朝時代的『長短句』。但『長短句』，即在詩經裏也有之。這裏所謂『詞』，則是專指唐以後所產生的可歌的新聲而言，故不必遠溯到唐以前武后的時代，是重新聲而『不重古曲』的時代，李景伯，沈佺期和裴談所作的回波樂恰好是『詞』的前驅。稍後，有張說的舞馬詞六首，崔液的蹋歌詞二首。唐明皇（李隆基）最好新聲，他自己且是一位大音樂家，其所作好時光：『彼此當年少，莫負好時光，』正足以表現出那個花團錦簇的開天時代的背景來。

這時代的大曲人李白，相傳也作詞，尊前集收他的詞十二首，全唐詩則收十四首。在這十幾首詞裏，誤收者當然不少，像清平樂令等顯然是不會出於他的手筆之下的。至於菩薩蠻：『平林漠漠烟如織，』憶秦娥：『西風殘照，漢家陵闕』的二首，則辨難者尤多。但這二首『絕妙好辭』雖未必是白所作，其爲初期詞中的傑作，則是無可致疑的。

菩薩蠻
傳李白作
平林漠漠烟如織，寒山一帶傷心碧。暝色入高樓，有人樓上愁。
——從明刊本詩餘畫譜（通縣王氏藏）

漁父 張志和

『西塞山前白鷺飛，桃花流水鱖魚肥。青箬笠，綠簑衣，斜風細雨不須歸。』

從明刊本詩餘畫譜（通縣王氏藏）

元結有欸乃曲五首，張志和也有漁歌子五首；當都是擬仿里巷之歌的。志和字子同，婺州金華人。唐肅宗時待詔翰林。後被貶，遂不復出仕，自號煙波釣徒。著有玄眞子。像漁歌子裏的：

西塞山前白鷺飛，桃花流水鱖魚肥。青箬笠，綠簑衣，斜風細雨不須歸。

一首，是最爲吟誦在人口頭的。其兄張松齡見其浪游不歸，也嘗和其韻以招之。

詩人韋應物，王建，戴叔倫，劉禹錫及白居易皆嘗作詞。應物作三台二首，調笑令二首；建寫三台六首，調笑令四首；叔倫作調笑令一首。叔倫的『山南山北雪晴，千里萬里月明』是詞中罕見的詠吟邊情的名作。

劉，白二人擬作民間的竹枝詞，楊柳枝，憶江南諸詞不少。像禹錫的竹枝詞的一首：

山桃江花滿上頭，蜀江春水拍山流。花江易衰似郎意，水流無限似儂愁。

連其意境也全是襲之於民間情歌的了。居易的浪淘沙：

借問江潮與海水，何似君心與妾心？相恨不如潮有信，相思始覺海非深。

也似是由渾樸眞摯的民歌改寫而成的。

河南司隸崔懷寶曾作憶江南一首『平生願，願作樂中箏』云云，也甚富於六朝的子夜，讀曲的情趣。

唐末，鄭符，段成式與張希復三人酬答的閒中好三首，〔一〕淸雋可喜，像：『閒中好，塵務不縈心。坐對當窗木，看移三面陰』（成式作）云云，後來的詞裏便很難見到這樣渾樸的東西了。

四

唐末大詩人溫庭筠是初期的詞壇上的第一位大作家；他的詞，和他的詩一樣，也是若明若昧，若輕紗的籠罩，若薄暮初明時候的朦朧的。他打開了詞的一大支派，一意以綺靡側豔爲主格，以『有餘不盡』，『若可知若不可知』爲作風。所謂『花間』派，實以他爲宗教

〔一〕見段成式的酉陽雜俎。

主故花間集錄他的詞至六十六首之多可以見到其中的消息了。庭筠原是一位大音樂家；唐書謂他『能逐絃吹之音爲側豔之詞。』所著有握蘭，金荃二集惜今握蘭已佚，金荃也全非本來面目。〔二〕欲見溫氏之全已不可能。這是很大的損失！但即就花間，金荃諸集所錄者觀之，也已略可見出其風格的一斑了。

詞中的『側豔』一派，先已見之于杜牧之的八六子：『聽夜雨冷滴芭蕉驚斷紅窗好夢』一詞。然庭筠則是第一個以全力赴於此的詞人。他所寫的是離情，是別緒，是無可奈何的輕喟，是無名的愁悶。劉禹錫，白居易諸人的擬民歌，全是渾厚樸質之作；到了庭筠才是詞人的詞，全易舊觀，斥去淺易，而進入深邃難測之佳境。庭筠詞的作風，可於左列諸詞裏見之：

水精簾裏頗黎枕，暖香惹夢鴛鴦錦。江上柳如烟，雁飛殘月天。　藕絲秋色淺，人勝參差剪。雙鬢隔香紅，玉釵頭上風。（菩薩蠻）　柳絲長，春雨細，花外漏聲迢遞。驚塞鴈，起城

〔一〕金荃集今有彊村叢書本，作金奩集，中雜韋莊，張泌，歐陽炯之作不少，顯非原本。

烏，畫屏金鷓鴣。香霧薄，透簾幕，惆悵謝家池閣。紅燭背，繡簾垂，夢長君不知。（更漏子）

手裏金鸚鵡，胸前繡鳳皇。偷眼暗形相，不如從嫁與，作鴛鴦。（南歌子）

他所述的是烟，是月，是春雨，是香霧，是水精簾，頗黎枕，是鴛鴦，是鳳皇，是金鷓鴣，金鸚鵡，他連選取的對象，也是那末樣的綺靡炯煌，金碧眩人！

五

唐昭宗（李曄）時代，是一個亂世；中原全陷於可慘怖的悍將們的攻掠的鐵掌之中。這位詩人皇帝是一籌莫展的。他是唐懿宗的第七子，以公元八八九年即皇帝位，在朱全忠的旗影刀光之下，偷生苟活了幾年，終於在公元九〇四年，爲全忠所害。(867—904)其生活是很可慘的。但正因了這種慘怖的生活，數度的播遷，他的詞境便更是深邃動人。惜今所傳的篇什極少。像菩薩蠻：『登樓遙望秦宮殿，茫茫只見雙飛燕，』其凄涼悲壯，似有過於著名的傳爲李白所作的憶秦娥：『咸陽古道音塵絕』的一首。

韓偓爲昭宗的翰林學士承旨，相得極歡，終見惡於朱全忠，貶濮州司馬。後復被召，竟不敢應命。避地於閩以卒。他的詞，和他的詩相同，也深受溫庭筠的影響，像生查子：

侍女動妝奩，故故驚人睡。那知本未眠，背面偷垂淚。　嬾卸鳳凰釵，羞入鴛鴦被。時復見殘燈，和烟墜金穗。

同時有皇甫松者，九字奇，爲湜之子，牛僧孺之壻。花間集錄其詞凡十一首；獨具朗爽之致，不入側豔一流，像浪淘沙：

灘頭細艸接疎林，浪惡罾船半欲沉。宿鷺鳴鷗非舊浦，去年沙觜是江心。

以後便入『五代』了；詞成了五代文學的中心，顯出極絢爛的光彩來。唐詩到了溫李已是登峯造極，不得已而降到三羅及胡曾杜荀鶴輩的通俗的體格；那乃是詩人們所悼惜不已的。物窮則變，大詩人們便皆掉轉頭來，在另一種的新體的詩，即所謂『詞』的當中討生活。因了採取了嶄新的詩體之故，詩壇上便一時更現出異彩新光來，不因五季的喪亂而闇淡下去。這將在下文詳提到。

參考書目

一，隋書音樂志　見隋書卷十三至卷十五。
二，唐書音樂志　見唐書卷二十八至卷三十一。
三，教坊記　崔令欽著，有古今逸史本古今說海本，唐代叢書本。
四，樂府雜錄　段安節著，有古今逸史本，古今說海本。
五，花間集　有汲古閣刊詞苑英華本，有徐氏刊本，有雙照樓景宋金元本詞本，有四印齋所刊詞本，有四部叢刊本。
六，尊前集　有汲古閣刊詞苑英華本，有彊村叢書本，有景宋金元本詞本。
七，全唐詩　有原刊本，有同文書局石印本，其第十二函第十册，爲唐五代詞。
八，唐五代詞選　成肇麐輯。有原刊本，有商務印書館鉛印本。
九，全唐五代詞　有商務印書館鉛印本。
十，中國文學史中世卷第三篇上册第一章　作者著，商務印書館出版。

第三十二章　五代文學

文藝中心的移動——溫庭筠的影響——所謂『花間派』——蜀中詞人韋莊：——王衍——牛嶠毛文錫等——歐陽炯等——波斯人李珣——孟昶——荊南詞人孫光憲：——中原詞人們：和凝李存勗——南唐詞人李璟與李煜——馮延巳等——敦煌發見的雲謠集雜曲子——五代詩人們——五代的散文作家們

一

所謂五代文學指的是從朱溫的即皇帝位（公元九〇七年）到南唐的被宋所滅（公元九七四年）的六十餘年間的文學。在這短短的六十餘年間，中原不曾有一天太平過；我們看見了五次的改姓換代的事；國祚之長者，如梁，如後唐，皆不過十餘年，國祚之短者，如後漢，前後二主僅只享國四年。又加之以外寇的强梁，石晉至稱子稱孫於契丹。倒是中原以外的幾個偏遠的地方，如蜀，如江南，如閩，如越，還可以略略的保持着太平的局面。因之，一部分的文人學士便往往避地於彼間。漸漸的那些偏遠之地，也成了文藝的中心；在其間，尤以西蜀及江南爲最重要。

二

五代的文壇，以新體的詩，所謂『詞』者爲主體。詞人們雄據着當代的各個文藝中心的騷壇上，氣焰不可一世。然畢竟逃脫不了溫庭筠的影響。溫氏的作風幾如太陽似的在當代的『詞』上無所不照射到。即高才的溫人們，像南唐二主，也多少總受有溫氏的煦暖。而所謂『花間派』的，則其影響尤爲顯著。花間集以溫氏爲首，未始沒有微旨。總之，以直率淺顯爲戒，以深邃曲折，迷離惝怳爲宗，則是五代詞人們所同具的作風。這一流派的勢力，長久而且偉大，幾乎成了『詞』的一體的特色。明白曉暢的『詞』，反而成了別調。花間一集在中國文學史上乃是一個可怪的詩的熱力的中心。

花間集爲蜀人趙崇祚所編，有歐陽炯的序；序末署着：『時大蜀廣政三年（即公元九四〇年）夏四月日』。花間之編成，當卽在其時。這時，已在五代的後半葉了。所錄於溫庭筠，皇甫松外，幾全爲蜀人；僅一孫光憲是荆南的作家，和凝是中原的詞人耳。（又有張泌，但與南唐的張泌，似是二人）崇祚字弘基，仕後蜀爲衛尉少卿。五代詞之傳於世，端賴有此花間一集。全書所錄『詩客曲子詞五百首，分爲十卷』（歐陽炯序）所選凡十八人：

溫庭筠六十六首	皇甫松十一首	韋莊四十七首
薛昭蘊十九首	牛嶠三十三首	張泌二十七首
毛文錫三十一首	牛希濟十一首	歐陽炯十七首
和凝二十首	顧夐五十五首	孫光憲六十一首
魏承班十五首	鹿虔扆六首	閻選八首
尹鶚六首	毛熙震三十首	李珣三十一首

這十八個詞人構成了所謂『花間派』；打開了中國詩中的一條大路，灌溉了後來的無數的詩人的心田，創始了一個最有影響，且根柢最爲深固的作風。五代詞固不止是『花間派』的作家們，在江南，倘有中後二主與馮延巳的三位『大手筆』的詞人們在着。然南唐二主詞與陽春集，風格過高，仿之者往往畫虎不成。影響究竟不若『花間派』的偉大。他們是大詩人，但並不是影響最大的作家們。故論五代詞，究當以來花間諸作家們爲主體。

三

『花間派』詞人們的作風，並不純然的如一；也有很淺陋的，像毛文錫閻選諸人。但追踪於溫庭筠之後者究爲多數。茲先述蜀中諸詞人，然後再及非蜀地的作家們。

蜀中詞當始於韋莊；韋莊[一]是一位偉大的詩人，其在五七言詩的領域裏，所建樹的

[一]韋莊見十國春秋卷四十；唐才子傳卷十。

也很重要；秦婦吟爲咏吟亂離時代的長詩中最好的傑作之一；時人至以『秦婦吟秀才』稱之。他的詞〔一〕也充分的表現出他的清蒨溫馥雋逸可喜的作風。在他之前，蜀中文學，無聞於世。蜀士皆往往出遊於外。李，杜與蜀皆有關係，但並沒有給蜀中文學以若何的影響。到了韋莊的入蜀，於是蜀中乃儼然成爲一個文學的重鎭了。從前後二位後主起，到歐陽炯等諸人止，殆無不受有莊的影響。花間的一派，可以說是雖由溫庭筠始創，而實由韋莊而始門庭昌大的。莊字端已，杜陵人，唐乾寧元年（公元八九四年）進士。天復元年（公元九〇一年）赴蜀，爲王建書記。建自立爲帝，以莊爲丞相。他的詞集名浣花詞，原本已佚，今人嘗輯爲一卷。〔二〕莊的詞以寫婉戀的離情者爲最多。相傳他的姬爲王建所奪，莊曾作荷葉杯一詞。姬見此詞，不食而死。然此語殊無根。荷葉杯的全詞如左：

記得那年花下，深夜，初識謝娘時：水堂西面畫簾垂，攜手暗相期。惆悵曉鶯殘月，相別從此隔香塵。如今俱是異鄉人，相見更無因。

〔一〕韋莊的浣花集有四部叢刊本。 〔二〕浣花詞有王忠慤公遺書本。

觀其『如今俱是異鄉人』語，似非指被奪之姬；且建似也不至奪莊之姬。莊之所憶，或別有在罷。像女冠子：

昨夜夜半，枕上分明夢見，語多時；依舊桃花面，頻低柳葉眉，半羞還半喜，欲去又依依。

覺來知是夢，不勝悲！

之類，其情調大都是一貫的。又像莊的菩薩蠻：『洛陽城裏春光好，洛陽才子他鄉老』云云，也是甚有家國之思的；他雖避難於蜀，爲建寮屬，其不忘『洛陽』故鄉的情緒，自然的會流露出來。莊的詞可以說是都在這種思鄉與憶所戀的情調之下寫成了的。

與韋莊同樣的由他處入仕于蜀者有牛嶠。嶠字松卿，一字延峰，隴西人，唐乾符五年（公元八七八年）登進士第。入蜀爲王建判官。建即帝位，蜀爲給事中。有集三十卷，其詞傳于今者僅花間集中所錄的三十餘首而已。其風格頗淺迫，非溫韋的同輩；像更漏子：『閨草碧，望歸客，還是不知消息，孤負我，慢憐君，告天天不聞。』只是通俗的民間情歌耳。

〔一〕牛嶠見十國春秋卷四十四；唐才子傳卷九。

但嶠之兄子希濟〔一〕其詞雖存者不過十餘首，卻可看出其爲一大詩人。希濟仕蜀爲御史中丞。降於後唐，明宗拜他爲雍州節度副使。其生查子數首『語已多，情未了，四首又重道。記得綠羅裙，處處憐芳草，』『紅豆不堪看，滿眼相思淚，』皆甚蘊藉有情致。

前蜀後主王衍〔二〕（不在花間集中）也喜作詞。今存者雖不多，却可充分的看出他的富于享樂的情調。正如他的宮詞所道：『月華如水浸宮殿，有酒不醉眞癡人；』著名的醉妝詞：『者邊走，那邊走，只是尋花柳。』便是在這種情調之下寫出的。

薛昭蘊字里均無考。仕蜀爲『侍郎』。花間集列他於韋莊之下，牛嶠之上，當爲前蜀的詞人。他所作其情調也皆爲綺靡的閨情詞，像謁金門：『斜掩金鋪一扇，滿地落花千片。早是相思腸欲斷，忍交頻夢見，』和溫韋諸人的風趣是很相同的。

張泌字里也無考。花間集稱之爲『張舍人』。南唐亦有詩人張泌（佖）字子澄，淮南人；初

〔一〕牛希濟見十國春秋卷四十四。〔二〕王衍見舊五代史卷一百五十六；新五代史卷五十三；十國春秋卷三十七。

官句容尉。仕李煜爲中書舍人，改內史舍人。煜降宋，泌亦隨到中原，仍入史館。然此張泌當非花間集中之張泌。花間不及錄南唐人所作；中主後主固不會有隻字入選，即馮延巳也未及爲趙崇祚所注意，何況張泌？南唐的張泌當後主時代，（公元九六三——九七五年）始爲中書舍人，內史舍人，而花間集則編於蜀廣政三年（公元九四〇年）前後至少相差二十餘年，如何花間集會預先稱他爲『舍人』呢？胡適之先生謂：『我們疑心詞人張泌另是一人，大概也是蜀人。他的年輩很早』（詞選第二十頁）這話很可信。惟初期的蜀中詞人類多爲外來的遷客，泌或未必是蜀人。泌的詞，作風也同溫，韋，像『含情無語倚樓西』，『早晨出門長帶月，可堪分袂又經秋！晚風斜月不勝愁』，『天上人間何處去，舊歡新夢覺來時？黃昏微雨畫簾垂』（均浣溪沙）；『滿地落花無消息，月明腸斷空憶』（思越人）都是溫柔敦厚，與溫氏的菩薩蠻諸作可以站在一條線上的；而南歌子：

柳色遮樓暗，桐花落砌香。畫堂開處遠風涼，高卷水精簾額襯斜陽。

一首，尤爲花間中最高雋的成就之一。

毛文錫〔一〕是花間詞人們裏最淺率的一位；但他結束了前蜀的詞壇，又開始了後蜀的文風；在他以前，蜀中文學是『移民的文學』，在他之後，方才是本土的文學。他的地位也甚重要。他字平珪，南陽人，仕蜀爲翰林學士，進文思殿大學士，拜司徒。貶茂州司馬。後隨王衍降于後唐。孟氏建國，他復與歐陽炯等並以詞章供奉內庭。葉夢得評文錫詞，謂『以質直爲情致，殊不知流於率露』。像『相思豈有夢相尋，意難任』（虞美人），『昨日西溪游賞，芳樹奇花千樣』（西溪子），『堯年舜日，樂聖永無憂』（甘州遍）云云，誠有淺率之譏。夢得又謂：『諸人評庸陋詞，必曰此仿毛文錫之贊成功而不及者』。然贊成功：

海棠未坼，萬點深紅，香包緘結一重重，似含羞態，邀勒春風。蜂來蝶去，任遶芳叢。

昨夜微雨，飄灑庭中，忽聞聲滴井邊桐。美人驚起，坐聽晨鐘；快教折取，戴玉瓏璁。

雖無一般花間派的蘊藉之致，卻也殊有別趣；在這一方面，文錫的影響確是很不少的。詞中『別調』文錫已導其先路了。

〔一〕毛文錫見十國春秋卷四十一。

魏承班（一作斑，誤）大約是最早的蜀地詞人之一罷。他的父親弘父，爲王建養子，封齊王。承班爲駙馬都尉，官至太尉。他的詞也明白曉暢，而較毛文錫爲尖麗。柳塘詩話謂：『承班詞較南唐諸公更淡而近，更寬而盡，人人喜效爲之。』然像『王孫何處不歸來？應在倡樓酩酊。……夢中幾度見兒夫，不忍罵伊薄倖。』（滿宮花）云云，眞情坦率，也正不易效爲之。

同時尹鶚，李珣[一]諸人所作，也都是同樣的明淺簡淨。尹鶚成都人，事王衍爲翰林校書，累官參卿。李珣字德潤，先世本波斯人。他妹妹李舜弦爲王衍昭儀。他自己爲蜀秀才，大約不曾出仕過。有瓊瑤集一卷，今已亡佚。然花間，尊前二集，錄他的詞多至五十四首，也自可成爲一集。他雖以波斯人爲我們所注意，然在其詞裏卻看不出有什麼異國的情調來；像浣溪沙：

入夏偏宜澹薄粧；越羅衣褪鬱金黃。翠鈿檀注助容光。　相見無言還有恨，幾迴判卻又思量。月窗香逕夢悠颺。

[一]尹鶚，李珣均見十國春秋卷四十四。

澈頭澈尾仍是花間的情調。

顧敻，鹿虔扆，閻選，歐陽炯諸人，也皆爲由前蜀入後蜀者。炯〔一〕和虔扆，選，文錫及韓琮，時號五鬼，頗不爲時人所崇戴。然就詞而論，炯實爲花間裏堪繼溫韋之後的一個大作家。他益州人，初事王衍。前蜀亡後，又事孟氏，進侍郎，門下同平章事。後孟昶降宋，炯也隨之入宋，授左散騎常侍。他的詞色彩殊爲鮮妍，刻劃小兒女的情態也甚爲動人，像左二闋的南鄉子：

嫩草如烟，石榴花發海南天，日暮江亭春影綠，鴛鴦浴，水遠山長看不足。

岸遠沙平，日斜歸路晚霞明。孔雀自憐金翠尾，臨水，認得行人驚不起。

其風調是在溫庭筠的門庭之內的，似較韋莊尤爲近於庭筠。

顧敻，字里未詳；前蜀時官刺史。後事孟知祥，官至太尉。蓉城集（歷代詞話引）謂『顧太尉訴衷情云「換我心爲你心，始知相思深」，雖爲透骨情語，已開柳七一派。』這話不錯，像『換

〔一〕歐陽炯見十國春秋卷五十六。　〔二〕顧敻見十國春秋卷五十六。

我心爲你心』那樣的露骨的深情語，花間裏是極罕見的。又像『記得那時相見，胆戰鬢亂四肢柔泥人無語不抬頭』（荷葉盃）；『隔年書千點淚恨難任』！（酒泉子）其恣狂的放蕩，也不是溫韋的『蘊藉微茫』之所能包容得下的。

鹿虔扆〔一〕字里未詳。事孟昶爲永泰軍節度使，進檢校太尉，加太保。樂府紀聞謂他『國亡不仕，多感慨之音』。像臨江仙：

金鎖虛門荒苑靜，倚窗愁對秋空，翠華一去寂無蹤。玉樓歌吹，聲斷已隨風。 烟月不知人事改，夜闌還照深宮。藕花相向野塘中，暗傷亡國，清露泣香紅。

誠有無限感慨淋漓處；置之花間的錦繡堆裏，眞有點像倚紅偎翠，紙醉金迷的時候，忽摯客中有一人悽然長歎！大爲不稱。此作當爲前蜀亡時之作。評者或牽涉到孟昶事，卻忘記了時代的決不相及。此詞被選入公元九四〇年所編輯的花間集裏，而孟蜀之亡則在公元九六五年。虔扆當然不會是預先作此亡國之吟的。

〔一〕鹿虔扆見十國春秋卷五十六。

閻選字里也未詳。花間集稱之爲『閻處士』；當廣政時代，他或未及仕途。然其後則和歐陽炯等同秉朝政，有五鬼之目。選詞直率無深趣，與毛文錫等。

又有毛熙震者，蜀人，官秘書監。他間亦作『暗傷亡國』之語，想也是悼傷前蜀的；像『自從陵谷追遊歇，畫梁塵黦傷心。一片如珪月，閑鎖宮闕』（花庭後），足和鹿虔扆的臨江仙同爲花間裏的奇葩異卉。熙震他所作也甚高雋，像『四支無力上鞦韆，羣花謝，愁對艷陽天』（小重山）；『天含殘碧融春色，五陵薄倖無消息……寂寞對屛山，相思醉夢間』（菩薩蠻）云云，顯然也是溫韋的同流。

後蜀主孟昶[一]是一位天才很高的詞人皇帝。他是當時許多重要文人的東道主；但他的詞卻來不及被選入花間，在別的選本裏也極罕見。這是極大的一個損失！他的一闋玉樓春，蘇軾僅記住兩句，已爲之驚賞不已，嘗爲足成洞仙歌，也不能勝之。玉樓春云：

冰肌玉骨淸無汗，水殿風來暗香滿。繡簾一點月窺人，欹枕釵橫雲鬢亂。起來瓊戶啟

[一]孟昶見舊五代史卷一百三十六；新五代史卷六十四；十國春秋卷四十九。

無聲，時見疏星渡河漢。屈時西風幾時來只恐流年暗中換。

寫夏景是絕鮮有匹的。

四

荊南詞人孫光憲，其所作曾被選入花間集中。光憲〔一〕字孟文，貴平人。唐時為陵州判官。天成初避地江陵。高季興據荊南，署為從事。累官荊南節度副使，檢校秘書，兼御史中丞。後降宋為黃州刺史。他自號葆光子，著北夢瑣言及荊台筆傭諸集。在『花間派』詞人們裏他是足以和溫韋在一條水平線上的。像『早是銷魂殘燭影，更愁聞着品絃聲，杳無消息若為情』『攬鏡無言淚欲流，凝情半日懶梳頭，一庭疏雨濕春愁。』（浣溪沙）『小庭花落無人掃，疏香滿地東風老。春晚信沉沉，天涯何處尋？』（菩薩蠻）；『泛流螢明又滅，夜涼水冷東灣闊。風浩浩，笛寥寥，萬頃金波澄澈』（漁歌子）云云，都是溫韋所不能屈之於下座的渺渺清

〔一〕孫光憲見十國春秋卷一百二。

〈玉樓春〉　傳孟昶作

『冰肌玉骨，自清涼無汗。水殿風來暗香滿。』

——從明刊本《詩餘畫譜》（通縣王氏藏）

李存勗
明刊本《三才圖會》
（西諦藏）

雋之什。

和凝［二］是中原詞人裏唯一的被選入花間集裏的一位。中原文學，五代時極不足重，韋莊，韓偓，陳陶諸人皆去而之他。眞實的偉大作家，不過寥寥可數的幾個而已。在其中，和凝無疑的是高出於萃衆。凝字成績，鄆州須昌人。他似是一位和馮道同科的謹愼小心的老官僚，故皇帝們的姓氏雖屢次改易而他始終不失爲元老。他在後唐天成中爲翰林學士，知貢舉。花間集的編成，約在此後不久（約後十一二年）故稱他爲『學士』。石晋時爲中書侍郎，同門下平章事。劉漢及周初皆爲太子太傅。世宗顯德二年卒。（898—955）他所作詩文甚富，有集百卷，嘗自篆於版，模印數百帙，分贈於人。少好爲曲子，布於汴洛。及入相，契丹號他爲『曲子相公』。他的詞，較爲直率，像『卻愛藍羅裙子，羨他長束纖腰』（河滿子）『不是昔年攀桂樹，豈能月裏索姮娥』（柳枝）之類，但薄命女一闋：

天欲曉，宮漏穿花聲繚繞，牕裏星光少。冷霞寒侵帳額，殘月光沉樹杪，夢斷錦幃空悄

［二］和凝見舊五代史卷一百二十七；新五代史卷五十六。

悄，強起愁眉小。

卻是花間裏最好的篇什之一。

未爲花間集編者所注意的中原詞人，還有一位更重要的李存勗（後唐莊宗）在着。存勗〔一〕爲李克用長子，其先本西突厥人。同光元年，滅梁即皇帝位。他酷好音樂，自己能爲曲子，與伶人暱遊。在位四年，爲伶人高從謙所殺（885—926）。伶人們將他的尸首雜着樂器一同焚化。五代史謂他『既好俳優，又知音，能度曲。至今汾晉之俗，往往能歌其聲，謂之御製者，皆是也』（卷三十七）惜當時無人爲之搜集，故傳者寥寥可數。然即就這些寥寥可數的篇什裏，也可看出其爲一個大詞人無疑。像『長記別伊時，和淚出門相送。如夢，如夢，殘月落花烟重』（如夢令）；像：

一葉落，褰朱箔，此時景物正蕭索。畫樓月影寒，西風吹羅幕。吹羅幕，往事思量着。

——一葉落

〔一〕李存勗見舊五代史卷二十七至三十四；新五代史卷四至五。

都是可歸在五代的最好的篇什之列的。他和西蜀的李珣同爲華化的外國人，但二人同樣的華化已深，故在他們的作品裏都一點也看不出異國的情調來。

五

五代文學的中心，西蜀外便要數到江南。然江南的詞人，花間集裏是來不及注意到的。（花間結集時，南唐建國方才四年。）江南又沒有一個趙崇祚來做這種結集的工作，故詞人之傳者不過三數人而已。二主外，馮延巳成彥雄並稱作家。其他便無聞焉。（花間中之張泌，非南唐人，見前。）然南唐文學，『自成片段』，非花間所得包括。除成彥雄外，二主，正中無不是眞實的大詞人，各有其千秋不磨的巨作在着。僅這寥寥三數詞人，已足使南唐成爲五代之壇最重要的一個中心了。

李璟〔一〕（中主）在公元九四三年繼他父親李昇爲皇帝，周世宗時，去帝號，稱唐國主。

〔一〕李璟見舊五代史卷一百三十四；新五代史卷六十二，十國春秋卷十六。

宋太祖建隆二年卒(916—961)年四十六。璟嘗戲問馮延巳道:『「吹皺一池春水,」干卿甚事?』延巳對道:『未若陛下「小樓吹徹玉笙寒」也。』可見江南君臣之注意於詞,乃至以此爲戲。惜璟所作傳者不多。其山查子二首,『青鳥不傳雲外信,丁香空結雨中愁,』『細雨夢回雞塞遠,小樓吹徹玉笙寒,』最負盛名。

李煜〔一〕(後主)字重光,爲璟第六子。建隆二年嗣位。開寶八年,曹彬克金陵,煜降於宋。終日以眼淚洗面。太平興國三年卒,相傳係宋太宗以毒藥殺之。(936—978)年四十二。他天才極高,善屬文,工書畫,尤如於音律。嘗著雜說百篇,時人以爲曹丕典論之流。又有集十卷,今皆不傳。今所傳者,僅零星詩詞五十餘首而已。〔二〕他的詞人生活,可以天然的劃分爲兩個時期:第一期是少年皇帝的生活,『酒惡時拈花蕊嗅,別殿遙聞簫鼓吹,』(浣溪沙);『歸時休放燭光紅,待踏馬蹄淸夜月,』(玉樓春)可謂極人間的富貴豪華。其間且又有些戀

〔一〕李煜見舊五代史卷一百三十四;新五代史卷六十二;十國春秋卷十六。〔二〕南唐二主詞有長風閣叢書本;明刊本;趙氏影明本;侯文燦名家詞本。

愛的小喜劇，『一向偎人顫』『相看無限情』（菩薩蠻）。恰有如恬靜的綠湖，偶有潾潾的微波，更增其動人之趣。這時代的詞無不清麗可喜。但第二期的詞卻於清麗之外，更加以沈鬱；他的風格遂大變了。第二期是降王的囚居的生活，刻刻要隄防，時時遭猜忌。恣情的歡樂的時代是遠了，不再來了。他的詞便也另現了一個境界。鹿虔扆諸人所作是『暗傷亡國』，韋莊所作是故鄉的憶念；到了李後主，卻是號咷痛哭了。他家國之思，更深更邃，遭際之苦，更切更慘。這個多感的詩人，怎能平息憤氣以偷生苟活呢？『故國不堪回首月明中』（虞美人），『燭殘漏滴頻欹枕，起坐不能平』（烏夜啼），『故國夢重歸，覺來雙淚垂』。（子夜歌），『多少淚，斷臉復橫頤。心事莫將和淚說，鳳笙休向淚時吹，腸斷更無疑』。（望江南）『金鎖已沈埋，壯氣蒿萊。晚涼天淨月華開。想得玉樓瑤殿影，空照秦淮！』（浪淘沙）這樣的不諱飾的不平的呼號，都是足以召致猜忌，使他難保令終的。又像烏夜啼一闋：

無言獨上西樓，月如鉤，寂寞梧桐深院鎖清秋。剪不斷，理還亂，是離愁！別是一般滋味在心頭。

其沈鬱悽涼的情調，都是花間集裏所找不到的。

馮延巳〔一〕一名延嗣，字正中，廣陵人。與弟延魯皆極得南唐主的信任。延巳初爲翰林學士，後進中書侍郎同平章事。有陽春集一卷。〔二〕延巳似未及事後主，故其卒年當在公元九六一年之前。（?—961?）延巳詞，蘊藉渾厚，並不一味以綺麗爲歸，是詞中的高境。溫，韋，後主之外，五代中殆無第四人足和他並肩而立的。像『庭際高梧凝宿霧，捲簾雙鵲驚飛去』（鵲踏枝）；『誰道閒情拋棄久，每到春來，惆悵還依舊』（蝶戀花）；『疎星時作銀河渡，華景臥秋千，更長人不瞑』（菩薩蠻）；『路遙人去馬嘶沉，青帘斜掛裏，新柳萬枝金』（臨江仙）；又像：

風乍起，吹縐一池春水。閑引鴛鴦芳徑裏，手挼紅杏蕊。　鬭鴨闌干獨倚，碧玉搔頭斜墮。終日望君君不至，舉頭聞鵲喜。（謁金門）

都是慣以淺近之語，寫深厚之情，難狀之境的；較之五色斑爛，徒工塗飾而少真趣者，當然

〔一〕馮延巳見十國春秋卷二十六。　〔二〕陽春集有侯文燦名家詞本，四印齋所刻詞本。

是要高明到多少倍以上的。

成彥雄字文幹，與延巳同時，也仕於南唐。延巳和中主以『吹縐一池春水』句相戲的事，或以爲係彥雄事。他別有楊柳枝詞十首，見于尊前集，其中像『馬驕如練纓如火，瑟瑟陰中步步嘶』其意境也是很高妙的。

六

在敦煌石室所發現的漢文卷子裏，有雲謠集雜曲子〔一〕一種，凡錄鳳歸雲，天仙子，竹枝子，洞仙歌，破陣子，柳青娘，漁歌子，長相思，雀踏枝等曲子數十餘首，當是晚唐五代之作，惜皆無作者姓氏。這數十餘首曲子的發見，並不是小事。我們所見的初期的詞，皆是有名的文人學士之作，大都皆以典雅爲歸，淺鄙近俗者極少；這數十餘首曲子卻使我們明白初期的流行於民間的詞調是甚等樣子的。其中也有很典雅的辭語，但民間的土樸之氣

〔一〕雲謠集雜曲子有彊村叢書本；敦煌掇瑣本。

終流露於不自覺。這是眞正的民間的詞，我們不能不特別加以注意的。像『往把金釵卜，卦卦皆虛。魂夢天涯無暫歇，枕上長噓待卿回，故日容顏憔悴，彼此如何？』（鳳歸雲）；『不施紅粉鏡台前，只是焚香禱祝天』（竹枝子）『塵土滿面上，終日被人欺』（長相思）等等，其設想鑄辭，都未脫田間的泥土的氣息。除了拜倒在『典雅詞』之前的人們，對於這種渾樸的東西，也決不會唾棄之的。其中，最好的篇什，像鵲踏枝：

叵耐靈鵲多滿語，送喜何曾有憑據！幾度飛來活捉取，鎖上金籠休共語。 比擬好心來送喜，誰知鎖我在金籠裏！欲他征夫早歸來，騰身卻放我向青雲裏。

少婦和靈鵲的對語，是如何的俏皮可喜！這種風趣，文人學士們的詞裏，似還不曾擬仿到過呢。

與雲謠集雜曲子同時在敦煌被發見者，尙有嘆五更，孟姜女，十二時等民間雜曲。這些雜曲，如嘆五更，孟姜女等，今尙流行於世，想不到其淵源是如此的古遠！『像一更初，自恨長養枉生軀。耶孃小來不教授，如今爭識文與書』（嘆五更）『鷄明丑，摘木看窗牖。明來暗自知佛性心中有』（禪門十二時）之類，似通非通，是其特色。雲謠集雜曲子尙爲『斗方名士』之作，此則誠出於初識之無的和尙或平民之手下的了。眞實的民間文學與文人學士階級的文學，在任何時代，其程度都是相差得如此之遠的。

七

這時代的五七言詩壇也並不落寞，晚唐的諸派競鳴的盛況，此時代仍然繼續下去，不過詩人們因中原喪亂之故，已多散之四方。老詩人韓偓則避地于閩，司空圖則隱于中條山，羅隱則遷于浙，韋莊貫休諸人則西走于蜀。若說起這時代詩壇的情形來，也很值得費一點篇幅。先從詩人最多的蜀中說起。韋莊自然是領袖人物。他的秦婦吟是在未入蜀以前所作的歌詠『亂離』之詩，這篇要算最大胆，最悽楚的了；『東隣有女眉新畫，傾城傾國不知價。長戈擁得上戎車，回首香閨淚盈把。旋抽金綫學縫旗，纔上雕鞍教走馬。有時馬上見良人，不敢迴眸空淚下！』這是何等的景象！『忽見庭際刀刃鳴，身首支離在俄頃。仰天掩面哭一聲，女弟女兄同入井』這又是何等的景象！而亂後則『大道俱成棘子林，行人夜宿長安月。明朝曉至三山路，百萬人家無一戶』。如此深刻的描狀自易爲人所嫌忌，固不僅『內庫燒爲錦繡灰，天街踏盡公卿骨』云云，爲時人所駭怪也。秦婦吟之不傳，殆因此，故今幸隨了敦煌諸漢文書籍而復見天日，誠是文壇上的大快事！他的浣花集裏的他詩，也都很可誦。

和尚詩人貫休〔一〕字德隱，俗姓姜氏，蘭谿人。七歲出家。初客吳越，與錢王相忤。於天復中西走益州。王建父子禮遇甚隆。署號禪月大師。終於蜀，年八十一。有寶月集。他的詩多清苦之趣。

詞人歐陽炯曾做着幾首精心結搆的長詩，像貫休應夢羅漢畫歌，題景煥畫應天寺壁天王歌皆是空前罕見的偉弘精工之篇什，足和秦婦吟同爲五代的詩壇生光彩。

〔一〕貫休禪月集有汲古閣刊本；金華叢書本；四部叢刊本。

女流作家花蕊夫人以宮詞〔一〕著稱。她青城人，姓徐氏（一作費氏），幼能文。孟昶深愛之，賜號花蕊夫人。後昶降宋，夫人也隨去。相傳她在宋，甚爲趙匡胤所愛幸，一旦被匡義引箭射殺之。作宮詞者，自唐王建外，代有其人，然大都出外臣之手，往往記載失實。花蕊夫人之作，卻是以宮中人寫宮中事，故很可注意。

南唐詩人也甚多；後主及馮延巳成彥雄皆能作五七言體。此外又有韓熙載，李建勳，張泌，伍喬，沈彬，孟貫，諸人。熙載字叔言，北海人，仕南唐爲虞部員外；建勳字致堯，隴西人，仕南唐爲中書侍郎同平章事。他們皆是北人仕南者。熙載有奉使中原署館壁一詩：『僕本江北人，今作江南客，再去江北遊，舉目無相識』云云，是很足爲這時代許多背鄉離井的詩人們寫出胸臆中事來的。

張泌（一作佖），淮南人，其詩很鮮妍。沈彬是一個老詩人，曾仕吳爲祕書郎。伍喬廬江人，南唐時舉進士第，仕至考功員外郎。孟貫字一元，建安人，後入仕于周。

〔一〕花蕊夫人宮詞有三家宮詞本；十家宮詞（朱彝尊編）本。

又有徐鉉徐鍇兄弟也善詩。鉉字鼎臣，與韓熙載齊名江東，謂之韓，徐。仕南唐爲吏部尚書。降宋，爲散騎常侍。有騎省集。鍇字楚金，仕唐爲集賢殿學士。他嘗作說文繫傳四十卷至今尤爲文字學上的經典。

中原的詩人們，初期有老作家杜荀鶴，曹唐，胡曾，方干等，後又有和凝，王仁裕，馮道，李濤諸人；他們都是老官僚，意境自不會高雋。馮道的『但知行好事，莫要問前程，』（天道）云云，正可作爲代表作。其中惟和凝，李濤二人所作較爲清麗，

此外，閩地詩人，有顏仁郁（字文傑，泉州人）王延彬（審知弟之子）等。長沙詩人有徐仲雅（一作東野；其先秦中人，事馬氏爲天洲府學士）。荊南詩人有僧齊已。齊已和貫休齊名，是五代的兩個大詩僧。他名得生，姓胡，潭之益陽人。嘗欲入蜀，經江陵，爲高從晦所留，居龍興寺，自號衡嶽沙門。有白蓮集十卷。[一]他的詩殊多清韻。像『幽院纔容個小庭，疎篁低短不堪情。春來猶賴鄰僧樹，時引流鶯送好聲。』（幽齋偶作）頗不似僧人之作。

[一]白蓮集有汲古閣刊本，四部叢刊本。

八

五代的散文殊無足述，江南的徐鉉，曾作稽神錄六卷；談神說鬼，殊無情趣。史虛白作釣磯立談，紀南唐瑣事，也沒有什麼重要。譚峭的化書，較有名，是當時散文壇上的罕見之作。石晉時，劉昫奉詔撰唐書二百卷，也可算是混亂的五代裏最偉大的一部史籍。

參攷書目

一，花間集　蜀趙崇祚編有雙照樓，四印齋，徐氏及四部叢刊等諸通行本。

二，尊前集　無編者姓氏有詞苑英華本，彊村叢書本。

三，全唐詩　其中第十二函第十册，所載皆唐五代詞。

四，唐五代二十家詞　王國維編有王忠慤公遺書四集本。

五，唐五代詞選　成肇麐編有光緒間江寧刊本，有商務印書館本。

六，全唐詩第十一函第四册到第六册所載皆五代詩。

七，舊五代史 薛居正著；有通行二十四史本。

八，新五代史 歐陽修著；有通行二十四史本。

九，十國春秋 吳任臣撰，而顧氏小石山房刊本。

十，唐才子傳 辛文房著，有日本佚存叢書本。（佚存叢書有商務印書館影印本。）

第三十三章 變文的出現

敦煌寫本發現的經過——敦煌寫本的時代——民間敘事詩：太子讚與季布歌等——『變文』的發現——偉大的體製——印度文體的影響——『變文』的產生的時代——『變文』的進展——維摩詰經變文——降魔變文——目蓮救母變文——佛本行集經變文等——非佛教故事的變文：伍子胥變文，明妃變文，舜子至孝變文。

一

在二十幾年前，（一九〇七年五月）有一位爲印度政府做工作的匈牙利人斯坦因（A.Steine）到了中國的西陲，從事于發掘和探險。他帶了一位中國的通事蔣某，進入甘肅敦煌。他風聞敦煌千佛洞石室裏有古代各種文字的寫本的發見，便偕蔣某同到千佛洞，千方百計誘騙守洞的王道士出賣其寶庫。當他歸去時，便帶去了二十四箱的古代寫本與五箱的圖畫繡品及他物。這事與中世紀的藝術，文化及歷史關係極大。其中圖畫和繡品都是無價之寶；而各種文字的寫本尤爲重要。就中文的寫本而言，已是近代的最大的發見。在古典文學，在歷史，在俗文學等等上面，無在不發見這種敦煌寫本的無比的重要。這消息傳到了法國，法國人也派了伯希和（Paul Pelliot）到千佛洞去搜求同樣的，他也滿載而歸。他帶了不多的樣本到北京，中國官廳方才注意到此事。行文到甘肅提取這種寫本。所得已不多。大多數皆爲寫本的佛經，其他略略重要些的東西，已盡在英法二國的博物院圖書館裏了。又經各級官廳的私自扣留，精華益盡。（今存北平圖書館）但斯坦因第二次到千佛洞時，王道士還將私藏的寫本再搜數賣給了他。這個寶庫遂空無所有，敦煌的發現至此告了一個結束。

千佛洞的藏書室，封閉得很早。今所見的寫本，所署年月，無在公元第十世紀（北宋初年）之後者。可見這藏庫是在那時閉上了的。室中所藏卷子及雜物，從地上高堆到十英尺左右。其容積約五百立方英尺。除他種文字的寫本外，漢文的寫本，在倫敦者有六千卷，在巴黎者有一千五百卷，在北平者有八千五百卷。散在私家尚有不少，但無從統計。這萬卷的寫本尚未全部整理就緒，在倫敦的最重要的一部分，也尚未有目錄刊出。其中究竟有多少藏寶我們尚沒有法子知道。但就今所已知者而論，其重要已是無匹。研究中國任何學問的人們，殆無不要向敦煌寶庫裏作一番窺探的工夫，特別是關于文學一方面。

二

上文已說到敦煌所發現的民間俗曲及詞調。此外尚有更重要的民間敘事歌曲及『變文』。民間歌曲今所見者有孝子董永，季布歌，太子讚等，都是氣魄很弘偉的大作；雖然文辭很有些粗率的地方，但無害其想像的奔馳，描狀的活潑。太子讚敘述釋迦牟尼出家修道事，以五七言相間成文，組織另具一體，像：『東歷報耶殊，太子雪山居。路遠人稀煙火無，修道甚清虛』云云，當是以五七言體去湊合了梵音而歌唱着的，故不得不別創此新體。孝子董永敍董永行孝事。民間熟知的二十四孝，便有董永的一『孝』在着。此故事最早的紀載見於傳爲劉向作的孝子傳。（太平御覽卷四百十一引，又見漢學堂叢書）干寶的搜神記也有之。董永父母死，無錢葬埋他們，乃賣身於一富翁家。中途遇天女降下，嫁他爲妻。生一子後，又騰空而去。這大約是一個很古遠的民間傳說，和流行於世界最廣的『鵝女郎』型的故事是很相同的。但孝子董永後半所說董仲尋母事，郤是他處所未有的。後來的民間傳說，乃以董仲爲漢初的董仲舒，更是可笑。孝子董永全篇皆用七言，白字連篇，間有不成語處。但無害其爲很偉大的敍事詩。季布歌也是如此，全篇也都是七言的敍的是季布助項羽以敵劉邦。邦得天下後，到處搜購布。布卒得以智自脫。尙有一種季布駡陣詞，當是本文的前半段。

三

但敦煌寫本裏的最偉大的珍寶，還不是這些敍事歌曲以及民間雜曲等等；他的眞實的寶藏乃是所謂『變文』者是『變文』的發現在我們的文學史上乃是最大的消息之一。我們在宋元間所產生的戲文話本雜劇等等都是以韻文與散文交雜的組成起來的。我們更有一種偉大的『叙事詩』自宋元以來也已流傳于民間即所謂『寶卷』『彈詞』之類的弘偉的體製者是他們也是以韻散交組成篇的。究竟我們以韻散合組成文來叙述，講唱或演奏一件故事的風氣是如何產生出來的呢？向來只當是一個不可解的謎。但一種新的文體決不會是天上平空落下來的；若不是本土才人的創作，便當是外來影響的輸入。在唐以前，我們所見的文體俱是以純粹的韻文或純粹的散文組織起來的。（韓詩外傳一類書之引詩，列女傳一類書之有『讚』，那是引用『韻文』作爲說明或結束的，並非韻散合組的新體的起源。）並沒有以韻文和散文合組起來的文體。這種新文體究竟是如何產生的呢？在什麼時候產生的呢？最可能的解釋是這種新文體是隨了佛教文學的翻譯而輸入的。重要的佛教經典往往是以韻文散文聯合起來組織成功的；像『南典』裏的本生經（Jataka），著名的聖勇（Aryasura）的本生鬘論（Jataka-mala）都是用韻，散二體合組成功的其他各經，用此體者也極多。佛敎經典的翻譯日多，此新體便爲我們的文人學士們所耳濡目染，不期然而然的也會擬仿起來了。但佛敎文學的翻譯，也和近來的歐洲文學的翻譯一樣，其進行的階段是先意譯而後直譯的。初譯佛經時，只是利用中國舊文體以便於覽者；其後才開始把佛經的文體也一並擬仿了起來。所以佛經的翻譯雖遠在後漢三國，而佛經中的文體的擬仿，則到了唐代方才開始。這種擬仿的創端，自然先由和佛典最接近的文人們或和尚們起頭，故最早的以韻散合組的新文體來敘述的故事也只限於經典裏的故事；而『變文』之爲此種新文體的最早的表現，則也是無可疑的事實。從諸宮調，寶卷，平話以下，差不多都是由『變文』蛻化或受其影響而來的。

『變文』是什麼東西呢？這是一種新發現的很重要的文體；雖已有了千年以上的壽命，卻被掩埋在西陲的斗室裏，已久爲世人所忘記。——雖然其精靈是蛻化在諸宮調，寶卷彈詞等等裏，並不曾一日滅亡過。原來『變文』的意義和『演義』是差不多的，就是說，把古典的故事，重新再演說一番，變化一番，使人們容易明白，正和流行於同時的『變相』一樣；

維摩詰說法圖

維摩詰經爲最富於文學趣味的佛經之一；從其間，在唐代的後半葉，產生了更爲偉大的維摩詰經變文。

——從明刊本程氏墨苑

（西諦藏）

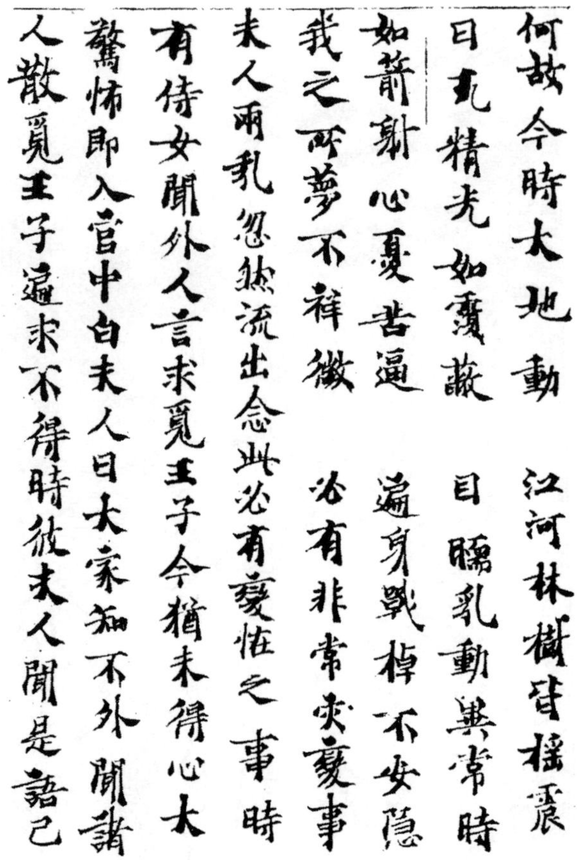
何故今時大地動　江河林樹皆搖震
日月精光如覆蔽　目瞤乳動異常時
如箭射心憂苦逼　遍身戰悼不安隱
我之所夢不祥徵　必有非常災變事
夫人兩乳忽然流出念此必有變怪之事時
有侍女聞外人言求覓王子今猶未得心大
驚怖即入宮中白夫人曰大家知不外聞諸
人散覓王子遍求不得時彼夫人聞是語已

佛本生經變文的一段

此「變文」的字體大類中唐寫本，當爲敦煌發見變文寫本中最古者。

（西諦藏）

那也是以「相」或「圖畫」來表現出經典的故事以感動羣衆的「變文」和「變相」在唐代都極爲流行；沒有一個廟宇的巨壁上不繪飾以「地獄變相」等等壁畫的。（參看張彥遠的歷代名畫記）同樣的，大約沒有一個廟宇不曾講唱過「變文」的罷。

變文其初是專門講唱佛經裏的故事；但很快的便爲文人們所採取，用來講唱民間傳說的故事，像伍子胥，王昭君之類。最早的變文，我們不知其發生於何時，但總在開元天寶以前吧。我所藏的一卷佛本生經變文，據其字體，顯然是中唐以前的寫本，又胡適之先生所藏的一卷降魔變文序文上有：「伏惟我大唐漢朝聖主，開元天寶聖文神武應道皇帝陛下，化越千古，聲超百王；文該五典之精微，武析九夷之肝膽」云云的頌聖語，其爲作於玄宗的時代無疑。王定保的唐摭言記張祜對白樂天說道：「明公亦有「目連變」。長恨詞云：「上窮碧落下黃泉，兩處茫茫皆不見」，豈非「目連訪母」耶？」是「目連變」之類的東西，在貞元元和時代，在士大夫階級裏也是常作爲口談之資的。巴黎國家圖書館藏的維摩詰經變文第二十卷之末，有「於州中寃明寺開講，極是溫熱。」云云的題記，當是在寃明寺講唱此變文大得聽衆的歡迎後所寫的罷。盧氏雜記（太平廣記卷二百四引）載『文宗善吹小管。時法師文漵爲入內大德。一日，得罪流之。弟子入內收拾院中籍入家具籍；猶作法師講聲。上採其聲爲曲子，號文漵子。』樂府雜錄也載：『長慶中俗講僧文敍，善吟經，其聲宛暢，感動里人。』文敍竟有『俗講僧』之稱，可見中晚唐時代，僧徒之爲俗講，那是很流行的事。這些都可見供講唱的變文，在中晚唐時代的流行是並非模糊影響之事。至於變文到了什麼時候才在社會上消失了勢力了呢？或可以說在公元第十世紀之末，隨了敦煌石室的封閉而一同遭埋入了的罷。然宋代有說經說參請的風氣和說小說，講史書者同列爲『說話人』的專業；則『變文』之名雖不存，其流衍且益爲廣大的了。所謂宋代說話人的四家，殆皆是由『變文』的講唱裏流變出來的罷。

四

『變文』的名稱，到了最近，因了幾種重要的首尾完備的『變文』寫本的發現，方才確定；

在前幾年，對於『變文』一類的東西，是往往由編目者或敍述者任意給他以一個名目的。或稱之爲『俗文』，或稱之爲『唱文』，或稱之爲『佛曲』，或稱之爲『演義』，其實都不是原名。又或加『明妃變文』以『明妃傳』之名，『伍子胥變文』爲『伍子胥』，或『列國傳』，也皆是出於懸度，無當原義。我在商務版的中國文學史中世卷第三篇第三章敦煌的俗文學裏，也以爲這種韻散合體的敍述文字可分爲『俗文』『變文』。現在才覺察出其錯誤來。原來在『變文』外，這種新文體實在並無其他名稱，正如『變相』之沒有第二種名稱一樣。

這種新文體的『變文』，其組織和一部分以韻散二體合組起來的翻譯的佛經完全相同；不過在韻文一部分變化較多而已。翻譯的佛經，其『偈言』(即韻文的部分)都是五言的；而變文的歌唱的一部分則採用了唐代的流行的歌體或和尚們流行的唱文，而有了五言，六言，『三三言』，七言，或『三七言』合成的『十言』等等的不同。在一種變文裏，也往往使用好幾種不同體的韻文。像維摩詰經變文第二十卷：

我見世尊宣勅命，　令問維摩居士病。

初開道着我名時，心裏不妨懷喜慶；

金口言，堪可敬，无漏梵音本清淨，

依言便合入呲耶。不合推辭阻大聖。

願世尊，慈悲故，聽我今朝懇詞訴。

這是以七言爲主而夾入『三三言』的像大目乾連冥間救母變文：

或有劈腹開心，或有面皮生剝。

目連雖是聖人，急得魂驚胆落。

目連啼哭念慈親，神通急速若風雲。

這是以七言六言相夾雜的。但大體總是以七言爲主體。這種可唱的韻文；後來便成了『定體，』在寶卷和彈詞一方面其唱文差不多都是如此布置着的。鼓詞的唱文，也不過略加變化而已。

說到『變文』的散文一部分，則更有極可注意之點在着。我在上文說到唐代傳奇文及古文運動時，皆曾提起過，唐代的通俗文乃是駢儷文，而古文卻是他們的『文學的散文』。這話似乎頗駭俗。但事實是如此。以駢儷體的散文來寫通俗小說，武后時代的張鷟，在遊仙窟裏已嘗試過。今日所見的敦煌的變文，其散文的一部分，幾沒有不是以駢儷文插入應用的。更可證明了這一句話的眞實性。自六朝以至唐末，好幾百年的風尚，已使民間熟習了駢偶的文體；故一使用到散文，便無不對仗爲宗；儘管不通，不對，但還是要一排一排的對下去。這是時代的風氣，無可避免的。只有豪傑之士，才開始知道用『古文』。古文之由『文學的散文』解散而成爲民間的通用的文字，那是很後來的事呢。像中晚唐時代，所用的散文，殆無不是如下列一樣的：

阿循羅，執日月軍引前，緊鄁羅，握刀鎗而從後。於時風師使風，雨師下雨，濕却囂塵，平治道路，神王把棒，金剛執杵，簡擇驍雄，排比隊伍。然後吹法螺，擊法鼓，弄刀槍，振威怒。動似雷奔，行如雲布。

——降魔變文

五

『變文』之存於今者就已發現者而言，已有四十餘種；現尙陸續在出現。她不僅是敦煌寫本裏最重要的東西也將是敦煌寫本裏除佛經外，最常見，最夥多的東西了。今將講唱佛經故事的變文與講唱非佛經故事的變文，分爲兩部分，擇其要者略敘於下。

講唱佛經故事的變文，最重要者是維摩詰經變文。維摩詰經原是釋經裏最富於文學的趣味者之一，復被講唱者將這故事作爲『變文，』放大了不少倍，更成爲一部弘偉無比的傑作；可以說我們文學史裏未之前見的一部大『史詩』。今所知者，已有二十卷之多，但其間殘缺了不少。經文的一百餘字，這位偉大的講唱者總至少要把牠演成三四千字，寫得又生動，又工緻，又雋妙。可惜我們至今僅獲讀其數卷，尙不能將所殘存者鈔錄得全耳。文殊問疾第一卷藏上虞羅氏，敘述佛使文殊到維摩詰處問疾事。佛先在會上問五百聖賢，八千菩薩，皆曰不任，無人敢去，結果是文殊應命而去。巴黎所藏有第二十卷，卷，敘的是佛使彌勒菩薩，光嚴童子等去問疾，而彼等皆不欲去，並追述往事聲訴所以不能去之故。卷末有『廣政十年八月九日在西川靜真禪院寫此第廿卷』云云。當是鈔寫者的所記。

北平圖書館藏有持世界第二卷，敍述持世菩薩堅苦修行，魔王波旬欲破壞其道行，便幻爲帝釋之狀從二千天女鼓樂弦歌來詣持世修行之所。但持世不爲所感事。其描狀極絢麗雋好之致：

波旬自乃前行，魔女一時從後。擎樂器者宣宣奏曲，響聒青霄；爇香火者，澹澹煙飛，氤氳碧落。覺作奢衣美貌各申窈窕儀容。擎鮮花者其花色無殊，捧珠珍者，其珠珍不異。琵琶弦上，韻合春鸎，簫笛管中，聲吟鳴鳳。杖敲揭鼓，如撓碎玉於盤中，平弄秦箏，似排雁行於弦上。輕輕絲竹，太常之美韻莫儕，浩浩唱歌，胡部之口口豈能比對。娥容轉盛，艷質更豐，一羣羣若四色花敷，一隊隊似五雲秀麗。盤旋碧落，宛轉清霄。遠看時意散心驚，近覩者魂飛目斷。從天降下，若天花亂雨於乾坤，初出魔宮，似仙娥芬霏於宇宙。

天女咸生喜躍，魔王自己欣歡。此時計較得成，持世修行必退。容貌恰如帝釋，威儀一似梵王。聖人必定無疑，持世多應不怪。天女各施於六律兮調弄五音。唱歌者詐作道心，供養者假爲虔敬。莫遣聖人省悟，莫交菩薩覺知。發言時直要停藤，稅調處直須穩當。各請擎鮮花於掌內，爲吾燒倫麝於爐中。呈珠顏而剩逞妖容，展玉貌而更添艷麗。浩浩簫韶前引，喧喧樂韻奪聲。一時皆下於雲中，盡入修禪之室內。（吟）魔王隊杖利夫官，欲惱聖人來下界。廣設香花申供養，更將音樂及弦歌。清冷空界韻嘈嘈，影亂雲中聲響亮。胡亂莫能相比並，龜茲不易對量他。遙遙樂引出魔宮，隱隱排於霄漢內。香爇煙飛和瑞氣，花擎寮亂動祥雲。琵琶弦上弄春鶯，簫笛管中鳴錦鳳。

又有降魔變文本於賢愚經，叙舍利佛和左師鬬法事；左師凡五次輸敗，遂服佛家的威力，不復與佛爲梗。前在燉煌零拾裏，僅見到一小部分，已驚其弘偉奇麗，不可迫視。今得讀全文，更爲快心！其描述佛家與六師的鬥法，以西遊記的孫行者，二郎神的鬥法對讀之，西遊記只有『甘拜下風』耳。姑舉一段：

六師聞語，忽然化出寶山，高數由旬。欽岑碧玉，崔嵬白銀，頂侵天漢，藂竹芳薪，東西日月，南北參晨。亦有松樹參天，藤蘿萬段。頂上隱士安居，更有諸仙遊觀，駕鶴乘龍，仙歌聊亂。四衆誰不驚嗟，見者咸皆稱嘆。舍利弗雖見此山，心裏都無畏難。須臾之頃，忽然化出金剛。其金剛乃作何形狀？其金剛乃頭圓像天，天圓祇堪爲蓋，足方萬里，大地纔足爲鉉。眉鬱翠如青山之兩崇，口吒暇猶江海之廣闊。手執寶杵，杵上火焰衝天。一擬邪山，登時粉碎，山花萎悴飄零，竹木莫知所在。百嫽齊嘆希奇，四衆一時唱快。故云，金剛智杵破邪山處。若爲：

六師忿怒情難止，化出寶山難四比，
嶃巖可有數由旬，紫葛金藤而覆地。
山花蔚翠錦文成，金石崔嵬碧雲起。
上有王喬丁令威，香水浮流寶山裏。
飛仙往往散名華，大王遙見生歡喜！

舍利弗見山來入會，安詳不動居三昧。
夜時化出大金剛，眉高額闊身軀礓。
手持金杵水衝天，一擬邪山便紛碎。
於時帝王驚愕，四衆忻忻，此度不如他，未知更何神變？

但在許多講唱佛敎故事的變文裏，最爲流行者還是目連救母變文，這變文有種種不同的本子。倫敦有大目乾連冥間救母變文一卷，巴黎有目連緣起，北平有目連救母變文數卷，事實皆大同小異；文句也多相同的。可見這故事在當時流傳的普遍；固不僅張祜之戲白居易以『目連變』云云也。在這些異本裏，以倫敦的一本爲最完備。首有序敍七月十五日『天堂啟戶地獄門開，』盂蘭會的緣起，末有『貞明七年辛巳歲四月十六日淨土寺學郎薛安俊寫』云云。這故事成爲後來寶卷戲文的張本，至今在民間尙有很大的勢力。這變文敍述佛的弟子目連，出家爲僧，以善因得證明羅漢果。藉了佛力，他上了天堂，見到父親，但母親却不知何在。佛說『她在地獄中呢。』目連便遍歷地獄，歷覩慘狀，最後到了阿鼻地獄，才見到他母親靑提夫人。她藉佛力，出了這地獄，但不能出餓鬼道。見食即化爲火。目連悲戚，無法可施。佛乃敎他於七月十五日建蘭盆大會，可以使一飽。但她飽後，忽又不見，乃已轉生人世，變爲黑狗之身。最後，目連又藉佛力，使她脫離了狗身，到天上去受快樂。這部變文，雖沒有維摩詰降魔的偉弘奇麗，但關係極大。在中國的一切著作裏，這可以說是最早的詳盡的敍述周歷地獄的情況的；其重要有若奧特賽（Odyssey），阿尼特（Aeniead）及神曲諸史詩。

此外，尚有佛本行集經變文，八相成道經變文，有相夫人升天變文，佛本生經變文，地獄變文等等，皆較爲簡短，且俱首尾殘闕，不知其原名爲何。在其間，佛本生經變文，敘述釋迦牟尼以身餧餓虎的事，其搆結也殊弘麗。且就其字體看來，實是中唐前的寫本。今所見的變文的寫本，時代無在其前者。

六

講唱非佛教故事的變文，今所知者有：列國志變文，敍述伍子胥的故事；（巴黎也藏有一卷伍子胥）明妃變文，敍述王昭君和番事；舜子至孝變文，敍述舜的故事。舜子至孝變文恐怕是最早的把舜的故事傳說化了的寫歷次的那瞽叟受了後妻的鼓弄，要想設計陷害舜，而舜也每次都得脫逃出來。頗富於「神仙故事」的趣味；大約其中是附加上了不少民間故事的成分進去了罷。最奇特的結構，是每次後母要陷害舜時，總是說着：

自從夫去遼陽，遣妾勾當家事，前家男女不孝。

瞽叟聽完了後妻的陷害之計，後也總是說道：

娘子雖是女人，設計大能精細。

這是任何變文裏所不曾見過的格調。列國志變文，也極有堪以注意處，其間敍伍子胥逃難時，見到他的妻子，但不敢相認。他妻子乃舉葯名以暗示他：「妾是仵茄之婦，細辛早仕於梁，就禮未及，當歸使妾閑居獨活」云云。這大約也是民間所最喜愛的「文章游戲」的一端罷。明妃變文已缺首段，其結束則敍明妃在胡，抑抑不樂而死。死後，漢使祭她的青塚。這大約便是後來的明妃投黑水而死的傳說的前驅。明妃變文分上下二卷，在上卷之末，有云：

上卷立舖畢，此入下卷。

這是一個很重要的消息，使我們可以的明白後來的許多『欲知後事如何，且聽下回分解』的云云，在中國的最早的根源是在什麽地方。宋人『話本』之由『變文』演變而來，這當也是例證之一罷。

參考目錄

一，沙州文錄二卷　蔣斧編，羅福萇補，有上虞羅氏鉛印本。

二，敦煌零拾七卷　羅振玉編，有上虞羅氏鉛印本。

三，敦煌遺書第一集　法國伯希和，日本羽田台合編，有上海東亞考古會印本。凡大小二册，爲一部。

四，敦煌刼餘錄　陳垣編，有新出鉛印本。

五，敦煌掇瑣　劉復編，第一輯已出版，有中央研究院印本。

六，敦煌變文錄　鄭振鐸編，將出版。

七，佛曲叙錄　鄭振鐸著，見於小說月報號外中國文學研究。

八，倫敦讀書記　胡適著，見於留英學報第一期（商務出版）

九，中國文學史中世卷第三篇上册　鄭振鐸著商務印書館出版。

第三十四章　西崑體及其反動

宋初詩壇的寂寥——西崑派的起來——李商隱的影響——楊億劉筠錢惟演等——宣曲的風波——西崑體的反動：石介的怪說等——楊劉前後的詩人們：九僧寇準林逋潘閬等。——歐陽修梅堯臣蘇舜欽——王安石邵雍等——蘇軾與蘇門諸子。

一

宋初文學，全襲五代餘蔭，其重要的作家，殆皆西蜀，江南諸地的降王降臣。到了太平興國以後，方才有新的作家起來。最早的重要的文人們，有所謂『西崑體』諸家者，以追踪於李商隱，唐彥謙諸詩人之後爲極則。其領袖爲楊億，劉筠，錢惟演等，從而和之者甚衆。以新詩更相屬和，後合爲一集行世，即有名之西崑酬唱集是。西崑酬唱集裏，於楊，劉，錢三人外，尙有李宗諤，陳越，李維，劉隲，刁衎，任隨，張詠，錢惟濟，丁謂，舒雅，晁迥，崔遵度，薛映，劉秉等共十七人。而其間惟億，筠及惟演三人爲大家。西崑集所選也獨多。餘人不過附庸而已。西崑集楊億序謂：『余景德中忝佐修書之任，得授羣公之遊。』則其結集當在景德（公元一〇〇四—七年）以後不久。我們如以一〇一四年左右爲『西崑』結集之時，或不會相差得很遠吧。

億〔一〕字大年，建州浦城人。七歲善屬文。雍熙初，年十一，召試詩賦，授秘書省正字。淳化中命試翰林，賜進士第。眞宗朝歷官知制誥。天禧中拜工部侍郎，翰林學士兼史館修撰。卒諡曰文。劉筠〔二〕字子儀，大名人，咸平元年（公元九九八年）進士，累遷御史中丞，知制誥，翰林承旨兼龍圖閣直學士。卒。錢惟演〔三〕字希聖，吳越王錢俶之子。少補牙門將。歸宋，累遷翰林學士，樞密使。後爲保大軍節度使，知河陽。入朝，加同中書門下平章事。坐事落職，爲

〔一〕楊億見宋史卷四百四十三。　〔二〕劉筠見宋史卷四百四十三。　〔三〕錢惟演見宋史卷三百十七。

崇信軍節使卒；謚曰思。當西崑結集的時候，他們三個人正在館職，文名甚著，又其他屬和之者也大都皆在朝之士，並有聲望，故西崑一集，對於當時的文壇影響甚大。億的序說：『今紫微錢君希聖，秘閣劉君子儀，並負懿文，尤精雅道，雕章麗句，膾炙人口』云云，正是他們的自讚之語。爲了他們的在朝的地位，又是那樣的一吹一唱，互相酬答，故『崑體』的作風遂廣被於天下；成爲宋初最有力的文派。在西崑酬唱集裏，我們很可以看得出李商隱所給予他們的影響是很大的。除了詠禁中庭樹，館中新蟬，始皇，漢武一類的題目之外，便是代意，無題，宣曲，淚，七夕，夕陽，前檻等等很迷離閃艷的題材了。像楊億的無題：『曲池波煖蕙風輕，頭白鴛鴦占綠萍。纔斷歌雲成夢雨，斗迴笑電作嗔雷』。錢惟演的無題：『誤語成疑意已傷，春山低斂翠眉長；鄂君繡被朝猶掩，荀令薰爐冷自香』；劉筠的無題：『簾聲竹影浪多疑，仙轂何能爲解迷！藻井風高蛛壞網，杏梁春晚燕爭泥』云云，都可使我們約略的知道其作風的趨向來。他們慣以靡艷之意，著爲靡豔之辭，只是追逐在濃粧淡抹的藻飾之後；他們是嘆離惜別，傷春悲秋，無事而忙的王孫公子，除了作詩以外不知有別的事。有時會產生很俊逸的句子，有時也頗爲繁碎縟意所累。他們曾各作着名爲宣曲的一詩，詩意也如其題似的迷離惝怳，不可深究。楊億宣曲的起聯：『宣曲更衣寵高堂薦枕榮』云云，當即爲宣曲命名之所在；溫李的詩也常是以首數語名題的。他們所作隱約裏似皆詠宮庭中事，而劉筠的宣曲裏更有『取酒臨邛遠吞聲息國亡』云云，恰好當時被寵幸的二妃皆蜀人。祥符中（公元一〇〇八——一〇一六年）遂下詔禁文體浮艷。或謂詔意蓋指這幾篇盛傳都下的宣曲而言。因劉，楊方幸，故得不興文字獄。

二

楊，劉諸人的提倡崑體，其來源是很深遠的；自唐末溫，李以來，此體便頗爲流行於世，尤給極大的影響於新體詩的『詞』；楊劉諸人不過廓大這種趨勢而已。在詞一方面，這種影響還是繼續下去，但在詩的一方面，立刻便碰到反動了。楊，劉諸人，天才都不甚高，徒知以粉澤華飾號召於人，自然會特別的引起許多人的反感。當時有陳從易的好古，深嫉楊億之作，曾進策說時文之弊道：『或下里如會粹，或叢脞如急就』也正深中其病。古今詩話謂『後進效之多竊取義山語。嘗御賜百官宴，優人有裝爲義山者，衣服敗裂，告人曰：爲諸館職撏撦至此！聞者大噱。』後石介作怪說，尤力詆楊億，不遺餘力：

昔楊翰林欲以文章爲宗於天下，憂天下未盡信己之道，於是盲天下人目，聾天下人耳。使天下人目盲，不見有周公，孔子，孟軻，楊雄，文中子，吏部之道；使天下人耳聾，不聞有周公，孔子，孟軻，楊雄，文中子，吏部之道。……今天下有楊億之道四十年矣。……今楊億窮研極態，綴風月，弄花草，淫巧侈麗，浮華纂組，刓鎪聖人之經，破碎聖人之言，離析聖人之意，蠹傷聖人之道。使天下不爲書之典，謨，禹貢，洪範，詩之雅頌，春秋之經，易之繇爻十翼，而爲楊億之窮研極態，綴風月，弄花草，淫巧侈麗，浮華纂組，其爲怪大矣！

介的話，不偏重在攻擊西崑派的散文。但西崑派流行天下四十年也已是盛極而衰了。就不是介的攻擊，也不會再盛行不去的了。這時候，有眞實的天才的大詩人們也已接踵而出，竟毫不費力的承繼了西崑派的詩的寶座。

三

在西崑體流行的前後，未入楊劉們之網羅的詩人們很不在少數，不過其聲勢都沒有劉，楊諸人的浩大耳。較早的時候有九僧；九僧〔一〕者，劍南希晝，金華保暹，南越文兆，天台行肇，汝州簡長，青城惟鳳，江東宇昭，峨眉懷古，淮南惠崇。其中惟惠崇爲最著，歐陽修嘗稱之。他們嘗相酬和，別具一體；歸心禪門之人，其所寫的詩篇總要帶些寒峻之色。像『落日懸秋樹，寒蕪上廢城，』（簡長晚次金陵）；『河分岡勢斷，春入燒痕青，』（惠崇訪楊雲卿）云云，都是精思錘鍊以出之的。

又有寇準，王禹偁，林逋，魏野，潘閬，陳堯佐，趙湘，錢易諸人，皆以詩名，而俱清眞平淡，不爲靡艷之音。準〔二〕字平仲，華州下邽人，太平興國中進士，淳化五年參知政事，眞宗朝，封萊國公，乾興初貶雷州司戶，徙衡州司馬，卒。謚忠愍，有巴東集〔三〕，苕溪漁隱叢話謂：『忠愍

〔一〕宋九僧詩有醫學書局印本。〔二〕寇準見宋史卷二百八十一。〔三〕寇忠愍集有明刊本，近刊本。

公詩含思悽惋，蓋富於情者也。』他的詩像『日落汀州一望時，柔情不斷春如水』（江南春）『山深徽有徑，樹老半無枝』（題巴東寺）之類，都是貌若淸淡而中實深厚的。王禹偁〔一〕字元之，鉅野人。太平興國中進士。拜左司諫。因事貶商州團練副使。眞宗時，召知制誥，出知黃州，卒。有小畜集。〔二〕所作像泛吳松江：『帶蓬疏薄漏斜陽，半日孤吟未過江。惟有鷺鷥知我意，時時翹足對船窗。』已開後來宋詩的風趣。林逋〔三〕字君復，隱西湖之孤山。眞宗聞其名，詔長吏歲時勞問。卒，賜諡和靖先生，歐陽修甚稱其梅花詩：『疏影橫斜水淸淡，暗香浮動月黃昏。』其實像『衡茅林麓下，春氣已微茫』（山村冬暮）；『秋山不可盡，秋思亦無垠。碧澗流紅叶，靑林點白雲』（宿洞霄宮）；也不能謂不工；而詠西湖的『春水淨於僧眼碧，晚山濃似佛頭靑』云云，尤爲即景而得的奇句。魏野字仲先，號草堂居士，蜀人，後居陝州東郊。眞宗聞其名，遣中使召之，野閉戶踰垣而遁。天禧三年（公元一〇一九年）卒。他雖是

〔一〕王禹偁見宋史卷二百九十三。〔二〕小畜集有乾隆刊本；四部叢刊本。〔三〕林和靖集有明刊本；鮑以文校刊本；四部叢刊本。

隱居不仕，但常與達官貴人相往返，故詩名重於一時。他的詩質實平常，不事虛語；像『驚回一覺遊仙夢，村巷傳呼宰相來』（謝寇萊公見訪）云云，讀之頗可爲他的隱士生活發一笑。潘閬〔一〕字逍遙，大名人。太宗時賜進士第。嘗因事被追捕，不得。咸平初，來京，爲吏所收。眞宗釋其罪，以爲滁州參軍。皇朝類苑謂：『好事者以閬遨遊浙江，詠潮著名，以輕綃寫其形容，謂之潘閬詠潮圖。』他的詩平朴而有風味；爲的是皆從經歷與肺腑中出，故不至踏襲前人片語；像『好是雨餘江上望，白雲堆裏發濃藍』（九華山）『繞寺千千萬萬峯，滿天風雪打杉松』（宿靈隱寺）云云，皆未經道人過。他又有過華山詩云：『帚頭吟望倒騎驢，旁人大笑從他笑』云云，長安許道寧乃爲畫潘閬倒騎驢圖（見圖畫見聞錄）。後來八仙傳說裏有張果老倒騎驢之說，（唐人張果傳，無倒騎驢的事）或係由此轉變而出。陳堯佐字希元，端拱二年進士。歷官同中書門下平章事。卒謚文惠。所作如『雨網蛛絲斷，風枝鳥夢搖』云云，甚爲司馬光所稱。（見續詩話）趙湘字叔靈，衢州西安人。淳化三年進士。所作殊有清韻。

〔一〕潘閬逍遙集有知不足齋叢書本。

李　煜

（從南薰殿舊藏聖賢畫册）（古物陳列所特許借印）

歐陽修

（從南薰殿舊藏聖賢畫册）

（古物陳列所特許借印）

錢易字希白，歸宋，中咸平二年進士。仕爲翰林學士卒。他嘗作擬唐詩百篇，備諸家之體。但像西遊曲：『花銷秋老白日短，敗紅荒綠迷空館，擬將淸血灑昭陵，幽谷蛇啼半山晚』云云，已深具宋詩的淸險的風趣。

四

但自歐陽修，梅堯臣諸人起，西崑體方才不掃而自空；眞實的偉大的詩才，正如紅日的東升似的，爝火之光自不足以當其一照的。與歐梅同時者，更有蘇舜欽，石延年，邵雍，王安石諸人；稍後則蘇軾挺生於西蜀，尤爲承前啟後的一個大師。

歐陽修〔一〕字永叔，廬陵人，天聖中進士。累擢知制誥，翰林學士，參知政事。神宗時，以太子少師致仕卒。(1001—1060)諡文忠。修晚號六一居士。爲宋代古文運動的中心人物。他嘗在錢惟演幕中，但並未受西崑派的影響，石林詩話云：『歐公矯崑體，專以氣格爲主。』他

〔一〕歐陽修見宋史卷三百十九。

〔二〕歐陽文忠公集有明刊本；淸刊本；坊刊本；四部叢刊本；

蓋以大力洗盡脂粉綺靡之氣，而以平易近人的眉目與讀者相見；不事雕飾，自然清高。崑體的沒落未必由於石介諸人的攻擊，而實由於歐陽，梅，蘇的別創一調，帶領作者們向另一條更寬暢的大路上走去之故。修有廬山高一詩：『廬山高哉幾千仞兮，幽花野草不知其名兮風吹露濕香澗谷，』云云。最為梅堯臣們所稱嘆。而平淡之什，若『無譁戰士銜枚勇，下筆春蠶食葉聲』（閱進士試）；『夜涼吹笛千山月，路暗迷人百種花』（夢中作）云云，也很有雋趣。

梅堯臣〔一〕字聖俞，宣城人。以蔭補齋郎。嘉祐初召試，賜進士，歷尚書都官員外郎。卒。（1002-1060）有宛陵集〔二〕。歐陽修極稱其詩，以為『聖俞覃思精微，以深遠閑淡為意。』張芸叟評之云：『如深山道人，草衣捆屨，王公大人見之屈膝』（韻語陽秋引）相傳他日課一詩，寒暑未嘗易。蓋他的詩風格同永叔，而功力過之。像『月出斷岸口，影照別舸背。且獨與婦飲，頗勝俗客對』（舟中與家人飲）；『朔風三日暗吹沙，蛟龍卷沫噴成花。花飛萬里奪曉月，白日

〔一〕梅堯臣見宋史卷四百四十三文苑五。

〔二〕宛陵集有坊刊本；四部叢刊本。

梅堯臣

——從明刊本御世仁風(西諦藏)

王安石

——從南薰殿舊藏聖賢畫册

（古物陳列所特許借印）

爛堆愁女媧，(春雲)；『五更千里夢，殘月一聲鷄』(夢後寄永叔)云云，我們皆可於閑淡之中見出他的努力來。

蘇舜欽的詩風格較堯臣爲雄放。歐陽修說他『筆力豪儁，以超邁橫絕爲奇。』(見六一詩話)舜欽〔二〕字子美，梓州桐山人。景祐中進士。累遷集賢校理，坐事除名。居蘇州，作滄浪亭以自適。終湖州長史。(1008—1048)其所作，〔三〕像『綠楊白鷺俱自得，近水遠山皆有情』(過蘇州)；『時時攜酒只獨往，醉倒惟有春風知』(獨步滄浪亭)『曙光東向欲朧明，漁艇縱橫映遠燈。濤面白烟昏落月，嶺頭殘燒混疎星』(長橋觀魚)；云云，其氣魄都是很闊大的。

五

王安石〔一〕字介甫，臨川人。慶曆二年進士。神宗朝累除知制誥，翰林學士，拜同中書門

〔二〕蘇舜欽見宋史卷四百四十三文苑五。　〔三〕蘇學士集有四部叢刊本。　〔一〕王安石見宋史卷三百二十七。

下平事。封荆國公，卒謚曰文，有臨川集。[一]（1026—1070）他是一位大政治家，厲行新法，頗爲守舊者所嫉視，他的詩才殊高，所作皆以險絕爲功，多未經人道語。他有題金陵此君亭詩云：『誰憐直節生來瘦，自許高才老更剛，』正是他的自讚。黃庭堅深喜安石晚年的詩，正以其格律有相合處。像『空山亭千秋，不出嗚咽聲。山風吹更寒，山月相與清』（寒穴泉）；『荒埭暗雞催月曉，空場老雉挾春驕』（自金陵至丹陽道中有感）；『晴日暖風生麥氣，綠陰幽草勝花時』（初夏絕句）云云，都是很清瘦很出之以艱辛的。

石延年字曼卿，一字安仁，其先幽州人，家宋城。眞宗朝士進中歷太子中允。隱居詩話說延年，『長韻律詩善叙事，其他無好處。』但像後村詩話所引『行人晚更急，歸鳥夕無行』；『天寒河影淡，山凍瀑聲微』諸句，也殊不易及。

邵雍[二]的詩在北宋諸作裏顯出特殊的風味，與時流格格不能相入。他於西崑固攀附不上，於歐梅也去之甚遠。歐梅雖力矯靡艷而趨於閑淡，但並沒有淡到像白開水似的

[一]臨川集有明清諸刊本，四部叢刊本。

[二]邵雍伊川擊壤集有四部叢刊本。

無韻無味。雍的詩卻獨往獨來的做到這一層了；有時如格言，有時如說理，像『我若壽命七十歲，眼前見汝二十五。我欲願汝成大賢，未知天意肯從否』？（生男吟）誠是王梵志以來最大胆的詩人；如此明白如話的詩語，就是顧況杜荀鶴諸人也還不敢下呢。而像『頻頻到口微成醉。拍拍滿懷都是春；』『卷舒千古興亡事，出入幾重雲水山；』『恍惚陰陽初變化，氤氳天地乍回旋。中間些子好光景，安得工夫入語言』！云云，也都不是一般詩人們所可同羣的；其蒼茫獨立的風度，頗有些宗教主的氣味。

六

蘇軾〔一〕是歐陽，梅，蘇，後最有天才的詩人；他是一位多方面的作家，詩，詞，古文，無不精好，隨手拈來皆成妙諦。而他的詩〔二〕的情緒與風格，也是多方面的，有的輕新，有的瘦削，

〔一〕蘇軾見宋史卷三百三十八。〔二〕東坡集板刻極多；東坡七集最好，有新印本。又分類東坡先生詩有四部叢刊本。

有的豐腴，有的險峻；他可以上追梅歐，也可以下啟山谷後山；他的筆鋒是那末樣的無施不可；他的才調是那末樣的無所不能；像『雨過浮萍合，蛙聲滿四鄰』（雨晴後）之類，是頗似梅歐閒澹之什的；但像『君來扣門如有求，頎然病鶴清而修』（送晁美叔）云云，便大似黃陳一派的音調了。故蘇軾在宋詩的坫壇上，乃是一位承前啟後的大家。其地位和杜甫的在唐是沒有二致的。其才情的顯莽，也恰是異代相對的雙璧。軾字子瞻，眉州眉山人。洵子；與弟轍並稱『三蘇』。嘉祐二年進士。歷端明殿學士，禮部尚書。紹聖初，坐訕謗，安置惠州。徽宗立，赦還，提舉玉局觀。建中靖國元年，卒於常州。（1036——1101）

同時又有『三孔』，『三沈』，也皆以詩名。『三孔』者，武仲，平仲，文仲兄弟；三沈者，沈遘，沈遼，沈遻兄弟。三孔爲臨江新喻人，三沈爲錢塘人。沈遼兄弟們常和王安石唱和。又有文同，字與可，梓州人。米芾字元章，太原人（徙居襄陽）。皆善畫，也能詩，俱和蘇軾相唱和。

受蘇軾影響最大者，有所謂蘇門四學士的，蓋指黃庭堅，秦觀，張耒，晁補之的四人；或更加上了陳師道和李廌，稱爲『蘇門六君子』。在其間，黃庭堅和陳師道是另闢了一個門戶的，當於下文詳之；而秦觀，張耒，晁補之，李廌諸人也各有所樹立，各有其特殊的風格。秦觀〔一〕字少游，高郵人，最工於長短句，而於詩也很有成就〔二〕(1049—1100)王安石以爲他『清新婉麗，有似鮑謝。』張耒〔三〕字文潛，楚州淮陰人，有宛邱集；〔四〕其散文最有名。晁補之〔五〕字无咎，鉅野人，有鷄肋集〔六〕，李廌〔七〕字方叔，濟南人，他們二人也皆工於爲古文。

〔一〕秦觀見宋史卷四百四十四文苑六。　〔二〕淮海集有四部叢刊本。　〔三〕張耒見宋史卷四百四十四文苑六。　〔四〕宛邱集有坊刊本；四部叢刊本。　〔五〕晁補之見宋史卷四百四十四文苑六。　〔六〕鷄肋集有四部叢刊本，　〔七〕李廌見宋史卷四百四十四文苑六。

參考書目

一，西崑酬唱集　有四部叢刊本。
二，宋詩鈔　吳之振等編，有原刊本，有商務印書館影印本。
三，宋詩記事　厲鶚編，有原刊本。

四，歷代詩話 何文焕編，有原刊本，有醫學書局影印本。

五，宋人集 李之鼎編，有近刊本。

六，石倉詩選 明曹學佺選，有明刊本。

七，宋元詩會 有原刊本。

八，唐宋詩醇 有原刊本。

思想文化经典丛书

插图本中国文学史

三

郑振铎 著

中央编译出版社
CCTP Central Compilation & Translation Press

第三十五章 北宋詞人

詞的黃金時代——北宋詞的三期——三期的特色——第一期的作家們：晏殊歐陽修范仲淹張先等——歐陽修詞的僞作者劉煇——晏幾道宋祁王安石——第二期的作家們：柳永蘇軾秦觀黃庭堅等——黃庭堅的白話詞——賀鑄程垓等——趙令畤王詵——女作家魏夫人——第三期的作家們：周邦彥呂渭老向鎬朱敦儒等——皇帝詞人趙佶與女作家李清照

一

燉煌俗文學的影響，在北宋的文壇上還未十分顯著；我們猜想這些俗文學，敘事詩，民曲，俗文與變文等等，必已在民間十分的流行着，然而文人學士卻完全不加以注意，大多數的文人學士卻還在那裏長歌曼吟着流傳於他們的一個階級及與他們的一個階級接觸最繁的歌妓舞女階級之間的，詞提倡着載道的古文與古來相傳的五七言古律詩。詞在唐末與五代已成了文人學士的所有物，民間雖仍在流行着，然已染上了不少的『文』氣，加上了不少的雅詞麗句，離俗文學的本色日遠，換一句話，即離民間的愛好亦日遠，同時，他們卻幾乎爲文人學士的階級所獨占。他們的不能訴之於詩古文的情緒，他們的不能拋卻了的幽懷愁緒，他們的不欲流露而又壓抑不住的戀感情絲，總之，即他們的一切心情，凡不能寫在詩古文辭之上者無不一洩之於詞，所以詞在當時，是文人學士所最喜愛的一種文體。他們在閒居時唱着，在登臨山水時吟着，他們在繁語密話時微謳着，在偎香倚玉時細絮着，他們在歡宴迎賓時歌着，在臨歧告別時也唱着。他們可以用詞來發『思古之幽情』，他們可以用詞來抒寫難於在別的文體中寫出的戀情，他們可以用詞來慶壽迎賓，他們可以用詞來自娛娛人。總之，詞在這時已達到了她的黃金時代了。作家一做好了詞，他便可以授之歌妓，當筵歌唱，『十七八女孩兒按執紅牙拍，歌「楊柳岸曉風殘月」』這個情境豈不是每個文人學士所最羨喜的。所以，凡能做詞的，無論文士武夫，小官大臣，都無不喜做詞。像秦七，像柳三變，像周淸眞諸人且以詞爲其專業。柳三變更沈醉於妓寮歌院之中，以作詞給她們歌唱爲喜樂。所以我們可以說一句，在詞的黃金時代中，詞乃是文人學士的最喜用之文體。詞乃是與文人學士相依傍的歌妓舞女的最喜唱的歌曲，換言之，詞在這個黃金時代中乃是盛傳於文人學士的一個階級及與文人學士的一個階最級接近的歌女階級中的一個文體。到了最後，詞之體益尊且貴，且已有了定型，詞的生命便日益鄰於『沒落』了。我們猜想，當時民間或仍流行着唱詞的風氣，非文人學士的階級或仍保存了或模擬着文人學士的唱詞的習慣。然而文的詞語已日漸的高雅了，詞的格調已日漸的艱隱了，詞的情緒已日漸的晦闇隱約了；聽者固未必深明其義，即唱者也只能依腔照唱而已。所以這一個時代的民間的聽詞者或已到了『耳熟其音而心昧其義』之時了。當時的人，往往譏嘲柳三變的詞太俗，然而那一位的詞人的詞，有柳氏的詞那樣的流行呢！柳氏的詞所以能够『有井水飲處，即能歌』之者，正以其詞之淺近，能够通俗。其實柳氏已太高雅，其音調雖甚諧俗，其辭語恐已未必爲當時民間所能懂得。

綜言之，詞的黃金時代恰可當於『北宋』的這一個時期，到了北宋以後，詞的風韻與氣魄便漸漸的近於『日落黃昏』之境了。

二

北宋的詞壇，約可分爲三個時期，第一個時期是柳永以前，這是晏殊，范仲淹，歐陽修的時代；在這個時代裏，花間派與二主，馮延巳的影響，尚未盡脫。眞摯淸雋是其特色，奔放的豪情卻是他們所缺少的。他們只會做花間式的短詞，卻不會做纏綿宛曲的慢調。他們會寫『寸寸柔腸，盈盈粉淚，樓高莫近危欄倚，平蕪盡處是春山，行人更在春山外』（歐陽修踏莎行）；他們會寫：『綠酒初嘗人易醉，一枕小窗濃睡，』（晏殊淸平樂）他們會寫『山映斜陽天接水，芳艸無情，更在斜陽外』（范仲淹蘇幕遮）；他們卻不會寫：『都門帳飲無緒，方留戀處，蘭舟催發，執手相看淚眼，竟無語凝咽，念去去千里烟波，暮靄沈沈楚天闊』（柳永雨霖鈴）他們更不會寫『便攜將佳麗，乘興深入芳菲裏，撥胡琴語，輕攏慢撚總伶俐，看緊約羅裙，急趣檀板霓裳入破驚鴻起，正顰月臨眉，醉霞橫臉，歌聲悠颺雲際，任滿頭紅雨落花飛，漸鳷鵲樓西玉蟾低，尚徘徊未盡歡意。』（蘇軾哨遍）

第二個時期是創造的時候，這一個時期是柳永的，是蘇軾的，是秦觀黃庭堅的，但柳永的影響在當時竟籠罩了一切，連蘇門的『秦七黃九』也都脫不了他的圈套。東坡的詞卻爲詞中的一個別支，在當時沒有什麼人去做傚，其影響要過了一百餘年後才在辛棄疾他們的作品裏表現出來。所以這一個時期，我們也可以說她是『柳永的時代』。吹劍續錄說：『東坡在玉堂日，有幕士善歌，因問：「我詞比柳耆卿何如？」對曰：「柳郎中詞只好十七八女孩兒按執紅牙拍，歌楊柳岸曉風殘月；學士詞須關西大漢執鐵綽板，唱大江東去」，公爲之絕倒。』按此語大約指大江東去諸詞，其實東坡詞亦多綺麗雋妙者，不盡如大江東去之樸質的，有若史論。柳永詞每諧於音律，東坡詞則爲『曲子內縛不住者』。然這兩位大作家亦有一個同點，即二人皆注意於慢詞，皆趨於豪放宛曲的一途，這是他們與第一個時期中諸作家的不同之點。又第一期多用舊調，而這一期則多自行創作新調，以便唱歌。前期的諸大家往往非音律家，而這一期中的大家柳永便是一位深通於音律的人。所以他能够寫許多慢詞，他能够創許多新調。

第三個時期是深造的時期，也可以說是周美成的時代。在這一個時期裏音律更爲注重，『曲子內縛不住』的作品已經是絕無僅有的了。新的歌調仍在創造，而第二期的豪邁不羈的精神則漸漸的不見了。綜言第三期的精神，可以稱她爲循規蹈矩的時代。第一期的清雋健樸的特質，他們是沒有的，第二期奔放雄奇的特色，他們又是沒有；他們的特質是嚴守音律，是日益趨於修斲字句，即在嚴格的詞律之中，以清麗婉美之辭章寫出他們的心懷。他們實開闢了南宋詞人的先路。但在這一期的最後，卻有兩個大詞人出現，其精神與作風卻與周美成他們不同。這兩個大詞人是：皇帝詞人趙佶，與女流作家李清照，宋徽宗詞近似李後主。淸照的詞則回復到第二期的豪放，而不流入粗鄙，有第一期的清雋，而又具豪情逸思，實是這期最大的詞人。

三

第一期的大作家當以晏殊，歐陽修，范仲淹，張先爲首，但他們的崛起，離五代詞人的最後幾個，已經是近一百年了。北宋的初年，東征西討，人不離騎，馬不離鞍，注意於詞者絕少。及曹彬，潘仁美他們削平了諸國，構成了大一統的局面以後，降王降臣奔湊於皇都，文化的事業大爲發達。又有太平御覽，太平廣記，文苑英華的編纂，似乎詞壇應該很熱鬧的了。然而當時的詞的作者，除了降王李煜，降臣歐陽炯等之外，卻沒有什麼新興的作家。我們與其以李煜，歐陽炯等爲盛代的先驅，還不如以他爲『殘蟬的尾聲』爲更妥切些。眞實的一個大時代的先驅，乃是晏殊他們，而非李煜他們。

在晏殊之前，有幾個詞人，應一爲敘及的：徐昌圖，莆陽人，宋太祖時守國子博士，後遷至殿中丞，他的詞不多，然如臨江仙之『殘燈孤枕夢，輕浪五更風』諸語也很美雋。潘閬字逍遙，有逍遙詞，〔一〕僅存酒泉子十首，皆詠杭州西湖的景色者，有幾首寫得很好。如『別來幾向畫闌（一作圖）看，終是欠峰巒』『三三兩兩釣魚舟，島嶼正淸秋』『寒鴉日暮鳴還聚』之類，皆可稱得起是『好句』。寇準的詞未脫花間的衣鉢，但較爲淺露。王禹偁在北宋初，乃是一位很重要的五七言詩作者，他偶作小詞，也頗有意緒，像點絳唇可爲一例：

雨恨雲愁，江南依舊稱佳麗，水村漁市，一縷孤烟細。天際征鴻，遙認行如綴，平生事，此時凝睇，誰會憑欄意。

錢惟演雖爲降王之子，居大位，然而他的小詞卻甚爲動人，不失爲一位很好的詩人。他的玉樓春『城上風光鶯語亂，城下烟波春拍岸；……情懷漸變成衰晚，鸞鏡朱顏驚暗換。昔年多病厭芳樽，今日芳樽惟恐淺。』黃叔暘謂『此暮年作，詞極悽惋。』但第一個大詞人有意於爲詞，且爲之而工者，當推晏殊。

〔一〕逍遙詞有四印齋彙刻宋元三十一家詞本。

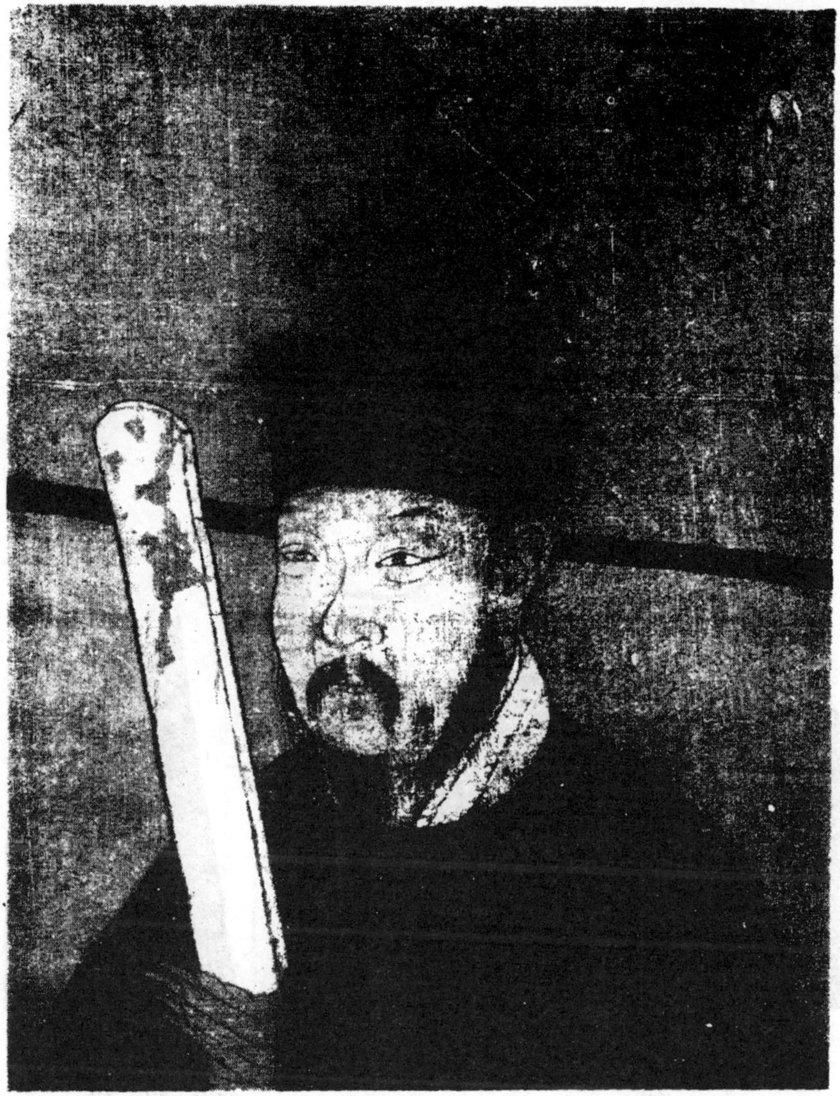

晏殊

（故宮博物院特許借印）

范仲淹

（故宮博物院特許借印）

晏殊〔一〕字同叔，江西撫州臨川人。他是一個大天才，七歲便能文。『景德初以神童薦。召與進士千餘人並試庭中。殊神氣不懾，援筆立就，賜進士出身。』（宋史本傳。）帝且使他盡讀秘閣書。每有諮訪，率用方寸小紙，細書問之。後事仁宗，尤加信愛。仕至觀文殿大學士。卒。(991—1055) 他的生平可算是『花團錦簇』的一位詩人生活。他卒後，贈謚元獻。當時知名之士，如范仲淹，孔道輔，歐陽修皆出其門。性剛峻，遇人以誠。一生自奉如寒士。『爲文贍麗，尤工詩，閑雅有情意。』（宋史本傳）有集二百四十餘卷。〔二〕然他的最大的成功，他的詩人的眞面目，卻完全寄托在他的詞中。他的詩不足以代表他，他的散文更不足以表現他。他的珠玉詞〔三〕雖僅一百數十首，卻完全把這位『花團錦簇』，鐘鳴鼎食，侍妾滿前的『詩人大臣』的本來面目表現出來了。人生什麼都能夠看得透，只有戀情是參不破的，什麼都能夠很容易的志得意滿，惟有戀情卻終似明月般的易缺難圓。晏殊在這一

〔一〕見東都事略卷五十六，宋史卷三百十一。

〔二〕今存晏元獻遺文一卷，有四庫全書本，有宜秋館彙刻宋人集乙編本，（宜秋館本附補編三卷）。

〔三〕有汲古閣刊宋六十家詞本。

方面似乎也是深嘗着牠的滋味的。他的兒子幾道曾說道：『先君平日小詞雖多，未嘗作婦人語也。』但這話是不對的。『月好謾成孤枕夢，酒闌空得兩眉愁，此時情緒悔風流』；（浣溪沙）『爲我轉回紅臉面』（同上）『且留雙淚說相思』；（同上）『落花風雨更傷春，不如憐取眼前人』；『鬢嚲欲迎眉際月，酒紅初上臉邊霞，一場春夢日西斜』；（同上）『東城南陌花下，逢著意中人』（訴衷情）『何況舊歡新寵阻心期，滿眼是相思；』（鳳啣盃）『未知心在阿誰邊？滿眼淚珠言不盡』；（玉春樓）『當時輕別意中人，山長水遠知何處？』（鳳啣盃）『消息未知歸早晚，斜陽只送平波遠』；（蝶戀花）『濃睡覺來鸎亂語，驚殘好夢無尋處』；（同上）『昨夜西風凋碧樹，獨上高樓，望盡天涯路』；（同上）『那堪更別離情緒，羅巾掩淚，任粉痕霑汙，爭奈向千留萬留不住』；（婦人嬌）這些都不是『情語』麽？同叔之未脫這些婦人語，正足見其未脫盡花間派的衣鉢。貢父詩話說，『元獻尤喜馮延已歌詞，其所自作亦不減延已樂府。』他的成就的高處，確足以闖入延已之室。

漁家傲

范仲淹

『塞下秋來風景異，……千嶂裏，長烟落日孤城閉。……羌管悠悠霜滿地。人不寐，將軍白髮征夫淚。』

——從明刊本詩餘畫譜（通縣王氏藏）

桂枝香

王安石

『登臨送目，正故國晚秋天氣初肅。千里澄江如練，翠峯如簇。征帆去棹殘陽裏，背西風酒旗斜矗。』

——從明刊本詩餘畫譜（通縣王氏藏）

同時的詞人范仲淹。〔一〕其詞存者不過寥寥幾首，卻無一首不是清雋絕倫。仲淹字希文，吳縣人，大中祥符八年進士。仕至樞密副使，參知政事。卒諡文正。（989—1052）有集，〔二〕像下面的二詞，都是使我們讀之惟恐其盡的：

碧雲天，黃葉地，秋色連波，波上寒煙翠。山映斜陽天接水，芳草無情，更在斜陽外。黯鄉魂，追旅思，夜夜除非好夢留人睡。明月樓亭休獨倚，酒入愁腸，化作相思淚。

——蘇幕遮，懷舊

塞下秋來風景異，衡陽雁去無留意。四面邊聲連角起，千嶂裏，長煙落日孤城閉。濁酒一杯家萬里，燕然未勒歸無計。羌管悠悠霜滿地，人不寐，將軍白髮征夫淚。

——漁家傲，秋思

〔一〕見東都事略卷五十九，宋史卷三百十四。〔二〕文正集二十卷，別集四卷，補編五卷，有歲寒堂刊本，有四庫全書本及范文正集九卷，有正誼堂叢書本。及范文正公詩餘一卷，有彊村叢書本。

歐陽修有六一居士詞。〔一〕我們在他的散文中只見到他是一位道貌儼然的無感情的學者，在他的五七言詩中我們也很難看出他是怎樣富於感情的一位詩人。但在他的詞中，卻不意將他的道學假面具全都卸下來了；他活潑潑的，赤裸裸的將他的詩人生活，表現在我們之前，『蓮子與人長厮類，無好意，年年苦在中心裏』『天與多情絲一把，誰厮惹，千條萬縷縈心下』『脉脉橫波珠淚滿，歸心亂，離腸便逐星橋斷。』(以上皆漁家傲)我們可想見他的戀情也必是有一段苦趣的。宋人小說裏，因有永叔盜甥之說。王銍默記載永叔的望江南。他說，『奸黨因此誣公盜甥。公上表自白云：喪厥夫而無託，攜孤女以來歸。張氏此時年方十歲。錢穆父素恨公，笑曰，此正學簸錢時也。歐知貢舉下第舉人，復作醉蓬萊譏之。』此說在當時流傳一定很盛，所以許多人竭力爲他辨明。陳質齋說：『歐陽公詞多有與花間陽春相混，亦有鄙褻之語厠其中，當是仇人無名子所爲也。』羅長源說，『公嘗致意於

〔一〕六一詞有汲古閣刊宋六十家詞本，又歐陽文忠公近體樂府三卷，及醉翁琴趣外編六卷，有雙照樓景宋元明本詞本。

蝶戀花

歐陽修

庭院深深深幾許？楊柳堆烟，簾幕無重數。金勒雕鞍遊冶處，樓高不見章台路。

——從明刊本詩餘畫譜（通縣王氏藏）

玉樓春 宋璟

『東城漸覺風光好，縠皺波紋迎客棹。綠楊烟外曉雲輕，紅杏枝頭春意鬧。……爲君持酒勸斜陽，且向花間留晚照。』

——從明刊本詩餘畫譜（通縣王氏藏）

詩，爲之本義，溫柔寬厚，所得深矣。今詞之淺近者，前輩多謂是劉煇僞作。』我們看，在醉翁琴趣外編裏有許多爲六一詞所不收的詞，很可怪，像：『更問假如事還成後，亂了雲鬢被娘猜破。』（醉蓬萊）；『空泪滴，眞珠暗落，又被誰連宵留著？不曉高天甚意，既付與風流，却恁薄情！細把身心自解，只與猛拚却。又及至見來了，怎生敎人惡！』（看花回）『相思字一時滴損，便直饒伊家總無情，也拚了一生，爲伊成病』（洞仙歌令）；『纔會面便相思，相思無盡期。這回相見好相知，相知已是遲！』（阮郎歸）。這似和六一詞的作風，太不相同了。顯然是非出同一的手筆。當便是所謂劉煇的僞作罷。但這一類的詞，實在不壞，在花間，陽春裏，我們找不到那末眞情而樸質的東西。假如果是劉煇所作，則他也當是一位大詞人了。或他僅是集了當時的民歌也難說。像六一詞裏的：

柳外輕雷池上雨，雨聲滴碎荷聲。小樓西角斷虹明，闌干倚處，待得月華生。 燕子飛來窺畫棟，玉鈎垂下簾旌。涼波不動簟紋平，水精雙枕，旁有墮釵橫。——臨江仙

和劉煇之作（？）較之，當然立刻便可見到其不同來的。

張先[一]字子野，吳興人，爲都官郎中。(990—1078)有安陸詞一卷。[二]先與柳永齊名。古今詩話載有一段故事：『有客謂子野曰：人皆謂公張三中，即心中事，眼中淚，意中人也。公曰：何不目之爲張三影？客不曉。公曰：雲破月來花弄影，嬌柔懶起，簾壓捲花影；柳徑無人，墮飛絮無影。此余平生所得意也。』而『三影』中尤以『雲破月來花弄影』爲最著於人口，其全文如下：

水調數聲持酒聽，午醉醒來愁未醒。送春春去幾時回？臨晚鏡，傷流景，往事後期空記省。沙上並禽池上暝，雲破月來花弄影。重重簾幕密遮燈，風不定，人初靜，明日落紅應滿徑。——天仙子

在先的小詞裏，有許多句子眞是嬌媚欲透過紙背，像『聞人話著仙卿字，瞋情恨意還須喜。何況草長時，酒前頻見伊』（菩薩蠻）『牡丹含露眞珠顆，美人折向簾前過。含笑問檀郎：花

[一]見談鑰吳興志。　[二]安陸集一卷附錄一卷，有葛氏刊本，又有揚州詩局刊本，張子野詞一卷，有名家詞本，（粟香室叢書）又二卷補遺二卷，有知不足齋叢書本及彊村叢書本。

强妾貌强？檀郎故相惱，剛道花枝好。花若勝如奴，花還解語無？』（菩薩蠻）『密意欲傳，嬌羞未敢。斜偎象板還偷睒。輕輕試問借人麼？佯佯不覷雲鬟點。』（踏莎行）諸語，那一個字不是若十七八女郎之倩笑的。他亦間作慢詞，卻都未見得好。他有技巧而沒有豪邁奔放的氣勢，有纖麗而沒有健全創造的勇力，仍是第一期的詞人。

更有幾個人也可附在第一期中。晏幾道字叔原，殊幼子，監潁昌許田鎮。有小山詞，〔一〕黃庭堅稱其詞能『寓以詩人之句法，清壯頓挫，能動搖人心。』後來論者亦稱其詞聰俊，出入於溫韋之間，而尤勝於大晏。程叔徹說：『伊川聞誦晏叔原「夢魂慣得無拘檢，又踏楊花過謝橋」笑曰：「鬼語也」意亦賞之。』他是一個十足的詩人，所以『常欲軒輊人而不受世之輕重』雖因此不得在上位，而詞亦因此日工。像：

彩袖殷勤捧玉鍾，當年拚卻醉顏紅。舞低楊柳樓心月，歌盡桃花扇底風。　從別後，憶相逢，幾回魂夢與君同。今宵賸把銀釭照，猶恐相逢是夢中。——鷓鴣天

〔一〕小山詞有汲古閣刊宋六十家詞本，又有晏端書刊本。

宋祁〔一〕字子京，安州安陸人。天聖中進士。累官翰林學士承旨，卒贈尙書，謚景文（998—1061）有出麾小集西州猥稿。子京詞名甚著，然其詞傳者不多。像玉春樓：

東城漸覺風光好，縠皺波紋迎客棹。綠楊煙外曉寒輕，紅杏枝頭春意鬧。　浮生長恨歡娛少，肯愛千金輕一笑。爲君持酒勸斜陽，且向花間留晚照。

最爲膾炙人口，竟使他得了『紅杏枝頭春意鬧尙書』之號。王安石有詞一卷。〔一〕以他這樣的一位用世的名臣，宜乎氣格與別的詞人們不同。他的詞脫盡了花間的習氣，推翻盡了溫韋的格調，遺規，另自有一種桀傲不羣的氣韻，足爲蘇辛作先驅。像桂枝香是其一例：

登臨送目，正故國晚秋，天氣初肅。千里澄江似練，翠峯如簇。歸帆去棹殘陽裏，背西風酒旗斜矗。綵舟雲淡，星河鷺起，畫圖難足。　念往昔繁華競逐，嘆門外樓頭，悲恨相續。千古憑高對此，謾嗟榮辱。六朝舊事隨流水，但寒煙芳草凝綠。至今商女時時猶歌後

〔一〕臨川先生歌曲一卷，補遺一卷，有彊村叢書本。

庭遺曲。

其實安石的詞，也儘有十分淸雋的像：『晚來何物最關情，黃鸝三兩聲』（菩薩蠻）；『塵不到，時時自有春風掃』（漁家傲）；『山桃溪杏兩三栽，爲誰零落爲誰開』（浣溪沙）諸語；也儘有許多深情繾綣的，如『而今誤我秦樓約，夢闌時，酒醒後，思量着』（千秋歲引）；『紅牋寄與煩惱，細寫相思多少。醉後幾行書字小，淚痕都搵了』（謁金門）。

四

第二期的詞，是慢詞最盛的時代。柳永雖未必爲慢詞的創造者，卻是慢詞的代表人。與他抗立的大詞人是蘇軾。軾的門下，如秦七（觀）黃九（庭堅）等都是很受永的影響的。所以我們可以說，這一期是柳永及其跟從者的時期。

蘇軾可以說是『非職業』的詞人，柳永則爲『職業的』詞人。蘇軾的一生，愛博而無所不能，以其絕代的天才雄長於當時的『詞壇』詩壇文壇；然柳永的一生，卻專精於『詞』；

他除詞外沒有著作，他除詞外沒有愛好，他除詞外沒有學問。相傳宋仁宗留意儒雅，深斥浮豔虛華之文。永則好爲淫冶之曲，傳播四方。嘗有鶴冲天詞云：『忍把浮名，換了淺斟低唱。』及臨軒放榜時，特落之，說道：『且去淺斟低唱吧，何要什麼浮名。』其後他另改了一個名字，方才得中。永的初名是三變，字耆卿，樂安人。景祐元年進士。官至屯田員外郎，故世號『柳屯田』。有樂章集〔一〕。他的一生生活，眞可以說是在『淺斟低唱』中度過的。他的詞大都在『淺斟低唱』之時度成了的，他的靈感大都是發之於『依紅偎翠』的妓院中的，他的題材大都是戀情別緒，他的作詞大都是對妓女少婦而發的，或代少婦妓女而寫的；他的文辭因此便異常淺近諧俗，深投合於妓女階級的口味，爲這些妓女階級所能傳唱，所能口唱而心知其意，所能欣賞而深知其好處，所能受感動而悵惘不已。所以他的詞才能流傳極廣，『凡有井水飲處，即能歌柳詞。』但頗爲學人所鄙。李端叔說，『耆卿詞，鋪敍展衍，備足無餘，較之花間所集，韻終不勝。』孫敦立說，『耆卿詞雖極工，然多雜以

〔一〕樂章集一卷，有汲古閣刊宋六十家詞本，又三卷，續添曲子一卷，有彊村叢書本。

鄙語。」黃叔暘說：「耆卿長於纖豔之詞，然多近俚俗。」對於他的能諧俗之一點，大約是當時的許多詞人所同意詬病於他的。例如「平生自負風流才調，口兒裏道知張，陳，趙：：閻羅大伯曾教來道人生但不須煩惱遇良辰當美景追歡買笑」（傳花枝）；「幾多狎客看無厭，一輩舞童功不到：：：而今長大嬾婆娑只要千金酬一笑」（木蘭花）之類，誠不免於鄙俗無詩趣。然他的詞格卻不止於這個境地。這些原是他的最下乘的東西。他的名作，其蘊藉動人處，眞要「十七十八女郎，按紅牙拍」以唱之，才能盡達得出來的。蘇軾曾拈出「霜風凄緊關河冷落殘照當樓，」以爲「唐人佳處，不過如此。」他的情調，幾乎是千篇一律的「羈旅悲怨之辭，閨帷淫媟之語，」然千篇的情調雖爲一律，千篇的辭語，卻未有相同的；他的詞百變而不離其宗的是旅思閨情，然卻能以千樣不同的方法，千樣不同的辭意傳達之，使我們並不覺得他們的重複可厭。我們如果讀花間，尊前過多，往往有雷同冗複之感，在柳永的樂章集中，這個缺點，他卻常能很巧妙的避去了。這是他的慢詞最擅長之一點，也是他的最足以使我們注意的一點，我們試讀下面的幾首詞：

洞房記得初相遇，便只合長相聚。何期小會幽歡，變作離情別緒。況值闌珊春色暮，對滿目亂花狂絮，直恐好風光，盡隨伊歸去。一場寂寞憑誰訴？算前言總輕負。早知恁地難拚，悔不當時留住。其奈風流端正外，更別有繫人心處。一日不思量，也攢眉千度。

——晝夜樂

寒蟬淒切，對長亭晚，驟雨初歇。都門悵飲無緒，留戀處蘭舟催發。執手相看淚眼，竟無語凝噎。念去去千里烟波，暮靄沈沈楚天闊。 多情自古傷離別，更那堪冷落淸秋節。今宵酒醒何處楊柳岸曉風殘月。此去經年，應是良辰好景虛設。便縱有千種風情，更與何人說。

——雨霖鈴

耆卿詞的好處，在於能細細的分析出離情別緒的最內在的感覺，又能細細的用最足以傳情達意的句子傳達出來。也正在於『鋪敍展衍，備足無餘』。花間的好處，在於不盡，在於有餘韻；耆卿的好處卻在於盡，在於『鋪敍展衍，備足無餘』。花間諸代表作，如絕代少女，立於絕細絕薄的紗簾之後，微露丰姿，若隱若現，可望而不可即；耆卿的作品，則如初成熟

雨淋鈴　柳永

多情自覺傷離別，更那堪冷落清秋節！今宵酒醒何處？楊柳岸曉風殘月。

—從明刊本詩餘畫譜（通縣王氏藏）

念奴嬌（赤壁懷古） 蘇軾

「大江東去浪淘盡千古風流人物。」

——從明刊本詩餘畫譜（通縣王氏藏）

的少婦『偎香倚暖』，恣情歡笑，無所不談，談亦無所不盡。所以五代及北宋初期的詞，其特點全在含蓄二字，其詞不得不短雋；北宋第二期的詞，其特點全在奔放二字，其詞不得不鋪敍展衍，成爲長篇大作。這個端乃開自耆卿。

耆卿的影響極大。秦少游本以短雋擅場，卻也逃不了耆卿的範圍。高齋詞話說：『少游自會稽入都，見東坡。東坡曰：不意別後，公卻學柳七作詞。少游曰：某雖無學，亦不如是。東坡曰：銷魂當此際，非柳七語乎！』少游至此，也只好愧服了。少游如此，其他更可知了。東坡詞雖取境取意與柳七絕異，然在奔放鋪敍一方面，當也是暗受耆卿勢力的籠罩的。

蘇軾的影響在當時雖沒有柳七大，然實開了南宋的辛劉一派，成爲詞中的一個別枝。故論者每以爲東坡的小詞似詩；又以爲東坡『以詩爲詞，如雷大使之舞，雖極天下之工，要非本色。』（陳師道語）東坡他自己也嘗說，『生平有三不如人，謂著棊、吃酒、唱曲也。』他的詞『雖工而多不入腔，蓋以不能唱曲故耳。』晁補之也說：『東坡居士詞，人謂多不諧音律，然橫放傑出，自是曲子中縛不住者。』但東坡詞實有兩個不同的境界；這兩個境界，固不同於花間，也是異於柳七一個境界，是『橫放傑出』，不僅在作『詩』，直是在作史論，在寫游記，例如念奴嬌：

大江東去，浪淘盡千古風流人物。故壘西邊，人道是三國周郎赤壁。亂石穿空，驚濤拍岸，捲起千堆雪。江山如畫，一時多少豪傑。 遙想公瑾當年，小喬初嫁了，雄姿英發。羽扇綸巾談笑間，強虜灰飛烟滅。故國神遊，多情應笑我早生華髮。人影如夢，一尊還酹江月。

以及『如老夫聊發少年狂，左牽黃，右擎蒼』（江城子）『荷蕢過山前，曰有心也哉此賢』（醉翁操）諸詞，皆是這一個境界。所謂『橫放傑出』者，誠不是曲中所能縛得住的。但像減字木蘭花：『賢哉令尹，三仕已之無喜慍。我獨何人，猶把虛名玷搢紳。不如歸去，二頃良田無覓處。歸去來兮，待有良田是幾時？』卻有點過於枯瘠，無絲毫詩意含蓄着，乃是他的詞最壞的一個傾向。

然東坡的詞境，還有另一個境地，另一種作風。這便是所謂『清空靈雋』作品，這使東坡

卜算子　蘇軾

缺月挂疏桐，漏斷人初靜。時見幽人獨往來，縹緲孤鴻影。

驚起卻回頭，有恨無人省。揀盡寒枝不肯棲，楓落吳江冷。

從明刊本詩餘畫譜（王孝慈先生藏）

如夢令 秦觀

「冬夜月明如水，風緊驛亭深閉。夢破鼠窺燈，霜送曉寒侵被。無寐，無寐，門外馬嘶人起。」

從明刊本詩餘畫譜（通縣王氏藏）

成了一個絕爲高尙的詞人。黃庭堅謂東坡的卜算子一詞，『語意高妙，似非喫烟火食人語』。胡寅謂：『詞在東坡一洗綺羅香澤之態，使人登高望遠，舉首浩歌，超乎塵埃之外。於是花間爲皂隸，柳氏爲輿臺矣』。張炎說，『東坡詞，清麗舒徐處，高出人表，周，秦諸人所不能到』。這些好評，非在這一個境界裏的詞，不足以當之。像：

缺月挂疎桐，漏斷人初靜。時見幽人獨往來，縹渺孤鴻影。　驚起卻回頭，有恨無人省。揀盡寒枝不肯棲，寂寞沙洲冷。

——卜算子

冰肌玉骨，自清涼無汗。水殿風來暗香滿。繡簾開，一點明月窺人，人未寢，欹枕釵橫鬢亂。　起來攜素手，庭戶無聲，時見疎星渡河漢。試問夜如何？夜已三更，金波淡，玉繩低轉。但屈指西風幾時來，又不道流年暗中偸換。

——洞仙歌

讀了這一類的詞，我們還忍說他須『關西大漢』執銅琵琶，鐵綽板來唱麼？還忍責備他不諧音律麼？將這些清雋無倫的諸詞，雜置於矯作『綺羅香澤之態』的諸詞中，眞如逃出金鼓喧天的熱鬧場而散步於『一天涼月清於水』樹影倒地花香微聞的僻巷，其雋

永誠可久久吟味的他的詞集，有東坡居士詞。〔一〕

五

黃庭堅，秦觀，晁補之，張耒四人被稱為蘇門四學士。然在詞一方面，他們四個人，差不多都可以說不曾受過東坡什麼影響。庭堅自有其獨到之處；觀則雜受花間，柳七之流風，而融洽之於一爐。晁，張二人則間有可喜的雋語而已，並不是什麼大作家。

黃庭堅〔二〕(1045——1105)有山谷詞。〔三〕他的詞，可分為兩個完全不同的方面，第一方面是傳統的作品，第二方面卻是他自己所大膽特創的作風。他的傳統的詞，頗有

〔一〕東坡詞一卷，有汲古閣刊宋六十家詞本。東坡樂府二卷，有四印齋所刻詞本，有彊村叢書本（三卷）又有林大椿校本（商務）。又蘇辛詞，葉紹鈞選注，有學生國學叢書本（商務）。

〔二〕見東都事略卷一百十六，文藝傳，宋史卷四百四十四，文苑六。

〔三〕山谷詞一卷，有汲古閣刊宋六十家詞本，又山谷琴趣外篇三卷，有涉園景宋金元明本詞續刊本。

踏莎行 黄庭堅

『臨水夭桃，倚牆繁李，長楊風掉青驄尾。』

——從明刊本詩餘畫譜（通縣王氏藏）

柳梢青　賀鑄

子規啼血，又是春歸時節。滿院東風，海棠鋪繡，梨花飛雪。

——從明刊本詩餘畫譜（通縣王氏藏）

人批評之，如晁補之所謂：『黃魯直小詞固高妙，然不是當行家語，是著腔子詩。』至於第二方面的作品，論者則直以『時出俚淺，可稱傖父』（陳師道語）二語抹煞之而已。但像『銀燈生花如紅豆，占好事如今有。人醉曲屏深，借寶瑟輕招手。一陣白蘋風，故滅燭敎相就。』（憶帝京）云云，即在一般傳統的作品中也不能不算是佳作。若他的第二方面的特創之作，則恐怕除了當時的俗客歌伎之外，所謂雅士文人是再也不會賞識他們的了。在這方面的作品裏，他儘量的引用了當時的方言俗語入詞；更儘量的模擬着當時流行的民歌的作風。他的大膽的解放，可說是『詞史』上所未曾有的。柳永曾被論者同聲稱爲『鄙俗』，然樂章集中引用俗語方言之處，如庭堅之『奴奴睡也奴奴睡』（千秋歲）；『有分看伊，無分共伊宿，一貫一文蹺十貫，千不足萬不足』（江城子）諸句，卻從來不曾見過。永的詞，畢究還是文人學士的詞，若庭堅的詞，則眞爲一般市井人所完全明白，所完全知道其好處者。

對景還銷瘦，被個人把人調戲，我也心裏有憶我，又喚我，見我嗔我，天甚敎人怎生受！

看承幸斷勾，又是樽前眉峯皺。是人驚怪，冤我忒撋就，拚了又捨了，一定是這回休了。及至相逢又依舊。

——歸田樂引

更有許多首雜着好些北宋時代的方言俗語，非今日所能解，只好不引來了。他有時也染着最壞的民歌的習氣，以文字爲遊戲。例如，『你共人女邊著子，爭知我門裏挑心』(兩同心)；『似合歡桃核，眞堪人恨，心兒裏有兩個人人。』(少年心)『女邊著子』是『好』字，『門裏挑心』是『悶』字，『人』『人』字蓋即『仁』字的諧音。庭堅自言法秀道人曾誡他說，『筆墨勸淫，應墮犂舌地獄。』他答曰：『不過空中語耳。』他又說，晏幾道詞較他尤爲纖淫，應墮何等地獄！其實幾道的情語戀辭，那裏有那末樣的深刻。

秦觀(1049——1100)有淮海詞。[一]晁補之說，『近來作者皆不及少游，如「斜陽外，寒鴉數點，流水遶孤村，」雖不識字人亦知是天生好言語。』蔡伯世說，『子瞻辭勝乎情，耆卿情勝乎辭，辭情相稱者惟少游而已。』然他的氣魄卻沒有耆卿大，他的韻格卻沒有

[一]淮海詞一卷有汲古閣刊宋六十家詞本，又淮海居士長短句三卷有彊村叢書本。

子瞻高，在大膽創造一方面，他的能力，竟也沒有魯直那末雄厚。他是一個謹慎小心的作者，是一個深刻尖俊的詩人，最善於置景藉辭，遣情使語的。他的小令，受花間及第一期作家的影響很深，確有許多不可磨滅的名言雋語，足以令人諷吟不已。像：

遙夜沉沉如水，風緊驛亭深閉。夢破鼠窺燈，霜送曉寒侵被。無寐，無寐，門外馬嘶人起。

——憶仙姿

他的慢詞，則頗受影響於柳永；子瞻曾經指出，他自己也曾默認。但他的慢詞畢竟不是柳永的；他自有一種婉約輕圓的作風，爲永所不能及。今試舉一例如下：

山抹微雲，天粘衰草，畫角聲斷譙門。暫停征棹，聊共引離尊。多少蓬萊舊事，空回首，烟靄紛紛。斜陽外，寒鴉數點，流水遶孤村。 消魂當此際，香囊暗解，羅帶輕分，謾贏得青樓薄倖名存。此去何時見也，襟袖上空染啼痕。傷情處，高城望斷，燈火已黃昏。

——滿庭芳

相傳少游性不耐聚稿，間有淫章醉句，輒散落青帘紅袖間。故今傳者並不甚多。

晁補之(1053—1101)有鷄肋詞,逃禪詞。[一]陳質齋以爲補之詞,佳者不遜於秦七,黃九。然補之的詩才本不甚高,即其最佳的作品,視之秦七,黃九也實在不及。他沒有秦七那末婉約多姿,也沒有黃九那末蒼勁有力。

張耒(1052—1112)在元祐諸詞人中,作詞最少,諸人皆有詞集,耒則無之,計其所作,僅風流子及少年遊,秋蕊香三詞傳於世而已。然此三詞皆甚有風致。像秋蕊香:

簾幕疎疎風透,一線香飄金獸。朱闌倚徧黃昏後,廊下月華如晝。　別離滋味濃如酒,令人瘦。此情不及牆東柳,春色年年依舊。

六

這時代的詞人如夏雲春雨似的綿綿不絕,蘇柳黃秦外,更有賀鑄,李之儀,陳道師,毛滂,程垓,謝逸,周紫芝,晁沖之,陳克,李廌,王觀,張舜民諸家。

[一]晁无咎詞六卷,有汲古閣琴趣外篇本,又有雙照樓景宋元明詞本。

賀鑄〔一〕字方回，衛州人。元祐中通判泗州，又倅太平州。退居吳下，自號慶湖遺老。(1063——1120) 有東山寓聲樂府。〔二〕張耒謂，『賀鑄東山樂府妙絕一世。盛麗如游金張之堂，妖冶如攬嬙施之袪，幽索如屈宋，悲壯如蘇李。』陸游云，『方回狀貌奇醜，俗謂之賀鬼頭。其詩文皆高，不獨工長短句也。』鑄有小築在姑蘇盤門之外十餘里，地名橫塘。方回往來其間，作青玉案云：

凌波不過橫塘路，但目送芳塵去。錦瑟年華誰與度？月臺花榭，綺窗朱戶，惟有春知處。
碧雲冉冉蘅皐暮，綵筆新題斷腸句。試問閑愁都幾許？一川烟草，滿城風絮，梅子黃時雨。

此詞盛傳於世。後黃庭堅贈以詩云『解道江南腸斷句，只今惟有賀方回。』周紫芝云，『方

〔一〕見東都事略卷一百十六文藝傳，宋史卷四百四十三文苑五。〔二〕東山詞一卷，有名家詞本（粟香室叢書）及四印齋所刻詞本（多補鈔一卷），又有涉園景宋金元明詞續刊本（殘本，僅存上卷）。又同上一卷，賀方回詞二卷，東山詞補一卷，有彊村叢書本。

回少爲武弁。小詞有「梅子黃時雨」之句，人呼爲賀梅子。

李之儀〔一〕字端叔，無棣人。歷樞密院編修官，通判原州。徽宗初提舉河東常平。坐事編管太平，遂居姑熟。有姑溪詞。〔二〕他的小詞，殊『清婉峭蒨』。毛晉說之儀的小令『更長於淡語，景語，情語』。之儀的『淡語』或未爲當時鬭紅競綠的詞人們所賞，然像卜算子：『我住長江頭，君住長江尾。日日思君不見君，共飲長江水。此水幾時休？此恨何時已？只願君心似我心，定不負相思意。』直是子夜曲，讀曲歌中的最好之作。

陳師道〔三〕有後山長短句。〔四〕他自己於詞頗自矜許，實未足以與秦黃並驅。毛滂字澤民，江山人。嘗知武康縣，又知秀州。有東堂詞。〔五〕其中小令特多，但慢詞亦有甚工者。程垓字正伯，眉山人，爲東坡中表之戚，有書舟詞。〔六〕其『沉木熨香年似日，薄雲垂帳夏如

〔一〕見東都事略卷一百十六文藝傳。〔二〕姑溪詞有汲古閣刊宋六十家詞本。〔三〕見東都事略卷一百十六文藝傳，宋史卷四百四十四文苑六。〔四〕後山詞一卷有汲古閣刊宋六十家詞本。

〔五〕東堂詞一卷有汲古閣刊宋六十家詞本，有疆村叢書本。〔六〕書舟詞有汲古閣刊宋六十家詞本。

秋』（望江南）諸語，爲古今詞話所賞；楊愼也甚稱其酷相思諸作。謝逸字無逸，臨川人，第進士，有溪堂詞。〔一〕他的花心動：『風裏楊花輕薄性，銀燭高燒心熱。香餌懸鈎魚不輕吞，辜負釣兒虛設。桑蠶到老絲長絆，鍼刺眼淚流成血。思量起粘枝花朵，果兒難結。』沈天羽謂，『此詞句句比方，用小雅鶴鳴篇體也。』周紫芝字少隱，宣城人。舉進士。爲樞密編修，守興國。有竹坡詞。〔二〕孫兢序他的詞以爲『竹坡樂章，清麗婉曲，非苦心刻意爲之。』既非苦心刻意爲之，故頗饒自然之趣。像醉落魄：

江天雲薄，江頭雪似楊花落。寒燈不管人離索，照得人來，眞個睡不著。　歸期已負梅花約，又還春動空飄泊。曉寒誰看伊梳掠？雪滿西樓，人坐闌干角。

晁沖之字叔用，一字川道，鉅野人，有具茨集。〔三〕他是補之的從兄弟。他的詞，也頗有情致，

〔一〕溪堂詞有汲古閣刊宋六十家詞本。　〔二〕竹坡詞三卷，有汲古閣刊宋六十家詞本。　〔三〕具茨集十五卷，有坊刊本，有海山仙館叢書本。

陳克〔一〕字子高，臨海人。僑寓金陵。元豐間，以呂安老薦入幕府，得官。有赤城詞。〔二〕陳質齋以爲『子高詞格頗高麗，晏周之流亞也。』以『高麗』二字許克的詞，克誠足以當之無愧。如他的菩薩蠻：

綠蕪牆遶青苔院，中庭日淡芭蕉卷。蝴蝶上階飛，風簾自在垂。 玉鉤雙語燕，寶甃楊花轉。幾處簸錢聲，綠窗春夢輕。

其情韻頗清峻。他亦間有感時憤語，像『四海十年兵不解，……疎髯渾如雪，衰涕欲生冰。……別愁深夜雨，孤影小窗燈。』（臨江仙）當是晚年遇亂以後的作品。李甗〔三〕字方叔，不第，遂絕意進取，定居長社，有月岩集。他的詞，時有佳句，不同凡響。杜安世字壽域，京兆人，有詞一卷。〔四〕他的卜算子：『樽前一曲歌，歌裏千重意。纔欲歌時淚已流，恨更多於淚！試問緣何事，不語渾如醉。我亦情多不忍聞，怕和我成憔悴。』意雖淺近，情却甚深。王觀字通

〔一〕見南宋書卷五十五文苑傳。〔二〕赤城詞一卷有赤城遺書彙刊本；有彊村叢書本。〔三〕見宋史四百四十四文苑六。〔四〕壽域詞一卷，有汲古閣刊宋六十家詞本。

叟，官翰林學士。賦應制詞，宣仁太后以其近褻擿之。自號逐客，有冠柳詞。黃昇以爲『通叟詞名冠柳，至踏青一詞，風流楚楚，又不獨冠柳詞之上也。』陳質齋則深貶之，以爲『逐客詞風格不高，以冠柳自名，則可見矣。』他當然受了不少柳永的影響，像『晴則箇，陰則箇，餖飣得天氣有許多般。須教撩花撥柳，爭要先看，不道吳綾繡襪，香泥斜沁幾行斑。東風巧，盡收翠綠，吹上眉山。』（慶清朝慢）還不顯然的是柳詞麼？韋驤字子駿，錢塘人，皇祐五年進士。累官尚書主客郎中，夔州路提點刑獄，有詞一卷。〔一〕其作風頗帶些激昂豪放之氣，顯然可見出其爲第一二期間的人物；那時花間的影響已微，柳蘇的變調方始像韋氏那樣的疏暢明白的小詞，恰正是『及時當令之作』。

生可意，祇說功名貪富貴，遇景開懷，且盡生前有限盃。　韶華幾許，鶗鴂聲殘無覓處，莫自因循，一片花飛減却春。

——減字木蘭花

〔一〕韋先生詞一卷，有彊村叢書本。

張舜民〔一〕字芸叟，邠州人。元祐初，除監察御史。徽宗朝爲吏部侍郎，以龍圖閣待制，知同州。坐元祐黨，貶商州。卒。舜民自號浮休居士，又號矴齋。娶陳師道之姊。有畫墁集，詞附。〔二〕他「爲文豪重有理致，最刻意於詩。晚好樂府，百餘篇。自序云：年踰耳順，方敢言詩，百世之後，必有知音者。」（郡齋讀書志）

宗室貴戚能詞者在這個時代亦甚多。如安定郡王趙令畤，及駙馬都尉王詵等，皆是當代很著名的作家。令畤字德麟，燕懿王玄孫。元祐中，簽書穎州公事，歷右朝請大夫，後爲寧遠軍承宣使，同知行在大宗正事。有聊復集。德麟詞輕圓嬌憨，很有些傳誦人口之作。嘗夜過東坡家飲梅花下，會有題會眞記鳳棲梧云：「錦額重簾深幾許，只是低頭，怕受他人顧。強出嬌嗔無一語，絳綃頻掩酥胸素。」

王詵〔三〕字晉卿，太原人，徙開封。尚英宗女魏國大長公主。歷官定州觀察史，開國公，駙

〔一〕見東都事略卷九十四，宋史卷三百四十七。　〔二〕畫墁詞一卷，有彊村叢書本。　〔三〕附見宋史卷二百五十五王全斌傳中。

馬都尉詵。榮安。黃庭堅以爲：『晉卿樂府清麗幽遠，工在江南諸賢季孟之間。』他有歌姬名囀春鶯，他得罪外謫，姬爲密縣人所得。晉卿南還至汝陰道中，聞歌聲曰：『此囀春鶯也。』訪之果然。因賦詩云：『佳人已屬沙吒利，義士曾無古押衙。』詩復歸晉卿。晉卿嘗作憶故人：『燭影搖紅向夜闌，乍酒醒心情懶。尊前誰爲唱陽關，離恨天涯遠』云云。徽宗喜其詞意，遂令大晟府別撰腔，周邦彥增益其詞，即名爲燭影搖紅。

又有婦人作家魏夫人，所作詞殊爲蘊藉秀媚，朱熹道：『本朝婦人能文者唯魏夫人及李易安二人而已。』夫人，襄陽人，道輔之姊，曾布丞相之妻，封魯國夫人。雅編云：『魏夫人有江城子，捲珠簾諸曲，膾炙人口。其尤雅正者則菩薩蠻……深得國風卷耳之遺。』（詞林紀事引）

七

第三期是北宋詞的成熟期，慢詞到此已成了最流行的一體，在意境上，在情調上皆已無所增長；於是只好在遣辭用句上着意，只好在音律上留心，只好在橅寫物態上用力。這一期，周邦彥的影響籠罩了一切。

周邦彥[一]字美成，錢塘人。歷官秘書監，進徽猷閣待制，提舉大晟府。出知順昌府，徙處州卒。有清眞集。[二]强煥序其詞道：『美成詞摹寫物態，曲盡其妙。自題所居曰顧曲堂。』邦彥以進汴都賦得官。提舉大晟府時，每製一詞，名流輒爲賡和。方千里及楊澤民全和之；或合爲三英集行世。美成與汴妓李師師戀着。師師欲委身而未能。一夕，徽宗幸師師家，美成倉卒不能出，匿複壁間，遂製少年遊以紀其事。徽宗知而譴發之。師師餞送他，美成復作蘭陵王詞，有『長亭路，年去歲來，應折柔條過千尺』之句。師師於徽宗前歌之。徽宗即復招他回來。自此便很寵待他。美成詞大抵皆『圓美流轉如彈丸』。長調尤善鋪敍，富艷精

[一]見東都事略卷一百十六文藝傳，宋史卷四百四十四文苑六。 [二]片玉詞二卷補遺一卷，有汲古閣刊宋六十家詞本，又西冷詞萃本，又清眞詞二卷附集外詞一卷，有四印齋所刻詞本，又詳註片玉集十卷，有涉園景宋金元明本詞續刊本，又周姜詞葉紹鈞選註，有學生國學叢書本（商務）。

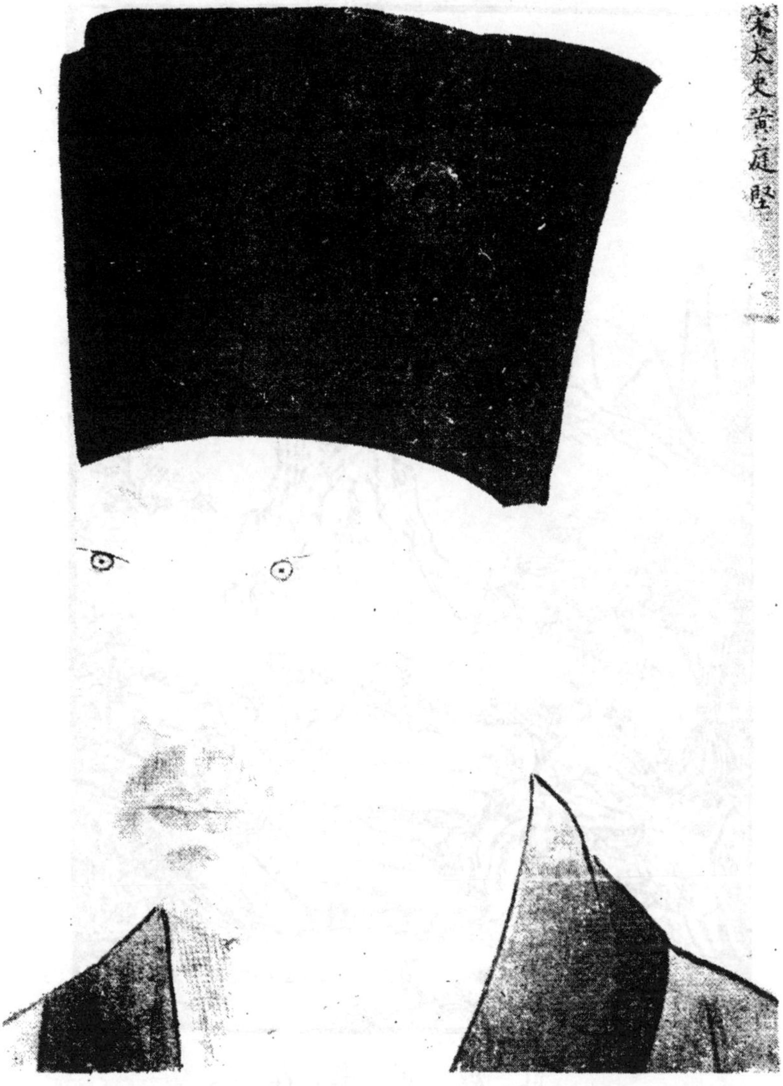

黃庭堅

（故宮博物院特許借印）

玉樓春　周邦彥

『桃溪不作從容住，秋藕絕來無續處。……烟中列岫青無數，雁背夕陽紅欲暮。』

——從明刊本詩餘畫譜（通縣王氏藏）

工，紆徐反覆，能道盡所蓄之意，而下字用韻又皆有法度。故沈伯時說，『作詞當以清眞集爲主。』後人以美成詞爲圭臬的眞是絕多。然他每用唐人詩語，檃括入律。劉潛夫說，『美成頗偷古句，』張叔夏說『美成詞渾厚和雅，善於融化詩句。』這一點頗足以見出他想像的枯窘。然他雖偷古句，而每使人仍覺其新鮮可喜。像六醜：

正單衣試酒，恨客裏光陰虛擲。願春暫留，春歸如過翼，一去無迹。爲問家何在？夜來風雨，葬楚宮傾國。釵鈿墮處遺香澤：亂點桃蹊，輕翻柳陌，多情爲誰追惜？但蜂媒蝶使，時叩窗槅。　東園岑寂，漸蒙籠暗碧，靜遶珍叢底成嘆息。長條故惹行客，似牽衣待話，別情無極。殘英小，强簪巾幘。終不似一朵釵頭顫裊，向人欹側。漂流處，莫趁潮汐；恐斷鴻尙有相思字，何由見得。

可算是他的典型之作。

同時的作家有晁端禮，万俟雅言，呂渭老，向子諲，曹組，蔡伸，趙長卿，葉夢得，向鎬，王灼，陳與義，吳則禮諸人。

晁端禮字次膺熙寧六年進士晚以承事郎爲大晟府協律，有閑適集。万俟雅言自號詞隱崇寧中充大晟府制撰與晁端禮按月律進詞。有大聲集。呂渭老（一作濱老）字聖求，秀州人，宣和末朝士。有聖求詞。〔一〕趙師秀說『聖求詞婉媚深窈，視美成耆卿伯仲。』楊愼謂『呂聖求在宋不甚著名而詞極工，……諸調佳處不讓少游。』

向子諲〔二〕字伯恭臨江人。建炎初直龍圖閣江淮發運副使爲黃潛善所斥。後遷戶部侍郎。（1086——1153）他自號薌林居士，有酒邊集。〔三〕胡致堂說，『薌林居士步趨蘇堂而嚌其胾者也。』以今觀之，他的詞實在是追隨東坡不上；但有一個好處，便是不刻琢，像鷓鴣天：

說者分飛百種猜，泥人細數幾時回。風流可慣長孤冷，懷抱如何得好開， 垂玉筋，下香階，並肩小語更兜鞵，再三莫遺歸期誤，第一頻教入夢來。

〔一〕聖求詞一卷有汲古閣刊宋六十家詞本。 〔二〕見宋史卷三百七十七，南宋書卷十八。

〔三〕酒邊集一卷有雙照樓景刊宋元明本詞本。及二卷本，汲古閣刊（宋六十家詞）。

曹組字元寵，潁昌人，宣和三年進士。有子龍，徽宗曾賞其如夢令『風弄一枝花影』及點絳脣『暮山無數歸雁愁邊度』句。蔡伸字仲道，莆田人，宣和中官彭城倅，歷左中大夫。有友古詞。〔一〕仲喜引古句入詞，往往是生硬不化。趙長卿自號仙源居士，南豐宗室，有惜香樂府。〔二〕頗多淡而有致的情語，如『人道長眉如遠山，山不似長眉好』（卜算子）；『客路如天杳杳，歸心特地寧寧』。（朝中措）葉夢得〔三〕字少蘊，吳縣人，紹聖四年進士，除戶部尚書，以崇信軍節度使致仕。（1077——1144）有石林詞。〔四〕關子東說，『葉公妙齡，詞甚婉麗，晚歲落其華而實之，能於簡淡時出雄傑，合處不減東坡』。但像他的『疊鼓鬧清曉，騎引飛雕弓』（水調歌頭）之類，實並不『雄傑』。還是『江南夢斷橫江渚，浪黏天，葡萄漲綠，半空烟雨』（賀新郎）之類，比較得當行些。向鎬字豐之，河內人，有喜樂詞。〔五〕他和黃庭

〔一〕友古詞一卷，汲古閣刊宋六十家詞本。　〔二〕惜香樂府二卷，有汲古閣刊宋六十家詞本。

〔三〕見宋史卷四百四十五文苑七，南宋書卷十九。　〔四〕石林詞一卷，有汲古閣刊宋六十家詞本，有葉廷琯刊本。　〔五〕喜樂詞有四印齋彙刊宋元三十一家詞本。

堅一樣，也頗喜用當時的白話寫詞，因此，很有些今已不能懂得的句子，像如夢令：『誰伴明窗獨坐？我和影兒兩個。燈燼欲眠時，影也把人拋躲。無那，無那，好個悽惶的我。』其作風和時人是格格不相入的。朱敦儒〔一〕字希眞，洛陽人，少年時以布衣負重名。靖康間，召至京師，不肯就官。南渡後，爲祕書省正字。秦檜當國，以他爲鴻臚少卿。檜死，他遂廢黜。有樵歌。〔二〕宋史本傳稱他『素工詩及樂府，婉麗淸暢。』黃昇稱他『天資曠逸，有神仙風姿。』汪叔耕說他的詞，『多塵外之想，雖雜以微塵，而其淸氣自不可沒。』像好事近：

搖首出紅塵，醒醉更無時節。活計綠蓑青笠，慣披霜衝雪。　晚來風定釣絲閑，上下是新月。千里水天一色，看孤鴻明滅。

乃是他的代表作。王灼字晦叔，遂寧人，有頤堂詞。〔三〕他作碧鷄漫志，〔四〕對於詞的製作，頗有些可存的意見。但他自己所作，卻不過『平穩』而已。

〔一〕見宋史卷四百四十五文苑七。　〔二〕樵歌三卷，有彊村叢書本；樵歌拾遺有四印齋彙刻宋元三十一家詞本。　〔三〕頤堂詞一卷，有彊村叢書本。　〔四〕碧鷄漫志有知不足齋叢書本。

陳與義〔一〕字去非，本蜀人，後徙居河南葉縣。紹興中，拜翰林學士，知制誥，參知政事。(1090—1138)有無住詞。〔二〕黃昇云：『去非詞雖不多，語意超絕，識者謂可摩坡仙之壘。』但他的詞，實不能『摩坡仙之壘』。像臨江仙：『憶昔午橋橋上飲，坐中都是豪英。長溝流月去無聲。杏花疎影裏，吹笛到天明。』云云，已是最好的例子了。吳則禮字子副，富川人，官至直祕閣，知虢州，晚居豫章，自號北湖居士，有北湖集五卷，附詞。〔三〕則禮詞多慷慨激昂之作，像江樓令『凭欄試覓紅樓句，聽考考城頭暮鼓。數騎翩翩度孤戍，盡雕弓白羽。』當已開了辛棄疾的先路。

八

但在這個時代裏，如雙白玉柱似高出一般詞人之上者，卻有趙佶和李清照二人。

〔一〕見宋史卷四百四十五文苑七。南宋書卷五十五文苑傳。〔二〕無住詞一卷，有汲古閣刊宋六十家詞本，有彊村叢書本。〔三〕北湖詞一卷，有彊村叢書本，

趙佶〔一〕(宋徽宗)的天才，不下于李煜，其生平際遇，也很有似于李煜。他初期的生活，在極綺麗清閑中度過；他知道如何的享樂，他是一個最好的文人學士，但可惜他卻是一位必要擔負天下事的皇帝。因此，他一放鬆了自己，而天下事便弄得不可收拾。金虜乘機而入，他遂與他的兒子欽宗一同被虜北去。他後半期的生活，便在虜中度過極人世不堪忍受的種種痛苦。他的詞集不傳，今所有皆從時人筆記選本中零星見到；後期的作品尤爲寥寥可數。所以我們研究他的作品，最痛苦的便是覺得材料太少。但即就那些少數的作品中，他的天才也已深爲我們所認識了。〔二〕他的生活，既有截然不同的兩個時期，他的作風與情調便也有了兩個截然不同的方面。在他的第一期倚紅偎翠的皇家生活裏，他的詞是舒緩的，是綺麗的，是樂生的。是『絳燭朱籠相隨』，是『龍樓一點玉燈明，簫韶遠，高宴在蓬瀛』，是『共乘歡，爭忍歸來，疏鐘斷，聽行歌猶在禁街』，是『鳳帳籠簾紫嫩風，御坐深翠金間繞』。到了他的第二期，『終日以眼淚洗臉』的俘虜時代，他的情緒便

〔一〕見東都事略卷十至卷十一，宋史卷十九至卷二十二。　〔二〕宋徽宗詞一卷，有彊村叢書本。

緊張了，便悽涼了，便迫切了他不再作快樂的夢了；他也學李煜一樣的在遠離祖國的北地作着悲憤的詞：

玉京曾憶舊繁華，萬里帝王家。瓊樓玉殿，朝喧弦管，暮列笙琶。花城人去今蕭索，春夢遶胡沙。家山何處？忍聽羌管，吹徹梅花！——眼兒媚

這還不與李煜的『無限江山，別時容易見時難』如出一模麼？至如佶的燕山亭：

裁翦冰綃，輕疊數重，淡著燕脂勻注。新樣靚妝，豔溢香融，羞殺蕊珠宮女。易得凋零，更多少無情風雨。愁苦。閒院落淒涼，幾番春暮，憑寄離恨重重，這雙燕何曾會人言語。天遙地遠，萬水千山，知他故宮何處！怎不思量，除夢裏有時曾去。無據，和夢也新來不做！

則似乎比李煜的『猶憶舊時遊上苑，車如流水馬如龍』更為深入一重了。

李清照[一]是宋代最偉大的一位女詩人，也是中國文學史上最偉大的一位女詩人。她的詞集凡六卷，她的文集也有七卷；今所傳的詩詞，不過寥寥的數十首而已。這個損失，

[一]見王鵬運的易安居士事輯（附四印齋所刻詞中的漱玉詞後）。

大有類于希臘之損失了她的最大的女詩人莎孚（Sapho）的大部分的作品一樣。然卽在那些殘餘的『劫灰』裏，仍可充分的見出她的晶光照人的詩才來。她的五七言詩並不甚好；她的歌詞卻是她的絕調。像她那樣的詞，在意境一方面，在風格一方面，都可以說是『前無古人，後無來者。』她是獨創一格的，她是獨立於一羣詞人之中的。她不受別的詞人的什麼影響，別的詞人也似乎受不到她的什麼影響。她是太高絕一時了，庸才的作家是絕不能追得上的。無數詞的人詩人，寫着無數的離情閨怨的詩詞；他們一大半是代女主人翁立言的，這一切的詩詞，在清照之前，直如糞土似的無可評價。她自號易安居士，濟南人。父名格非，也是一位很有名的文士，母王氏，也能寫文章。她于二十一歲時嫁給大學生趙明誠，明誠又是一位文士。他們的家庭生活，據易安的自述，是十分的快樂的。在這個時候，她的詞似乎是已達到了最高的境界。所有好詞，在這時作的最多。他們結褵未久，明誠便出遊。易安寄他之小詞很多。有一次她以重陽醉花陰詞函致明誠。明誠思勝之，一切謝客，廢寢忘食者三日夜，得五十餘闋，雜易安作以示友人陸德夫。德夫玩誦再三，說道，

如夢令

李清照

昨夜雨疏風驟，濃睡不消殘酒。試問捲簾人：卻道海棠依舊。知否？知否？應是綠肥紅瘦！

——從明刊本詩餘畫譜（通縣王氏藏）

鳳凰台上憶吹簫

李清照

「香冷金猊，被翻紅浪，起來慵自梳頭。：新來瘦，非干病酒，不是悲愁。：：惟有樓前流水，應念我終日凝眸。凝眸處，從今又添一段新愁。」

——從明刊本詩餘畫譜（通縣王氏藏）

『有三句乃絕佳。』明誠詰之，他道，『莫道不消魂，簾卷西風，人比黃花瘦。』正是易安之作！

在金兵南侵之時，他們流徙四方以避之家業喪失十之七八。明誠又病死。此時以後，她的生活便很艱苦。在這時候，她的詞，也寫得不少。〔一〕我們在她的詞裏，還約略看得出她這一個時期的生活情形。她的詞，要引起例來，眞該引得不少，這裏姑舉幾首：

『尋尋覓覓，冷冷清清，悽悽慘慘戚戚。乍暖還寒時候，最難將息。三杯兩盞淡酒，怎敵他晚來風急！雁過也，正傷心，卻是舊時相識。　滿地黃花堆積，憔悴損，而今有誰堪摘？守着窗兒，獨自怎生得黑！梧桐更兼細雨，到黃昏點點滴滴。這次第，怎一個愁字了得。』

——聲聲慢

風住塵香花已盡，日晚倦梳頭。物是人非事事休！欲語淚先流。　聞說雙溪春尚好，也擬汎輕舟。只恐雙溪舴艋舟，載不動許多愁。

——武陵春

〔一〕漱玉詞一卷有汲古閣刊等詞雜俎本，有四印齋所刻詞本。

參考書目

一，宋六十一家詞 汲古閣編刻，重要的北宋詞集，一大部分已備於此刻之內。有原刊本，有廣州刻本，有影印本。

二，名家詞集十卷 侯文燦編，有原刊本，有粟香室叢書，錄汲古閣未刊詞十家。

三，宋元名家詞不分卷 江標編，有湖南刊本，錄汲古閣未刊詞十五家。

四，四印齋所刻詞及四印齋彙刻宋元三十一家詞 王鵬運編刻。蘇，辛詞及漱玉，清眞諸集刻得甚精。

五，雙照樓影刊宋元明本詞 吳昌綬編刻，正續凡四十家（續集陶湘刊）。刻得極爲精美。於此可略見宋元人詞集的眞面目。

六，彊村叢書 朱祖謀編刻。收羅最富。凡二百餘家。

七，樂府雅詞三卷，拾遺一卷 宋曾慥編，有詞學叢書本及粵雅堂叢書本。

八，陽春白雪八卷，外集一卷 宋趙聞禮編，有詞學叢書本及粵雅堂叢書本。

九，唐宋諸賢絕妙詞選十卷 宋黃昇編，有汲古閣刊詞苑英華本。

十，草堂詩餘四卷 傳本極多，有武林逸史編的一本（詞苑英華本）；有明何良俊刊本；有四印齋刊本；有雙照樓景刊宋元明本詞本;又有明沈際飛編刊的四集本。

十一,詞綜三十四卷　朱彝尊編。王昶補,有原刊本及坊刻本。關於北宋詞,可讀其第四卷至第十一卷。又後有『補人』『補詞』亦應注意。惟所選殊偏。

十二,歷代詩餘一百二十卷　沈辰垣等編,有內刊本有石印本。

十三,詞林紀事二十二卷　清張宗橚輯,有原刊本有石印本。其卷三至卷十之前半,錄北宋人詞。

十四,直齋書錄解題二十二卷　宋陳振孫著,有清武英殿刊本及江蘇書局刊本,其中卷二十一『歌詩類』爲著錄唐宋詞最早之目錄。

十五,東都事略一百三十卷　宋王偁著,有掃葉山房刊本。與南宋書等合稱四朝別史。

十六,宋史四百九十六卷　元脫克脫等撰,有二十四史本。

第三十六章 江西詩派

黃庭堅陳師道的影響——苦吟的詩人的故事——所謂江西詩派——呂本中的江西宗派圖——二十五人的一羣——開山祖黃庭堅——寂寞的詩人陳無已——潘大臨謝逸等——洪氏兄弟及徐俯——韓駒與晁沖之——呂本中——江西詩派的擴大——一祖三宗之說——陳與義——無病而呻者的遁跡之所

一

宋代的五七言詩，經過了西崑體，經過了梅蘇歐陽，經過了蘇軾，已是風格屢變了；但還沒有一派規模極大足以影響到後來詩人們的詩風出來。西崑體雖獨霸詩壇四十年，但祇是台閣體。且他們也並不是什麼了不得的天才作家們，足以引導了一大羣人走的故對於一般詩人們無甚重大的印象與壓迫；當時歐陽修雖在錢惟演的幕中，卻也不受其染。蘇軾雖是一位天才的詩人，他的風格卻是不名一宗的，他是行雲流水似的馳逞其橫絕一代的詩才，完全爲了自適其趣，並沒有要提倡什麼的意思；蘇門諸子雖一時奔湊其門庭，卻各有其特殊其風格，並不怎樣跟隨了蘇軾走去，——其實他的闊大流轉的風格也眞不容易學。在他的詩裏，會有一部分是寫得很深澀險峻，大似黃庭堅陳師道的所作，但到底是東坡無意中受他們的影響呢，還是黃陳是推演了東坡這一種的作風而發揮光大之的，卻還不可知。眞實的爲宋詩開闢了一條大道的，乃是黃陳二人所領導着江西詩派。在江西詩派裏，包括了蘇軾以後的許多偉大的詩人，其影響直到了南宋而未已。較之西崑派，其勢力是更爲可觀的；其活動是更深入於文人的社會裏的，不僅僅表現於浮面的館閣之士中間而已。他們並不以詩爲戲，並不以詩爲唱酬敷衍之具。他們是眞實的以詩爲其第二生命的。他們苦吟，他們專心一志的要將其全心全意表現在詩裏，他們寫出他們自己所要說的話，而又那樣的千錘百鍊以出之。有一段故事，最足以表現這一派作家的精神。朱熹語錄說：『黃山谷詩云閉門覓句陳無已，對客揮毫秦少游。陳無已平時出行，覺有詩思便急歸擁被臥而思之，呻吟如病者，或累日而後起。眞是閉門覓句者也。』文獻通考也說：『石林葉氏曰世言陳無已每登覽得句，卽急歸臥一榻，以被蒙首，惡聞人聲，謂之吟榻。家人知之，卽猫犬皆逐去，嬰兒稚子亦抱寄鄰家。徐待詩成，乃敢復常。』這和唐詩人賈島的驢上吟詩，李賀的『嘔出心肝』的情形是無殊的。爲了他們是這樣認認眞眞的做着詩，一點也不苟且，一步也不放鬆，幾是以整個生命赴之的，故遂卓然有了一個特殊的詩的風趣，成爲後人追踪逐跡的中心之一。

二

所謂江西詩派，於黃、陳二人外，更有不少詩人們附於其中。宋陳振孫的直齋書錄解題（卷十五）著錄江西詩派一百三十七卷，續派十三卷，『自黃山谷而下三十五家。（？）又曾紘、曾思父子詩，詳見詩集類。』是所謂江西詩派者，連曾氏父子在內，共包括了三十七人了。陳氏不著此二書的編者。宋史藝文志則著錄着；『呂本中江西宗派詩集一百十五卷，曾紘江西續宗派詩集二卷。』（雖卷數有異，當即同書。）是二書的編者為呂本中與曾紘。但據宋人的記載，呂本中所作著為江西詩社宗派圖，其有無同時並編作此詩集，則不可知。或是書坊見呂氏宗派圖而集派中詩人們的所作而編就的罷。本中宗派圖所列為二十五人。苕溪漁隱叢話說：『呂居仁近時以詩得名，自言傳衣江西，嘗作宗派圖，自豫章（黃庭堅）・以降，列陳師道，潘大臨，謝逸，洪芻，饒節，僧祖可，徐俯，洪朋，林敏修，洪炎，汪革，李錞，韓駒，李彭，晁沖之，江端本，楊符，謝薖，夏倪，林敏功，潘大觀，何覬，王直方，僧善權，高荷，合二十五人，以為法嗣，謂其源流皆出豫章也。』雲麓漫鈔曾載居仁宗派圖序的大略：

古文衰於漢末。先秦古書存者為學士大夫剽切之資。五言之妙，與三百篇離騷爭烈可也。自李杜之出，後莫能及。韓，柳，孟郊，張籍諸人，自出機杼，別成一家。元和之末，無足論者。衰至唐末極矣。然樂府長短句有一倡三歎之致。國朝文物大備。穆伯長，尹師魯始為古文，盛於歐陽氏；歌詩至於豫章始大出，而力振之。後學者同作並和，盡發千古之祕亡餘蘊矣。錄其名字曰江西宗派。其源流皆出豫章也。

這把江西詩派的源流說得很明白。但居仁所錄者，並黃庭堅只有二十六人。陳振孫所謂『三十五家』，除呂居仁外，（陳氏將呂氏列入宗派內）今已不知其他八人爲何姓名。或者這八人乃是曾紘續宗派裏所選錄的罷。但曾氏續宗派詩集僅十三卷（宋史僅作二卷），未必便錄有八九人之多也。許陳氏所謂『三十五家』乃是『二十五家』的錯誤罷。曾氏所錄的續宗派詩集或僅增加了呂本中一家，或僅僅是補苴罅漏的罷。我們看了陳氏所著錄的江西派諸詩人的詩文集，（陳氏著錄林敏功到江端本諸人詩集，明注出『皆入詩派』云云。）無出二十六人（連呂本中）外者，便知這個假定是很有可能的。故現在所知的江西詩派，其中包括着黃山谷以下到呂本中及曾氏父子，共祗有二十九人。在這二十九人裏，當時雖各有詩集，但今日所知者則不過寥寥數人而已。

三

黃庭堅是江西詩派的開山祖。庭堅字魯直，洪州分寧人，舉進士。爲葉縣尉，歷祕書丞。紹聖初，坐事貶涪州別駕，黔州安置。建中靖國初召還，知太平州。復除名，編管宜州。卒。自號山谷老人，後又自號涪翁。有豫章集。〔一〕庭堅與蘇軾交往甚密，世以爲蘇門六君子之一。他的詩極得時譽，或以爲在軾之上。王直方詩話說：『山谷舊所作詩文名以焦尾弊帚，秦少游云每覽此編輒悵然終日，殆忘食事，邈然有二漢之風。今交游中以文墨稱者，未見其比。』苕溪漁隱叢話說：『元祐文章稱蘇、黃，時二公爭名，互相譏誚。東坡嘗云：魯直詩文，如蝤蛑江瑤柱，格韻高絕，盤餐盡廢。然不可多食，多則發風動氣。山谷亦云：蓋有文章妙一世而詩句不逮古文者，此指東坡而言也。張巨山云：山谷古律詩酷學少陵，雄健太過，遂流而入於險怪。要其病在太著意，欲道古今人所未道語也。』詩林廣記也載着：『豫章先生傳贊云：山谷自黔州以後，句法尤高，筆勢放縱，實天下之奇作。自宋興以來，一人而已。』時人是那

〔一〕山谷內外集註，任淵、史容等撰，有明刊本，聚珍板叢書本，樹經堂刊本。又豫章黃先生文集三十卷，有四部叢刊本。

樣的讚頌着他而他的詩的謹嚴整密別具風趣也實足以傾倒了當時的許多人。陳無己爲詩高古日無古人，獨自言而師庭堅。這可見庭堅造詣的深邃程度了。像題花光爲曾公袞作水邊梅：

梅蕊觸人意，冒寒開雪花。遙憐水風晚，片片點汀沙。

雖是短短的一首小詩，也是鍾鍊得很細密的。又像題竹石牧牛圖：

野次小崢嶸，幽篁相依綠。阿童三尺箠，御此老觳觫。石吾甚愛之，勿遣牛礪角。牛礪角尚可，牛鬭殘我竹。

句法雄健，體製甚新，宜其足以開創了一大派。

陳師道也是蘇門六君子之一，卻自言其詩師庭堅，足見其對於庭堅的傾倒的程度。後村詩話說：『或曰黃陳齊名，何師之有？余曰：射較一鏃，奕角一著，惟詩亦然。后山地位去豫章不遠，故能師之。』這話頗爲公允。他字無己，一字履常，彭城人。號后山居士。元祐中，以蘇軾等薦，授徐州敎授。紹聖初歷祕書省正字。以疾卒。有詩。〔一〕敖陶孫集評說，『陳后山如九皐獨唳，深林孤芬，冲寂自妍，不求賞識。』詩林廣記也說：『或言后山之詩，非一過可了，近於枯淡。彼其用意直追騷雅，不求合於世俗。亦惟恃有東坡，山谷之知也。自此兩公外，政使舉世無領解者，渠亦安暇恤哉。』然以這樣的一位孤芳自賞不求諧俗的詩人，他的影響卻能夠那末偉大，誠是他自己所想不到的。這是常有的事：一位寂寞自甘的天才的詩人，像葆痕士（Burns）和無己，其所享的榮譽，往往是會出於自己所意想以外的，而喧然的在自己宣傳着的空虛的作家，卻終於無聞於世。羣衆的賞鑑常是不會很錯誤的。無己的所作，雖若不經意的以淡墨寫就，卻是極爲飽滿豐腴的。像絕句：

書當快意讀易盡，客有可人期不來。世事相違每如此，好懷百歲幾回開？

雖是澹然的數語，卻以足耐人吟味而已。他的妾薄命二首中有：『葉落風不起，山空花自

〔一〕陳后山集二十四卷，有明刊本（三十卷），愛廬刊本；又后山詩註十二卷，宋任淵撰，有弘治間袁氏刊本，聚珍板叢書本，四部叢刊本。

紅……天地豈不寬，妾身自不容』云云，也是蘊深情於常語裏的。至若答黃生：

我無置錐君立壁，舂黍作糜甘勝蜜。綈袍不受故人意，樂餌肯爲兒輩屈！割白鷺股何足難，食鸕鶿肉未爲失。莫年五斗得千里，有愧寒鴦背朝日。

其風趣更有如以燒焦的筆頭，蘸淡墨作速寫，雖若枯瘠而實清韻無窮。無己又喜用俚語入詩，像『昔人剜瘡今補肉，百孔千窗容一罅』，『巧手莫爲無麪餅』，『驚雞透籬犬升屋』，云云，卻仍無損其高古的風趣；爲的是用得很恰當，不像王梵志一流人慣如插科打諢似的以專說俚語俗言談道德訓條爲其極致。故雖是俚語，一放在他手上，也會和他的詩思融合而爲一了。

潘大臨字邠老，齊安人，有柯山集，弟大觀字仲達，皆在江西詩派中，惜所作傳者甚少；大觀至一語不存，大臨最有名的『滿城風雨近重陽』一詩也僅存此一句而已。謝逸嘗用其語作爲三絕句，以吊大臨。逸有溪堂集，其從弟薖字幼槃，詩文媲美於逸，時稱二謝。有竹友集。薖所作像嗚鳩：

雲陰解盡郤殘暉，屋上鳴鳩喚婦歸。不見池塘烟雨裏，鴛鴦相並溼紅衣。

也很有深遠之趣。逸嘗有胡蝶詩三百首，人號謝胡蝶，像『狂隨柳絮有時見，舞入梨花何處尋』又『江天春晚暖風細，相逐賣花人過橋』云云，豫章詩話頗稱賞之。

洪朋，洪芻洪炎兄弟三人，俱有才名，他們是南昌人，黃庭堅之甥。朋字龜父，舉進士不第，有清非集。芻字駒父紹聖元年進士。金人陷汴，他坐爲金人括財，流沙門島卒，有老圃集。炎字玉父元祐末登第，南渡後官秘書少監，有西渡集。王直方詩話曾稱朋的『一朝厭蝸角，萬里騎鵬背』一聯，『最爲妙絕。山谷亦嘗嘆賞此句。』又芻的『深秋轉覺山形瘦，新雨能添水面肥』。爲雪浪齋日記所引；他竄海島時所作的『關山不隔還家夢，風月猶隨過海身。』云云，也爲老學庵筆記所稱。

徐俯[一]也是山谷的外甥，七歲能詩。山谷嘗道：『洪龜父攜師川上藍莊詩來，詞氣甚壯，筆力絕不類年少書生。熟讀數過，爲之喜而不寐。老舅年衰力劣不足學。師川有意日新

[一]徐俯見宋史卷三百七十二。

之功，當於古人中求之耳』。（見豫章詩話）他是如此的期望着師川。師川，俯字，洪州分寧人。以父禧死王事，授通直郎。紹興初，賜進士出身。累官端明殿學士，簽書樞密院事，權參知政事，有東湖集。雪浪齋日記稱其『佳樹冬不凋，橫塘春更綠』。爲『頗平淡，無雕鐫氣』。呂居仁列他於宗派中，他嘗不平道，『我乃居行間乎！』（見雲麓漫鈔）是不甘爲黃陳下也。

韓駒〔一〕爲江西詩派中黃陳以外的一個大詩人。他也頗不甘於在這詩派中。後村詩話：『子蒼蜀人，學出蘇氏，與豫章不相接。呂公強之入派，子蒼殊不樂』。雲麓漫鈔也引其言道：『我自學古人！』駒字子蒼，蜀之仙井監人。政和中，賜進士出身。除秘書省正字。高宗時，知江州。有陵陽集。駒對於作詩，和無己的態度是很相同的；後村詩話說：『其詩有磨淬剪截之功，終身改竄不已。有已寫寄人數年而追取更易一兩字者。故所作少而善』。像和李上舍冬日；『北風吹日晝多陰，日暮擁階黃葉深。倦鵲遶枝翻凍影，飛鴻摩月墮孤音。推愁不去如相覓，與老無期稍見侵』云云，是很得人推賞的。

〔一〕韓駒見宋史卷四百四十五。

晁沖之在江西詩派中也是佼佼的一個。他字叔用，濟北人，授承務郎。紹聖以來，黨禍既作，他便不復出仕。有具茨集。〔一〕劉後村詩話說道：『余讀叔用詩，見其意度宏闊，氣力寬餘，一洗詩人窮餓酸辛之態。』觀其『少年使酒走京華，縱步曾游小小家』（追往昔）云云，固與嘆窮說苦者有別。他雖不第，而過着隱居的生活，因其家世很好，又是貴游弟子，所以沒有窮餓酸辛之態。

呂本中〔二〕是江西詩派的這個名稱的始倡者，後人也以他附於這詩派裏。他字居仁。靖康初，官祠部員外郎。紹興中，歷中書舍人，權直學士院。以劾罷。學者稱東萊先生。謚文靖，有東萊集，紫薇詩話及江西宗派圖。苕溪漁隱叢話稱其詩『清駛可愛』，並引其雋句如『樹移午影重簾靜，門閉春風十日閑。往事高低半枕夢，故人南北數行詩。殘雨入簾收薄暑，破窗留月鏤微明。』這確都很値得留連吟誦着的。

〔一〕具茨集十五卷，有海山仙館叢書本。　〔二〕呂本中見宋史卷四百七。

南豐曾紘，字伯容，及其子思，字顯道，皆有官而高亢不仕。陳振孫云：『楊誠齋序其詩以附詩派之後。』而曾紘嘗編江西續宗派詩集，固是以江西派爲宗的者。

宋末方回撰瀛奎律髓，也以江西詩派爲歸往。他更推廣呂本中之說，倡爲一祖三宗的主張；祖是杜甫，三宗是黃庭堅陳師道陳與義。與義生與本中同時，但本中不列之於詩派裏，而其詩實亦宗仰黃陳的。與義字去非，號簡齋，有簡齋集。〔一〕鶴林玉露謂：『自陳黃之後，詩人無逾陳簡齋。其詩繇簡古而發穠纖。遭值靖康之亂，崎嶇流落，感時恨別，頗有一飯不忘君之意。』劉後村詩話更推尊着他：『元祐後詩人迭起，一種則波瀾富而句律疏，一種則煅煉精而性情遠，要之不出蘇黃二體而已。及簡齋出，始以老杜爲師，以簡嚴掃繁縟，以雄渾代尖巧。第其品格當在諸家之上。』但他走的路，究竟和黃陳走的一樣——同是

〔一〕簡齋集十六卷，有聚珍板叢書本，又增廣箋注簡齋詩集三十卷，宋胡穉箋注，有四部叢刊本。

學杜的尖新骨突處；所以方回把他列爲江西派三宗之列是不錯的。他所作，像江南春：

雨後江上綠，客悲隨眼新。桃花十里影，搖蕩一江春。朝風逆船波浪惡，暮風送船無處泊。江南雖好不如歸，老薺遶牆人得肥。

又像『泊舟華容縣，湖水終夜明。凄然不能寐，左右菰蒲聲。窮途事多違，勝處心亦驚。三更螢火鬧，萬里天河橫。腐儒憂半世，况復值甲兵。終焉無寸策，白髮滿頭生』云云，都是經過了大悲大痛的號呼，其窮愁之態，是非出於作僞的。

五

江西詩派的影響，不僅在宋，且也深切的蟠據於後來的詩壇裏。金王若虛大不滿之，嘗有詩罵之道：

文章自得方爲貴，衣鉢相傳豈是眞。已是祖師低一著，紛紛嗣法更何人！

這話把一般自命爲江西派衣鉢的詩人們挖苦得儘够了。但那實在是那班『僞擬古』

的詩人們的罪過。黄陳諸人，其高處本來便都在『文章自得方爲貴』一語上。漁洋詩話道：『蘇黄惟在不屑屑擬古，故自成一派。』這話很對。後來凡是無病而呻，故作窮餓酸辛之態的詩人們，無不遁入江西派中，而江西派遂爲人詬病，到今，其實，黄陳是不任其咎的！

參考書目

一，宋詩紀事一百卷 清厲鶚編，有乾隆十一年原刊本。

二，宋詩鈔 清吳之振等編，有原刊本，有商務印書館鉛印本（附詩鈔補）。

三，江西詩派小序 宋劉克莊著，有醫學書局歷代詩話續編本。

四，苕溪漁隱叢話一百卷 有明刊本，清刊本，海山仙館叢書本。

五，紫薇詩話 宋呂本中著，有歷代詩話本。

六，宋文鑑一百五十卷 宋呂祖謙編，有明刊本，蘇州書局刊本，四部叢刊本。

七，聲畫集八卷 宋孫紹遠編，有棟亭十二種本。

八，瀛奎律髓四十九卷 元方回撰，有康熙間吳氏刊本，有鏡烟堂十種本。

九，宋元詩會一百卷 清陳焯編，有原刊本。

第三十七章 古文運動的第二幕

古文運動的第二次開幕——駢偶文本身的崩壞——柳開石介諸人的呼號——古文運動主盟者歐陽修——韓柳文研究者的蠭起——范仲淹司馬光等——曾鞏王安石等——三蘇的稱霸——蘇門六君子——所謂『道學家』的文字。

一

北宋的散文，殆爲古文家獨霸的時代。韓愈以其熱情的呼號，開始古文運動的第一幕。但當時駢儷文的流毒尚深中於人心，一時無法擺脫。除了有志於不朽之業的文人們外，罕有光顧到所謂『古文』之門庭的。一般人仍是以駢儷文作爲通行的文字。宋初西崑派的諸作家，在散文方面也仍沿襲了這條通行的大路走去的。但到了歐陽修諸人起來後，形勢卻大變了。駢文經歷了千年的生命；已是衰老得不堪了，經不起這一而再，再而三的攻擊，遂在古文運動的第二幕裏，被古文家們一踏之而不復能再爬起來，這古文運動的第二幕遂奠定了『古文爲散文之主體』的基礎。從此以後幾有千年，無復有人敢向古文問鼎之輕重。當時，考試文及奏議，雖在公式上仍有必須作四六文者，但四六文的運命，也被僅限于此而已。她是永不復能再登文壇的主座之上的了。

二

宋初爲古文者有柳開。[一]開生于晉末，字仲塗，大名人。開寶六年進士。他少慕韓愈，柳宗元爲文，因名肩愈，字始元。然他的影響卻很小。眞實的掀開了古文運動的第二幕者乃是歐陽修，石介諸人。石介[二]是一位十足的黑旋風式的人物，具有韓愈似的衛道的熱情與宣傳的伎倆。他嘗寫了一篇怪說，專門攻擊楊億諸人。這個聲勢赫赫的呼號，便是古

[一]柳開見宋史卷四百四十文苑傳。

[二]石介見宋史卷四百三十二儒林傳二。

文運動的正式的開幕。同時有祖無擇〔一〕李覯〔二〕尹洙〔三〕穆修〔四〕蘇舜卿諸人，也皆爲古文，非韓，柳之言不道。覯有盱江集，在當時雖未甚有大名，而其文章實在尹，穆諸人之上。但其影響與勢力遠在他們之上者，則爲歐陽修，歐陽修在北宋散文壇上的地位，大類韓愈之在唐。石介雖大聲疾呼，但力量究竟太小。歐陽修則居高臨下，以衡文者的身份，主持着這個運動，天然的自會把整個文壇的風氣變更過來了。修〔五〕有書韓文後一文，敘述當時古文運動的經過頗詳：

予少家漢東，有大姓李氏者，其子堯輔頗好學。予遊其家，見其敝筐貯故書在壁間，發而視之，得唐昌黎先生文集六卷，脫落顛倒無次序。因乞以歸讀之。是時天下未有道韓文者，予亦方舉進士，以禮部詩賦爲事。後官于洛陽，而尹師魯之徒皆在。遂相與作

〔一〕祖無擇見宋史卷三百三十一。〔二〕李覯見宋史卷四百三十二儒林傳二。〔三〕尹洙見宋史卷三百九十五。〔四〕穆修見宋史卷四百四十二文苑傳四。〔五〕歐陽修文集，刊本極多。四部叢刊中有居士集。

爲古文。因出藏所昌黎集而補綴之。其後天下學者亦漸趨于古。韓文遂行於世。

雖是記載着韓文的今昔，而韓文的行于世便代表了古文運動的成功。在此時之前，有一段關于古文的事，頗可笑。五朝名臣言行錄說道：『穆參軍〔二〕家有唐本韓柳集。乃丐於所親得金用工鏤板印數百帙，携入京師相國寺，設肆鬻之。有儒生數輩至肆，輒取閱。公奪取，怒謂曰：「先輩能讀一篇，不失一句，當以一部相送。」遂終年不售。』有這樣熱忱的宣傳者，乘了西崑體之弊而出現，古文自然是終於要大行于天下了。一種風氣的流行，雖未必該完全歸功于一二人。然那一二人代表了時代的趨勢，而出來打先鋒，在蔓草叢中硬闢出一條道路來，其自信不惑的勇氣自是很值得敬重的。

歐陽修肆力爲古文，其成就確在尹穆諸人以上。其集中所有，以敷腴溫潤之作爲多，一洗當時鏤刻駢偶之習。相傳他主持着考政時，凡遇雕琢劖削之作，一概棄之不顧。天下風氣爲之一變。朱熹嘗極稱其豐樂亭記。他又作本論，以攻佛家，其論旨和態度，正和韓愈的

〔二〕河南穆公集三卷，又尹洙集二十八卷，俱有四部叢刊本。

原道一般無二。凡是古文家便都是衛道者。這似已成了一個定例。

與歐陽修並時爲古文者，尚有范仲淹〔一〕宋祁，劉敞〔二〕司馬光〔三〕諸人。祁與修同修唐書。司馬光作資治通鑑，以數十年之力赴之，積稿盈屋，久乃寫定。他敍事詳贍有法，又善於剪裁古人的材料，故通鑑遂成爲重要的史書之一。

三

略後於歐陽修之古文家，有曾鞏，王安石，及眉山的三蘇。鞏〔五〕出於歐陽修的門下，字子固，建昌南豐人，登嘉祐二年進士。少與王安石相善。及安石得志，乃相違。安石爲文迺勁有力，鞏則穩妥而已。〔六〕

〔一〕范文正公集有四部叢刊本。 〔二〕劉敞見宋史卷三百十九。 〔三〕司馬光見宋史三百三十六。
〔四〕司馬溫公集有四部叢刊本，又其他刊本也很多。 〔五〕曾鞏見宋史卷三百十九。 〔六〕元豐類稾五十卷，有四部叢刊本。

實際上大暢古文運動的弘流者不得不推蘇軾。軾與父洵，弟轍皆有才名。洵〔一〕字明允，年二十七，發憤爲學，歲餘往應試不第，歸盡焚舊所作文，閉戶讀書，遂成通淹。轍〔二〕字子由，性沉靜簡潔。爲文亦澹遠有致。然惟軾最爲雄傑。〔三〕軾是一位充溢着天才的詩人，爲古文也富有詩意。他嘗自說道：『作文如行雲流水，初無定質，但常行於所當行，止于所不可不止。』這話恰可以拿來做他的文章的確評。

四

軾門下有黃庭堅，秦觀，張耒，晁補之，陳師道，李廌的六君子；在其中，補之，耒和廌尤以善古文稱。補之有鷄肋集，耒有宛邱集，廌有濟南集。然秦觀雖以詞掩其古文，但其所作，邵通瞻可喜，富於風趣。淮海集〔四〕裏固不僅以『詞』爲獨傳也。

〔一〕蘇洵見宋史卷四百四十三文苑傳四。〔二〕蘇轍見宋史卷三百三十九。〔三〕三蘇文集刊本甚多，四部叢刊裏也俱有之。〔四〕淮海集有明刊本，四部叢刊本。

凡古文家無不以衞道自命，自韓柳以來已然。但宋代的理學家，卻究竟自成爲一系，不和做古文的文士們同科。宋史也於儒林，文苑之外，別立道學一傳。原來古文家們雖然口口聲聲說是衞道，究竟不脫文士的習氣。至所謂道學家的方眞實的以道爲主，以文爲輔。故許多的道學家，其文章往往自成爲一個體系，正像邵雍的詩一樣。在其間，有周敦頤，張載，程顥，程頤諸人。〔一〕張載作正蒙，西銘，周敦頤作太極圖說及通書，其文辭尙爲雅整。而二程之作，尤爲通瞻，並不像後來語錄式的文章之好拖泥帶水。

〔一〕周敦頤等四人均見宋史卷四百二十七道學傳。

參攷書目

一，宋文鑑一百五十卷，宋呂祖謙編，有明刊本，蘇州書局刊本，四部叢刊本。

二，古文關鍵二卷，宋呂祖謙編，有冠山堂刊本，金華叢書本。

三，三蘇文範十八卷，明楊愼編，有明刊本。

四，唐宋八家文鈔一百六十四卷，明茅坤編，有明刊本，有坊刊本。

五，唐宋八大家類選十四卷　清儲欣編，有刊本。

六，古文辭類纂（姚鼐）及經史百家雜鈔（曾國藩）也當一讀，以見所謂『古文』的統系。這二書俱有通行本。

第三十八章 鼓子詞與諸宮調

敦煌「變文」的親裔——宋代叙事歌曲的發達——宋大曲的進展——由大曲到鼓子詞的過渡——蝶戀花鼓子詞——偉大的創作者孔三傳——諸宮調結構的弘偉——聯合諸『宮調』爲一堂的第一次的嘗試——今存的三部偉大的諸宮調——董解元的西廂記諸宮調——無名氏的劉知遠諸宮調——王伯成的天寶遺事諸宮調——諸宮調生命的短促——張五牛大夫創作的『賺詞』

一

敦煌發現的變文，雖沈埋於中國西陲千餘年，但其生命在我們的文壇上並不曾一天斷絕過。——且只有一天天的成長孳生；而孕育出種種不同的文體出來。在宋的時代，由變文所感化而產生的新文體，種類很多，而鼓子詞與諸宮調的二種，最爲重要。我們的叙事詩，最不發達。但自變文的一體，介紹進來了之後，以韻散交錯組成的新敍事歌曲卻大爲發達。這增加了我們文壇的極大的活氣與重量。原來我們視孔雀東南飛，木蘭辭，長恨歌諸作爲絕大的珍異者，但若以自變文出現以來所產生的敍事的種種大傑作與之相較量，則孔雀東南飛等等誠不免要慊然的自覺其幼稚。在其間，變文與諸宮調，尤爲中世紀文學裏的最偉大的新生的文體，足以使後來的諸作家，低首于他們之前的。

諸宮調的產生，約在北宋的末年。在其前，則有同性質的『大曲』和『鼓子詞』的出現；在其略後，則更有『賺詞』的創作。這些文體，不僅在宋代是新鮮的創作，即在今日，對於一般的讀者似也還都是很泊生的。本章當是任何中國文學史裏最早的講到他們的記載罷。

二

先說『大曲』。宋史樂志曾載教坊所奏十八調四十大曲的名目。其中的名稱，與唐代燕樂大曲的名目頗有幾個相同的，像梁州，伊州，綠腰等。這些大曲，最原始的方式是怎樣的，今已不可知。但我們在宋人著作裏所見的大曲像董穎的詠西子事的道宮薄媚；曾布的詠馮燕事的水調歌頭等都是長篇的敘事歌曲。道宮薄媚從排遍第八起，到第七煞袞止，共有十遍，水調歌頭則從排遍第一起，則排遍第七攧花十八止，共有七遍。姑舉水調歌頭的首二遍於下：

【排遍第一】魏豪有馮燕，年少客幽幷。擊球鬭鷄爲戲，游俠久知名。因避仇來東郡，元戎逼屬中軍。直氣凌貔虎，須臾叱咤，風雲懍懍座中生。偶乘佳興，輕裘錦帶，東風躍馬，往來尋訪幽勝。游冶出東城，堤上鶯花撩亂，香車寶馬縱橫，草軟平沙穩。高樓兩岸，春風笑語隔簾聲。

【排遍第二】袖籠鞭敲鐙，無語獨閒行。綠楊下人初靜，烟澹夕陽明。窈窕佳人，獨立瑤階，擲果潘郎，瞥見紅顏。橫波盼，不勝嬌軟，倚雲屏，曳紅裳，頻推朱戶，半開還掩。似欲倚伊啞聲裏，細訴深情。因遣林間青鳥，爲言彼此心期，的的深相許，竊香解珮，綢繆相顧不勝情。

這當是宋詞發展的自然的結果；『詞』在這時已不甘終老於抒情詩的範圍以內，而欲一試手身於敘事詩的場地上了。所謂唐的大曲，或和宋初的大曲同是有『聲』而無『辭』只是幾遍的舞曲和水調歌頭諸作，當是大殊的。

別有所謂調笑轉踏者，也是大曲的一流。曾慥樂府雅詞曾錄無名氏的調笑集句，鄭彥能的調笑轉踏，晁無咎的調笑，皆由是以詩與曲相間而組合成之的。先陳『入隊』的致詞，然後是一首詩，然後是一首曲，以後皆是以一詩一曲相間，末則結以『放隊』詞。這種體裁，已較大曲爲進步，似是由大曲到鼓子詞的一種過渡。

三

『鼓子詞』是最明顯的受有『變文』影響的一種新文體。在歌唱一方面，似頗受大曲的體式的支配，但其以散文和歌曲交雜而組合成之的方式，則全然是『變文』的格局。在文體的流別上說來，『大曲』是純粹的敘事歌曲，『鼓子詞』卻是『變文』的同流了。

宋人的鼓子詞，傳者絕少；今所知者，有趙德麟侯鯖錄中所載的詠會眞記故事的商調蝶戀花一篇。德麟採用唐元稹的會眞記原文，成爲其中『散文』的一部分，而別以商調蝶戀花十章，歌詠其事。他將會眞記分爲十段，每段繫以蝶戀花一章。如此構成了所謂『鼓子詞』的一體。姑舉其中的一段於下：

傳曰：余所善張君，性溫茂，美風儀，寓於蒲之普救寺。適有崔氏孀婦，將歸長安，路出於蒲，亦止茲寺。崔氏婦，鄭女也。張出於鄭。叙其女，乃異派之從母。是歲，丁文雅不善於軍，軍之徒因大擾，劫掠蒲人。崔氏之家，財產甚厚，惶駭不知所措。張與將之黨有善，請吏護之，遂不及難。鄭厚張之德，因飾饌以命張。謂曰：姨之孤嫠未亡，提攜弱子幼女，猶君之所生也，豈可比常恩哉！今俾以仁兄之禮奉見。乃命其子曰歡郎，女曰鶯鶯，出拜爾兄。崔辭以疾。鄭怒曰：張兄保爾之命，寧復遠嫌乎，又久之，乃至。常服睟容，不加新飾，垂鬟淺黛，雙臉桃紅而已。顏色艶異，光輝動人。張驚，爲之禮。因坐鄭旁，凝睟麗絕，若不勝其體。張問其年幾，鄭曰：十七歲矣。張生稍以詞導之，宛不蒙對。終席而罷。奉勞歌伴，再和前聲：『錦額重簾深幾許？綉履彎彎，未省離朱戶。強出嬌羞都不語，絳綃頻掩酥胸素。黛淺愁深妝淡注，怨絕情凝，不肯聊回顧。媚臉未勻新淚污，梅英猶帶春朝露。』

四

但在這些新文體中，最重要且最和『變文』有直接的淵源關係者，當爲『諸宮調』的一體。在結構的弘偉和局勢的壯闊上，也只有『諸宮調』方可和『變文』相拮抗。像鼓子詞和大曲等，實在只是簡短的歌曲，不足與他們列在同一的水平線上。諸宮調出現於北宋之末。玉灼碧雞漫志（卷二）說道：『熙豐元祐間，兗州張山人以詼諧獨步京師，時出一兩解。澤州孔三傳者，首創諸宮調古傳，士大夫皆能誦之。』孟元老東京夢華錄（卷五）記載，崇觀以來在京『瓦肆伎藝』中，也有『孔三傳要秀才諸宮調』的云云。其他耐得翁的都城紀勝，吳自牧的夢粱錄裏也都提到孔三傳和諸宮調的事。是諸宮調乃是熙豐，元祐間的一位才人孔三傳所創作的了。但像這樣一位偉大的作家，我們在今日郤不能知道他的生平，併不能得到片言隻語的遺文，誠是一件憾事！三傳所首創的諸宮調古傳，既是『士大夫皆能誦之，』則必定是很有可觀的。其佚失似不是無足輕重的！

諸宮調是講唱的；其講唱的方式，當大類今日社會上的講唱彈詞寶卷；也當正像唐代和尚們的講唱『變文』。西河詞話說：『西廂搊彈詞，則有白有曲，專以一人搊彈，并念唱之。』當和當日的實際情形，相差不遠。張元長筆談說：『董解元西廂記曾見之盧兵部許。一人援弦，數十人合座，分諸色目而遞歌之，謂之磨唱。』（焦循劇說引）這話很靠不住。當是盧兵部的『自我作古，』或『想當然』的可笑的復古的舉動。我們如果讀了石君寶的諸宮調風月紫雲亭一劇，（見元雜劇三十種）當可於諸宮調的講唱的情形略略的明瞭了。

諸宮調的名稱，從何而來呢？諸宮調的結構，和『變文』是全然不殊的。其所不同者，乃在歌唱的一部分；『變文』用的是七言或間以三三言，而『諸宮調』則用的是很複雜的『宮調』。原來大曲和鼓子詞，皆用同一宮調裏的同一曲牌，反覆的來歌詠一件故事；像上文所引的道宮薄媚，便是用『道宮』裏的薄媚一調，反覆到十遍，以歌詠西子故事。但諸宮調則不是這樣的。她是無限量的使用着各個宮調裏的各個曲調以歌詠一個很長篇的故事的。像劉知遠諸宮調的第二卷的首一部分，其歌唱的部分便是這樣的布置着的：

中呂調牧羊關，仙呂調醉落托，黃鍾宮雙聲疊韻，南呂調應天長，般涉調麻婆子，商角定風波，般涉調沁園春，高平調賀新郞，道宮解紅：……

這比較所謂大曲和鼓子詞的單調的布置是進步得多少呢？難怪孔三傳一創作了這種新聲出來，便要哄動一時了。且這也是第一次把『諸宮調』連絡起來敘述一件故事的嘗試。這個嘗試的成功，對於後來雜劇的產生和其結構是極有影響的。

五

『諸宮調』在宋金的時候，流傳得很廣；夢粱錄和武林舊事所記載的以講唱諸宮調爲業的人也不少。諸宮調風月紫雲亭劇裏有：『我唱的是三國志先饒十大曲，俺娘便五代史，添續八陽經』的云云，又董解元西廂記的開卷也有：

（大平賺）：比前覽樂府不中聽，在諸宮調裏卻着數一個個旖旎流風濟楚，不比其餘。

（柘枝令）也不是崔韜逢雌虎，也不是鄭子遇妖狐，也不是井底引銀瓶，也不是雙女奪夫。也不是離魂倩女，也不是謁漿崔護，也不是雙漸豫章城，也不是柳毅傳書。

諸語，是諸宮調的著作，在那個時代是很少的，但今日所見者，除董解元的西廂記諸宮調，無名氏的劉知遠諸宮調，王伯成的天寶遺事諸宮調以外，卻別無第四本了。

董解元生世不可考，關漢卿所著雜劇有董解元醉走柳絲亭一本（今佚）說的便是他的事。陶宗儀說他是金章宗（公元一一九〇——一二〇八年）時人，鍾嗣成的錄鬼簿列他於『前輩已死名公有樂府行於世者』之首，並於下注明：『金章宗時人，以其創始，故列諸首。』涵虛子的太和正音譜也說他『仕於金，始製北曲』。毛西河詞話則謂他為金章宗學士。大約董氏的生年在金章宗時代的左右，是無可致疑的。但他是否仕金，是否曾爲『學士』則是我們所不能知道的。他大約總是一位像孔三傳，袁本道似的人物，以製作並說唱諸宮調爲生涯的。太和正音譜說他『仕于金』，恐怕是由錄鬼簿『金章宗時人』數字附會而來的。而毛西河的『爲金章宗學士』云云，則更是曲解『解元』二字與附會『仕于金』三字而生出來的解釋了。『解元』二字，在金元之間用得很濫，並不像明人之必以中舉首者爲『解元』。故西廂記劇裏屢稱張生爲張解元；關漢卿也被人稱爲『關解元』。彼時之稱人爲『解元』，蓋爲對讀書人之通稱或尊稱，猶今之稱人爲『先生』或宋時之稱說書者爲某『書生』某『進士』某『貢士』，未必被稱者的來歷，便眞實的是『解元』『進士』等等。

西廂記諸宮調的文辭，凡見之者沒有一個不極口的讚賞。明，胡應麟少室山房筆叢說：

> 西廂記雖出唐人鶯鶯傳，實本金董解元。董曲今尚行世，精工巧麗，備極才情，而字字本色，言言古意，當是古今傳奇鼻祖。金人一代文獻盡此矣。

這話並不是瞎恭維，我們看董解元把那末短短的一篇傳奇文會眞記放大到如此浩浩莽莽的一部偉大的弘著，其著作力的富健誠是前無古人的。其故事的大略如下：

貞元十七年二月，張珙至蒲州，尋旅舍安止。有一天，遊蒲東普救寺，見寄居於寺中的崔相國女鶯鶯，莽欲追隨其後，闖入宅中，爲寺僧法聰從後拖住，責其不可造次。

張生因此决也移寓於寺中之西廂。是夜月明如晝，生行近鶯庭，口占二十字小詩一首。不料鶯鶯在庭間也依韻和生一詩。生聞之驚喜，便大踏步走至跟前，被紅娘來喚鶯鶯歸寢而散。

自此以後，張生渾忘一切，日夜把鶯鶯在念。但千方百計，無由得見意中人。夜間，生與長老法本談禪。紅娘來向長老說明日相國夫人待做清醮。法本分執事準備，生亦備錢五千，爲其亡父尚書作分功德，長老諾之。

第二天，生來看做醮，見一位六旬的老婆娘，領着歡郎及鶯鶯來上香。鶯鶯一來，僧俗皆爲其絕代的容光所攝，無不情神顛倒，直到第二天的日將出，道場方罷。

以上第一卷

崔鶯鶯

這是最早的見之于刊本的鶯鶯像。

——從明隆慶顧玄緯刊本西記廂雜錄（西諦藏）

劉智遠諸宮調的一頁

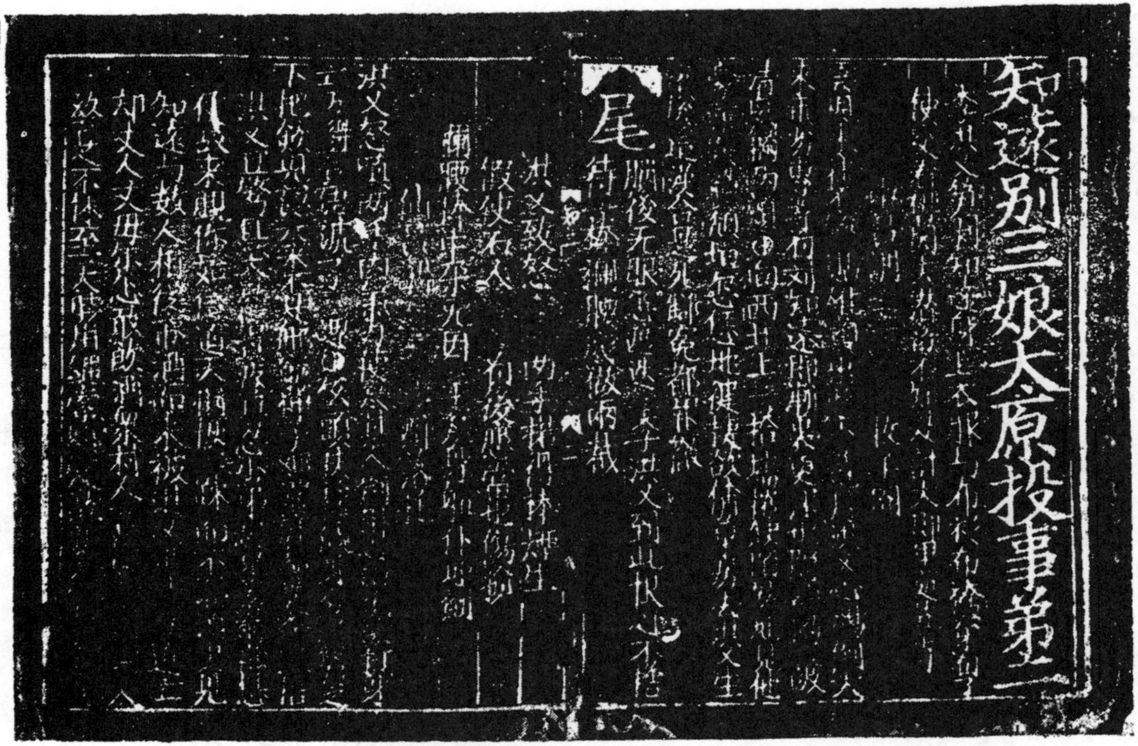

知遠別三娘太原投事第二

尾

觀其版式，似是宋，金的刊本。今存的諸宮調，當以此書爲最古。（俄國列寧格拉特學士院藏）

崔夫人和鶯鶯歸去。衆僧正在收拾鋪陳來的什物，見一小僧荒速走來，氣喘不定，口稱禍事。衆僧大驚。原來唐蒲關乃屯軍之處。是年渾瑊死，丁文雅不善治軍。其將孫飛虎半萬兵叛，刼掠蒲中。叛兵過寺，欲求一飯。僧衆商議。主迎主拒者不一。或以爲有崔相國的夫人及女寄住于此，迎賊實爲不便。法聰也力主拒之。聰本陝右蕃部之後，少好弓劍，武而有勇，遂鼓動僧衆得三百人，出與飛虎爲敵。聰勇猛異常，賊衆不能敵。但聰見賊衆難勝，便衝出重圍而去。三百僧衆，彼賊兵殺死甚衆。飛虎捉住走不脫的和尙，問其何故拒敵。和尙說是爲了鶯鶯之故。飛虎便圍了寺，指名要索鶯鶯。

崔氏一門大震，飲泣無計。鶯鶯欲自殺以免辱。卻有人在衆中大笑。笑者誰？蓋張生也。生自言有退兵之計。夫人許以繼子爲親。生便取出其所作致白馬將軍一信，讀給衆聽。夫人謂：白馬將軍去此數十里，如何趕得及來救援。生說：適於法聰出戰之時，已持此書給白馬將軍了。夫人聞言，始覺寬心。

不久，果然看見一彪人馬飛馳而來，賊衆出不意，皆大驚投降。白馬將軍遂斬了孫飛虎，

第三十八章　鼓子詞與諸宮調　七〇一

赦其餘衆，入寺與張生敘話而別。

賊兵退後，生托法本到夫人處提親。夫人說，方備蔬食，當與生面議。第二天，夫人差紅娘來請生赴宴。生以爲事必可諧。不料夫人命歡郎，鶯鶯皆以兄禮見生。生已失望。夫人最後乃說起相國在日，已將鶯鶯許配鄭恒事生遂辭以醉，不終席而退。紅娘送之回室。生贈以金釵，紅娘不受奔去。

異日，紅娘復至致夫人謝意，生說：今當西歸，與夫人訣絕了。便在收拾琴劍書囊。紅娘見了琴，忽有觸於中，說道：鶯鶯喜聽琴，若果以琴動之，或當有成。生喜而笑，遂不成行。

以上第二卷

夜間，月色皓空，張生橫琴於膝，奏鳳求凰之操。鶯鶯偕紅娘逐琴聲來聽。聞之大有所感，泣于窗外。生推琴而起，火急開門，抱定一人，仔細一看，抱定的郤是紅娘，鶯鶯已去。那一夜，鶯鶯通宵無寐。紅娘以情告生。生托紅娘致詩一章於鶯鶯。見之大怒，隨筆寫於箋尾，令紅娘持去給生。紅娘戰恐的對生述鶯發怒事。但待得他讀了箋時，他却大喜。原來寫的卻是約他夜間踰垣相會的詩。

生把不得到夜月上時，生踰牆而過。鶯至，端服嚴容，大訴生一頓。生憤極而回。勉强睡下。方二更時，驀聽得隔窗有人喚門。乃鶯自至。正在訴情，瑲瑲的聽一聲蕭寺疏鐘，鶯又不見，方知是夢。

生自行忘止，食忘飽，舉止顛倒。久之成疾。夫人令紅娘來視疾。生托她致意於鶯，要她做工夫略來看覷他。紅娘去不久，夫人鶯鶯便同去看他。夫人命醫來看脈。他們既歸，無一人至。生念，所望不成，雖生何益。以條懸棟，便欲自盡。驀一人走至，拽住了他。乃紅娘送鶯的藥至。這藥是一詩，說她晚間將自至。生病頓愈。

那一夜，鶯果至。成就了他們的私戀。自是朝隱而出，暮隱而入，幾有半年。

夫人生了疑，一夜急喚鶯。鶯倉惶而歸。夫人勘問紅娘。紅訴其情，並力主以鶯嫁生。夫人允之。

夫人令紅召生，說明許婚的事。但以鶯服未闋，未可成禮。生留下聘禮，說今蒙文調，將赴省閒，姑待來年結婚。鶯聞之、愁怨之容動於色。自此不復見數日後，生行。夫人及鶯送於道。經於蒲西十里小亭置酒。

——以上第三卷

生與鶯徘徊不忍離別。終於在太陽映着楓林的景色裏，勉強別去。生的離愁，是馬兒上馱也馱不動。

那一夜，生投宿於村店。殘月窺人，睡難成眠。他開門披衣，獨步月中，忽聽得女人聲道，快走。能生見水橋的那邊，有兩個女郎映月而來。大驚以爲怪。近來視之，乃鶯與紅娘，說她與紅娘乘夫人酒醉，追來同行。正在進舍歸寢，但羣見犬吠門，火把照空，人聲藉藉。一人大呼道，渡河女子，必在此間。一個大漢，執着刀，踹破門要來搜。生方待掙揣，卻撒然覺來。

那邊，鶯鶯在蒲東，也悽悽惶惶的在念着張生。

明年春，張生殿試以第三人及第。即命僕持詩歸會報鶯。鶯正念生成疾，見詩大悅，夫人亦喜。

但自是至秋，杳無一耗。鶯修書遣僕寄生，隨寄衣一襲，瑤琴一張，玉簪一枝，斑管一枝。生那時，以才授翰林學士，因病間居，至秋未愈。爲憶鶯鶯，愁腸萬結。及讀鶯書，感泣。便欲治裝歸娶。

生未及行，鄭相子恒，至蒲州，詣普救寺，欲伸前約。夫人說，鶯鶯已別許張珙。鄭恒說：張生登第後，已別娶衛尙書女。鶯聞之，悶極仆地，救之多時方甦。夫人陰許恒擇日成親。不料，這時張生也到。夫人說，喜學士別繼良姻。但生力辨其無。夫人說今鶯已從前約嫁鄭恒。生聞道，撲然倒地。過了半餉，收身强起，傷自家來得較遲。又不欲與故相子爭一婦人。但欲一見鶯。鶯出默然。四目相視，內心皆痛。生坐止不安，遽然而起。

法聰邀生於客舍，極力的勸慰他。但生思念前情，心中不快更甚。

聰說：足下儻得鶯，痛可已乎？便獻計欲殺夫人與鄭恒。正在這時，鶯紅同至望生。他們各自準備下萬言千語。及至相逢，卻沒一句。鶯念及痛切處，便欲懸梁自縊，生亦欲同死。但爲紅及聰所阻。

聰說：別有一計，可使鶯與生偕老；白馬將軍今授了蒲州太守，正可投奔他處。二更時，生

第三十八章　鼓子詞與諸宮調　七〇五

遂携鶯宵奔蒲州。白馬將軍允爲生作主。鄭恆如爭，必斬其首。恆果來爭奪，將軍嚴斥之。恆羞憤，投階而死。這裏張生鶯鶯美滿團圓，還都上任。

——以上第四卷

這裏和會眞記大不同者，乃在結局的團圓。會眞記的結果，太不近人情。張生無故的拒絕鶯鶯，自從寄書之後，便不再理會她。反以君子善於改過自詡。以後男婚女嫁，各不相知。實是最奇怪的結束。這不能算是悲劇，實是『怪劇』。像董西廂的崔張的大團圓，當是世俗的讀者們所最歡迎的，且也較合理情。自王實甫以下諸西廂記其結構殆皆爲董解元的太陽光似的偉著所籠罩，而不能自外。

六

劉知遠諸宮調是一個殘本，今存四十二葉，約當全書三之一。俄國柯智洛夫探險隊於一九〇七到一九〇八年間，考察蒙古，青海，發掘張掖，黑水故城，得古物及西夏文書籍甚多，於其間乃有此劉知遠諸宮調在着。這是一個極偉大的發見。就種種方面看來，這部諸宮調當是宋金之際的東西。

這書全文當爲十二則，今存者爲『知遠走慕家莊沙陀村入舍第一』，『知遠別三娘太原投事第二』，『知遠充軍三娘剪髮生少主第三』，（此則僅殘存二頁）『知遠投三娘與洪義厮打第十一』，『君臣弟兄子母夫婦團圓第十二』。中間第三的大半和第四到第十的七則，則俱已佚去了。劉知遠事，自宋以來，講述者便已紛紛。今所見的五代史平話，已詳寫知遠事，而諸本白兎記傳奇，更是專述知遠和三娘的悲歡離合的。大約這位流氓皇帝的故事，乃是最足以聳動市井的聽聞的。

劉知遠諸宮調的作者並不是很平凡的人物；他和董解元一樣，具有偉大的詩的天才，和極豐富的想像力。他能以極渾樸極本色的俗語方言，來講唱這個動人的故事，其風格的壯遒古雅，大類綠繡重重的三代的彝鼎。令人一見便油然生崇敬心。姑舉一小段於下：

【般涉調】　【麻婆子】

洪義自約末天色二更過，皓月如秋水，欸欸地進兩腳，調下個折針也聞聲。牛欄兒傍裏遂小坐，側耳聽沉久，心中暢懽樂。○記得村酒務，將人恁㓸；入舍爲女婿，俺爺爺護向着；到此殘生看怎脫：熟睡鼻息似雷作，去了俺眼中釘，從今後好快活！

（尾）鬭苞用草苫着，欲要燒毀全小可，堵定個門兒放着火。論匹夫心腸狠，龐涓不是毒；說這漢意乖訛，黃巢眞佛行！哀哉未遇官家，姓命亡於火內。

【商角】【定風波】

熟睡不省悟，鼻氣若山前哮吼猛虎。三娘又怎知與兒夫何日相遇。不是假也非干是夢裏，索命歸泉路。○當此李洪義遂側耳聽沉，兩廻三度，知遠怎逃命。早點火燒着草屋。陌聽得一聲響，譟匹夫急抬頭覷。

（尾）星移斗轉近三皷，怎顯得宮家分福，沒雲霧平白下雨。苦辛如光武之勞，脫難似晉王之聖。雨濕火煞，知遠驚覺。方知洪義所爲，亦不敢伸訴。至次日，知遠引牛驢拽拖車三教廟左右做生活。到日午，暫於廟中困歇熟睡。須臾，衆村老携筇避暑。其中有三翁。

【般涉調】　【沁園春】

經了牛驢，不問拖車上得廟堦，爲終朝每日多辛苦，撲番身起權時歇。侍傍裏三翁守定知遠，兩個眉頭不展開，堪傷處便是荆山美玉，泥土裏沉埋。○老兒正是哀哉，忽聽得長空發哄雷聲，驚天霹靂，眼前電閃，諕人魂魄，幽幽不在。陌地觀占，抬頭仰視，這雨多應必煞乖，傷苗稼，荒荒是處，飢饉民災。

(尾)行雨底龍必將鬼使差，布一天黑暗雲靄靄，分明是拚着四坐海。

電光閃灼走金蛇，霹靂喧轟檔鐵皷，風勢揭天，急雨如注，牛驢驚跳，拽斷麻繩，走得不知所在。三翁喚覺知遠，急趕牛驢，走得不見。至天晚，不敢歸莊。

【高平調】　【賀新郎】

知遠聽得道，好驚荒，別了三翁，急出祠堂。不故泥汚了牛皮靸，且向泊中尋訪。一路裏作念，千場那兩個花驢養着牛，繩綁我在桑樹上少後敢打五十棒！方今遭五代值殘，唐萬姓失途黎庶憂徨豪傑顯赫英雄旺，發跡男兒氣剛。太原府文面做坍糧，欲待去，卻徊徨。非無決斷，莫怪頻來往，不是難割捨李三娘！見得天晚，不敢歸莊，意欲私走太原投事奈三娘情重，不能棄捨。於明月之下，去住無門，時時嘆息。

【道宮】【解紅】

鼓掌笋指，那知遠日下長吁氣。獨言獨語，怎免這場拳踢。沒事尙自生事，把人尋不是，更何況今日將牛畜都盡失。若還到莊說甚底！怕見他洪信與洪義。勸人家少年諸子弟，願生生世世休做女婿。妻父妻母在生時，我百事做人且較容易。自從他化去，欺負殺俺夫妻兩個凡女。鴉着嘴兒廝羅執滅良削薄得人來怎敢喘氣！道，是長貧沒富多不易，酸寒嘴斂只合乞，百般言語難能喫，這般材料怎地發跡！

（尾）大男小女滿莊裏，與我一個外名難揩洗，都受人喚我做劉窮鬼。

天道二更已後，潛身私入莊中，來別三娘。

七

王伯成的天寶遺事諸宮調，產生的時代較後。伯成，涿州人。錄鬼簿放他在『前輩已死名公』之列。當是公元一三三〇年以前的人物。他寫有雜劇二本：李太白貶夜郎和張騫泛浮槎。（前者今存於世）而使他成大名者則爲天寶遺事的一部偉著。但這部諸宮調從明以來便不傳於世。著者嘗從雍熙樂府，北詞廣正譜，九宮大成譜諸書裏輯出五十四套曲文，大約相當於全書的四之一，僅窺豹一斑而已。『天寶遺事』本是詩人們最好的題材之一。自白居易的長恨歌以後，宋人有太眞外傳，元關漢卿有唐明皇哭香囊（佚）白仁甫有秋夜梧桐雨，而明人傳奇之述及此事者，若彩毫驚鴻諸記尤多。清初洪昇的長生殿便是一個總結束。在其間，伯成的天寶遺事似最不爲人所知。遺事的作風已甚受雜劇作家的影響，非復純粹的諸宮調本色。但遺辭鑄局，卻也甚爲渾厚而奔放。其大略可於下面的遺事引裏見到：

遺事引

唷遍

天寶年間遺事，向錦甕玉罇新開創。風流醞藉李三郎，殢眞妃日夜昭陽恣色荒。惜花憐月寵恩雲，霄跛逐天杖。綉領華淸宮殿，尤回翠輦，浴出蘭湯。半酣綠酒海棠嬌，一笑紅塵荔枝香。宜醉宜醒，堪笑堪嗔，稱梳稱粧。（么篇）銀燭熒煌，看不盡上馬嬌模樣。私語向七夕間，天邊織女牛郎，自還想。潛隨葉靖，半夜乘空，遊月窟，來天上。切記得廣寒宮曲，羽衣縹緲，仙佩玎璫。笑携玉筯擊梧桐，巧稱彫盤按霓裳。不隄防禍隱蕭墻。（墻頭花）無端乳鹿入禁苑，平欺誑，慣得個祿山野物，縱橫恣來往。避寵情子母似恩情，登鳳榻夫妻般過當。（么篇）如穿入口，國醜事難遮當。將祿山別遷爲薊州長，便與心買馬軍，合下手合朋聚黨。（么篇）恩多決怨深。慈悲反受殃。想唐朝觸禍機。敗國事皆因偃月堂。張九齡材野爲農，李林甫朝廷拜相。（耍孩兒）漁陽燈火三千丈，統大勢長驅虎狼。響珊珊鐵甲開金戈，明晃晃斧鉞刀鎗。鞭颩剪剪搖旗影，衝水粼粼射甲光。憑驍健，馬雄如獅豸，人劣似金剛。（四煞）潼關一鼓過元平蕩，哥舒翰應難堵當。生逼得車駕幸西蜀。馬嵬坡簽抑君王。一聲閫外將軍令，萬馬蹄邊妃子亡。扶歸路愁觀羅襪，痛哭香囊。

伯成的遺事，殆是諸宮調的尾聲。在公元一三三〇年左右編輯的錄鬼簿裏，已以能歌唱董西廂爲可羨詫的事，可見那時諸宮調的歌唱殆已成了秋天的殘蟬之鳴聲了。張協狀元戲文的開始，有一段不倫不類的說唱諸宮調的開場。諸宮調在元代或竟已成了幫襯的東西，而不復能獨立一般成爲一場的罷。

這樣說來，諸宮調的開始，最早當在於宋神宗熙寧（公元一〇六八年）間，而其黃金時代的終了，則當在元代的中葉（約公元一三〇〇年以前）。祇不過是兩個多世紀的生命耳。在中國文學裏這已算是很短壽的一種文體了。但諸宮調雖然生存得不久，流傳的更少，（亦有三部）但其生存實爲宋金文學裏最大的一個光彩。像那樣弘偉如宮殿，精粹若珠玉的巨著，除了其親祖『變文』以外，諸宮調殆是空前的。

八

最後，更當一說『賺詞』。『賺詞』並不是諸宮調的同流，乃是『大曲』的一家。其產生較後於諸宮調；但後來諸宮調中的歌曲的結構似頗受到她的影響。耐得翁的都城紀勝說：

唱賺在京師，只有纏令纏達。有引子尾聲爲纏令。引子後只以兩腔遞且循環間用者爲纏達。中興後，張五牛大夫因聽動鼓板中，又有四太平令或賺鼓板（即今拍板大篩揚處是也）遂撰爲賺。賺者，悞賺之義也。令人正堪美聽，不覺已至尾聲。是不宜爲片序也。今又有覆賺；又有變花月下之情及鐵騎之類。凡賺最難，以其兼慢曲曲破，大曲，嘌唱，要令，番曲，叫聲諸家腔譜也。

已把『唱賺』的歷史說得很詳細。吳自牧的夢粱錄所載，全襲都城紀勝，僅加上了杭州能唱賺者竇四官人等二十餘人的姓名。『賺詞』的重要是在把『大曲』的反覆的單以一個曲調來歌唱的格局打破了；而在同一嘗調裏，找到許多不同的曲牌，聯合組織起來歌唱的。王國維氏嘗於事林廣記戊集裏發見了名爲圓社市語的一篇賺詞；其結構如下：

【中呂宮】紫蘇丸——縷縷金——好女兒——大夫娘——好孩兒——賺——越恁好——鶻打兎——尾聲

這當是今日所見的唯一存在的賺詞了。西廂記諸宮調的歌曲裏有用『賺』處，元劇的歌詞裏也有『賺』的使用。其影響是很大的。我頗疑心，張五牛大夫所創作的唱賺，乃是我們文學裏第一次把在同一宮調裏許多不同名的歌曲聯結在一處的嘗試。劉知遠，董西廂之間有使用這個歌唱的方式，殆皆受其感化的，這話或不會是很錯誤罷。

參考書目

一，唐宋大曲考　王國維著，有王忠慤公遺書本。
二，宋元戲曲史　王國維著，有商務印書館鉛印本，有王忠慤公遺書本。（遺書改『史』爲『考』）

三，宋金元諸宮調考 著者作，見燕京大學文學年報第一期。

四，劉知遠諸宮調考 日本青木正兒著，賀昌羣譯，見北平圖書館館刊第六卷中。

五，都城紀勝 耐得翁著，有楝亭十二種本，涵芬樓秘笈本。

六，夢粱錄 吳自牧著，有武林掌故叢編本。

七，武林舊事 周密著，有武林掌故叢編本。

八，宋金元諸宮調集 著者編，在印刷中。

第三十九章 話本的產生

『變文』影響的巨大——講唱故事的風氣的大行——所謂『說話人』——說話的四家——說話人的歌唱的問題——『銀字兒』與『合生』——今存的宋人小說——『詞話』與『詩話』——清平山堂話本及『三言』中的『詞話』——白話文學的黃金時代——從唐太宗入冥記到宋人詞話——烟粉靈怪傳奇——公案傳奇——楊思溫與拗相公——取經詩話——五代史平話——宣和遺事——梁公九諫——『話說人』在後來小說上的影響的巨大

一

在北宋的末年，『變文』顯出了她的極大的影響，變文的名稱，在那時大約是已經消失了；講唱『變文』的風氣，在那時也似已不見了。但變文的體製，卻更深刻的進入於我們的；民間更幻變的分歧而成爲種種不同的新文體。在其間，最重要的是鼓子詞和諸宮詞二種。這在上文已經說過了。但變文的講唱的習慣還不僅結果在鼓子詞和諸宮調上。同時，類似變文的新文體是雨後春筍似的聳出于講壇的地面。講壇的所在，也不僅僅是限於廟宇之中了；講唱的人物也不僅僅是限止於禪師們了。當然禪師們在當時的講壇上還佔了一部分的勢力，像『說經』『說諢經』『說參請』之類。當時，講唱的風氣竟盛極一時；唱的方面也百出不窮；講唱的人物也『牛鬼蛇神』無所不有；講唱的題材，更是上天下地，無所不談。這種風尚，也許遠在北宋之末以前已經有了。不過，據我們所知道的材料，卻是以北宋之末爲最早。這風尚直到了南宋之末而未衰，直到了元明而仍未衰。而至今日也還不是完全絕了踪跡。講唱的勢力，在民間並未低落；講壇也還林立在廟宇與茶棚之中。這可見變文的軀骸，雖在西陲沈埋了千年以上，而她的子孫卻還在世上活躍着呢；且孳生得更多，其所成就的事業也更爲偉大。

在北宋之末，變文的子系們於諸宮調外，尚有所謂『說話』者，在當時民間講壇上，極占有權威。『說話』成了許多專門的職業；其種類極爲分歧。孟老元的東京夢華錄記載北宋末年東京的『伎藝』其中已有：『孫寬孫十五，曾無黨，高恕，李孝祥等講史；李慥，楊中立，張十一，徐明，趙世亨，賈九等小說；吳八兒合生……霍四究說三分；尹常賣五代史』的話。其後在南宋諸家的著述，像周密的武林舊事，耐得翁的都城紀勝及吳自牧的夢粱錄，所記載的『說話人』的情形，更爲詳盡。都城紀勝記載『瓦舍衆伎』道：

說話有四家，一者小說，謂之銀字兒，如煙粉靈怪傳奇，說公案，皆是搏刀赶棒及發跡變泰之事；說鐵騎兒，謂士馬金鼓之事；說經，謂演說佛書；說參請，謂賓主參禪悟道等事。講史書，講說前代書史文傳，興廢爭戰之事；最畏小說人；蓋小說者能以一朝一代故事，頃刻間提破。合生與起令隨令相似，各占一事。

夢粱錄所記，與都城紀勝大略相同。武林舊事則歷記『演史』『說經諢經』等等職業的說話人的姓名。『演史』自喬萬卷以下到陳小娘子，凡二十三人；『說經諢經』自長嘯和尚以下到戴忻菴，凡十七人；『小說』自蔡和以下到史惠英（女流）凡五十二人；『合筆』最不景氣，只有一人，雙秀才。大約『說話人』的四家，便是這樣分着的，其中『小說』最爲發達，分門別類也最多；大約每一門類也必各有專家，故其專家至有五十餘人之多。『演史』也是很受歡迎的。東京夢華錄旣載着霍四究，尹常等以說三分，五代史爲專業；而夢粱錄裏也說着當時『演史』者的情況道：『又有王六大夫，元係御前供話，爲幕客請給，講諸史俱通，於咸淳年間，敷演復華篇及中興名將傳，聽者紛紛，蓋講得字眞不俗，記問淵源甚廣耳。』

凡說話人殆無不是以講唱並重者；不僅僅專力於講。——宋代京瓦中重要的藝伎，蓋也無不是如此——這正足以表現出其爲由『變文』脫胎而來。今所見的宋人『小說』，其中夾入唱詞不少，有的是詩，有的是詞，有的是一種特殊結構的文章，慣用四言六言和七言交錯成文的，像：

黃羅抹額，錦帶纏腰。皂羅袍袖繡團花，金甲束身微窄地。劍橫秋水，靴踏狻猊。上通碧落之間，下徹九幽之地。業龍作祟，向海波水底擒來；邪怪爲妖，入山洞穴中捉出。六丁

壇畔，權爲符吏之名；上帝階前，次有天丁之號。（見西山一窟鬼）

我們讀到這樣的對偶的文章，還不會猛然的想起維摩詰經變文，降魔變文來麼？但唐人的對偶的散文的描狀，在此時卻已被包納而變成爲專門作描狀之用的一種特殊的文章了。大約這種唐人用來講念的，在此時必也已一變而成爲『唱文』的一種了。又宋人亦稱，『小說』爲『銀字兒』。而『銀字』卻是一種樂器之名。（見新唐書禮樂志及宋史樂志）白樂天詩有『高調管色吹銀字』，和凝山花子詞有『銀字笙寒調正長』，宋人詞中說及『銀字』者更不少概見也許這種東西和『小說』的唱調是很有關係的。在『講史』裏，也往往附入唱詞不少。最有趣的是『小說』中，像快嘴李翠蓮記（見清平山堂話本），像蔣淑貞刎頸鴛鴦會（見清平山堂話本及警世通言）幾皆以唱詞爲主體。刎頸鴛鴦會更有『奉勞歌伴，先聽格律，後聽蕪詞』及『奉勞歌伴，再和前聲』的話。那末，說話人並且是有『歌伴』的了。『合生』的一種，大約也是以唱爲主要的東西。新唐書卷一百十九武平一傳敍述『合生』之事甚詳。但據夷堅志八合生詩詞條之所述，則所謂

『合生』者乃伶女『能於席上指物題詠，應命輒成者』之謂。其意義大殊。惟宋詞中往往以『銀字合生』同舉，又『合生』原是宋代最流行的唱調之一；諸宮調裏用到牠，戲文裏也用到牠（中呂宮過曲）。這說話四家中的一家『合生』，難保不是專以唱『合生』這個調子爲業的；其情形或像張五牛大夫之以唱賺爲專業，或其他伎藝人之以『叫聲』『叫果子』爲專業一樣吧。至於『說經』之類，其爲講唱並重，更無可疑。想不到唐代的『變文』，到了這個時代會孳生出這末許多的重要的文體來。

二

『合生』和『說經，說參請』的二家，今已不能得其隻字片語，故無可記述。至於『小說』，則今傳於世者尙多，其體製頗爲我們所熟悉。『講史』的最早的著作，今雖不可得，但其流甚大，我們也不能不注意及之。底下所述，便專以此二家爲主。

『小說』一家其話本傳於今者尚多。錢曾的也是園書目〔一〕著錄『宋人詞話』十二種。王國維先生的曲錄嘗把他們編入其中，以爲他們是戲曲的一種。其後繆荃孫的烟畫東堂小品把殘本的京本通俗小說刊布了；也是園書目所著錄的馮玉梅團圓，錯斬崔甯數種，竟在其中。於是我們才知道，所謂『詞話』者，原來並不是戲曲，乃是小說。爲什麼喚做『詞話』呢？大約是因爲其中有『詞』有『話』之故罷。其有『詩』有『話』者，則別謂之『詩話』，像三藏取經詩話是。

錢曾博極群書，其以馮玉梅團圓等十二種『詞話』爲宋人所作，當必有所據。通俗小說本的馮玉梅團圓其文中明有『我宋建炎年間』之語，又錯斬崔甯文中，也有『我朝元豐年間』的話。這當是無可疑的宋人著作了。其他也是園書目所著錄的十種：

燈花婆婆　風吹轎兒　種瓜張老　李煥生五陣雨　簡帖和尚

紫羅蓋頭　小亭兒（「小」當是「山」之誤）　女報冤　西湖三塔

〔一〕也是園書目有玉簡齋叢書本。

小金錢

想也都會是宋人所作。在這十種裏，今存者尚有種瓜張老（見於古今小說，作張古老種瓜娶文女），簡帖和尚（見於淸平堂話本，又見古今小說，作簡帖僧巧騙皇甫妻），山亭兒（見於警世通言，作萬秀娘仇報山亭兒），西湖三塔（見於淸平山堂本）等四種。又在殘本的京本通俗小說裏，於錯斬崔寧，馮玉梅二作外，更有左列的數種：

碾玉觀音　菩薩蠻　西山一窟鬼　志誠張主管　拗相公

繆氏在跋上說：『尚有定州三怪一回，破碎太甚；金主亮荒淫兩卷，過於穢褻，未敢傳摹。』今定州三怪（州一作山）見錄於警世通言（作崔衙內白鷂招妖）；金主亮荒淫也存於醒世恒言中（作金海陵縱欲亡身），則殘本京本通俗小說所有者今皆見存於世。惟京本通俗小說未必如繆氏所言『的是影元寫本』。就其編輯分卷的次第看來，大似明代嘉靖後的東西。[一]故其中所有未必便都是宋人所作，至少金主亮荒淫一篇，其著作的時

[一]詳見著者的明淸二代平話集。

代決不會是在明代正德以前的。（葉德輝單刻的金主亮荒淫係從醒世恆言錄出，而僞撰『我朝端平皇帝破滅金國直取三京。軍士回杭，帶得虜中書籍不少』的數語於篇首，故意說他是宋人之作）其中所叙的事跡全襲之於金史卷六十三海陵諸嬖傳。金史爲元代的著作，這一篇當然不會是出於宋人的手筆的。或以爲，也許是金史鈔襲這小說。但那是不可能的：元人雖疎陋，決不會全鈔小說入正史，此其一；以小說與正史對讀之，顯然可看出是小說的敷衍正史，決不是正史的節取小說，此其二。我以爲金主亮荒淫筆墨的酣舞横恣，大似金瓶梅；其意境也大相偕合。定哥的行逕，便大類潘金蓮。也許二書著作的時代相差得當不會很遠罷。金瓶梅是頗有些取徑於這篇小說的嫌疑。也許竟同出於一人之手筆也難說。但其他六篇，則頗有宋人作品的可能。警世通言在崔待詔生死寃家題下，註云：『宋人小說題作碾玉觀音』；又在一窟鬼癩道人除怪題下，註云：『宋人小說，舊名西山一窟鬼』；在崔衙內白鷂招妖題下註云『古本作定山三怪，又云新羅白鷂。』馮夢龍指他們爲『宋人小說』，當必有所據。所謂『古本』，雖未必定是『宋本』，卻當是很古之作。又菩薩蠻中有『大宋高宗紹興年間』云云，志誠張主管文中，直以『如今說東京汴縣開封府界』云云，引起拗相公文中有『後人論我宋之氣，都爲熙寧變法所壞，所以有靖康之禍』云云，皆當是宋人之作。就其作風看來，也顯然的可知其爲和馮玉梅團圓諸作是產生於同一時代中的。

但宋人詞話，存者還不止這若干篇。我們如果在清平山堂話本，古今小說，警世通言，及醒世恒言諸書裏，仔細的抓尋數過，便更可發現不止十篇的宋人詞話。在清平山堂話本裏，至少像陳巡檢梅嶺失妻記（文中有『話說大宋徽宗宣和三年上春間，皇榜招賢，大開選場云這東京汴梁城內虎異營中一秀才』的話）。像刎頸鴛鴦會（一名三送命，一名冤報冤，文中引有商調醋葫蘆小令十篇，大似趙德麟商調蝶戀花鼓子詞的體製，或當是其同時代的著作罷）。像楊溫攔路虎傳，像洛陽三怪記（文中有『今時臨安府官巷口花市，喚做壽安坊，便是這個故事』的話）。像合同文字記（文中有『去這東京汴梁離城三十里有個村』的話）。等篇，都當是宋人的著作，且其著作年代有幾篇或有在北宋末年的可能。（像合同文字記）在古今小說裏，像楊思溫燕山逢故人（文中有『紹興十一年，車駕幸錢塘官民百姓皆從的話，像沈小官一鳥害七命（文中有『宣和三年海甯郡武林門外北新橋』的話，）汪信之一死救全家（文中有『話說大宋乾道淳熙年間，孝宗皇帝登極』的話，）其作風和情調也很可以看得出是宋人的小說。警世通言所載宋人詞話最多在見於京本通俗小說清平山堂話本者外，尚有三現身包龍圖斷寃，計押番金鰻產禍，皂角林大王假形，福祿壽三星度世等篇，也有宋作的可能。在醒世恒言裏，像勘皮靴單證二郎神，鬧樊樓多情周勝仙，鄭節使立功神臂弓等數篇，也很可信其爲宋人之作。

三

就上文所述總計了一下，宋人詞話今所知者已有左列二十七篇之多。（也許更有得發現；這是最謹慎的統計，也許更可加入疑似的若干篇進去。）這二十七篇宋人詞話的出現，並不是一件小事。以口語或白話來寫作詩詞散文的風氣，雖在很早的時候便已有之。(像王梵志的詩，黃庭堅的詞，宋儒們的語錄等等。) 但總不曾有過很偉大的作品出現過。在敦煌所發現的各種俗文學裏，口語的成分也並不很重。唐太宗入冥記是今所知的敦煌寶庫裏的唯一之口語的小說，然其使用口語的技能，卻極爲幼稚，試舉其文一段於下：

『判官名甚？』『判官懆惡，不敢道名字。』帝曰：『卿近前來。』輕道：『姓催名子玉。』『朕當識。』纔言訖，使人引皇帝至院門。使人奏曰：『伏惟陛下且立在此，容臣入報判官速來。』言訖，使者到廳前拜了：『啟判官奉大王處口太宗生魂到，領判官推勘。見在門外，未敢引口。』

但到了宋人的手裏，口語文學卻得到了一個最高的成就，寫出了許多極偉大的不朽的短篇小說。這些『詞話』作者們，其運用『白話文』的手腕，可以說是已到了『火候純青』的當兒。他們把這種古人極罕措手的白話文，用以描寫社會的日常生活，用以敘述駭人聽聞的奇聞異事，用以發揮作者自己的感傷與議論；他們把這種新鮮的文章，使用

唐太宗入冥記這個故事從唐代便已流傳于世了；後來西遊記小說曾用來作爲三藏西遊的引子。

——從明刊本西遊記（西諦藏）

元刊本三國志平話的題頁

在一個最有希望的方面（小說）去了。他們那樣的勁健直捷的描寫，圓瑩流轉的作風，深入顯出的叙狀，在在都可以見出其藝術的成就是很爲高明的。這是中國文學史上第一次用白話文來描叙社會的日常生活的東西；而當時社會的物態人情，一一躍然的如在紙上，即魔鬼妖神也似皆像活人般的在行動着。我們可以說，像那樣的雋美而勁快的作風，在後來的模擬的諸著作裏，便永遠的消失了。自北宋之末到南宋的滅亡，大約便可偁之爲話本的黃金時代罷。姑舉一段於下：

那僧兒接了三件物事，把盤子寄在王二茶坊櫃上。僧兒托着三件物事，入棗槊巷來。到皇甫殿直門前，把青竹簾掀起，探一探。當時皇甫殿直正在前面校椅上坐地。只見賣餶飿的小厮兒掀起簾子，猖猖狂狂探一探了便走。皇甫殿直看着那厮，震威一喝，便是當陽橋上張飛勇，一喝曹公百萬兵。喝那厮一聲，問道：『做甚麼？』那厮不顧便走。皇甫殿直拽開脚兩步趕上，捽那厮回來，問道：『甚意思，看我一看便走？』那厮道：『一個官人教我把三件物事與小娘子，不教把來與你。』殿直問道：『甚麼物事？』

那厮道：『你莫問。不敎把與你。』皇甫殿直掿得拳頭沒縫，去頂門上屑那厮一㩧道：『好好的把出來敎我看！』那厮吃了一㩧，只得懷裏取出一個紙裹兒，口裏兀自道：『敎我把與小娘子，又不敎把與你。』皇甫殿直劈手奪了紙包兒，打開看，裏面一對落索鐶兒，一雙短金釵，一個柬帖兒。皇甫殿直接得三件物事，拆開簡子看時，……皇甫殿直看了簡帖兒，劈開眉下眼，咬碎口中牙，問僧兒道：『誰交你把來？』僧兒用手指着巷口王二哥茶坊裏道：『有個粗眉毛大眼精蹶鼻子，略綽口的官人，敎我把來與小娘子，不敎我把與你。』皇甫殿直一隻手捽着僧兒狗毛，出這棗槊巷，徑奔王二哥茶坊前來。僧兒指着茶坊道：『恰纔在樓裏面打底床鋪上坐地底官人，敎我把來與小娘子，又不交把與你，你却打我。』皇甫殿直再捽僧兒回來，不由開茶坊的王二分說，當時到家裏。殿直焦燥，把門來關上，搌來搌了，諕得僧兒戰做一團。殿直從裏面叫出二十四歲花枝也似渾家出來道：『你且看這件物事！』那小娘子又不知上件因依，去交椅上坐地。殿直把那簡帖兒和兩件物事，度與渾家看。那婦人看着簡帖兒上言語，也沒理會處。殿直道：『你見我三個月日押衣襖上邊，不知和甚人在家吃酒？』小娘子道：『我和你從小夫妻，你去後何曾有人和我吃酒。』殿直道：『既沒人，這三件物從那裏來？』小娘子道：『我怎知！』殿直左手指，右手舉，一個漏風掌打將去。小娘子則叫得一聲，掩着面哭將入去。

這和唐太宗入冥記的白話文比較起來，是如何的一種進步呢！前幾年，有些學者們，見於元代白話文學的幼稚，以爲像水滸傳那樣成熟的白話小說，決不是產生於元代的；中國的白話文學的成熟期，當在明代的中葉，而不能更在其前。想不到在明代中葉的二世紀以前，我們早已有了一個白話文學的黃金時代了！

四

這些『詞話』，其性質頗不同，作風也有些歧異；當然決不會是出於一二人的手下的。大抵北宋時代的作風，是較爲拙質幼稚的，像合同文字記之類；而刎頸鴛鴦會敍狀雖較爲奔放，卻甚受『教子詞』式的結構的影響，描寫仍不能十分的自由。但到了南宋的時代卻不然了。其揮寫的自如，大有像秋高氣爽，馬肥草枯的時候，馳騁縱獵，無不盡意；又像山泉出谷，終日夜奔流不絕，無一物足以阻其東流。其形容世態的深刻，也已到了像『禹鼎鑄奸，物無遁形』的地步。在這些『小說』裏，大概要以敘述『烟粉靈怪』的故事爲最多。『烟粉』是人情小說之別稱，『靈怪』則專述神鬼，二者原不相及；然宋人詞話則往往滲合爲一，彷彿『烟粉』必帶着『靈怪』，『靈怪』必附於『烟粉』。也許都城紀勝把『烟粉靈怪』四字連合着寫，大有用意於其間罷。我們看，除了馮玉梅團圓寥寥二三篇外，那一篇的烟粉小說不帶着『靈怪』的成分在內；碾玉觀音是這樣，西山一窟鬼，志誠張主管是這樣，乃至像定山三怪，洛陽三怪，西湖三塔記，福祿壽三星度世等等，無一篇不是如此。惟像碾玉觀音諸篇，其描狀甚爲生動，結構也很有獨到處，可以說是這種小說的上乘之作。若定山三怪諸作，便有些落於第二流中了。自定山三怪到福祿壽三星度世，同樣結構和同樣情節的小說，乃有四篇之多；未免有些無聊，且也很是可怪。也許這一類以『三怪』爲中心人物的『烟粉靈粉』小說，是很受着當時一般幼稚的聽者們所歡迎，故『說話人』也彼此競仿着寫罷。總之，這四篇當是從同一個來源出來的。宋人詞話的伎巧，當以這幾篇爲最壞的了。

像『公案傳奇』那樣的純以結構的幻曲取勝者，在宋代詞話裏也爲一種最流行的作風。這種情節複雜的『偵探小說』一類的東西，想來也是甚爲一般聽衆所歡迎的。在這種『公案傳奇』裏，最好的一篇是簡帖和尙，而勘皮靴單證二郎神的一作，也窮極變幻，其結構一層深入一層，更又一步步的引人入勝，實可謂之偉大的奇作。像錯斬崔寧，山亭兒之類，雖不以結構的奇巧見長，其描寫卻是很深刻生動的。合同文字記當是這一類著作的最早者。沈小官一鳥害七命則其結局較爲平衍。（古今小說裏有宋四公大鬧禁魂張一篇，其作風頗像宋人，敘的是一個大盜如何的戲弄着捕役的事，和勘皮靴單證二郎神一篇恰是最有趣的對照）。

楊溫攔路虎傳大約便是敘說『搏刀趕棒及發跡變泰的事』的一個例子罷。胡適之先生在宋人平話八種序上，以『皆是搏刀趕棒及發跡變泰的事』一語，隸屬於『說公案』一個名目之下，這當然是根據了都城紀勝的記載的。但我頗疑心，『搏刀趕棒及發跡變泰的事』和『說公案』毫不相干。（清平山堂話本於簡帖和尚題下，明註着『公案傳奇』四字。）或是都城紀勝的今本在『皆是搏刀趕棒』一語之上，脫落了一句，故遂使我們把『說公案』一辭與之連讀下去了。楊溫的這位英雄，在這裏描寫的並不怎樣了不得；一人對一人，他是很神勇，但人多了，他便要吃虧。這是眞實的人世間的英雄。像出現於元代的水滸傳上的李逵武松魯達等等，又列國志傳上的伍子胥，三國志演義上的關羽張飛等卻都有些超人式的或半神式的。大約在宋代說話人所描寫的英雄，還不止十分的脫出人世間的眞實的勇士型罷。

汪信之一死救全家有點像楊溫的同類，但又有點像是『說鐵騎兒』的同類。這是一篇很偉大的悲劇；像汪信之那樣的自己犧牲的英雄，置之於許多所謂『迫上梁山』的反叛者們之列，是頗顯出特殊的人格出來的。

最足以使我們感動的最富於悽楚的詩意的便要算是楊思溫燕山逢故人一篇了。這也是一篇『烟粉靈怪』傳奇，除了後半篇的結束頗爲不稱外，前半篇所造成的空氣，乃是極爲純高極爲淒美的。『今日說一個官人，從來只在東京看這元宵。誰知時移事變，流寓在燕山看元宵』，這背景是如何的悽楚呢！楊思溫當金人南侵之後，流落在燕山，國破家亡，事事足以動感。『心悲異方樂，腸斷隴頭歌』，恰正以形容他的度過元宵的情況罷。他後來在酒樓上遇見故鬼，終於死在水中，那倒是極通俗的結局。大約寫做這篇的『說話人』，或是一位『南渡』的遺老罷，故會那末的富於家國的痛戚之感。

五

拗相公是宋人詞話裏唯一的一篇帶着政治意味的小說；把這位厲行新法的『拗相公』王安石罵得眞夠了。徒求快心於政敵的受苦，這位作者大約也是一位受過王安石的『紹述』者們的痛苦的虐政的，故遂集矢於安石的身上罷。

『詞話』以外，別有『詩話』。但二者的結構卻是很相同的；當是同一物。『詩話』存於今者，僅有大唐三藏取經詩話三卷，亦名三藏法師取經記。〔二〕共分十七章，每章有一題目，如行程遇猴行者處第二，入王母池之處第十一之類，正和劉知遠諸宮調的式樣相同。這是『西遊』傳說中最早的一個本子，其中多附詩句，像：

僧行七八次日同行，左右伏事。猿行者因留詩曰：『百萬程途向那邊，今來佐助大師前。一心祝願逢眞教，同往西天鷄足山。』三藏法師答曰：『此日前生有宿緣，今朝果遇大明仙。前途若到妖魔處，望顯神通鎭佛前。』

取經詩話以猴行者爲『白衣秀衣』，又會做詩，大似印度史詩拉馬耶那裏的神猴哈奴曼。(Hanuman)哈奴曼不僅會飛行空中，而且會做戲曲；相傳爲他所作的一部的戲曲，今尙有殘文存於世上。

〔二〕取經詩話有上虞羅羅珂羅板印本；又取經記見於羅氏所印的吉石盦叢書中。

宋代『講史』的著作，殆不見傳於今世。曹君直所刊布的新編五代史平話〔一〕說是宋板，其實頗有元板的嫌疑。惜不得見原書以斷定之。新編五代史平話凡十卷，每史二卷，惟梁史及漢史俱缺下卷。其文辭頗好；大抵所敍述者，大事皆本於正史，而間亦雜入若干傳說，恣爲點染，故大有歷史小說的規模。其中，像寫劉知遠微時事，郭威微時事，都很生動有趣。其白話文的程度，似當更在羅貫中的三國志演義以上。

又有大宋宣和遺事〔二〕者，世多以爲宋人作，但中雜元人語，則不可解。『抑宋人舊本，而元時又有增益』〔三〕耶？書分前後二集，凡十段，大似『講史』的體裁，惟不純爲白話文，又多鈔他書，體例極不一致。所敍者以徽欽的被俘，高宗的南渡的事實爲主，而也追論到王安石的變法，其口吻大似拗相公。開頭並歷敍各代帝王荒淫失政的事，以爲引起。其中最可注意者則爲第四段，敍述梁山濼聚義始末，其中人物姓名以及英雄事跡，已大體

〔一〕五代史平話有武進董氏刊本，有商務印書館鉛印本。〔二〕大宋宣和遺事有士禮居叢書本，有商務印書館鉛印本。〔三〕此語見中國小說史略第十三篇。

和後來的水滸傳相同當是水滸故事的最早的一個本子。惟吳用作吳加亮，盧俊義作李進義爲異耳。

又有梁公九諫〔一〕一卷，北宋人作，文意俱甚拙質；叙武后廢太子爲廬陵王，而欲以武三思爲天子。狄仁傑因事乘勢，極諫九次。武后乃悟，復召太子回。當是『說話人』未起以前的所作罷。

六

話本的作者們，可惜今皆不知其姓氏。武林舊事雖著錄說『小說』者五十餘人；卻不知這些後期的說話人們曾否著作些什麼。講史的作家們，今所知者有霍四究（說三分）尹常（賣五代史），及王六大夫（說復華篇及中興名將傳），等，而他們所作，卻皆隻字不存。

〔一〕梁公九諫有士禮居叢書本。

爲了『話本』原是『說話人』的著作，故其中充滿了『講談』的口氣，處處都是針對着聽衆而發言的；『說話的因甚說這春歸詞？』（碾玉觀音）『自家今日也說一個士八，因來行在臨安府取選』（西山一窟鬼）『這員外姓甚名誰？却做出甚麼事來？』（志誠張主管）也因此而結構方面便和一般的純粹的敍述的著作不同，最特殊的是在每一篇話本之前，總有一段所謂『入話』或『笑耍頭回』或『得勝頭廻』的，或用詩詞，或說故事，或發議論，與正文或略有關係，或全無關係。這到底有什麼作用呢？我們看今日的彈詞，每節之首，都有一個開篇（像倭袍傳），便知道其消息。原來，無論說『小說』或講史，爲了是實際上的職業之故，不得不十分的遷就着聽衆。一開講時，聽衆未必到得齊全，不得不以閒話敷衍着，延遲着正文的起講的時間，以待後至的人們。否則後至者每從中途聽起，摸不着那場話本的首尾，便會不耐煩靜聽下去的了。

到了後來，一般的小說已不復是講壇上的東西了——實際上講壇上所講唱的小說已是別有秘本的了——然其製體與結構仍是一本着『說話人』遺留的規則，一點也不曾變動其敍述的口氣與態度，也仍是模擬着宋人說話人的。說話人的影響可謂爲極偉大的了！假如西方文學的影響不在十九世紀末葉到達了我們中國，不知我們更將有若干世紀在不知不識的模擬着這種說話人的著作的方法呢。

參考書目

一，清平山堂話本　明洪楩編刊，有嘉靖間刊本，有古今小品書籍刊行會影印本。

二，京本通俗小說　不知編者，有殘本，編入烟畫東堂小品中；又有石印本，鉛印本。（亞東圖書館印本，改名宋人平話八種，首有胡適之先生序。）

三，古今小說四十卷　明綠天館主人編，傳本極少，惟日本內閣文庫有之。其殘本曾被改名爲喻世名言。（？）

四，警世通言四十卷　明馮夢龍編，有明刊本。今流行於世者皆三十六卷本，佚去其後四卷。

五，醒世恒言四十卷　明馮夢龍編，有明刊本，有翻刻本。（翻刻者缺金海陵貫縱慾亡身一回）

六，中國小說史略　魯迅著，北新書局出版。

七，明清二代平話集　鄭振鐸著，載小說月報二十一卷七月號及八月號。

八，宋朝說話人的家數問題　孫楷第著，載學文第一期。

九，東京夢華錄　宋孟元老著，有學津討源本。

十，都城紀勝　宋耐得翁著，有楝亭十二種本。

十一，夢粱錄　宋吳自牧著，有武林掌故叢編本。

十二，武林舊事　宋周密著，有武林掌故叢編本。

第四十章 戲文的起來

中國戲曲產生最晚——其原因——兩種不同的型式：戲文與雜劇——戲文的起源——戲文的產生當在雜劇之前——印度的影響——經商賈之手由水路輸入的理想——海客酬神說——國清寺裏的梵本戲曲——戲文和印度劇的五個同點——題材上的巧合或轉變——趙貞女蔡二郎與梭康特婕——王煥的來歷——陳巡檢梅嶺失妻與印度的敘述臘馬故事的戲曲——今存的宋人戲文

一

中國戲曲的產生在諸種文體中爲獨晚；在世界產生古典劇的諸大國中，中國也是產生古典劇最晚的一國。當散文已經發生了許多次的變化，詩歌已有了諸般不同的式樣，小說也已表現着發展的趨勢時，中國的戲曲方始漸漸的由無人知的民間抬頭而與學士文人相見，方始漸漸的佔據着一部分的文壇上的勢力。蓋中國最早的戲曲，其產生期，今所知者當在北宋的中葉，（約第十一世紀）至宣和間（第十二世紀初半期）方才有具體的戲文，爲民衆所注意，所歡迎。金人陷汴京後，北曲一時大盛，而北方的戲曲也便突現出異彩來。寖淫至於宋金末造，戲曲的勢力更一天天的熾盛。元代承宋金之後，其文壇遂有以戲曲爲活動的中心之概。戲曲到了這個時代，方才正式的被承認登上了文壇。大約劇本之開始創編，當在宣和的前後；然遺留於今的最早的完全的劇本，則其產生時代不能早於第十三世紀的前半葉。（金亡之前的一二「年代」。）這樣看來，中國戲曲在諸古國中，誠是一位『其生也晚』的後進。當中國戲曲方才萌芽之時，印度的古典戲曲早已盛極而衰的了，（印度古典劇以公元第六世紀爲全盛時代。）希臘的悲劇，喜劇早已被基督教的勢力掃蕩到不知那裏去的了。（希臘悲劇以公元前第五世紀爲全盛時代。）他們的古典劇已經成了過去的僵硬的化石，而我們的古典劇方才『姍姍其來遲』，的出現於世。中國戲曲爲什麽會產生得那末遲晚呢？第一：是歷來民間所產生的或文士所創造的諸種文體，如駢文，如古文，如五七言詩，如詞，都只能構成了敘事論議的散文與乎抒情的歌曲（以詩詞來敘事的已甚少），却永遠沒有一種『神示』或靈感，能使他們把那些詩、詞、駢、散文組織成爲一種特殊的複雜的文體，像戲曲的樣子的。戲曲遂也不能够由天上落下來似的出現於世。第二是：無論宮庭或民間，都秉承着儒敎的傳說的見解，極力的排斥着新奇的娛樂；略涉奇異的事物，他們便以爲怪誕而放斥之惟恐不速。他們的帝王僅知滿足於少女的清歌妙舞與乎弄人的調謔說笑，民間也僅知備足於淸唱、雜耍以及迎神賽會的簡樸的娛樂之中，從不曾進一步而發生所謂戲劇的。古來傳記中所載的優伶的故事，像王國維氏在他的宋元戲曲史所搜集的，大槪都是『弄人』的故事，並非眞正的『伶人』的故事。他們大槪至多只能想到要將歌舞連合於『故事』，却不曾想到要將故事搬演出來而成爲戲曲的。戲曲原爲最複雜的文體，故其產生之難也獨超於諸種文體之上。如此，戲曲在本土既不能自然的產生，則只有藉着外來影響的感招了。然而第三：即外來的影響却也不容易灌輸進來。中國的音樂早已受外來的影響，宗敎也早已爲外來敎所攏斷。論理，印度戲曲也應該早些輸入。然戲曲的藝術比較得複雜，其輸入自比較得困難。又佛敎徒在古時雖也有所謂佛敎戲曲。（這幾年在中央亞細亞發見了幾部佛敎戲曲的殘文，已印行一部分。）然後期的佛敎徒，對於戲曲却似是持着反對的態度。因此對於印度古典劇固不至於輸入，即佛敎劇也是不肯負輸入之責的。印度的戲曲至少受有希臘戲曲的多少的感應；當亞歷山大東征時，希臘文化是很流行於印度北部的，故其演劇的藝術很容易的便輸入印度去。中國與印度的關係却比較的遼遠淺薄。一面既隔着高山峻嶺，一面又隔汪汪無際的大洋，其交通是很不便的。除了帶着殉敎精神的佛敎留學生以及重利的商人以外，平常很少有人和印度相交往。爲了外來影響輸入的不易也，爲了戲曲般的複雜藝術的更不易於輸入，所謂演劇的藝術便當然要遠在宗敎、音樂以及神話、傳說、變文、小說等等的輸入以後才輸入的了。這便是中國戲曲發生得異常的遲緩的主因。

二

中國的戲曲可分爲兩種很不相同的型式：一種名爲『傳奇』，別一種名爲『雜劇』。傳奇在最初是名爲戲文的。戲文流行於中國南方的民間，故所用的曲調，全都是所謂南曲的。『雜劇』之名極古。在宋眞宗時已有此稱。惟其與今雜劇却是完全不同的。（這將在下文論及）。他們是流傳於北方的，所以用的曲調都是所謂北曲的。但最可注意的是：雜劇的唱者嚴格的限於主角一人，其主角或爲正末，或爲正旦，俱須獨唱到底，與他或她對待的角色只能對白，不能對唱。傳奇的唱者却不限定於主角一人；凡在劇中的人，都可以唱，都可以與主角和唱，互唱。又傳奇登場時，先要由一個『末』色或『副末』念說一篇開場詞。這些開場詞或爲頌讚之語，或爲作者說明所以作劇之意，並及那時所欲搬演的那本傳奇的情節，這篇詞，或謂之『副末開場』，或謂之『家門始末』，總之，乃是全劇的一個提綱，用以引起全劇的。雜劇則於劇首全無此種『開場』。

這兩種不同型的戲曲各有其不同的起源。而戲文的起來，其時代較雜劇爲早，其來歷也較雜劇的來歷爲單純。關於雜劇的話，將在下文再提到，這裏先說戲文。

三

戲文起源的問題，似乎還不曾有人仔細的討論過。王國維氏在宋元戲曲史上，雖曾辛勤的搜羅了許多材料，但其研究的結果却不甚能令人滿意。不過亦很有些獨到之見解。他說：『南戲之淵源於宋，殆無可疑。至何時進步至此，則無可考。吾輩所知，但元季既有此種南戲耳。然其淵源所自，或反古於元雜劇。』（宋元戲曲史頁一百五十五）這種見解，較之一般人的傳奇源於雜劇的意見，自然是高明得多。然究竟並未將中國的眞來源考出。我們如欲從事爲戲劇的眞來源的探考，則非先暫時完全拋開了舊有的迷障與瑣說，而另從一條路去找不可。我們要有完全撇開了舊說不顧的勇氣，確切的知道一切六朝、隋、唐以及別的時代的『弄人』的滑稽嘲諷，決不是眞正的戲曲，也決不是眞正的戲曲的來源。我們更要能遠矚外邦的作品，知道我們的戲曲和他們的戲曲，這其間究竟有如何的關係。我對於這個問題，曾有七八年以上的注意與探討，但自己似乎覺得還不曾把握到十分成熟的結論。今姑將自己所認爲還可以先行佈露的論點，提出來在此敘述一下。

我對於中國戲曲的起源，始終承認傳奇決非由雜劇轉變而來，如一般人所相信的，傳奇的淵源當反『古於（元）雜劇』；當戲文或傳奇已流行於世時，眞正的雜劇似尚未產生。而傳奇的體例與組織，卻完全是由印度輸入的。在佛教徒或史官的許多記載上，我們看不出一點的這樣的戲曲輸入的痕跡。但我們要知道，戲曲的輸入，或未必是由於熱心的佛教徒之手的；而其輸入的最初，則僅民間流布着這些戲曲的輸入，或係由於商賈流人之手而非由於佛教徒，或竟係由於不甚著名的佛教徒的輸入也說不定。原來中國與印度的交通，並非如我們平常所想像的那末希罕而艱難的。經由天山戈壁的陸路，當然有如法顯，玄奘他們所描寫的那末艱險難行。然而這裏卻另有一條路，即由水路而到達了中國的東南方。這一條路雖然也苦於風波之險，然重利的商人卻總是經由這條比較容易運輸貨物的路的。玄奘的大唐西域記曾記載着，他去謁見著名的印度戒日王（？）時，戒日王却命人演奏着『秦王破陣樂』給他聽，並問及小秦王的近況。玄奘剛剛經過千辛萬苦的由中國來到印度，而這個『秦王破陣樂』却早已安安舒舒的傳輸到了那邊了。究竟是什麼樣的人將牠傳達到印度去的呢？且由北方的陸路走是不會的，那條路是那末難走。除了異常熱忱的且具有殉敎精神的玄奘們以外，別的人是不會走的。那末，這個『秦王破陣樂』的流布於印度，當然是由於商賈們的力量了。他們既會由中國傳了音樂歌舞到印度去，便也會由印度輸了戲曲音樂到中國來。這是當然的道理。且在法顯諸人的記載上，也曾頗詳細的描寫着中印的海上交通的情形。大抵印度南方的人民，不信佛者居多，而戲曲又特別的發達。則印度的戲曲及其演劇的技術之由他們輸入中國，是沒有什麼可以置疑的地方。我猜想，當初戲曲的輸入來，或並非為了娛樂活人，當係海客們作為禱神酬神之用的。（至今內地的演劇還完全為的是酬神，）其成為富室王家的娛樂之具，却是最後的事。

更有一件很巧合的事，足以助我證明這個『輸入說』的；前幾年胡先驌先生曾在天台山的國淸寺見到了很古老的梵文的寫本，攝照了一段去問通曉梵文的陳寅恪先生，原來這寫本乃是印度著名的戲曲梭康特娜(Sukantala)的一段。這眞要算是一個大可驚異的消息！天台山離傳奇或戲文的發源地溫州不遠的所在，而有了這樣的一部寫本存在着！這不是一個最有趣消息麼！這大約不能是一件僅僅被目之爲偶然巧合的事件罷。

四

其實，傳奇或戲文的體裁或組織，而細覼之，其與印度戲曲逼肖之處，實足令我們驚異不置，不由得我們不相信他們是由印度輸入的。關於二者組織上相同之點，這裏不能詳細的說明，引證，但有幾點是必須提出的：

第一，印度戲曲是以歌曲，說白及科段三個元素組織成功的；歌曲由演者歌之；說白則為口語的對白，並非出之以歌唱的；科段則為作者表示着演者應該如何舉動的。這和我們的戲文或傳奇之以科、白、曲三者組織成為一戲者完全無異。

第二，在印度戲曲中主要的角色為：（一）拏耶伽（Nayaka）即主要的男角，當於中國戲文中的生，這乃是戲曲中的主體人物；（二）與男主角相對待者更有女主角拏依伽（Nayika）他也是每劇所必有的，正當於中國戲文中的旦。（三）毗都沙伽（Vidusaka），大抵是裝成婆羅門的樣子，每為國王的幫閒或侍從，貪婪好吃，每喜說笑話或打諢插科，大似中國戲文中的丑或凈的一角，為主人翁的清客幫閒，或竟為家僮。（四）男主角更有一個下等的侍從，常常服從他的命令，蓋即為戲文中家僮或從人。（五）印度戲曲中更有一種女主角的侍從或女友，為她效力，或為她傳消遞息的；這種人也正等於戲文中的梅香或宮女。此外尚有種種的人物，也和我們戲文或傳奇中的脚色差不多。

第三，印度的戲曲在每戲開場之前必有一段『前文』，由班主或主持戲文的人，上台來對聽衆說明要演的是什麼戲，且介紹主角出場來。最初是頌詩祝福，或對神，或對人；其次是說明戲名，與戲房中出來的一個人相問答；再其次是說明劇情的大略或主人翁的性格（大抵是用詩句）。然後後台中主人翁說話的聲音可以聽得見。這位班主至此便道：『某某人（主角）正在做什麼事着呢』而退去。於是主角便由後台上場。這正和我們的傳奇或戲文中的『副末開場』或『家門始終』一模一樣。我們的『開場』是先由『末』或『副末』唱念一首西江月等歌詞，這歌詞大抵總是頌賀或說明要及時消遣之意。然後他向後房問道：『請問後房子弟，今日敷演甚般傳奇？』後台的人（不出塲）答曰：『今日搬演的是某某戲。』他便接着說道：『原來是某某戲，』於是便將此戲的始末大概，用詩詞念唱了出來。唱完後，他用手指着後台道：『道猶末了，某某人早上，』便向下塲門退去，而主角因以上場。為了這是一場過於熟套了，所以通常刻本的傳奇常以『問答照常』四字及必需每劇不同的唱念的西江月及家門等詩句了之，並不完全將這幕『開場』寫出。這便是中印劇二者之間最逼肖的組織之一。

第四，印度戲曲於每戲于每戲之後必有『尾詩』(Epiloge) 以結之。這些尾詩大都是讚頌勸戒之語，或表示主人翁的願望的；唱念着這『尾詩』的必是劇中人物，且常常是主角。如梭康特妣唱念的『尾詩』乃是主角國王；如 The Little Clay Cart 唱念『尾詩』的乃是主角 Charudatta。他們的辭句，不外是禱求風調雨順，人民快樂，君主賢明，神道昭靈一類的話。這還不和我們戲文中的『下場詩』很相同的麼？所略異的，我們戲文中的下塲詩，大都是總括全劇的情節的，如琵琶記的『自居墓室已三年，今日丹書下九天，官誥頒來皇澤重，麻衣換作錦袍鮮。椿萱受贈皆冥目，鸞鳳銜恩喜並肩。要識名高幷爵顯，須知子孝共妻賢。』張協狀元的『古廟相逢結契姻，纔登甲第沒前程。梓州重合鸞鳳偶，一段姻緣冠古今。』殺狗記的『奸邪簸弄禍相隨，孫氏全家福祿齊。奉勸世人行孝順，天公報應不差移。』都是。但說着『子孝共妻賢』及『奉勸世人行孝順』諸語，却仍是以勸戒之語結的，與印度戲曲的『尾詩』性質仍相肖合。

第五，印度戲曲在一劇中所用的語言文字，大別之爲兩種，一種典雅語，即 Sanscrit，一種是土白語，即 Prakrits，大都上流人物，主角，則每用典雅語，下流人物，如侍從之類，則大都用土白這也和我們傳奇中的習慣正同。在今所傳的傳奇戲文中，最古用兩種語調的劇本，今尚未見。然在嘉靖之間，陸采的南西廂記等，已間用土白；而萬曆中沈璟所作的四異記，則丑淨已全用蘇人鄉語。（見鬱藍生曲品）今日劇場上的習慣更是如此。丑與淨大都是用土白說話的，即原來戲文並不如此者，他們也要將他改作如此。如今日所演李日華的南西廂記，法聰諸人的話便全是蘇白，全是伶人自改的。但主人翁正當的脚色，則完用的是典雅的國語，決不用土白。這個習慣，決不會是創始於陸采或沈璟的，必是劇場上很早的已有了這種習慣，不過寫劇者大都爲了流行他處之故，往往不欲仍用土語寫入劇中。而依了劇場習慣寫土語鄉談入劇本中者則或當始于沈陸二氏耳。這與印度戲曲之用歧異語以表示劇中人物身分者，其用意正同。

在這五點上講來，已很足證明中國戲曲自印度輸來的話是可靠的了；像這樣的二者逼肖的組織與性質，若謂其出於偶然的『貌合』或碰巧的相同，那是絕對的說不過去的。波耳的支那事物（J. Dyer Ball, Things Chinese）說，『中國劇的理想完全希臘的，其面具，歌曲，音樂，科白，齣頭，動作，都是希臘的……中國劇底思想是外國的，只有情節和語言是中國的而已』。如將『希臘的』一語，改爲『印度的』似更爲妥當。

五

最後，在題材上，也可以找出更有趣的奇巧可喜的肯合來。我們最早的戲文今所知者爲趙貞女蔡二郎，王魁負桂英等等；這些戲文雖或已全佚，或僅存零星的一二殘曲，不足使我們完全明瞭其內容。然據古人的記載看來，其情節是約略可知的。趙貞女蔡二郎敘的是蔡二郎得第忘歸，其妻歷盡艱苦，前往尋他；二郎却拒之不見，不肯認她爲妻；王魁負桂英的情形也約略相同。王魁與桂英誓於海神廟，願偕白首，無相捐棄。但王魁中第得官以後，桂英派人去見他，魁却沒然前情，嚴拒於她，不給理保。又今存於永樂大典中的戲文，張協狀元，寫的也是張協得第後，變了心腸，棄了王氏女不顧。王氏女剪髮籌資，前往京師尋他，他却命門子打他出去。爲什麼最初期的戲曲中，會有那末多的『痴心女子負心漢』

的故事呢？像這樣的情事，在實際的社會上是很少的。那末這種不約而同的情節，其祖源是從什麼地方來的呢？我們如果一讀印度大戲劇家卡里台莎（Kalidasa）的梭康特婭，我們大約總要很驚奇的發現梭康特婭之上京尋夫而被拒於其夫杜希揚太（Dushyanta），原來和王魁，趙貞女乃至張協的故事是如此的相肖合的。如果我們更知道梭康特婭的劇文曾被傳到天台山上的一個廟宇裏的事，則對於這種情節所以相同的原因，當必然有以明瞭於心的吧。如此的說來，我們的最早的幾種戲文，不僅其組織其形式是印度的，便連其內容其故事也是印度的梭康特婭的中國式的變轉了！

又在最早的戲文王煥及崔鶯鶯西廂記上（這些戲文也已佚，我們僅能在別的形式的劇文上約略的知道其情節）其描寫王煥與賀憐憐在百花亭上的相逢，與乎鶯鶯與張生在佛殿上的相見，其情形與杜希揚太初遇梭康特婭於林中的情形也是很相同的；而王煥中的王小三和崔鶯鶯中的紅娘則也爲印度戲曲中所常見的人物。

又最早的戲文，陳巡檢梅嶺失妻，（永樂大典作陳巡檢妻遇白猿精）其情節與印度

趙貞女

趙貞女蔡二郎是中國最早的戲文之一。

——從明凌氏刊本琵琶記（西諦藏）

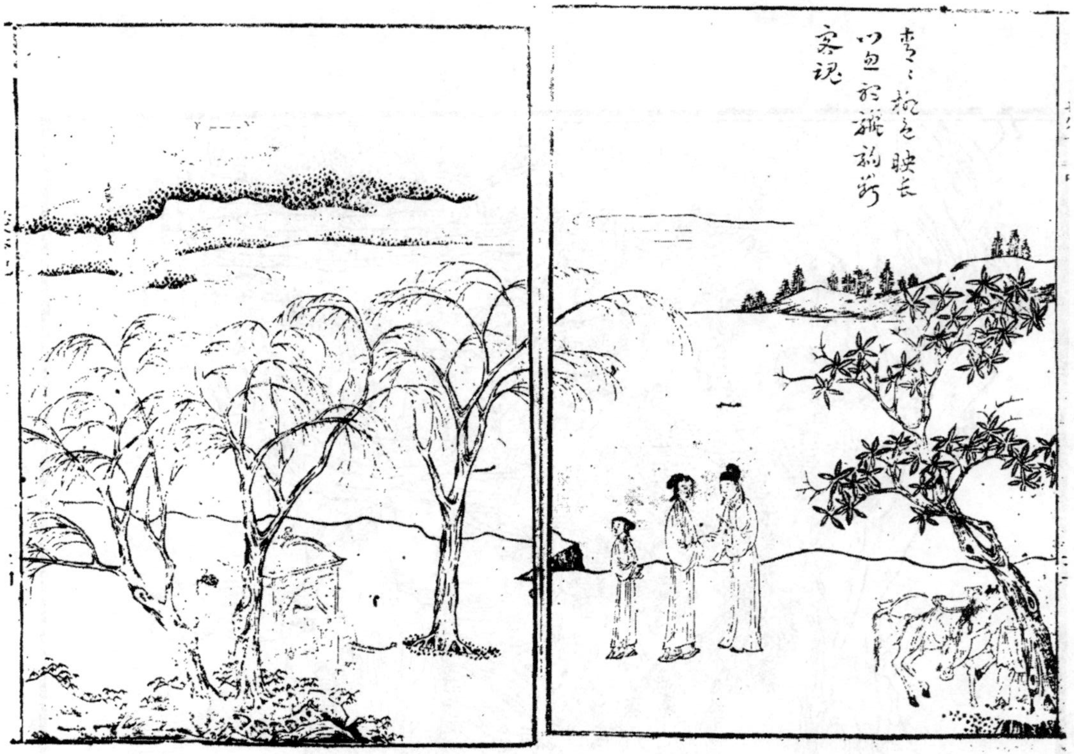

『英桂負魁王』——焚香記——從明刊本（西諦藏）

的大史詩拉馬耶那（Ramayna）很有一部分相類似，而拉馬耶那的故事，却又是印度戲曲家們所喜歡用的題材。這其間也難保沒有多少的牽連的因緣在內。

六

據徐渭的南詞叙錄，著錄『宋元舊篇』凡六十五部，全都是宋元遺留下來的戲文。最後的幾篇是元末明初人高則誠等所作的蔡伯喈琵琶記，王俊民休書記等。作者大抵無姓氏可考。永樂大典第一萬三千九百六十五卷至一萬三千九百九十一卷，凡二十七卷，皆錄戲文，都凡三十三本。其中與南詞叙錄所著錄的名目相同者凡二十四本，其餘九本，則爲徐渭所未知者。這一類的戲文，除了琵琶記盛行於世外，其餘皆湮沒無聞。近幸在永樂大典第一萬三千九百九十一卷中，發現了戲文三部。又沈璟的南九宮譜及張祿的詞林摘豔，無名氏的雍熙樂府中也載有戲文的殘文不少。大抵，我們研究宋元的戲文所知的材料已略盡於此的了。惟其中以元人所作者爲最多。我們所確知的最早的宋人所作的戲文，不過左列數種而已。

一、趙貞女蔡二郎，作者無考。徐渭云：『即蔡伯喈棄親背婦，爲暴雷震死，里俗妄作也。實爲戲文之首。』此戲蓋即高則誠琵琶記的祖本。則誠因其結局的荒誕，故特易之爲團圓，而名之曰忠孝蔡伯喈琵琶記。將不忠不孝易爲又忠又孝，當然是出於不忍見『故人的彼誣』的一念。南宋陸放翁詩，有『斜陽古道趙家村，負鼓盲翁正作場。死亡是非誰管得，滿街聽唱蔡中郎，』則當時不僅有趙貞女的戲文，且有蔡中郎的肯詞了。此戲殘文，今隻字無存。

二、王煥，宋黃可道撰。劉一淸錢唐遺事云：『湖山歌舞，沉酣百年。賈似道少時，佻健尤甚。自入相後猶微服間或飲於伎家。至戊辰、己巳間（公元一二六八——六九年）王煥戲文，盛行於都下。始自太學有黃可道者爲之。一倉官諸妾見之，至於群奔，遂以言去。』永樂大典卷一萬三千九百七十八載有亂流王煥賀憐憐（今佚），大約即是此劇。元人雜劇中，亦有百花亭一本，敘及此事。南詞敘錄中載有賀憐憐煙花怨及百花亭各一本，不知是否也敘此事，成竟係王煥的別名。王煥的殘文，見南九宮譜中。

三、王魁負桂英，宋無名氏作。『明葉子奇草木子云：俳優戲文，始於王魁，永嘉人作之』。徐渭云：『王魁名俊民，以狀元及第，亦里俗妄作也。周密齊東野語辨之甚詳』。其殘文今亦存於南九宮譜中。

四、樂昌分鏡，宋無名氏作。（永樂大典及南詞敘錄均作樂昌公主破鏡重圓，大約即是此戲。）周德清中原音韻云：『沈約之韻，乃閩浙之音，而製中原之韻者。南宋都杭，吳興與切鄰，故其戲文如樂昌分鏡等類，唱念呼吸，皆如約韻』。此戲今已全佚，殘文未見。

五、陳巡檢梅嶺失妻，未知撰人。此故事蓋亦南宋時盛傳於民間的，宋人詞話中，亦敘及此事。永樂大典作陳巡檢妻遇白猿精，大約即是此本。其殘文今存於南九宮譜中。

參考書目

一、梵劇體例及其在漢劇上的點點滴滴　許地山著，載於小說月報號外中國文學研究中。

二、宋元戲曲史　王國維著，商務印書館出版，又被收入王忠慤公遺書中。

三，南詞敍錄 徐渭著，有讀曲叢刊本，曲苑本，重訂曲苑本。

四，永樂大典目錄六十卷 有連筠簃刊本。

五，梵劇目錄 (A Bibliography of the Sanskrit Drama) M. Schuyler 著，美國 The Columbia University Press出版。

六，關於梵文文學史的著作頗多，專論梵劇者有 A. B. Keith 的 the Sanskrit Drama; K. P. Knlkarmi 的 Sanskrit Drama and Dramatists等。

七，印度文學史 許地山著，在萬有文庫中。

八，俊康特娜的英譯本甚多，Everyman Library 中即有之。

第四十章 南宋詞人

南宋詞的三個時期——雅正的趨勢——趙鼎岳飛等——康與之與張孝祥——辛棄疾——陸游范成大劉過等——姜夔——史達祖等——吳文英——黃昇王炎等——蔣捷周密張炎王沂孫——陳允平文天祥汪元量等

一

南宋詞與北宋的一樣，亦可分爲三個時期；第一個時期是詞的奔放的時期。這時期恰當於南渡之後，偏安的局面已成，許多慷慨悲歌之士，目睹半個中國陷於胡人，古代的文化中心千年以來的東西兩都，俱淪爲異域，無恢復的可能，頗有些憤激難平『髀肉復生』之感。在這樣的一個局勢之下，詩人們當然也很要感受到同樣的刺激的。這個時候的詩人做着『鼓舞昇平』或『漁歌唱晚』的詞，以塗飾爲工，以造美辭雋句爲能的當然也很有幾個，然而幾位可以代表時代的大詩人如辛棄疾，如陸游，如張孝祥他們卻是高唱着『馬作的盧飛快，弓如霹靂弦驚』（辛棄疾破陣子）的高唱着『底事崑崙傾砥柱，九地黃流亂注，聚萬落千村狐兎』（張元幹賀新郎）的高唱着『念腰間箭，匣中劍，空埃蠹，竟何成！時易失，心徒壯，歲將零』（張孝祥六州歌頭）的高唱着『胡未滅，鬢先秋，淚空流。此生誰料，心在天山，身老蒼州』（陸游訴衷情）的。總之他們是奔放的，是雄豪的，是不屑屑於寫靡靡之音的。柳永直被他們視爲輿臺，周美成的影響也不很顯著。蘇軾的第一類的詞，即『大江東去』一類的政論似的詞，在這時卻大爲流行，一時有許多人在模倣着；最初是幾位慷慨激昂的政治家在寫着，以後是有天才的辛與陸，再後是劉過諸人。這一類的詞的流行，完全是時代的造成；一方面爲了金人的侵陵，一方面也爲了蘇氏的作品，受了久壓之後，自然的會引起了許多人的奔湊似的去欣讚他模倣他了。

第二個時期是詞的改進的時期；在這個時期裏，外患已不大成爲問題了，因爲金人有了他們的內亂與强敵，更無暇南下牧馬。南宋的人士，爲了昇平已久，也便對於小朝廷安之若素。於是便來了一個宴安享樂的時代。像陸放翁、辛稼軒的豪邁的詞氣，已自然的歸於淘汰。當時的文人不是如姜白石之著意於寫雋語，便是如吳文英之用全力於遣辭造句。這時代的作家自姜、吳以至高（觀國）、史（達祖）都是如此。他們唱的是『苔枝綴玉，有翠禽小小，枝上同宿』（姜夔疏影）；唱的是『柳邊深院，燕語明如剪』（盧祖皐清平樂）；唱的是『燕子重來往事東流去，征衫貯舊寒一縷，淚濕風簾絮』（吳文英點絳唇）；唱的是『倦客如今老矣，舊游可奈春何！幾曾湖上不經過。看花南陌醉，駐馬翠樓歌』（史達祖臨江仙）。這時候蘇東坡氏的影響已經過去了，『大江東去』，『甚矣我衰矣』一類的作品已被視爲粗暴太過而遭唾棄。周邦彥的作風卻是恰合於時人胃口的東西。於是如姜氏，如吳氏，如高氏，如史氏，便都以雕飾爲工，而不以粗豪爲式了，便都以合律爲能，而不以寫『曲子內縛不住』的作品自喜了。他們精斲細磨，他們知律審音，他們絜語低吟，他們更會體物狀情，務求其工緻，務求其勝人。他們都是專工的詞人。他們除了詞之外，一無所用心。他們爲了做詞而做詞，一點也沒有別的什麼目的；他們有時寫得很好，很深刻眞切，有時卻不過是美詞艷句的堆砌而已，一點內容也沒有；張炎評吳文英的詞，以爲『如七寶樓臺，眩人眼目，拆碎下來，不成片段』這話最足以傳達出這時代一部分的詞的裏面的眞態。

第三個時期是詞的凝固的時期。這一個時期，看見了元人的渡江與南宋的滅亡，應該是多痛哭流淚，感嘆悲愁之作；應該是多憤語，多哀歌的，應該滿是『藕花相向野塘中，暗傷亡國，淸露泣香紅』的句子的；然而遠出於我們意料之外，像這一類的作品在詞中卻是很少。目睹蒙古人的侵入與占據，且親受着他們的統治之痛楚的幾個大詞人，如張炎、周密、王沂孫諸人的詞，並絕少說起他們的痛苦與哀悼。即說，張炎的詞，頗多隱含着亡國之痛的，也都不過是寓意於詠物，不大呈露憤態的。他們爲什麼如此的漠視這個大事變而不一發其號呼呢？或他們雖曾發過號呼，而那號呼爲何竟發得那樣的隱秘呢？這個原因，第一點，自然是爲了蒙古人的鐵蹄所至，言論不能自由；第二點，卻也因爲詞的一體，到了張炎、周密之時，已經是凝固了，已經是登峯造極，再也不能前進，不能有變化的了。他們已視詞爲一種古典的文體，不去也許竟是不能擴充她的領土，卻只在這個古代遺留下來的地域之中，力求其精進，力求其純潔。張炎說：『詞欲雅而正。志之所至，詞亦至焉。一爲物所役，則失其雅正之音。』雅正二字，便是他們受病之源。他們爲了要求雅正，要求一種詞的正體，所以排除了一切不能裝載於『詞』之中的題材。他們於音律諧合之外，又要文辭的和平工整，典雅合法；在這樣的一個桎梏之下，詞怎麼還會活潑生動起來呢？怎麼還會寫出什麼悲壯的作品來呢？說到雅正二字，便可知詞已經到了她的末路，再不能向前進展，而只有就原來地域上做工作了。論理，詞自唐代中葉以來，至此也已有了五六百年的歷史了；流傳了這五六百年，形式既已古老，內容也已逐漸地多習見的題材，情緒也已逐漸地消歇，而多浮淺的了，除了遁入詠物詩派與所謂雅正派的嚴壘之外，幾乎不易有別的出路。所以這個詞的凝固期，差不多是天然的一個結果。此後所謂『詞人』，多不過翻翻舊案，我學蘇、辛，你學周、張，他學夢窗、白石而已，絕少有眞性情的作家。

詞到了這個時期，差不多已不是民間所能了解的東西了；詞人的措辭一天天的趨向文雅之途，一天天的諱避了鄙下的通俗的習語不用，像柳永、黃庭堅那樣的『有井水飲處無不知歌之』的樣子已是不可再見的盛況了；即像毛滂、周邦彥那樣的一歌脫手妓女即能上口的情形也是很少見的了。牠獨自在『雅正』在『修辭』上做工夫，以自趨於淪沒。而南曲在這時已產生於南方的民間，預備代之而興；金、元人所占領的北方，也恰恰萌芽着北曲的嫩苗。

二

南渡之初，前代的詞人都由已淪爲異域的京城，奔湊於南方的新都裏來。朱敦儒仍在寫着，李清照也仍在寫着。更有幾個別的作家，像康與之、像趙鼎，像張元幹，像洪皓，像張掄諸人，也都在寫着。趙鼎〔一〕是中興的一位很有力的名臣，但也善詞。他字元鎮，聞喜人，崇

〔一〕見宋史卷三百六十，南宋書卷九。

寧初進士。累官尚書左僕射，同中書門下平章事，兼樞密使。謚忠簡。（1085—1147）有得全居士集詞一卷。〔一〕黃昇以爲他的『詞章婉媚，不減花間』。我們在其詞裏，一點也看不出當時的大變亂的感觸。同時的名將岳飛，所作的詞卻活現出一位忠勇的爲國的武將的憤激心理來。飛〔二〕字鵬舉，湯陰人。累官少保樞密副使。秦檜主和，首先殺死了他。天下痛之。（1103—1141）後追謚武穆，封鄂王。成了一個悲痛的傳說裏的中心人物。他的滿江紅：『靖康恥，猶未雪；臣子恨，何時滅？駕長車踏破賀蘭山缺！壯志飢餐胡虜肉，笑談渴飲匈奴血。待從頭收拾舊山河，朝天闕。』爲我們所熟知。張元幹字仲宗，長樂人。紹興中，以送胡銓及寄李綱詞除名。亦以此得大名。有歸來集及蘆川詞〔三〕一卷。他的送胡邦衡待制赴新州一詞：『夢繞神州路，悵秋風連營畫角，故宮離黍。底事崑崙傾砥柱，九地黃流亂注？聚萬落千村狐兎。天意從來高難問，況人情易老悲難訴！更南浦送君去。』（賀新郎）其情

〔一〕得全居七詞一卷，有洲下齋叢書本，有四印齋所刻詞本。　〔二〕見宋史卷三百六十五，南宋書卷五十。

〔三〕蘆川詞一卷有汲古閣刊宋六十家詞本，又二卷本有雙照樓景刊宋元明本詞本。

緒是很悲壯的。曾覿也頗寫些這一類的詞。他的金人捧露盤（庚寅春奉使過京師感懷作）悽然有黍離之感：

記神京繁華地，舊遊蹤，正御溝春水溶溶，平康巷陌，繡鞍金勒躍青驄，解衣沽酒醉絃管柳綠花紅。到如今餘霜鬢。嗟前事，夢魂中。但寒煙滿目飛蓬，雕欄玉砌，空餘三十六離宮。塞笳驚起暮天雁，寂寞東風。

——金人捧露盤

覿[一]字純甫，汴人，紹興中爲建王內知客，孝宗受禪，以覿權知閤門事，後爲開府儀同三司，加少保。有海野詞[二]一卷。

康與之，[三]字伯可。爲渡江初的朝廷詞人。高宗很賞識他，官郎中，有順庵樂府五卷。他也很感受時勢喪亂的影響。然他的許多詞卻是異常的婉靡的。黃昇說，『伯可以文詞待詔金馬門。凡中興粉飾治具及慈寧歸養，兩宮歡集，必假伯可之歌詠，故應制之詞爲多』。王性之以爲『伯可樂章，令晏叔原不得獨擅』。沈伯時則以他與柳永並稱，以爲二人

[一]見宋史卷四百七十。[二]海野詞一卷，有汲古閣刊宋六十家詞本。[三]見南宋書卷六十三。

『音律甚協，但未免時有俗語。』陳質齋也斥之爲『鄙褻之甚。』然他的慢調之合律，卻與秦、柳、周並肩，非餘子所可比擬。在宋詞的幾個大作家中，他也是無暇多讓的。

張孝祥[一]字安國，烏江人，紹興二十四年廷試第一。後遷中書舍人，領建康留守。有於湖集詞一卷。[二]湯衡爲他的紫微雅詞作序，稱其『平昔未嘗著稿。筆酣興健，頃刻即成，卻無一字無來處。』惟其出於自然，所以他的詞頗饒自然之趣，沒有一點雕鏤的做作的醜態。這是南宋詞中所不多見的。他的題爲聽雨的滿江紅：『無似有，遊絲細，聚復散，眞珠碎。天應分付與別離滋味。破我一床蝴蝶夢，輸他雙枕鴛鴦睡。當此際別有好思量，人千里』是很可愛的。他的六州歌頭尤爲激昂慷慨。當他在建康留守席上，賦此歌闋時，張魏公竟爲罷席而入。(見朝野遺記)

長淮望斷，關塞莽然平。征塵暗，霜風勁，悄邊聲。黯消凝，追想當年事，殆天數，非人力，洙

[一]見宋史卷三百八十九，[二]于湖詞二卷有汲古閣刊六十家詞本。又于湖居士樂府四卷，有雙照樓景刊宋元明本詞本。又于湖先生長短句五卷，拾遺一卷，有涉園景宋金元明本詞續刊本。

泗上絃歌地，亦羶腥。隔水氈鄉，落日牛羊下，區脫縱橫。看名王宵獵，騎火一川明，笳鼓悲鳴，遣人驚。念腰間箭，匣中劍，空埃蠹，竟何成。時易失，心徒壯，歲將零。渺神京。干羽方懷遠，靜烽燧，且休兵；冠蓋使，紛馳騖，若爲情。聞道中原遺老，常南望，翠葆霓旌。使行人到此，忠憤氣塡膺，有淚如傾。

——六州歌頭。

三

辛棄疾[一]是這一期中的最大作家。詞到了周邦彥，已可急轉直下而到了吳文英、史達祖、周密、張炎他們的一條路上去了；棄疾卻以隻手障狂瀾，將這個趨勢的速律，減低了若干度。他與蘇軾同樣的被人稱爲豪放的詞的代表。但蘇軾的詞最重要的，卻是他的清雋的名作，辛棄疾也是如此。他的代表作，決不是『我見青山多嫵媚，料青山見我應如是』。『不恨古人不見，恨古人不見我狂耳』（賀新郎）與夫『千古江山，英雄無覓孫仲謀處。……

[一]見宋史卷四百一，南宋書卷三十九。

……憑誰問，廉頗老矣，尚能飯否？」（永遇樂）之屬，而是那些很纏綿，很多情的許多作品，不過這些纏綿多情的調子卻被放在奔放不羈，舒卷如意的浩莽的篇頁之上罷了。我們且讀底下的一首詞：

東風夜放花千樹，更吹隕星如雨。寶馬雕車香滿路，鳳簫聲動，玉壺光轉，一夜魚龍舞。蛾兒雪柳黃金縷，笑語盈盈暗香去。衆裏尋他千百度，驀然回首，那人卻在燈火闌珊處。

——青玉案。

我們還忍責備他的粗豪麼？我們還忍以『掉書袋』譏他麼？即他的悲憤憤慨之作，像：

醉裏挑燈看劍，夢回吹角連營。八百里分麾下炙，五十弦翻塞外聲，沙場秋點兵。馬作的盧飛快，弓如霹靂弦驚。了卻君王天下事，贏得生前身後名。可憐白髮生。

——破陣子。

又何嘗有什麼粗豪的踪影在着。棄疾字幼安，歷城人。初爲耿京掌書記。後奉表南歸。高宗

授爲承務郎，累遷樞密都承旨。有稼軒長短句十二卷。〔一〕

陸游〔二〕與棄疾齊名，時人並稱爲辛陸。游字務觀，山陰人。隆興初，賜進士初身。范成大帥蜀，爲參議官。人或譏其頹放，因自號放翁。後爲寶章閣待制。有劍南集，(1125—1210)詞一卷，〔三〕他與棄疾同被譏爲『掉書袋』。但他的詞有許多實是靡豔婉妮的，像春日游摩訶池的水龍吟：『惆悵年華暗換，黯銷魂雨收雲散。鏡奩掩月，釵梁折鳳，秦箏斜雁。身在天涯，亂山孤壘，危樓飛觀。歎春來只有楊花，和恨向東風滿。』

他娶妻唐氏，伉儷相得。但他的母親郤與唐氏不和。他不得已而出之。不久，她便改嫁了同郡趙士程。春日出遊，相遇於禹跡寺南之沈園。唐語其夫，爲致酒肴。陸悵然賦釵頭鳳云：

〔一〕稼軒詞四卷，有汲古閣刊宋六十家詞本，又有四印齋所刊詞本（凡十二卷）。又稼軒詞甲乙丙三集，凡三卷，稼軒長短句十二卷，並有涉園景宋金元明本詞續刊本。蘇辛詞一冊，葉紹鈞選，商務印書館出版。

〔二〕見宋史卷三百九十五，南宋書卷三十七。〔三〕放翁詞一卷，有汲古閣刊宋六十家詞本，又渭南詞二卷，有雙照樓景刊宋元明本詞本。

紅酥手，黃藤酒，滿城春色宮牆柳。東風惡，歡情薄，一懷愁緒，幾年離索，錯，錯，錯！　春如舊，人空瘦，淚痕紅浥鮫綃透。桃花落，閒池閣，山盟雖在，錦書難托，莫，莫，莫！

唐也和之，未幾，即怏怏卒。放翁復過沈園時，更賦一詩道：『落日城頭畫角哀，沈園非復舊池臺。傷心橋下春波綠，曾見驚鴻照影來。』（見耆舊續聞）這眞是一件太可悲慘的故事了！

此外尙有好幾位詞人要在此一提及的。朱翌字新仲，舒人，政和中進士，歷官中書待制，有灊山集。〔一〕（1096—1167）張掄字才甫，亦南渡的故老，有蓮社詞〔二〕一卷。曾慥，曾惇爲故相布的後裔，皆能詞。慥字端伯，編樂府雅詞，頗有功於詞壇。惇字谹父，有詞一卷。范成大〔三〕字致能，吳郡人，紹興中進士，後參知政事，又帥金陵，諡文穆（1125—1204）有石湖集詞一卷。〔四〕很有可喜之作，像萍鄉道中：

酣酣日腳紫烟浮，妍暖破輕裘。困人天氣，醉人花氣，午夢扶頭。　春慵恰似春塘水，一

〔一〕灊山集三卷，有知不足齋叢書本。　〔二〕蓮社詞一卷，有彊村叢書本。　〔三〕見宋史卷三百八十五，南宋書卷三十三。　〔四〕石湖詞一卷，有知不足齋叢書本。

片縠紋愁溶溶曳曳，東風無力欲皺還休。

——眼兒媚。

其恬淡而多姿的風調和他的五七言詩很相類。葛立方字常之，丹陽人，紹興八年進士，官至吏部侍郎，有歸愚集詞一卷。〔一〕姚寬字令威，剡川人，爲六部監門，有西溪居士樂府一卷。陳同甫，〔二〕名亮，永康人，有龍川集詞，〔三〕一卷。劉過字改之，襄陽人，有龍洲詞〔四〕一卷。他的詞，學稼軒，眞是一個『肖徒』。黃昇說『改之，稼軒之客，詞多壯語，蓋學稼軒者也』。學稼軒而至於高唱着『被香山居士，約林和靖與東坡老，駕勒吾回，坡謂西湖正如西子，淡抹濃妝臨照臺』。眞是稼軒的末日到了。岳珂詆之爲『白日見鬼』，眞是的評。但他亦有好句，像沁園春：『有時自度歌句，悄不覺微尖點拍頻』，『鳳鞋泥汚，偎人強剔，龍涎香斷，撥火輕翻』，這都是很纖麗可愛的。趙彥端者，字德莊，爲宋宗室，乾道、淳熙間

〔一〕歸愚詞一卷，有汲古閣刊宋六十家詞本。〔二〕見南宋書卷三十九。〔三〕龍川詞一卷補遺一卷，有汲古閣刊宋六十家詞本，有懺氏刊本，有四印齋刊本。（四印齋本僅刊補遺一卷）。〔四〕龍洲詞一卷，有汲古閣刊宋六十家詞本。

以直寶文閣，知建寧府，有介庵詞〔一〕四卷。相傳阜陵讀他的謁金門到『波底夕陽紅濕，送盡去雲成獨立，酒醒愁又入』，大喜，問誰詞。答云：彥端所作。上云『我家裏人也會作此等語！』

曹勛〔二〕字功顯，陽翟人。仕宣和，官至太尉，提舉皇城司，開府儀同三司。終於淳熙初。有松隱樂府三卷〔三〕多應制應時及詠物之作。洪适中博學宏詞科，累官尚書右僕射，同中書門下平章事兼樞密使。謚文惠。有盤洲集詞二卷。楊无咎字補之，清江人。高宗朝累徵不起。自號清夷長者。有逃禪集詞一卷〔四〕无咎喜作情語，其麗膩風流，迴腸蕩氣之處，不下於三變。楊炎號止濟翁，廬陵人。有西樵語業一卷〔五〕他與辛稼軒爲友，其詞間涉粗豪，也許是受稼軒的影響吧。王千秋字錫老，東平人。有審齋詞一卷〔六〕他嘗自稱道：『少日覊

〔一〕介菴詞一卷有汲古閣刊宋六十家詞本。　〔二〕曹勛見宋史卷三百七十九。　〔三〕松隱樂府三卷，又補遺一卷，有彊村叢書本。　〔四〕逃禪詞一卷，有汲古閣刊宋六十家詞本。　〔五〕西樵語業一卷，有汲古閣刊宋六十家詞本。　〔六〕審齋詞一卷，有汲古閣刊宋六十家詞本。

孤，百口星分於異縣。長年憂患一身蓬轉於四方』。其鑄辭間有甚爲新巧者，已是盧祖皋、吳文英他們的同道了。黃公度字師憲，號知稼翁，世居莆田。紹興八年大魁天下，除尚書考功員外郎。不久病卒，年四十八。有知稼翁集十一卷，又詞一卷。〔二〕洪邁評其詞，以謂：『宛轉清麗，讀者咀嚼於齒頰間而不得已』。

四

開南宋第二期詞派的，遠者爲康與之，近者爲姜夔。與之豔麗，白石清雋。然白石究竟氣魄不大。他的詞往往是矜持太過。他選字，他鍊句，他要合律。如他的盛傳於世的暗香、疏影二詞，不過是詠物詩的兩篇名作而已，也未見得有多大的作用。趙子固說，『白石，詞家之申、韓也』。此言卻甚得當。周濟也說：『吾十年來服膺白石，而以稼軒爲外道。由今思之，可謂捫籥也。稼軒鬱勃，故情深；白石放曠，故情淺；稼軒縱橫，故才大；白石局促，故才小』。夔字

〔二〕知稼翁詞一卷，有汲古閣刊宋六十家詞本。

堯章，白石其號，鄱陽人，流寓吳興，有白石詞〔一〕五卷。他的最好的作品，像：

過春風十里，盡薺麥青青。自胡馬窺江去後，廢池喬木，猶厭言兵。漸黃昏清角吹寒，都在空城。（揚州慢）

漸吹盡枝頭香絮，是處人家，綠深門戶。遠浦縈迴，暮帆零亂向何許？閱人多矣，誰得似長亭樹。樹若有情時，不會得青青如此！……只算有幷刀，難剪離愁千縷。（長亭怨慢）

盧祖皋和高觀國、史達祖三人都是這期內的大作家。盧祖皋字中之，永嘉人，一云邛州人。慶元中登第，嘉定中爲軍器少監，有蒲江詞一卷。〔二〕黃昇說，『蒲江詞樂章甚工，字字可入律呂』。

〔一〕白石詞一卷，有汲古閣刊宋六十家詞本，白石道人歌曲四卷，別集一卷，有乾隆間陸氏刊本，又有許氏刊本，又有彊村叢本書（七卷。

〔二〕蒲江詞有汲古閣刊宋六十家詞本。

高觀國字賓王，山陰人，有竹屋癡語〔一〕一卷。陳唐卿評他與史達祖的詞，以爲『要是不經人道語，其妙處少游、美成亦未及也。』張炎則以他與白石、邦卿、夢窗並舉，以爲『格調不凡，句法挺異，俱能特立清新之意，删削靡曼之詞，自成一家。』但觀國詞的佳者：像『春蕪雨濕，燕子低飛急，雲壓前山羣翠失，烟水滿湖輕碧。』（清平樂）也未能通首相稱。

史達祖在三人中是最好的一個。達祖字邦卿，汴人，有梅溪詞。〔二〕張鎡以爲他的詞：『織綃泉底，去塵眼中，妥貼輕圓，辭情俱到，有瓌奇警邁清新閒婉之長，而無詑蕩汙淫之失。端可分鑣清眞，平睨方回。』姜夔也很恭維他，以爲『邦卿之詞，奇秀清逸，有李長吉之韻，蓋能融情景於一家，會句意於兩得者。』其『做冷欺花，將烟困柳』一闋，將春雨神色拈去，『飄然快拂花梢，翠影分開紅影』，又將春燕形神畫出矣。』

做冷欺花，將煙困柳，千里偸催春暮。盡日冥迷，愁裏欲飛還住。驚粉重蝶宿西園，喜泥

〔一〕竹屋癡語有汲古閣刊宋六十家詞本。〔二〕梅溪詞一卷，有汲古閣刊宋十六家詞本，有四印齋所刻詞本。

潤燕歸南浦。最妨他佳約風流。鈿車不到杜陵路。　沉沉江上望極，還被春潮晚急。難尋宮渡，隱約遙峯，和淚謝娘眉嫵。臨斷岸新綠生時，是落紅帶愁流處。記當日門掩梨花，剪燈深夜語。

——綺羅香。

吳文英在這期詞人裏聲望特著。有許多人推崇他爲集大成的作家。他字君特，四明人。有夢窗甲乙丙丁稿四卷。[一] 尹惟曉云：『求詞於吾宋，前有清眞，後有夢窗。此非予之言，四海之公言也。』然論詩才，夢窗實未及清眞。清眞的詞流轉而下，毫不費力，而佳句如雨絲風片，撲面不絕。夢窗的詞則多出之於苦吟，有心的去雕飾，着意的去經營，結果是偶獲佳句，大損自然之趣。張炎說得最好：『吳夢窗如七寶樓臺，眩人眼目，拆碎下來，不成片段。』眞實的詩篇是永遠不會被拆碎的。沈伯時說：『夢窗深得清眞之妙。但用事下語太晦處，人不易知。』他所以喜用晦語，便是欲以深詞來蔽掩淺意的。而深詞既不甚爲人所知，淺意也便因之而反博得一部分評者的讚頌了。他的唐多令頗爲張炎所喜，以爲『最爲疏

[一]夢窗稿四卷，補遺一卷，有汲古閣刊宋六十家詞本，有曼陀羅華閣刊本。

快不質實』但頭二句，『何處合成愁，離人心上秋，』便不是十分高雅的句法。民歌中最壞的習氣，是以文字爲游戲，或拆之或合之。夢窗不幸也和魯直他們一樣，竟染上了這個。風氣但像『黃蜂頻撲秋千索』(風入松)之類的話，卻的確是很雋好的。

何處合成愁？離人心上秋。縱芭蕉不雨也颼颼。都道晚凉天氣好，有明月，怕登樓。　年事夢中休，花空煙水流。燕辭歸客尙淹留，垂柳不縈裙帶住。謾長是繫行舟。

——唐多令。

聽風聽雨過清明，愁草瘞花銘。樓前綠暗分攜路，一絲柳，一寸柔情。料峭春寒中酒，交加曉夢啼鶯。西園日日掃林亭，依舊賞新晴。黃蜂頻撲秋千索，有當時纖手香凝。惆悵雙鴛不到，幽階一夜苔生。

——玉漏遲。

我們如果不責望夢窗過深，我們讀了他的詞便不至失望過甚。我們如以他爲一個集大成的同時又是開山祖的一個大詞人，我們便將永不會得到了他的什麼，只除了許多深晦而不易爲人所知的造語；我們如視他爲一個第二期中的一位與姜、高、史、盧同流的工於鑄詞，能下苦工的作家，則我們將看出他確是一位不凡的人物，他的詞平均都是過得去的，且也都頗多好句，白石清瑩，他則工整，梅溪圓婉，他則妥貼。他是一個精熟的詞手，卻不是一位絕代的詩人。他是精細的，謹慎的，用功的，然而他卻不是有很多的詩才的。後來的作詞者多趨於他的門下，其主因大約便在於此。

這時代的詞人更有幾個應該一提的。陳經國的詞，也頗多感慨語，超脫語，言淡而意近，與當時的作風很不相類。經國，嘉禧，淳祐間人，有龜峯詞一詞。[一] 他的丁酉歲感事的沁園春，『誰思神州百年陸沉，青氈未還，悵晨星殘月，北州豪傑，西風斜日，東帝江山。說和說戰都難算，未必江沱堪晏安』也未必遜於張孝祥的悲憤，辛稼軒的激昂。方岳字巨山，祁門人。理宗朝爲文學掌教，後出守袁州。（1199—1262）有秋崖先生小稿。[二] 吳潛字毅夫，寧國人。嘉定間進士第一。淳祐中參知政事，拜右丞相兼樞密使，封許國公。後安置循州

[一] 龜峯詞有四印齋刊本

[二] 秋崖詞四卷，有四印齋刊本，又有涉園景宋金元明本詞續刊本。

卒。有覆齋詩餘〔一〕三卷。他的詞多半是感傷的調子。如『歲月無多人易老，乾坤雖大愁難著』（滿江紅）『歲月驚心，風埃昧目，相對頭俱白』（酹江月）之類，都是很平凡的。然鵲橋仙一首，卻是傑出於平凡之中，頗使我們的倦眼爲之一新：

扁舟乍泊，危亭孤嘯，目斷閑雲千里。前山急雨過溪來，盡洗卻人間暑氣。 暮鴉木末，落鳧天際，都是一番愁意。癡兒騃女賀新涼，也不道西風又起。

——鵲橋仙。

黄昇字叔暘，號玉林。曾編花庵詞選，他自己也有散花庵詞〔二〕一卷。識者稱其人爲泉石清士。游受齋則亟稱其詩，爲晴空冰柱。他的詞，雖未見得有多大的才情，卻是不雕飾的。韓淲字仲止，潁川人，元吉之子。有高節。從仕不久即歸。嘉定中卒。（1159—1224）有澗泉詩餘一卷。〔三〕淲詞纏綿悱惻，時有好句，且在麗語之中，尙能見出他的個性來，這是時流所

〔一〕覆齋詞一卷，有舊鈔本。 〔二〕散花庵詞一卷，有汲古閣刊宋六十家詞本。 〔三〕澗泉詩餘一卷，有彊村叢書本。

少有的。

張輯字宗瑞，鄱陽人。有東澤綺語債二卷。〔一〕朱湛盧云：『東澤得詩法於姜堯章，世謂謫仙復作。不知其又能詞也。』輯詞多悽涼慷慨之音；然與辛、陸之作，其氣韻已自不同，像月上瓜州：

江頭又見新秋，幾多愁！塞草連天，何處是神州？　英雄恨，古今淚，水東流。惟有漁竿，明月上瓜洲。

王炎字晦叔，婺源人，有雙溪詩餘。〔二〕（1138—1208）炎自序其詞曰：『今之為長短句者，字字言閨閫事，故語懦而意卑；或者欲為豪壯語以矯之。夫古律詩且不以豪壯語為貴；長短句命名曰曲，取其曲盡人情，惟婉轉嫵媚為善。豪壯語何貴焉！不溺於情慾，不蕩而無法，可以言曲矣。此炎所未能也。』這些話頗可以看出作詞的態度來。他慣欲在詞中處處以青春的愉樂烘托出老境的頹放來，這卻是他的特色。

〔一〕今存東澤綺語一卷，有彊村叢書本。　〔二〕雙溪詩餘一卷，有四印齋刊宋元三十一家詞本。

渡口喚扁舟，雨後青綃皺。輕暖相重護病軀，料峭還寒透。老大自傷春，非爲花枝瘦。
那得心情似少年，雙燕歸時候。——卜算子。

戴復古字式之，天台人，遊於陸放翁門下。有石屏集詞一卷。〔一〕他的詞深深染着稼軒的粗豪的影響。趙以夫字用甫，長樂人，端平中知漳州。(1189—1256) 有虛齋樂府一卷。〔二〕以夫詞小令佳者絕少，慢調則頗多美俊者，像如：『欲低還又起，似妝點滿園春意』(徵招，雪)『雲雁將秋，露螢照夜，涼透窗戶。星網珠疏，月奩金小，清絕無點暑』(永遇樂，七夕)。

魏了翁〔三〕字華父，號鶴山，蒲山人，慶元五年進士，理宗朝官資政殿學士，福州安撫使。卒諡文靖。(1178—1237) 有鶴山長短句三卷。〔四〕鶴山雖爲理學名儒，然其詞則殊清麗語意高曠，像八聲甘州：『多少曹苻氣勢，只數舟燥葦，一局枯棋。更元顏何事，花玉困重；

〔一〕石屏詞一卷，有汲古閣刊宋六十家詞本。〔二〕虛齋樂府一卷，有侯刻名家詞(粟香室叢書)本及江標刻宋元名家詞本。〔三〕見宋史卷四百三十七，南宋書卷四十六。〔四〕鶴山先生長短句三卷，有雙照樓景刊宋元明本詞本。

圍。算眼前未知誰恃恃蒼天終古限華夷。還須念人謀如舊，天意難知。』云云：氣勢卻甚淒豪。在慄慄自危之中已透露出對於强敵無可抵抗的消息來了。郭應祥字承禧，臨江人。嘉定間進士官楚、越間有笑笑詞〔一〕一卷，壽詞頌語，頗凡庸可厭。南宋詞家蠭起，惟女流作家則獨少。當其中葉僅有一朱淑眞而已。淑眞海寧人，或以爲朱熹之姪女。她自稱幽棲居士。以匹偶非倫弗遂素志心每鬱鬱，往往見之詩詞。其集名斷腸詞一卷。〔二〕其小詞，佳者至多：

山亭水榭秋方半，鳳幃寂寞無人伴。愁悶一番新，雙蛾只舊顰。　起來臨繡戶，時有疏螢度。多謝月相憐，今宵不忍圓。——菩薩蠻。

獨行獨坐，獨倡獨酬還獨臥。佇立傷神，無奈輕寒著摸人。　此情誰見？淚洗殘妝無一半。愁病相仍，剔盡寒燈夢不成。——減字木蘭花。

〔一〕笑笑詞一卷，有彊村叢書本。

〔二〕斷腸詞一卷，有汲古閣刊詩詞雜俎本，有四印齋所刻詞本。

五

第三期的詞人，大都是生丁亡國之際，身受亡國之痛的。然在他們的詞卻不大看得出什麼悲憤的情緒來。他們或托物以寓意，或隱約以陳詞，然其詞意往往很浮泛，沒有什麼深刻的悲痛。蒙古人的侵入與壓迫，對於他們似乎關係很淺的！然在實際的生活上，江南人的生活眞是要另起了一番變化。——一番很大的變化。胡人紛紛的南下，臨安全爲外邦人物所占領。江、浙一帶，南歌消歇，北曲喧騰。漢人或他們所謂爲蠻子的地位，不必說在蒙古人之下，且也在一切色目人之下！科舉停了，學校廢了，什麼政策的施行，都是漢人所不慣受的。在那末困苦的境地之下，爲什麼詞人們的心緒，竟不能受到深切的感動呢？爲什麼這樣悲痛的呼籲不大見於他們的作品之中呢？在第二期中還有幾個人在叫着：「天下事可知矣，」在叫着：『說和說戰都難算，未必江沱堪安樂！』在叫着：『望長淮猶二千里，縱有英心誰寄！』在這一個時期，作家卻都半遁入細膩的詠物一路去，一點也不再見有什麼憤語的呼號。他們雕飾字句，以纖麗爲工，他們致力新語，以奇巧爲妙。他們幾乎是不與這個紛亂的被征服的時代與國家發生過什麼關係。所以這個大時代便不能在他們的作品中留個影子。這是什麼緣故呢？一方面是，詞在這個時候，已完全走入雅正的路上去了，清眞、夢窗的影響益大，幾使每個人不能自外；有了這一派的影響籠罩着，詞人當然不願去寫什麼粗豪憤慨之語了。一方面是，在異族的鐵蹄之下，即有呼號，也是很不見得能够暢達出來的。作家們爲了避免危險計，只好遁入以辭章自娛的路上去了。在淸代入關時，其情形也是如此。有了這兩個原因，便自然而然的逼着詞人走上了最穩妥、而且又是順流而下，已成風尚的雅正的大路上去了。

這期的詞人以蔣捷、周密、張炎、王沂孫爲四大家；而這四大家的詞，卻都是純正的典雅之詞；他們的選辭擇語，眞都是愼之又愼的；他們如一顆顆的晶瑩的明珠，我們在那裏找不出一點的疵病：其時時可遇的雋句，如『數枚櫻桃葉底紅，』又可使我們吟味不盡。然而他們的美妙卻在外表，卻在辭章；他們壓根兒便沒有雄豪的奔放的情緒，便沒有足以動人心肺，撼人魂魄的大力。他們只是幾個詞人，幾個以鑄美詞造雋語爲專長的詞人。後人論詞者每多尊之，於是將殭的詞便益趨於硬化之途。以典雅爲目的，以小小的雋語爲極致，而將七八百年來一種新的詩體，隨了落日而送入沉淵之中了。

蔣捷字勝欲，義興人，有竹山詞一卷。【一】在四大家中，他的詞是最有自然之趣的。像『搔首窺星多少？月有微黃籬無影，挂牽牛數朶青花小。秋太淡，添紅棗。』（賀新郎）『少年聽雨歌樓上，紅燭昏羅帳。壯年聽雨客舟中，江闊雲低斷雁叫西風。而今聽雨僧廬下，鬢已星星也。悲歡離合總無情，一任堦前點滴到天明。』（虞美人）『紅了櫻桃，綠了芭蕉，送春歸，客尙蓬飄。昨宵穀水，今夜闌臯。奈雲溶溶，風淡淡，雨瀟瀟。』（行香子）都可以見出其淸雋疏蕩的風趣來。

周密字公謹，濟南人，僑居吳興。自號弁陽嘯翁，又號蕭齋，有草窗詞【二】（一名蘋州漁

【一】竹山詞一卷，有汲古閣刊宋六十家詞本。

【二】草窗詞二卷，補遺二卷，有知不足齋叢書本，又有曼陀羅華閣刊本，又蘋洲漁笛譜二卷，有知不足齋叢書本。又有彊村叢書本。（多集外詞一卷）

笛譜）二卷。又編絕妙好辭。他的詞，無論小令慢調都是很纖麗隱約的，像：『晴絲罥蜓，煖蜜酣蜂，重簾卷春寂寂。雨萼煙梢壓闌干，花雨染衣紅濕。』（解語花）『花事夕陽紅，故人江水東，翠衾寒幾夜霜濃，夢隔屏山飛不去，隨夜鵲，繞疏桐。』（南鄉令）

張炎字叔夏，爲南渡名將張俊的後裔。居臨安，自號樂笑翁。有玉田詞三卷。〔一〕仇仁近以爲：『叔夏詞意度超玄，律呂協洽，當與白石老仙相鼓吹。』以玉田較白石，玉田當然未暇多讓。玉田頗有憤語，卻沈藏之於濃紅淡綠之中，如『只有一枝梧葉，不知多少秋聲！』『恨喬木荒涼，都是殘照』之類。而『十年舊事翻疑夢』的一闋臺城路，讀者尤爲感動。在小令一方面，像『葉密春聲聚，花多瘦影重』那樣的自然而多趣的調子，也是很近於花間的。

十年舊事翻疑夢，重逢可憐俱老！水國春空，山城歲晚，無語相看一笑。荷衣換了，任京洛塵沙，冷凝風帽。見說吟情，近來不到謝池草。　歡遊曾步翠窈，亂紅迷紫曲，芳意今

〔一〕玉田詞二卷，又山中白雲詞八卷，有曹氏刊本，許氏刊本，四印齋所刊詞本，彊村叢書本。

少。舞扇招香，歌橈喚玉，猶憶錢塘蘇小。無端暗惱。又幾度流連，燕昏鶯曉。回首妝樓，甚時重去好！

——臺城路。

王沂孫字聖與，號碧山，又號中仙，會稽人。有碧山樂府（一名花外集）二卷〔一〕。沂孫的詞詠物很工，有時意境也極高雋。如『聽粉片簌簌飄堦』之類：

屋角疎星，庭陰暗水，猶記藏鴉新樹。試折梨花，行入小欄深處。聽粉片簌簌飄堦，有人在夜窗無語。料如今門掩孤燈，畫屏塵滿斷腸句。 佳期渾似流水，還見梧桐幾葉，輕敲朱戶。一片秋聲，應做兩邊愁緒。江路遠歸鴈無憑，寫繡箋倩誰將去？謾無聊猶掩芳樽，醉聽深夜雨。

——綺羅香。

於蔣、周、張、王外，尚有陳允平字君衡，號西麓，明州人，有日湖漁唱〔二〕二卷。劉克莊字潛夫，號後村，莆田人。淳祐初，特賜同進士出身，累官龍圖閣學士。致仕卒。諡文定。（1189—12

〔一〕花外集一卷，有知不足齋叢書本，有四印齋所刻詞本。

〔二〕日湖漁唱一卷，補遺一卷，續補遺一卷，有詞學叢書本，又有彊村叢書本。

69）有後村別調一卷。[一]像玉樓春（呈林節推）一詞，眞乃是有稼軒之豪邁而無放翁的頹放者：

年年躍馬長安市，客裏似家家似寄。青錢喚酒日無何，紅燭呼盧宵不寐。易挑錦婦機中字，難得玉人心下事。男兒西北有神州，莫洒水西橋畔淚。

——玉樓春。

盧炳字叔陽，自號醜齋。有烘堂詞[二]許棐字忱父，海鹽人，嘉熙中隱居秦溪。於水南種梅數十樹，自號梅屋。環室皆書。有梅屋稿，獻醜集及梅屋詩餘。[三]汪元量[四]字大有，號水雲，錢塘人。以善琴，爲宮妃之師。宋亡，隨三宮留燕。後爲黃冠南歸。有水雲集，[五]湖山類稿。他的詞多故國之思，像：

[一]後村別調一卷，有汲古閣刊宋六十家詞本。又有晨風閣叢書本。[二]烘堂詞有汲古閣刊宋六十家詞本。

[三]梅屋詩餘一卷，有四印齋彙刻宋元三十一家詞本，有雙照樓景刊宋元明本詞本。

[四]見南宋書卷六十二。[五]水雲集一卷有彊村叢書本。

悽悽慘慘，冷冷清清，燈火渡頭市。慨商女不知興廢，隔江猶唱庭花，餘音亹亹。傷心千古，淚痕如洗。烏衣巷口青蕪路，認依稀王謝舊鄰里。臨春、結綺，可憐紅粉成灰，蕭索白楊風起。（鶯啼序）

這是時人所罕有的！

柴望字仲山，號秋堂，有秋堂集詞一卷。〔一〕他長於慢詞，所作情緒宛曲，大有周美成的風調。劉學箕字習之，崇安人，有方是閑居士詞一卷。〔二〕其詞圓穩熟練，足與當時諸大家相抗。劉辰翁〔三〕字會孟，廬陵人，舉進士。值世亂，隱居不仕。（1234—1297）有須溪集，附詞。〔四〕辰翁所作甚多小令慢詞，皆有雋篇，秉豪邁之資，得自然之趣，新意亦多。他的傷時感事之作，尤悽然有黍離之痛。

長欲語，欲語又蹉跎，已是厭聽夷甫頌，不堪重省越人歌。孤負水雲多。　羞拂拂，懊惱

〔一〕秋堂詩餘一卷，有彊村叢書本。　〔二〕方是閑居士詞一卷，有彊村叢書本。

〔三〕見南宋書卷六十三。　〔四〕須溪詞一卷，又補遺一卷，有彊村叢書本。

自摩峯殘烟不教人徑去，斷雲時有淚相和。恨恨欲如何！

——雙調望江南

陳德武，三山人，有白雪遺音一卷。[一]德武懷古之作如水龍吟、望海潮，皆慷慨激昂，有爲而發：『樂極西湖，愁多南渡，他都是夢魂空感。古恨無窮歎表忠無觀，古墓誰封，棹檥錢塘，濁醪和淚洒秋風。』（望海潮）

文天祥和他的幕客鄧剡都是能以詞寫其悲憤的。天祥字宋瑞，又字履祥，舉進士第一。歷官右丞相兼樞密使，封信國公。爲元兵所執，留燕三年，不屈而死。（1236—1282）有文山集。他的驛中言別友人：『水天空闊，恨東風不借世門英物。蜀鳥吳花殘照裏，忍見荒城頹壁。銅雀春情，金人秋淚，此恨憑誰雪！堂堂劍氣，斗牛空認奇傑。』（大江東去）悲憤之情如見。鄧剡字光薦，廬陵人，宋亡不仕，有中齋集。他有詞像賣花聲的『不見當時王、謝宅，烟草青青，』南樓令的『說興亡燕入誰家？』也俱有興亡之感。

[一]白雪遺音一卷有彊村叢書本。

參考書目

一、宋六十一家詞不分卷 毛晉（汲古閣）編刻。有原刻本，有廣州刻本，有博古齋影印袖珍本。

二、名家詞集十卷 侯文燦編刻。有原刻本，有粟香室叢書本。

三、宋元名家詞不分卷 江標編。有光緒間湖南刻本。

四、四印齋所刊詞及四印齋彙刻宋元三十一家詞 王鵬運編。自刊本。

五、雙照樓影刊宋元明本詞 吳昌綬編。自刊本。續刊景宋金元本詞，陶湘編刊本。

六、彊村叢書 朱祖謀編。自刊本。

七、中興以來絕妙好辭選十卷 宋黃昇編。有汲古閣刊詞苑英華本。

八、陽春白雪八卷外集一卷 宋趙聞禮編。有詞學叢書本，清吟閣刊本，及粵雅堂叢書本。

九、絕妙好辭箋七卷 宋周密著，清查爲仁、厲鶚箋。有原刊本，有會稽章氏重刊本。

十、草堂詩餘四卷 在四印齋所刊詞，詞苑英華及雙照樓景刊宋元明本詞內均有之。

十一、歷代詩餘一百二十卷 有原刊本，有蟫隱廬影印本。

十二、詞綜三十四卷　清朱彝尊編。有原刊本，有坊刊本。

十三、詞林紀事二十二卷　清張宗橚輯。有原刊本，有掃葉山房影印本，有海鹽張氏影印本。

十四、宋史四百九十六卷　元脫克脫等撰。有二十四史本。

十五、南宋書六十八卷　明錢士升撰。有掃葉山房刊四朝別史本。

第四十二章 南宋詩人

南渡詩人裏所見的江西詩派的影響——陸游范成大楊萬里——『永嘉四靈』——嚴羽劉克莊方岳等——南宋亡國時代的詩人們

一

南渡詩人，陳與義最爲老師。繼他之後的有陸游，楊萬里，范成大三大家，皆受江西詩派之影響者，又有號爲『永嘉四靈』之徐照，徐璣，翁卷，趙師秀四人，爲反抗『江西派』而主張復晚唐之詩風的。

陸游，范成大，楊萬里俱爲江西派詩人曾幾的弟子，所以多少都受些黃庭堅的影響。陸游詩存者不下萬首嘗爲古今詩人最多產的一人。〔一〕 他能別樹一風格，表白出他自己的創造的性格他意氣豪邁，常欲有所作爲，所以灝漫熱烈的愛國之呼號，常見於他的詞與詩裏，而在詩中尤其活躍像『半年閉戶廢登臨 直自春殘病至今。 帳外昏燈伴孤夢，簷前寒雨滴愁心。中原形勝關何在，列聖憂勤德澤深。遙想遺民垂泣處，大梁城闕又秋砧』（秋思）。他的詠寫『田野』的詩也甚著名像『避雨來投白版扉，野人憐客不相違，林喧鳥雀棲初定，村近牛羊暮自歸。土釜暖湯先濯足，豆䕸吹火旋烘衣。老來世路渾諳盡，露宿風餐未覺非』（宿野人家）。

楊萬里〔二〕字廷秀，吉州吉水人，爲秘書監，嘗自號其室曰誠齋。〔三〕他的詩，自言始學江西，既學后山，半山，晚學唐人，後忽有悟，遂謝去前學，而後渙然自得時目爲『誠齋體』。他亦善於描寫田野景色像『一晴一雨路乾溼，半淡半濃山疊重。遠草平中見牛背，新秧

〔一〕陸游渭南詩文集有汲古閣刊本，有四部叢刊本。

〔二〕楊萬里見宋史卷四百三十三，

〔三〕誠齋集有乾隆刊本，函海本，四部叢刊本。

疏處有人蹤』(過百家渡)。又頗多閒澹自得語，像：『雨歇林間涼自生，風穿徑裏曉逾清，意行偶到無人處，驚起山禽我亦驚』(檜徑曉步)；『百千寒雀下空庭，小集梅梢語晚晴。特地作團喧殺我，忽然驚散寂無聲』(寒雀)，

范成大爲詠寫田園的大詩人。[一]楊萬里於詩無當意者，獨推服成大之作，像：『已報舟浮登岸，更憐橋蹋平池，養成蛙吹無謂，掃盡蚊雷卻奇』(積雨作寒)『柳花深巷午雞聲，桑葉尖新綠未成。坐睡覺來無一事，滿窗晴日看蠶生』『晝出耘田夜績麻，村莊兒女各當家。兒童未解供耕織，也傍桑陰學種瓜』『靜看簷蛛結網低，無端妨礙小蟲飛。蜻蜓倒掛蜂兒窘，催喚山童爲解圍』『秋來只怕雨垂垂，甲子無雲萬事宜。穫稻畢工隨曬穀，直須晴到入倉時』(四時田園雜興)之類，都是未經人寫過的景色。

二

[一]范成大石湖集有秀野草堂刊本，四部叢刊本。

同時的詩人，又有沈與求，王庭珪，汪藻，孫覿，葉夢得，張元幹，張九成，劉子翬，程俱，吳儆等，而以葉夢得爲最著。沈與求字必先，湖州德清人，南渡後嘗參知政事，有龜谿集。王庭珪字民瞻，安福人，有盧溪集。汪藻字彥章，德興人，有浮溪集。孫覿字仲益，以嘗提舉鴻慶宮，故自號鴻慶居士。葉夢得〔一〕字少蘊，吳縣人，南渡後爲江東安撫大使兼知建康府。他經過南渡的大事變，然其詩仍蕭閑疏散，不甚受此大事變的影響；像『澗下流泉澗上松，淸陰盡處有層峯。應知六月冰壺外，未許人間得暫逢。』〔二〕張元幹字仲宗，永福人，有蘆川歸來集。張九成字子韶，開封人，學者稱之爲橫浦先生。劉子翬字彥仲，學者稱之爲屏山先生。程俱字致道，開化人，爲中書舍人，其詩蕭散古澹。吳儆字益恭，爲朝散郞，學者稱之爲竹洲先生。

三

〔一〕葉夢得見宋史卷四百四十五，　〔二〕石林居士集有咸豐間刊本。

『永嘉四靈』是江西詩派的第一次反抗者。『四靈』者，徐照、徐璣、翁卷、趙師秀四人。趙東閣汝回道：『唐風不競，派沿江西，永嘉四靈乃始以開元、元和作者自期，冶擇淬鍊，字字玉響，雜之姚賈中人不能辨也。』四靈確是以姚合、賈島為宗的，他們的苦吟的風趣也大似姚賈。葉適誌徐照墓道：『山民有詩數百，琢思尤奇，皆橫絕欻起，冰懸雪跨，使讀者變踔憀慄，肯首吟嘆不能自已。然無異語，皆人所知也，人不能道耳。』這不獨是山民一人的讚語，也可以移以贈璣、卷、師秀諸人。他們的詩像『千年流不盡，六月地常寒。灑水跳微沫，衝崖作怒湍』（徐照石門瀑布）；『又取沙衣換，天時起細風。淸陰花落後，長日鳥啼中』（徐璣初夏遊謝公岩）；『一天秋色冷晴灣，無數峯巒遠近閒。自上山來看野水，卻於水底見青山』（翁卷野望）都是于淡語淺語中見出深厚的情趣來的。

徐照字道暉，永嘉人。他的詩，『初與君相知，便欲肺腸傾。只擬君肺腸，與妾相似生。徘徊幾言笑，始悟非眞情。妾情不可收，悔忠淚盈盈。』（妾薄命）又頗有些像張籍諸人。徐璣字文淵，從晋江遷永嘉，為長泰令。翁卷字靈舒，亦永嘉人。徐照等因卷字靈舒，亦各改字為靈暉

（照）靈淵（璣）靈秀（師秀）『四靈』之號即因是而起。〔一〕趙師秀字紫芝，嘗出仕，但也不達他們都喜作五言律體詩。師秀嘗言：『一篇幸止有四十字，更增一字吾末如之何矣。』所以他們對於江西派的長詩甚致不滿。

同時又有尤袤，詩名與陸、范、楊並盛。陳造字唐卿，高郵人，自號江湖長翁，陸游范成大俱甚稱許他。周必大字子充，一字洪道，廬陵人，爲樞密使右丞相。朱熹〔二〕字元晦，一字仲晦，徽州婺源人，爲煥章閣待制。他是南宋大理學家，雖自稱不能詩，然如：『擁衾獨宿聽寒雨，聲在荒庭竹樹間。萬里故園今夜永，遙知風雪滿前山。』（夜雨）之類，並不弱於當時諸大詩人。〔三〕陳傅良字君舉，居溫州瑞安，習經世之學，其詩蒼勁。薛季宣字士龍，永嘉人，其詩質直暢達。葉適〔四〕字正則，也是永嘉人，其詩用工苦而造境生。樓鑰字大防，自號攻媿主人，鄞人其詩雅贍。黃公度字師憲，莆田人，洪邁謂其詩『精深而不浮於巧，平澹而不近俗。』

〔一〕永嘉四靈集有敬鄉樓叢書本。
〔二〕朱熹見宋史卷四百二十九。
〔三〕宋文公集有明刊本，四部叢刊本。
〔四〕葉適見宋史卷四百三十四。

裘萬頃字元量，豫章人，其詩也有閑適之趣。

四

略後於他們的大家有劉克莊，戴復古，嚴羽及方岳。嚴羽為宋代重要的文學批評家。「四靈」要將江西詩派的作風推挽到姚賈，羽則主張更求「大乘法」于盛唐諸詩人。他乃是江西派的第二次的反動。惟其自作，未必便符其所標榜者，故頗為時人所詬病。然像「朝亦出門啼，暮亦出門啼。蛛網挂風裏，搖思無定時」（懊儂歌）其風格卻也不甚卑弱。

劉克莊字潛夫，號後村，莆陽人，在當時為最負盛名之詩人。初為建陽令，後為福建提刑。他的詩初為受「四靈」派之影響，後則自成一家，例如：「夜深捫絕頂，童子旋開扉。問客來何暮，云僧去未歸。山空聞瀑瀉，林黑見螢飛。此境惟予愛，他人到想稀。」（夜過瑞香菴作）戴復古字式之，天台黃巖人，負奇尚氣，慷慨不羈。嘗學詩於陸游，復漫遊於四方。以詩鳴江湖間五十年。方岳字巨山，新安祁門人，為吏部侍郎。其詩主清新，工於鏤琢。

這時代的女流作家朱淑眞，亦善爲五七言詩，音甚苦楚，然像馬塍：『一塍芳草碧芊芊，活水穿花暗護田。蠶事正忙農事急，不知春色爲誰妍？』之類，也頗具閑澹的趣味。

五

劉克莊死後數年，蒙古由北方侵入南方，宋室便爲他們所破滅。許多詩人都不忍見異族之成南方的主人，或隱遁於山林，或悲楚的漫遊於四方，或則以死來泯滅一己的悲感。這些詩人之著者，有文天祥，謝枋得，謝翺，許月卿，林景熙，鄭思肖，眞山民及汪元量等。文天祥字履善，廬陵人。南宋末年爲右丞相，至蒙古軍講解，爲所留，後得脫逃歸，起兵爲最後的戰鬥，兵敗，復爲他們所執，居獄四年，終於不屈而死。謝枋得字君直，號疊山，信州弋陽人。南宋亡後，嘗起兵圖恢復，兵敗，隱於閩。元累次徵聘，俱辭不就，後爲他們所迫脅，不食死。有疊山集。謝翺字皐羽，長溪人。自號晞髮子。嘗爲文天祥諮議參軍。天祥被殺，他亡匿，漫遊於各處，所至輒感哭。此時之詩情緒絕沉痛悲憤。例如遊釣臺：『百臺臨釣惜，遺像在蒼烟。有客隨槎到，無僧依樹禪。風塵侵祭器，樵獵避兵船。應有前朝蹟，看碑數漢年。」許月卿字太空，婺源人，宋亡後深居一室，十年而卒。林景熙字德陽，號霽山，平陽人，宋亡不仕，著白石樵唱詩集。鄭思肖字憶翁，號所南，福州連江人，宋亡後，坐臥不北向，他的詩清雋絕俗，例如：「石竇雲封隱者家，一溪流水繞門斜，滿山落葉無行路，樹上寒猨剝蘚花。」眞山民不知其眞名，但自號山民。其詩澹贍，張伯子謂他爲「宋末一陶元亮」。汪元量字大有，號水雲，錢塘人，宋亡後隨王室北去，後爲道士南歸。其詩愴惻，如幽州歌：「漢兒辮髮籠氈笠，日暮黃金臺上立。臂鷹解帶忽放飛，一行塞雁南征泣。」在這裏所蘊蓄着的是多少的亡國淚！

參考書目

一、宋詩總集以吳之振編的宋詩鈔爲最著，近有商務印書館的翻印本，並印行宋詩鈔補一書。
二、宋詩紀事　清厲鶚編，有原刊本。
三、南宋羣賢小集　陳思編，有讀畫齋叢書本。
四、宋元詩會　清陳焯編，有原刊本。
五、宋百家詩存　有曹廷棟編刊本。

第四十三章　批評文學的復活

齊梁以後批評精神的墮落——唐代詩式詩格一類著作的流行——文鏡秘府論——本事詩及其他——韓愈與白居易的批評論——批評文學的復活——宋代詩話的盛行——從歐陽修詩話到蔡正孫詩林廣記——批評界的兩大柱石——朱熹的批評論——嚴羽的滄浪詩話

一

批評文學從梁代鍾劉二家以後便消沈了下去；類似詩品和文心雕龍的有系統的著作，不再有第三部出現。直到唐代，還不曾產生什麼重要的批評的名著。唐以詩取士，故唐人所作，以通俗的如何寫詩的方法的書為最多。新唐書藝文志所載有元兢宋約詩格一卷，王昌齡詩格二卷，僧皎然詩式五卷，王起大中新行詩格一卷，姚合詩例一卷，賈島詩格一卷，炙轂子詩格一卷，殆皆爲此類。又有范傳正賦訣，張仲素賦樞，浩虛舟賦門等則爲指導作賦的方法者。元兢，王昌齡之作，尚存殘文於日本遍照金剛的文鏡秘府論裏，皎然詩式，今也尚有傳本。他們所論皆取便士子科場之用。故根本上便不會有什麽重要的見解。孟棨的本事詩祇是綴拾詩人們的故事以爲談資，更不能算是批評文學的著作。司空圖的二十四詩品，也不過是以漂亮的詩句虛寫一般的詩的風格的變幻而已。張爲的主客圖頗近鍾氏詩品，惟只有品第，並無評騭，也不能算是一部批評的著作。倒還是韓愈他們的主張，有可以注意的地方，其影響也很大。他們那些古文運動者，對於文學，有兩種重要的見解；第一是，文以載道；第二是『文起八代之衰』。換言之，就是在內容上求其充實，言之有物，不單以刻劃『風雲月露』爲務；在文字上要其復古，反對使用晉宋齊梁以來的駢偶的文體。到了白易居、在他的新樂府辭的序上，更暢發着『文章合爲時而著』的爲人生的藝術觀；算是唐代最重要的文學論。但可惜他們都不曾寫下什麽偉大的專著。

宋人最愛作『詩話』；從歐陽修的六一詩話，司馬光的續詩話以下，作者無慮百數，即今有者也還有數十餘家，可謂極一時之盛。又有胡仔的苕溪漁隱叢話。魏慶之的詩人玉屑，阮閱的詩話總龜，蔡正孫的詩林廣記諸書，分門別類，以輯總諸家的大成。其專關于唐詩者更有計有功的唐詩紀事，尤袤的全唐詩話諸書。但這些書，大抵都祇是記載些隨筆的感想即興的評判，以及瑣碎的故事，友朋的際遇等等，絕鮮有組織嚴密條理整飭的著作。

二

但宋代卻是一個批評精神復活的時代。我們不能因為其『無當大雅』的詩話之多便抹煞了這個時代的重大的成就。從六朝以後，批評的精神便墮落了。唐代是一個詩歌的黃金時代，卻不是批評文學的一個重要的時期。唐人批評的精神很差；尤其少有專門的批評著作。他們對於古籍的評釋，其態度往往同於漢儒；只有做着章解句釋的工夫，並不曾更進一步而求闡其義理。宋人便不同了。很早的時候，他們便已有勇氣來推翻舊說，用直覺來評釋古書他們知道求眞理知道不盲從古人知道從本書裏求得眞義與本相。於是漢唐以來許多腐儒的種種附會的像痴人說夢似的解釋，便受到了最嚴重的一個糾正。這種風氣，從歐陽修作毛詩本義，鄭樵作詩辨妄以來，便盛極一時。南宋中葉的朱熹便是這一派批評家的代表。

朱熹字元晦，一字仲晦，婺源人登紹興進士第。歷事高孝光甯四朝。終寶文閣待制。慶元中致仕，旋卒。寶慶中追封信國公，改徽國公。熹在當時講正心誠意之學，頗爲時人所妒恨。但從游弟子甚多，其勢力也極大。他對於經典古籍多有解釋。在其語錄及文集裏，也有不少關於文學批評的重要的貢獻。惟其最重要的見解，則在把詩經和楚辭兩部偉大的古代名著從漢唐諸儒的謬解中解放出來，恢復其本來面目，承認其爲偉大的文學作品。這個功績是極大的。他的批評的主張，在詩集傳及楚辭集註的兩篇序上，也可以看出一大體來。他對於詩的起源，有很正確的見解：

或有問於余曰：詩何爲而作也？余應之曰：人生而靜，天之性也；感於物而動，性之欲也。

夫既有欲矣，則不能無思；既有思矣，則不能無言；既有言矣，則言之所不能盡而發於咨嗟詠嘆之餘者必有自然之音響節族而不能已焉。此詩之所以作也。

他的更大的工作，便是打倒了毛詩序，發見『凡詩之所謂風者，多出於里巷歌謠之作，所謂男女相與詠歌，其情者也』。更發見鄭衛諸風中的情詩的眞價，而反對毛氏的美刺之說。（他於集傳後，更附詩序辨說，專辨詩序的得失）。這是很痛快的一個眞實的大批評家的見解！他不僅發見古代幾十篇的美雋的情歌而已，他直是發見了文學的最正確的眞價！他的楚辭集註也把楚辭的眞面目從王逸諸人的曲解裏解脫出來。他說道：『楚辭不甚怨君，今被諸家解得都是怨君，不成模樣』。又道：『楚辭平易，後人學做者反艱深了，都不可曉』。這些話都是很重要的。他雖是一位『道學家』，卻最能欣賞文學，最知道偉大名著的好處所在。故他的批評論便能夠發前人所未發之見解，糾正前人所久誤的迷信。

三

朱熹的跟從者極多。但他的工作，破壞方面做的多；建設的主張便罕見了。但許多的『詩話』作家，卻往往都有些自己的主張。

學詩當識活法。所謂活法者，規矩備具，而能出於規矩之外；變化不測，而亦不背於規矩也。……謝元暉有言：好詩流轉圓美如彈丸。此真活法也。

——呂居仁夏均父集序

建安，陶，阮以前詩，專以言志；潘，陸以後詩，專以詠物；兼而有之者，李，杜也。言志乃詩人之本意，詠物特詩人之餘事。……大抵句中若無意味，譬之山無煙雲，春無草樹，豈復可觀。

——張戒歲寒堂詩話。

語貴含蓄。東坡云：言有盡而意無窮者，天下之至言也。……若句中無餘字，篇中無長語，非善之善者也。句中有餘味，篇中有餘意，善之善者也。

——姜夔，白石道人詩說。

他們的話往往過於瑣碎，不成片段；一節一語，或是珠玉，但若要把他們連綴起來，尋得其一貫的主張，便是勞而無功的了；正像碎玻璃片在太陽光底下發亮，遠遠看去，彷彿有些耀煌；迫而視之，便立覺其不成一件東西了。

在許多宋人詩話裏，眞實的有積極的見解，一貫的主張者，恐怕只有嚴羽的滄浪詩話〔一〕一部而已。嚴羽對於『詩學確有大胆可喜的意見。故他的影響很大。他和朱熹，可以說是，宋代文學批評家裏兩大柱石。朱熹把文學的本來面目從陳舊的曲解中解放出來，嚴羽則更進一步，建設了他自己的文學論。他好以禪語來做譬喻；這正是南宋人的風氣。明胡應麟盛稱其說，比之達摩西來，獨闢禪宗。而清馮班又醜詆之，至作嚴氏糾謬一書，斥爲囈語。但當班的時候，神韻之說正橫流於世，他或有所激而爲此書罷。

羽字儀卿，一字丹丘，自號滄浪逋客，邵武人。有滄浪詩集。他的滄浪詩話是很有組織的著作。首詩辨，次詩體，次詩法，次詩評，次詩證，凡五門，末並附與吳景仙論詩書。詩體一門，敘述自建安到當代的各種不同的詩體，『以時而論，則有：建安體，黃初體，元祐體，江西宗

〔一〕滄浪詩話有歷代詩話本。

派體。以人而論，則有蘇李體，曹劉體……陳簡齋體，楊誠齋體；又有所謂選體……宮體。』並及用韻對句等等。詩法一門，敘述作詩之法：『須是本色，須是當行，』『下字貴響，造語貴圓』……這兩門大似皎然，王昌齡諸人的詩式，詩格的體式。詩評雜論六朝，唐宋諸詩人的得失；詩證雜錄關於詩篇的考訂之語。這兩門也是諸宋人詩話裏常見的東西。其全書的精華所在，乃在詩辨一門及所附的答吳景仙書。羽的批評主張，皆集中於此二部分。

『夫詩有別材，非關書也；詩有別趣，非關理也。然非多讀書，多窮理，則不能極其至。所謂不涉理路，不落言筌者，上也。詩者，吟詠情性也。盛唐諸人，惟在興趣。羚羊挂角，無迹可求。故其妙處透徹玲瓏，不可湊泊，如空中之音，相中之色，水中之月，鏡中之象，言有盡而意無窮。近代諸公，乃作奇特解會，遂以文字爲詩，以才學爲詩，以議論爲詩。夫豈不工，終非古人之詩也。蓋於一唱三嘆之音，有所歉焉。』

當江西詩派，永嘉四靈，蟠據着文壇上的時代，竟有這樣的獅子吼似的呼聲，誠是大胆的挑戰。難怪他是那樣的自信着，自負着：『雖獲罪於世之君子，不辭也。』（詩辨）『僕之詩辨，乃斷千百年公案，誠驚世絕俗之譚，至當歸一之論。其間說江西詩病，眞取心肝劊子手。以禪喻詩莫此清切。是自家實證實悟者，是自家閉門鑿破此片田地，即非傍人籬壁，拾人涕唾得來者。……我論詩若那吒太子，析骨還父，析肉還母』（答吳景仙書）大批評家自非有這種精神不可。

參考書目

一、文鏡秘府論　日本遍照金剛撰，有日本東方文化學會叢書柯羅板印本；有北平富晉書社石印本。

二、歷代詩話　清，何文煥編，有原刊本；有醫學書局石印本。

三、歷代詩話續編　丁福保編，醫學書局出版。

四、明，清諸大叢書，像津逮秘書，學海類編等等，其中搜羅唐、宋人詩話不少。

五、朱子大全集　有明清坊刊本。

第四十四章　南宋散文與語錄

古文家的天下——道學派與功利派——陳亮陳傅良葉適——朱熹呂祖謙眞德秀等——王十朋周必大等——陸游與鄭樵——所謂『語錄』——宋儒的語錄——程頤朱熹等的語錄——語錄中所見的宋代白話文學

一

南宋的散文壇，殆爲古文家們所獨佔。古文運動到了這個時候已是大功告成，穩坐江山的了。凡非正統派則概以『野狐禪』斥之。這時，古文選集的刋行，盛極一時；種種皆爲士子學習的讀本。最著名者，像呂祖謙的古文關鍵，眞德秀的文章正宗，最後尚有謝枋得的文章規範，皆傳誦到千百年而未衰。

南宋上半葉的散文作家，最重要的可分爲二派，一是功利派，一是道學派。道學派以朱熹，呂祖謙爲代表。功利派則以陳亮陳傅良，葉適爲代表。功利派的作家們爲文務求適合世用，才氣也奔放雄贍，不屑屑於句斟字酌。他們可以說是政治家的文人。恰好在南宋的初期喘息已定，議論蜂起，有志從政的志士們，兢言恢復，言世務，言經濟。陳亮的文章，可以代表了這一班志士們。亮〔一〕字同父，永康人。才雄氣壯，有志功名。其文才辨從橫，不可控勒，有『開拓萬古之心胸，推倒一時之傑豪』的雄姿。亮與朱熹相友善，然議論則相左。有龍川文集三十卷。他嘗上書孝宗道：『今世之儒士，自謂得正心誠意之學者，皆風痺不知痛癢之人也。舉一世安於君父之大讎，而方且揚眉拱手，以談性命。不知何者謂之性命乎？』這一席話正足以表現出功利派的作家們和道學家們的分野來。

陳傅良〔二〕字君舉，瑞安人，也喜談經世之學。有止齋文集。他的文章頗切實合世用，而漸少陳亮似的發揚熇厲的光彩。

〔一〕陳亮見宋史卷四百三十六。　〔二〕陳傅良見宋史卷四百三十四。

葉適字正則，永嘉人，有水心集。他的文章，頗富於才情，尤長於考證與研究。他的學習記言乃是一部學術上的偉作。他嘗自言，爲文之道，譬如人家觴客，雖或金銀器照座，然不免出於假借。惟自家羅列者，即僅瓷缶瓦杯，然都是自家物色。蓋他是不喜傍人門戶的一人。

二

朱熹的散文，功力深到，理緻周密，不矜才使氣，而言無餘蘊，物無遁形。在許多道學家的文章裏，他的所作是最可稱爲無疵的。他的論學的書札，整理古籍的序文，尤其是精心經意之作，看來似是平淡無奇，卻是很雅厚簡當，語語動人的。有朱子大全集。他嘗說道：『古人文章大率只是平說而意自長。後人文章務意多而酸澀。如離騷，初無奇字，只是恁說將去，自是好。後來如魯直，恁地著力做，卻自是不好。』（朱子語類）這足以見他爲文的主張來。

道學家們大概都是作古文的，於朱熹外，最重要者，前期有呂祖謙，後期有眞德秀，魏了

程頤，程顥爲最有影響的宋儒；他們弟子們所記的語錄，乃是宋語錄最早的一部。這裏，楊時的故事表現了他們求道的熱忱。

——從明刊本儒列林傳（西諦藏）

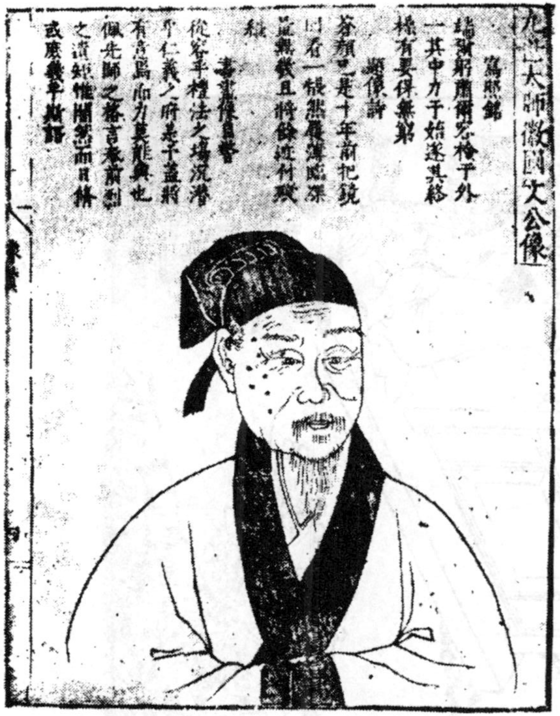

朱熹像——從萬曆版朱氏家譜，爲最可靠之來源。（西諦藏）

眞德秀

——從明刊本武夷山志

（西諦藏）

翁。呂祖謙〔一〕字伯恭，隆興元年進士。累除直祕閣著作郎，國史院編修。他和朱熹是好友，惟他頗有些辨士之風，不盡同諸道學家之醇雅。眞德秀〔二〕字景希，慶元五年進士。治定中拜參知政事，進資政殿學士。學者稱西山先生。了翁〔三〕字華父，號鶴山，與德秀同年進士。理宗朝累官資政殿學士。他們的文章皆條鬯雅正，有類朱熹諸人之作。〔四〕

三

道學派和功利派的作家們，皆不甚着意於文章，他們並不自視爲古文家而止；他們有比文章更重要的事業在着：功利派以政治上的活動爲目的，而道學家們則以闡道說理爲根本。朱熹嘗道：『道者文之根本；文者道之枝葉。惟其根本乎道，所以發之於文皆道也』。（朱子語類）這便是道學家的文學主張。

〔一〕呂祖謙見宋史卷四百三十四。 〔二〕眞德秀見宋史卷四百三十七。

〔三〕魏了翁見宋史卷四百三十七。 〔四〕眞魏二家文集有四部叢刊本。

其不以功名或『性命』之道相標榜者，尙有王十朋、周必大，洪邁，樓鑰諸人，皆爲重要的散文作家。王十朋〔一〕字龜齡，永嘉人。紹興中中進士第一。孝宗時爲吏部侍郎。有梅溪集。〔二〕明人傳奇荊釵記，嘗以他爲中心人物。洪邁與兄适，遵並稱三洪，皆仕於孝宗朝。邁字景盧，諡文敏，文名尤盛。有容齋五筆，雖是瑣碎的隨筆，篇幅卻是很浩瀚的，其中很有些重要的材料。周必大字子元，號平園叟，紹興中進士。孝宗朝歷右丞相，拜少保。有周益公大全集。樓鑰字大防，號攻媿。隆興初進士，累官中書舍人，寧宗朝參知政事。洪邁、樓鑰、周必大等又工於四六。南宋初的汪藻，孫覿尤專工此體。

陸游，以詩名。鄭樵以所作的偉大的通史通志著，皆不甚有文名。然游的古文和他的詩一樣極見才情。樵〔三〕的所作，則浩浩莽莽，雄辨無垠，深入顯出，舒卷如意。我們觀其詩辨妄以及通志中二十略的文章，幾無不要爲其滔滔的辨難所折服，爲其雄健的議論所沈

〔一〕王十朋見宋史卷三百八十七。 〔二〕梅溪集有清刊本，四部叢刊本。

〔三〕鄭樵見宋史卷四百三十六。

醉。南宋的最重要的散文家，恐怕倒要屈指到他呢！

四

道學家們的古文，並不怎樣重要，而他們自己也並不以此爲重。道學家們在宋代散文壇上所建立的殊勳郤不在此而在彼。道學家們爲了談道說理的方便計，嘗以淺近平易的口語，來抒陳他們的意見；這些意見往往爲門人弟子所記下，且都是保存了原來的問答語的。這種口語的答問體的記載，即所謂「語錄」者是。

「語錄」的來源很古；論語、孟子都是這一類的著作。爲了宣揚佛教計，和尚們也很早的便有了語錄。（唐時神會和尚語錄，今有亞東圖書館新印本。）宋儒復活了「語錄」的這個體裁，大約多少總受有些和尚們的影響。

宋儒的語錄，據宋史藝文志所載者，有程頤語錄二卷，劉安世語錄二卷，謝良佐語錄一卷，張九成語錄十四卷，尹惇語錄四卷，朱熹語錄四十三卷。但實際上並不止這幾種。周敦頤的通書，張橫渠的經學理窟雖非問答的記錄，也甚近語錄之體。

語錄大都談性命的大道理，論主敬或修養的工夫，頗爲無聊，但也有論學論文之語，寫得很不壞的。姑引數例：

學者好語高，正如貧人說金，說黃色，說堅軟。道他不是又不可，只是好笑。不曾見富人說金如此。

與學者語，正如扶醉人，東邊扶起卻倒向西邊；西邊扶起卻倒向東邊，終不能得他卓立中途。

問人之學有覺其難而有退志，則如之何？曰：有兩般：有思慮苦而志氣倦怠者，有憚其難而止者。向嘗爲之說。今人之學如登山麓，方其易處，莫不闊步。及到難處便止。人情是如此。山高難登，是有定形，實難登也。聖人之道，不可形，非實難爲也。人弗爲耳。顏子言：仰之彌高，鑽之彌堅。此非是言聖人高遠，實不可及，堅固實不可入也。此只是譬喻卻無事，大意卻是在瞻之在前，忽焉在後上。又門人少有得而遂安者，如何？曰：此實無所得也。譬如以管窺天，乍見星斗燦爛，便謂有所見，喜不自勝。此終無所得。若有大志者，不以管見爲得也。

——以上二程語錄。

大凡人讀書且當虛心一意，將正文熟讀，不可便立見解，看正文了，卻落深思熟讀，便如已說。如此方是。今來學者，一般是專要作文字用，一般是要說得新奇。人說得，不如我說得較好。此學者之大病。譬如聽人說話一般，且從他說盡，不可勦斷他說，便以己意見抄說。若如此，全不見得他說是非，只說得自家底，終不濟事。久之，又曰：須是將本文熟讀，字字咀嚼，教有味。若有理會不得處，深思之。又不得，然後卻將注解看，方有意味。如人飢而後食，渴而後飲，方有味。不饑不渴而強飲食之，終無益也。又曰：某所集注論語，至於訓詁皆子細者，蓋要人字字與某著意看，字字思索到，莫要只作等閒看過了。

因說僧家有規矩嚴整，士人卻不循禮。曰：他卻是心有用處。今士人雖有好底，不肯爲非，亦是他資質偶然如此。要之其心實無所用。每日閒慢時多。如欲理會道理，理會不得便掉過三五日半月日，不當事鑽不透，便休了。既是來這一門，鑽不透，又須別尋一門。不從大處入，須從小處入，不從東邊入，便從西邊入。及其入得，卻只是一般。今頭頭處處鑽不透，便休了。如此，則無説矣。有理會不得處，須是皇皇汲汲然，無有理會不得者。譬如人有大寶珠，失了，不著緊尋，如何會得！ 以上朱子語類

從這些語錄裏，我們可以看出他們所用的口語文是很平易淺近的；雖不能和『詞話』的漂亮的文章相比，在使用口語文子說理文一方面卻是有相當的成就的。

參考書目

一、南宋文錄 有蘇州局刊本。
二、南宋文範 清莊仲方編有道光間活字本，有蘇州局刊本。
三、二程語錄 有正誼堂叢書本，
四、朱子語類 有正誼堂叢書本。
五、近思錄 有正誼堂叢書本
六、近思續錄 有正誼堂叢書本

第四十五章 遼金文學

遼文學的寥寞——金人的二大成就：諸宮調與雜劇——吳激和蔡松年——趙秉文黨懷英王若虛等——元好問——河汾諸老集

一

遼起於中國北部，始稱契丹；當唐末五代時，馬肥兵壯，乘中國內部的割據分裂，諸統治者每結强鄰以自固，便深入中原，施其縱橫排闔的手段。石敬塘至稱子侄於契丹主，並賂以燕雲十六州，求其助力以得帝位。自此，契丹的勢力蟠據於中國北部者約有一百六七十年之久，成爲宋代最恐怖的敵人。後來徽宗聯絡金人，夾攻遼邦，遂滅之。但不久，此後來的强敵，便又以滅遼的手段來滅了北宋。遼建國凡二百餘年，然文物則絕鮮可稱者。沈括說，遼時禁其國文書傳入中土，故流布者絕罕。近人兢於斷簡殘編之中，爬搜遼代文獻，也不過存十一於千百而已。（像周春的遼詩話；繆荃孫的遼文存，皆是沒有第二部的著作）。遼史文學傳所載，也不過蕭韓家奴、王鼎等寥寥數人。或這個北方的蠻族，原來對於中原文化便不甚着意，所以强佔據中國北部至二世紀，卻一點也沒有什麽文學上的重要的成就。

二

金人便不同了。金本稱女眞，也與於北方。她的興起很快，滅亡得也很快，傳國僅祇一百二十餘年，便爲蒙古人所滅。然在文學史上，金人的地位卻遠較遼人爲重要。金之稱帝，始於完顏阿骨打，不久便滅遼亡宋，佔據了中國的北部及中原，與小朝廷的南宋隔江相持，各成爲南北文化的中心。

當時金人的文化是承襲了遼與宋的；諸宮調的弘偉的體製，在金代最爲流行，成了金文學最大的光榮這在上文已經敘述到了。及其後，又有『雜劇』的一種重要的新文體創製出來；對於元代戲曲有極重大的貢獻。這也將在下文詳之。今所論者，僅及其詩詞和散文。

金的詩詞，幾盡於元好問的中州集。清人編輯全金詩，所增入無幾。其散文，則當時馮清甫所輯者今已亡佚。但清人也輯有金文雅等書略足窺其一斑。

金文學的初期作者以吳激蔡松年二人爲最著；他們皆長於樂府，時號『吳蔡體』。吳激〔一〕字彥章，自號東山，米芾婿。工詩能畫。使金，被留仕爲翰林待制。出知深州，三日而卒。激情同徐陵庾信，文望亦相埒；所作頗多憶國懷鄉之什；像歲暮江南四憶（詩），像人月圓：

南朝千古傷心事，猶唱後庭花。舊時王謝，堂前燕子，飛向誰家？恍然一夢，仙肌勝雪，宮髻堆鴉，江州司馬，青衫淚濕，同是天涯。

〔一〕吳激見金史卷一百二十五。

都是中寓沈痛的。惟他的詩也有很富風趣的，像『卷上疎簾無一事，滿池春水照薔薇』(宿湖城篠廳)；像『煙拂雲梢留淡白雲蒸山腹出深青』(悉甫索水墨以詩寄之)；像『山侵平野高低樹，水接晴空上下星』(三衢夜泊)。

蔡松年[一]字伯堅。父靖，由宋入金，仕為翰林學士。伯堅官至尚書右丞相。自號蕭閑老人。他的詩詞皆甚豪放，而大江東去：『離騷痛飲，問人生佳處，能消何物！江左諸人成底事，空想岩岩青壁』云云尤為時人所稱。

更有宇文虛中，高士談，韓昉，王樞，王競諸人也皆以詩文鳴於當時。

三

及後，則有蔡珪，馬定國，趙秉文，楊雲翼，黨懷英，王庭筠，王若虛，王渥，雷淵，李純甫諸人並起，為金文學的全盛時代。而趙秉文黨懷英為尤著。

[一]蔡松年見金史卷一百二十五。

蔡珪字正甫，松年子，其辨博爲天下第一，官至戶部員外郞太常丞。大定十四年出守維州，道卒。元好問以他爲金文學『正傳之宗』；在他之前，皆借才異代，而自他始，方有金人的文學。

黨懷英［一］以文顯於大定，明昌間。懷英字世傑，奉符人，少和辛棄疾同舍。棄疾南歸，懷英則顯於金。大定中進士第，累進翰林學士。趙秉文謂其文似歐公，不爲尖新危險之語，其詩似陶、謝，奄有魏晉。像『細雪吹仍急，凝雲凍未開牽閘時掠水，帆飽不依桅。岸引枯蒲去，天將遠樹來』（奉使行高郵道中）誠頗有閒適之趣，惜他詩未甚可稱。

王庭筠［二］字子端，熊岳人。官修撰，卒年四十七。平生愛天平黃華山水，自號黃華山主。元好問謂其詩文有師法，高出時輩之右。

李純甫雷淵並以氣節著，時號李雷。純甫以諸葛亮、王猛自期，淵則慕孔融陳元龍之爲人。純甫尤邃於佛書。

［一］黨懷英見金史卷一百二十五。　［二］王庭筠見金史卷一百二十六，

繼黨懷英掌一代之文柄者則爲趙秉文。[一]秉文以文名於貞祐、正大之間，時人比之宋歐陽修。他字周臣，滏陽人自號閑閑道人。大定二十五年進士。官禮部尙書兼侍讀。卒時七十四。他長於古文，於小詩尤精絕。[二]『至五言大詩則沉鬱頓挫學阮嗣宗，眞淳簡澹學陶淵明』(中州集)而其集中擬淵明之作尤多。但像『樹頭風寫無窮水，天末雲移不定山』(寄裕之)；『酒澆墓上吃不得，留與飢鴉作寒食』(花下墓)皆不類嗣宗、淵明的作風。

楊雲翼[三]和趙秉文齊名，時號楊趙。他字之美，興定末拜吏部尙書。

王若虛[四]字從之，槀城人，承安二年經義進士。博學强記，善持論。入翰林，自應奉轉直學士。年七十，猶遊太山，卒。元好問謂：『自從之沒，經學史學文章人物公論遂絕。』若虛自著的詩文並不怎樣重要，其滹南遺老集[五]裏，自五經辨惑以下，文辨，詩話，凡四十卷，卻是絕代的巨作。他似承襲了宋人的疑古的精神，慣以直覺來辨析古代的史實文章所

[一]趙秉文見金史卷一百十。 [二]閑閑老人集有四部叢刊本。 [三]楊雲翼見金史卷一百十

[四]王若虛見金史卷一百二十六。 [五]滹南遺老集有四部叢刊本。

論常多可喜者。鄭樵，朱熹而後，崔述之前，蓋沒有第二個人可以奪爭他的批評家的地位的。

四

金代文學終於元好問；好問〔一〕所編的中州集恰好作爲金源一代詩人的總集。好問字裕之，號遺山，太原秀容人，興定五年進士。嘗作箕山琴台二詩，趙秉文時爲天下文宗見而奇之，謂少陵以後無此作。因而名震京師，號爲元才子。官至尚書省左司員外郎。金亡不仕，以著作自任，構野史亭于家。卒年六十八。好問詩『專以單行，絕無偶句，構思窅渺，十步九折，愈折而意愈深，味愈雋。』（趙翼語）金代諸詩人蓋皆所不及。緣其身經亡國之痛，故情緒益爲深摯，『慷慨悲歌，有不求工而自工者』〔二〕像醉後走筆：

建茶三盌冰雪香，離騷，九歌日月光。腰金更騎揚州鶴，雋永不羨大官羊。……山鬼獨一

〔一〕元好問見金史卷一百二十六。

〔二〕遺山先生集有汲古閣刊本，康熙間華氏刊本，四部叢刊本。

脚，拊掌笑我旁。湘纍歸來弔故國，遺台老樹山蒼蒼。掩書一太息，夜如何其夜未央！東家女兒綉羅裳，銀瓶瀉酒勸客嘗：愛茶愛書死不徹，乃以冰炭貯我腸！世間唯有麴生風味不可忘。

遺山集中類此之作是不希見的。他的短詩，風韻也絕佳，大似摩詰的所作，像山居雜詩：

瘦竹藤斜挂，幽花草亂生。林高風有態，苔滑水無聲。

漲落沙痕出，堤摧岸口斜。斷橋堆聚沫，高樹閣浮槎。

他以文章獨步天下者三十年，為金詩人之殿，元文章之祖。當時學者幾盡趨其門。房祺編河汾諸老集，所載金之遺老，麻革，張宇，陳賡，陳颺，房皞，段克巳、段成巳，曹之謙等八人，也皆是從好問遊的。

參考書目

一、遼詩話　清周春著，有原刊本。

二、遼文存　繆荃孫編，有原刊本，但極罕見，近有上海來青閣影印本。

三、中州集　金元好問編，有元刊本，明刊本，武進董氏影元刊本，四部叢刊本。

四、全金詩　有原刊本。

五、河汾諸老集　元房祺編，有汲古閣刊本。

六、金文雅　清莊仲方編，有道光間印本，有蘇州局本。

七、九金人集　有光緒間吳氏刊本。

第四十六章 雜劇的鼎盛

雜劇起源論——雜劇的來源的複雜——大曲和諸宮調的影響——傀儡戲和戲文的影響——偉大的天才作家關漢卿——他創作了雜劇——元劇發達的原因——元劇的二時期——第一時期的劇作家們——關漢卿——王實甫——白仁甫馬致遠康進之等——『倡夫詞』——第二時期的劇作家們——楊梓——喬夢符鄭光祖宮天挺等——秦簡夫蕭德祥王曄等——羅貫中——諸無名作家們

一

如果我們相信傳統的見解的話，則雜劇的起源時代，是遠較傳奇爲早的。史載宋眞宗（公元九九八——一〇二二年）已爲『雜劇詞』，但未嘗宣布於外。宋末周密的武林遺事，著錄『官本雜劇段數』至二百八十本之多。其中且有北宋人之作在內。但這些『雜劇詞，』這些『官本雜劇段數』是否即爲後來的『雜劇，』如元人之所作的，却是一個大疑問。且先將那二百八十本的『官本雜劇段數』的名目細看一下。在此二百八十本的『官本雜劇段數』中，有可考知其爲『大曲』或『法曲』等組成者：如以大曲組成凡一百零三本；名『六么』者凡二十本，如爭曲六么，扯攔六么，崔護六么，鶯鶯六么，女生外向六么等等皆是；名『瀛府』者凡六本，如索拜瀛府，醉院君瀛府等皆是；名『梁州』者凡七本，如四僧梁州，詩曲梁州，法事饅頭梁州等等皆是；名『伊州』者凡五本，如鐵指甲伊州，裴少俊伊州等等皆是；名爲『新水』者凡四本，如桶擔新水，新水爨等皆是；名爲『薄媚』者凡九本，如簡帖薄媚，鄭生遇龍女薄媚皆是；名爲『大明樂』者凡三本，如土地大明樂等是；名爲『降黃龍』者凡五本，如列女降黃龍，柳玭上宮降黃龍等皆是；名爲『胡渭州』者凡四本，如看燈胡渭州等是；名爲『石州』者凡三本，如單打石州等是；名爲『大聖樂』者凡三本，如柳毅大聖樂等是；名爲『中和樂』者凡四本，如霸王中和樂等是，名爲『道人歡』者凡四本，如越娘道人歡等是；此外尚有名『萬年歡，』『熙州，』『長壽仙』，『劍器』『延壽樂』，『賀皇恩』，『採蓮』『保金枝』，『嘉慶樂』，『慶雲樂』『君臣相遇樂』『泛清波』，『彩雲歸』『千春樂』，『龍金鐙』等或一本，或二本，或三本不等。共凡大曲之名二十八，而其中的二十六之名是宋史樂志所記的敎坊部四十大曲之中的。餘如『降黃龍』『熙州』二曲，雖不見於此，卻也有宋人之說可證其亦爲大曲。以法曲組成的凡四本，如基盤法曲等；以普通詞曲調組成的凡三十九本，如『崔護逍遙樂』、『四季夾竹桃』，『賣花黃鶯兒』，『三敎安公子』、『三哮上小樓』、『賴房書啄木兒』等，皆是。以諸宮調組成者凡二本，即諸宮調霸王及諸宮調卦冊兒。如此，可確知其爲曲調組成者凡一百五十餘本。這一百五十餘本的法曲大曲或雜曲調組成的『官本雜劇段數』，（關于諸宮調見後）果即爲後來的『雜劇』麼？第一，在名稱上是絕對不類的，最早的雜劇，如元代諸作家所作的，其名稱從來不是那末樣的以曲名作爲題目的一節附於前或附於後的。第二，『官本雜劇段數』既題着崔護逍遙樂霸王中和樂等等，則其所組成的曲調，當然是限於逍遙樂及中和樂等的，而元劇所用的曲調則比較得複雜得多，且更有可以使我們明瞭這些『官本雜劇段數』

的性質的東西。在樂府雅詞卷上載有一篇薄媚（西子詞）大曲，詠唱西子事，其內容性質只是以此歌連合了舞而演唱着的西施故事，絕對不是搬演在劇場上的戲曲。名爲『薄媚』的一種大曲其性質既是如此，則其他『六么』『瀛府』『伊州』『梁州』等等當然也不會是兩樣的了。王國維氏在宋元戲曲史裏以薄媚（西子詞）入於『宋之樂曲』，卻將其他的『薄媚』『伊州』等大曲當作了兩宋的眞正的戲曲而討論着，其故蓋在誤認『官本雜劇段數』爲即後代的『雜劇』。又歐陽修曾以十一首的採桑子連接起來詠歌西湖景色，趙德麟曾以十首的商調蝶戀花連接起來歌詠崔鶯鶯的故事，此種採桑子，蝶戀花當和周密所著錄的崔護逍遙樂，四季夾竹桃性質完全相同，我們更不能謂他們爲眞正的戲曲。

此外一百二十餘本的『官本雜劇段數』其名目之不類戲曲，也可一望而知。如門子打三敎，爨雙三敎，三敎鬧著棋，打三敎菴宇，普天樂打三敎等等則流行於宋代的雜耍，所謂『三敎』的（見東京夢華錄）更非眞正的戲曲。迓鼓孤等則亦爲宋代的『訝鼓』戲，也並非戲曲。『天下太平爨，及百花爨則樂府雜錄所謂字舞花舞也』。（宋元戲曲史頁七十五）而所謂論淡，醫淡，醫馬等等，也可知其爲類乎雜藝的一流。總之，像周密所著錄的這許多名目詭異今不可盡知的，『官本雜劇段數』，實非現在所謂的眞正的戲曲；其中或間有頗類『戲曲』的東西，然其產生時代恐決不會很早。也許這二百八十本的『官本雜劇段數』中，竟連一本眞正的『雜劇』也沒有在內。武林舊事又載正月五日『天基聖節排當樂次』，即係所謂秩序單一類的東西，其中記載上壽，初坐，再坐時的奏樂的次第極詳。上壽時不做雜劇，初坐時，當第四盞之間，做着『君臣賢聖爨』雜劇，當第五盞時，又做着三京下書雜劇；再坐時，第五盞做揚飯雜劇，第六盞做四偌少年遊。如果這些雜劇，即係今之雜劇，則在『一盞』之間是決不會做完了全部雜劇的。由此也可 知當時所謂『雜劇』只不過是表演着故事或趣事或其他頌辭的歌舞雜戲而已，並不就是後來的成爲眞正的戲曲的『雜劇』。至於北宋的『雜劇詞』之非眞正的劇本，則更爲顯然的事實。

二

宋的雜劇，什麼才出歌舞戲一變而爲眞正戲曲的『雜劇』我們已不能知道。大約總要在南戲盛行之後。這些雜劇本來離眞正的戲曲已不甚遠，有歌唱，有舞踏，也有脚色，只不過不曾成爲『代言』體的搬演與乎插入散文或口語的對白而已。因了南戲的影響，於是由舞踏而變爲搬演，由第三身的敘述變而爲第一身的搬演；其間的轉變是極快極易的。在當時，傀儡戲甚爲發達，影戲也極是流行，二者皆有話本。雜劇之形成，或與他們也不無關係吧。

因爲『雜劇』是由原來的歌舞戲變成了的，所以其結構仍帶着極濃厚的本來面目。（今日所演之關漢卿單刀會第四折周倉的跳舞，最可注意。）在唱詞的結構方面受後期的『諸宮調』的影響尤深。我們看主角獨唱到底的規則，又末本，旦本之分，至少總受有『諸宮調』的男女唱者的實際的支配吧。而其套類的構成，更是全由『諸宮調』及

『唱賺』的套數構成法進展而來的。

陶九成的輟耕錄（卷二十五）又著錄『院本』凡七百餘種，其名目之複雜不可稽考更甚於『官本雜劇段數』。據陶九成的分類則有：『和曲院本』凡十四種，『上皇院本』凡十四種，『題目院本』凡二十種，『霸王院本』凡六種，『諸雜大小院本』凡一百八十九種，『院么』凡二十一種，『諸雜院爨』凡一百七種，『衝撞引首』凡一百九本，『拴搐艷段』凡九十二種，『打略拴搐』凡一百八種，『諸雜砌』凡三十種。其中『和曲院本』一部和周密所著的『官本雜劇段數』中的大曲法曲組成的雜劇名目很多相同；蓋即是同類的東西；又『打略拴搐』之中錄及『星象名梁子名草名軍器名』等等，也一望可知其決非戲曲。則其中內容的複雜可想而知。在其中我們相信必有一部分的戲曲眞正在內，但決不會如王國維諸人所相信的，其全部皆爲戲曲。九成的輟耕錄作於至正丙午（公元一三六六年），自稱『偶得院本名目載於此，以資博識者之一覽』，則此目並非他自己之所錄的。錄此目者似嘗爲元代中葉前後的人。王國維氏將此種院本皆作爲金代的產物，似誤。這些院本產生的時代當極爲複雜。有的很古遠的東西，當作於北宋的前後，如『和曲院本』的一部分但大多數的時代，則當金末元初。周密載兩宋時代的『官本雜劇段數』，其中與『和曲院本』同類的東西，多至一百八十餘本，而到了此時（即院本盛行之時）却只存有『和曲院本』十四種，其淩替之狀，可想而知。就此也可知這些院本並不是很古遠的東西。

所以，雜劇的起源，最早是不能在宋金末葉之前的。而雜劇的來源，也是很多端的；至少，左表是略略可以指示出其複雜的組系來的：

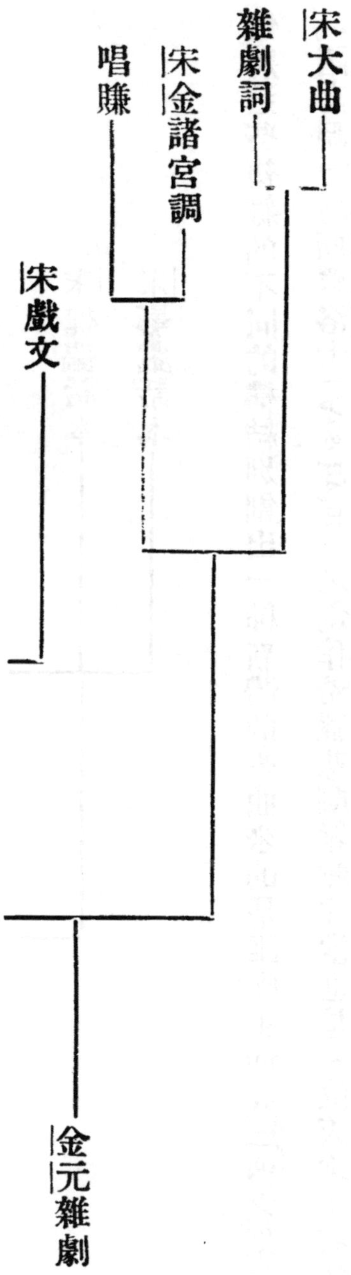

宋傀儡話本
宋影戲話本

但將這些複雜的不同的構結，別創出一種新體的戲曲來的是誰呢？正如孔三傳之創作『諸宮調』，阿斯齊洛士(Aeschylus)之創作希臘悲劇，雜劇或當也是一位天才作家的創作罷？雜劇的出現最早不能過於金末（約在公元一二三四年之前）。又初期的雜劇作家，其地域不出大都及其左近各地。那末，我們說雜劇是金末產生於大都的，當不會很錯。但在金末的大都人裏，有誰有創作雜劇的可能呢？王實甫麼？關漢卿麼？……時代及地域都很相符。惟實甫創作雜劇之說，不見記載。錄鬼簿將關漢卿列爲『有所編傳奇行於世者』的第一人，當必有用意。太和正音譜也說漢卿是『初爲雜劇之始』。又在錄鬼簿裏，稱高文秀爲『小漢卿』，沈和甫爲『蠻子漢卿』。這種種都足以見關氏地位的重要。我們如以關氏爲創作雜劇的人物，當不會和事實相差很遠的。

三

漢卿與實甫其活動期雖大半在元代，然在金代，他們必已開始作劇。王實甫寫四丞相高會麗春堂雜劇，事實全爲金代的，卻以『從今後四方八荒，萬邦齊仰賀當今皇上』爲結；我們如依據於此而主張着此劇係實甫作於金代的之話，實大有可能性。如此說法，則金代的雜劇；至少也有幾本流傳於今世的了。總之，金代雜劇已盛，至元代而益爲發達。我們研究元代的雜劇，而明瞭了他們的體制與格例，則連金代的雜劇的體制與格律也都可以相當的明瞭的了。

所謂元代的雜劇，蓋指產生於宋端平三年（公元一二三四年）至元順帝至正二十七年（公元一三六七年）的一百餘年間的雜劇的全部；但包括着稍稍前期的著作在內，像關漢卿與王實甫的作品的一部分。這整整一個世紀的時期，可以說是雜劇的黃金時代或全盛期。據明初丹邱先生的太和正音譜所載的元代雜劇，總數凡五百六十六種。

據元代鍾嗣成的錄鬼簿所載的，則其總數凡四百五十八種。鍾氏的著錄，在元末至順元年。(即公元一三三○年)離元亡尚有三十餘年。其所見當然不會有太和正音譜的著者那麼多的。又他們二人所載的，似都以自己所見者爲限。其未見的，當然不會被收入。如此看來，則元代雜劇總數，決不止於五百六十餘種之數可知。即以此數而論，在短短的一世紀之間而有了五百六十餘種劇本的產生，換一句話，即每年有五種以上產生出來，其盛況可知！論者每以爲元代白話劇與北曲的發達，實由於外來民族不懂我們的典雅的文句，故作者不得不遷就他們，而北劇因以大盛。其實不然。外來民族的漢語程度，本來即差，竟有許多官吏，是完全不懂得漢語的。即懂得的，也大都是極粗淺之語。像元曲那麼正則雋美的話語，他們一定不會明白的。爲了迎合他們而產生北劇的話，可說完全是無根之談。我們看後來雜劇的中心點，不在胡都的大都，而在宋代的故都的杭州，便可知雜劇的欣賞者，仍爲我們漢族而非外來民族了。

像臧晉叔、沈德符諸人，又造作元人以劇本取士，故元曲特盛之說。沈氏云：『今教坊雜劇，約有千本，然率多俚淺。其可閱者十之三耳。元人未滅南宋時，以此定士子優劣。每出一題，任人塡曲。如宋宣和畫學出唐詩一句，恣其渲染，選能得畫外趣者登高第。以故宋畫，元曲，千古無匹』（顧曲雜言）臧氏云：『元以曲取士，設十有二科。而關漢卿輩，爭挾長技自見。至躬踐排場，傅粉墨，以爲我家生活，偶倡優而不辭者，或西晉竹林諸賢託杯酒自放之意，予不敢知』。又云：『或謂元取士有塡詞科，若今括帖然。取給風簷寸晷之下，故一時名士，雖馬致遠，喬孟符輩，至第四折，往往彊弩之末矣。』（均引元曲選序）這二人的話，看似有理，其實也是絕對無根的。元人取士，誠然很雜，甚且星相醫卜，也並有科試。獨以劇本爲科試之舉，則記載上絕無見之者。這個强有力的證據，已足推翻他們的話有餘。且馬致遠的薦福碑，鄭光祖的王粲登樓之類，滿紙的悲憤牢騷。關漢卿的竇娥冤，魯齋郎等等，又都是攻擊當代官吏的黑暗的。王實甫的西廂記，張壽卿的紅梨記，石子章的竹塢聽琴等等，又都是濃豔天麗之至的。這些劇本，怎麼可以去應試呢！且五百餘劇之中，同名者絕少，元代到底舉行了雜劇考試多少科？如何會有那麼多的題目呢？這都是不必辭費而可知其絕無是理的。臧、沈二氏，只是模糊影響的說着，恐怕連他們自己也是不必十分確信此說的。故臧云：『或謂元取士有塡詞科，』沈云：『元人未滅南宋時，以此定士子優劣。』這兩語，不曾將他們自己的全部言論都推翻。既云『或謂，』則他自己也是遊移不定的疑心着的了，既云：『元代未滅南宋時有之，』則滅南宋後，此塡詞科必已取消的了。何以元劇在滅南宋之後，並未稍衰呢？

以上二說，都可以說是不足信的『想當然』的元劇發達原因論。我以爲元劇發達的原因正和他們所言的相反。第一、元劇之所以發達，當然是因爲沿了金代的基礎而益加光大之的原故。第二、正因爲元代考試已停，科舉不開，文人學士們才學無所展施，遂捉住了當代流行的雜劇而一試其身手。他們既不能求外來民族的居上位者的賞識，遂不得不轉而至民衆之中求知己。故當時的劇本其題材大都是迎合民衆心理與習慣的。第三、外來民族的壓迫過甚，漢人的地位，視色目人且遠下。所謂蠻子，是到處的時時刻刻的會被外人所欺迫的。即有才智之人，做了官吏的，也是位卑爵低，絕少發展的可能。所以他們便放誕於娛樂之中，爲求耳目上的安慰，作者用以消磨其悲憤，聽者用以忘記他們的痛苦。元劇的發達，蓋不外此三因。

四

鍾嗣成的錄鬼簿將元劇的作者分爲左列的三期：第一期『前輩已死名公才人有所編傳奇行於世者』；第二期『方今已亡名公才人余相知者及已死才人不相知者』；第三期，『方今才人相知者及方今才人聞名而不相知者』。鍾氏是書成於至順元年（公元一三三〇年）則方今已亡的名公才人，係卒於至順元年以前者。『方今才人相知者』，當係至順元年尚生存的作者。今爲方便計，合併爲二期。第一期從關王到公元一三〇〇年，第二期從公元一三〇〇年到元末。蓋鍾氏所述之第二三期，原是同一時代，不宜劃分爲二。

元代雜劇，其初是以大都爲中心的，其後則其中心漸移而南，至於杭州。在第一期中作者差不多都是大都人，或他處的北方人，南人絕少。到了第二期，則北人漸少，而南人漸多。

然在第一期中，馬致遠、尚仲賢、張壽卿諸人，皆係作吏於南方者。第二期的北方人中，也有大多數與南方有關係。如曾瑞晚年定居於杭州，鄭光祖及趙良弼，俱爲杭州的官吏，喬吉甫和李顯卿也都住於南方。所以在實際上講來，在第二期中，北劇的中心已經移到了南方的杭州，而不復是北方的大都了。

五

第一期的劇作家，以關漢卿、王實甫、馬致遠、白朴、鄭廷玉、吳昌齡、武漢臣、李文蔚、康進之、王伯成等爲最要，而關、王、馬、白爲尤著。次之則王仲文、楊顯之、紀天祥、張國賓、孫仲章、石子章、李好古、戴尚輔、岳伯川、張壽卿、李壽卿、石君寶、狄君厚、李行甫、李直夫、孔文卿、孟漢卿等，也各有一二劇流傳。

錄鬼簿列關漢卿於第一人；涵虛子的太和正音譜，對漢卿的劇本，不大滿意；既列之馬致遠、白仁甫、喬夢符、王實甫八九人之下，復許之道：『觀其詞語，乃可上可下之才，蓋所以取者，初爲雜劇之始，故卓以前列』。彷彿正音譜排列作者次序，原是以其才情的高下爲次第的。假如漢卿不是『初爲雜劇之始』則連這個八九人以下的地位，也得不到的。

漢卿號已齋叟，大都人，太醫院尹（見錄鬼簿。）楊維楨元宮詞云：『開國遺音樂所傳，白翎飛上十三絃。大金優諫關卿在，伊尹扶湯進劇編。』關卿大約是指漢卿。據此，則漢卿當曾仕於金。惟其爲太醫院尹，則不知爲在元或在金時事耳。陶九成輟耕錄，又載他與王和卿相嘲謔的事。漢卿生平事蹟之可考者，已盡於此。楊朝英的朝野新聲及楊春白雪，曾載漢卿小令套曲若干首。其中大都爲情歌；遊蹤事蹟，於其中絕不易考。惟漢卿有套曲一枝花一首，題作杭州景者，曾有『大元朝新附國，亡宋家舊華夷』之語，籍此可知其到過杭州，且可知其係作於宋亡（一二七八年）之後耳。大約漢卿於元滅宋之後，曾由大都往遊杭州，或後竟定居於杭州也難說。他的戲劇生活，似可分爲二期。前期活動於大都，後期或係活動於杭州。漢卿名位不顯，後半期的生活，或並去太醫院尹之職而僅爲伶人編劇以爲生。以其既爲職業的編劇者，故所作殊夥。『離了利名場，鑽入安樂窩』（四塊玉）

蓋爲不得志者的常語。錄鬼簿稱漢卿爲已死名公才人，且列之於篇首，則其卒年，至遲當在一三〇〇年之前。其生年至遲當在金亡之前的二十年。（即公元一二一四年）我們假定他的生平年份爲公元一二一四——一三〇〇年則他來遊杭州之年（一二七八年，宋亡以後的一二年）正是他年老去職之時。故得以漫遊於江南的故都，而無所牽罣。漢卿作品，於小令套曲十餘首外，其全力完全注重於雜劇，所作有六十五本之多。即除去疑似者外，至少亦當有六十本以上。今古才人，似他著作力的如此健富者，殊不多見。（惟李玄玉作傳奇三十三本，朱素臣作傳奇三十本，差可比擬耳）。太和正音譜評漢卿之詞，以爲：『如瓊筵醉客』，又以爲：『觀其詞語，乃可上可下之才』。漢卿所作，通俗者爲多；如謝天香金線池望江亭玉鏡臺之類，誠未必高出於馬致遠鄭德輝諸作者。然如救風塵之結構完整，竇娥冤之充滿悲劇氣分，單刀會之慷慨激昂，拜月亭之風光綺膩，則皆爲時人所不及。其筆力之無施不可，比之馬、白、王（實甫），實有餘裕。即其套曲小令，亦溫綺多姿。可喜之作殊多。例如：

碧紗窗外靜無人，跪在牀前忙要親。罵了個負心回轉身。雖是我話兒嗔，一半兒推辭，一半兒肯。

多情多緒小冤家，迤逗得人來憔悴煞。說來的話，先瞞過咱，怎知道一半兒眞一半兒假。

一半兒題情、

之類，絕非東籬之一味牢騷的同流。

漢卿的六十餘種劇本存於今者凡十四種：玉鏡臺、謝天香、金線池、竇娥冤、魯齋郎、救風塵、蝴蝶夢等八種，見於臧晉叔的元曲選中；西蜀夢、拜月亭、單刀會、調風月等四種，見於古今雜劇三十種中；又緋衣夢一種，見於顧曲齋刊雜劇選中。續西廂一本則附於通行本的王實甫西廂記之後。又有殘劇二種，哭香囊與春衫記見於我輯的元明雜劇輯逸中。元人之善於寫多方面的題材與多方面的人物與情緒者，自當以漢卿爲第一。將漢卿今存的十四種劇本歸起類來，則可分爲（一）戀愛的小喜劇，如玉鏡臺、謝天香、拜月亭、救風塵、金線池、調風月；（二）公案劇本如竇娥冤、魯齋郎、蝴蝶夢、緋衣夢；（三）英雄傳奇如西蜀夢、單刀會；（四）其他，如望江亭。最可怪的，是除了兩部英雄傳奇及玉鏡臺、魯齋郎、之外，漢卿所創造的劇中主人翁，竟都是女子。連蝴蝶夢緋衣夢那樣的公案劇曲，也以女子爲主角，可見其如何喜歡且如何的善於描寫女性的人物。在漢卿所創造的女主角中，什麼樣的人物都有：肯自己犧牲的慈母（蝴蝶夢）；出智計以救友的俠妓（救風塵）；從容不迫，敢作敢爲脫丈夫於危險的智妻（望江亭）；負烈不屈，含冤莫伸的少女（竇娥冤）；美麗活潑，嬌憨任性的婢女（調風月）；因助人而反害人，徒喚着無可奈何的小姐（緋衣夢）；還有歷盡了悲歡哀樂的（拜月亭）；任人佈置而不自知的（謝天香）等等。總之，無一樣的人物，他是不曾寫到的，且寫得無不雋妙。寫女主角而好的，除了西廂、還魂等之外，就要算是漢卿的諸劇了。而漢卿能寫諸般不同的人物，卻又是他們所不能的。儘管題材是很通俗的，很陳腐的，不能動人的；如像公案雜劇一類的東西，實在是最難寫得好的，而漢卿卻都能使他們生出活氣來。如今讀之，仍覺得活潑潑的。當時在劇場上，當然是更爲觸目驚心的了。例如蝴蝶夢，敘王母不忍見非己出的前妻之二子抵罪而死，只得將她自己親生的第三子王三

金線池

金線池，關漢卿作，寫一個心高氣傲的妓女的戀愛心理是得到很高的成功的。

——從元曲選

蝴蝶夢

『公案劇』最不容易寫得好，但關漢卿的蝴蝶夢寫一位老婦人的理智與感情的衝突卻得到了很大的成功。

從元曲選

去抵罪。這多少是帶着理智的道德的强制的。及到了她知道王大、王二被釋，獨王三已被償命而死時，她的眞實情緒卻再也掩抑不住了。她勉强的喚着王大、王二道；『大哥，二哥，家去來！休煩惱者！』同時卻禁不住的說道：

（快活三）『眼見的你兩個得生天，單則你小兄弟喪黃泉。』

以後，覷着王三的屍身，悲啼的叫道：『敎我扭回身，忍不住淚連連。』然而她聽着王大、王二在哭時，她又下了決心的强自說道：『罷！罷！罷！但留的你兩個呵，（唱）他便死也我甘心情願！』只是一枝短短的曲子，卻將一位慈母的心理寫得那末曲折，那末入情入理，眞可算是一位很高妙的作手。調風月寫一位少女，眼見他的情人快要與別一位階級高於她的少女訂婚，她的主人，一位夫人卻偏要叫她到小姐跟前去說親。她眞要妒忌得發瘋。她巴不得這婚事不成，不料小姐卻一口答應了下去。諸事都順利的過去，到了結婚的日子，她還要爲小姐上裝。這一切都使她思前念後，十分的難過。一面詛咒着，一面卻不能不奉命惟謹。這是如何邅迍的一個境地呵！漢卿卻將這個滿心滿意怨望着詛咒着的婢女，寫得眞切活潑之至。

〔拙魯速〕終身無簸箕星，指雲中雁做羹，時下且口口聲聲，戰戰兢兢，裊裊停停，坐坐行行。有一日孤孤另另，吟吟淸淸，咽咽哽哽，覷着你個拖漢精！(尾)大剛來主人有福牙推勝，不似這調風月媒人背斥。說得他美甘甘枕頭兒上雙成，閃得我薄設設被窩兒里冷。

我們看慣了紅娘式的婢女，卻從不會在任何劇本上，見過像這位燕燕那般的一位具着眞實的血肉與靈魂的少女。這是漢卿最高的創造！閨怨佳人拜月亭，敍王瑞蘭與蔣世隆在亂離中相會而結爲夫妻；在他病中，復爲她父母所迫，不得已而相離別。後來，瑞蘭雖然生活很安適，卻一心忘不了世隆。閑行散悶，卻愈增悶。『不似這朝昏晝夜，春夏秋冬，這供愁的景物好依時月。浮着個錢來大綠嵬嵬荷葉，葉葉似花子般團欒，陂塘似鏡面般瑩潔。呵，幾時交我腹內無煩惱，心上無縈惹！似這般青銅對面裝翠鈿侵鬢貼』。(呆骨朵)及至他的義妹瑞蓮打趣着她時，她卻強自分說道：『休着個濫名兒將咱來應惹。應待不你個小鬼頭春心兒動也！』她又強自分說，無女壻的快活，有女壻的受苦。『女壻行但佔惹，六親每早是說；又道是丈夫行親熱，耶娘行特地心別。而今要衣呵，滿箱篋，要食呵，儘鋪啜。到晚來便繡衾鋪設我這心兒里牽掛處無些。直睡到冷清清寶鼎沉烟滅，明皎皎紗窗月影斜，有甚唇舌』！（滾繡球）她雖嘴硬，待得她妹子歇息去時，她卻又在中庭焚香拜月，祈求着，敎她『兩口兒早得團圓』。不料瑞蓮卻躲在花底，將她的話都聽見了，上來撞破了她。她不得已，只好『一星星的都索從頭兒說』。這樣的深刻曲折的鋪敍，乃是漢卿的長技。有人說，施君美的拜月亭傳奇，其佳處乃全脫胎於漢卿此劇。此語當然未免過當。但君美之受有此劇深切的影響，卻是無可懷疑的。如拜月亭傳奇最雋美的拜月一折便是大半沿襲着漢卿的所述的。

但漢卿不僅長於寫婦人及其心理，也還長于寫雄猛的英雄；不僅長於寫風光綺膩的戀愛小喜劇，也還長於寫電掣山崩，氣勢浩莽的英雄遭際。他所寫的英雄，實不在專寫英雄們的高文秀、康進之輩所寫的之下。關大王單刀會一劇，其中的第三折第四折，即俗名爲訓子刀會者至今仍還在劇場上演奏着，雖然演者聽者，都已不知其爲漢卿之作。當關大王持着單刀，乘着江船，而遠入東吳的危地時，他的壯志雄心，大無畏的精神，至今還使我們始而慄然，終而奮然的。『〔新水令〕大江東去浪千疊，趁西風，駕着那小舟一葉。纔離了九重龍鳳闕，早來探千丈虎狼穴。大丈夫心烈，大丈夫心烈！覷着那單刀會賽村社！〔駐馬聽〕依舊的水湧山疊，依舊的水湧山疊。好一個年少的周郎，恁在何處也不覺的灰飛煙滅。可憐黃蓋暗傷嗟。破曹檣櫓，恰又早一時絕！只這鏖兵江水猶然熱，好教俺心慘切。這是二十年流不盡英雄血。』這比着讀蘇軾有名的『大江東去』的念奴嬌還雄壯得多。軾詞只是虛寫，只是吊古，只是浩嘆，而這劇卻是偉大的英雄，在對景敍說着自己的雄心，卻又不免爲浩莽無涯的江天及往事所感動；於壯烈中帶着慘切。關張雙赴西蜀夢寫張飛的陰魂，來赴舊日的宮庭，而與他的大哥打話時，欲前又卻，欲去又留之自己驚覺着自己乃是與前不同的陰靈的情景，眞要令人叫絕。張飛一進了宮門，便大爲悽傷。『〔倘秀才〕往常眞戶尉見咱當胸叉手，今日見紙判官趨前退後。元來這做鬼的比陽人不自由！立在丹墀內，不由我淚雙流，不見一班兒故友！』進了宮，處處回憶起來，都是可傷感的。及見了劉備，備欣然歡容迎接，而他卻只是躲避着，欲前不前。『官里向龍床上高聲問候，臣向燈影內恓惶頓首。』這般的情境，連讀者也要爲之悽然，當時的劇場上，恐怕是更要挑起了幽泣的。總之，漢卿的才情，實是無施不可的，他是一位極忠懇的藝術家，時時刻刻的，都極忠懇的在描寫着他的劇中人物。在他劇中，看不見一毫他自己的影子。他只是忠實的爲作劇而作劇。就題材及佈局而論，有的地方，爲了過於陳腐凡庸之故，免不了要引起近代人的不快。然這是元人雜劇的通病，卻不是他個人如此。若論到描寫的藝術，他實可以當得起說是第一等。我們很覺得奇怪，元劇作者，大都各有所長，善於寫戀情者，往往不善於寫英雄；善於作公案劇者，往往不善於寫戀愛劇。像實甫寫西廂，那末好，寫麗春堂時，卻大爲失敗，便是一例。漢卿一人，兼衆長而有之，而恰在於衆人的首先，彷彿是戲劇史上有意的要產生出那末偉大的一位劇作者，來領導着後來作者似的。漢卿所不善寫者，惟仙佛與『隱居樂道』的二科耳。他從不曾寫過那一類的東西。

六

王實甫名德信，也是大都人。王國維據四丞相高會麗春堂一劇的末句：『早先聲把煙塵掃蕩，從今後四方八荒，萬邦齊仰賀當今皇上』斷定他和關漢卿一樣，也是由金入元的。此說很可信。金代遺留下來的劇作家略可考的，只有關漢卿和他二三人而已。其餘也許還有，然已絕對的不可考知的了。涵虛子稱：『王實甫之詞，如花間美人，鋪敍委婉，深得騷人之趣。極有佳句，若玉環之出浴，華淸綠珠之採蓮洛浦。』但這只是空泛的讚語，尚不足以盡實甫。實甫之作，涵虛子所著錄者凡十三種。錄鬼簿所著錄的則有十四種，多嬌紅記一種。但若將西廂記實作四本，而破窰記、販茶船、麗春園（非麗春堂）、進梅諫、于公高門又各有二本，則說起來是有二十二本。今傳於世者，全劇僅崔鶯鶯待月西廂記〔一〕四本，及

〔一〕西廂記傳本至多，有徐文長評本；陳眉公評本；李卓吾評本；王思任評本；張深之刊本；淩濛初刊本；金聖嘆評本等等。

四丞相高會麗春堂一本存，又絲竹芙蓉亭及月夜販茶船二劇則並有殘文存。（見我輯的元明雜劇輯逸中）芙蓉亭販茶船皆爲當時盛傳之曲，即就今所殘存的各一折裏，也已足以見到作者敍寫戀情的佳妙。麗春堂敍金朝丞相完顏，在賜宴時，與李圭相爭，被皇於濟南。後因盜賊蠭起，復召他入朝。他在麗春堂設宴，李圭也來服罪。事蹟很簡單，結構與帝貶文辭，也都是很平平的。然西廂記的四本，卻使他得了不朽的大名。他的所長，正在寫像西廂一類文東西。所以此劇便有如『初寫黃庭，恰到好處』相傳實甫著作西廂時，是殫了他畢生的精力。的寫到『碧雲天，黃花地，西風緊，北雁南飛』諸語時，思竭踣地而死。這種類乎神話的傳說，當然不可信的。不過也可見一般人對於西廂是如何讚頌。由極端的讚頌，稱許之中，而產生出像這樣的傳說，乃是文學史上常有的事。西廂記全部五本，實甫只作了四本。其第五本則爲關漢卿所續。歷來對於西廂的作者本有種種辨論。或謂關作，或謂王作；或謂關作王續；或謂王作關續。然今則王作關續之說，已占了優勢。我們也不必多所徵引，更去理會這重公案。西廂記這部雜劇，在元劇中是較爲特殊的。元劇大都爲一本，但也有二本的，如實甫的破窰記等是二本的。長至五本的，卻絕少見。今所知者，僅吳昌齡的西遊記，有六本，足與西廂記的五本相對證而已。大約西廂分爲五本，是不得已的。像崔鶯鶯待月西廂記一類的題材。在元劇中往往是以一本了之的。至多也不過兩本。連梧桐雨、漢宮秋那末冗長曲折的故事，也都是一本的。我們當然很容易想像得出西廂記是不會拉長到五本之多的。然而西廂爲什麼竟會有了五本呢？原來西廂的故事，從元稹的會眞記以後，爲詩，爲詞，爲曲者，已不在少數。而董解元的絃索西廂，則更敷衍之爲二大册。在董氏之前，或者這故事已被敷衍得那末冗長也難說。西廂的敘述與描寫，既被廣大到像董西廂的那個樣子，而欲反樸歸源，復行縮小到四折的一本或二本，可以說是做不到的事。所以王實甫的崔鶯鶯待月西廂記，便計劃着空前的一個大劇，以五本平常格律的雜劇，連絡着來敘寫這個故事。至於以何因緣，只寫到第四本而未寫第五本，卻不是我們所能知的。據我們猜想，大約不外於死亡奪去了實甫的筆。實甫死後，同時代的最善於作劇的關漢卿，便繼其未完之志，將第五本續完了。漢卿之續西廂。或由於自動的，或由於同時

拜月

『拜月亭』的故事曾成爲元劇作家關漢卿，王實甫的題材。但施氏的拜月亭傳奇都是最流行的一部，其『拜月』的一折辭和關氏的雜劇的第三折是同樣的雋好。

張生與鶯鶯的離别
——從明凌氏刻本《西廂記》

的讀者與伶人的請求，這都難說。總之，西廂分開來，是各自獨立的五本，且各自有題目正名，合之則爲連續五本而成的一大劇本，仍有一個總括的題目正名：張君瑞巧做東床壻，法本師主持南禪地，老夫人開宴北堂春，崔鶯鶯待月西廂記。照慣例是取了題目正名的最後一句作爲全劇的名稱：崔鶯鶯待月西廂記。其第一本的劇名是張君瑞鬧道場；敘的是張君瑞過蒲城遊於普救寺，在佛殿上遇見了寄居於寺傍的崔相國之女鶯鶯。她頗顧盼留情，君瑞若被電擊的受了感動，遂遷住於寺中，不復行。某夜，鶯鶯燒香時，張生曾隔牆故意吟了一詩給她聽。她也依韻和了一首。三月十五日，崔夫人爲已故相國做道場。張生藉着搭了一份齋之名，復與鶯鶯一見。第二本的劇名是：崔鶯鶯夜聽琴，敘的是鶯鶯的豔名，爲將軍孫飛虎所聞。他率了五千人馬，圍了寺，要娶鶯鶯爲妻。崔夫人說道：誰能退得賊兵的，無論僧俗，皆當將鶯鶯嫁他爲妻。張生獻了一策，一面用緩兵計穩住了飛虎，一面遣猛和尚惠明，持書到白馬將軍杜確處求救。確爲張生好友，聞耗星夜而來，擒了飛虎，解了圍。至此，張生、鶯鶯、紅娘，乃至讀者，皆以爲此段姻事可諧了，不料崔夫人卻設了一宴，宴請張生，命鶯鶯以兄妹之禮見爲的是。鶯鶯原已許下了她內姪鄭恒爲妻。張生鬱鬱不樂，連紅娘也爲之抱屈。她勸張生於夜間彈琴，以探鶯鶯之心。鶯鶯聽了張生鳳求凰之操，也大有所感。第三本的題目是：張君瑞害相思，敘的是，張生見了紅娘，將一簡遞給紅娘，托她送交鶯鶯。紅娘不敢將簡帖直接交給小姐，只放在粧盒中，待他自見。鶯鶯見了簡帖，怒責紅娘一番，然後寫覆書，命紅娘交給張生。張生聽了紅娘所訴，大爲悽惶。及折開了覆簡，讀到：『待月西廂下，迎風戶半開』之句，便將一天愁悶，都抛在一邊了。夜間，他依約跳牆而過。鶯鶯見了他，卻責以大義，迫得他羞澀的退去。自此，他便得了病。夫人命紅娘去問病。鶯鶯遞給她一張簡帖，約下張生今夜相會。張生見了這，頓時連病也忘了。第四本的題目是，草橋店夢鶯鶯，敘的是：當夜，鶯鶯果然依約而到張生的書齋。終夕無一言。天未明，紅娘便來捧之而去。張生如在夢中。自此，二人情好甚篤。但不久，便爲老夫人所覺察。她敲問了紅娘，紅娘直訴其事。於是夫人無可奈何，便答應下來這頭親事。惟約定張生必須上京求名。得名後始可成婚。張生不得已，別了鶯鶯上京而去。鶯鶯送他到十里長亭。他們倆不忍別，而又不能不別。低徊留戀，終於不得不別。當夜，張生離了蒲東二十里，歇於草橋店。輾轉不能入寐。朦朧中，見鶯鶯追來，尋他同行。但爲軍卒所迫。張生以言嚇退了軍卒，抱了小姐。不料抱的卻是琴童。他始知剛纔的乃是一夢。實甫的崔鶯鶯待月西廂記；至此而止。金人瑞批評西廂，極口稱讚西廂之應止於此處而醜詆漢卿的續本爲續貂狗尾。人瑞的見解頗高，往往想竭力的打破了千篇一律的小說戲曲上的封贈團圓，索然無味的結局。所以於水滸傳他便取其第七十回而止；於西廂記，也便極力的擁戴着實甫的四本，而力詆漢卿的第五本。但在事實上，西廂記的故事，已非有第五本不可的趨勢。到草橋驚夢，劃然而止，誠是神龍見首不見尾，奈與久已相傳的鶯鶯的故事不符合何！鶯鶯的故事，並不是實甫、漢卿創造出來的。他們顯然是改編了董西廂而爲劇本的。董西廂並非止於草橋驚夢，於是漢卿便也不能沒有第五劇以續於實甫四劇之後。第五本的題目是，張君瑞慶團圓，敘的是半年之後，張生一舉及第。他命琴童賫信同去報告夫人小姐。鶯鶯那時的如何喜悅，是易知的。她將汗衫裹肚等物，交琴童帶給了張生。張生見物，益念鶯鶯。這時他正抱着病，且因奉旨着他在翰林院編修國史。一時不能出京。同時，崔夫人的內姪鄭恆，卻到了蒲東，他意欲前來就婚。及知道鶯鶯已許婚於張生時，便心生一計，對夫人說：張生在京，已另娶一妻，所以不歸。夫人大怒，便允將鶯鶯嫁給了他。張生這時實授了河中府尹，榮歸到崔家。自夫人以下卻因中了鄭恆的讒言，對於張生俱不理睬。及杜將軍來爲張生主婚，喝住了鄭恆之時，他們方纔消釋了一切的誤會。他們遂舉行着婚禮。而鄭恆因無顏自存，觸樹身亡。張生和鶯鶯的一對有情人，於經歷許多苦辛之後，遂成了眷屬。實甫的西廂四劇，在元劇中，其地位是很高超的。元劇每以四折爲限，多亦不過五折，即有二本也只有八折。敘事每苦匆促，無縕蓄徊翔的餘地。描寫也苦於草率，不能盡量的展施着作者的才情。佈局也爲了這而少有曲折幽邃的局面。只有西廂，憑藉了傳說的題材，與原有的描敘，卻能以共五劇二十折的大幅，來寫那末一件戀愛的喜劇。於是作者們便有了可以充分的發展他們的才情的機會。在寫張生一個少年書生的狂戀，作者已是很用心用力的了。從初見到圖謀再見，從退賊到拒婚，從和詩到遞簡，從跳牆到被嗔責，從臥病到佳期，從別離到驚夢，從送書到受物，從鄭恆作梗到團圓，他差不多時時的都在戀愛的驚風駭浪的顛播之中。時喜時憂，時而失望，時而得意，那末曲折細膩的戀愛描寫，在同時劇本中，固然沒有，即後來的傳奇中，也少有如此細波潾潾，綺麗而深入的描狀的。於少女鶯鶯的心理與態度，作者似乎寫得尤爲着力。張生尚易寫，而像鶯鶯那樣嬌澀的少年女郎，卻更難寫。一位嬌貴的相國小姐，平常不大出閨門，不是不認識戀愛的感召，卻只是沈默不言，欲前故卻，欲卻又前，屢欲掩抑其已被喚起的情緒，卻終於不能掩飾得住。及佳期以後，老夫人揭破了她的秘密時，她方纔完全放下了處女的情態，而抱着狂戀的少婦的眞實面目。自此，相思、寄物等折，無一不是表現着她的熱戀的情緒的。前後的鶯鶯，幾乎是兩個人。佳期之前，是寫得那末沈默含蓄。敲紅之後，是寫得那末奔放多情。久困於禮教之下的少女的整個圖像，已完全爲實甫所寫出了。無怪乎一般的少年男女那末熱烈的歡迎着此作。原來這便是他們自身的一幅集體的映像呢！

西廂的頂點，在於第三劇及第四劇，而第四劇寫張生與鶯鶯的別離，尤爲極悽美之致。

(端正好)碧雲天，黃花地西風緊，北雁南飛。曉來誰染霜林醉，總是離淚。

(滾繡球)恨相見的遲，怨歸去的疾。柳絲長，玉驄難繫。恨不得倩流林，挂住斜暉。馬兒慢慢行，車兒快快隨，恰告了相思迴避，破題兒又早別離。聽得道一聲去也，鬆了金釧；遙見十里長亭，減了玉肌，此恨誰知！

(叨叨令)見安排着車兒馬兒，不由人熬熬煎煎氣，有甚麼心情，花兒靨兒打扮的嬌嬌滴滴媚，准備着衾兒枕兒，則索昏昏沉沉睡。從今後衫兒袖兒都搵做重重疊疊淚！兀的不閃殺人也麼哥！(同上一句)久已後，書兒信兒索與我恓恓惶惶的寄。

(小梁州)我見他閣淚汪汪不敢垂，恐怕人知。猛然見了他把頭低，長吁氣，推整素羅衣。

(四邊靜)霎時間杯盤狼藉，車兒投東，馬兒向西。兩處徘徊，落日山橫翠。知他今宵宿在那裏？有夢也難尋覓。

這是一低絕妙的抒情詩曲，非出之於一位大詩人之手不辦的。那末雋美的白描情曲，乃是後來力欲模擬的人所決不能追得上的。西廂的盛行，這大約也是原因之一。漢卿的第五劇，本來有些强弩之末，所以不能討好是當然的事。但他也甚爲用心的寫像：

（醋葫蘆）我這里開時和淚開，他那里修時和淚修。多管是筆尖兒未寫淚先流，寄來書淚點兒兀自有。我將這新痕把舊痕湮透，這的是一重愁番做了兩重愁。

（梧葉兒）他若是和衣臥，便是和我一處宿，但粘着他皮肉，不信不想我溫柔。（紅云）這裹肚要怎麼？（旦兒唱）常不離了前後，守着他左右，緊緊的繫在心頭。（紅云）這襪兒如何？（旦兒唱）拘管他胡行亂走。

之類，也都是很好的詩。

白樸亦爲自金入元者，但行輩較後於關、王。樸字仁甫，後改字太素，號蘭谷，眞定人。父華，金史有傳。錄鬼簿云：樸贈嘉儀大夫，掌禮儀院太卿。樸在金亡時，年僅七歲，惟自己以爲是金世臣，不欲仕于元，乃屈己降志，玩世滑稽。徙家金陵，從諸遺老放情山水間。中統初，有欲薦之於朝者，樸力辭之。其詩文有天籟軒集。他的雜劇凡十六種，今存者惟唐明皇秋夜梧桐雨及裴少俊牆頭馬上二種而已，（此二種俱有元曲選本）尚有東墻記，流紅葉，及箭射雙鵰三劇皆有殘文存見於我輯的元明雜劇輯逸中。樸所作範圍也甚廣。惟以善寫嬌豔的戀愛劇著名。而梧桐雨一劇，尤爲人人所知。梧桐雨以短短的四折，叙貴妃寵冠宮中，安祿山興兵造反，以至明皇幸蜀，馬嵬埋玉等事。而其頂點則在第四折，明皇由蜀回，做了太上皇，深宮無事，鎮日的思念着貴妃。到處的景物，都是添愁的資料。夢中分明見到玉環，請她到長生殿赴宴，醒來時却見雨打着梧桐樹，『一會价緊呵，似玉盤中萬顆珍珠落，一會价響呵，似玳瑁筵前幾簇笙歌鬧，一會价清呵，似翠岩頭一派寒泉瀑，一會价猛呵，似繡旗下數面征鼙操。兀的不惱殺人也麼哥！兀的不惱殺人也麼哥！則被他諸般兒雨聲相聒噪。（以上叨叨令）這『雨一陣陣打梧桐葉凋，一點點滴人心碎了。枉着金井銀床緊圍繞，只好把潑枝叶做柴燒鋸倒。』（以上倘秀才）這一夜，明皇是『雨和人緊厮熬，伴銅壺點點敲。雨更多，淚不少。雨濕寒梢，淚染龍袍，不肯相饒。共隔着一樹梧桐，直滴到曉。』在許多的元曲中，梧桐雨確是一本很完美的悲劇。作者並不依了長恨歌而有葉法善到天上求貴妃一幕，也不像長生殿傳奇那末以團圓爲結束。他只是敘到貴妃的死，明皇的思念爲止；而特地着重于追思的一幕。像這樣純粹的悲劇，元劇中是絕少見到的，連寶娥冤與漢宮秋那末天生的悲劇，却也勉強的以團圓爲結束，更不必說別的了。裴少俊墻頭馬上，敘的是裴少俊與李千金的戀愛；始由馬上墻頭的相見，而成爲夫婦；中因少俊父親的作梗而拆散；終因少俊中舉得官而復聚。這是一本平常的戀愛喜劇，寫得也不見得出色。

高文秀是很早熟的天才。錄鬼簿云：『文秀東豐人，府學早卒。』然他雖早卒，所著的劇本卻已有三十四種之多。如果他安亭天年，則其成就恐要較關漢卿爲尤偉。文秀所作，題材的範圍也甚廣，而寫得尤多者，則爲關於黑旋風李逵的劇本。自黑旋風鬥雞會，黑旋風雙獻功以下，共有八本之多。今存者惟黑旋風雙獻功一本。此外尚存二本，一爲須賈辭范雎（以上均見元曲選）一爲好酒趙元遇上皇（見元刊古今雜劇）又有周瑜謁魯肅一種，今存一折，見於我編的元明雜劇輯逸中。黑旋風雙獻功敘鄆城縣人孫榮，娶妻郭念兒。念兒與白衙內有些不伶俐的勾當。孫榮不知，一日，孫榮夫婦要到泰山神州還神願。他到梁山泊請了李逵下山爲護臂他們。落在一家店中。念兒與白衙內約好，捉個空兒，二人便偕逃而去，榮去一個大衙門告狀。不料坐衙的，卻正是白衙內。遂將他下在死牢中。李逵送飯給他。牢子也吃。不知這飯中已下了蒙汗藥在內，牢子吃了，倒地不醒。李逵遂將一牢人都放了。第二天，逵又假扮爲一個祗候人，進了白衙內家中，殺了衙內與念兒，提了那兩顆人頭上山獻功。這裏的李逵，與水滸傳上的頗不相同。水滸傳中的李逵，是一味勇猛的，這兒的山兒，卻是很謹慎而且多智計的。須賈辭范叔敍的是：須賈在魏齊面前，誣罔范叔，叔因此被打幾死。他逃到秦，改名張祿，做了秦相。須賈恰奉使至秦。叔穿了敝衣去見他。賈贈他以綈袍。叔見其尚有故人之情，遂折辱了他一番，命他傳語魏王，速送魏齊頭來。這劇寫叔屈辱及得意的情形，都很好。好酒趙元遇上皇敍趙元因好酒而受了好多苦辛，終於在酒店中遇見上皇，拜爲兄弟，做了南京府尹。文秀的諸劇，大抵文字都是質樸之極，一個典雅美麗的字眼都不用的，然自有一種古拙之氣。在國語文學中，乃是很純粹的上乘的作品。

梧桐雨

梧桐雨，寫唐明皇楊貴妃故事，白仁甫作，爲元劇中最著名的一篇悲劇。

——從元曲選（西諦藏）

漢宮秋

漢宮秋，馬致遠作，曾被稱爲元劇的冠軍。

——從酹江集（通縣王氏藏）

七

馬致遠號東籬，大都人，任江浙行省務官，太和正音譜列致遠于第一人，頌讚備至：「馬東籬之詞，如朝陽鳴鳳。其詞典雅清麗，可與靈光、景福相頡頏。有振鬣長鳴、萬馬皆瘖之意。又若神鳳飛鳴于九霄，豈可與凡馬共語哉。宜列羣英之上。」致遠作劇凡十四本，大半爲文人學士不得志者的寫照，小半爲寫山林歸隱，神仙度人的作品。大抵都是與他自己的情緒思想有關係的。寫其他題材的作品如漢宮秋等，不過二三本而已。我們如將致遠的散曲與他的劇本對讀一下，便可知他的劇本，並不是無所謂而寫作的。關漢卿的劇本中，看不出一毫作者的影子；致遠的劇本中，卻到處都有個他自己在着。儘管依照着當時劇場的習慣，結局是個大團圓，然而寫着不得志時的情景，他卻格外的着力。像江州司馬青衫淚和半夜雷轟薦福碑，（皆有元曲選本）都是如此的寫法。連寫神仙度世、山林歸隱的劇本，像呂洞賓三醉岳陽樓、太華山陳摶高臥、馬丹陽三度任風子等等，似乎都是不得讀的聊且以遺世孤高爲快意的寫法。我們試讀致遠有名的雙調夜行船（秋思）一曲：

百歲光陰一夢蝶，重回首往事堪嗟。今日春來明朝花謝，急罰盞夜闌燈滅。（喬木查）想秦宮漢闕，都做了衰草牛羊野，不恁麼漁樵沒話說！縱荒墳橫斷碑，不辨龍蛇。（慶宣和）投至狐蹤與兎穴，多少豪傑！鼎足雖堅半腰裏折。魏耶？晉耶？蛩吟能一覺纔寧貼，鷄鳴時萬事無休歇。何年是徹！看密匝匝蟻排兵，亂紛紛蜂釀蜜，鬧穰穰蠅爭血。裴公綠野堂，陶令白蓮社，愛秋來時那些：和露摘黃花，帶霜分紫蟹，煮酒燒紅葉。想人生有限杯幾個重陽節。人問我，頑童記者，便北海探吾來道東籬醉了也。

再看呂洞賓三醉岳陽樓中的一支賀新郎曲：

你看那龍爭虎鬥舊江山，我笑那曹操奸雄，我哭呵，哀哉霸王好漢，爲興亡笑罷還悲嘆，不覺的斜陽又晚。想咱這百年人，則在這撚指中間。空聽得樓前茶客鬧，爭似江上野鷗閑。百年人光景皆虛幻。我覷你一株金線柳，猶兀自閒凭着十二玉闌干。

恰恰是個很好的對照。西華山陳摶高臥諸作，也都充滿了這種很淺近的人人都懂得的因悲觀而玩世的思想。為了致遠是那樣的一位作家，正足以代表當時一大部分的士大夫不得志的情思，也正足以代表古今來不少抱着這同樣情思的文人學士，所以文人學士們，對於東籬的這些十分的投合他們胃口的作品，都是異常的頌讚稱許。涵虛子之獨以東籬為詞人之首，而不大看得起關漢卿，也便是這個緣故。總之，東籬的作品，大都是投合士大夫的，而漢卿的作品，則大都是投合於一般民衆的。不過像任風子、岳陽樓一類的東西，在民間卻也有相當的勢力。在東籬的作品中，最有名者，為破幽夢孤雁漢宮秋一本。（有元曲選本）敘的是：漢元帝命毛延壽徧行天下，刷選宮女。延壽得一位美人王嬙，字昭君的，生得光彩射人，十分艷麗。但他家不肯出錢買囑延壽。他遂將美人圖點上些破綻。元帝因此不曾留意到她。一夜，她幽悶的在彈着琵琶，為元帝所聞，遂得相見，大為寵幸，一面他便要斬延壽之首。延壽逃入匈奴，獻上昭君圖形。單于指名要昭君和番，否則興兵入塞。元帝大驚，只得送昭君出塞。昭君到了黑龍江，遂投江而死。單于驚悼，因禍起毛延壽，遂將他送同漢庭治罪。全劇的頂點則在：昭君去後，元帝思念着她的已往情意，正在煩惱不寐，却又遇着孤雁一聲聲的在雲間鳴叫着，一發感得情緒悽楚不堪。『早是我神思不寧，又添個寃家纏定他叫得慢一會兒，緊一聲兒和蛩寒更，不爭你打盤旋，這搭裏同聲相應。可不差訛了四時節令』！這一折的情景，是佈置得異常的悽雋的。息機子雜劇選中又載他的孟浩然踏雪尋梅一本，但那是明周憲王之作，並非他所寫的。

八

鄭廷玉，彰德人，生平事蹟不可考。所作本劇凡二十四種。今存者凡五種：楚昭公疎者下船，包待制智勘後庭花，布袋和尚忍字記，看錢奴買寃家債主及崔府君斷寃家債主。（皆有元曲選本）廷玉文字也甚素質，但也並不鄙野。正是所謂雅士與俗人皆能欣賞的著作。楚昭公疎者下船叔伍員入楚，楚昭公逃難過江。因風大船小，他的妻與子皆自投于江。後賴申包胥之力，求得秦兵，楚國得以復興。他的妻子也爲龍王所救，並未死。布袋和尚忍字記乃是一本與馬致遠的三度任風子題材結構都很相同的『仙人度世』劇。看錢奴

青衫淚

白居易的琵琶行被衍成青衫淚雜劇時，大失原意，而成爲一篇平常的戀愛故事了

——從元曲選

老生兒

老生兒，武漢臣作，爲元劇中結構最完美的一本。

—從酹江集（通縣王氏藏）

買寃家債主敘賈仁得了周家的財，安享二十年後，乃復爲周榮收回的「因果劇」。崔府君斷寃家債主也是如此的一劇。張善友的二子，一善積財，一甚浪用。原來其一爲負他的債者所投生的，其一則爲他欠其人之債的所投生的。經了他友人崔子玉的說明，善友纔恍然而悟。這裏的崔子玉大約便是小說與傳說中的崔府君，也卽在冥府爲唐太宗處分訴狀的崔判官。包龍圖智勘後庭花乃是同時代許多包公的公案劇中的一本。這一類的公案劇，在結構上往往是陳陳相因，題材也不外乎家庭慘變，因奸殺人一類的事。

尙仲賢，眞定人，江浙行省務官，所作劇本凡十種，十二本。今存者凡四本：洞庭湖柳毅傳書，漢高祖濯足氣英布各一本，及尉遲恭三奪槊二本。此外越娘背燈，歸去來兮及王魁負桂英三劇，有殘文見於我編的元明雜劇輯逸中。尉遲恭三奪槊有元曲選本，（其名略異，作尉遲恭單鞭奪槊）。有元刋古今雜劇本二本。內容完全不同。或者二者乃是前後本，都是尙仲賢所著的吧。這是最方便的一個假定。元曲選中的尉遲恭單鞭奪槊，敍的是尉遲恭投唐之後，固曾打了三將軍元吉一鞭，生怕他記恨，果然，元吉乘李世民回京之隙，卻將恭下在死牢只要死的，不要活的。徐茂公大驚。追了世民同營。元吉說是尉遲恭逃走，故被他捉回。但世民命他們當場試演的結果，元吉却三次爲恭所捉。他纔不敢多說。李世民去偷看洛陽城，爲單雄信所追迫，無人解救。尉遲恭奮不顧身的，以單鞭奪了雄信的槊，救了世民同來。後來世民在瑜科園與雄信戰大敗。又是恭率兵殺得雄信反勝爲敗，鼠竄而去。元刊古今雜劇本的尉遲恭三奪槊，叙的却是：元吉建成兄弟屢欲篡位，怕的是秦王跟前有尉遲恭，無人可敵。便使了一計，於高祖前讒害恭。高祖大怒，捉下恭來。賴劉文靖苦苦的勸住了，只削職放他歸去。後來他與元吉在御園中比武，他赤手空拳的與元吉爭鬥。元吉雖持着武器，却那裏是他的對手。不久，便喪敗於他的手中。聖上也不罪他。這兩本不同的尉遲恭，恰恰是前後不同時的故事，很有是前本後本的可能。漢高祖濯足氣英布，叙楚漢相持之際，漢高招降了英布。始是濯足不理他，繼則親自獻上牌劍，親自爲他推車，布驚喜過度，遂爲漢高祖出力攻項羽，大勝而歸。漢皇封他爲九江王。洞庭湖柳毅傳書，叙柳毅下第而歸，在涇河岸上，遇見龍女，托他帶信到洞庭。其後洞庭君德之，乃以龍女歸他爲妻。仲賢善於寫英雄，他所寫的尉遲恭及英布，都是虎虎有生氣的。

武漢臣濟南府人，未知其生平。所作凡十三種。今存者三種：散家財天賜老生兒，李素蘭風月玉壺春，包待制智勘生金閣。又有三戰呂布一劇，有殘文存於元明雜劇輯逸中。漢臣的散家財天賜老生兒一劇，曾有過英文譯本。這劇的結構頗好。元劇中像老生兒那末饒有迷離惝恍之致的，却不多。劉從善無子，招張郎爲壻。其婢小梅有孕。張郎意欲害她。其妻乃與他同設一計，假說小梅逃走。從善十分悲哀，遂分散家財給乞丐。清明時，張郎去上墳，却只上張家墳，不上劉家墳。於是從善悽然，勸說其妻，以侄爲子。到了從善壽辰，張郎來拜壽。從善却不許他們入門。其女引張乃引了小梅，和小梅所生之子同來。原來，小梅向是引張供給着的。還事連她丈夫張郎也不知道。於是從善無子而有子，心中大喜，將家財分爲三份。李素蘭風月玉壺春，叙李斌與妓女李素蘭情好甚篤。斌因金盡，爲鴇母所逐。李素蘭誓志不從他人。後斌得官，二人乃團圓終老。這個戀愛喜劇的題材，乃元劇中所習見的。惟結構甚佳。包待制智勘生金閣，雖也是公案劇中的惡霸特強，鬼魂索命的陳套，却仍以巧

第四十六章　雜劇的鼎盛　八七五

妙的結構見長。漢臣對於結構的特長，乃在能於最後最緊張之時，而將全局的迷離惝恍的結子，都一齊解開了。但在未解開之前，我們仍不能預知其將如何的解法。像老生兒的最後的見子；像玉壺春的李素蘭，原來姓張不姓李；像生金閣的包拯，請了龐衙內宴會，而突然捉了他，都是使用這個特殊的佈局的結果。

康進之也與高文秀一樣，善於寫黑旋風的故事。他的兩本雜劇，梁山泊黑旋風負荊與黑旋風老收心，全都是寫李逵的。今存黑旋風負荊一本。（見元曲選）進之棣州人，一云姓陳。他的黑旋風負荊，實較高文秀所作的雙獻功爲高。文秀寫黑旋風，其性格尙未很分明，進之所寫的黑旋風，則已活潑潑的將這位黑爺爺面目全般揭出。卻說有一天，李逵下山喝酒，知道了王林的女兒滿堂嬌爲强人宋剛、魯智恩搶去。這二人原是冒着宋江、魯智深之名去的。逵還以爲此事眞的是他們二人幹的，便氣憤憤的要向二人問罪。一見面，不分靑紅皂白，使斧便斫，狀如發瘋。虧得爲旁人所阻。宋江聞悉原委，乃允以首級爲賭，同到山下王林店中質證。質證的結果，原來搶滿堂嬌去的，並不是他們二人，雖然姓名似乎相同。李逵心中大爲驚惶，慢騰騰上山而去。他向宋江負荆請罪。但宋江不理，只要他的首級。他不得已取劍來要自刎。正在這時，王林趕來報信說：宋剛魯智恩二賊已爲他灌醉在家。宋江乃命逵與魯智深一同下山，捉了二賊上山殺了。此劇結構的緊密，曲白的迫切而雋美，描寫的細膩深刻，實爲元劇中最上乘的作品。幾乎無一語是虛下的，無一處是不緊張的。他將魯莽而忠義的黑旋風的性格，整個刻劃在紙上，其力量幾乎要直透紙背。第三折更是特別的好。其初逵非常的自信，直視宋、魯二人如狗羊，和他們一同下山去質證時，只恐他們乘隙脫逃，或前之，或後之，有如解差的監視囚犯。但後來證實了宋、魯二人並不是眞實的强人時，他的盛氣卻不知不覺的消失無存了。先是憤憤的似欲遷怒於王林，繼則懊喪嘆氣，有如一隻鬬敗了的公鷄，下山時是趾高氣揚，大跨步而來；如今上山時，卻低頭視地，一步挨一步的，慢騰騰而去。像那樣的情景，讀了眞要令人叫絕。

李文蔚也寫有一本水滸的劇本：同樂院燕青博魚。（錄鬼簿作報寃臺燕青博魚）寫的卻不是李逵，而是燕青。像小乙那樣勇敢伶俐的人物，本來是不容易寫得好的，所以文蔚此劇，所寫的未見得會如何的高超。文蔚眞定人，江州路瑞昌縣尹。所作劇凡十二本，今惟燕青博魚一劇存。博魚的題材與高文秀的黑旋風雙獻功頗同，左右不過是蕩婦私通衙內，豪傑為友復仇而已。但文蔚所寫的燕青，卻不甚像水滸傳上的小乙。他瞎眼求乞博魚過日，都只是小無賴的勾當。

楊顯之與關漢卿為友，也寫着黑旋風喬斷案一劇，但今已不存。存者為臨江驛瀟湘夜雨及鄭孔目風雪酷寒亭二劇。（均見元曲選）錄鬼簿云：『顯之大都人，與漢卿莫逆交。凡有珠玉，與公較之。』酷寒亭的題材頗似雙獻功與燕青博魚，惟情節較為曲折悽楚耳。鄭孔目救了殺人犯宋彬，贈銀而別。後來他娶了蕭娥為妻。娥乘他上京，與高成成奸，且虐待他前妻之子，逐他們出去。鄭孔目歸時，遂殺了蕭娥。他到府自首，府尹判他刺配沙門島。解差恰是高成。他們到了酷寒亭，風雪交加。兩個孩子要去叫化殘羹賸飯給他吃。其情景至為悲楚。他們遇見了宋彬。這時彬已為土寇，遂帶領了嘍囉，殺死了高成。臨江驛瀟湘夜雨也是一個悲喜劇，大似明人平話金玉奴棒打薄情郎，（見今古奇觀）其結局也很相類。張天覺有女翠鸞，因船覆，中途失散。她為崔老所救，後乃與他侄兒崔甸士結婚。甸士上京應試得官，却別娶了試官之女，一同上任。翠鸞前去尋訪，甸士却將她當作逃奴，命人押她到沙門島去。她父親天覺，這時已為天下提刑廉訪使，在臨江驛暮雨瀟瀟之中，與翠鸞相遇。翠鸞訴知前事，天覺大怒。翠鸞親自率了父親的祗從，去捉甸士及他的新夫人來，要殺壞他們。崔老苦苦哀告，她始復認他為夫，却迫他將新夫人休了，改作梅香。

李壽卿與鄭廷玉同時，太原人，將仕郎，除縣丞，所作劇本凡十種，今存說專諸伍員吹簫與月明和尚度柳翠二本。度柳翠與馬致遠的三度任風子及同人的三醉岳陽樓，其題材與結構，皆甚相同。不過月明和尚所度者卻是一個妓女而已。此種仙佛度世劇，千篇一律，總是不會寫得很好的。伍員吹簫敘伍員的父伍奢為費無忌所讒殺，員逃奔鄭國，楚使養由基追他。基射他三箭，皆係咬去箭頭的，因此他得以脫命至鄭。但在鄭立身不住，又南奔於吳。遇浣紗女給他飯吃。他深恐女洩出消息，但此女卻抱石自投於江以自明。又至江邊喚渡，漁父渡了他過去，也自刎而亡，以免他見疑。員到吳，不遇，流落市間，吹簫吃食，遇俠士專諸，拜爲兄弟。十八年後，員借得吳師，一戰勝楚。專諸捉了費無忌來。員又欲伐鄭。但鄭子產卻訪得漁父之子來說他，他方允不去伐鄭。又贍養了浣紗女之母，以報前德。子胥的故事，是民間所最流行的。但元劇中卻僅有壽卿此劇存。我們如將他與燉煌發見的變文列國志殘劇相對勘，頗可見出伍子胥故事的最早形式是如何的式樣。

紀君祥大都人，與李壽卿、鄭廷玉同時。所作劇凡六本。今存趙氏孤兒大報仇一本。（見元曲選）趙氏孤兒頗流行於歐洲，曾有德文譯本及法文譯本。此劇事實本極動人，君祥寫得也很生動，所以此劇譯出後，德、法人都頗爲讚許。卻說晉國屠岸賈殺了趙家三百口，只有趙朔的妻是晉國公主，不曾受害。她生了一子。屠岸賈知道此信，即命軍士把守宮門，不讓嬰孩走脫。但程嬰卻進宮救出嬰孩來。把門的下將軍韓厥放出他們後，便自刎而死。岸賈知道此耗，大索全國，命將國內一月以上半歲以下的嬰孩，都要送來殺了。嬰知事急，便去與公孫杵臼商議，將他己子詐爲趙兒，且自去出首，說杵臼藏着趙兒。岸賈在杵臼家中，果然搜出一個嬰孩。連杵臼一併殺了。因此他甚寵任程嬰，並將嬰子過繼爲己子。二十

李逵負荊

康進之所作的李逵負荊是元劇裏結構最完好的一篇英雄劇。

鄭元和

鄭元和，李亞仙的故事，是中國流傳最廣的故事之一。

——從元曲選（西諦藏）

年後，趙氏孤兒已經長成。他名程勃，又名屠成。一日，程嬰故遺畫卷於地，由勃拾得。然後嬰才說明前事。程勃大怒，便奏知晉王，捉着岸賈殺了。這樣的血仇的報復，在中國廢棄得很晚。父仇不共戴天的一語，至今還有人信奉着。而趙氏孤兒一劇，却充分的足以描寫出這種可怖的報仇舉動。岸賈之欲全滅趙族，與孤兒的大報仇，全都是爲了這個傳統的法律之故。

石君寶，平陽人，其生平未知。作劇凡十本。今存者爲魯大夫秋胡戲妻及李亞仙詩酒曲江池二本。（均有元曲選本）曲江池的故事，本於唐白行簡的汧國夫人傳。當然君寶此劇，不會及得上明人的傳奇繡襦記的。但他的敘寫也自有其勝處。洛陽府尹鄭公弼有子元和，上京赴選。他在曲江池與妓女李亞仙相遇，顧盼不已，三墜其鞭，遂與亞仙同至她家。一住兩年，金盡被鴇母所逐。窮無所歸，與人唱輓歌度日。府尹知道此事，親自上京來尋他，將他打死在杏花園。亞仙跑去喚醒了他，卻爲虔婆所迫歸。但在大雪飛揚之中，亞仙終於尋了元和同來，一同住着。元和奮志讀書，一舉得第，授爲洛陽縣令。他不肯認父，經亞仙的苦勸，方始父子和好如初。秋胡戲妻的結局，其情節也頗似曲江池。在元劇中，像這一類的雷同的佈局，似乎是過多。劉秋胡娶妻羅梅英，剛剛三日，乃爲勾軍人勾去當兵。一去十年，毫無消息。當地李大戶見梅英貌美，欲娶她爲妻。梅英不從。這時秋胡已做了中大夫。他告假回家。魯公又賜他黃金一餅。他微行歸家，見一個美婦在採桑，便以餅金去誘她。但爲此婦所斥責。秋胡到了家，母親命他的妻出見，原來便是採桑婦。她抵死不肯認他爲夫，只要他一紙休書。後由他母親的轉圜，方才和好如初。李大戶正着人來搶親。秋胡喝左右縛送他到縣究治。這與最初的秋胡傳說，頗不相類。此劇之將秋胡妻的自殺的結局，改爲團圓，當然是要投合喜歡團圓無缺憾的喜劇的觀衆的胃口的。

元刊古今雜劇更有風月紫雲庭一劇，其情節也頗類曲江池，叙妓女韓楚蘭守志不屈，終於得到良好結果。按錄鬼簿所載石君寶著的劇目中，原有此風月紫雲庭一種。也許此劇便是錄鬼簿所云的一種。但同書戴善甫名下，卻也著錄有風月紫雲庭一本。不知此本究竟誰作。

吳昌齡西京人，生平未詳。所著雜劇凡十一種。今存唐三藏西天取經，張天師斷風花雪月及花間四友東坡夢三種。西天取經爲現存元劇中最長的一部。西廂記的五劇，已是元劇中極長的了，但西天取經却有六本二十四折，較西廂還多出一本。西天取經的六本，各有題目正名，每本都是可以獨立的。第一本敘陳光蕊被難，夫人殷氏爲賊劉洪所佔。洪冒了光蕊之名，赴洪州知府之任。殷氏原已有孕，兒子生出後，又被洪棄入江中。金山寺長老收養着他，剃度爲僧，法名玄奘。十八年後，遂捉了劉洪，報了父仇。但其父並未死，乃爲龍王所救得。正在他們的團圓歡聚之際，觀音却來喚玄奘到長安祈雨救民，且到西天求經。第二本敘玄奘被封爲三藏法師，奉詔往西天求經。觀音奏過玉帝，差十方保官保唐僧沿途無事。第三本敘花果山有孫行者的，攝了金鼎國公主爲妻，又偷了西王母的仙衣仙桃。因此，觀音降伏了他，將他壓於花果山下。唐僧經過花果山，救出行者，收他爲徒，取名悟空。觀音將鐵戒箍安於他頭上。師徒經過流沙河，遇見沙僧，也收伏他爲徒。中途，行者救了劉太公之女，殺了銀額將軍。却爲紅孩兒所算，乘機攝了唐僧去。行者藉了佛力，終於救回師父。

第四本：猪八戒自稱黑風大王，騙了裴海棠禁在山洞中。行者師徒經過此山，救了海棠，但唐僧又爲八戒乘隙攝去。行者請了灌口二郎來，方才救出唐僧，降了八戒，同上西天。第五本叙唐僧經過女人國，火焰山，歷遭魔劫。終於得觀音衛護，平安過去。第六本叙：師徒們到了天竺，取經回東土。行者沙僧八戒卻在天竺圓寂了。佛命另差成基等四人送他回長安。他遵囑閉了眼，果然即刻已至。這時，離去時已是十七年後了。玄奘回後，開壇闡教，功德甚多，最後，佛命飛仙引他入靈山會正果朝元。此劇氣象甚爲偉大，惟事蹟過多，描寫未免粗率，遠沒有西廂那末細膩婉曲。這也許是爲題材所拘，不能自由描寫之故。張天師叙張天師判决了魔人的桂花仙子事。東坡夢叙佛印藉神通命柳、梅、竹、桃四友在夢中與東坡相會，終於折伏了東坡，剃度了白牡丹。這二劇帶着很濃厚的仙佛傳道的色彩，這在元劇中是並不罕見的。

戴善甫，眞定人，江浙行省務官。所作劇凡五種；於上述風月紫雲庭外，尚有陶學士醉寫風光好一本，存於元曲選中。尚有詩酒翫江樓一劇，存殘文二折，見於元明雜劇輯逸中。風

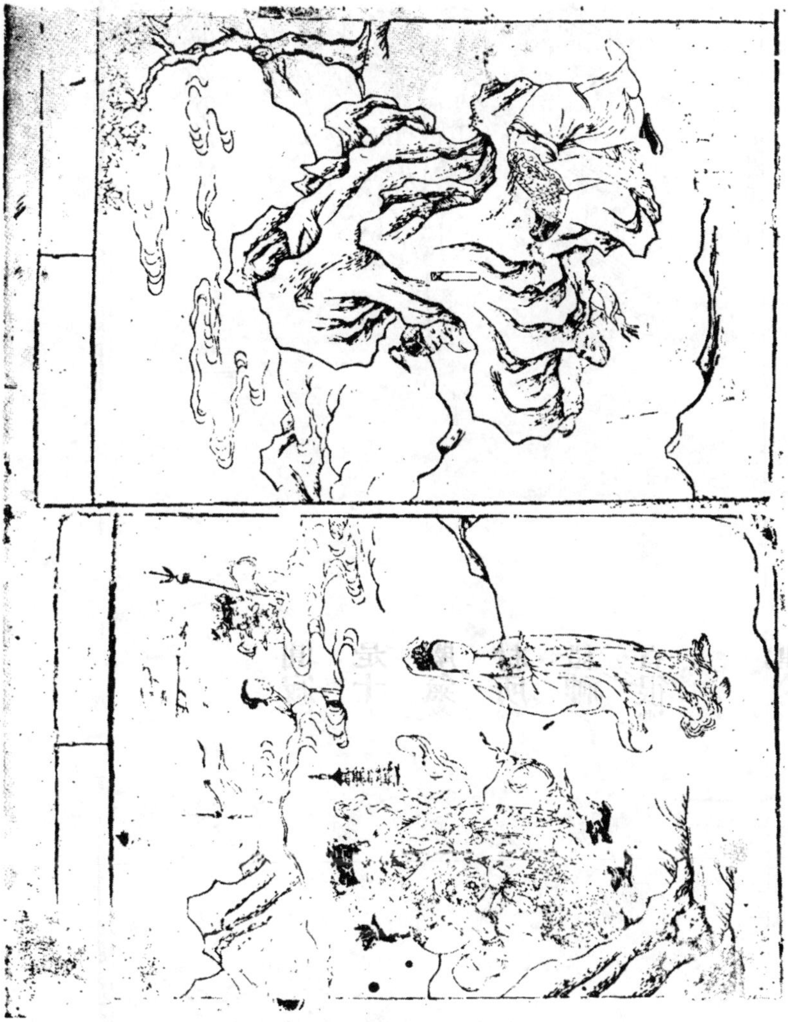

孫行者

吳昌齡西遊記雜劇孫行者是很着力的。——從明刊本西遊記雜劇

金錢記

此劇爲喬吉甫作，寫得很嬌艷。

——從明顧曲齋所刊元劇（涵芬樓藏）

光好敘的是：宋太祖差陶穀至南唐，欲說降李主。李主托疾不朝。由韓熙載任着招待。穀威儀凜然。熙載設計命妓女秦弱蘭冒作驛吏寡婦，乘機挑他。他果爲所惑，詠一首風光好給她。第二天，南唐相梁齊丘請他宴會，席次命弱蘭出唱風光好。穀自知失儀，不能畢其使命，便投奔杭州錢俶處。却與弱蘭約好，要來娶她。曹彬下江南時，弱蘭也逃到杭州去。錢王在湖山堂上設宴，要試弱蘭的心。他使弱蘭自在人叢中尋穀。尋到後，他故意不承。弱蘭欲碰堦自殺。錢王連忙阻止了她，使他們團圓。

王仲文，大都人，其生平未知。作劇凡十本，今存救孝子賢母不認屍一本。救孝子乃是一本『公案劇』，但公正聰明的官府，却是王翛然，而不是習見的包拯。李好古，保定人，或云西平人，作劇三本，今存沙門島張生煮海一本。宋末元初有兩李好古，皆著碎錦詞，恐非即此作劇的李好古。此李好古的生年或當較後。張生煮海的曲文殊佳。敘的是天上的金童玉女因思凡而被罰下生世間。男爲張羽，女爲龍女。張生寄住石佛寺。一夕、彈琴自遣。龍女出海潛聽，大爲所動，遂與他約爲夫妻，並囑他在八月十五日相見。惟張生等不到八月十五日便去尋他。但入海間隔，任怎樣也見不到她，途遇毛女，她却送他三件法寶用以降伏龍，王不怕他不送出女兒來給他。張生到了沙門島，取出法寶來用，乃是一銀鍋，一鐵杓子，一金鼎。張生支了行竈，將海水杓入鍋中燒着，海水即便沸滾。龍王大驚他問明了原委之後便以女瓊蓮給他爲妻。不久，東華大仙到了海中，說明二人的本相，仍領了他們回天去。結構原也平常，然在文辭上，作者却頗得了成功。具着元劇所特有的美暢而淺顯的作風。

張壽卿的謝金蓮詩酒紅梨花也是一部戀愛喜劇，在結構上却遠勝于張生煑海。壽卿，東平人，浙江省掾吏，所著有謝金蓮詩酒紅梨花一本（有元曲選本）紅梨花的題材，明人曾有兩部傳奇取之，除了描寫的較爲綺膩之外，其佈局似尙不及壽卿的此劇。壽卿此劇，其巧妙之點，乃在故意將劇情弄得很迷離，明明是個有血有肉的少女却故意說她是鬼，以至熱戀着的趙汝州不得不急急的逃去。及至最後團圓的一霎，見了她還連呼：『有鬼！有鬼！』其結構的高超很可與武漢臣諸劇並美。

岳伯川，濟南府人，或云鎭江人。作劇二本，今存呂洞賓度鐵拐李一本。鐵拐李原是一本題材很陳腐的『神仙度世劇』，惟此劇較爲新奇之點乃在：岳壽死後，却借了李屠的屍身還魂，因此連他也迷亂不知所措。最後，乃由呂洞賓度他登仙，以解決一切的糾紛。伯川寫岳壽初醒時的迷亂、念家時的情緒懇切，發見身體已非本來面目時的驚惶，都寫得很好。

石子章，大都人，作劇二本，今存秦修然竹塢聽琴一本；這也是一部戀愛劇，但超出于一般戀愛劇的常例之外，秦修然所戀者却是一位少年的女尼。（這女尼幼年時本與他訂婚）其題材與明代高濂的玉簪記是完全相同的。但在描寫上却遠及不上玉簪記。北中梁州尹故意的傳布着鄭道姑是鬼的巧計，又與張壽卿的紅梨花完全相同。

王伯成，涿州人，作劇三本，今存李太白貶夜郎一本。（見元刊古今雜劇）他將關於李白的種種傳說都引進劇中。始於貴妃磨墨，力士脫靴，終于水中撈月，龍王水卒迎接他。作者始終將李太白寫成了沉醉不醒的酒徒，口口聲聲離不了酒字醉字。但在沈酣遺俗之中，也未嘗沒有憤世之念在：『〔太平令〕大唐家朝治里龍蛇不辨，禁幃中共猪狗同眠，河洛間途俗皆現日月下清渾不變把『謫仙盛貶一年半年浪淘盡塵埃滿面』。伯成所極力描寫的似便是那樣的一位有托而逃，『衆人皆醉而我獨醒』的李太白。在這一點，他寫得是很成功的。

孟漢卿，亳州人，作劇一本張鼎智勘魔合羅今存；孫仲章，大都人，（或云姓李，）作劇三本今存河南府張鼎勘頭巾一本。（以上二劇皆見元曲選）他們所作的這兩本都是『公案劇』，且都是以張鼎爲主人翁的；魔合羅叙李德昌妻被誣殺夫，爲張鼎勘得眞情，出了她的罪；勘頭巾叙王小二被誣殺了劉員外，也爲張鼎發見其眞情，知道殺人者乃係劉妻的情人王知觀而非小二。這二本『公案劇』，其結構頗與一般的『公案劇』不同；一般的公案劇，主人翁總是『開封府尹』一類的負責大吏，不是包拯，便是錢可道，或王脩然；這裏判案的却是一位小小的孔目張鼎。也許張鼎原有其人，其聰明的判案的故事曾盛傳于當時的。

李行道（一作行甫）絳州人，他的包待制智賺灰闌記（見元曲選）也是一部公案劇，却依常例，以包拯爲主人翁。灰闌記敘的是：張海棠嫁了馬員外，生有一子。張員外死後。他的大婦與海棠爭產爭子，誣告着她。她被屈打成招，解送到開封府治罪。府尹包待制，巧設一計，在地上用石灰畫了一闌，命二婦拽孩子出闌外。拽得便出是眞母。海棠不忍傷害她已子，兩次拽不出。包待制知道她必爲這孩子的眞母，遂中雪了她。這故事與舊約聖經中蘇羅門王判斷二婦爭孩的故事十分相類。也許此劇的題材原是受有外來故事的影響的吧。

孔文卿，平陽人，作劇一本：秦太師東窗事犯，今存。（見元刊古今雜劇）但第二期的作家金仁傑也有秦太師東窗事犯一劇。古今雜劇不著作者姓名，不知此劇，究竟誰作，東窗事犯敘的是：岳飛連破金兵，聲勢極盛。秦檜却以十三道金牌招他入京，下飛于大理寺獄問罪。檜與妻在東窗下商議，以『莫須有』三字殺害了他，及岳雲張憲。地藏神化爲呆行者在靈隱寺中泄漏了『秦太師東窗事犯』。何立舉命去拘捉呆行者，誰想人已不見。遂追往東南第一山去，實際上却入了地獄，見秦檜帶枷受罪。何立回去一說，諕得檜妻王氏腮邊流淚。這時檜已病甚。不久遂被拘入地獄，受諸般刑，而岳飛等則升天爲神。明代傳奇中，也有東窗記一本，也便是敷演此事的。

狄君厚也是平陽人，著晉文公火燒介子推一劇。（見古今雜劇）敘的是：晉獻公寵愛驪姬，四公子申生，介子推諫之不聽。後申生被殺，子推隨了重耳出奔。重耳歸國即位，賞了從亡諸臣，惟忘了子推。子推作了一篇龍蛇歌懸於宮門。然後他偕母亡入深山。重耳入山求子推不得，便放火燒山，以爲他見火必出。不料子推竟抱樹燒死不出。這故事本來是很悲慘的，君厚在第四折中借着樵夫之口，痛責晉文公一頓。

以上作劇者皆爲漢人，獨李直夫則爲女直人。直夫本名蒲察李五，德興府住。所作劇凡十二本，今存武元皇帝虎頭牌一本。（見元曲選，但劇名作便宜行事虎頭牌）敘的是：王山壽馬升任爲天下兵馬大元帥，以金牌千戶的印子交給他叔叔銀住馬。銀住馬好酒。一日酒醉，被賊打破山夾口，擄去人口馬匹。但他連忙追去奪回。元帥聞知此事，招他來判斬。家族部下環懇以情，元帥俱不從。後知銀住馬曾奪回人馬，便赦死杖百。第二天，元帥擔酒牽羊，與叔叔媛痛。銀住馬其初閉門不納。後經懇說，乃始納他入門。山壽馬說明，昨日打他的，不是侄兒，乃是虎頭牌。銀住馬遂與他和好如初。此劇敘的都是金代之事，也許其著作的年代乃在元代滅金之前。

在第一期的劇作家中，不僅士大夫爭寫着劇本，即娼夫也都會寫；像張國賓諸人，且都寫得不下于士大夫。太和正音譜頗看不起他們，在最後別立一名曰：『娼夫不入羣英』，並引趙子昂的話道：『娼夫之詞，名曰綠巾詞。其詞雖有切者，亦不可以樂府稱也。』這樣的『娼夫作家』凡四人：一、趙明鏡，二、張酷貧，即張國賓，三、紅字李二，四、花李郎。馬致遠李時中曾與花李郎、紅字李二合作開壇闡教黃粱夢（見元曲選）一劇，亦爲『神仙度世劇』之一，與任風子、岳陽樓等沒有什麼特異的地方。時中，大都人，中書省掾，除工部主事。紅字李二，京兆人，教坊劉耍和婿。花李郎亦爲劉耍和婿。黃粱夢第一折爲致遠作，第二折爲時中作，第三折爲花李郎作，第四折爲紅字李二作。趙明鏡之作今不存。張國賓則作劇凡四種，今存者三本，即相國寺公孫合汗衫、薛仁貴榮歸故里及羅李郎大鬧相國寺。國賓

〔賓一作寶〕大都人,『即喜時營教場勾管』。合汗衫叙張孝友救了陳虎,虎反將他推入水中而娶了他妻李玉娥。十八年後,孝友所生之子張豹做了官,方才報得前仇。羅李郎叙羅李郎受留了蘇湯哥及孟定奴,將他們配為夫婦。湯哥為侯興所害,陷入官獄,興卻謊報湯哥已死。李郎一氣而病。侯興乘機拐了定奴而逃。後來湯哥定奴俱遇見自己做了官的父親,侯興也被捉定罪。他們是團圓着了,卻撇下一位孤零零的羅李郎,暗自悲傷。這一劇略帶有悲劇的意味。薛仁貴叙仁貴往絳州投軍,隨張士貴征高麗,打葛蘇文,得了五十四件大功,定了遼國。但其功勞俱為士貴所冒。他與士貴爭辨。二人比箭之後,方以功盡歸仁貴。這一夜,他夢見自己同家,為士貴所捉,要殺壞他,一驚而醒。便懇求徐茂公放他回家省親。茂公許之,且妻之以女。『壯士十年歸』,父母之喜可知!合家正在團圓歡宴之際茂公又奉了聖詔,給他們加官進爵。薛仁貴的故事,在民間小說劇本中流傳着的,今所知當以此劇為最早;明人的傳奇跨海征東白袍記以及小說說唐征東傳皆出於此劇。

九

第一期的雜劇作家，有劇本流傳于今者，已盡于此。這一期的年代甚長，故作家最多，其作品流傳于今者也最多。但到了第二期，一面固然是年代較短，一面劇作家似也遠不如第一期內諸作家的努力。以一人之力而寫作六十本三十本以上的劇本的事，已成了過去的一夢；寫作最多的鄭光祖也只有十九劇，喬吉甫也只有十一劇，其他更可知。

第二期的作家當以楊梓，宮天挺，鄭光祖，喬吉甫爲主要者。而鄭光祖，尤爲著名，或合之前期的關，馬，白三人而稱之爲「關、馬、鄭、白」四大家。尙有金仁傑，范康，曾瑞等也很著名。

楊梓，海鹽人。至元三十年，元師征爪哇，梓以招諭爪哇等處宣慰司官，以五百餘人先往招諭之，大軍繼進。爪哇降。梓後爲安撫大帥，官至嘉議大夫，杭州路總管，致仕，卒，謚康惠。所作有忠義士豫讓吞炭，霍光鬼諫，敬德不伏老三劇。這三劇今皆有傳本。豫讓吞炭敘智伯滅了范氏，中行氏，又欲併吞韓，趙，魏三家，但反爲三家所乘，滅了他，共分其地。智伯臣豫讓欲爲智伯復仇，二次行刺趙襄子。後一次，漆身吞炭，以毀其形，但終爲襄子所覺，被擒而死。霍光鬼諫敍霍光赤心爲漢，扶立昌邑王爲君，但未及一月，已造下罪一千一百一十七庄。光遂廢了他，改立昭帝爲君。昭帝寵任霍山霍禹，光不以然，諫之不聽，遂一病而死。死後知山禹欲謀逆，遂先期到宮中通知了昭帝，叫他爲備。這樣爲國忘家大義滅親的舉動，便是鬼也很動人的。光的鬼魂入宮殿一段，頗似關漢卿的西蜀夢，惟所創造的幽怖的情景，則遠不如漢卿所創造的那末悽楚。不伏老敍尉遲敬德不肯伏老，仍欲掛印爲征東元帥事；其寫『烈士暮年，壯心不已』的情境，是竭了心力的。

宮天挺字大用，大名開州人。歷學官，除釣台山長，卒于常州。所著劇本凡六種，今惟生死交范張雞黍一本存。（見元曲選）又有嚴子陵垂釣七里灘一本，見古今雜劇，未著作者姓氏，未知與錄鬼簿所著錄天挺的嚴子陵釣魚台是一是二。但其他元代劇作家並無與此相同的題目，則此劇之爲天挺作，也當可信。范張雞黍敍范巨卿與張元伯爲生死交。巨卿與元伯約定某年月日去訪他，果然如期而至。後來元伯病死，臨終遺言，非待巨卿來，靈車不動。巨卿夢見元伯告他已死，果然素衣奔喪而來。靈車始動。太守第五倫深重其義，薦他爲官。垂釣七里灘敘漢，嚴子陵爲光武舊友。光武爲帝，子陵不肯屈節，只在七里灘垂釣過活，蕭閒自得。劇中竭力誇張隱居之樂，而深鄙逐逐于祿利之後者。天挺爲官時，曾受過毀謗。如此寫法，或係自己有所深警于中吧。『金蕉葉：七里灘從來是祖居，十輩兒不知禍福。常遶定灘頭景物。我若是不做官，一世兒平生愿足。調笑令：巴到日暮春天隅見隱隱殘霞三百縷。釣的這錦鱗來滿向籃中貯，正是收輪罷釣魚父，那的是江上晚來堪畫處，抖搜着綠簑煙去。』其情調甚似馬致遠的陳摶高臥諸劇。

鄭光祖字德輝，平陽襄陽人。以儒補杭州路吏。錄鬼簿謂：『公之所作，名香天下，聲振閨閣。伶倫輩稱鄭老先生，皆知其爲德輝也。惜乎所作貪於俳諧，未免多於斧鑿，此又別論焉。』然就今所知者論之，光祖所作，實未見得具有如何的俳諧之處。他所作凡十九種，今存四種：搊梅香翰林風月，醉思鄉王粲登樓，迷青瑣倩女離魂（以上見元曲選）及周公輔成王攝政（見元刊古今雜劇）。周公攝政敘管蔡流言，周公勘亂的事；王粲登樓敘王粲寄居荆州，鬱鬱不得志因登樓遠望，浩然長嘆。酒醉之後，幾欲墮樓自殺。恰在這時，朝命到了，宣他爲天下兵馬大元帥，兼管左丞相。傷梅香與倩女離魂則皆爲戀愛的喜劇。傷梅香的情節與西廂記甚爲相類。不過將張生易爲白敏中，鶯鶯易爲小蠻，紅娘易爲樊素而已，而特着重於傳消遞息的樊素。說起技巧與文辭來，那是離西廂不止一箭地而已的。倩女離魂一劇，題材比較的新穎。張倩女與王文舉指腹爲親。文舉上京應舉，過拜岳母，張夫人却只命倩女與他以兄妹之禮見。她因此鬱鬱不樂。他們到折柳亭送文舉起行。倩女歸後，一病懨懨，臥床不起。她的靈魂追上了文舉，一同上京。文舉也不知其爲出殼的靈魂。他一舉狀元及第，與倩女之魂同歸。這時，已在三年之後。文舉見了夫人，請罪不已，爲的是帶了她女兒同行。但夫人却不信其言，因倩女原是好端端的臥病在床。她到了家，自向內房而去。入房後，便與床上的病者合爲一體，病也遂愈。於是大家始知道隨文舉上京，乃是離魂出殼的她。夫人遂命重排婚宴。追隨同行的一段，頗似西廂第四本的草橋驚夢的一段。此劇原是本於唐陳玄祐的離魂記，故和西廂不期然而然的同陷於一型。光祖似也甚受第一期中諸大家的影響而不能自脫，故其劇本往往在不知不覺之間透露出模擬的痕跡來。但其曲文的美好却確可使他成爲一位大家。不過與關漢卿王實甫相比，則未免有些不稱。後人以他爲四大家之一，竟抑實甫與武漢臣康進之諸人于下，而不得預與其列，實未免有些顛倒得可怪。

喬吉甫字夢符，太原人，號笙鶴翁，又號惺惺道人。所著小令，明人李開先曾爲刻板流傳。或以他與張可久合稱爲元代的李杜。他所作的劇本凡十一種，今存者三本：玉簫女兩世姻緣，杜牧之詩酒揚州夢，及李太白匹配金錢記。（皆見元曲選）此三本皆爲戀愛的喜劇，寫得都很光艷動人，嬌媚可喜。題材未必是很新鮮的，佈局也很落陳套，惟其新雋的辭藻却能救他們出于平凡之中。金錢記叙韓飛卿三月三日在九龍池畔見到見王知尹的女兒柳肩兒，惓戀不已。柳眉兒也深有相顧之意，只礙着旁人，便拋下金錢五十枚給他。飛卿追趕她，直入王府，爲府尹所見，將他吊起。虧得其友賀知章前來解救了他。王府尹留他在家爲門館先生。一日，金錢爲府尹所見，知爲己物，又將他吊起追究。恰好知章又來救了他。且宣他入朝。飛劇中了狀元，遂與柳眉成婚。

【解扶歸】兀的不粧點殺錦繡香風楊，風流殺花月小窗紗。且休說共枕同衾覷當咱，若得來說幾句兒多情話，則偬那嬌臉兒咱根前一時半霎，便死也甘心罷。

像那末的情語，全劇中是很不少的。揚州夢敘杜牧之到揚州見牛僧孺，遇見了少女張好好，甚爲留戀。後來牧之回京，僧孺方送好好給他。牧之的貪戀花酒之名，爲皇帝所知，幾欲因此罰他。賴京兆尹張尚之保奏無事。尚之因勸他此後『早罷了酒病詩魔』。兩世姻緣敘韋臯與上廳行首玉簫的情好甚篤。他上京應舉，約定三年歸來。但一去數年，一無音耗。玉簫鬱鬱成病而死。臨危時自畫一像寄臯。十八年後，韋臯已官至鎭西大將軍，一日，至張延賞處宴會。延賞出其義女玉簫行酒。臯見玉簫貌肖從前的情人，且又同名，乃向延賞求親。他大怒，拔劍欲殺臯。臯乃率兵圍了張府。賴玉簫力勸，始罷圍而去。此事奏知皇帝，帝命延賞將玉簫嫁給了臯。延賞見了前世玉簫的肖像，方知兩世姻緣之言爲非虛誑。

金仁傑字志甫，杭州人，作劇凡七本，今存蕭何月夜追韓信一本（見元刋古今雜劇）。

又秦太師東窗事犯一本，今也存在，已見前，不知究竟是他作的還是第一期的孔文卿作的。蕭何追韓信敘韓信窮困時，寄食無所，漂母飯之，又爲惡少年所辱，出其袴下。他離了淮陰，投於楚國，不用，投沛公，亦不能重用。于是慨然負劍，不別而去。蕭何知信逃去，大驚，乘月夜追上了他，與他同歸，力薦于沛公。沛公遂拜他爲元帥。終於困楚王於九里山前，成了滅楚與漢的大功。作者頗着力于寫英雄未遇時的悽涼悲憤的氣分，在這一點上，頗能創造些新鮮的空氣來。

范康字子安，杭州人。所著劇凡二本，今存陳季卿誤上竹葉舟一本。這也是一本『神仙度世劇』，與馬致遠衆人所作的黃粱夢任風子等劇極爲相同。其文辭也未能有新穎傑出的地方。

曾瑞字瑞卿，大興人。自北來南，遂家于杭州。不願仕，自號褐夫。善丹青，能隱語小曲，有詩酒餘音行于世。所作劇本則僅有王月英元夜留鞋記一本，今存。（見元曲選，錄鬼薄作才子佳人誤元宵）留鞋記敘郭華迷戀着胭脂鋪中的一位女郎王月英，與她約定元夜在相國寺觀音殿相會。不料，那夜郭華喝得酒醉。月英推他不醒，便留下繡鞋香帕於他懷中而去。華醒後，懊喪不已，便吞了手帕而死。此事告到包待制衙中。包公訪出了繡鞋的來歷捉了月英來。月英在華口拉出手帕來，華便復活。由包公的主張，這一對情人便很快活的成了婚。此事似爲當時的一件實事。在明人傳奇及皮簧戲中都有叙及此事的。像這樣戀愛喜劇，在許多同類的劇中，題材是較爲淸新的。

秦簡夫，蕭德祥，朱凱，王曄四人也有劇傳於後。鍾嗣成自己也寫有雜劇七本，然今俱不傳。元曲選中尙載有李致遠，楊景賢二人的劇本；此二人不知生在何時，姑也附於此期之末。又，以作小說傳奇著名的羅貫中他也著有劇本。

秦簡夫未知其里居生平。錄鬼簿云：『見在都下擅名，近歲來杭回。』則簡夫乃係常住於都下者。所作凡五劇，今存東堂老勸破家子弟及宜秋山趙禮讓肥二本（俱見元曲選）東堂老叙趙國器因子揚州奴不肖，臨危時托他給東堂老照管。十年之後，揚州奴將父產用盡。財盡之後，人人便不再理倸他。他方才覺悟，知道勤儉。東堂老見他已回心轉意，便將他父親所寄托的財產，都還了他。趙禮讓肥叙趙孝，趙禮在宜秋山下住。趙禮入山遇強人馬武要殺害他，他哥哥趙孝與他爭死。馬周大爲感動，贈以銀米，自己也去邪歸正。光武平定天下後，周已因功封官，遂薦趙氏兄弟入朝爲官。

蕭德祥，杭州人，以醫爲業，號復齋。著雜劇五本，今存楊氏女殺狗勸父一本。（見元曲選）又有南曲戲文等，今未見。殺狗勸夫叙孫榮與弟虫兒不和，屢次欺虐他，但虫兒並不怨怒。其妻楊氏，欲感悟其夫，便殺了一狗，穿上人衣，放在後門。孫榮酒醉歸來，還以爲是人，大吃一驚。去央幾位好友幫同掩埋時，他們都懼禍不肯。只有虫兒肯。兄弟二人因此和好。但幾位酒肉朋友却去告他殺人。府尹王修然審問時，楊氏說出原委，掘出屍身來看時，果然是一隻狗。這與最早的傳奇殺狗記題材相同，不知是誰襲用了誰的。在歐洲中世紀的故事書羅馬人的行蹟中也有這樣的一則故事：是殺了猪，冒作了人，偏求好友掩埋他，他們都不去。只有他所認爲不大喜歡他的一位，却慨然的肯擔任了去。於是真假的友情，遂以試出。像這樣相同的故事，確有轉徙，輸入的可能，頗不能泛泛的以偶然的相同爲解釋。

朱凱字士凱，里居未詳。所著有昇平樂府及隱語等；雜劇有二本，今存昊天塔孟良盜骨殖一本。（見元曲選）『孟良盜骨』至今尚爲雜劇上所常演的戲文，雖然所演的並非凱的昊天塔其悲壯英雄邁的豪雄氣概，乃是人人所感動的。楊令公死節後，屍首被吊在昊天塔上。楊六郎命孟良去盜回來。良使了一計，果然盜回了骨。追兵圍住了五台山，要索六郎，六郎果然寄宿在內，却被削髮爲僧的楊五郎賺了來將入寺殺壞了。因此，兄弟們就在在寺大建道場追薦其父。

王曄字日華，杭州人，能詞章樂府。有與朱士凱題雙漸小卿問答，人多稱賞。所著雜劇凡三本，今存桃花女破法嫁周公一本。（見元曲選）此劇的事實荒唐無稽，處處表現出極幼稚鄙野的氣分來，文辭也極粗淺。但在民俗學上看來，却是一部絕好的材料。在其間，頗能充分的看出『陰陽八卦』的極端的作用，還有許多結婚時的禁忌，至今尚沿用未改者，彼亦一一爲之解釋其來源，雖不可信，却都是很可珍貴的參考品。

李致遠之名，未見於錄鬼簿，不知其里居生平。所作雜劇有都孔目風雨還牢末一本。

（見元曲選）劇中的英雄，是梁山泊上的李逵事實也是蕩婦私結情人，陷害她的丈夫，賴李逵的答救而得脫了禍且報了仇，與雙獻功燕青博魚諸劇無大區別。

楊景賢也未見於錄鬼簿所作有馬丹陽度脫劉行首一劇。（見元曲選）這劇乃是『神仙度世劇』之一，與月明和尚度柳翠頗相類；總之，被度的是迷惑的，不肯出世的，度她的却三番兩次的定要度她。終於度人者如願以償，被度者也恍然大悟。一念之轉便得證果朝元，立地成仙。

羅貫中生平所作小說甚多，三國志演義乃是其中最有名的一部。所作雜劇，有宋太祖龍虎風雲會，忠正孝子連環諫，三平章死哭蜚虎子（見賈仲名續錄鬼簿）等三本，今只見風雲會一種。（見元明雜劇二十七種）龍虎風雲會叙趙匡胤在陳橋驛被軍士以黃袍加身。遂即了天子之位。然天下未平，他心中殊覺不安。一夕當雨雪紛紛之際，他獨自到丞相趙普家中，與他劃策征討諸國。他聽了普策，遣將伐國，無不勝利。天下遂以統一。劇中『雪夜訪普』的一折至今尚在劇塲上演奏着。這一折實爲全劇的精華，難怪至今還有人欣賞着但全劇事實殊多，人物紛煩，結構也甚散漫，却不是什麽極上乘的作品。

十

無名氏的許多雜劇，在最後也應該一提。今存的許多無名氏作品，在元曲選中者凡二十三本，在元刋古今雜劇中者凡三本，在元明雜劇二十七種中者凡三本，在古今雜劇選中凡一本。在這些無名氏的作品中，有一部却決不下於大名家最好的作品。今且略依了劇題的歸類，略述之於下。

第一，『公案劇』有包待制陳州糶米，包龍圖智賺合同文字，神奴兒大鬧開封府，叮叮噹噹盆兒鬼（均見元曲選）及鯁直張千替殺妻（見元刋古今雜劇）等數本，其中的主人翁皆爲包拯。題材雖各不同，而結構則大略相似。我們由此頗可以知道包龍圖在那末早的時候已是神話化了，而成爲聰明的審判官的集體的。惟張千替殺妻佈局特異，叙張千與一個員外結拜爲兄弟。員外之妻要和他私通。他再三推却。終乃殺了她以救員外。

他被包拯判決了死刑。但臨刑時却又赦免了他。（?）其文辭頗極勁秀豪放之致。是元劇中的最好的作品之一。

第二，『戀愛劇』有玉清菴錯送鴛鴦被，李雲英風送梧桐葉，逞風流王煥百花亭，及薩眞人夜斷碧桃花等數本（均見元曲選），大抵皆係喜劇，叙的也都是始經分離，艱苦，而終得團圓者。惟碧桃花事實略異。叙張道南與女鬼碧桃相戀，後她爲薩眞人所拘，說明原委。眞人乃使她借了他人之屍還魂而與道南結婚。若將此劇與紅梨花等以人爲鬼的趣劇相對照，頗可顯出一種特殊的情調來。元劇中以女鬼爲戀愛的對象者似僅有碧桃花這一劇而已。這個現象也頗可使我們注意。

第三，歷史及傳說的故事劇最多，有龐涓夜走馬陵道，凍蘇秦衣錦還鄉，隨何賺風魔蒯通，朱太守風雪漁樵記，孟德耀舉案齊眉，錦雲堂暗定連環計，兩軍師隔江鬥智，（以上均見元曲選）諸葛亮博望燒屯（見元刊古今雜劇），蘇子瞻醉寫赤壁賦（見元明雜劇二十七種）小尉遲將鬥將認父歸朝，謝金吾詐拆清風府，金水橋陳琳抱粧盒等十餘本。

其間如認父歸朝，馬陵道，連環計等都寫得很不壞。而赤壁賦一本，稱頌者也頗多。惟赤壁賦一味牢騷，並無深意，批評者所以深喜之者，大約爲寫的是合於他們胃口的文士的故事而已。

第四，「仙佛度世劇」，比較的不多，只有漢鍾離度脫藍彩和，龐居士誤放來生債及龍濟寺野猿聽經三本而已。藍彩和與一般度世劇無大差異，不足深論。野猿聽經則題材頗新；向來被度者皆出於被動，而這劇中的野猿，則自動的求入度他。來生債則以行善而被度，也未蹈一般度世劇的故轍。

第五，報復恩怨劇，有瀉玉蘭夜月泣孤舟，風雨像生貨郎擔，爭報恩三虎下山，及硃砂擔滴水浮漚記數本，敘的都是天大沈冤，久未昭雪；終於由了英雄或己子或己父而始得報復了宿仇的。惟硃砂擔獨由地府的太尉代爲報復，爲特異耳。

第六，其他有小張屠焚兒救母（見元刊古今雜劇）及二郎神醉射鎖魔鏡（見古今雜劇選）二本。小張屠敘張屠因母病久未愈，乃將幼子帶往東嶽廟，拋入焦盆中焚死，以救母病。但神人却救了張子，先送他回家去。醉射鎖惡鏡敘二郎神過訪那吒，喝醉了酒，與他校射，誤射中鎖魔鏡一面，走了牛魔王與百眼鬼。上帝着他去收服。他收服這些魔鬼，方得免罪。這劇氣象甚爲偉大，一開頭：『喜來折草量天地，怒後擔山赶太陽』二語，便足使讀者如見浩莽偉大之景，元劇中敘天神故事的似僅見此一劇。

又有趙匡義智娶符金錠，張公藝九世同居二劇，見於息機子的雜劇選。惟是否爲元人所作則不可知。

元劇之可見者已盡於以上所述的。元劇的最好的地方，乃在能夠連結了民間的直樸的風格與文士們的雋美的文筆；所以大多數的文辭，都是很自然，很眞切，很質勁，却又是很美麗的，他們明白如話，却又不是粗鄙不通的，他們暢麗雋俊，却又句句婦孺皆懂。他們如素描的畫幅，水墨的山水，决不用典故，即用也用的是民間所習知，詩文上所決不用的販茶船，海神廟一類的民間典故。這正是民間作品與文士的手筆剛剛接觸時代的最好產品，正是雜劇的黃金時代。但正因其剛剛離開民間未久，且仍然還要迎合着民間的心理與胃口，所以在題材與結構上便往往表現出極不堪的雷同與鄙野。往往一個極好的題材，到了元代劇作家的手中，便成了很難忍的『惡化』的東西；例如王粲的登樓，白居易的琵琶本都是很好的詩料，却竟被他們寫成了與漁樵記，凍蘇秦與乎曲江池，玉壺春不相上下的事實了。他們似乎僅知迎合當時劇場的習慣與一般社會的心理，却忘記了題材的本來面目了。也許民間本來已將這些故事成了那末樣的一個樣子，所以他們便也不得不隨着走吧。但純粹的悲劇，在元劇中也往往遇之，如梧桐雨，西蜀夢，火燒介子推等。這都是後來戲曲所少見者。總之，元劇的好處在其曲辭的直率自然，而其大多數作家所同陷的缺點，則在題材與結構的大多雷同落套。然在中國戲曲史上，這一代却不能不算是一個極偉大的時代。

參考書目：

一、元刊雜劇三十種 黃蕘圃舊藏日本帝國大學紅本印，上海覆日本版石印本。此書本非一部書，係元刊諸單本雜劇的合訂本，故各劇版式頗不一律。王國維氏以爲係元季的一部合刊的雜劇集，當係誤會的話。此書當是黃氏合此三十種訂爲一函的。在此三十種中，有十七種出於元曲選外；其他十三種，字句間亦與臧刻面目大殊。我們欲見元刊元劇的本來面目，舍此書外，別無從知。

二、古今雜劇選　息機子編。明萬歷戊戌（公元一五九八年）刊本。全書不知若干種。北平圖書館藏有殘本。其中有符金錠等數種，是元曲選所無。

三、元曲選一百種　臧懋循編。明萬歷丙辰（公元一六一六年）雕虫館刊本，商務印書館影印本。（坊間又有元曲大觀三十種，也是元曲選殘本的影刊）此書爲彙刊元劇的最大的企圖。惜曲白多所删潤，大失本來面目。

四、陽春奏　尊生館編。明萬歷間刊本。全書八卷，凡選元明雜劇三十九種。北平圖書館藏有殘帙。

五、古名家雜劇選　陳與郊編。明萬歷間刊本。全書凡八集，四十種。

六、新續古名家雜劇　陳與郊編。明萬曆間刊本。全書凡五集，二十種。其中二郎神醉射鎖魔鏡一種，爲他書所未見。

七、元明雜劇六册　江南圖書館石印本，即就其所藏的上述二書的殘帙而印行者。

八、顧曲齋所刊元人雜劇　明萬曆間刊本。原書不知何名。今存十八種。（上海涵芬樓藏十六種）中有關漢卿緋衣夢一種，爲他書所未見。

九、酹江集三十種　孟稱舜編。明崇禎間刊本。此書至罕見。通縣王氏有藏本。但所選元劇，類皆習見者。

十、柳枝集三十種　孟稱舜編。明崇禎間刊本。外間罕見傳本，通縣王氏藏。後附有鍾嗣成錄鬼簿。

十一、宋元戲曲史　王國維著。商務印書館出版。

十二、元明雜劇輯逸　鄭振鐸編。近刊。

第四十七章　戲文的進展

戲文的流行——元代戲文產生之夥多——王祥臥冰殺狗勸夫等——永樂大曲戲文三種——琵琶記

一

『戲文』在南宋滅亡以後，並不曾像一般人所想像似的衰落了下去；正如臨安之在元代並不曾成爲荒蕪的故都一樣。我們說起元代的戲文來，應該視他們爲和『雜劇』同樣的是那時的最流行的戲曲當時演劇者，對於戲文雜劇，頗有一視同仁之概。初期的時候，雜劇盛行於北方，戲文盛行於南方。但後來卻似乎不大有地域的限制了。我們看雜劇在元中葉以後流行於南方的情形，或也可想像戲文當亦會有流行於北方的可能罷。

元代的戲文產生出來不少。其中有一部分當爲宋代的遺留。就永樂大典目錄，徐渭所詞叙錄，沈璟南九宮譜，徐子室九宮正始等書所記載，明初以前所有的戲文，至少當有一百五十種左右。其中大部分尙皆爲元代的創作。徐渭南詞叙錄載『宋元舊篇』五十餘種，大多數是元代的。永樂大典所錄三十三本，大部分也當是元代的。葉子奇草木子云：「其後元代南戲盛行，及當亂，北院本特盛，南戲遂絕。」『南戲遂絕』之說，未必可信，但『元代南戲盛行』却是實在的情形。現在就有殘文留存於今的重要的若干本元戲，略述於下。

王祥臥冰，未知撰人，永樂大典作王祥行孝，大約即是一本。南九宮譜中錄有臥冰記殘文，大抵也即爲此本。又雍熙樂府及詞林摘豔中也俱載有王祥的遺文。

殺狗勸夫，未知撰人，永樂大典作楊德賢婦殺狗勸夫。其殘文今未見。明初徐㽔的殺狗記，大約便是以此戲爲藍本的。

王十朋荆釵記，未知撰人。其殘文也未見。明初朱權的荆釵記，大約也便是依據於此本而寫的。

朱買臣休妻記，未知撰人；南九宮譜載有朱買臣殘文，大約即爲此戲。元劇中有朱太守雪漁樵記寫的也是此事。

崔鶯鶯西廂記，未知撰人。南九宮譜載有古西廂記的殘文，並在其下註明非李日華本，或爲此本也難說。（南詞叙錄『本朝』下，也載有崔鶯鶯西廂記一作，題李景雲編，難李景雲便是李日華？）

司馬相如題橋記，無撰人姓名。南九宮譜載有司馬相如的殘文，大抵即爲此本。

陳光蕋江流和尙，未知撰人。南九宮譜載有陳光蕋的殘文，大約即爲此本。惟九宮譜又江流記一作，當爲後來之作，非即此戲。

孟姜女送寒衣，未知撰人，也見於永樂大典中（今佚）。其殘文今存於南九宮譜中。（九譜簡作孟姜女）。

裴少俊墻頭馬上，未知撰人。元人白朴亦有同名的一作，但彼爲雜劇（見元曲選），並戲文。南九宮譜載墻頭馬上的殘文，當即此戲。

第四十七章 戲文的進展

九一三

柳耆卿花柳翫江樓，未知撰人，永樂大典中亦載之。（今佚，「花柳」作「詩酒」。）殘文今見南九宮譜中。耆卿的故事當爲勾欄所樂道的，宋人詞話中亦有敘此故事的一作。（見清平山堂話本）

趙普進梅諫，未知撰人。南九宮譜中有進梅諫的殘文，當即此戲。

詐妮子鶯燕爭春，未知撰人。永樂大典作鶯燕爭春詐妮子調月，當即此戲。南九宮譜中載有殘文。（簡名詐妮子）關漢卿有詐妮子調風月一劇，敘的也即此事。此事頗新穎而富於戲劇力，故作者們多喜寫之。

朱文太平錢，未知撰人。永樂大典有朱文鬼贈太平錢，當即此本。南九宮譜載有殘文，戲名簡作太平錢。

孟月梅錦香亭，未知撰人。永樂大典作孟月梅寫恨錦香亭。南九宮譜載有孟月梅及錦香亭二戲的殘文。豈沈璟偶不留意，竟將一戲誤分爲兩戲耶？或錦香亭係另一戲，文之名並不關孟月梅的故事耶？今俱疑不知明。

張孜鴛鴦燈，未知撰人。永樂大典作張資鴛鴦鐙，南九宮譜載其殘文，也簡作張資，則自當以「張資」爲正。

林招得三負心，未知撰人。今有殘文，見於南九宮譜中。（譜作林招得。）

唐伯亨八不知音，未知撰人。永樂大典有唐伯亨因禍致福一戲，或係一本。其殘文今見南九宮譜中。（簡作唐伯亨）

冤家債主，劉盼盼，生死夫妻及寶妝亭四本，俱未知撰人姓名。其殘文今皆見於南九宮譜中。

董秀英花月東墻記，未知選人。亦見於永樂大典中。（今佚。）南九宮譜所載的東墻記當即爲此本。

薛雲卿鬼做媒，未知撰人，亦見於永樂大典中（今佚）。今有鬼做媒戲文的殘曲見於南九宮譜中，大約便是此本。

蘇武牧羊記，未知撰人。明人傳奇中有牧羊記之名，大約便是此劇的改正本，或竟爲此

劇也說不定。（南九宮譜中亦有牧羊記殘文，）

劉文龍菱花鏡，未知撰人，永樂大典中有劉文龍一戲，（今佚）大約便是此本，南九宮譜中也有劉文龍的殘文。（南詞新譜作『一名菱花記』）

敎子尋親，未知撰人，南九宮譜中載有敎子記的殘曲，大約便是此本。明人傳奇有尋親記一作，也許也便是依據於此本而寫的。

劉孝女金釵記，未知撰人。南九宮譜中載有劉孝女的殘曲，當即是此本的簡稱。

呂蒙正破窰記，未知撰人；永樂大典作呂蒙正風雪破窰記（今佚）。雍熙樂府卷十六載有山坡羊套曲一首，註作呂蒙正，大約即爲此戲的殘文。

蔣世隆拜月亭，未知撰人。永樂大典有王瑞蘭閨怨拜月亭，（今佚）未知是否即此本。雍熙樂府卷十六，載山坡羊一套，題作王瑞蘭，大約便是大典所載的一本的遺文。

南詞叙錄所著錄的戲文，見於永樂大典中者尙有蘇小卿月下販茶船，陳叔萬三負心（大典作負心陳叔文），秦檜東窗事犯，何推官錯勘屍，王俊民休書記，及蔡伯喈琵琶記

王煥與賀憐憐關于王煥的戲文乃是中國最早的戲曲之一。

——從元曲選（西諦藏）

琵琶記的一幕——從明金陵唐氏刊本琵琶記（鄞縣馬氏藏）

等除了琵琶記外，這些戲文，大約都已隨大典之亡而俱亡的了。

永樂大典所載戲文，尚有九本，爲南詞叙錄所未著錄者，即金鼠銀貓李賢，曹伯明錯勘贓，風流王煥賀憐憐（未知是否即南詞叙錄中的百花亭或賀恰恰烟花怨，如係其一，則九本之數，當作八本。）包待制判斷盆兒鬼，鄭孔目風雪酷寒亭，鎮山朱夫人還牢末，小孫屠，張協狀元及宦門子弟錯立身。這些戲文的作者都是無可考查的。雖小孫屠題着：『古杭書會編撰』，宦門子弟錯立身題着：『古杭才人新編』，其作者其實也是一樣的不可知的。除了最後的三本，小孫屠等外，其餘六本連殘文也都不見。小孫屠等三本則存於大典的第一萬三千九百九十卷中，幸得留遺於今。我們所見到的全本的南戲，恐將以這三本爲最古的了。

二

小孫屠的全名應作：遭盆吊沒興小孫屠，題下寫着：古杭書會編撰。大約這個古杭書會，其所編撰的戲文當不止小孫屠一本。又，這個『書會』的組織，似也止是一個職業的賣藝說書者的團體，並不像是一個文人學士們集會的機關。他們大約都是些識字知書的人，為了時世的黑暗，無可進取，故淪落而為職業的『賣藝者』（廣義的）的。或者這些戲文竟是會外的文人學士們的著作，而假書會之名以行的。觀小孫屠一作，文辭流暢，純正，毫無粗鄙不過之處，便知決不是出於似通非通的三家村學究或略識之無的『賣藝者』之手的。小孫屠叙的是：孫必達祖居開封，家有老母及一弟必貴。一個春天，必達遇着一個妓女李瓊梅。她很想嫁人，必達便設法與她脫了籍，娶她為妻。這時他弟弟必貴，即號為小孫屠者，正出外打旋未回。及他回時，見哥哥娶了一個門戶中人，頗為不悅。家庭中時有吵鬧。瓊梅因必達沈酣於酒，不大顧家，必中也常是鬱鬱不歡。她有一個舊歡朱令史（邦傑）常來找她。一日，為必貴所冲見。他們又大鬧了一場。老母見家中吵鬧不安，她便帶了必貴到東岳去還香愿。必達送了他們一程，就在這一夜，朱令史與瓊梅設了一計，將梅香殺死在地，改換了瓊梅的衣服，斬下頭顱，冒作瓊梅的屍身，而她自己却逃去與朱令史作長久夫妻。一面屍身發現時，必達便以殺妻被捕入獄，屈打成招。不久，母在東岳草橋店中一病而亡。必貴負了她骨殖歸來。不料歸來時，而家中也生了如此的大故。他去探望哥哥。朱令史又設一計，朦蔽本官將他當作了殺人正犯，而釋必達寧家。當夜，必貴便被盆吊而死，棄屍獄外。天上落了一陣大雨，必貴蘇醒了過來。他哥哥正來尋他。二人便一同在外飄流。一日，在無意中冲見了李瓊梅，捉住了她與朱令史，告到當官。這個案情便大白。瓊梅與朱令史俱判了死刑，以償梅香的性命，並將朱令史妻小家產償給了孫氏兄弟。此劇很短，至多只足當於元人雜劇的一本。可見早期的戲文是並不像後來傳奇那末長的。曲文說白都是極爲明白易曉，確是要實演於民間的或竟出於民間的一部著作。全戲中說白極少，幾乎唱句便是對白。今引一節如下：

（末上白）野花不種年年有，煩惱無根日日生。自家當朝一日和那婦人吵了一和，兩下都有言語。我早起晚西看它有些小破。今朝聽得我哥出去，和相識每吃酒，我投家裏去走一遭。（作聽科介）殺人可恕，無禮難容。我哥哥不在家，誰在家吃酒！（末踏開門，淨走下末行殺介）（生唱）（駐馬聽）酒困沉沉，睡裏聽得人鬥爭。是我荒驚惱覺。自覺一身戰戰兢兢。方欲問這元因，忽見弟兄持刀刃。連叫兩三聲，莫不是嫂嫂不欽敬？（末）聽說元因。它元是娼家一婦人。瞯着哥哥濃睡，自與傍人並枕同衾，我欲持刀一意捕奸情，幾乎殺害我哥哥命。（旦）我有奸夫你不拿住它？（末）你言語恐生聽，一場公事驚人聽。（旦）哀告君聽，奴在房兒裏要睡寢。怎知叔叔來此巧言花語扯奴衣襟。（末）孫二須不是般樣人，（旦）因奴家不肯，便生嗔，將刀欲害伊家命。（末）哥哥休聽它家說，孫二不敢。（旦）只得叫鄰人，將奴趕得沒投奔。（生）此事難憑，兩下差他人怎明？

四

張協狀元篇幅甚長，敘張協富後棄妻事，大似趙貞女蔡二郎的結構，也甚似明人詞話的金玉奴棒打薄情郎的情節。其剪髮賣出上京求夫的一段，更似伯喈五娘的故事，恐怕這戲原是很受着趙貞女的影響的。不過其結局却變得團圓而終，不似二郎之終於爲天雷打死。至於張協的不仁不義，則與二郎无異。全戲先以『末』色開場，敷演諸宮調唱說一番，然後正戲方才開場。張協辭了父母上京應舉，路過五雞山，遇着強人，將他的衣服行囊全都搶去，且打了他一『查』，打得皮開肉破。後張協遇着土地指引，到山下一間破廟中棲身。夜間却另有一位貧女前來打門。原來這廟乃是這位貧女棲身之所。這女姓王，原先家財富盛，後父母亡故，盜匪侵凌，遂至一貧如洗。幸有李大公常常周濟她。貧女見到張協，很可憐他，便留他住下。李大公夫婦主張他們二人結爲夫婦，但貧女恐汚淸名，不肯，只好占之於神。由了神意的贊可，他們便成了親。二人住於古廟中，女紡織，男讀書。因了貧女的極端勤苦，積了些錢，送張協上京應舉。張協到京，果然一舉成名，得了頭名狀元。但他並不來迎接貧女，反以這次的結親爲羞。京中有赫王相公的，生有一女。他當街欲招張協狀元爲夫。協也以『求名不求親』辭之。赫王相公很不高興，公主也因此成病，鬱鬱而亡。貧女聞知張協已中了狀元，便剪下頭髮來賣，當作路費，上京求夫。李大公諸人對於她的前途也抱着絕大的希望。她高高興興的到了京師，尋到了張協，協却不認她爲妻，命門子打了她一頓，赶她出去。她不得，含悲而回。同時，只好沿途求乞。但到了家，却不敢告訴李大公說，是她丈夫趕她回的；只說她遍尋不到她丈夫。張協雖趕走了她，心中却還以爲未足，意欲斬草除根。他奉命出爲梓州僉判，經過五雞山，遇見貧女在採桑。四顧無人，便一劍斫倒了她而去。不料她並沒有被刺死，只斫傷了一臂。李大公夫婦救了她回去。她只說是採桑時不小心跌壞了臂，也並不說起是她丈夫斫了她。她在古廟中養傷，恰好赫王相公也奉旨判梓州，經過五鷄山時，四下並無宿店，遂投破寺而來。他與夫人遇見了貧女時，大爲感傷，因她的面貌很像他們的亡女。他們認她爲義女，帶她一同上任。張協前來參謁赫王相公，想起亡女之事，並不見他。協大爲驚惶，便請了譚節使來代他請罪。節使見到赫王相公，還有一位公主（即貧女）便代他們爲媒。赫王相公答應了，張協自然也一諾無辭。當他們結婚之夕，二人相見，原來新人便是舊人！貧女數落了張協一頓，大衆才知道協原來是如此的薄倖寡義。但他也無得到什麽責罰，二人反是自此團圓，和好的過活着。此戲的時代，就其格式與文辭看來，恐怕是很古的。南九宮譜中也曾錄其中二曲。作者並不標出。但在開場中却有『狀元張協傳，前回曾演，汝輩搬成這番書會，要奪魁名，占斷東甌盛事』，又有：『似恁唱說諸宮調，何如把此話文敷演後行脚色』云云，則此戲似亦爲『書會』中人所編輯。『占斷東甌盛事』云云，則編者似並爲溫州人，正和最早的戲文王魁王煥出於同地，也許竟是出於同時也不一定。其中插諢打科之語甚多，往往都是很可令人發笑的。南戲中像這一類的科諢原也是一個要素。

五

宦門子弟錯立身題古杭才人新編；這『才人』却是一位不知姓氏的作家，也許他也便是一位『書會先生』（此稱見劉盼春守志香囊怨中）。宦門子弟錯立身的篇幅也和小孫屠同樣的簡短。敘的是女直人氏的延壽馬，父爲河南府同知，家敎甚嚴。延壽馬的生性却好音樂，愛美色。有一天，東平散樂王金榜，來到河南府做場。延壽馬看這婦人有如

『三十三天天上女七十二洞洞中仙』。他迷戀着她，瞞了父親，請他入府來，名義上是清唱。但正在這時，却爲他父親所冲見。他父親生生的拆散了這一對鴛侶，並迫着王金榜即日離境。他去不准逗遛在此。延壽馬大爲狼狽。但他的愛情百折不回，便私自逃出家庭，追上王金榜。等到他覓見金榜時，他的資斧已盡，形容枯槁，衣衫單薄。他竭力要求班主收留了他下來，與金榜作女婿。他原是雜劇院本都會做，更兼『舞得，彈得，唱得，折莫得，』還能爲他們寫招記的。班主遂招了他爲婿。這位『官門子弟』遂做了『行院人家女婿。』安心快樂，隨班流轉於四方。有一天，他父親料理政務悶倦，命人喚了大行院來做些院本解悶。行院來時，却認得其中有一位是他的兒子。他自不見了兒子後，『心下鎮長憂慮，兩眼常時淚雙垂』。今日一見了他，便寬恕了他的一切，命他與王金榜做了夫妻。這樣的結束，似較鄭元和父親的打子棄屍，及至元和中了舉，做了官方才厮認他爲子的事更爲近於人情，合於情理。

六

這三本僅存於永樂大典中的戲文，都是不知其作者姓名的。盛傳於世的琵琶記的作者卻是一位很知名的文人高明。明字則誠，永嘉平陽人。至正五年張士堅榜中第。授處州錄事，辟丞相掾。方谷眞起兵反元，省臣以溫人知海濱事，擇以自從，與幕府論事不合。谷眞就撫，欲留寘幕下，即日解官，旅寓鄞之櫟社。朱元璋聞其名，召之，以老病辭。還卒於家。有柔克齋集。或以爲作琵琶記係高拭作，非高明。拭亦字則誠，然拭雖自有其人，亦作曲，（見太和正音譜）卻並非作琵琶記者。明姚福靑溪暇筆：『元末，永嘉高明避世鄞之櫟社，以詞曲自娛。見劉後村有死後是非誰管得，滿村聽唱蔡中郎之句，因編琵琶記，用雪伯喈之恥』。姚說頗是。則誠的琵琶記蓋以糾正民間盛行的宣揚不忠不孝蔡伯喈的趙貞女蔡二郎之誣的。自則誠著的『蔡伯喈』出，而古本遂隱沒不傳。爲什麼這樣的一個登第別娶的傳說會附會於漢末蔡邕的身上去，這是一個不可解的謎。民間的英雄與傳說中的人物往往都是支離，荒誕不堪的，伯喈的傳說，則可以說是其中最無因，最不經的。則誠雖將伯喈超脫了眚刼，洗刷了不忠不孝之名，然對於這個傳說的全部仍然不能沒煞。琵琶記的情節，似乎仍有一大部分是舊有的，特別是描寫趙五娘辛苦持家賣髮造墓背琵琶上京求夫的許多節因爲這是不必改作的。至於有改作的必要的關於蔡伯喈的許多節，則當爲則誠自己的創造。所以我們在琵琶記中，至少還可以看見趙貞女蔡二郎的一部分的影子。而則誠的此記便是經像則誠那樣的文人學士或詩人修正過了的『伯喈戲文』，正是戲文中的黃金時代的作品的好例，一面並不曾棄却民間的渾樸質實的風格，一面並具有詩人們本身所特長的鑄辭造語的雋美與乎想像描寫的深入與眞切。因此，琵琶記便成了戲文中第一部最偉大不朽的著作。

琵琶記〔一〕的故事大略是如此：蔡邕字伯喈，飽學多才，新娶妻房，方才兩月。以父母年

〔一〕琵琶傳坊刊本極多，但隨處可見的毛批本（即第七才子書）卻不甚好；最可靠的是明玩虎軒刊本，凌濛初刊本；近武進董氏柯羅版刊本。

老，不欲遠遊。其父爲了伯喈的前途計，極力督促他去赴試。伯喈不獲已，只好辭別了父母及妻趙氏五娘登程而去。家中本來是很淸貧的，自伯喈去後，只靠五娘克勤克儉支持着，又遇着荒年，家食漸漸的不繼。官中開了義倉，五娘自去請了糧來，中途又爲歹人所奪。她正欲投井自殺。恰好她公公經過，阻住了他。又遇見張廣才分了米糧救濟着她。但這樣的日子究竟很不容易過下去。她張羅着幾口淡飯，爲公公婆婆吃，她自己則自把細米皮糠，强自吞咽，也不敢使她公婆知道，怕他們知了着惱。婆婆見她每每背着他們吃飯，心中不忿，還以爲她藏着好飯菜自己吃。一日，偸偸的去張望她吃飯，却見她正將米糠强自吞咽下去。不禁大爲感動，自悔自怨，一氣而倒。公公遂也臥病不起。家中典質已空，又連遭這兩個喪事，五娘如何張羅得來！虧得善人張廣才又出力帮助着她，得以勉强成殮。她並剪了頭髮，當街去賣，以籌喪用。又用麻裙包土，自造墳墓。她倦極而臥，却有神人們爲她孝心所感，代她將墳造成。二親既已葬畢，家中已無牽掛，趙五娘便决意要上京尋夫。她改換了衣裝，將着琵琶做行頭，沿街上彈幾隻勸行孝的曲兒，教化將去，並畫取公婆的眞容，一同負着。家中雖經歷了那末大的變故，蔡伯喈在京尚自不知。他自上京之後，便中了頭名狀元。牛丞相有一女，奉了聖旨，要召他爲夫。伯喈抵死不肯，辭婚兼且辭官。但皇帝却勉強的要他成全了這段姻事。他不敢再奏，只得委曲的做了牛丞相的女婿。心中總是鬱鬱不樂。有一個拐兒，曾到過陳留，便冒了他父母家信給他，騙了他同信銀錢而去。他始終還以爲家中已得到他的消息呢。牛小姐知他不樂之故，便與她父親關說，要與伯喈同回省親。她父親堅執不允。後來却允派了一個人去接伯喈的父母及妻同來，做一處住。一日，伯喈騎馬而過，恰與趙五娘相遇。二人都料不到是他們。所以毫不留心，都不曾相廝認。五娘爲這一行人馬所冲上，匆匆的避去，却遺了那幅公婆的眞容在地。伯喈拾了這畫幅，追還她不及，便收了回家。她問起傍人，方知此人便是蔡伯喈。第二天，她到牛府去，與牛小姐相見，說起尋夫的事。牛小姐極爲賢惠，便留她住下。欲乘機打動伯喈與她廝認。她到伯喈書館見那天失落了的公婆的眞容，已爲僕人掛在那裏，便在畫幅上寫了一詩。伯喈見了畫，又見了詩，追問起來，遂得與五娘相見。她說起公婆已亡的事，伯喈沈痛暈倒。他便別了丈人，上表辭官，與兩個媳婦一同回家掃墓。他們動身後，差去迎接伯喈家眷的人方回，說起趙五娘的賢孝事蹟來，牛丞相也深爲感嘆，便將前事一一奏知皇帝。伯喈及二婦正在拜墓，牛丞相已賫了皇帝的加官封贈的詔旨而來。蔡邕授爲中郎將，妻趙氏封爲陳留郡夫人，牛氏封河南郡夫人，父母並皆封贈。伯喈遂以多金贈與張廣才以報其德。相傳的『不忠不孝蔡伯喈，』遂被則誠將牠結束爲『全忠全孝蔡伯喈。』這樣的改法，則誠頗爲費盡了心計。幾乎處處的都在點出伯喈的不得已而留朝不歸，不得已而就婚牛府，不得已而寄信回家，不得已而差人接眷，總之，要說得伯喈是一無差處的，是一心罣記着家中父母及妻的，不過當前環境的不許他立刻歸省而已。這完全是後來作家們的慣于婉曲迴護古人的伎倆，正和高濂之將『王魁負桂英』改爲『王魁不負桂英』的焚香記一樣。早期的戲文，只知照事接寫，就事論事，既有王魁負桂英的傳說，便眞的寫成了負桂英，既有伯喈不忠不孝的傳說，便眞的寫成了不忠不孝；爲了消滅觀者的悲憤，便又寫着『鬼報』『雷殛』的結局。張協狀元戲文的不爲張協殺妻作迴護，也正見民間作家的如此的質直。但這些故事一到了文士詩人的手中，他們便發見題材情節的不妥善；將主人翁寫成了那末不忠不孝，無情無義，是違背了『禮敎』的訓條的。所以他們便極力的迴護着劇中的主人翁，千方百計的使他們不至負『不忠不孝』或『薄倖』之名。王魁負桂英及趙貞女蔡二郎便是這樣的被修正爲焚香記及琵琶記，而張協狀元則爲未被修正的原本，可以使我們約略的看出原始民間戲文的一斑的。

關於琵琶記及其作者的傳說很多，姑引一二則。青溪暇筆：『(高明)既卒，有以其(琵琶)記進者。上覽畢，曰：「五經四書在民間，如五穀不可缺。此記如珍羞百味，富貴家其可無耶？」其見推許如此。』朱彝尊靜志居詩話：『聞則誠塡詞，夜案燒雙燭，塡至吃糠一齣，句云：糠和米本一處飛，雙燭光交爲一，洵異事也。』爲了琵琶記已成了一部偉大的古典劇，故詭異的傳說便紛紛而出。其實在全劇中，吃糠的一節：

〔孝順歌〕嘔得我肝腸痛，珠淚垂，喉嚨尚兀自牢嗄住。糠！遭礱被舂杵，篩你簸揚你，吃盡控持。悄似奴家身狼狽，千辛百苦皆經歷。苦人吃着苦味，兩苦相逢，可知道欲吞不去。（吃吐介）糠和米，本是兩倚依，誰人簸揚你作兩處飛，一賤與一貴，好是奴家共夫壻，終無見期。丈夫，你便是米麽？米在他方沒尋處。奴便是糠麽？怎的把糠救得人飢餒。好似兒夫出去，怎的敎奴供給得公婆甘旨。（第二十齣）

只是很自然的由當前之景做着這樣的直譬，固然是很見自然的巧合的伎倆，却是並不足當那末樣沒口的稱頌。我以爲還不如下面的一段：

幾回夢裏，忽聞鷄唱。忙驚覺，錯呼舊婦，同問寢堂上。待朧朧覺來，依然新人，鳳衾和象牀。怎不怨香愁玉無心緒，更思想，被他攔當，敎我怎不悲傷！俺這裏歡娛夜宿芙蓉帳，她那裏寂寞偏嫌更漏長。（第二十三齣）

比較來得情緒深婉些。或謂則誠琵琶的原本止書館相逢，又謂賞月，掃松二闋爲朱敎諭所補，但俱不足信。王世貞已目之爲『好奇之談，非實錄也』。（藝苑卮言）則誠著琵琶記的時代，當在元末，不在明初。據姚福青溪暇筆所載，則則誠之作琵琶記，在避地於鄞之櫟社以後，當是至正十年公元一三五〇年以後的事。但姚說或未可信。朱元璋召則誠時，他辭

第四十七章　戲文的進展　九〇二

以老邁，則琵琶之作或當在至正初元以前。

最早的戲文，其產生地在溫州。但其勢力後來漸漸的遍及各處。但在元代之中，似乎與後期的雜劇一樣，也是以杭州爲中心的。今存的小孫屠與宦門子弟錯立身，一則題着：『古杭書會編撰』，一則題着『古杭才人新編』，已頗可使我們知道其中的消息。錄鬼簿所載，有蕭德祥的，也是杭州人，曾著『南曲戲文』。但杭州之外，溫州的發源地，仍是不時的產生出『才人』來。張協狀元的作者，自是『東甌』人；高則誠也是永嘉平陽人。爲了戲文的曲腔原是溫州的本地的傳統的東西，所以溫州的戲文作者便自然的要較他處爲特多。

參考書目

一、南詞叙錄　徐渭著；有讀曲叢刊本，曲苑本。
二、永樂大典目錄　有連筠簃刊本。
三、南九宮譜　沈璟編，有明刊本。

四、九宮正始　徐子室，鈕少雅編，有康熙間刊本（？）；有傳鈔本。

五、永樂大典戲文三種，　有北平新印本。

六、宋元戲文輯逸　鄭振鐸編，近刊。

插图本中国文学史

四

郑振铎 著

思想文化经典丛书

中央编译出版社
Central Compilation & Translation Press

第四十八章　講史與英雄傳奇

元代小說界的概況——講史的發達——全相平話五種的發見——武王伐紂書——樂毅圖齊——秦始皇傳——呂后斬韓信——三國志平話——白話文學的倒流——羅貫中——三國志演義——水滸傳——平妖傳——說書傳等

一

我們要研究元代的小說，却要捨短篇的話本而去注意長篇的話本捨『銀字兒說公案』一流的話本而去注意『鐵騎兒』及『講史書』一流的話本。後者的作品在宋代似乎還不甚發達，而元代却很有幸的竟傳下來了不少種的這一類的作品，使我們得以考見當時小說界的發展的情形。

元刋本的『講史』一流的話本今有元至治本全相平話五種十五卷這部重要的刋本使我們得以窺見元人話本的面目的一斑，同時，也使我們驚駭於當時這類講史作者的程度的幼稚。至治是元英宗的年號前後凡三年。（公元一三二一——二三年）恰當於元代的中葉這五種的全相平話是：（一）武王代紂書凡三卷；（二）樂毅圖齊七國春秋後集，凡三卷；（三）秦併六國秦始皇傳凡三卷；（四）呂后斬韓信前漢書續集，凡三卷，（五）三國志凡三卷。其版式圖樣皆一例，當係一家所刋。在三國志的題頁上，寫着『建安虞氏新刋』數字，則此數種，當皆係虞氏所刋的。當時虞氏所刋，似不僅此五種。將來或更有機會使我們能够發見其他各種罷。至少在樂毅圖齊七國春秋後集之前，必定是有一個『前集』的；在呂后斬韓信前漢書續集之前，也必定是有一個『正集』的。如此，則這部書至少當有七種。但我們想來全書似乎決不止七種。在武王伐紂書之前如沒有『開闢演義』，『夏商志傳』一類的東西，在伐紂書之後，七國春秋之前，却一定是會有『列國志傳』一類的東西的。又繼於前漢書續集，三國志之前的，也當會有一種『光武志』或『後漢書平話』一類的東西繼於三國志之後的，或當更有『隋唐志傳』『五代平話』『南北宋志傳』一類的東西吧？如此說起來，則我們在羅貫中氏著作十七史演義之前，已先有過一部很偉大的，有著作『全史』的平話的野心或計劃或竟是成績的新安虞氏刊本的『講史』作品了。我們向來對於羅貫中著作十七史演義云云的傳說，有些將信將疑。不料在羅氏之前，却先已有着這樣規模弘大的著作了。但全相平話，還是偏於東南隅的福建省的產物。其在古代文化集中的杭州與平成爲當時都城的大都，或當更有比較上等的這一類的著作也難說。可惜我們如今已是得不到他們。

全相平話五種，今流行於世者僅三國志平話一種，其餘四種，皆爲中土學者所不易得見者。我因有了某種很有幸的機緣，得以一一的讀過，實爲不勝自欣的事。但也只是一讀，且鈔錄一點資料在手邊而已。全書的內容，今僅能憑所記憶及所鈔錄者記之，故或不能說得詳盡。

全相平話五種大約是依着時代的前後而排列着的。其作者當非一人，但其文筆的拙笨，則五書如一。其間或多徵史實，或多雜空想與無稽的傳說，各書也俱不同。以我的猜想，其著作的時代或竟非同時；近者當在至正之前不遠，遠者或當在南宋之中或至元之初。

二

依了全相平話原來的次序，其第一種爲武王伐紂書。現在流行的敘述武王伐紂之故事的書名爲封神傳，乃係明代中葉的著作。在武王伐紂書未被發見之前，我們是完全不知道封神傳之前更有所謂『武王伐紂書』的。有人且相信封神傳的事實是許仲琳個人揑造出來的。不料，許氏的書竟有所本。也許武王伐紂書也還不是元人憑空的造作，而其來歷更當古于元或宋呢！在尙書中有牧誓一篇，在周書中，有武成一篇，皆敘武王伐紂之事者；牧誓雖只是一篇誓師辭，未言鬥爭的經過，然其氣焰已是咄咄迫人。武成則更張皇其事，極形容周殷二族間的戰爭的激烈，甚且有『血流飄杵』的過度的形容語。難怪孟軻有『盡信書不如無書』之嘆。但後代的說書家却取了這作爲絕好的話本。說書家是惟恐其故事之不離奇，不激昂的；若一落於平庸，便不會聳動顧客的聽聞。所以他們最喜取用奇異不測的故事，警駭可喜的傳說，且更故以危辭峻語來增高描叙的趣味。武王伐紂的一則史實，遂成爲他們的絕好的演說資料之一。這故事什麽時候才成了說話人的『話本』，我們不能知道，但武王伐紂書之非第一次的最初的『話本』，則爲我們所很明白的事。今所見的明刋本列國志傳（非東周列國志），其第一卷凡十九則，所叙的即皆爲武王伐紂的事；這十九則，大約是根據於武王伐紂書的吧？所以其事實約略相類。只是比之武王伐紂書，其鄙野無稽的附會已減去了不少。武王伐紂書先以蘇妲已被魅，狐狸進據其身，誘惑紂王，爲惡多端爲開場，這正與後來的封神傳相同。次叙仙人雲中子見宮中妖氣甚熾，進劍除妖，而紂王不納的事。再次則叙紂王的作惡，立酒池肉林，囚西伯于羑里等等。次叙西伯脫歸，數聘姜子牙出來助周。子牙神術高强，諸將威服。及文王死，武王即位，遂大舉伐紂，以子牙爲帥。紂子殷郊也來助武王以伐無道。武王收兵斬將，屢次大勝，遂滅了殷紂，立下了八百年天下的基礎。伐紂書所言，大略如此。其間子牙代武吉掩災，子牙收服五將等等所含神怪的分子已很多。後來居上，封神傳的著作，當然是更要往這方向努力以神爭鬼鬬不經之事來震駭世人耳目的。

三

第二種爲樂毅圖齊七國春秋後集。據明刊本列國志傳所叙看來，知其『前集』當係叙述孫臏報仇，射死龐涓的事。在後集之首也有一段話，關照着前事。『夫後七國春秋者，說着：魏國遣龐涓爲帥將兵伐韓、趙二國。韓趙二國不能當敵，即遣使請救於齊。齊遣孫子，田忌爲帥，領兵救韓趙二國。遂合韓趙兵戰魏，敗其將龐涓于馬陵山下，有胡曾詠史詩爲證。詩曰：「隧葉瀟瀟九月天，驅羸獨過馬陵前。路傍古木虫書處，記得將軍破敵年。」其夜，孫子用計，捉了龐涓，就魏國會六國君王，斬了龐涓，報了刖足之仇，』云云。這只是一段『入話』，後集的正文，叙的却是樂毅伐齊，與孫子鬥智的事。按史，樂毅伐齊，復齊者爲田單，並非孫子，而這裏却叙樂毅，孫臏二人的爭鬥，異常的詭異，全與史實不符，即與未經馮夢龍改削的原本列國志傳較之，也是大有「人鬼殊途」之感。今尚流行於世，詭怪不可究詰的前後七國志，便是本于這些元人著作而更爲擴大了的。我們想不到，那末鄙野無稽的前後七國志，其來歷原來較之列國志傳爲更早。爲什麼元代會產生了這樣詭異無稽的東西呢？我們如果見了元劇中的桃花女鬥法嫁周公一類的許多東西，便知道像這樂毅圖齊七國春秋後集的產生是毫不足怪的事。像那樣的原始性的半人半鬼的術士式的『魔鬥』，其根源恐還不是在元代而在更遠，恐還不在中國本土而在他方。關於這事，將來當更有詳細的探討，這裏是不便論及的。却說樂毅圖齊的本文，叙的是：齊王自孫子破魏之後，恃着那孫子英勇，有併吞天下之志。恰好鄒國孟軻來遊說，齊王封他爲上卿，齊國大治。這時，燕王噲讓位於其相子之，孫臏之父孫操苦勸不聽，反被囚辱。這消息傳至齊國，孫子遂奏准了齊王，率了二十萬大兵，以袁達爲先鋒，浩浩蕩蕩，殺奔燕國而來。子之率卒迎敵，那裏是孫子的對手。不久，孫子遂滅了燕國，殺了燕王噲及子之，凱旋回齊。中途遇淸漳太子及鄒堅、鄒忌刼營，皆爲臏設計擒住，獻給齊王。王大怒，欲斬太子，賴臏力救而免。孟子諫齊滅燕，齊王不聽。孟子遂去齊。燕國自經齊人鐵騎所踏，荒涼不堪，故臣軍民共立燕太子平爲君，是爲昭王。昭王大施仁政，收集流亡，燕國復興。這時齊國國舅鄒堅、鄒忌弑了齊王，立太子田才爲君，是爲愍王。國亂不治，貶田文於即墨。孫子直諫不從，遂詐死，命袁達守墳。秦國白起聞知孫子已死，大喜，領兵十萬，來要七國將印。袁達與戰不勝，遂將孫子屍入九仙山落草去了。而燕、魏、韓三國也各起大兵，合秦兵來攻齊。蘇代設計，誆了詐死的孫子出來救齊。孫子寫了一封書給四國，勸其回兵。四國知孫子詐死，果然俱各回軍而去。孫子入朝見齊王，不改前非，依然暗出齊城，潛身歸雲夢山。却說燕國有一個大賢樂毅，乃黃伯揚徒弟，學成文武全才，遂欲下山求名。途遇孫子，談論世事。毅先往齊，不遇，次往魏。魏王任之爲大夫。這時，燕昭王築黃金台以招賢士。毅欲報齊仇，復去魏而投燕。昭王封他爲亞卿，任之以國政。遂以毅爲帥，率師伐齊，並合秦、趙、韓、魏四國之兵，威勢甚大。齊國孫臏、袁達、蘇代、田單諸人皆已投閒，不在朝中。以是燕兵無人可敵，破齊七十餘城，入齊都，齊王僅以身免。燕仇遂很痛快的報復了。毅四處追捉齊王，終於被他捉住殺了。固存太子飄流在外逃至即墨田單處。樂毅圍攻即墨，久久不下。單作書請孫子下山。孫子辭了師父鬼谷先生下山助齊，使了一個反間計，使燕王召回樂毅，別遣騎刼代他。孫子並敎田單使一火牛計，殺得燕兵片甲不回，只逃去騎刼及大將石丙二人。齊新王遂歸臨淄，重興國家。燕王殺了騎刼，仍命樂毅爲帥，第二次興師圖齊。齊邦則以孫子爲帥，袁達等爲將，率師迎敵。孫子隻身入燕營，欲說樂毅回師。毅不從。二人遂互以陣法及勇將相鬥，各顯神通，不相上下。樂毅數次被捉，不料捉的都是假的。其後，眞樂毅被捉一次，孫子又放他同去。樂毅敵孫子不過，遂去請了師父黃柏楊下山。柏楊布了一個迷魂陣，陷孫子袁達等在內。鬼谷子再三的被請，方才下山來破陣救徒。經了無數的周折，由鬼谷子主持着五國軍兵九十萬，打破了迷魂陣，救了孫子出陣。燕兵大敗。却有秦國白起率了大兵來助燕，七國混戰，殺人無數。黃柏楊終於抵敵鬼谷子不過，遂決意與鬼谷講和，不再攻齊。衆仙大受封贈，皆各歸山。自此天下太平，諸國無事。

這部平話，氣息頗與其餘諸種不類。論起神怪的成分來，即武王伐紂書也還沒有這部書濃厚。讀到這部書後半的敘述黃柏楊與鬼谷子的布陣鬥法一段，立刻便使我們想起了封神傳與前後七國志。其氣分的鄙野惡劣，更大似前後七國志。

四

第三種是秦併六國秦始皇傳。其氣韻與其敘述的題材，與七國春秋後集完全不同。這只是一部人的書，並不是鬼怪的書。只是一部寫人與人之間的爭鬥，卻不是寫仙與仙之間的玄妙的布陣鬥法的。這是一部純粹的歷史小說，不參入一點神怪的分子在內的。連三國誌平話也未免有些不經之談，七國春秋後集與武王伐紂書則更不用說的了。惟此書則毫不取用這一類已成陳套的材料。這可見這些平話的作者，決不是一人；否則，像秦併六國這樣的題材，原是最容易用到神怪的分子的，他爲什麼反而不用到呢？至少他與七國春秋後集的作者決不是一人；雖然二書之中，人物頗有許多是相同的。我們試讀今日流行的後七國誌，（也是敘述秦併六國的同一題材的）再讀此書，便知此書的敘述，已很忠實於歷史，已很與羅貫中，馮夢龍諸作家的著作講史的態度相近的了。這或者是較後期的著作也難說。秦併六國的開場，有敘述列代興亡的一個『入話』先之以『世代茫茫幾聚塵，閑將史記細鋪陳。便教五伯多權變，怎似三王尚義仁。』然後由『鳴鑾擊判，風氣始開』云云，而歷敘堯舜之揖讓，三代之征伐，然後更敘及周之得天下以及周室之衰微，諸侯之互爭。大似五代史平話中梁史平話的開場。大約這必是一部獨立的著作，未必與七國春秋前後集，武王伐紂書等等有多大的關係的。合之於他們之列的，當是始於建安虞氏那位很有刊印全史平話的野心的出版家的。這部平話敘的是：秦始皇席着祖父餘業，兵力強盛，大有併吞諸侯之意。當時天下共分七國。那七國？是秦、齊、燕、魏、趙、韓、楚。其中惟秦爲最強。六國常常合從以敵秦，還敵不過他。當始皇六年時，他聽從了大臣司馬欣之言，派遣一位使臣公子少官使於列國，要六國盡皆納土於秦，免興干戈，楚國接待秦使，知道了此事，且恐且怒，便連合了韓、趙、魏、燕、齊諸國，大興伐秦之師，自爲從長。秦以王翦爲將，率師拒敵。楚王頓兵函谷關下，與秦人交戰。互有勝負，兩不相下。諸王商議，恐久有變，便於一次大勝之後，各班師回國，休養兵力，約定一國有難，諸國皆來救應。郤說秦始皇原來不是秦莊襄王子楚之後，乃是陽翟大賈呂不韋之子。不韋扶立莊襄王爲君，以有孕美姬與他爲妻，以此陰奪秦邦。但後來始皇長大時，見不韋勢力日大，便設法安置他於蜀。不韋飲酖酒自殺。到了始皇十七年，復有併吞六合統一天下之意，便命王翦率師伐韓。韓以馮亭爲將，率師拒敵，但敵不過秦師的英勇，只得退保都城。韓王命大臣向趙齊借兵解圍，二國皆不應。韓王望救不至，遂爲秦所滅。始皇命改韓邦爲穎州。（按史，滅韓者爲內史勝，非王翦所置郡名穎川，非穎州。）始皇第十九年，又命王翦出師伐趙。（按史作十八年，）趙有名將李牧，屢爲趙拒匈奴有功。這時，率師與秦對敵，屢挫其鋒，秦人不能逞。但牧爲司馬尙讒間於趙王，賜死。秦兵遂長驅入趙，夷滅了牠。始皇命將趙國亦改爲郡。這時，燕太子丹懼秦兵及燕，且與始皇有怨，便遣荆軻入秦，獻樊於期首及督亢地圖，乘間刺秦王。不中。秦始皇殺了荆軻。遂詔王翦率兵伐燕。王翦圍了燕城，天天攻打。燕王不得已，斬了太子丹的頭，並將着金寶十車請和於秦。秦始皇許之，命王翦罷圍而去。始皇二十二年，又命王賁爲將率師攻魏。魏兵抵擋不住。不久，王賁便攻進魏都，擄了魏王。秦始皇命將魏國改爲汴州。始皇二十四年（史作二十三年）始皇帝又命將伐楚。王翦以爲非六十萬人不可。李信自恃少年英勇，以爲只要二十萬人便足。始皇便以李信爲將，將二十萬人伐楚。不料被楚兵殺得大敗而回。始皇始聽從了王翦的話，以六十萬人交給他，命他再度伐楚。果然，不到幾時，楚便爲秦所滅，改置爲荆州。始皇二十五年，（原文作十五年誤）廷議伐燕，李斯舉王賁爲將，將二十萬人前去。他們勢如破竹，殺得燕兵大敗。燕王投奔遼東虜王處。秦軍追捉燕王，與遼兵大戰。遼兵不勝。燕王自刎而亡。遼東虜王將燕王頭顱交給秦兵，王賁方才收兵而歸。燕王殿下有善擊筑者高漸離，見燕亡，便投奔到扶蘇太子處爲庸保。太子收留他在家。始皇二十七年，始皇見天下六國已滅其五，只有齊人未伏，便派遣王賁去攻齊。齊王不敵，降於秦。始皇統一天下，大設筵席相慶。太子薦高漸離來擊筑。始皇見其善于擊筑，漸漸的親信他。漸離乘間舉筑欲擊秦王，不中，爲左右所殺。始皇大怒，欲盡逐非秦人之在秦者。李斯亦在逐客數中，乃上書諫始皇。始皇聽從其言，拜他爲廷尉。（按史，李斯諫逐客，在始皇十年，並非在天下平定之後。）丞相王綰建議大封諸子以鎭天下，李斯反對之。始皇遂以天下爲三十六郡，銷兵器，一法度，築長城，建阿房，焚書坑儒，以愚天下人耳目。又出巡天下，勒石紀功。徐福帶了五百童男女，欲求仙人，爲仙人所惡，盡死。韓人張良爲韓報仇，率衆于博浪沙襲擊始皇，不中，中副車。始皇大索刺客，不得。至沙丘，始皇病死。趙高與李斯謀，擁立胡亥爲君，矯詔殺死扶蘇。胡亥立，是爲二世皇帝。是時，天下大亂，羣雄並起。趙高又潛殺李斯父子；不久，復與其婿閻樂謀弒二世而立儒子嬰。儒子嬰又設計殺了趙高。不多幾時，沛公劉邦攻破函谷關，西入咸陽，降儒子嬰。秦亡。劉邦復與項羽爭奪天下。邦用韓信，張良等滅了項羽，統一天下。『則知秦尚詐力，三世而亡，三代仁義，享國長久，后之有天下者尚鑑于茲。詩曰：始皇詐力獨稱雄，六國皆歸掌握中。北塞長城泥未燥，咸陽宮殿火先紅。痴愚強作千年調，興滅還如一夢通。斷草荒蕪斜照外，長江萬古水流東。』全書遂終於此一個吊古的『史論』與『史詩』中。

五

第四種是前漢書續集，呂后斬韓信。在此之前，當有一部『前漢書正集楚漢春秋』（？）一類名目的東西；那部未知的『正集』，其叙當止于項羽被圍於九里山前，四面楚歌，虞姬自殺，羽奮勇突圍而出，走至烏江，終於自刎而亡。所以這部續集單刀直入的便從『時大漢五年十一月八日，項王自刎而死，年二十一歲』叙起。寫作前漢書正續集的小說家或說話人與寫秦併六國的作家或係一人；以其皆從史實擴大，不肯妄加無稽的『神談』。至於和七國春秋後集的作者，則決非一人；其著作的態度與平材料的別擇都全然不同。

這部前漢書續集叙的是：項羽烏江自刎之後，其遺體爲五侯所奪。劉邦既平天下，遂大封功臣。然他對於韓信等，心實猜忌。他又恨楚臣季布，鍾離末二人未獲。季布亡匿於朱公家。他設了一計，出來自首。劉邦大喜，封之爲司馬。惟聞知鍾離末爲韓信所匿，大爲不悅，遂設一計，詐夢雲夢。左車，鍾離末等勸信，反信不從，反斬末獻於漢王。劉邦責其罪，奪去他的兵權，封他爲淮陰侯，安置咸陽，不介他去。韓信悶悶不樂，每悔不聽左車等之言。不久，番兵大舉入寇，劉邦命陳稀（按史應作稀）去禦敵。稀臨行時，至韓信寓與信密談一次。他到了邊地，遂舉反漢之幟。漢王大恐，率兵自去征他。臨行時，呂后去送他，二人密有所議。呂后回後，便宣蕭何入宮，設了一策，詐傳已斬陳稀，命信入長信宮謝罪。信昧然而去，遂爲呂后所擒斬。那裏劉邦用了陳平之策，也收服了陳稀之衆。稀奔匈奴而去。韓信部下六將，起兵爲信復仇，一聲一口只要呂后之頭。漢王斬似后者與之，他們明知其僞，不受。乃命呂后上城。六將射之，忽見一條金龍護體，射之不中。他們知道天命存在，遂各自刎而死。不久，彭越又爲漢王藉口騙到咸陽，捉下。呂后更進讒言，遂也殺了他，並以其肉作醬賜與羣臣。英布在九江也食到肉醬，聞知係彭越之肉，便强吐出來，入江盡化爲螃蟹。英布遂反。漢王親征，被布射中一箭。但布爲吳芮所賺，竟爲他殺死。天下雖復太平，然漢王自此病體沉重。他有所喜戚夫人的生子如意，劉邦屢欲立如意爲太子，俱爲羣臣所阻。邦死，呂后太子盈繼位，爲帝，是爲惠帝。惠帝甚寬仁，但呂后則欲誅滅劉氏諸王。先殺了如意及戚妃。惠帝大爲不安。

不久遂死。政權盡歸於呂后。她欲以呂易劉，盡力擴張呂氏的勢力。但諸臣俱不服。陳平、王陵、周勃等皆於暗中設計扶持劉氏諸王。田子春並爲反間使呂后將兵權給了劉澤。澤遂聚兵於山東。恰好呂后爲韓信陰魂所射死，呂氏命呂嬰等爲將去敵劉澤。嬰等却反投到澤軍去。以此聲勢益大。樊噲之子樊亢並親率諸軍，攻入宮中，將諸呂盡皆殺死，連他自己的母親呂胥也在內。諸臣遂請劉澤等三王登位，澤等皆謙讓未遑。其實帝位也正待着眞主，他們即登了殿上，也俱不能坐到龍座上去。以此帝位闕了半年。後來，陳平念及高祖尚有一子北大王，爲薄姬所生。遂迎他入京即帝位。他要日西再午，方即帝位，果然日影再午。他便安登龍座，是爲漢文帝。此書便終於此時。

以上二作皆講守歷史故實，間有附會的傳說，却不大敢造作過於無稽的謠傳，也很少神怪仙佛的成分在內，確是一部很正則的『講史』，可爲五代史平話的『肖子』的。不惟如此，其引用的歷史有時且盡引原文，不加增潤；例如秦併六國之寫荊軻刺秦王一段，便是完全引用史記刺客列傳的本文的。（只不過將古文改爲半文半白之文體而已）

，在這裏已大似後來羅貫中諸『講史』作家的作風了。我們看了這二作，可知其與後來的三國志通俗演義，列國志傳，殘唐五代志傳等作，其活用歷史以爲小說的程度，是不相上下的，雖然在這二作裏，其文章的粗率，文法與字體的『別』『白』不通，與三國演義等的『文從字順者』有異。

六

第五種，最後的一種，是三國志平話。這部三國志平話，似未必出於秦併六國與呂后斬韓信二書作者的一手，因爲其著作的態度，顯爲不同，且其事實也與呂后斬韓信不大相聯貫。例如三國志平話的骨幹，是以劉邦呂雉屈斬了韓信、彭越、英布三人，所以他們投生爲劉備、曹操、孫權三人，三分漢之天下，以爲報仇，而在呂后斬韓信裏，對於這事，我們連一點消息也看不出，可看其決非出於一手。在呂后斬韓信中已有劉邦死於創，呂雉爲韓信陰箭所殺二事，似已盡了報仇的能事，殊不必再於三國志平話中添出蛇足似的投生復仇的一段事來。就其全體的結構與內容看來，三國志平話實爲一部完全獨立的書，與呂后斬韓信等等並無統系、連貫的關係。也許這部韓、彭、英三將報寃復仇的故事，是很早的便已有了的；也許在宋人講說『三分』時，已用了這個因果報應之說來聳動俗人的聽聞了。

三國志平話的開頭，便以『江東吳王蜀地川，曹操英勇占中原。不是三人分天下，來報高祖斬首寃』一詩，單刀直入，敘漢之所以會分裂爲三國之故。又以此獄久擱未斷，賴人間秀才司馬仲相判斷公明，上帝遂將他投生爲司馬懿，併平三國，一統天下，以酬其勞；此便是三國之所以又合爲一晉的緣故了。這個結構，是首尾完具，盛水不漏的，與呂后斬韓信等之依據史實爲起結者大爲不同，司馬仲相斷獄以後，作者便直敘漢末之事。『話分兩說，今漢靈帝即位，當年銅鐵皆鳴。』鄆州太山脚下，又塌一穴地。孫學究因病自投穴中，得了天書一卷。他傳於弟子張覺，覺遂出遊四方，度徒弟十萬人，以黃巾爲號，與二弟同行叛變。靈帝以皇甫松爲元帥，出師討賊。劉備、關羽、張飛三人結義於桃園，乘時而出，欲討賊立功。皇甫松以他們爲先鋒。張覺等次第死於他們之手。但因常侍段珪讓索賄不遂，他們之功，不得上達。後虧董成之力，劉備方補得安喜縣尉。太守督郵皆欲折辱備，他們遂皆爲張飛所殺。備等因往太行山落草。靈帝大驚，斬了十常侍，以首級招安了他們，並以備爲平原縣丞。後獻帝繼立，遷都洛陽，董卓獨攬政權，擅作威福。曹操，袁紹等起兵討卓，大戰於虎牢關前。卓將呂布英勇無敵，惟有劉、關、張三人殺得勝他。他閉關不出。一面丞相王允卻以連環計使呂布殺了董卓。布幾爲卓的四將所困，突圍而出，往投劉備於徐州。後呂布奪了備的徐州，又與曹操戰，爲操所擒斬。操引劉備入朝，獻帝以他爲豫州牧。時操專權，帝不忿。有詔要備等討賊。爲操所覺，進兵殺得劉備大敗。備與關、張各不相顧。關羽爲操所收，而飛則投古城，自立爲王。備則投於袁覃處。關羽屢思辭操而去。爲他斬了袁覃驍將顏良，文醜之後，便棄操追尋劉備。這時備已與張飛會於古城，羽亦繼至。他們共投劉表。表以備爲辛治太守。備三顧茅廬，請出諸葛亮爲佐。操引大軍攻辛治，備不敵，往投孫權。權以周瑜爲帥，敵操，大敗之於赤壁。劉備乘機借了荊州暫住。諸葛亮主張備應進兵收取四川，以爲基業。

備兵遂西進，破了成都，降了劉璋，備自立爲漢中王，封關羽、張飛、趙雲、黃忠、馬超爲五虎將。關羽鎭守荆州，東吳屢使人求還荆州，羽不與。孫權遂進軍攻荆州，殺了關羽。這時，曹丕簒漢自立爲帝。備與權聞之，也各立爲吳、蜀帝。備知羽爲權兵所殺，悲憤不已，遂起大軍征吳，爲吳所敗，卒於白帝城。諸葛亮輔阿斗爲帝，辛勤主國，七擒孟獲，先平南蠻，以絶後顧之憂。更六出岐山，以討反賊（即曹魏）。但俱不能有功。最後亮病卒，姜維繼其志，也無所展施。後司馬氏簒魏，立晉，使鄧艾、鍾會平蜀，使王濬、王渾平吳，天下復歸於一。但漢帝外孫劉淵逃於北方，不伏晉人。其子劉聰，更驍勇絶人，自立國號曰漢，爲劉氏復仇。晉惠帝死，懷帝立。劉聰領軍至洛陽，殺了懷帝，又追擄新立的愍帝於長安，滅了晉國，即皇帝位。三國志平話之終於劉聰滅晉，而不終於應終的晉滅吳、蜀二國之時，作者似乎仍是持着因果報應的觀念，欲以此劉氏的恢復故物，爲後人深惜諸葛之功不就的人彌補缺憾的。

這五部平話，雖顯然非出於一手，卻俱爲建安虞氏所合刊；其格式也爲閩中刊本所特具的式樣，一頁分爲二格，上格爲圖，下格爲文字，圖是很狹長的，圖的一格約當文字的一格的四五分之一。這個閩本的式樣，似乎起於宋；宋刊本的繪圖的列女傳（閩余氏原刊，阮元翻刻本）便是如此，直至明萬曆中，余象斗等刻印三國志演義、西遊記、水滸傳等等，其式樣還是如此未變。

七

但這五部平話雖非出於一手，其敘述雖或近於歷史，或多無稽的傳說，或雜神怪的軍談，然其文字的鄙陋不大通順，白字破句的累牘皆是，卻是五作如一的。我們很顯然的可以看出他們乃是純然的民間的著作，尚未登於文人學士之堂奧的。與宋人之諸短篇話本與乎五代史平話較之，實令人未免有『倒流』『退化』的感想。今姑從五本中徵引一二則以明此言。

樂毅大喜，看栢楊定甚計來。先生曰：『此是迷魂陣，捉孫子之地。』毅告曰『下戰書與孫子。孫子拜師父為師叔，兼孫操拜為師父，若見，必舌辨也。』栢楊曰：『放心也。敗爾者弱吾節槩。』同樂毅至張秋景德鎮，向燕陣中烈八足馬四疋，懷胎婦人各用七個，取胎埋於七處，四角頭埋四面日月七星旗，陰陽不辨，南北不分，此爲迷魂陣。若是打陣入來，直至死不能得出。準備了畢，却説齊帥孫子在營中，有人報軍師寨門外有一道童來，先生喚至，呈書與孫子。孫子看曰：『師父書來，道贖有白日之災，愼勿出戰，只宜忍事，如出陣，有誤也。』言未已，有人報樂毅下戰書。先生曰：『此非師父之書，是樂毅之計，必詐也。』孫子不信，叫袁達：『聽吾令，依計用事，破燕陣，捉樂毅。』袁達持斧上馬曰：『只今朝便覷個清平。』來戰樂毅。且看勝敗如何？

詩曰　貫世英雄誰敢敵　今朝却陷虎坑中

——樂毅圖齊七國春秋後集

按漢書云：呂后送高皇回來，常思斬韓信之計，中无方便。『若高皇征陳希回來，必見某過也。』呂后終日不悅。駕去早經二月有餘。「呂后」令左右請蕭何入內。呂后問丞相曰：『高皇出征臨行，曾言子童與丞相同謀定計，早獲斬韓信，要其愆過。』問：『丞相有計麽？』蕭何聞言，心中大驚。暗思：『韓信未遇，吾曾舉薦他掛印，東蕩西除，亡秦滅楚，收伏天下。今一統歸於劉氏，今作閑人坐家致仕，今亦要將韓信斬首，呂后逼吾定計，不由我矣！實可傷悲！韓信好昔哉！』蕭何哽咽未對。呂后大怒曰：『丞相不與朝廷分憂，到與反臣出力。爾當日三箭亦保韓信反乎？』蕭何急奏曰：『告娘娘，與小臣三日假限，於私宅中思計如何？』太后准奏。還於私宅，悶悶而不悅，升坐片間，有左右人來報：楚王下一婦人名喚青遠，言有機密事要見相公。蕭何曰：『喚來。』青遠叩廳而拜，『告相公，妾有冤屈之事。韓信敎唆陳希告反，卻把妾男長與殺了。因此妾狀告相公。』蕭何聽婦人言其事，說得蕭何失色。暗引婦人青遠入內見太后。蕭相言其韓信敎唆陳希謀反。呂后大驚，問蕭相如何。蕭相言：『牢中取一罪囚，貌相陳希，斬之將首級與使命，於城外將來，詐言高皇捉訖陳稀，斬首，敎他將頭入宮。韓信聞之，必然憂恐。更何說韓信入宮，將他問罪，與婦人青遠對詞證之。』太后曰：『此計甚妙。』

——前漢書續集

有張飛遂問玄德『哥哥因何煩惱?』劉備曰:『令某上縣尉九品官爵。關、張衆將一般軍前破黃巾賊五百餘萬。我爲官、弟兄二人無官,以此煩惱。』張飛曰:『哥哥錯矣!從長安至定州,行十日不煩惱,緣何參州同來便煩惱?必是州主有甚不好。哥哥對兄弟說。』玄德不說。張飛離了玄德,言道:『要知端的,除是根問去。』去於後槽根底,見親隨二人便問。不肯實說。張飛聞之大怒,至天晚二更向後。手提尖刀,即時出尉司衙。至州衙後,越牆而過。至後花園,見一婦人。張飛問婦人:『太守那裏宿睡?你若不道,我便殺你。』婦人戰戰兢兢,怕怖言,『太守在後堂內宿睡。』『你是太守甚人?』『我是太守拂床之人。』張飛道:『你引我後堂中去來。』婦人引張飛至後堂。張飛把婦人殺了,又把太守元嬌殺了。有燈下夫人忙叫道:『殺人賊,』又把夫人殺訖。

——三國志平話

由此可見,這樣幼稚笨拙的文筆的是出於民間作者之手,而未曾經過文人學士的潤飾的。與宋本的三藏取經詩話,其氣韻恰好相類。

八

元刊平話五種作者無考。最早的講史和英雄傳奇作家之可考者惟一羅貫中耳。（施耐菴之名尙爲一個謎）。在元、明小說的演進上，羅貫中是占着極重要的地位的、活動于宋代的『書會先生』，在元代雖似乎也甚努力，但其努力的方向，似已由小說方面而轉移到戲曲方面去。中國的小說遂突然由第一黃金時代的南宋，而墜落到像產生元刋平話五種的幼稚的元代。與元代的鼎盛的戲文與雜劇較之，誠未免要使人高喊着小說界的不幸。或者，那個時代的人們，已厭倦了比較寧靜單調的說書、講史，而羣趨於金鼓喧天，管絃悽淸的劇塲中了吧；因此說書的職業，遂爲之冷落；因此，小說的著作，遂爲之停頓。但到了元代的末葉，却有羅貫中氏出來，竭其全力以著作小說，以提倡小說，而小說界的蓬勃氣象，遂復爲之引起。馴至產生了第二黃金時代的明代。羅氏之功，實不可沒。而羅氏的雄健的著作力，在中國小說史上，似乎也一時無比。羅氏蓋實繼于『書會先生』之後的一位偉大作家，而非繼于幼稚的元刋平話五種的作家之後者。他正是一位繼往承來，繼續存亡的俊傑；站在雅與俗，文與質之間的他以文雅救民間粗製品的淺薄，同時又並沒有離開民間過遠。『雅俗共賞，婦孺皆知』的讚語，加之於羅氏作品之上似乎是最爲恰當的。

羅氏的生平，我們不甚明瞭；在他的作品裏更一無可以供我們研究他的生平的。但很有幸的，在賈仲名的續錄鬼簿裏，卻有關於羅貫中的一段話：『羅貫中，太原人，號湖海散人。與人寡合。樂府隱語，極爲清新。與余的忘年交。遭時多故，各天一方。至正甲辰（公元一三六四年）復會。別後又六十餘年，竟不知其所終。』這雖是寥寥的數語，卻是最可珍異的材料。後來的以他爲名，本字貫中，東原人。或武林人，廬陵人：其名或有作『牧』，或『木』的諸說，都可以不辨自明了。周亮工書影說他是洪武時人。和仲名的記載恰正相符。他是一位不得志的才人；在政治方面必是一點也不曾有過什麼關係的。那時，（元時）漢人，特別是南方人，在政治上是不用想有什麼建樹的。在受着異族的重重壓迫之下，才人名士們毫不能有所展施，於是只好將其才力，用之于戲曲上，用之於小說上；一方面，也許竟帶有幾分解決生活問題的性質。羅氏的那些小說的流行，對于他，當有幾許利益的。陳氏尺蠖齋評釋的西晉志傳通俗演義上有序一篇道：『一代肇興，必有一代之史。而有信史，有野史。好事者蘘取而演之，以通俗諭人，名曰演義。蓋自羅貫中水滸傳，三國傳始也。羅氏生不逢時，才鬱而不得展，始作水滸傳以抒其不平之鳴。其間描寫人情世態，宦況閨思，種種度越人表。迨其子孫三世皆啞，人以爲口業之報。』子孫三世皆啞之說，人往往以指施耐菴，此序獨加之於羅氏身上，似不可信。

羅氏的著作，傳世者不少，但往往皆沒其名氏，或爲後人所增潤删改，大失其本來面目。但這些著作，大都皆爲歷史小說，講史及英雄傳奇，在其中，三國志及水滸傳最有大名。亦有神怪妖異之作，像平妖傳的。

三國志通俗演義是羅氏作品裏最流行的一部，也是被後人修改得最少的一部。毛宗崗的第一才子書雖標明他自己僞造的『古本』，用來删潤羅氏的原本，然所改削的地

梁山泊

梁山泊的故事從南宋便流傳甚廣。羅貫中的水滸傳是總結了一切的水滸故事而成為一書的。

——從元曲選（西諦藏）

『風雪山神廟』

水滸傳敘述林冲的故事，特別是風雪山神廟的一段，是很有生氣的。

——從明刊本水滸傳

（鄞縣馬氏藏）

方究竟不多。羅氏原本的面目，依然存在。近來古本三國志通俗演義〔一〕的發現，不止一本，其面目大都無甚異同，可證其即為羅氏原本無疑。依據了這個原本三國志通俗演義，我們可知羅氏對於『講史』的寫作，其態度是改俗為雅，牽野說以就歷史的；雖然他仍保存不少舊作的原來的東西，但過於荒誕不經的東西則皆毫不吝惜的鏟除無遺。原來，我們要曉得，羅氏的著作大都不是他自己的創作，而是有所依據的；換言之，他的地位與其說他是一位『創作家』，毋寧說他是一位『編訂者』，特別是關於『講史』一部分，因為那些講史在他之前大都是已有了很古很古的舊本的。不過，他的這位『編訂家』所負的責任與所取的態度，卻是非同尋常的編訂者一般的；他不是毛宗崗、陳繼儒、金聖嘆一流的人，他乃是更大胆的馮夢龍、褚人穫一流人，他是一位超出于尋常編訂家以上的『改作家』；有時簡直是『重作』。我們試取他的三國志通俗演義來一看，便可知他的工作是如何的繁重與重要。三國志平話，上文已經說過，其骨架乃建立在因果報應

〔一〕三國志演義有嘉靖間刊本，商務印書館影印本；又明刊本甚多；毛氏評本的第一才子書最易得。

之說上。漢之所以分爲三國，蓋因韓信、彭越、英布的報仇，三國所以復合爲晉，蓋因上天以一統的江山賜給斷獄公平的司馬仲相。羅貫中氏改作三國志演義，則首先將這一段鬼話完全鏟去，直由『後漢桓帝崩靈帝即位，年十二歲』敘起。許多年來膠附于『三國』平話中的這一段原始，幼稚的民間因果報應談，至此始與『三國』故事分離。羅氏的手眼，不可謂不高！三國志演義之成爲純粹的歷史小說，其第一功臣，故當爲羅氏。除了司馬仲相的陰司斷獄一段以外，羅氏的演義與元刊本三國志平話不同者尙有幾點。(一)削去了平話中許多荒誕不經的事實，例如：曹操勸漢獻帝讓位於其子曹丕，劉備到太行山中落草爲寇等等。(二)增加了平話上所沒有的許多歷史上的眞實材料，例如何進誅宦官，彌衡罵曹操，曹子建七步成章等等。(三)增加了平話上所沒有的許多詩詞、表札。(四)改寫了平話上許多不經的記載，例如平話敘張飛拒操長板橋，大喊一聲，橋竟爲之喊斷，此實萬無此理者，故羅氏改作飛的喊聲驚破了夏侯傑之胆。(五)保存了平話的敘述，而將此敘述潤飾着，改作着，往往放大到五六倍；以此枯瘠的記載往往頓成了豐贍華腴的描寫。有此五點，我們已可知道羅氏改作的功績是如何的弘偉了。今且引羅氏三國志演義的一段於下，以示其作風的一斑：

玄德辭二隱者上馬，投臥龍岡來。至莊前，下馬扣門。童子出。玄德曰：先生在莊上否？童子曰：見在堂上讀書。玄德遂跟童子入，見草堂之上一人擁爐抱膝，歌曰：……玄德上草堂，施禮曰：備久慕先生，無緣拜會。昨因徐元直稱薦，敬到仙莊，不遇空回。今特冒風雪而來，得見仙顏，實爲萬幸。那個少年慌忙答禮而言曰：將軍莫非劉豫州，欲見家兄否？玄德驚訝而問曰：先生又非臥龍耶？其人曰：臥龍乃二家兄也。道號臥龍。一母所生三人。大家兄諸葛瑾，見在江東孫仲謀處爲幕賓。二家兄諸葛亮，與某躬耕於此。某乃孔明之弟諸葛均也。玄德曰：令兄先生往何處閒遊？均曰：博陵崔州平相邀同遊，不在莊上二日矣。玄德曰：二人何處閒遊？均曰：或駕小舟遊於江湖之中，或訪僧道於山嶺之上，或尋朋友於村僻之中，或樂琴棋於洞府之內，往來莫測，不知去所。玄德曰：劉備如此緣分淺薄，兩番不遇大賢。嗟呀不已。均曰：小坐獻茶。張飛曰：既先生不在，請哥哥上馬。玄德曰：已親詣此間，如何無一語而回。玄德請問曰：備聞令兄熟諳韜略，日看兵書，可得聞乎？均曰：不知。飛曰：問他則甚！風雪甚緊，不如早歸。玄德叱之曰：汝豈知玄機乎？均曰：家兄不在，不敢久留車騎，容日却去回禮。玄德曰：豈敢望先生枉駕來臨。數日之後，備當又至矣。願借紙筆，留一書上達令兄，以表劉備慇懃之意也。均遂具文房四寶。玄德呵開凍筆，拂展雲箋，其書曰：……玄德寫罷遞與諸葛均，均送出莊門外，玄德再三慇懃致意，均皆領諾入莊玄德上馬，忽見童子招手籬外叫曰：老先生來也。玄德視之，見一人暖帽遮頭，狐裘被體，騎一驢，後隨帶一青衣小童，攜一葫蘆酒，踏雪而來，轉過小橋，口誦梁父吟一首。玄德問之曰：此必是臥龍先生也！滾鞍下馬，向前施禮曰：先生冒寒不易，劉備等侯久矣。那人慌忙下驢，進前作揖，諸葛均在後曰：此非臥龍家兄，乃家兄岳父黃承彥也。玄德問曰：適間所誦之吟，極其高妙，乃係何人所作？黃承彥曰：老夫在女壻家觀梁父吟，記得這一篇。却纔過橋，偶望籬落間梅花，感而誦之。玄德曰：曾見令壻否？黃承彥曰：便是老夫逕來看拙女小壻矣。玄德聞言，辭別承彥，上馬而行。正值風雪滿天，回望臥龍崗，悒怏不已。

又有唐傳演義，及殘唐五代皆傳爲羅氏所作。殘唐五代演義，凡六卷，六十回，其叙述直接于唐傳演義之後，而以「却說懿宗傳至十七代僖宗即位」引起。其與唐傳演義爲連續的一書，當無可疑。惟唐傳演義今已證知其爲嘉靖時熊鍾谷所作，則殘唐五代演義當也不會是羅氏所作的了。

羅氏的英雄傳奇，其成就似遠較他的講史或演義爲偉大。因爲講史或演義，只是據史而寫，不容易憑了作者的想像而騁馳着；又其時代也受着歷史的牽制，往往少者四五十年，多者近三五百年，其事實也多者千百宗，少者也有百十宗；作者實艱于收羅，苦于佈置，更難于件件細寫；而其人物也往往爲歷史所拘束，不易揑造，更不易盡量的描寫着。以講史而寫到三國誌演義的地步，已是登峯造極的了。這樣的左牽右涉，如何會寫得好呢？此講史之所以决難有上乘的創作的原因也。至於英雄傳奇則不然，人物可眞可幻，事蹟若虛若實，年代也完全可不受歷史的拘束，如此，作者的情思可以四顧無礙，逞所欲寫，材料也可以隨心所造，多少不拘，作者很容易見長，讀者也更易感到趣味。水滸傳在藝術上之所以高出三國演義遠甚，此亦其原因之一。羅氏的英雄傳奇，今知者凡四種，其中以水滸傳與平妖傳爲最著，也最可靠。說唐傳與粉妝樓則似乎沒有什麼確證可以指實其爲羅氏所作。

水滸傳的故事，流傳得很早；宣和遺事有記載，高如、李嵩輩『有傳寫』（周密，癸辛雜識續集上），龔聖與有三十六人贊。我猜想此故事在南宋時代或已經演爲話本了吧。話本的作者，或即爲高如、李嵩輩。但今本水滸傳〔一〕的寫定，則爲羅貫中氏。對於此書，羅氏並不自居于創作的地位，只是很謙抑的題着：『錢塘施耐菴的本，羅貫中編次』。（見百川書志）大約施耐菴對於水滸傳的關係，總不止像羅氏三國志演義上所題的『晉平陽侯陳壽史傳』那末淺薄吧。施氏的水滸傳也許只是一個未刊的底本，由羅氏整理編次而

〔一〕水滸傳傳本甚多，有英雄譜本，水滸志傳評林本，福建余氏刊本（皆簡本）；嘉靖本，（僅見殘葉若干頁）；李卓吾評一百二十回本；一百回本（皆繁本）。

始流傳於世的。總之，不管施氏的舊本如何，羅氏對於水滸傳之有編訂的大功是無可疑的。今日流傳於世內簡本水滸傳（大約是一百十五回的）其筆調大似羅氏的諸作，則我們與其將這部偉大的英雄傳奇的著作權，歸之于施氏，不如歸之于羅氏更爲妥當些。

羅氏原本的水滸傳今尚未發見于世；今傳于世的水滸傳有繁簡二本，繁本爲明嘉靖時人所作，（見下）簡本則似尚保留不少羅氏原本的面目，惟亦迭有所增添修改。[一]其修改增添最甚之處，似爲：（一）征遼，（二）征田虎、王慶，（三）詩詞。羅氏的原本當是盛水不漏的一部完美嚴密的創作，始於洪太尉誤走妖魔，而終於衆英雄魂聚蓼兒窪；其間最大的戰役爲曾頭市、祝家莊，及與高太尉童貫的相抗；至招安後征討方臘的一役則衆英雄已至『日薄晻嵫』之境，在戰陣喪亡過半的了。其間征遼大約是嘉靖時加入的，征田虎、王慶的二段，的加入則似乎更晚。這三段故事的插入水滸中，顯然是很勉强的，帶着不少的汕水不融洽的痕跡。

[一]詳見我所作的水滸傳的演化一文（載于小說月報第二十卷第九號）

水滸傳的文筆，似較三國唐傳爲進步；其半文半白、多記載而少描寫的缺點，仍是很顯著的在着，頗可充分的表現出羅貫中氏的特有的彩色，惟對於人物的性格，故事的支配，已有特殊的進展。例如下面的一段，形容魯智深拳打鎭關西的事，已甚宛曲動人：

鄭屠正在門前賣肉。魯達走到門前，叫一聲鄭屠。鄭屠慌忙出櫃唱喏，便教請坐。魯達曰『奉着經略相公鈞旨，要十觔精肉，切做臊子。』鄭屠叫便頭快選好的十觔去。魯達曰『要你自家切。』鄭屠曰『小人便自切。』遂選了十觔精肉，細細的切做臊子。那小二正來鄭屠家報知金老之事，却見魯達坐在肉案門邊，不敢進前，遠遠立在屋簷下。鄭屠切了肉，用荷葉包了。魯達曰『再要十觔都是肥肉，也要切做臊子。』鄭屠曰『小人便切。』又選十觔肥的，也切做臊子，亦把荷葉包了。魯達曰『再要十觔寸金軟骨，也要細細切作臊子。』鄭屠笑曰『却是來消遣我！』魯達聽罷，跳將起來，睜眼看着鄭屠曰『洒家特地要消遣你！』把兩包肉臊子，劈面打去。鄭屠大怒，從肉案上，搶了一把尖刀，跳將出來，就要揪魯達。被魯達就勢按住了刀，望小腹只是一脚，踢倒了。便

明刊本水滸傳之一幕——火燒翠雲樓
（鄞縣馬氏藏）

二十
平妖
一頁
此本極
，平通
者皆爲
回的憑
本。
（鄞縣馬

踏住胸前，提起拳頭看看鄭屠曰：『洒家始從老种經路相公，做到關西五路廉訪使，也不枉了叫做鎮關西。你是個賣肉的屠戶，狗一般的人，也叫做鎮關西！你因何强騙了金翠蓮？』只一拳，正打中鼻子上，打得鮮血迸流，鼻子歪在一邊。鄭屠掙不起來，口裏只叫，『打得好！』魯達曰：『你還敢應口！』望睛眼眉梢上又打一拳，打得眼珠突出。兩傍看的人，懼怕不敢向前。又打一拳，太陽上正著。只見鄭屠挺在地上，漸漸沒氣。魯達尋思曰：『俺只要痛打這厮一頓，不想三拳眞個打死了』，脫身便走，假意回頭指着鄭屠曰：『你詐死，洒家慢慢和你理會。』大踏步去了。街坊鄰舍，知他利害，誰敢攔他。

（一百十五回本第三回）

像這樣的描寫，乃是三國中所沒有的。而蓼兒洼的會葬，林冲的走雪，武松的打虎，野猪林的打店等等，不管牠描寫得如何，其情景的佈設，已都是很俊峭可喜的了。嘉靖本的水滸，除了描寫的技巧的更高明之外，其情景並無所改易，差不多可以說完全是本之于羅氏的。水滸的不朽與偉大，其功至少是要半歸之于羅氏的。

三遂平妖傳〔一〕原本二十回，今本則有四十回，爲明末馮夢龍所增補，與原本面目已全不同。原本有萬歷間唐氏世德堂刊本；叙的是汴州胡浩得仙畫，爲婦所焚，灰燒于身，因而生女永兒有妖狐聖姑姑授以道法，遂能幻變爲紙人豆馬。後嫁于王則；則蓋有數年稱王之命者。彈子和尚張鸞等皆來歸之，則遂稱亂于貝州。文彥博率師討之。則部下如彈子和尚等見則橫暴，皆已前後引去。彈子和尚並化身爲諸葛遂智助彥博討則，以破則與永兒的妖法。彥博部下有馬遂的，又詐降擊則；李遂則率掘子軍作地道入城，彥博遂擒則及永兒，平了貝州之亂。因爲平則的三人皆名『遂』，故謂之三遂平妖傳。原本的二十回，所叙不過如此。馮夢龍（托名龍子猶）的改本，在全本加以潤飾以外，更於原本第一回之前，加以十五回，又於其間加入五回，共成四十回。較原書是完全改觀的了。原本平妖傳的筆調也和三國、唐傳等相類。

〔一〕原本平妖傳傳本至罕見，鄞縣馬氏有一部。

說唐傳[一]今存者分前傳、後傳二部；前傳共六十八回，始於秦彝托孤及秦叔寶、程咬金幼年事，中叙瓦崗寨聚義，最後則唐太宗削平羣雄，登位爲帝，爲結束。中間爲小英雄傳，叙羅通掃北事，凡十六回。此下即爲後傳，一名薛家將，凡四十二回，記薛仁貴跨海征東事。故說唐傳雖爲一個總名，其實乃是三部似續不續的不同的英雄傳奇的總稱；第一部着重於秦叔寶及瓦崗寨的故事，第二部着重於羅通，第三部的中心人物則爲薛仁貴；這三部都是可以獨立的。（曾有人將『瓦崗寨』的故事取出，另編瓦崗寨演義，我曾見其舊刊本。又薛仁貴的故事也早已成了獨立的題材，元曲中有薛仁貴；明富春堂所刊傳奇中也有跨海征東白袍記一書。）唐傳演義乃是依據於正史的，故亦有瓦崗寨，亦有程咬金、單雄信、薛仁貴，其叙述却與說唐傳完全不同。說唐前傳以瓦崗寨聚義爲叙述的中心，其間程咬金的憨直，秦叔寶的窮途，單雄信的忠義，徐茂公的智狡，皆爲唐傳演義所無者。又，說唐後傳以仁貴的含寃負屈，張士貴的冒功嫉賢爲叙述的中心，在唐傳演義中也全

[一]說唐傳坊刊本甚多，明刊本未見。

無此種『野史』『俗說』的記載。說唐傳的來歷是很古遠的，或者羅氏也只不過加以『編次』『筆削』而已，並非他自己的創作。說唐傳的敘述雖多粗鄙可笑處，而其情景的敷設却甚爲動人；若叔寶的賣馬，雄信的拒降，皆爲極不朽的氣慨凜然的章段。足以與水滸傳並駕齊驅的英雄傳奇，恐怕也只有這一部說唐傳而已。可惜不曾有人表章過，遂致不得登于文壇爲文人學士所稱頌。粉妝樓凡八十回，敘羅成之後兩位公子羅燦、羅焜之事，其事實完全不見『經傳』，俱是作者的揑造；其布局與情節也大都雜鈔水滸與說唐，不像是羅氏的著作。謝无量謂『是羅貫中敘述自家先代故事的專書』，〔一〕未免附會得可笑。

又有禪眞逸史一書，謝无量也以爲舊本說是根據羅氏原本的。〔二〕但我所有的明刊本禪眞逸史，却並無此語，僅有『舊本意晦詞古不入里耳』及『舊本出自內府，多方重購始得』（均見爽閣主人禪眞逸史凡例）的二語而已。不知謝氏此語何據。故今不及之。

〔一〕謝无量，平民文學之兩大文豪（商務印書館國學小叢書）第四十四頁。 〔二〕同上第十四頁。

參攷書目

一、全相平話五種　元刊本，藏日本內閣文庫其中三國志平話一種有商務印書館影印本；有古佚叢書本。

二、平民文學的兩大文家　謝無量著，商務印書館出版。

三、中國小說史略　魯迅著，北新書局出版。

四、中國文學論集　鄭振鐸著，開明書局出版。

五、續錄鬼簿　明，賈仲名著，有明藍格鈔本傳鈔本。

第四十九章 散曲作家們

散曲的出現——散曲的來源——南曲與北曲——小令與套數——元代散曲的前後二期——前期的作家們——大詩人關漢卿——王和卿與王實甫——楊果商挺等——馮子振，盧摯，貫雲石——白樸——馬致遠——馬九皐，張養浩等——劉時中，王伯成等——後期的作家們——張可久與喬吉甫——徐再思，曾瑞等——鍾嗣成——楊朝英與周德清——吳西逸呂止菴等——女作家王氏。

一

當金元的時候，我們的詩壇，實現出一株奇葩來，把懨懨無生氣的『詩』壇的活動，重新注入新的活力，使之照射出萬丈的光芒，有若長久的陰霾之後，雲端忽射下幾縷黃金色的太陽光；有若經過了嚴冬之後，第一陣的東風，吹拂得青草微綠，柳眼將開；其清新，愉快的風度，是讀者之立刻便會感到的。這株奇葩，便是所謂『散曲』。但這裏所謂『實現』，並不是說，散曲乃像摩西十誡版似的是從天上掉下來的。她的生命，在暗地裏已是滋生得很久了。她便是蔓生於『詞』的領域之中的；她便是偷偷地在宋、金的大曲，賺詞裏伸出頭角來的。

她的產生的時代，已是很久了。但成爲主要的『詩』體的一種的時代，則約在金、元之間。金、元的雜劇是使用着這種名爲『曲』的詩體，成爲她的可唱的一部分的。在更早的時候，『諸宮調』也已用到她成爲其中『彈唱』的成分。宋人的唱賺，也是使用着『曲』的。所以『散曲』的實際上的出現，實較『劇曲』爲更早。惟其成爲重要的詩人們的『詩體』，則恰好是和『劇曲』同時。創作『雜劇』的大詩人關漢卿也便是今所知的第一位偉大的散曲作家。

散曲可以說是承繼于『詞』之後的『可唱』的詩體的總稱，正如『詞』之爲繼于『樂府辭』之後的『可唱』的詩體的總稱一樣。其曲調的來源，方面極廣；包羅極多的不同的可唱的調子，不論是舊有的或是新創的，本土的或是外來的，宮庭的或是民間的。但在其間舊有的曲調所占的成分並不很多。大部分是新闖入的東西。在那些新闖入的分子們裏，最主要的是『里巷之曲』與『胡夷之曲』，正如『詞』的產生時代的情形一樣。

散曲通常分為『南』『北』二類；北曲為流行于金，元及明初的東西。南曲則其起源似較北曲為更早，但其流行則較晚。差不多要在元末明初的時候，我們才見到正則的南曲作家的出現。當北曲成為金元詩人們的主要詩體之時，南曲似還不曾攀登得上文壇的一角。所以北散曲似是出現于雜劇之先，而南散曲的出現則要在戲文的產生之後，也許那時候已經流行於民間了，但今日卻沒有她存在的徵象可見。所以這裏所講的第一期的散曲的發展，祗講的是北散曲。

南曲和北曲，其最初的萌芽是同一的，即都是從『詞』裏蛻化出來。金人南侵，佔領了中國的中原和北部，于是中原的可唱的詞，流落于北方，而和『胡夷之曲』及北方的民歌結合者，便成為北曲，而其隨了南渡的文人藝人而流傳于南方，和南方的『里巷之曲』

相結合者便成爲南曲。

無論南曲或北曲，在其本身的結構上，皆可分爲兩種不同的定式，一是小令，二是套數。小令起源于詞的『小令』是單一的簡短的抒情歌曲，常和五七言絕句，及詞中的小令，成爲中國的最好的抒情詩的一大部分。小令的曲牌，常是一個，但也有例外者，像：(一)帶過曲（此僅北曲中有之）例若『沽酒美帶過太平令』；『雁兒落帶過得勝令』等等。(二)集曲（流行于南曲裏），係取各曲中零句合而成爲一個新調，例若『羅江怨』便是摘合了香羅帶，皂羅袍，一江風的三調中的好句而成的。最多者若三十腔，竟以三十個不同調的摘句，合而成爲一新調。（三）重頭，即以若干首的小令詠歌一件連續的或同類的景色或故事。例若元人常以八首小令詠『瀟湘八景』，四首小令詠春，夏，秋，冬四景，或竟一百首小令詠唱西廂故事等等。惟每首韻各不同。

『套數』起源于宋大曲及唱賺；至諸宮調而『套數』之法大備。套數是使用兩個以上之曲牌而成爲一個『歌曲』的。在南曲，至少必須有引子，過曲及尾聲的三個不同之曲牌，始成爲一套。在北曲則至少須有一正曲及一尾聲。（套數間亦有無尾聲者，那是例外）無論套數使用若干首的曲牌，從首到尾必須一韻到底。

在元末的時候，有沈和甫的曾創作了南北合套的新調。這南北合套的出現，反在今知的純粹的南曲散套的出現以前。我們由此可知南曲的存在是較今所知的時候爲久遠的。

二

初期的散曲作家們，幾全以北曲爲其活動的工具。從金末到元末，便是他們的活動的時代。這個初期的散曲時代，可分爲兩類不同的作家的羣衆或兩個不同的時期。前期是從金末（約公元一二三四年）到元大德間（約公元一三〇〇年），相當于鍾嗣成錄鬼簿上所說的『前輩名公』的時代。後期便是由大德間到元末，（公元一三六七年）相當于鍾嗣成的時代。這兩個時代的作風是不大相同的。前期還不脫草創時代的特色，散曲的寫作，祇是戲曲作家們的副業，或大人先生們的遺興抒懷之作，或供給妓院裏實際上的歌唱的需要。但後期便不同了。散曲的使用是無往而不宜，專業的散曲作家們也便陸續的出現了。他們以歌曲爲第二生命，他們的一切活動，幾都集中于散曲。他們是詩中的李杜，是詞中的溫李（後主）辛姜。這一期可以說是散曲的黃金時代。

前期的作家們，據錄鬼簿的記載，所謂『前輩已死名公有樂府行于世者，』共凡董解元，劉秉忠，商正叔，杜善夫，閻仲章，張子益，王和卿，盍志學，楊西菴，胡紫山，盧疎齋，姚牧菴，徐子芳，史天澤，張弘範，荊幹臣，陳草菴，張夢符，陳國賓，劉中菴，馬彥良，趙子昂，閻彥舉，白無咎，滕玉霄，鄧玉賓，馮海粟，貫酸齋，曹光輔，張洪範，郝新菴左丞，曹以齋尚書，劉時中待制，薩天錫照磨，李溉之學士，曹子貞學士，馬昂夫總管，班恕齋知州，馮雪芳府判，王繼學中丞（自郝新菴以下十八人，楝亭叢書本及他本錄鬼簿皆別列于『方今名公』之下，但天一閣抄本則直接于前，似當從天一閣本。）等四十一人，而天一閣舊藏抄本錄鬼簿則更有張雲莊，奧敦周，趙伯寧，王元鼎，劉士常，虞伯生，元遺山等七人。這些人大都是『公卿大夫居要路者』他們大都是以其餘暇來作散曲的。他們的作風，離不開宴會妓樂山水的歌頌，乃至淺薄的厭世和恬退的思想；只有杜善夫王和卿等數人的作風略有不同。當時偉大的戲曲家關漢卿白仁甫和馬致遠，即在散曲壇上也成了雞羣裏的白鶴，馳騁于散曲的平原之中，無可與爭鋒者。王實甫的散曲也有數闋傳于今，惟不甚重要。現在略述這時期的比較重要的若干作家。

三

董解元的首列，祇是『以其創始』（鍾嗣成語）之故。他並平沒散曲流傳下來。散曲的歷史的開場，仍當以大詩人關漢卿為第一人。漢卿的散曲大抵散在楊朝英的陽春白雪和太平樂府裏。〔一〕他的作風，無論在小令或套數裏，所表現的都是深刻細膩；淺而不俗，深而不晦的；正是雅俗所共賞的最好的作品，像一半兒四首的題情，幾乎沒有一首不好，

〔一〕在任中敏編的元人散曲三種，（上海中原書局）裏有關漢卿散曲的輯本。

不是足當子夜讀曲的最雋美的珠玉的。姑舉其一：

碧紗窗外靜無人，跪在床前忙要親。罵了個負心，回轉身。雖是我話兒嗔，一半兒推辭，一半兒肯。

又像他的沈醉東風的一首：

咫尺的天南地北，霎時間月缺花飛，手執著餞行盃，眼閣著別離淚，剛道得聲保重將息，痛煞煞教人捨不得。好去者望前程萬里！

直是最天眞最自然的情歌。又像仙呂翠裙腰一套閨怨，全篇也都極爲自然可愛：〔上京馬〕『他何處共誰人攜手？小閣銀瓶殢歌酒。況忘了咒，不記得低低耨。』僅這一小段已是很淒婉盡情的了。他的寫景曲，像大德歌和白鶴子也是最短悍的抒情歌曲：

雪粉華，舞梨花，再不見煙村四五家。密灑堪圖畫，看疏林噪晚鴉，黃蘆掩映淸江下，斜攬著釣魚艖。（大德歌）

四時春富貴，萬物酒風流，澄澄水如藍，灼灼花如繡。（白鶴子）

他有一套南呂一枝花題作杭州景的，係作於元滅南宋（公元一二七六年）之時的，故有『大元朝新附國亡宋家舊華夷』之語。明人選本曾把『大元朝』改『大明朝』，于是漢卿的著作權便也爲明代的無名氏所奪去了。在許多雜劇裏，我們看不出漢卿的思想和生平來，但在散曲裏我們卻知道他是馬致遠的同道，也是高唱着厭世的直捷的享樂的調子的。像『官品極到底成何濟？歸學取他淵明醉』（碧玉簫）；像『南畝耕，東山臥，世態人情經歷多。閑將往事思量過：賢的是他，愚的是我，爭甚麼！』（四塊玉）這種態度和情緒，影響于後來的散曲的作家們是極大的。

關漢卿的朋友王和卿，（名鼎，大名人，學士。）是一位慣愛開玩笑的諷刺的作家。他的散曲，放在當代諸作家的作品裏是尖銳的表現出其不同色彩來的。堯山堂外紀（卷六十八）曾記載着關氏和他開玩笑的故事。他的散曲的題目都是些『大魚』，『綠毛龜』『長毛小狗』，『王大姐浴房內喫打』，『胖妻夫』（皆撥不斷）『詠禿』（天淨紗）之類，但可惜他的滑稽和所諷刺的對象都落在可憐的下層階級以及不全不具的人體之上，並沒對統治階級有過什麼攻擊。所以他的成就並不高。他有題情一半兒：『淚點兒只除衫袖知，盼佳期一半兒才乾一半兒濕，』也是以嬉笑的態度出之的。但像『情粘骨髓難揩洗，病在膏肓怎療治？』（陽春曲題情）卻是比較正經的。明，胡元瑞筆叢疑和卿即王實甫，其實不會是一個人的；他們的作風是那樣的不同。以寫『詠禿』『胖妻夫』一類題目的人，決不會動手是寫那末雋雅的西廂記雜劇的。在散曲方面，實甫自有其最圓瑩的珠玉在。像實甫的春睡：『雲鬆螺髻，香溫鴛被，掩春閨一覺傷春睡。柳花飛，小瓊姬，一片聲雪下呈祥瑞，把團圓夢兒生喚起。誰不做美？呸，卻是你！』（山坡羊）（據堯山堂外紀。但此曲亦見張小山北曲聯樂府中。恐外紀誤）別情：『怕黃昏不覺又黃昏，不銷魂怎地不銷魂。新啼痕壓舊啼痕，斷腸人憶斷腸人。今春，香肌瘦幾分？摟帶寬三寸。』（堯民歌）都是異常的綺膩，異常的清麗，確是西廂的同調。

商政叔名道，元好問稱其『滑稽豪俠，有古人風。』（見遺山集三十九卷曹南商氏千秋錄）官學士。他有問花的月照庭一套，並不甚好。天淨沙四首，詠梅的，也沒有新意新語。

同時，杜善夫名仁傑，又字仲梁，濟南長清人。官散人。元好問的癸巳歲寄中書耶律正書曾舉薦他和王賁，商挺，楊果，麻革等數十人，都是『南中大夫士歸河朔者』。他的散曲有庄家不識拘闌一套（耍孩兒）寫莊家第一次看戲的情形，極爲有趣，乃是描寫元代劇場的最重要的一個資料。

楊果〔一〕字正卿，號西庵，蒲陰人。宋亡時，流寓于河朔。元好問舉薦之後，官參政。〔一〕西庵所作，以少令爲多。他的小桃紅：

採蓮人和採蓮歌，柳外蘭舟過。不管鴛鴦夢驚破。夜如何？有人獨上江樓臥，傷心莫唱南朝舊曲，司馬淚痕多。

是裝載着很濃厚的亡國的感傷的。

商挺〔二〕字左山，東明人。他的潘妃曲十九首，寫閨情，極得神情，像『驀聽得門外地皮兒鳴，只道是多情，却原來翠竹把紗窗映。』止不住淚滿旱蓮腮，爲你個不良才，莫不少下

〔一〕楊果見元史卷一百六十四。 〔二〕商挺見元史卷一百五十九。

你相思債』而下面的一首尤爲豔膩之極：

只恐怕窗間人瞧見，短命休寒賤，直恁地肐膝軟！禁不過敲才厮熬煎。你且覷門前，等的無人啊旋。

元好問以詩名，他的散曲很少，但驟雨打新荷兩首，卻是很有名的。『驟雨過珍珠亂糝，打遍新荷』曲名當是由此而得。

姚燧字牧菴，官參政〔一〕。牧菴的散曲，留傳下來的不少。（1239—1314）題情的，像『夢兒裏休啊，覺來時愁越多』；『等夫人熟睡着悄聲兒窗外敲』（皆凭闌人）；詠懷的，像『功名事了，不待老僧招』（滿庭芳）都比較得直率淺露，少婉曲的情致。

白無咎名賁，白珽子，官學士，以所作鸚鵡曲：『浪花中一葉扁舟，睡煞江南烟雨。覺來時滿眼青山，抖擻綠蓑歸去』有名於時。馮子振嘗和之數十首。無咎的百字折桂令：『千點萬點老樹昏鴉，三行兩行寫長空啞啞雁落平沙。曲岸西邊近水灣魚網綸竿釣槎，斷橋東

〔一〕姚燧見元史卷一百七十四。

壁傍溪山竹籬茅舍人家。滿山滿谷紅葉黃花。正是傷感淒涼時候，離人又在天涯，』和馬致遠的『古道西風瘦馬，斷腸人在天涯』可稱異曲同工。

同時有劉太保，名秉忠〔二〕（抄本錄鬼簿作名夢正）所詠乾荷葉一曲傳於世：『乾荷葉，色蒼蒼，老柄風搖蕩。減了清香越添黃，都因昨夜一塲霜，寂寞在秋江上。』

胡紫山名祗遹〔三〕官至宣慰使，所作短曲，頗饒逸趣，像『幾枝紅雪牆頭杏，數點青山屋上屏。一春能得幾晴明！三月景，宜醉不宜醒！』

馮子振〔四〕貫雲石，盧摯三人是這時期很著名的作曲者。白無咎的鸚鵡曲以『難下語』著，但子振卻立意和之至數十首。子振字海粟，攸州人，官學士。（1257—？）所作散曲勁逸而瀟爽，像『孤村三兩人家住，終日對野叟田父，說今朝綠水平橋，昨日溪南新雨』（鸚鵡曲野渡新晴，）是同時曲中罕見的雋作。

〔二〕劉秉忠見元史卷一百五十七。 〔三〕胡祗遹見元史卷一百七十。

〔四〕馮子振見元史卷一百九十一。

貫雲石一名小雲石海涯，字酸齋，畏吾人。父名貫只哥，遂以貫爲氏。（1286—1324）酸齋的散曲，頗似詞中的蘇辛，像：『棄微名去來心快哉！一笑白雲外，知音三五人，痛飲何妨礙。醉袍袖舞嫌天地窄』（清江引）；但也有極清麗婉膩之作，像：『起初兒相見十分歡，心肝兒般敬重將他占，數年間來往何曾厭』（塞鴻秋）；『若還與他相見時，道個眞傳示，不是不修書，不是無才思，遶清江買不得天樣紙』（清江引）；『薄倖虧人難禁受，想著那樽席上捻色風流，不良殺教人下不得咒』（好觀音）；和關漢卿最妙的情歌是足以相比美的。

盧摯字處道，號疎齋，涿州人。他所作以小令爲多。他的蟾宮曲：『想人生七十猶稀，百歲光陰，先過了三十。七十年間，十歲頑童，十載尫羸，五十歲除分晝黑，剛分得一半兒白日。風雨相隨，兔走烏飛，仔細沉吟，都不如快活了便宜』最爲有名，直撓大胆的高喊着剎那的快活主義。他的『沙三伴哥來嗏，兩腿青泥，只爲撈蝦』（蟾宮曲）寫農村生活很得神理。

〔一〕貫雲石見元史卷一百四十三。

〔二〕任訥編散曲叢刊中有甜酸樂府一種，『酸』的一部，即爲酸齋散曲的輯本。

白樸字仁甫，金亡時，僅七歲，爲元遺山所撫養。自以是金的世臣，不仕於元，有天籟集，【一】他的散曲，俊逸有神，小令尤爲清雋。像：

紅日晚，殘霞在，秋水共長天一色。寒雁兒呀呀的天外，怎生不捎帶個字兒來。（德勝令）

輕拈斑管書心事，細摺銀箋寫恨詞。可憐不慣害相思，只被你個肯字兒，拖逗我許多時。（德勝令題情）

長醉後方何礙，不醒時有甚思。糟醃兩個功名字，醅渰千古興亡事，麴埋萬丈虹霓志。不達時皆笑屈原非，但知音盡說陶潛是。（勸飲寄生草）

都是能以少許勝人多許的。

馬致遠是這期散曲作家裏爲人所追慕的；他是那末的不平凡的一位抒情詩人。關漢卿在雜劇裏不易見出『自己』來，即在散曲裏也很少抒懷之作，致遠則無論在雜劇，或

【一】仁甫散曲有任訥輯本。（元曲三種又天籟集有康熙間楊希洛刻本，末附摭遺，即散曲一部。後來四印齋本及九金人集本天籟集皆删去摭遺不載。）

在散曲上，都有他很濃厚的『自我』在着。他的散曲是那樣的奔放，又是那樣的飄逸；是那樣的老辣，又是那樣的清雋可喜。他的天淨沙秋思：『枯藤老樹昏雅，小橋流水人家，古道西風瘦馬。夕陽西下，斷腸人在天涯。』相傳以為絕唱。而他自己的作風也便是那末樣的疎爽而略帶悽惋的味兒。恰有如倪雲林的小景，疎朗朗的幾筆裏，是那末樣的充溢了詩趣。他的雙調夜行船秋思：『百歲光陰一夢蝶，』也傳誦到今。其實他的最好的篇什，還不是發牢騷的東西，『像困煞中原一布衣，悲故人知未知？登樓意，恨無天上梯。』（金字經）；本是個懶散人，又無甚經濟才，歸去來！』（四塊玉）或什麼嘆世（慶東原）野興（清江引）的『不如醉還醒，醒而醉，』或『則不如尋個穩便處閑坐地』之類。他的最雋雅的東西便是以寥寥的幾筆，刻畫悽清的情景，那便是他的長技。像：

寒烟細，古寺清，近黃昏禮佛人靜。順西風晚鐘三四聲，怎生教老僧禪定。（壽陽曲烟寺晚鐘。）

他還長於寫戀情，卻又是那樣刻骨鏤膚的深刻。像『從別後，音信絕，薄情種害殺人也。逢一個見一個因話說，不信你耳輪兒頭熱』『他心罪，咱便捨空担着這場風月。一鍋滾水冷定也，再攛紅幾時得熱！』（俱壽陽曲）他還寫些很詼諧的東西，像借馬（般涉調耍孩兒）寫吝者買一馬，千般愛惜，不幸爲人所借，他叮嚀再四，方才被借者牽去：『懶習習牽下槽，意遲遲背後隨，氣忿忿懶把鞍來鞴。我沉吟了半晌語不語，不曉事頹人知不知？他又不是不精細，道不得他人弓莫挽，他人馬休騎。』他是那末樣的萬分不愿，卻又『對面難推』，只好叮叮嚀嚀的吩咐道：『不騎啊，西棚下涼處拴；騎時節，揀地皮平處騎。將青青嫩草頻頻的喂。歇時節肚帶鬆鬆放，怕坐的困尻包兒歘歘移，勤覷著鞍和轡，牢踏著寶鐙，前口兒休提。』後來的弋陽調的小喜劇借靴顯然便是從此脫胎而出的。可惜致遠這類的散曲不多，否則其成就當遠在王和卿以上。

馬九皋字昂夫，所作多小令，祗是宴飲時的隨唱，貌爲豪放，而實中無所有。像『大江東去，長安西去，爲功名走遍天涯路。厭舟車，喜琴書，早星星鬢影瓜田暮。』（山坡羊）其實，當時一般老官僚們所作的散曲大都是這一類的不痛不癢的自誇恬退的東西。張雲莊〔一〕（名養浩）的雲莊張文忠公休居自適小樂府〔二〕全部都是如此。『紫羅襴未必勝漁簑，休只管戀他，急回頭好景已無多』，（梅花酒帶七弟兄）從這樣淺薄的情緒裏出發的歌曲自然不會是很高明的。有名的不忽麻平章（一名時用，字用臣）點絳唇辭朝，『寧可身臥糟丘，索如命懸君手』一套，其情緒也全同於此。大約許多『公卿大夫居要路者』的所作，其作風大都是趨向於這一條路的。

劉時中在他們裏是一位傑出的作家。時中名致，號逋齋，甯鄉人，任翰林待制。他和姚燧同時，而略爲後輩。又和盧疏齋相唱和。他小令甚多，頗富於青春的蕩放的情趣，像『願天，可憐，乞個身長健，花開似錦海如川，日日西湖宴』（朝天子）；也偶有牢騷語。而其最偉大的作品則爲上高監司的兩套端正好；這兩套俱見於陽春白雪，是散曲家未之嘗試的境地。

〔一〕張養浩見元史卷一百七十五。

〔二〕雲莊休居自適樂府有明成化刊本，有孔德圖書館石印本，有金陵盧前刊本。

他在這裏把散曲的作用，提高到類似白居易新樂府的了。這兩套似是連續的，可算是散曲裏篇幅最長的一篇。『衆生靈遭磨障，正値着時歲飢荒。謝恩光拯濟皆無恙，編做本詞兒唱，』一開頭便把第一篇的大意說明。第二篇則是講江西鈔法的積弊的。『庫藏中鈔本多，貼庫每弊怎除。』在研究元代經濟史上是極重要的資料。

戲曲家庾吉甫，王伯成，侯正卿，李壽卿，趙天錫，趙明道諸人也都寫作散曲，而以王伯成，侯正卿爲尤著。伯成所作，有數套流傳，亦有小令，像陽春曲，別情：『多情去後香留枕，好夢回時冷透衾。悶愁山重海來深，獨自寢，夜雨百年心。』都不甚重要。侯正卿，眞定人，號艮齋先生。雜劇有關盼盼春風燕子樓，今不傳。散曲以客中寄情的菩薩蠻套：『鏡中兩鬢皤然矣，心頭一點愁而已。淸瘦仗誰醫，羈情只自知。』爲最被傳誦。在一般恬退淡率的作風裏，是特以勁蒼悽凉顯的。趙明道有題情的鬥鵪鶉一套，盡量的使用着疊字：『燕燕鶯鶯，花花草草，穰穰勞勞，』當是受着李易安的『尋尋覓覓』的調子的影響的。

三

後期的作家們，以張可久及喬吉爲雙璧，時人比之爲詩中的李杜。但在喬，張外，也並不是無人。這期的散曲壇較之前期似更爲熱鬧。編太平樂府陽春白雪的楊朝英，他自己也寫曲；著中原音韻的周德清，所作更爲精瑩。作錄鬼簿鍾嗣成也顯出他的特殊的詼諧與頹放的風趣來。此外，見於錄鬼簿和陽春白雪，太平樂府，樂府羣玉，樂府新聲諸書者更不止數十人。兼作雜劇者，於喬吉外，以鄭德輝，睢景臣，曾瑞，等爲最著。其專工散曲者，則有吳西逸，秦竹村，呂止菴，宋方壺，李愛山，王愛山，曹明善，錢子雲，顧君澤，徐甜齋，董君瑞，高安道諸人。

張可久的才情確足以領袖羣倫。他的作風，和前期的馬致遠有些相同，卻決不是有意的模擬。前期的諸作家，往往多隨筆遣興之作，到了可久起來後，方才用全副心力在散曲的製作上。他的作風是爽脆若哀家梨的，一點渣滓也不留下；是清瑩若夏日的人造冰的，雋冷之氣，咄咄逼人他豪放得不到粗率的地步；他精麗得不到雕鏤的地步；他瀟疎得不到索寞的地步。他是悟到了『深淺濃淡雅俗』的最諧和的所在的。太和正音譜說他『如瑤天笙鶴，其詞清而且麗，華而不豔，有不喫烟火食氣』。李開先謂：『小山清勁，瘦至骨立，而血肉銷化俱盡，乃孫悟空鍊成萬轉金鐵軀矣』。自元，明以來，推重他的人受他影響的人，更不知多少。所以他的散曲集流傳獨盛。〔一〕他字小山，慶元人。以路吏轉首領官。他是一位不大得意的人，所以常常透露出些牢騷來。前期的散曲作家們，大都是『公卿大夫』們。而這期的作家們卻都是同張氏一樣的鬱鬱不得志的人物。『興亡千古繁華夢，詩眼倦天涯：孔林喬木，吳宮蔓草，楚廟寒雅』。（人月圓山中書事）他是那樣的貌爲曠達。他的南呂一枝花湖上晚歸套『長天落綵霞，遠水涵秋鏡；花如人面紅，山似佛頭青』，李開先，沈德符俱以爲足和馬致遠的『百歲光陰』相匹敵。底下的幾首小令，可以作爲他的作風的

〔一〕張可久散曲集，有明李開先輯本張小山小令；有清厲鶚翻刻李輯本；有鈔本北曲聯樂府；有任訥輯本小山樂府（散曲叢刊本）。四庫全書亦收之。

最好例證：

今宵爭奈月明何，此地那堪秋意多。舟移萬頃冰田破，白鷗還笑我。拚餘生詩酒消磨，雲母舟中飯，雪兒湖上歌，老子婆娑。（水仙子，西湖秋夜）

天邊白雁寫寒雲，鏡裏青鸞瘦玉人，秋風昨夜愁成陣。思君不見君，緩歌獨自開樽。燈挑盡，酒半醺，如此黃昏。（水仙子，秋思）

門前好山雲占了，盡日無人到。松風響翠濤，槲葉燒丹竈，先生醉眠春自老。（清江引，山居春枕）

與誰，畫眉猜破風流謎？銅駝巷裏玉驄嘶，夜半歸來醉。小意收拾，怪膽禁持，不識羞誰似你！自知，理虧，燈下和衣睡。（朝天子，閨情）

喬吉甫字夢符，作雜劇甚多。他也常住于杭州，和小山一樣。小山有蘇隄漁唱（原集未見，北曲聯樂府多採之），夢符也有『題西湖梧葉兒百篇』。可惜這梧葉兒是一篇也未流傳下來。李開先嘗爲之輯喬夢符小令刻之。〔一〕他的生活，較小山更爲落魄。鍾嗣成謂他『江湖間四十年，欲刊所作，竟無成事者。』他的自述（綠幺遍）也道：『不占龍頭選，不入名賢傳。……笑談便是編修院，留連，批風抹月四十年。』他的作風，頗有人稱之爲『奇俊』的，其實較小山是放肆得多，濃艷得多了；最好的例子，像：

紅粘綠惹泥風流，雨念雲思何日休？玉憔花悴今番瘦，擔著天來大一擔愁。說相思難撥回頭，夜月雞兒巷，春風燕子樓，一日三秋。（水仙子，憶情）

風吹絲雨噀窗紗，苔和酥泥葬落花，捲雲鈎月簾初掛。玉釵香徑滑，燕藏春銜向誰家？鶯老羞尋伴，蜂寒懶報衙，啼殺饑雅。（水仙子，暮春即事）

像私情一枝花『老婆婆坐守行監，狠撅丁暮四朝三，不能夠偷工夫恰喜喜歡歡』一類的話，確是小山所不敢出之口的。

〔一〕喬夢符小令有李開先原刻本；有厲鶚翻刻本。近任訥輯有夢符散曲。（見散曲叢刊。）

鄭德輝被後人並致遠，漢卿，仁甫稱爲『關，馬，鄭，白』四大家。但他的散曲，存者不多。〔一〕像『雨過池塘肥水面，雲歸岩谷瘦山腰』（秋閨駐馬聽）；『情山遠，意波遙，咫尺粧樓天樣高。月圓苦苦被陰雲罩，偏不把離愁照。玉人何處教吹簫？辜負了這良宵』。已有些使我們嗅得出古典的文人的氣息來；他是那樣的愛雕鏤詞句，那樣的喜偷用古語。這影響于後人者很大，從他以後，以粉飾爲工，和以偷句爲業的散曲家是那末一大羣！

徐甜齋名再思，字德可，嘉興人。好食甘飴，故號甜齋。有樂府行於世。〔二〕世人以他和貫酸齋並稱，謂之『酸甜樂府』。他所作，有很疏爽的，像夜雨的水仙子：

> 一聲梧葉一聲秋，一點芭蕉一點愁，三更歸夢三更後。落燈花，棋未收，嘆新豐孤館人留。枕上十年事，江南二老憂，都到心頭。

但詠春情的幾首，卻又是那樣的嬌媚可喜：『平生不會相思，才會相思，便害相思，……證

〔一〕鄭德輝散曲有任訥輯本。（見元曲三種，中原書局印行。）

〔二〕徐甜齋樂府有任訥輯本。（見散曲叢刊中的酸甜樂府）

候來時，正是何時？燈半昏時，月半明時』（蟾宮曲）；『剔春纖碎挼花瓣兒，就窗紗砌成愁字』，（壽陽曲）；『一自多才闊，幾時盼得成合？今日箇猛見他門前過，待喚着怕人瞧科。我這里高唱當時水調歌，要識得聲音是我。』（沈醉東風）

曾瑞卿大興人，家於杭州。善丹青，能隱語小曲。其散曲集詩酒餘音雖不存，然散見於太平樂府諸書裏者卻也不少。他所作，大都為江湖間的熟語，市井裏的習辭。像『舊衣服陡恁寬，好茶飯減多半；添鹽添醋人攛斷，剛捱了少半椀』（閨怨，蝶戀花套）故能傳唱一時。

沈和甫名和，杭州人。『能詞翰，善詼諧，天性風流，並明音律。以南北調合腔自和甫始。如瀟湘八景，歡喜冤家等曲，極為工巧。後居江州，近年方卒。江西稱為蠻子關漢卿者是也』。（錄鬼簿）今瀟湘八景猶見于雍熙樂府。

睢景臣字景賢。大德七年，他從維揚到杭州，與鍾嗣成相識。嗣成云：『維揚諸公俱作高祖還鄉套數，惟公哨遍，製作新奇，皆出其下』。景臣的高祖還鄉，今存，確是一篇奇作。他借了村庄農人們的眼光看出這位『流氓皇帝』的粧模作樣的衣錦還鄉的可笑情形來；眞把劉邦挖苦透了。『只道劉三，誰肯把你揪捽住，白甚麽改了姓，更了名，喚做漢高祖？』是那樣的故意開玩笑！

周仲彬名文質，其先建德人，後家於杭州。『家世儒業，俯就路吏，善丹青，能歌舞，明曲調，諧音律』。（錄鬼簿）他的情詞，寫得很有風趣，像『曾約在桃李開時，到今日楊柳垂絲。假題情絕句詩，虛寫恨斷腸詞，嗤，都扯做紙條兒』（佳人送別寨兒令）。

吳仁卿字弘道，號克齋先生，歷仕府判致仕。有金縷新聲，今存者僅小令數首耳。錢子雲名霖，松江人，棄俗爲黃冠，更名抱素，號素菴，所作有醉邊餘興，今存者亦寥寥。曹明善，衢州路吏。『有樂府，華麗自然，不在小山之下』。（錄鬼簿）其長門柳二詞，『長門柳絲千萬結，風起花如雪』。尤爲世所盛傳。但像折桂令的數首：『問城南春事如何？細草如烟，小雨如酥』（江頭卽事）；『小紅樓隔水人家，草已鳴蛙，柳未藏雅。試捲朱簾，尋山問寺，何處無花』（西湖早春）似尤富於逸趣。

趙文寶（一作文賢），名善慶（一作孟慶），饒州樂平人。善卜術，任陰陽學正。所作雜劇，皆已亡失。散曲存二十餘首。他的作風，甚受北宋詞的影響，纖雅圓潤，不失爲雋品，像『望晴空瑩然如片紙，一行雁一行愁字』（江流晚眺落梅風）；『雨痕著物潤如酥，草色和烟近似無，嵐光照日濃如霧』（仲春湖上水仙子）；王仲元，杭州人，所編有于公高門等。高敬臣名克禮（錄鬼簿作字敬禮），號秋泉，『見任縣尹，小曲樂府極爲工巧，人所不及。』（錄鬼簿）王日華名曄，號南齋，杭州人。有與朱凱題雙漸小靑問答，今存。董君瑞，眞定冀州人，有哨遍硬謁，高安道也有哨遍嗓淡行院，俱出以方言俗語，形容人情世態，入骨三分。

錄鬼簿的著者鍾嗣成，和這期的作者們大都相友善。他自己也是一位很好的抒情詩人。他字繼先，號醜齋，汴梁人。累試不第，又不樂爲吏，乃居於杭州，以著作爲事。作雜劇數種。其散曲充滿了不平的憤懣，像醜齋自述乃是一篇絕沈痛的苦笑：

『（梁州）子爲外貌兒不中擡舉，因此內才兒不得便宜。半生未得文章力，空自胸藏錦綉，口唾珠璣，爭奈灰容土兒，缺齒重頦，更兼着細眼單眉，人中短，髭鬢稀稀，那里取陳平般冠玉精神，何晏般風流面皮，那里取潘安般俊俏容儀。自知就里，清晨倦把青鸞對。恨殺爺娘不爭氣，一日黃榜招收醜陋的，准擬奪魁。（隔尾）有時節軟烏紗抓劄起鑽天髻，乾皂靴出落着簌地衣，何晚乘間後門立，猛可地笑起，似一個甚的恰儍？似現出鍾馗，諕不殺鬼！』

醉太平小令三首寫乞兒的生活者，似即爲有名的繡襦記裏的鄭元和叫化一齣之所本。清江引的情：『夜長怎生得睡著，萬感縈懷抱。伴人瘦影兒，惟有孤燈照。長吁氣一聲吹滅了。』也是絕妙好辭。想不到寫着不甚通暢的錄鬼簿的作者，卻是一位如此高明的詩人！『詩有別才，非關學也，』這話至少用在這裏是很對的。

任則明名昱，四明人。少年狎遊平康，以小樂章流布裙釵，晚乃銳志讀書。他和曹明善是朋友。『絳羅爲帳護寒輕，銀甲彈箏帶醉聽，玉奴捧硯催詩贈，寫青樓一片情。』（水仙子友人席上）正如他少年時代的生活的縮影。

李致遠，生平未詳。太和正音譜列之於徐甜齋，楊炎齋之次，當是這期內的作家。他慣以清逸的話，寫清逸的景物，像『柔條不奈曉風梳，亂織新絲綠』（新柳小桃江）；頗多好句。楊澹齋名朝英，青城人，嘗和貫酸齋為友。酸齋道：『我酸則子當澹』。遂以號之。（鄧子晉太平樂府序）至正間，編纂當代才人之作，為太平樂府，陽春白雪二集，為今日論元代散曲者主要的寶庫。他自己所作，間也見於集中，像『浮雲薄處朣朧日，白鳥明邊隱約山』（陽春曲）之類，也還不壞。

周德清的中原音韻為曲家所宗，他自作也復出之以百鍊千錘，無懈可擊，像秋思：『千山落葉岩岩瘦，百結柔腸寸寸愁，有人獨倚晚粧樓，樓外柳眉葉，不禁秋』。

太平樂府諸書所載曲家們，尚有呂濟民，嘗和馮海粟鸚鵡曲；又有呂止菴，（陽春白雪，別有呂止軒）或係一人。吳西逸，宋方壺，皆未知生平，所作存者頗多，而無甚特殊的作風。趙顯宏號學村，未知里居，喜以詩句入曲，像『春日凝粧上翠樓，滿目離愁，悔散夫婿覓封侯』（刮地風別思）已開了明人以南翻北的一條大路。朱庭玉存套曲甚多，類皆題情怨別一類的文字。王愛山字敬甫，長安人，所作也多閨怨之辭。同時有李愛山的，也作曲，他們所作，每多相混。

女流女家，這時絕少。有大都行院王氏，作粉蝶兒長曲一套描寫妓女生活，極爲沈痛：

『〔鬥鵪鶉〕愁多似山市晴嵐，泣多似瀟湘夜雨。少一個心上才郎，多一個角頭丈夫。每日價茶不茶，飯不飯，百無是處。交我那里告訴：最高的離恨天堂，最低的相思地獄！（寄情人）』

參考書目

一、太平樂府十卷　元、楊朝英編，有元刊本，有明初寫本（西諦藏）有四部叢刊本，有武進陶氏印本。

二、陽春白雪十卷　元、楊朝英編，有元刊本，有南陵徐氏印本，有散曲叢刊本。

三、殘元本陽春白雪　元、楊朝英編有元刊本，南京國學圖書館藏。

四、樂府新聲　元、無名氏編，有元刊本，鐵琴銅劍樓藏；有傳鈔本。

五、樂府羣玉　元、無名氏編，有天一閣舊鈔本，有散曲叢刊本。

六、盛世新聲　明、無名氏編有正德間刊本，吳興周氏藏；有萬曆間翻刻本，故宮博物院藏。

七、詞林摘豔　明、張祿編，有嘉靖間刊本，有徽藩翻刻本，均藏長洲吳氏；有萬歷間翻刻本，故宮博物院藏。

八、雍熙樂府　明、郭勳編，有嘉靖間刊本，西諦藏，北平圖書館藏又海西廣氏輯的一部，僅十三卷（郭本爲二十卷）有明刊本，北平圖書館藏，四庫全書所收者卽爲十三卷本。

九、北宮詞紀　明、陳所聞編，有明刊本，西諦藏有初印無缺頁本。

十、彩筆情辭　明、張栩編，有萬歷間刊本，北平圖書館藏，又西諦藏。此書後被坊賈改爲靑樓韻語廣集，題方悟編，任中敏藏。

十一、南北詞廣韻選　明、無名氏編，有鈔本，西諦藏。

十二、錄鬼簿　元、鍾嗣成編，有楝亭十二種本；有暖紅室刻本；有曲苑本；有王忠慤公遺書本；有天一閣舊藏藍格鈔本，後附賈仲名續錄鬼簿。

十三、太和正音譜　明、朱權編，有洪武間刊本；有涵芬樓秘笈本；有嘯餘譜本；有改名北雅的明刊本。清初的欽定曲譜，北曲譜一部份卽全收此書。

十四、北詞廣正譜　淸、李玉編，有原刊本。

十五、中原音韻　元、周德淸編，有明刊本數種；有重訂曲苑本。

第五十章 元及明初的詩詞

元與明初詩壇的概況——元好問的影響——趙孟頫——白樸，馮子振等——虞集，楊載，范梈，揭傒斯——道士張雨——薩都剌與傅若金，張翥——楊維楨——倪瓚——戴良等——仇遠與邵亨貞——高啓，楊基等的四傑——劉基與袁凱——『閩中十才子』——二藍——怪傑姚廣孝——提倡『台閣體』的三楊。

一

元與明初的詩詞，論者每有不滿之語。但他們雖沒有散曲壇那末樣的光芒萬丈，卻也不是很寥落的；特別因爲逢着蒙古人入據中華的一個大變，詩詞的風格，遂也頗有不同於前的；慷慨激昂者，悲歌以當泣，潔身自好者，有托而潛逃，即爲臣爲奴者之作，也時有隱痛難言之苦。故元代初期之作，遂多幽峭之趣。元季喪亂頻仍，流氓皇帝朱元璋對待文人們，復極盡殘酷，無復人性。這也是文士們所痛心疾首的。成祖在潛邸時候，已爲文人們的東道主；攻下南京時，雖殺人方孝孺若干人，對於整個文壇，似無多大的影響。故永樂以後，遂漸入於鼓舞昇平的時代；三楊的台閣體的文學，頗足以代表那若干年的從容歌頌之風。

元初的詩人詞客大都爲金宋的遺民；趙子昂以宋的宗室入仕元庭，風流文彩，冠絕一時；然其對於當時文壇的影響，乃遠不及元遺山的弘偉。遺山自金入元，雖以遺老自命，不仕新朝，但其勢力則籠罩於朝野的文壇。他且提拔南北在野的文人們，薦舉之於要人重臣之前。（遺山文集卷三十九有癸巳歲寄中書耶律公書，所薦舉的『南中大夫士歸河朔者，』從衍聖公以下，凡五十餘人）。故元初的文學可以說是由這個『金代大老』一手所提携着的。

子昂名孟頫，〔一〕宋宗室。湖州人。元時爲翰林學士承旨，卒諡文敏。（1254—1322）有松雪齋集。〔二〕他的詩流轉圓潤，而頗多由衷的哀音，像『英雄已死嗟何及。天下中分遂不支。莫向西湖歌此曲，水光山色不勝悲！』（岳鄂王墓）；『溪頭月色白如沙，近水樓台一萬家。誰向夜深吹玉笛？傷心莫聽後庭花』（絕句）。他的詞也多清俊的篇什。

白樸有天籟集，〔三〕都是詞。他的詞的作風，類他的散曲。有極沈痛者，像『千古神州，一旦陸沈，高岸深谷。夢中雞犬新豐……幾同飲恨吞聲哭。歲暮意如何？怯秋風茅屋』（石州漫書懷）也有很樸質明白的，像『可惜一川禾黍，不禁滿地螟蝗』（朝中措）。同時的散曲作家，若盧疎齋（處道）馮海粟（子振）貫酸齋（雲石）姚牧庵（燧）等也都寫着很好的詩詞。疎齋的婺源縣齋書事：『竹樹映清曉，坐聞山鳥鳴。瓶花香病骨，簷雨挾詩聲』。是那末的幽峭可喜。海粟的詩詞，還是詠唱鸚鵡曲那般的俊健的風格。酸齋詩以樂府古

〔一〕趙孟頫見元史卷一百七十二。〔二〕松雪齋集有四部叢刊本。

〔三〕天籟集有清初楊希洛刊本；有四印齋所刻詞本；有九金人集本。

風爲上像覲日行：『六龍受鞭海水熱，夜半金烏變顏色。天河蘸電斷鰲膊，刁擊珊瑚碎流雪』云云，其氣概是雄壯少匹。

虞集〔一〕出而詩壇的聲色爲之一振。集和楊載，范梈，揭傒斯並號四大家。集嘗評載詩如百戰健兒，梈詩如唐人臨晉帖，傒斯詩如美女簪花，他自己詩如漢廷老吏。蓋繼元遺山而爲文壇祭酒者，誠非集莫能當之。李東陽謂：『若藏鋒斂鍔，出奇制勝，如珠之走盤，馬之行空，始若不見其妙，而探之愈深，引之愈長，則於虞有取焉』。（懷麓堂詩話）集詩像送朱仁卿歸盱江：『羨子南歸盱水上，過從爲我問臨川。幾家橘柚霜垂屋，何處蒹葭月滿船』；別成都：『我到成都才九日，駟馬橋下春水生。……鸕鷀輕筏下溪足，鸚鵡小窗知客名』。雖淡遠而實肌充神足。載詩以『大地山河微有影，九天風露寂無聲』（中秋對月）有名。傒斯詩，邃峭似尤在集上，像『船頭放歌船尾和，篷上雨鳴篷下坐。推篷不省是何鄉，但見雙飛白鷗過』（武昌舟中）；『梁安峽裏杜鵑啼，絕壁蒼蒼北斗低。雲氣倒連山影合，石稜斜鬭浪聲

〔一〕虞集等見元史卷一百八十一。

齋』(宿梁安峽)集字伯生,自號邵菴,仕至翰林直學士,兼國子祭酒。(1272—1348)有道園學古錄。[一]載字仲弘,浦城人,官至甯國路總管府推官,椁安亭父,一字德機,清江人,官至湖南嶺北廉訪司經歷。人稱文白先生。傒斯字曼碩,龍興富州人,官至翰林侍講學士,謚文安。(1274—1344)椁嘗謂:『吾平生作詩,稿成讀之,不似古人,即削去改作。』但像他的閩州歌,掘冢歌等也有天然流露,不純是模擬古人。

同時有道士張雨,一名天雨,別號貞居子,錢塘人,嘗和虞集及楊維楨相酬答。(1277—1348)有句曲外史集。[二]他詩詞多清逸之處,像『造物於我厚,一切使我薄。瓶中有儲粟,持此臥雲壑。……牀頭堆故書,敗履置牀脚。未嘗身沒溺,何與世濁惡。』(道言),較一班爛熟曠達的號呼,似自有別。又有薩天錫,名都剌,號直齋,本答失蠻氏。後爲雁門人,官至河北廉訪司經歷,有雁門集。[三]他以賦宮詞得名,但像南台春月歌:『南台月照男兒面,豈

[一]道園集古錄有四部叢刊本。 [二]句曲外史集有四部叢刊本。

[三]雁門集有四部叢刊本。

照男兒心與肝』，卻是那樣的豪邁。傅若金字與礪，本字汝礪，新喻人，官廣州文學教授。詩藪評其詩，『雄渾悲壯，老杜遺風，有出四家上者』。他悼亡諸詩，尤深情凄咽。張翥〔一〕字仲舉，晉寧人，官至翰林學士承旨（1287—1368）有蛻菴集。他的詩『雄渾流麗』，而詞尤工穩宛曲，近南宋諸家。

元末諸詩家其成就似尤在虞，楊，范，揭四家以上。他們處境益艱，用心更苦，所作自更深邃雄健。楊維楨在這時固足以領袖羣倫，但倪瓚，戴良，卻不是他所能範圍得住的。維楨字廉夫，號鐵岩，會稽人，〔二〕官至江西等處儒學提舉，有鐵崖古樂府等集。明初，朱元璋命近臣逼促他入京。他作詩有『商山肯爲秦嬰出』語。元璋道：『老蠻子欲吾殺之以成名耳』。遂放回。一說，他作此詩後，即自縊而死。（1296—1370）（一說維楨所賦係老客婦謠）張伯雨序維楨樂府云：『隱然有曠世金石聲，又時出龍鬼蛇神以眩蕩一世之耳目，斯亦

〔一〕張翥見元史卷一百八十六。 〔二〕楊維楨見明史卷二百八十五。

〔三〕鐵崖古樂府有四部叢刊本。

奇矣！』他的短詩時有絕佳者，像漫興：『楊花白白綿初迸，梅子青青核未生。大婦當壚冠似匏，小姑喫酒口如櫻。』他是那樣的富於風趣！而海鄉竹枝歌：『潮來潮退白洋沙，白洋女兒把鋤耙，苦海熬乾是何日？免得儂來爬雪沙』數首，尤喜用俗語村言。他的慷慨濃艷的諸篇，像鴻門會，題宋宮觀潮圖等等，似非其所長。

倪瓚〔一〕字元鎮，無錫人，嘗自謂嬾瓚，亦曰倪迂。有淸閟閣稿〔二〕他的性格是那末淸高迂闊，恰逢亂世，自不得免。相傳朱元璋得之，聞其有潔癖，故意投他於厠中以死。(1301—1374) 他的詩和畫俱有高名；王維『詩中有畫，畫中有詩』之稱，正可移贈給他。他的寄王叔明：『每憐竹影搖秋月，更愛山居寫白雲』；絕句：『松陵第四橋前水，風急猶須貯一瓢。敲火煮茶歌白苧，怒濤翻雪小停橈』；春日雲林齋居：『晴嵐拂書幌，飛花浮茗盌。階下松粉黃，窗間雲氣暖。石梁蘿蔦垂，翳翳行蹤斷』；早春對雨：『林臥苦泥雨，憂來不可絕。掀帷望天際，春風吹木末。飛蘿散成霧，細草綠如髮』；竹枝詞：『日莫狂風吹柳折，滿湖烟

〔一〕倪瓚見明史卷二百九十八。〔二〕淸閟閣稿有四部叢刊本。

雨綠茫茫』；『春愁如雪不能消，又見清明賣柳條』；那一首不是像他的竹石小景似的清雋絕俗。他詞的作風也如其詩的靈雋。同時有王冕〔一〕字元章，諸暨人，自號煮石山農，亦爲高士。後爲朱元璋所得，置之軍中，一夕暴卒。他的墨梅：『我家洗硯池頭樹，個個花開淡墨痕。不要人誇好顏色，只留清氣滿乾坤』，具這樣的傲骨，自難苟全於亂世。戴良字叔能，浦江人。至正間爲儒學提舉。朱元璋遣使物色求之。洪武十五年召至京師，固辭官，不就。次年遂自殺於寓舍（1317—1383）。有九靈山房集〔二〕。他集中九靈自贊有『歌黍離麥秀之音，詠剩水殘山之句』，語頗足以說明他詩的旨趣。他的插秧婦：『竪束暖烟青滿地，細分春雨綠成行。村歌欲和聲難調，羞殺揚鞭馬上郎』，似不僅僅詠物寫景而已！

元末有顧瑛，一名阿瑛，別名德輝，字仲瑛，崑山人。隱於家，不仕。家至富，有其亭館蓋有三十六處；楊維楨、倪瓚、張雨等皆爲座上客。亂後，家財散盡，遂削髮爲在家僧。所作詩詞，也自清雋有致，像：『春江暖漲桃花水，畫舫珠簾，載酒東風裏。四面青山青如洗，白雲不斷山中

〔一〕王冕及戴良均見明史卷二百八十五。

〔二〕九靈山房集有四部叢刊本。

起』(蝶戀花)亦何減其客座上的諸名公。

元人工詞者，尚有仇遠。遠字仁近，一字仁父，錢唐人。至元中爲溧陽州儒學教授。(1261—?)自號近村，又號山村，有無弦琴譜。[一]遠詞若當春水新漲，綠波映面，楚楚自憐。其雋雅的風格，不特在元詞裏爲第一人而已。像點絳唇：

黃帽欆鞋出門一步如行客。幾時寒食？岸岸黎花白。　馬首山多，雨外青無色。誰禁得殘鵑孤驛，撲地春雲黑。

又像渴金門：『但病酒，愁對清明時候。不爲吟詩應也瘦。坐允衣痕皺；』慶清朝：『山東灘聲，月移石影，寒江夜色空浮』，儼然是北宋詞人裏最高的格調。又有邵亨貞，字復孺，號清溪，華亭人，有蛾術詞選。[二]作風較仇遠爲奔放，也較疏散。像滿江紅：『世亂可堪逢節序？身閑猶有餘風度。且憑高呼酒發狂歌。愁何處？』殊具有蘇辛的風味。

[一]無弦琴譜有彊村叢書本。

[二]蛾術詞選有四印齋所刻詞本。

二

朱元璋一手摧殘了明初的文壇，王冕、倪瓚、戴良、楊維楨諸大家，無不直接或間接死在他手裏。少年詩人高啓的死，尤爲殘酷。劉基爲他迫逼出山，非其本願；打平了天下之後，仍不免於一死。袁凱以病自活，僅而得免。我們讀這段詩史，其不愉快，實不下於元初異族的入主中原的一段。高啓字季迪，長洲人。元末，避亂於松江之青邱，自號青邱子。洪武初，召修元史，授翰林院國史編修。後因爲魏觀撰上梁文，被腰斬，年僅三十九。[一]（1336—1374）有集。[二]王子充謂『季迪之詩，雋而清麗，如秋空飛隼，盤旋百折，招之不肯下。又如碧水芙蕖，不假雕飾，翛然塵外。』時人並楊基、張羽、徐賁，稱爲四傑。基字孟載，嘉州人；羽字來儀，本潯陽人；賁字幼文，本蜀人；皆居吳，與啓相酬和。劉基在元時已有詩名。他隱居自樂，頗想避了亂世的旋渦，終不免被朱元璋所聘，而爲其佐命的勳臣。基字伯溫，青田人。洪武間，封

[一]高啓等四傑均見明史卷二百八十五。　[二]高青邱大全集有四部叢刊本。

誠意伯。〔一〕有集。〔二〕(1311—1375)他詩整鍊，不失爲大家，而詞尤爲明初獨步。明初詞人寥寥，僅瞿佑（字宗吉錢唐人）張肯（字繼孟浚儀人）楊基及伯溫諸人耳。而伯溫的寫情集獨溫柔敦厚穠纖有致，足繼仇山村邵亭貞之後。像少年遊：『清風收雨，輕雲漏月，涼氣入幽窗。亂葉吟朝，饑虫啼夜，各自奏新腔，』自具清新之趣。

袁凱〔三〕字景文，華亭人，洪武中由舉人薦授監察御史，後以疾自免。有集。〔四〕凱有盛名，自號海叟，嘗倒騎黑牛，游行九峯間，好事者至繪爲圖，以在楊鐵崖座賦白燕詩有名，至被稱爲袁白燕。

時閩人有林鴻〔五〕者，欲以盛唐詩風糾元末詩的纖細，與鄉人長樂高棟，永福王偁等互相唱和，時稱『閩中十才子』。〔六〕棟編唐詩品彙百卷，盛行於世，益以張大着鴻的主

〔一〕劉基見明史卷一百二十八。

〔二〕劉誠意集有四部叢刊本。

〔三〕袁凱見明史卷二百八十五。

〔四〕袁海叟集有明刊本，有觀自得齋本。

〔五〕林鴻等見明史卷二百八十六。

〔六〕閩中十才子詩有清末福州刻本。

張，明詩頗受其影響。鴻字子羽，福淸人，武洪初爲將樂縣訓導，歷禮部精膳司員外郎。年未四十，自免歸。同時又有二藍者，兄名仁，弟名智，爲閩之崇安人，名不及『十才子』之盛，而藍山藍澗二集，［一］老成鎔鍊，似在十子之上。仁字靜之，智字明之，明之嘗官廣西按察僉事。

永樂是一位雄才大略的英主，在燕邸時，已收羅當時文士們若賈仲名、湯舜民、楊景賢輩在邸中，寵遇甚隆。（見賈仲名續錄鬼簿）及即位後，更使解縉等修永樂大典，成爲空前的一部最大的類書。但當時詩人卻不多見。惟怪傑姚廣孝［二］（長洲人，嘗爲僧，名道衍，字斯道，以助成靖難之功，爲僧錄左善世，加太子少師。）雖是一位大政治家，（1335—1419）其詩卻大有韋、孟、王維的風趣。像『波澄一溪雲，霜紅半山樹。荒烟滿空林，疏鐘在何處？』（訪震師不遇）『嵐嶺照深屋，雲松翳閑門。鳥啼驚曙白，花氣覺春溫』（妙上人習靜軒），置之明初的詩壇上，殊使人有由喧市而踏到『青松白沙』的妙境之感。

［一］二藍集有明刊本；有藍子靑重刻本。

［二］姚廣孝見明史卷一百四十五。

自永樂到正統左右，詩壇的風氣，全爲三楊〔一〕所包圍，以致懨懨無生氣。三楊者：楊士奇名寓，太和人，以字行。建文初，以史才召入翰林。歷事數朝，進華蓋殿大學士，至正統間始卒。（1365—1444）有東里集〔二〕。楊榮字勉仁，建安人，永樂時進文淵閣大學士，也卒於正統初。楊溥字弘濟，石首人。永樂初，爲洗馬。正統初，進少保，武英殿大學士。三楊中以士奇爲最有文名。三楊的詩文，皆穩妥醇實，號時『臺閣體』，雖少疵病，却是不大有靈魂的。詩壇的作風，遂一趨於庸碌膚廓，千篇一律。至天順間，何、李遂起而糾之，倡爲復古之論，明詩乃入另一魔障之中。

參考書目

一、皇元風雅　元、傅習輯，有四部叢刊本。

二、元文類　元、蘇天爵編，有蘇州書局本，有四部叢刊本。

三、天下同文集　元、周南瑞編。有元刊本，傳鈔本。

〔一〕三楊均見明史卷一百四十八。〔二〕東里集有明刊本。

四、元草堂詩餘　元、鳳林書院編，有讀畫齋叢書本；有詞學叢書本。

五、元詩選　清、顧嗣立編，原刊本。

六、元詩紀事　近人陳衍編，有商務印書館印本。

七、盛明百家詩　明、俞憲編，有原刊本，罕見。

八、列朝詩集　清、錢謙益編，有原刊本，有宣統間鉛印本。

九、明詩綜　清、朱彝尊編，有原刊本。

十、明詩紀事　近人陳田編，有聽詩齋刊本。

十一、詞綜　清、朱彝尊編，有原刊本，有坊刊本。又陶樑，詞綜補遺，有原刊本。

第五十一章 元及明初的散文

元初的散文：許衡，劉因，姚燧，吳澄等——戴表元，虞集，袁桷，馬祖常等——明初文人劉基與宋濂——楊維楨——元代的白話碑——偉大的名著元秘史——朱元璋的皇陵碑

一

元初的散文，仍以元好問爲宗匠。南人之入北者，許衡，劉因，姚燧等皆作古文，爲世人所仰慕。古文運動自兩宋奠定了基礎之後，已是順流直下，無復有反抗的了。許衡字仲平，河內人。元世祖徵授京兆提學，官至集賢大學士，兼國子祭酒，學者稱魯齋先生。劉因字夢吉，保定容城人。表所居曰靜修。至元十九年徵拜右贊善大夫。（1249—1293）因不僅善古

文，亦能詩。[一]姚燧則爲許衡的弟子。他們傳衍理學的宗派，爲時儒的領袖，儼然成爲和釋，道等宗教家爭衡的『孔家』教主了。又有吳澄，（1249—1333）金履祥（1232—1303）等也皆爲儒學的要人。澄字幼淸，撫州崇仁人，元時，官翰林學士，謚文正。有草廬集。揭傒斯撰神道碑，有『皇元受命，天降眞儒，北有許衡，南有吳澄』語。我們猜想，元初，蒙古皇帝之搜羅這些理學家們而給予優待的禮貌，其作用是全然無殊於優待邱處機等等宗教領袖的。寬容各派的宗教，差不多成爲每一大帝國所慣採的手段，也便是羈縻被征服者的最好的策略。而許，劉諸理學家們，便都因此而『遭際聖時』了。

戴表元受業於王應麟，亦爲元初一古文家；表元字帥初，慶元，奉化人，宋進士。入元爲信州教授，（1244—1310）有剡源集。[二]（1267—1327）袁桷受業於表元之門；最與虞集善。虞集也以古文雄於時；同時的馬祖常，（1279—1338）元明善，歐陽玄，吳萊（1297—

[一]靜修先生文集，有四部叢刊本。

[二]剡源集有四部叢刊本。

1340）黃溍，柳貫〔一〕（1270—1342）等也爲有名的古文家。而黃溍，柳貫並集與揭傒斯被稱爲儒林四傑，尤有影響於明初的文壇。

虞集的弟子有蘇天爵與陳旅。天爵（1294—1352）編國朝文類，保存元代文章不少，爲最流行的元人的總集。明初的古文家，以劉基，宋濂爲最有名。宋濂字景濂，金華人，明初爲翰林學士知制誥，修元史；末年，幾爲朱元璋所殺，賴太子力救而免。然卒貶茂州，至夔州卒。有潛溪集。〔二〕（1310—1381）濂爲吳萊的弟子，又學於黃溍與柳貫，故傳授着古文家的衣鉢的正宗。王禕亦爲黃溍的弟子；他字子充，義烏人，嘗與濂同修元史，後出使雲南，被殺。（1321—1372）同時，又有蘇伯衡，胡翰，徐一夔等，皆爲古文家。濂的弟子，有方孝孺，字希直，建文時爲侍講，成祖破南京，他不屈，被殺。（1357—1406）同死者至數百人，爲古今最慘怖的文字獄之一。他有遜志齋集。〔三〕稍後，三楊的台閣體的古文，類皆以平正紆餘

〔一〕吳萊的吳淵穎集，黃溍的金華黃先生文集，歐陽玄的圭齋集，柳貫的柳待制文集均有四部叢刊本。

〔二〕宋學士集有四部叢刊本。 〔三〕遜志齋集有四部叢刊本。

爲宗；馴至萎靡不振，而有何，李的復古運動發生。

當元末，楊維楨爲文，稍涉纖麗，乃大不爲古文家所喜，王彝至作文妖一篇以詆之：『會稽楊維楨之文，狐也，文妖也。噫，狐之妖至於殺人之身，而文之妖往往後生小子羣趨而兢習焉，其足爲斯文禍，非淺小也』。蓋正統派的理學家或古文家之議論，正是這樣的迂腐可笑。

不過，在元代成爲散文壇的特色的，倒不是這些傳統的古文家們。元代的散文，常以用白話文寫成的碑文及那部偉大的元秘史爲最可注意。元代白話碑，今日所見者不少，而被錄載于金石萃編未刻稿〔一〕裏的大元璽書，尤爲重要。這碑分爲三截，上截爲『元貞二年（1296）猿兒年十一月初七日大都有時分寫來，』中截爲『兎兒年月日大都有時分寫來，』下截爲『至順元年（1330）馬兒年七月十三日上都有時分寫來。』這三截的璽書，文字大體相同，都是保護盩屋縣終南山的一座『太清宗聖宮』的道觀的；且引

〔一〕金石萃編未刻稿有羅振玉石印本。

其中的一段爲例：

這的每宮觀房舍裏，使臣每休安下者；鋪馬祗應休拿者；稅糧休與者；屬這的每宮觀裏的莊田地土園林水磨浴堂解典庫店鋪船隻竹葦酤麵貨，不揀甚麼，他每的休奪要者；不揀誰休倚氣力者。

這白話並不難懂，寫得也還流暢。元秘史的白話文章，尤爲富有文學趣味。元秘史十五卷，〔一〕明千頃堂書目及文淵閣書目均見著錄，至清而晦。嘉慶時，阮元，顧本圻，錢大昕等始爲之表彰：而諸鈔本刻本亦出現於世。影元槧本在題目之下有『忙豁倫紐察』及『脫察安』二行，顧廣圻以爲必是撰書人所署名銜。李文田謂：『忙豁倫卽蒙古氏也紐察其名；或與脫察安同撰此史；或紐察乃脫察安祖父之名，脫察安蒙以爲氏。』這話或可信。我們如果以紐察，脫察安爲本書的作者，當不會很錯誤的吧？也許譯此書爲漢文者另有一人在。但已不可考知。這位蒙古的作者或譯者其寫作的白話文的程度是很高明的，比之

〔一〕元秘史有元（？）刊本，有李文田注本，有葉德輝校刊本。

大元璽書碑等文確是超越得多了；即放在五代史平話，三國志平話，樂毅圖齊諸書之側，也不見得有什麼遜色，也許還比較得更『當行出色』。且鈔幾段於後：

阿闌豁阿就教訓著說：『您五個兒子，都是我一個肚皮裏生的；如恰才五隻箭簳一般各自一隻呵，任誰容易折折；您兄弟但同心呵，便如這五隻箭簳束在一處，他人如何容易折得折！』住間，他母親阿闌豁阿歿了。母親阿闌豁阿歿了之後，兄弟五個的家私，別勒古訥台，不古訥台，不忽合塔吉，不合禿撒勒只，四個分了，見孛端察兒愚弱，不將他做兄弟相待，不曾分與。孛端察兒見他哥哥每將他不做兄弟相待，說道：『我這裏住甚麼！我自去由他死呵死，活呵活！』因此上騎著一個青白色斷梁瘡禿尾子的馬，順著斡難河，去到巴勒諄阿剌名字的地面裏，結個草菴住了。那般住的時分，孛端察兒見有個雛鷹拏住個野雞。他生計量，拔了幾根馬尾做個套兒，將黃鷹拏著養了。孛端察兒因無喫的上頭，見山崖邊狠圍住的野物，射殺了，或狼食殘的，拾着喫，就養了鷹。如此過了一冬。到春間，鵝鴨都來了。孛端察兒將他的黃鷹餓了，飛放。拏得鵝鴨多了，喫不盡，挂在各枯樹上都臭了。都亦連名字的山背後，有一叢百姓順著統格黎河邊起來。孛端察兒每日間放鷹到這百姓處討馬妳喫，晚間回去草庵子住宿：……孛端察兒哥不忽合塔吉後來斡難河去尋他，行到統格黎流邊，遇著那叢百姓，問道，有一個那般人騎着那般馬，有來麼道？那百姓說，有個那般的人，那般的馬，與你問的相似。他再有一個黃鷹飛放著。日裏來俺行喫馬妳子，夜間不知那裏宿。但見西北風起時，鵝鴨的翎毛似雪般的刮將起來，想必在那裏住。如今是他每日來的時分了，你略等候著。（卷一）

合里兀答兒等對太祖說，王罕不隄防，見今起著金撒帳做筵會，俺好日夜兼行去掩襲他。太祖說是。遂教主兒扯歹阿兒孩兩個做頭哨，日夜兼行，……將王罕圍了。厮殺了三晝夜。至第三日不能抵當，方才投降。不知王罕父子從何處已走出去了。這厮殺中有合答黑把阿禿兒名字的人說：『我於正主不忍教您拏去殺了，所以戰了三日，欲教他走得遠著。如今教我死呵，便死；恩賜教活呵，出氣力者。』太祖說：『不肯棄他

第五十一章　元及明初的散文　一〇二七

主人，教逃命走得遠著，獨與我廝殺；豈不是丈夫可以做伴來。』遂不殺，教他領一百人與忽亦勒答兒的妻子，永遠做奴婢使喚。（卷七）

這樣的天眞自然的敘述，不知要高出懨懨無生氣的古文多少倍！我們如果拿元史太祖本紀等敘同一的事跡的幾段來對讀，便立刻可以看出這渾樸天眞的白話文是如何的漂亮而且能夠眞實的傳達出這遊牧的蒙古人的本色了。

明初的朱元璋，也是一位寫作白話文的大家；他是一位澈頭澈尾的流氓皇帝，什麼話都會說得出口，所以他的白話詔令，常有許多好文章。七修類藁〔一〕嘗載他的一篇皇陵碑一篇朱氏世德碑。世德碑不過是篇平常的記事，皇陵碑卻是篇皇皇大著，其氣魄直足翻倒了一切的記功的誇誕的碑文；他以不文不白，似通非通的韻語，記載着他自己的故事，頗具看浩浩蕩蕩的威勢。一開頭便以『孝子皇帝謹述』始，說到鄉中飢荒，他出家爲僧的事，很有趣味：

〔一〕郎瑛七修類稿有清乾隆間刊本。

值天無雨，遺蝗騰翔。里人缺食，草木爲糧。予亦何有，心驚若狂。乃與兄計，如何是常兄云：去此各度凶荒。兄爲我哭，我爲兄傷。皇天白日，泣斷心腸。兄弟異路，哀慟遙蒼。汪氏老母，爲我籌量，遣子相送，備禮馨香。空門禮佛，出入僧房。居無兩月，寺主封倉。衆各爲計，雲水飄颺。我何作爲？百無所長。依親自辱，仰天茫茫。旣非可倚，侶影相將。突朝烟而急進，暮投古寺以趨蹌。……

把當時廷臣們所作的皇陵碑文裏的同樣一段：『葬旣畢，朕煢然無托。念二親爲吾年幼有疾，嘗許釋氏，遂請于仲兄，師事沙門高彬于里之皇覺寺，鄰人汪氏助爲之禮。九月乙巳。也是年蝗旱。十一月丁酉，寺之主僧歲歉不足以供衆食，俾各還其家。朕居寺時甫兩月，未諳釋典，罹此飢饉，彷徨三思，歸則無家，出則無學，乃勉而遊食四方』對讀起來，廷臣們的代述，卻是如何粉飾得不自然！他們要代他粉飾，卻反失去他的本色了。只有像他那樣的流氓皇帝才敢毅然的捨去廷臣們之所撰，而大膽的用到他自己的文章。

參考書目

一、國朝文類　元、蘇天爵編，有局刊本，四部叢刊本。
二、皇明文衡　明、程敏政編，有明刊本；局刊本，四部叢刊本。
三、明文徵　明、何喬遠編，有明刊本。
四、明文奇賞　明、陳仁錫刊，有明編本。明人選明文，爲數至多，姑舉上列數種。
五、明文海　清、黄宗羲編，有傳鈔本；宗羲又曾節之爲明文授讀，有刊本。
六、明文在　清、薛熙編，有局刊本。
七、山曉閣明文選　清、孫琮編，有原刊本。

第五十二章　明初的戲曲作家們

明初劇壇的特點——雜劇的鼎盛——皇家的劇曲——戲文的再度投入民間的暗隅——成化以後南戲的抬頭——明初的雜劇作家們：賈仲名，谷子敬，劉東生等——偉大作家朱有燉——他的作品——陳沂，王九思，康海等——明初的戲文：荊，劉，拜，殺四大傳奇——丘濬的崛起——邵璨的香囊記——沈采與姚茂良，蘇復之，王濟，沈受先等——徐霖，崔時佩等——無名氏所作的諸戲文

一

所謂明初，總要包羅到崑腔未產生的弘正以前的劇壇；是即包羅着明代的前半葉的劇壇。在這一百五十年的戲曲史裏，有幾點是可以注意的：第一，雜劇已從民間而登上帝王的劇塲；許多親王們都是愛好戲劇的。周憲王和寧献王且自己献身於作者之林。永樂

帝在燕邸開府時，也招來着戲曲作家們，若賈仲明，湯舜民等而加以寵遇。相傳明初親王之藩，必以戲曲一千餘本賜之。這雖未必可靠，但那時的盛況，卻確是空前的。這可證明雜劇是並未隨了蒙古帝國的衰亡而衰亡的。但到了弘，正之際，雜劇的氣燄卻漸漸的低落了。作者漸見寥落，演唱者也漸漸的少了。特別在中國南部，南音的傳奇幾攫去了雜劇的地盤的全部。這也是必然的盛衰之途徑：一天天和皇室接近，而成爲他們的專用的樂部，自然便也一天天的和民間相遠，而失去其雄厚的根據地，以至於消亡了。第二，葉子奇以爲『其後元朝南戲盛行，及當亂，北院本特盛，南戲遂絕。』這話或有幾分可信，祝允明猥談謂：『數十年來南戲盛行，所爲更是無端。』是南戲的盛行，在明代不過是景泰成化以後事耳。但即在這時以前，南戲也並未眞的『絕』迹；她不過是再度退守到民間的暗隅裏去，不曾去和雜劇爭皇家樂隊的地位。永樂的大臣們編纂永樂大典時，也曾給南戲以和雜劇同等的地位，所收入戲文有三十三本之多。但在實際的皇家的劇場上，那時恐不會有南戲出現過的。她是那樣的富於地方性，確是不大適宜於攀登到北京的及其他中國北部的劇場上的。所以，她仍在南方潛伏的滋長着；恰好和這時雜劇的跳梁成一個絕好的對照。但她的作家們卻也並不落寞。徐渭南詞敘錄所載明代戲文自李景雲的崔鶯鶯西廂記以下，凡有四十八本，大概都是這時代的產生。及丘濬、邵璨、徐霖、沈采諸人出，南戲更大行於世，漸取得雜劇的地位而代之。武宗（正德）大約便是很欣賞南戲的一人。第三，雜劇在這時代早已有了很周密的韵書曲譜，按譜塡詞，規律至嚴，唱者也不容絲毫假借。但南戲則到這時爲止，尙不曾有過什麼有規則的曲譜。方音俗唱，各地不同。故嘗彼稱爲亂彈。因此，在南戲的本身，其各地方的腔調，也常在彼此排擠，彼此競爭之中，不像雜劇之早已「定於一尊」。這恰像北部方言統一已久，而南方土白至今猶各不相通。第四，這時代的劇場，據我推測，南北是很歧異的；南部的各地，有着不同的方音的唱詞；——也許大都市像金陵、杭州、松江還不免時時留戀着北劇的餘暉。在北方，則似仍是瀰漫着雜劇的勢力。

二

先講這時代的雜劇作家們。在賈仲名續錄鬼簿裏，記載元末明初的作家不少。賈仲名的時代，恰好上接至正，下達永樂。他所記的至少有六十年史蹟。賈仲名，山東人。善吟咏，尤精於樂章隱語。永樂爲燕王時，他和湯舜民，楊景賢皆甚受寵遇。後徙居蘭陵。他自號雲水散人。所作雜劇凡十四種，今存者有：荆楚臣重對玉梳記，鐵拐李度金童玉女，蕭淑蘭情寄菩薩蠻（均見元曲選）和呂洞賓桃柳昇仙夢（見古名家雜劇，但未得讀）等四種。蕭淑蘭寫一位大胆的處女向她哥哥的友人調情的故事，其描狀是很活潑的，我們在雜劇裏還不曾見到過像蕭淑蘭那樣大胆的女性。

同時有汪元亨、谷子敬、丁埜夫、朱經、金文質、湯舜民、李唐賓、陳伯將、劉東生諸人，皆寫作雜劇，惟存者至少。汪元亨，饒州人，元時爲浙江省掾。後徙居常熟，所作雜劇三種，今存劉晨阮肇桃源洞一種。（太和正音譜作王子一，未知孰是。）谷子敬，金陵人，樞密院掾史。他通醫，明周易。所作雜劇五種，今存呂洞賓三度城南柳一種。這劇並沒有好處，但流傳極盛，很可怪。丁埜夫，西域人，家於錢塘；朱經字仲誼，隴人，元末為浙江省考試官，因也僑居吳山之下；金文質湖州人；湯舜民名咸，象山人，號菊莊，曾補本縣吏。後見知於永樂；陳伯將，無錫人，元進士，累官至中書參知政事。他們所作，今皆隻字不存。

李唐賓，廣陵人，號玉壺道人，官淮南省宣使。所作的雜劇，今存李雲英風送梧桐葉一種（元曲選作無名氏）。劉東生名兌，曾作月下老世間配偶，賈仲名以為『極為駢麗，傳誦人口』。但今不存。今存的嬌紅記，凡二卷，卻是一部偉作。嬌紅記本於元、清江、宋梅洞所作之同名的小說；小說本是一篇名作，劇本則更宛迴周折，把申生和嬌娘的戀愛的過程寫得極為深切；和崔、張的愛戀又別有不同的氣分。又有楊文奎，太和正音譜評其詞『如匡廬疊翠』，當亦為明初人。所作有翠紅鄉兒女兩團圓等四種。（翠紅鄉有元曲選本）

太和正音譜的編者朱權，（甯献王）為朱元璋第十六子。洪武間就封大甯，永樂時改封南昌。他自號臞仙、涵虛子、丹邱先生，所作雜劇凡十二種，惜今不存一種。

朱有燉（周憲王）爲周定王長子；洪熙元年襲封，景泰三年死。（1377—1452）他所作雜劇，凡三十餘種，總名爲誠齋樂府。〔一〕列朝詩集謂誠齋所作，『音律諧美，流傳內府，至今中原絃索多用之。李夢陽汴中元宵絕句曰：中山孺子倚新妝，趙女燕姬總擅場。齊唱憲王新樂府，金梁橋外月如霜』。在朱氏諸王裏，他誠是一位才華絕代的作家。他的雜劇，今存者凡三十一種，大約是他所作的全數（百川書志著錄誠齋劇三十一本，其名目與今存者正同。）誠是古今作家所未有之好運。他著作的時代，據他自己做的各劇的序，（這些序，奢摩他室曲叢本十佚其九；北平圖書館藏本有之。）最早的一本爲張天師明斷辰鉤月，作於永樂二年。其後永樂四年作甄月娥春風慶朔堂，六年作惠禪師三度小桃紅及神后山秋獮得騶虞，十四年作關雲長義勇辭金，二十年作李妙淸花裏悟眞如，宣德四年作搴仙慶壽蟠桃會，宣德五年作洛陽風月牡丹仙，宣德六年作天香圃牡丹品及美因緣

〔一〕誠樂樂府有原刊本，（長洲吳氏藏二十二種，北平圖書館藏二十五種）有奢摩他室曲叢本。（曲叢本僅重刊二十四種。）有雜劇十段錦本（內八本爲誠齋作。）

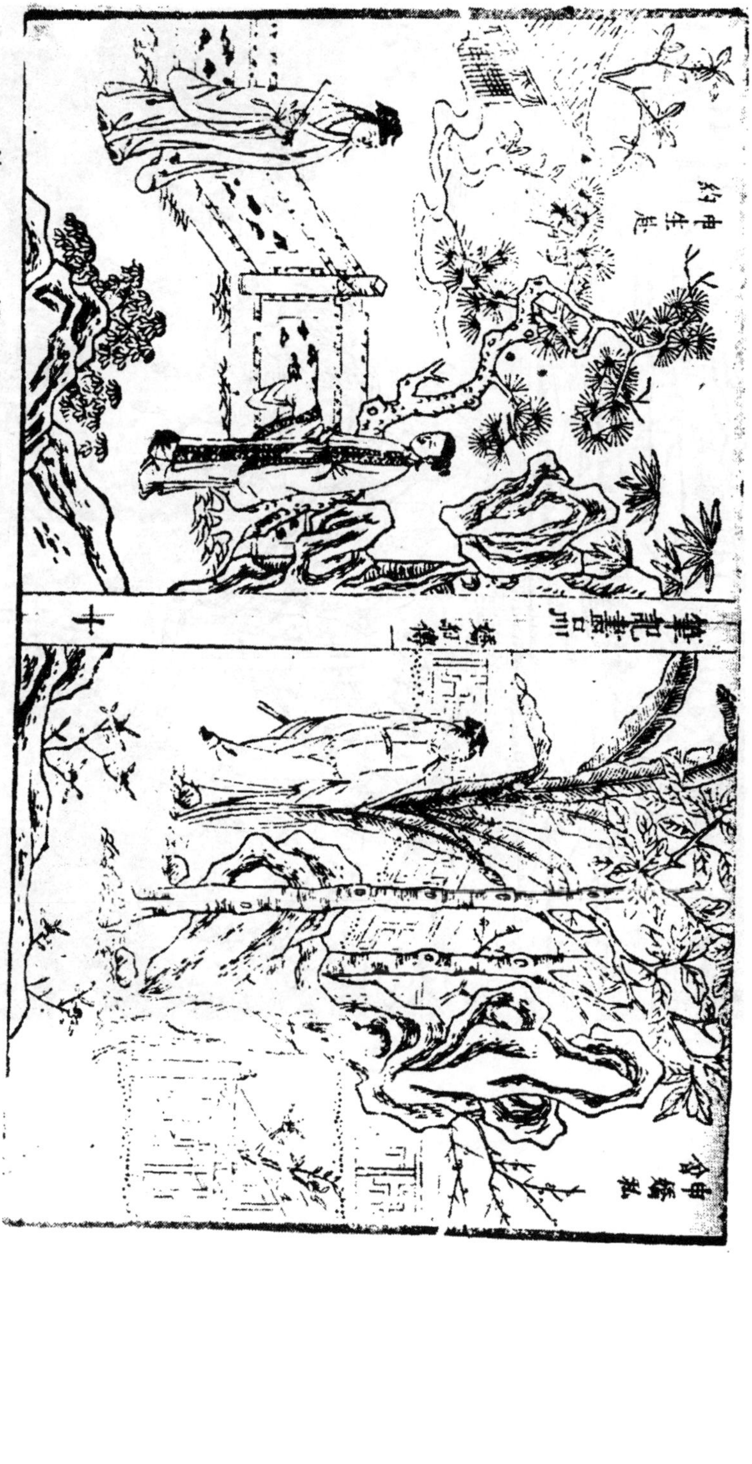

嬌紅記爲元，明間最有名的傳奇之一，曾成了好幾部戲文雜劇的題材。

遊春 白兔記『沽酒誰家好？前村問牧童，遙指杏花中。』（從明刊本吳歈萃雅）

風月桃源景，七年作瑤池會八仙慶壽及孟浩然踏雪尋梅。宣德八年，所作最多，殆爲他戲曲生涯的頂點：紫陽仙三度常椿壽，劉盼春守志香囊怨，趙貞姬身後團圓夢，黑旋風仗義疎財，及豹子和尙自還俗，這年所作凡五本。宣德九年作清河縣繼母大賢，東華仙三度十長生，及十美人慶賞牡丹園；十年作呂洞賓花月神仙會。正統四年則爲其寫劇的最後的一年，所作有河嵩神靈芝慶壽，及南極星度脫海棠仙。他的戲曲家的生活殆告終於這六十一歲的高齡的一年上吧？然這時離他的死亡尙有十四年；在最後的那十四年似乎是不會絕筆不寫的。尙有李亞仙花酒曲江池，宣平巷劉金兒復落倡，蘭紅葉從良烟花夢等七本序上未署年月，也許其中會有幾本是晚年之作。無論如何，這位老壽的作家，其寫劇的年代至少是有四十年以上的。像他那樣作劇年代犂然可考的，在元、明戲曲史殆也是唯一的特例。但他所作雖多，無聊的作品卻也不少。什麼得騶虞，蟠桃會八仙慶壽，牡丹仙，牡丹品，牡丹園，靈芝祝壽，海棠仙等等都是應景或頌揚的皇家實用之劇本；雖然寫得很工巧，佈置得很有趣，卻是無靈魂的東西。其他仙佛劇像三度小桃紅、三度常椿壽、三度十長生、和半夜朝元等左右也脫不了馬致遠、谷子敬等三醉岳陽樓、三度城南柳的圈套。有燉的最好的劇本卻在彼而不在此。宣德八年所作的香囊怨、團圓夢、仗義疎財、豹子和尚四劇，代表他兩方面的大成功：英雄劇的壯烈和戀愛劇的細膩。關雲長義勇辭金雖作於此時之前，卻堪和關漢卿的大刀會並美，能充分的表現出那位大英雄的忠勇的氣概。仗義疎財的描寫李逵也很出色當行。豹子和尚的重要，尤在其上。豹子和尚寫魯智深因過被宋江所責，憤而下山，再做和尚去。江思之，差了李山兒去勸他回寨。他不回去。又差他妻和子去勸他，他也不回。最後，着他母親去勸，也無用。還是叫兩個小婁羅粧做客人，向他母親索債，打了她，智深大怒，才拋下了做和尚的面目，動手廝打。宋江恰遇到這，說道：『兄弟休打，破了齋素也。』智深祇好還俗，再上梁上做賊去。這劇寫智深處處脫離不了山賊的本性，卻又處處想到了自己現在是和尚，不該那樣；他以宗敎的信仰，盡力制止着人性的熱情，但終於罅漏百出，不得不脫下袈裟，回去做賊。人性是那末的頑强在作祟着！

〔金蕉葉〕（末唱）是誰將草戶柴門叩久？（末做開門科唱）原來是稚子山妻問候。

(旦云)你來了半年多了，你的孩兒也會走了。

(末唱)慚愧波孩兒會走。安樂麼慈親皓首？

(旦云)你母親好，只是想你，如今老了。(末做哭科)

(旦云)兀的你這賊孩子也每日想你。從你來了，我是個婦人家，無處尋飯喫。你這等狠心腸，去了我不顧妻子了！

(末抱徠兒末唱)〔小桃紅〕把孩兒摟抱着淚凝眸，問別來拋閃的山妻瘦。(末用手摸兩摸頭了云)我又忘計出家了也。婆婆，你靠後休扯我。(末放下徠推與旦了末唱)我已自世事塵緣盡參透。(末云)問訊。(末唱)便合休。

(旦云)你不回去，家里少柴無米，房子又漏了，敎我怎生過日子？

(末唱)不管你少柴無米房兒漏。(旦向前扯住末唱)你休將咱領揪，莫牽咱衫袖，休想道勸的我肯回頭！

(旦云)你不回去時，留下你這賊孩子。你敎的他會做賊子，送還我，養活我。(旦推徠

與末）

（末云）我不教他你送與宋江哥哥教他去。

有燉的香囊怨和團圓夢都是寫當時的實事；團圓夢寫錢鎖兒和一女子名趙官保的，曾指腹爲親，後來鎖兒家貧窮，趙家要悔親。官保執意不從，遂嫁了鎖兒。過了不久。鎖兒被官中喚去做軍，到口北操練。有井舍的看上了官保，要娶她去。她堅決的回絕了媒婆。後來，鎖兒在口北病死。官保聞耗，也自縊而亡。上帝以其貞義，賜號貞姬，在天上與夫團圓。香囊怨寫妓女劉盼春與周恭兩情相戀。恭父性嚴，他被拘管得緊。有一天二人遇到了，恭給盼春一封信，一首小詞。她保藏於荷包香囊內。後來，她母親逼她另嫁一人，她不願意。自縊而死。火葬時，卻尋見她的香囊兒曾不燒化，囊內書詞依然存在。周恭大哭，贖了骨殖來葬了。這兩劇都寫得異常的纏綿悱惻。李亞仙詩酒曲江池一劇也極得很有聲色，和石君寶同名的一劇足稱『異妙同工』。但最好的要算劉金兒復落倡；這劇和一般戀愛劇的氣韻全然不同，寫的不是貞姬，不是烈女，也不是義妓，卻是一個愛奢華，喜風流的蕩婦；她是一個樂籍的婦女，卻背夫出逃；連嫁了好幾次，俱不得意。終於再作倡婦。和關漢卿的救風塵有些相類，且也同樣的寫得深刻。

有燉的他劇，未必皆為第一流的名劇，在戲曲史卻是那末重要！有許多元、明之際的宮庭應用的劇本，都已泯滅無存，卻賴了有燉的諸劇，見到其若干面目。又在散文的對話上，這三十餘劇也是極可看重的。明人所刊元劇，對話大都僞作。有燉諸劇的對話，纔是明初的本色；他們是那末的富於活潑、生動的氣分！和元曲選的說白一對讀，立刻便可見出臧氏的增訂的伎倆是那末庸庸無奇。又在有燉喬斷鬼劇裏，有一段醫生的說白：

（淨做看脈科）小舍人，小舍人，你個父親害則箇病，啞弗是傷寒，啞弗是傷熱，是一口氣呢，氣則個肚，肚痛放則個胖，日輕夜重呢。舍人放則個心。小人用一服葯，是木香流氣飲，吃了個葯，便好了呢。

（末云）這個太醫是南人，到說的是。

這一段南方的方言，大約要算是現在所知道的見之于文籍上的最早的東西了。

嘉靖刋的雜劇十段錦〔一〕中有八劇是有墩所作；尚有漢相如獻賦題橋，善知識苦海回頭二劇，從前頗疑也是他的著作。但近讀周暉的金陵瑣事（卷二）云：『陳魯南有善知識苦海回頭記行于世』又松澤老泉彙劇書目外集記四大史雜劇目錄，亦云：

善知識苦海回頭記　明陳石亭著

按陳魯南名沂，一字石亭，上元人，自號小坡。正德進士。官太僕寺卿。是苦海回頭劇之爲他作無疑。獻賦題橋則未知所出；其作者當也是這時期內的人物。苦海回頭寫宋胡仲淵爲丁謂所譖，貶竄雷州。過了一年，幸得招還，而他百念已灰，遥投黃龍禪師處出家，得成正果。最後一折，多禪語，與前面之多憤慨語頗不稱。

和陳沂同時而作雜劇者，有王九思，康海，陳鐸等數人。陳鐸字大聲，別字秋碧，邳州人，以作散套有名。雜劇有花月妓雙偸納錦郎等二本，惜並不存。康海字德涵，號對山，武功人。弘治十五年狀元。授翰林院修撰。正德中，以與劉瑾交往落職。他曾作東郭先生誤救中山狼

〔一〕雜劇十段錦有武進董氏影印本。

〔一〕一劇，論者以他爲有所指。李夢陽初爲劉瑾所惡，繫詔獄，出片紙求救於他。他乃往謁瑾。瑾以得交海爲榮，遂因其言釋夢陽。及瑾敗，海乃坐此削職爲民。夢陽於時卻不一援手。故相傳他作此劇乃以譏夢陽。觀劇末有：『俺只索含悲忍氣，從今後見機莫癡呀，把這負心的中山狼做傍州例，』悻悻之意猶在。此說或不無幾分可靠。但中山狼的故事，實爲世界民間傳說裏流行最廣的負恩的禽獸系之一型；其故事的本身已是很可怡悅的；加之以海的慷慨激昂的辭語，此劇遂成爲明代最有風趣的劇本之一。海罷官三十年，惟以製曲爲事。歿後，遺囊蕭然，大小鼓卻有三百副。

王九思亦作中山狼院本〔二〕一種，卻祇有一折。雜劇轉變之機，於此時已可窺見。九思與康海爲好友，亦以交劉瑾失敗，作此或有同感。九思字敬夫，號渼陂，鄠縣人。弘治丙辰進士。授檢討。以交瑾，得遽升高位。不久，瑾敗，降壽州同知，勒致仕。他和康海俱以作曲得盛名。嘗以厚貲募國工，杜門學唱數年，盡其技，乃出其所作。評者以比關漢卿，馬致遠。他的雜劇，

〔一〕東郭先生誤救中山狼有盛明雜劇本。

〔二〕中山狼院本有王渼陂全集本。

尙有杜子美沽酒遊春〔一〕一本也充了憤激不平之氣：『三三兩兩厮搬弄，管什麼皂白青紅，把一個商伯夷生扭做虞四凶。兀的不咲殺了懵懂，怒殺了天公！……自古道聰明的却貧窮，昏子謎做三公……因此上……甘心兒不聽景陽鐘。』從朱有燉到陳沂王九思諸人，中間相隔凡六七十餘年，而作者寥寥如此，所作更寥寥如彼，雜劇的運命的沒落誠足悲嘆。假定沒有了以後的一個轉變，這個文體在那時便當會死滅不存的了。

三

明初的南戲名目，最可靠的記載爲徐渭的南詞叙錄。渭所錄凡四十八本，但並非其全部。成化、弘治以後，作者尤夥。渭所見似尙未及其半。今日珍籍漸次出現，論述本節，頗具有特殊的新鮮的趣味。

〔一〕杜子美沽酒遊春有王渼陂全集本，有盛明雜劇本，（盛明題作曲江春）

明初的四大傳奇爲荆釵記，劉知遠（白兔記）拜月亭及殺狗記。但徐渭南詞敘錄則置拜月亭，劉知遠及殺狗勸夫于『宋元舊篇』之中；關於荆釵記，則他在著錄李景雲所編的一本外，『宋元舊篇』裏也並有王十朋荆釵記一本。是荆、劉、拜、殺的來歷，决非源自明初可知。惟明初人把這幾本著名的傳奇加以潤改，別成新本，則是很可能的。像徐時敏五福記自序說：『今歲改孫郎埋犬傳，筆研精良，因成此編。』（曲海總目提要引）而劉智遠白兎記今亦有截然不同的二本。此可知明代改作傳奇者的夥多。今姑將這四種放在這裏講。

荆釵記，〔一〕曲品作柯丹邱撰，百川書志無作者姓名，但王國維氏則以爲寧獻王朱權作。權自號丹邱先生，故曲品遂誤作柯丹邱。荆釵寫王十朋，錢玉蓮事，『以眞切之調，寫眞切之情，情文相生，最不易及。』（曲品）十朋少年時，家貧好學，聘錢玉蓮時，乃以荆釵作爲聘禮。後因赴考相別。奸人孫汝權謬傳十朋別娶，逼玉蓮改嫁給他。她不從，投江自殺，爲錢安

〔一〕荊釵記有富堂刋本；李卓吾批評本；六十種曲本；暖紅室刋本。

撫所救。同時十朋中了狀元後，也爲万俟丞相所迫，欲妻以女。他也不從。乃謫他爲朝陽僉判。後更經若干波折，夫妻才重復團圓。其中寫男義女節，殊感人。嘗觀演十朋見母一齣，不覺淚下。他見母而不見妻，母又不忍對子說出他妻的自殺的消息。那場面是那末樣的嚴肅悲痛！相傳此傳奇係宋時史浩門客造作以誣十朋及孫汝權的，蓋用以報復汝權慫恿十朋彈劾史浩之舉者。（見矩齋雜記及甌江佚志）但這話似不甚可靠。汝權在劇中固爲小人，十朋却被寫得那末孝義，豈像是侮衊他的。

拜月亭［二］明人皆以爲元施君美作。然錄鬼簿不曾說他曾作過南戲；曲品也說：『亦無的據』。但其爲元人作，當無可疑。寫蔣世隆，王瑞蘭的離合悲歡事，頗富天然本色的意趣。何元朗絕口稱之，以爲勝琵琶。但拜月佳處，似皆從關漢卿的閨怨佳人拜月亭劇中出。我們將他們對讀，便可知。但其描寫卻也很宛曲動人，時有佳處。

［二］拜月亭（一作幽閨記）有文林閣刊本；李卓吾批評本；羅懋登註釋本；陳眉公批評本；凌氏朱墨刊本；六十種曲本；暖江室刊本。

殺狗記，〔一〕朱彝尊以爲徐㽔作。㽔字仲由，淳安人，洪武初，徵秀才，至藩省辭歸。然徐時敏則嘗自言此劇爲他所改作。明末馮夢龍也嘗有所筆潤。蓋改作此記者不止一人二人而已。然改者雖經數手，原作的渾樸鄙野的氣分，却未盡除盡。像：

〔清歌兒〕〔旦〕常言道，要知心事，但聽他口中言語。不知員外怒着誰？從頭至尾，說與奴家知會。

〔桂枝香〕〔生〕賢妻聽啟，孫榮無理！他要贖毒藥害我身軀，把我家私占取。險些兒中了，險些兒中了，牢籠巧計，院君，被我赶出門去。細思之，指望我遭毒手。我先將小計施。

這是從馮氏改本抄錄的，却還是那樣的『明白如話』。蕭德祥的雜劇殺狗勸夫便不是這樣的村朴了。

白兔記〔二〕未知作者。今有二本，六十種曲本較爲村俗，當最近本來面目；富春堂刊本，

〔一〕殺狗記有六十種曲本；暖紅室刊本。

〔二〕白兔記有六十種曲本；富春堂刊本；（此二本大不同）暖紅室刊本。（此本係翻刻六十種曲本）

則已富麗堂皇，近晚明的作風，惜僅題『豫人敬所謝天佑校』，不知改作者究爲何人。白兎記故事來歷甚古。金時已有劉知遠諸宮調，叙劉知遠贅於李家莊，不忿二舅的欺凌，出外從軍，終以戰功官九州安撫使。他妻三娘，則在家受盡苦辛。她產下咬臍郎，托人送與知遠。她自己却是挑水牽磨的受磨折。受後十餘年，咬臍郎長大出獵，因逐白兎，方才見到他母親。因此全家團圓。六十種曲本的第一齣是：『滿亭芳五代殘唐，漢劉知遠生時紫霧紅光，李家莊上招贅做東牀。二舅不容完聚，生巧計折散鴛行。三娘受苦，產下咬臍郎。』富春堂本的開頭却是：『鷓鴣天桃花落盡鷓鴣啼，春到鄰家蝶未知。世事只如春夢杳，幾人能到白頭時！歌金縷，碎玉巵，幕天席地是男兒。等閒好着看花眼，爲聽新聲唱竹枝。』是那樣的全然不同的氣分！

在實際上，分明初的傳奇，殆皆爲不知名者所作。邱濬〔一〕崛起于景泰天順間，以當代的老師宿儒，創作傳奇數種，始開了後來的風氣。濬字仲深，瓊州人。景泰五年進士。官至

〔一〕邱濬見明史卷一百八十一。

大學士。謚文莊。（1418—1495）著瓊台集及五倫全備忠孝記，投筆記，舉鼎記，〔一〕羅囊記傳奇四種。他的詩筆笨重無倫。此數劇皆不能博得好評。曲品列投筆及五倫于『具品』之末，而指摘之道：『投筆，詞平常，音不叶，俱以事佳而傳耳』；又道：『五倫，大老鉅筆，稍近腐。』王世貞也說，『五倫全備是文莊元老大儒之作，不免腐爛。』五倫全備記敍五倫全，倫備兄弟一家忠孝節義事；其以『伍倫全備』爲名，顯然是暗指着『伍倫』俱備于一家的意思，正是亡是公烏有先生的一流。故事似也都出于借託。伍母以己子抵罪，終得感動問官，無罪俱釋，蓋取于關漢卿的蝴蝶夢。倫全兄弟爭死于克汗之前一事，也大似元劇趙禮讓肥。克汗爲他們兄弟所感動，乃入朝于中國。全備遂因功皆晉爵爲侯。投筆記寫班超投筆從戎，遠征西域，終得榮歸事；舉鼎記寫秦穆公欲併諸國，舉行鬬寶會于臨潼關，賴伍子胥舉鼎，展雄助力，諸侯們始得脫歸事。此三種今皆有傳本。投筆寫班超氣，概凜

〔一〕五倫記有世德堂刊本。投筆記有富春堂刊本；文林閣刊本；世德堂刊本；羅懋登注釋本；魏仲雪批評本。舉鼎記有傳鈔本。

凜，頗有生動之趣，投筆空回（第六齣）夷邦酹月（第十五齣）等等，尤爲慷慨激昂，讀之令人神王，固未可和五倫全備同以迂腐目之。舉鼎的故事，雖極荒誕，其流傳却是很廣的；列國志傳幾以此爲最活躍的中心，濬所寫也還能傳達出幾分伍子胥的神勇來。羅囊記今不存，但在胡文煥羣音類選裏，尙存相贈羅囊，春遊錫山，劉公賞菊及羅囊重會的四齣，還勉强可見出其全劇的一斑，敘的是以一個羅囊爲姻緣的線串之戀愛劇。『總桃源錯認劉郎，豈桑林誤將妻戲。有緣千里能相會，古語總來非僞』。

但較邱濬更有影響於後來的劇壇者，却爲邵璨。璨字文明，宜興人。但曲品則以他爲常州人。『常州邵給諫既屬青瑣名臣，乃習紅牙曲技。調防近俚，局忌入酸。選聲儘工，宜騷人之傾耳；採事尤正，亦嘉客所必賞』。（曲品）徐渭云：『香囊乃宜興老生員邵文明作』。是邵氏未嘗爲『給諫』。自梁辰魚以下，到萬歷間沈湯的出現爲止，傳奇的作風，殆皆受邵氏的影響而不可自拔。藝苑卮言謂『香囊雅而不動人』。他的影響便在『雅』字；他的香囊之成爲後來傳奇的楷式者，也便因其『雅』。琵琶記已漸掃殺狗，白兎的俚俗；但其眞正的宣言去村野而就典雅者，却是香囊記〔一〕開其端。琵琶儘多本色語，香囊才連說白也對仗工整起來。像『排歌放達劉伶，風流阮宣，休誇草聖張顛，知章騎馬似乘船，蘇晉長齋繡佛前。』（第八齣）『也曾說長安發卦，也曾向成都賣卜。先生那數邵雍，同輩儘欺郭璞。只憑四象三爻，便說休囚禍福……否能翻高就低，語皆駢四麗六。』（第二十三齣）徐渭謂邵文明『習詩經，專學杜詩，遂以二書語句，勻入曲中，賓白亦是文語，又好用故事，作對子，最爲害事。』正切中其病。璨此記自言是『續取五倫新傳，標記紫香囊。』在談忠說孝一方面，確受了不少五倫全備記的指示。香囊敘宋時張九成以忤權姦，被遠謫域外。身陷胡庭十年，不失臣節。後得王倚御捨生救友，方得脫離虎窟，晝錦榮歸。劇中波濤起伏，結構甚佳。善于利用淨，丑各角，多雜滑稽的串插，雖嫌不大嚴肅，却增加了不少生趣。

沈練川和姚靜山曲品並列其所作於能品。練川名采，吳縣人；靜山名茂良，武康人。生平

〔一〕香囊記有世德堂刊本；繼志齊刊本；李卓吾批評本；六十種曲本。

並不詳。練川所作有千金記，還帶記〔一〕及四節記三種。曲品云：『沈練川名重五陵，才傾萬斛；紀遊適則逸趣寄于山水，表勳猷則熱心暢于干戈。元老解頤而進卮，詞豪攬指而擱筆。』今存千金記及還帶記。四節記惜不存。曲品云：『一記分四截，是此始。』蓋以後葉憲祖的四豔，車任遠的四夢，顧大典的風教編等等皆是規仿四節的。千金記寫韓信事，當即南詞叙錄所著錄的韓信築壇拜將。錢遵王註南詞叙錄此本上云：『追賢一齣乃元曲』。正和曲品的『韓信事佳，寫得豪暢，内插用北劇』的話相合。此劇演作極盛，蓋以其排場異常熱鬧。寫項羽故事的楚歌，別姬數齣傳唱者尤多。其淒凉悲壯處固不僅此。其上卷寫韓信未達時的困阨重重，所如不合的情緒，也很動人。還帶記叙裴度未遇時，窮苦不堪。卜者視其相當餓死。一日在香山一寺中拾得玉帶數條，即以還給原主。以此陰德，反得富貴榮華。後中進士，做宰相，平淮西，皆有賴于還帶的一件事。未免過于重視因果報應之說。

姚靜山所作，曲錄著錄的有雙忠記，金丸記及精忠記三本。但這個記載實不可靠。曲品

〔一〕千金記有富春堂刊本；世德堂刊本；六十種曲本。還帶記有富春堂刊本；世德堂刊本。

明刊本還帶記的一幕——還帶記敍述裴度的生平，頗極緊張激昂。（鄞縣馬氏藏）

東窗記

敘秦檜岳飛事。飛死後，檜遇風僧，頗致諷嘲。

（北平圖書館藏）

云：『武康姚靜山僅存一帙，惟覩雙忠，筆能寫義烈之剛腸，詞亦達事態之悲憤。求人于古，足重于今。』靜山所作蓋只有雙忠一帙，金丸精忠都非他的作品。曲錄蓋誤將曲品所著錄的金丸精忠等二劇，並雙忠而連讀了。雙忠記〔一〕極激昂慷慨之致，一洗戲文的靡弱。寫張巡許遠困守孤城，城破罵賊以死。死後身為厲鬼，與陰兵助殺元凶。亂平，二人廟食千古。最後的張許為厲鬼殺賊事，如果不增入，似乎氣分更可崇高些。中間像第十三折寫召募勇士事：『四邊靜：逆胡狂猘殊猖獗，生民困顛越。募士遠行師，終將破虜穴。裹創飲血臥霜月。一劍靖邊塵，歸來朝金闕！』其雄慨不似岳飛的咏唱滿江紅詞。精忠記〔二〕寫岳飛破虜救國，而為秦檜所不容，卒定計于東窗之下，用『莫須有』三字殺了飛。飛死後成神，而檜和妻王氏不久亦死，卻被打入地獄，受無涯之罪。此記無作者姓名，而來歷卻極古。南宋的說話人已有敷衍中興名將傳為專業的。宋元戲文中有秦檜東窗事犯一本，元雜劇亦有

〔一〕雙忠記有富春堂刊本。

〔二〕精忠記有六十種曲本，又富春堂刊本岳飛破虜東窗記也即此書，惟略有異同。

秦太師東窗事犯一本南詞叙錄于著錄那本宋、元戲文以外，於『本朝』之下，又有岳飛東窗事犯一本，下註『用禮重編』。此精忠記也許便是用禮重編的一本。（富春堂刊本的岳飛破虜東窗記與六十種曲本的精忠記大部相同，當即係一書。六十種曲本似經改編。金丸記〔一〕作者也無姓名。曲品云：『元有抱妝盒劇，此詞出在成化年，曾感動宮闈，內有佳處可觀』。近來流行的狸貓換太子時劇即起源于此。宋帝無嗣，李宸妃有孕生子，乃爲劉妃所抵換。後太子即位，事大白，乃迎母歸宮。其中盒隱潛龍，拷問前情等齣，文辭雖有竊元劇處，情節却很曲折可觀。（用禮疑即周禮，即周靜軒）。

蘇復之的金印記和王濟的連環記，同被曲品列于『妙品』中，至今尚演唱不衰。蘇復之的生平里居俱未知。玉夏齋傳奇十種本，題作金印合縱記，〔二〕一名黑貂裘，下寫『西湖高一葦訂正』。此高氏訂正本究竟與原本的面目相差得多少，惜未得他本一細校，無從

〔一〕金丸記有清內府鈔本，傳鈔本。

〔二〕金印記有李卓吾批評本；玉夏齋傳奇十種本；暖紅室刊本。

知道。蘇秦刺股事，本能感動一般失意的人。故曲品云：『寫世態炎涼曲盡，眞足令人感喟發憤。近俚處具見古態。』

王濟字雨舟，浙江烏鎮人，官橫州通判。所作連環記，〔一〕散齣常見於劇場，原本近始被發見。（惜仍缺佚一部分）曲品云：『詞多佳句，事亦可喜。』呂布，貂蟬事，元劇有連環計。雨舟此作更以細針密縫的工夫，曲曲傳達出這三國故事中最錯綜動人的一則，其流行遂遠在古城記等其他三國傳奇之上。

沈壽卿名受先，里居未詳。曲錄著錄其所作四本：銀瓶記，三元記，龍泉記及嬌紅記。曲品僅以後三本爲受先作，銀瓶記則未著作者姓氏。今存三元記〔二〕一本。按南詞敘錄載商輅三元記及馮京三元記，皆明初人作。曲品云：『馮商遠妾一事，儘有致。』則受先所作乃馮京三元記。徐渭評此記多市井語。曲品也說：『沈壽卿蔚以名流，雄乎老學。語或嫌于湊揷，事每近于迂拘。然吳優多肯演行，吾輩亦不厭弄。』記寫賈人馮商四十無子，妻勸納妾。

〔一〕連環記有傳鈔本。　〔二〕馮京三元記有六十種曲本。

他買得一妾，其父張公蓋以析運償官而貨女者。商慨然以女還之，不取原聘。以此，天賜佳兒，少年時高捷三元。『桂枝香：聽他哀情悽慘，使我勃然色變。你雙親衰老無兒，何忍把你天倫離間。小娘子不須淚漣，不須淚漣，把你送歸庭院』；『唐多令：一見好心驚，還疑夢裏形。』所謂『市井語，』或即指這些。

當正德的時候，爲南京曲壇的祭酒者有陳鐸和徐霖。鐸有大名，霖則今人罕知之。周暉金陵瑣事云：『徐霖少年數遊狹斜，所塡南北詞，大有才情，語語入律，娼家皆崇奉之。吳中文徵仲題畫寄徐，有句云：樂府新傳桃葉渡，彩毫遍寫薛濤箋，乃實錄也。武宗南狩時，伶人臧賢薦之于上，令塡新曲，武宗極喜之。余所見戲文繡襦，三元，梅花，留鞋，枕中，種瓜，兩團圓數種行于世。』又云：『武宗屢命以官，辭而不拜。中更事變，拂衣遂初，旣歸而名益震，詞翰益奇，又幾二十年竟以隱終。』霖字髯仙，應天人。今所傳繡襦記，曲品歸于『作者姓名有無可攷』者之列。朱彝尊靜志居詩話則以爲薛近兗作，不知何所據。因曲品有『嘗聞玉玦出而曲中無宿客，及此記出而客復來』語，更造作妓女們共醵金求近兗作此記以雪其事的一個故事。像那末偉大的一部名著繡襦記，當不會有第二部的。髯仙以作曲名，我們似宜相信周暉的記載把此劇歸還給他。繡襦〔一〕實爲罕見的巨作，豔而不流於賦，質而不入於野，正是恰到濃淺深淺的好處。這裏並沒有刀兵逃亡之事，只是反反覆覆的寫痴兒少女的惓戀與遭遇，卻是那樣的動人。觸手有若天鵝絨的溫輭，入目有若蜀錦的斑爛炫人。像鬻賣來興，慈母感念，繡襦護郎寒，剔目勸學等齣，皆爲絕妙好辭，固不僅蓮花落一歌，被評者嘆爲絕作。他的三元記，今未見，商輅三元記有幾齣見於摘錦奇音，玉谷調簧諸書，但像「會同張三李四去送商家小兒」（雪梅吊孝）云云，那樣俚俗之語，卻決不會出之于繡襦記作者的筆下的。故那部三元記恐怕不會是他做的。

陳羆齋，未知里居，作躍鯉記。〔二〕南詞敍錄載姜詩得鯉一本，當即此劇。姜詩孝母事，不過一般的『行孝』故事的老套，但其妻的被出而戀戀不捨，卻寫得極好。盧林相會敍那

〔一〕繡襦記有李卓吾批評本；陳眉公批評本；凌氏朱墨刊本；六十種曲本；暖紅室刊本。

〔二〕躍鯉記有富春堂刊本。

位棄婦之何如懇摯的陳情於故夫之前，什麼人讀了，似都要爲之感動的。

南詞叙錄『宋元舊篇』中有鶯鶯西廂記一本，『本朝』下又著錄李景雲編的崔鶯鶯西廂記一本。未知此李景雲是否即『斗膽翻詞』的李日華？（景雲又編王十朋荆釵記。）日華的西廂記〔一〕有『嘉靖萬年春』語，似作於嘉靖間。但百川書志卻記錄着：『海鹽，崔時佩編集，吳門李日華新增，凡三十八折。』此崔時佩的生存時代自當在嘉靖以前。（曾有人誤以此李日華爲萬曆時的李君實。君實嘗自辨之。而陸采在他所作的南西廂記也恣意的攻擊着李西廂。故此李日華當然決不會是萬曆時的李日華的。）

徐時敏（曲錄作時勉，誤）作五福記，〔二〕今存，叙徐勉之救溺，還金，拒色，行義諸事，終獲厚報於天，君享種種福。他又嘗改『孫郎埋犬傳』。

無名氏所作傳奇，在明初是很多的。徐渭所載『本朝』戲文，十之七八無作者姓氏。此

〔一〕南西廂記有西廂六幻本；六十種曲本；暖紅室刊本。

〔二〕五福記有傳鈔本。

種傳奇，散佚最易，而幸存於今者也還不少。南詞叙錄所著錄者，如玉簫兩世姻緣，張良圯橋進履及高文舉等皆有全本存在。玉簫兩世姻緣當即爲唐韋皐玉環記，〔一〕寫韋皐及妓女玉簫的再世姻緣；其中所叙韋皐爲張延賞婿，不爲所重，又迫女改嫁等事，大似劉知遠白兎記；而玉簫的病思及寫眞，似曾給牡丹亭和燕子箋的作者們以一個重要的暗示。此記排場緊張，文辭也極爲本色，是這時代的第一流的作品。惜作者已無可考了。張良圯橋進履當即爲張子房赤松記。〔二〕張良事，宋元話本裏有張子房慕道記。（見淸平山堂所刋話本）赤松記後半或即本於彼；惟前半寫子房散千金，求勇士，椎擊始皇於博浪，因進履於圯橋，得黃石公書，遂成誅秦滅楚興漢之功等事，氣分殊爲壯闊，恰和最後之功成身退，悠然逝去，成一黑白極分明的對照。其中插入子房娶妾事，似是狃於傳奇中不得不有女性的習慣。高文舉當即高文舉珍珠記，〔三〕寫高文舉因欠官銀，求救助於王百萬；百

〔一〕玉環記有富春堂刋本；愼餘堂刋本六十種曲本。

〔二〕赤松記有金陵唐氏刋本。

萬以女金眞妻之。後文舉入京，一舉狀元及第；被丞相溫閣所迫，不得已又娶其女金定。中因老蒼頭的挑撥，在王金眞尋夫入京時，金定乃加以很酷刻的待遇。最後，文舉金眞夫婦重得相會，溫閣也罷官。劇情大似琵琶記，惟後半不同，溫女遠不若牛女之賢，故遂更生出許多驚波駭浪出來，增益全劇的緊張的氣分不少。又有八不知犀合記，今有陳櫝調姦，夜宴失兒二齣，見於羣音類選卷二十一，寫的是唐伯亨因禍得福事，蓋本之于元代戲文的唐伯亨八不知音。

其他無名氏傳奇，或改訂前代戲文，或出自杜撰，或規模古劇的情節而加以變化，或爲教坊所編，或爲無名文士們的手筆，在這時代當出現得不少；他們卻又成爲後來諸傳奇的張本。蓋此時代在此實際上乃爲一個承前啟後的一個時期。有許多見存的富春堂，文林閣，世德堂，繼志齋以及閩南書肆的所刊的無名氏傳奇，又見選于萬曆間諸戲曲選本的許多傳奇，也都可疑爲這個時代的產物，惟以其無甚確據，姑都留在下文再講。

〔三〕高文舉珍珠記有文林閣刊本。

參考書目

一、續錄鬼簿　明、賈仲名編，有天一閣舊鈔本傳鈔本。

二、南詞叙錄　明、徐渭著，有讀曲叢刊本，有曲苑本。

三、曲品　明、呂天成著，有暖紅室刊本，有重訂曲苑本。

四、曲錄　王國維編，有晨風閣叢書本，重訂曲苑本，王忠慤公遺書本。

五、曲海總目提要　無名氏編（傳爲黃文暘編，但不可靠）有上海大東書局鉛印本。又鈔本提要未被大東本收入者尚有不少。

六、五元曲選　明、臧晉叔編，有原刊本，有石印本。

七、富春堂所刊傳奇　明、萬曆間金陵唐對溪刊，所刊有十集一百種之多，但未知十集是否已完全刊竣，今所見者已有五十種左右。

八、文林閣所刊傳奇　明、萬曆間金陵唐氏刊，所刊今知者有十種。

九、世德堂所刊傳奇　明、萬曆間金陵唐氏刊。此三唐氏似爲一家；時代常以富春堂爲最早，而世德堂爲最後。世德堂或已入天啓時代。

十、繼志齋所刊傳奇　明、金陵陳氏刊。

十一、傳爲李卓吾陳眉公玉茗堂諸家批評的傳奇，在萬曆間刊布得不少，刊行的地域以蘇杭，閩南爲主。又有魏仲雪批評傳奇數種，刊於閩南。

十二、羣音類選　明、胡文煥編，此書極罕見，原書凡二十六卷，見存十六卷，珍籍遺文，往往賴是而見。

十三、明刊曲選本極多，刊行的地方，似以蜀南爲最重要，若玉谷調簧，摘錦奇音，時調青崑等皆爲很重要的資料。

十四、六十種曲　閱世道人編，汲古閣刊本；道光翻刻本。

十五、暖紅室所刊傳奇　清、劉世珩編，校刻不精。

十六、沈璟的南九宮譜，徐子室，鈕少雅的九宮正始，呂士雄的南律定律，莊親王的南北九宮大成譜等，也有很多可資參閱的東西。

十七、盛明雜劇初二集　明、沈泰編，有原刊本，有武進董氏刊本。

十八、奢摩他室曲叢　吳梅編，商務印書館出版，僅出二集而中止。

第五十三章　散曲的進展

從元末到明初的散曲的進展——北曲的盛況——南曲的抬頭——元、明間諸北曲作家們：汪元亨、谷子敬、丁野夫、唐以初、湯舜民、賈仲名等——蒙古、西域人之工散曲者——朱有燉——康海與王九思——陳鐸——常倫與王磐——唐寅的北曲——楊廷和及其「名公巨卿」們——元人作南曲者之罕見——高則成爲今知南曲作家的第一人——劉東生與楊維禎——南曲家的朱有燉——陳沂、王湯明等——徐霖、沈仕等——唐寅與祝允明等——李日華等。

一

從元末到明的正德，散曲的進展，可分爲兩方面來講；第一，北曲依然的在蓬蓬勃勃的滋生着，並未顯露出衰弱的氣象來；第二，南曲也由無人知的暗隅裏抬頭而出，漸漸的占領了曲壇的重要的地位。但這時期的北曲，氣象雖未衰落，作家雖仍不少，而能不爲前人所範圍者卻不多，能獨創一個新的作風者，尤爲罕見。幾個大名家，像朱有燉、常倫、康海、王九思、唐寅、陳鐸等等，其作風左右脫不掉元代曲家們的範型。北曲到了這個時候，已是相當於南宋的詞的凝固爲冰雕刻成器的時代了。雖有豪傑之士，也脫不出如來佛的手掌心以外去。倒是新起的南曲，表現出另一種清新活潑的氣象出來，造成了以後一百幾十年的曲壇的新局面。但在明初，南曲的作家實在寥寥無幾。其全盛，則在弘、正之間。

北曲的作家們，由元入明者，有汪元亨、谷子敬、唐以初、賈仲明、丁野夫、湯舜民、楊景賢、劉東生諸人；賈仲明續錄鬼簿所載尤多，大抵皆爲元、明間人。

汪元亨，饒州人，浙江省掾。但樂府羣珠（卷三）則以他爲『元尙書，』不知何據。賈仲明說他『有歸田錄一百篇，行於世，見重於人。』雍熙樂府載他的散曲至百篇，殆即所謂『歸田錄。』他的散曲，脫不了馬致遠、張雲莊式的『休居閑適』的氣味，充分的表現着喪亂時代的無可奈何的享樂主義；像他的折桂令：

問老生掉臂何之。在雲外青山，山下茅茨。向隴首尋梅，着杖頭挑酒，就驢背吹詩。嘆功名一張故紙，冒風霜兩鬢新絲。何若孜孜，莫待偲偲，細看淵明歸去來辭。

還不是致遠、雲莊乃至小山諸人作品的翻版麼？

谷子敬所作雜劇有城南柳等。所作『樂府隱語，盛行於世。嘗下堂而傷一足，終身有憂色。乃作要孩兒樂府十四煞以寓其意，極爲工巧』。（續錄鬼簿）惜此要孩兒今已不可得見。丁野夫，西域人。『故元西監生，羨錢塘山水之勝，因而家焉。動作有文，衣冠濟楚。善丹善小景，皆取詩意。套數小令極多』。（續錄鬼簿）但今也罕見他的所作。

唐以初，名復，京口人，號冰壺道人。『以後住金陵，吟卜詩，曉音律』。雜劇有陳子春四女爭夫，今佚。散曲有普天樂『徐都相書堂』一首：『伯牙琴、王維畫、文章公子，宰相人家，聯一篇感興詩，說幾句知音話』，及紅繡鞋四首見於樂府羣珠。

湯舜民所作樂府，今傳者尚多。賈仲明謂『文皇帝在燕邸時，寵遇甚厚。永樂間恩賚常及。所作樂府，套數小令極多，語皆工巧，江湖盛傳之』。舜民之作，是曲中的老手，能手；圓穩老到，是其特長，卻沒有怎樣了不得的天才。像南呂一枝花：『樹當軒作翠屏，月到簾爲銀燭，柳綿鋪白罽氈，苔綠展翠絨褥，四壁蕭疎，若得瑯玕護，何須蘿蔓鋪』，（題田老齋）設景也還平庸，不見怎麽的新警。

楊景賢本爲蒙古人，『因從姐夫楊鎮撫，人以楊姓稱之。善琵琶，好戲謔，樂府出人頭地』。（續錄鬼簿）永樂初，與舜民及仲明同被寵遇。

賈仲明（一名仲名）自號雲水散人，所作散曲有雲水遺音等集。惟今傳者已不多。劉東生『作月下老定世間配耦四套，極爲駢麗，傳誦人口』。（續錄鬼簿）世間配耦疑爲雜劇。其散曲也罕見。

邾仲宜爲元末人，名經，隴人，號觀夢道士，又號西淸居士。以儒業起，爲浙江省考試官，嘗爲錄鬼簿作序；和賈仲名也相交甚深。其子敬文，任中書宣使，文學過人，『亦善樂府隱語』。

此外，續錄鬼簿作載還有：劉君錫，燕山人，『隱語爲燕南獨步』；夏伯和，號雪簑釣叟，松江人。『文章妍麗，樂府隱語極多』，嘗作靑樓集；全子仁，名普菴撒里，高昌家禿兀兒氏，元贛州路監郡；詹時雨，隨父宦遊福建，因而家焉。『樂府極多，有補西廂記棊（疑即今傳之圍棋闖局）並「銀杏花凋殘鴨脚黃」諸南呂行於世』；劉士昌，宛平人，『所作樂府語極駢麗，有四季黃鍾及嬌馬衫中呂傳於世』；花士良，高郵人，洪武初知鳳翔府事，後以事死非命；金堯臣，淮東人，左司郎中，『樂府有金人捧露盤沈醉東風等行於世』；張伯剛，京口人，洪武初任臨洮太守；李唐賓，廣陵人，號玉壺道人，淮南省宣使，『樂府俊麗』；蘭楚夢，西域人，與劉廷信在武昌賡和，人多以元、白擬之；俞行之名用，臨江人，『樂府小令極其工巧。』永樂中嘉其才，官以營膳大使；賈伯堅名固，山東沂州人，拜中書左參政事；倪瓚，所作樂府『有送行水仙子二篇膾炙人口』；孫行簡，金陵人，洪武初任上元縣縣丞；徐孟曾，蘭陵人，號愛夢，世業醫，『平居好吟咏，樂府尤工。然其氣岸高峻，時人以爲矜傲，呼爲鼇齋』；楊彥華名賁，滁陽宦族，自號春風道人，永樂初爲趙府紀善。

蒙古人，女眞及西域人工散曲者尤多。續錄鬼簿所載者，更有金元素，康里人，氏名哈剌，『故元工部郎中，陞參政事。嘗有咏雪塞鴻秋爲世絕唱。後隨元駕北上，不知所終』；金文石，元素子，因其父北去，憂心成疾，卒於金陵。『作樂府，名公大夫伶倫等輩，舉皆嘆服』；月景輝，也里可溫氏，居京口，官至令尹。『吟詩和曲，筆不停思』；賽景初，西域人，授常熟判官。『遭世多故，老於錢塘西湖之濱』；沐仲易，西域人，故元西監主，『有自賦大鼻子、哨遍，又有破布衫耍孩兒盛行於世』；虎伯恭，西域人，『與弟伯儉、伯讓以孝義相友愛。當時錢塘風流人物，咸以君之昆仲為首稱』。

涵虛子太和正音譜所錄『古今衆英』，中有明初曲家十六人；在上面所舉的以外者，有王子一、王文昌、陳克明、穆仲義、蘇復之、楊文奎等五人。這些元、明之間的散曲作者們，其作品傳於今者殆百不存一，大多數皆片言隻語，不遺於人間。其偶有所遺，像楊彥華的春遊（端正好套）：『江南自古繁華地，勝追遊盡醉方歸。波動處綠鴨浮，沙暖處紅鴛睡。風流佳致，省可裏杜鵑啼』；王文昌的夏景（南北合套）：『碧烟淡靄暗蘼蕪，洒幾點黃梅雨，菡萏將開燕將乳』；蘭楚芳（蘭，正音譜作藍）的春思（願成雙套）：『青春一捻，奈何嬌羞更怯！流不乾泪海幾時竭？打不破愁城何日缺？訴不盡相思捨！』也都不是什麼驚人的名篇。

繼於賈仲名時代之後的散曲作家，僅一朱有燉耳。涵虛子（朱權）所作散曲，今未見一篇，其他作家則連姓氏也不曾見之記載。宣德到成化的六十年的山曲壇實是沈寂若墟墓的。幸賴朱有燉橫縱馳騁於其間，稍增生氣。『齊唱憲王新樂府，金梁橋外月如霜』那時不唱憲王的樂府，又唱誰的？有燉的散曲集誠齋樂府，今日亦幸得見全部。[一]誠齋之曲，亦多陳腐的套語，遠不如他的雜劇之能奔放自如，別闢天地。像黨居（一枝花套）的一段：

對着這一川殘照波光暝，兩岸西風樹色明，看了這山水淸幽足佳興。醒時節共樵夫將古人細評，醉時節就蓬牕將衾裯欸掙，任那鼻息齁齁喚不醒。

又像嘲子弟省悟修道（粉蝶兒套）的一段：

既得了黍珠般一粒丹，急將來華池中滿口吞，這的是神仙自有神仙分，那其間將你這折柳攀花的方才證得本！

[一]誠齋樂府有明宣德間原刊本。（今藏長洲吳氏）

都不是什麼上乘的曲子。

二

到了弘治、正德間，北曲的作家們忽又像泉湧風起似的出來了不少；北方以康（海）王（九思）為中心，南方以陳鐸為最著。他若常倫的豪邁，王磐的俊逸，並各有可稱。這時代的北曲早已成了『天府之物』，民間反不大流行；作者們類皆以典雅為宗，像元人那樣的縱筆所如，土語方言無不拉入的勇氣已是不多見的了；惟真實的出於『性靈』之作卻反較明初為盛。他們不復是敷衍塞責，他們是那樣的認真的推陳出新的在寫着；即最凡庸的『慶壽』『宴集』之作，有時也有很可觀的雋什佳句可得。

康海〔一〕的散曲集有沜東樂府，〔二〕王九思的散曲集有碧山樂府，碧山續稿及碧山

〔一〕康海、王九思均見明史卷二百八十六。

〔二〕沜東樂府有明、嘉靖間刊本；有二太史樂府聯璧本；有散曲叢刊本。

新稿。〔三〕他們爲當時曲壇的宗匠者總在半世紀以上。九忠嘉靖初猶在（1468—1550?）影響尤大。對於這兩位大作家世人優劣之論，紛紜不已。王世貞以爲『其秀麗雄爽，康大不如也。評者以敬夫聲價不在關漢卿、馬東籬下。』（藝苑卮言）王伯良也抑康而揚王。其實二人所作皆流於粗豪。對山更甚；碧山則較爲蘊藉，故深爲學士大夫所喜。對山之曲，時有故作盤空硬語者，像『輕簑一笛晚雲灣，這逍遙是俺！』（滸西郎事醉太平）『多君兄乃青雲器。樂轉鳳凰歌，燈轉芙蓉戲，剔團圓明月懸天際。』（塞鴻秋，元夜）；『霧冥蒙好興先裁，意緒難排，詩酒空開，萬里泥塗，三徑何哉！』（折桂令，苦雨）之類，集中幾於俯拾皆是。他盛年被放，一肚子的牢騷，皆發之於樂府，故處處都盈溢着憤慨不平之氣。像讀史（寄生草）『天豈醉，地豈迷，青霄白日風雷厲。昌時盛世奸諛蔽，忠臣孝子難存立；朱雲未斬佞人頭，禰衡休使英雄氣！』但也有寫得很清雋者，像睛望（滿庭芳）：

天空霧掃，雲恬雨散，水漲波瀾，園林一帶青如掉，山色周遭。點玉池新荷乍小，照丹霄

〔三〕碧山樂府有明嘉靖間刊本；有二太史樂府聯璧本；有崇禎間全集本。

晴日初高兩件兒休支調鷄肥酒好，宜醉澣西郊。

稱他爲曲中的蘇辛，殆足當之無媿。（1475—1540）碧山卻沒有對山那樣的屹立岡頭的氣概了；他也憤慨，他也不平，他也想奔放雄豪，然而他的筆鋒卻總未免有些拘謹，有些不敢邁開大步走去。像『一拳打脫鳳凰籠，兩脚登開虎豹叢，單身撞出麒麟洞，望東華人亂擁，紫羅襴老盡英雄』（水仙子），未嘗不想其氣勢的浩蕩，卻立刻便顯出其『有意做作』的斧鑿痕來。遠不及對山之渾朴自然，寫得不經意。他的本色語，乃是像雜詠（寄生艸）般的圓熟的：

渼陂水乘個釣艇，紫閣山住個草亭，山妻稚子咱歡慶，清風皓月誰爭競，青山綠水咱遊詠。醉時便唱太平歌，老來還是疎狂性。

集合於康王的左右者有張鍊、史沐、張伯純、何瑭、康偉川諸人。山東、李開先則在嘉靖間和九思相唱和。（李開先見第六十三章）張鍊也是武功人，所作有雙溪樂府【一】二卷。他

【一】雙溪樂府有明刊本，有傳鈔本。

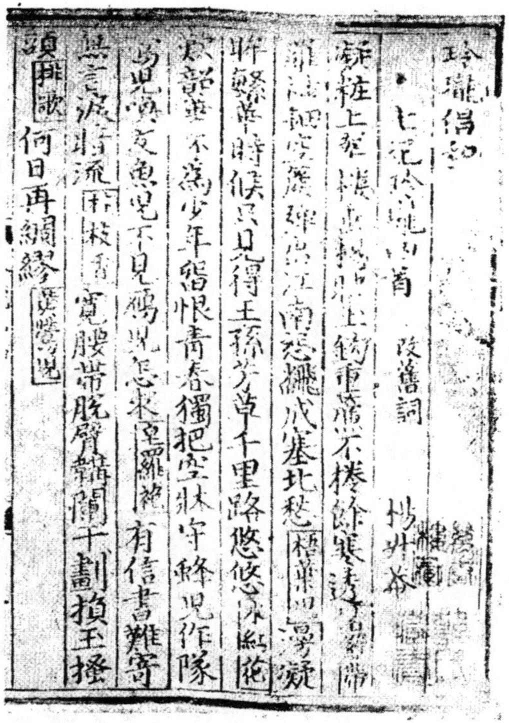

玲瓏倡和

——明刊本升菴散曲集之一

（北平圖書館藏）

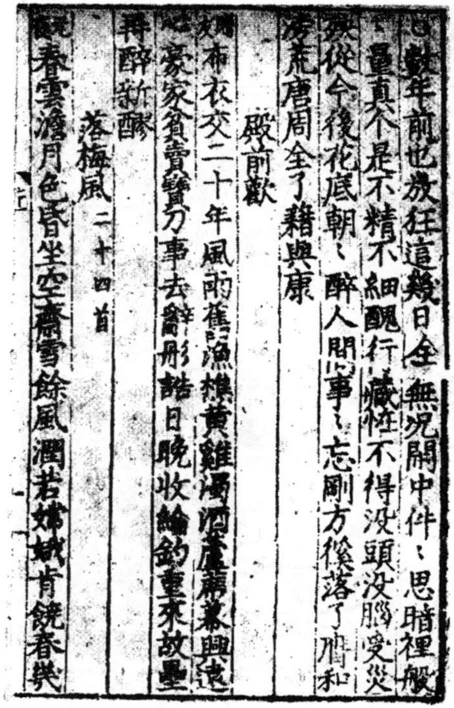

嘉靖本洴東樂府

此書爲天一閣舊藏，係對山弟浩所刻。（西諦藏）

『金
梁
『繡
猶悄，
青瑣，
恨積眉
—從
（清
館

是對山的外甥，作風却不似對山。像四時行樂（滿庭芳）：『虛窗易醒，秋霖初霽，纖月纔明，憑誰喚起登樓興？景物關情，滴蒼苔梧桐露冷，透疎簾楊柳風輕，兀自把危闌凭。對烟霞萬頃，誰知有少微星。』還只辦得一個『穩』字，並未脫去『陳套』。何瑭子柏齋有柏齋何先生樂府一卷。史沐、張伯純、康瀚川諸人所作，則皆見北宮詞紀中。康瀚川疑即刻沜東樂府的對山之弟浩。

陳鐸的散曲集有梨雲寄傲、秋碧樂府〔一〕及滑稽餘音等。他的散曲，最得時人稱譽。王世貞獨短之，以爲：『陳大聲金陵將家子，所爲散套，既多蹈襲，亦淺才情。然字句流麗，可入絃索。』像『憶吹簫玉人何處也？立盡梧桐月』（清江引）之類，誠未免流於『蹈襲』。但這乃是明人的通病，並不僅大聲一人爲然。大聲自有其最新警最漂亮的作品在着；他不獨善狀物態，更長於刻劃閨情，像『更初靜，月漸低，繡房中老夫人方睡。我敢連走到三四回，囑多情犬兒休吠』（風情落梅風）；『赤緊的做幾塲糊突夢，猜也難猜，花落花開，有日歸來。務

〔一〕梨雲寄傲及秋碧樂府有傳鈔本，有金陵盧氏新刊本。

教他謊話兒折辦眞實，弄錢兒消繳明白』（閨情，蟾宮）；『當時信口說別離，臨行話兒牢記。他道一句不挪移，那曾有半句兒眞實！把些神前呪，做下小兒戲』（雙調夜行船套）都是最深刻最暢達的情詞。但也有表現着很憤懣的情緒的，像『與知音坐久盤桓，怪舞狂歌盡此歡，天下事吾儕不管！』（冬夜，沈醉東風）

常倫字明卿，沁水人，正德間進士，官大理評事。他多力善射，好酒使氣，用考調判陳州。又以庭詈御史，以法罷歸。益縱酒自放，居恒從歌伎酒間變新聲，悲壯艷麗，稱其爲人。嘗省墓，飲大醉，衣紅，腰雙刀，馳馬塵絕前渡水。馬顧見水中影，驚蹶，墮水，刃出於腹，潰腸死，年僅三十四，（1491—1524）有常評事寫情集。[一] 他是那樣的一位疏狂的人，故他的作風也顯着異常的奔放與豪邁，像天淨沙：

知音就是知心，何拘朝市山林，去住一身誰禁，杖藜一任，相思便去相尋。

那樣的瀟洒，便是他的特色。就是戀情的歌詠，他也是那末樣的粗率直爽，像：『好堅著一

[一] 常評事寫情集附嘉靖刊本常評事集後。

寸心，相應着一片口。傳示他卓文君，慢把車兒驟，請袖彼相如弄琴手，』（粉蝶兒套）又像『平生好肥馬輕裘，老也疎狂，死也風流，不離金尊，常携紅袖』（折桂令）他是那末大胆的絕叫着刹那的享樂主義！

王磐字字鴻漸，高郵州人。生富室，獨厭綺麗之習。雅好古文辭，家於城西，有樓三楹，日與名流談詠其間，因號西樓。他惡諸生之拘攣，棄之。縱情山水詩畫間，每風月佳勝，則絲竹觴詠，徹夜忘倦。有西樓樂府。〔一〕同時有王田者，字舜耕，濟南人，亦號西樓。明人如王世貞，陳所聞已常把二人混爲一談。但鴻漸不作南曲，以此可別於舜耕。鴻漸的散曲，殆爲明人所作中之最富于詼諧的風趣者。以馬致遠（借馬）王元鼎較之，似也未必有他那末脫口成趣。王伯良絕口稱之，以爲『於北詞得一人，曰高郵王西樓，俊艷工鍊，字字精琢。』正德間，閹寺當權，往來河下者無虛日，每到，便吹號頭，齊丁夫。西樓嘗作朝天子（詠喇叭）嘲之：『喇叭，鎖哪，曲兒小，腔兒大，官船來往亂如麻，全仗你抬聲價。軍聽了軍愁，民聽了民怕，』他又

〔一〕西樓樂府有嘉靖間張守中刊本；有散曲叢刊本。

愛作失鷄，嘲轉五方，瓶杏爲鼠所嚙一類的曲子，而失鷄的滿庭芳尤傳誦一時：

平生淡薄，鷄兒不見，童子休焦。家家都有閑鍋竈，任意烹炮。煮湯的貼他三枚火燒；穿炒的助他一把胡椒，到省了我開東道。免終朝報曉，直睡到日頭高。

江盈科評他所作，謂『材料取諸眼前，句調得諸口頭。其視匠心學古，艱難苦澀者，眞不曾啖哀家梨也』。（雪濤詩話）西樓的長處便在於此。他若不經意以出之，卻實是警健工鍊的。

唐寅以南曲著稱於時，但寫北曲也饒有風趣。寅字伯虎，一字子畏，號六如居士，吳縣人。〔一〕嘗中解元，以疏狂時漏言語，因此罣誤，竟被除籍，益自放。（1470—1523）所作多怨音。有私印曰『江南第一才子』，又曰：『普救寺婚姻案主者』。世人以所盛傳的『三笑姻緣』，殆實有其事。他作嘆四詞四闋（調寄對玉環帶淸江引）見于堯山堂外紀（卷九十一）『淸閑兩字錢難買，苦把身拘礙！人生過百年，便是超三界，此外更別無計策；』『富貴不堅牢，達人須自曉。蘭蕙蓬蒿，算來都是草；鸞鳳鴟梟，算來都是鳥。北邙路兒人怎逃！及

〔一〕唐寅見明史卷二百八十六，

早尋歡樂。痛飲千萬觴，大唱三千套，無常到來猶恨少！』『算來不如閑打哄，枉自把機關弄。跳出麵糊盆，打破酸虀甕，誰是惺惺誰懵懂！』這樣的情調，都是由憤懣的內心裏噴吐而出的。

楊愼的父親楊廷和，〔一〕字介夫，新都人，成化進士。武宗時爲太子太師，華蓋殿大學士。嘉靖初，以議大禮削職歸，卒年七十一。（1459—1529）所作散曲集，有樂府遺音。〔二〕其情調大類張雲莊的休居樂府，但也很有瀟爽之作，像三月十三日竹亭雨過（天淨紗）：

風闌不放天晴，雨餘還見雲生。剛喜疎花弄影，鳥聲相應，偶然便有詩成。

以『名公巨卿』而寫作散曲者，『北調如李空同、王渼川、何粹夫、韓苑洛、何太華、許少華，俱有樂府，而未之盡見』。（王世貞語）堯山堂外紀（卷八十三）曾載王越之作，越字世昌，濬人，官都御史，以功封威寧伯。他所作皆『粗豪震蕩如其人』。像朝天子：『萬古千秋

〔一〕楊廷和見明史卷一百九十。

〔二〕樂府遺音有明刊本，混雜於升菴十五種內，故論者每誤爲升菴作。

一塲閒話，說英雄都是假！你就笑我剌麻，你休說我哈沓，我做個沒用的神仙罷。』林粹夫名廷玉，號南澗，侯官人；韓邦奇字汝節，號苑洛，朝邑人他們所作，並見堯山堂外紀（卷九十）。粹夫醉中戲作淸江引云：『勝水名山和我好，每日家相頑笑。人情下苑花，世事襄陽砲，霎時間虛飄飄都過了』；韓苑洛弟邦靖字汝慶，爲山西參政。亦能作曲。養病回，書一山坡羊於驛壁道：『靑山綠水，且讓我閒遊玩；明月淸風，你耍忙時我要閒。嚴潭，你會釣魚，誰不會把竿；陳摶，你會睡時誰不會眠。』他們的情調，大抵都是如此的『故作恬淡』的。苑洛嘗作邦靖行狀，末云：『恨無才如司馬子長關漢卿者以傳其行』，以漢卿比肩子長，苑洛的醉心劇曲，可謂篤至！

楊循吉字君謙，吳縣人，中進士，除儀部主事。性好山水，居于南峰，因自號南峰山人。正德末，循吉老且貧，因伶人臧賢見武宗。每夜制爲新聲，咸稱旨。然帝待無異伶優，久不授他官與秩。循吉愧悔，亟乞放歸。（1456—1544）這個遭際，和徐霖有些相同。他罷部郎歸，嘗作水仙子云：『歸來重整舊生涯，瀟灑柴桑處士家。草菴兒不用高和大，會淸標豈在繁華。紙糊窗，栢木榻，掛一幅單條畫，借一枝得意花，自燒香，童子煎茶；』又作對玉環帶淸江引（遣懷）四首，『百歲霎時過，不飲待如何！枉自將春蹉，桃花笑人空數朶，』其性調都是相同的，雖貌爲恬淡其實是不能安於寂寞的。

嘗見天一閣藍格鈔本北曲拾遺一冊，中有王舜耕及楊南峰作。舜耕所作的商調集賢賓述懷也是充滿了厭世的情調：『老閻羅大開着門戶等。者麼你口强牙哽，末稍拳使不下口强星星。』同書所載作者們，又有景世珍、虞味蔗、湖西主人及洗塵等四人，生平並未詳。殆皆南峰，舜耕同時人。

三

元時有南北合套，但南曲則絕未見到一篇。雍熙樂府，盛世新聲及詞林摘艷所載南曲，不知中有元人作否？陳所聞南宮詞紀（卷六）載有道情浪淘沙：『綠竹間青松，翠影重重，仙家樓閣白雲中，』題『元人』作，不知何據。南曲的最早的一位作家，殆當爲高則誠。

則誠，永嘉平陽人，爲有名的琵琶記的作者。他的南曲有商調二郎神、秋懷『人別後，正七夕穿鍼在畫樓，暮雨過紗窗，涼已透』一套，見於南宮詞紀，並不怎樣的重要，似還遠不及琵琶的賞月諸齣呢。以寫作嬌紅記著名的劉東生，也寫着南曲秋懷（雙調步步嬌）：『簟展湘紋新涼透，睡起紅綃皺，無言獨倚樓。一帶寒江，幾樹疏柳，牽惹別離愁，天迥蒼山瘦』頗饒富麗的鋪敍與陳述。東生的南曲，恐怕僅存有這一套了。（見南宮詞紀卷三）楊維楨也寫作南曲，今傳夜行船，吊古：『霸業艱危，嘆吳王端爲苧羅西子傾城處』一套。（明人選本像吳歈萃雅等皆題楊升菴作；但南九宮詞及王伯良則皆以爲鐵崖作。）

楊、高、劉而後，南曲的大家，又算得到朱有燉。他的誠齋樂府裏也有南曲，最有名者爲雙調柳搖金凡四篇，設爲誡風情，風情答，及『再誡，再答』：『風情休話，風流莫誇，打鼓弄琵琶，意薄似風中絮，情空如眼內花，都是些虛脾烟月，擔閣了好生涯。想湯瓶是紙，如何煮茶！』但『誡』雖是敎訓詩，『答』郤充溢着肉的追求的讚頌的。

王世貞藝苑巵言所評宣，成，弘間人作：『趙王之「紅殘驛使梅」，楊邃庵之「寂寞過花朝，」李空同之「指冷鳳凰生，」陳石亭之「梅花序；」顧禾齋之「單題梅，」皆出自王公膾炙人口。然較之專門終有間也。王威寧越黃鶯兒，只是渾語，然頗佳。今多已不可得見。石亭即陳沂，禾齋即顧鼎臣，鼎臣的詠梅花（正宮白練序套）今猶存於南宮詞紀（卷二）中：『春光早漏洩，向南枝信已傳，還掩映舊日水痕清淺。』都只是套語，別無新意。

王陽明爲理學大儒，他的南曲雖不多見，然見於南宮詞紀的一篇歸隱（雙調步步嬌套）卻是那樣不平常的赤裸裸的謾罵：『亂紛紛鴉鳴鵲噪，惡狠狠豺狼當道。冗費竭民膏，怎忍見人離散！舉疾首蹙額相告，簪笏滿朝，干戈載道，等閑間把山河動搖！』他爲了憤懣而退隱，卻即退隱了，也還是滿懷的不忍人之心。同時有邵寶的，也以名臣而能南曲。寶字國賢，號二泉，無錫人。新編南九宮詞所載者，又有秦憲副、王思軒尚書、方洗馬、燕參政、楊閣老諸人詞，他們也都是這時代的人物。其詞『較之專門終有間惟也。』燕參政（仲義）的畫眉畫錦套，抒寫曉行的情景，實爲古今絕唱，以少游的『夢破鼠窺燈』一詞較之，未免有『小巫』之感。『霍索起披襟，見書窗下有殘燈。把行囊束整，跨馬登程！傷情半世隨行琴和劍，幾年辛苦爲功名。從頭省：只贏得水宿風食，戴月披星！……（黃鶯兒）伐木響丁丁，傍幽林取次行，只聽得敗葉兒淅零索落隨風韻。疎星尚存，殘月尚明，碧溪淸淺，梅橫疎影。算行程：山程共水程，一程過了又一程。』其健昂悲壯的情緒，似尤在『嘒彼小星，三五在東』之上。

四

陳大聲在南曲壇上，也是一位橫縱馳驟罕逢敵手的大家。秋碧曲裏以南曲寫就者，似較之以北曲出之者爲更柔媚，更富於綺賦宛曲之感。像好事近套：『兜的上心來，教人難想難猜！同心羅帶平空的兩下分開。傷懷，舊日香囊猶在。詩中意須寫的明白，歸期一年半載，算程途咫尺，音信全乖；』已甚纏綿悲惻，而風情的鎖南枝，麗情的黃鶯兒：

腸中熱，心上癢，分明有人閒論講。他近日恩情又在他人上。要道是眞，又怕是慌，抵牙兒猜，皺眉兒想。

——鎖南枝

一見了也留情口不言，心自省平白惹下相思病。佳期又未成，虛耽着污名。老天不管人孤另，對殘燈一搗价睡醒。胡突夢見分明。——黃鶯兒

尤能以本色語，當前景曲曲傳達出最內在的柔情，這便是他的特色。

王世貞云：『徐髯仙霖金陵人，所爲樂府，不能如陳大聲穩妥，而才氣過之。』徐霖所作，惜今絕罕見。南宮詞紀所載的閑情（山坡羊）二首，殆爲他的全部的遺產了：『春染郊原如繡，草綠江南時候，和烟襯馬，滿地重茵厚。添愁，桃水逐水流，還愁青春有盡頭！』若僅以此二曲衡之，卻實不足以和大聲並肩而立。

同時有沈仕，字懋學，一字子登，（曲品云一字野筠）號青門山人，仁和人。著唾窗絨，亦善繪畫。他和陳大聲齊名。明人每並稱之。沈德符云：『沈青門、陳大聲，輩南詞宗匠。』（顧曲雜言）徐又陵也並舉之。張旭初評『其辭冶豔，出俗韻，致諧和，入南聲之奧室矣。』梁辰魚的江東白苧嘗有效沈青門唾窗絨體，引云：『青門沈山人者，錢塘菁英，武林翹楚。丹青冠于海上，詞翰遍于江南。任俠氣滿，跡類霸陵將軍；自傷情多，家本秦川公子。但峻志未就，每托

迹于醉鄉，逸氣不伸，常游神於花陣，聯翩秀句，傾翠館之粱塵，旖旎芳詞，動靑樓之扇影。』他是那末傾倒于靑門。他的整個的江東白苧，也許可以說是規撫唾窗絨〔一〕的結果。自嘉隆以後，像陳大聲那末樣的本色的情歌，是不爲文人學士所重視的了；他們追步的目標，便是唾窗絨和江東白苧。這風氣竟歷百餘年而未衰。沈仕所作，誠都是嬌豔若『臨水夭桃』的東西，像黃鶯兒（美人隔窗）：

俺只道秋水浸芙蓉，却原來透窗紗臉暈紅。朦朧相對渾如夢。又不是雲山幾重，怎說與離情萬種！只見綠楊烟裏花枝動。總相逢，淡月籠烟，人在廣寒宮。

後人所追撫的便是這一類的膩綺而典雅之作。但他也時有很露骨很淺顯的東西，像鎖南枝（詠所見）：

雕闌畔，曲徑邊，相逢他猛然丟一眼。教我口兒不能言，腿兒撲地軟。他回身去，一道烟。

〔一〕唾窗絨有任訥新輯本，見散曲叢刊中，但不甚完備；吳騷集中，末附唾窗絨十五首，中有八首爲任本所未收。

謝得蠟梅枝把他來抓個轉。

那樣天眞而漂亮的東西，卻便沒有人去模仿了。

唐寅、祝允明、文徵明的三人，在弘正間也皆以南曲著名，唐寅尤爲白眉。〔一〕他們都是吳人，又皆相友善。寅北曲未必當行出色，南曲則顯露着很超絕的天才。他的黃鶯兒（閨思）數首最有名：

細雨濕薔薇，樑畫間燕子歸，春愁似海深無底。天涯馬蹄，燈前翠眉，馬前芳草燈前淚。夢魂飛雲山萬里，不辨路東西。

祝允明〔二〕字希哲，號枝山，又號枝指生。(1460—1526) 嘗爲廣中邑令，歸裝載可千金，不二年都盡。好負逋責，出則羣萃而訶誶者至接踵，竟不顧去。嘗賦金落索（四景）爲時膾炙：

〔一〕唐寅的散曲附見于嘉慶本六如居士集後；明刊本未見。任訥有新輯本，商務印書館出版。

〔二〕祝允明見明史卷二百八十六。

東風轉歲華，院院燒燈罷。陌上清明，細雨紛紛下，天涯蕩子，心盡思家。只見人歸不見！他合歡未久難拋捨，追悔從前一念差。傷情處，懨懨獨坐小窗紗，只見片片桃花，陣陣楊花，飛過了鞦韆架。

以那末陳腐的題目，寫出那末雋妙的『好詞，』實在不是容易的事，難怪當時的許多少年們都發狂似的追隨于他之後。文徵明名璧，〔一〕以字行。原籍衡山。他的畫最有名。在翰林時，每爲同官者所窘。他們昌言於衆道：『我衙門中不是畫院，乃容畫匠處此耶？』惟陳石亭等數人和他相得甚歡。（1470—1559）他所作曲不多見；像山坡羊（秋興）：『遠澗風鳴寒漱，落木天空平岫』也很清秀。

李日華的南西廂記大爲人所詬病，但他的散曲卻是很清麗可愛的。他的玉芙蓉（情）：『殘紅水上飄，靑杏枝頭小』最有名。但像六犯淸音（宮怨）：『含情獨倚小闌前，怎禁得纖腰瘦怯愁如海，怎禁得淑景舒遲晝似年』之類，也都還很穩貼。

〔一〕文徵明見明史卷二百八十七，

常倫、康海、王九思的幾位北曲作家，也間作南詞。在他們的時候，南曲是正抬起頭要和北曲爭奪曲壇的王座的當兒。到嘉隆的時代，便是南曲的霸權已定的時期了。

常倫的南曲，依然和他的北曲似的那末豪邁。像山坡羊(閑情)：『二十番春秋冬夏，數十場酸鹹甜辣，些娘世事，海樣胸襟大』；『山和水，水和山廝環廝輳，醉而醒，醒而醉，閒拖閒逗，無邊光景天付與咱情愛』。在南曲裏實在很可詫怪的一種闖入的情調。對山和碧山的南曲，卻和時人的作風無大差異；像對山的山坡羊、四時行樂：『閑情白雲零落，驚心落霞孤鶩，碧天暗裏秋光度……狂圖功名已自誣，江湖從今好共娛』。所不同者，惟北人的疏狂之態未盡除耳。

參考書目

一、盛世新聲十二卷　明無名氏編；有正德間刊本，（吳興周氏藏；）有萬曆間翻刊本（故宮博物院藏。）

二、詞林摘艷十卷　明張祿編，有嘉靖間張氏原刊本；有萬曆間（？）徽藩翻刻本（均長洲吳氏藏；）有萬曆間北方刊大字本（故宮博物院藏。）

三、雍熙樂府二十卷　明、郭勛編，有嘉靖間原刊本。

四、雍熙樂府十三卷　明、海西廣氏編，有原刊本。四庫全書所收，即此本。蓋當時未見郭勛本也。

五、新編南九宮詞　明、三徑草堂編，有隆、萬間原刊本，有長樂鄭氏影印本。

六、北宮詞紀六卷，南宮詞紀六卷　明、陳所聞編，有萬曆間原刊本。

七、吳騷集四卷　明、王穉登選，有萬曆間刊本。（清華圖書館藏）

八、南詞韻選十九卷　明、沈璟選，有萬曆間刊本。（長洲吳氏藏）

九、樂府菁珠四卷　明、無名氏編，有傳鈔本。（北平圖書館藏）

十、北曲拾遺　明、無名編氏天一閣鈔本。（海甯趙氏藏）

十一、吳歈萃雅　明、周之標編，萬曆間刊本。（西諦藏）

十二、吳騷合編四卷　明、張楚叔編，崇禎間刊本（西諦藏）明人南北曲選本極多，姑舉較著者若干種。

十三、太和正音譜　明、朱權編，有涵芬樓秘笈本。

十四、續錄鬼簿　明、賈仲名著，有天一閣鈔本。（鄞縣孫氏藏）

十五、曲品　明、呂天成編，有暖紅室刊本，重訂曲苑本。

十六、藝苑卮言　明、王世貞著，有明刊本；（見于歷代詩話中者非全本）其論曲之語，續欣賞編曾別錄出，名之爲曲藻。

十七、顧曲雜言　明、沈德符著，有學海類編本，重訂曲苑本；蓋亦係從沈氏萬曆野獲編中錄出別行者。

十八、堯山堂外紀一百卷　明蔣仲舒編，有萬曆間刊本。

十九、散曲叢刊　任訥編，中華書局出版。

第五十四章 批評文學的進展

元代批評文學的進展——有組織的批評著作的再現——古文家勢力在元及明初的影響——陳繹曾，王構，楊載及范梈——元代通俗入門書盛行的原因——瞿佑的歸田詩話——李東陽及其懷麓堂詩話——何李的復古運動——徐禎卿的談藝錄——何孟春，都穆等，

一

元代批評家們承宋金之後，模規日大，門逕漸嚴。有計劃，有組織的著作較多，而像宋代那末談本事，論音韻，述考據，敘交遊的隨筆式的『詩話』則較爲少見。這不能不說是一個進步。關於散文一方面，古文的勢力，仍然籠罩一切，人人競奉韓，柳，歐，蘇，爲規撫的目標。而蘇軾的影響尤大。陳秀民（字庶子，四明人，後爲張士誠參軍，歷浙江行中書省參知政事

翰林學士）至編專東坡文談錄，東坡詩話〔一〕以揚其學。元末楊維楨爲文稍逸古文家的範圍，王彝便作文妖一篇以詆之，至罵之爲狐，爲妖：『會稽楊維楨之文，狐也，文妖也！噫狐之妖至於殺人之身，而文之妖，往往後生小子羣趨而競習焉。其足爲斯文禍，非淺小也』明初的劉基，宋濂以及稍後的方孝孺等等，皆爲純正之古文家，胥守唐，宋古文家法而不敢有變易。被稱爲『台閣體』的楊東里，則更撫擬歐陽修，一步一趨，莫不傚之。直到了弘治間，李夢陽出來，與何景明，徐禎卿諸人倡言復古，非秦，漢之書不讀。於是天下的風氣丕然一變，唐，宋諸大家的影響，至此方才漸漸的消歇下去。詩壇的趨向也回復到『盛唐』諸家求模範。

在古文勢力的絕對控制之下，元及明初的文學批評，是沒有什麼特殊的見解的。但有系統的著作，卻產生了不少。像陳繹曾的文說及文筌，王構的修辭鑑衡，楊載的詩法家數，范梈的木天禁語，詩學禁臠等作，雖不是什麼了不得的偉作，雖不曾有什麼創見的批評

〔一〕陳秀民東坡文談錄及東坡詩話有學海類編本。

的主張，卻已不復是宋人的隨筆掇拾成書的『詩話』了。也許他們都是爲『淺學』者說法的，都是爲了書賈的利潤而編成的，元代的書籍，書賈所刋者以通俗的求廣銷的書爲最多。但究竟是有組織的著作；是復興了唐人的詩格，詩式，詩例一類的作風的。

陳繹曾〔一〕字伯敷，處州人，至順間官國子監助教，嘗從學於戴表元，故亦爲正統派的文士之一。他的文說〔二〕本爲程試之式而作。書中分列八條，論行文之法，而所論大抵皆宗於朱熹。又有文筌八卷，分古文小譜，四六附說，楚賦小譜，漢賦小譜，唐賦附說五類，蓋也是爲『舉子』而作的，末附詩小譜二卷，則爲繹曾友石桓彥威之作。

王構〔三〕字肎堂，東平人，官至翰林學士承旨，謚文肅。(1245—1310)他的修辭鑑衡〔四〕分二卷，上卷論詩，下卷論文，皆採擷宋人的詩話以及筆記與文集裏的雜文而加以排比的。

〔一〕陳繹曾見元史卷一百九十。

〔二〕文說有四庫全書本，有活字板本，有文學津梁本。

〔三〕王構見元史卷一百六十四。

〔四〕修辭鑑衡有四庫全書本，有文學津梁本，有指海本。

楊載的詩法家數〔一〕敘述作詩的方法甚詳且備，最後的一篇總論，雖淺語，卻頗近理，像『詩不可鑿空強作，待境而生自工。』『詩貴含蓄，言有盡而無意窮者，天下之至言也』；『作詩要正大雄壯，純爲國事。誇富耀貴傷亡悼屈一身者詩人下品』諸語，都是很有確定的批評主張的，似不能以其類『詩法入門』之作而忽之。

范梈字德機，所作木天禁語及詩學禁臠〔二〕皆『詩格』一類的『入門書』。木天禁語僅有『內篇』而無『外篇』，殆『外篇』已佚失。詩學禁臠似與之相銜接，或即其『外篇』歟？梈敘禁語謂：『詩之說，尚矣。古今論著類多言病而不處方，是以沉痼少有瘳日，雅道無復彰時。茲集開元大歷以來諸公平昔在翰苑所論秘旨，述爲一編。』是所依據者。仍爲唐人諸作。每一作法，必舉一二唐人詩爲例也。是王昌齡賈島諸人詩格的規矩，詩學禁臠則分爲『頌中有諷』『美中有刺』『撫景寓歎』『專敘己情』等十五格，每格也以

〔一〕楊載的詩法家數有歷代詩話本。

〔二〕范梈的木天禁語及詩學禁臠均有歷代詩話本。木天禁語又有學海類編，

唐詩一篇爲例，而後附說明。

此外，潘昂霄有金石例，倪士毅有作義要訣，徐駿有詩文軌範，殆皆爲便利儉腹的文士舉子而設者。四庫全書提要雖極譏他們的淺陋，但他們的有組織的篇述，卻是不能以『淺陋』二字抹殺之的。爲什麼在元代會復活了，且更擴大了唐代的『詩格』『詩式』一類的科場用書呢？這是一個很值得研究的問題；一，可以見當時通俗入門書的暢銷；二則當時文士們在胡人壓迫之下，求師不易，而這一類通俗入門書便正是他們『無師自通』的寶庫。但通俗書之可以會暢銷，根本原因還當在元代一般經濟狀況的進步。我們讀杜善甫的庄家不識勾欄，見一個農民入城而能慨然的以二百文爲劇場的入門費，便可知那時的一般經濟狀況是並不如我們所想像的那末同當時政治一樣的黑暗的。這問題太大，且留待專門家的討論。

二

到了明初，這一類通俗的入門書，忽又絕迹了。而隨筆或雜感體的『詩話』又代之而興。元人亦有『隨筆』式的詩話，像韋居安的梅磵詩話，吳師道的吳禮部詩話，無名氏的南溪詩話，但不多。明人才又紛紛的寫作這一類『詩談』。在其間，瞿佑(1341—1427)的歸田詩話〔一〕可以說是最早的一部。佑所作，以剪燈新話爲最著。歸田詩話於品藻唐宋詩外，亦敘述元明的近事，其中頗多很珍異的史料，像梧竹軒條：『丁鶴年，回回人。至正末，方氏據浙東，深忌色目人。鶴年畏禍，遷避無常居。有句云：「行蹤不異梟東徙，心事惟隨鴈北飛。」識者憐之。』元末明初，異族人在華所遭逢的阨運，由此已可略得其消息。

其後，詩話作者，以李東陽的懷麓堂詩話爲最著。東陽〔二〕字賓之，茶陵州人。天順進士。官至禮部尚書，文淵閣大學士。卒謚文正。(1447—1516)有懷麓堂集。他繼三楊之後，而主持着當代的文壇。『不爲倔奇可駭之辭，而法度森嚴，思味雋永。』(楊一清石淙類稿)

〔一〕歸田詩話有明刊本，歷代詩話續編本，知不足齋叢書本，龍威秘書本。

〔二〕李東陽見明史卷一百八十一。

他的懷麓堂詩話，〔一〕雜論作詩之法，並評唐，宋，元各代以及當代詩人之作，頗有可注意的地方：

詩貴意；意貴遠不貴近，貴淡不貴濃。濃而近者易識，淡而遠者難知。

詩有別材，非關書也；詩有別趣，非關理也。然非讀書之多，明理之至者，則不能作。

作詩必使老嫗聽解，固不可。然必使士大夫讀而不能解，亦何故耶？

也祇是中庸平正之論，沒有什麼驚人的主張，所以也不能成為一派，一宗。惟中有論詩與時代及土壤的關係的一段：

漢，魏，六朝，唐，宋，元詩各自為體。譬之方言，秦，晉，吳，越，閩，楚之類，分疆畫地，音殊調別，彼此不相入。此可見天地間氣機所動，發為音聲，隨時無地，無俟區別，而不相侵奪。然則人囿於氣化之中，而欲超乎時代土壤之外，不亦難乎！

；最為創見，蓋前於法國 Taine 的英國文學史序言而發此言者。可惜他自己祇是『隨

〔一〕懷麓堂詩話有知不足齋叢書本，有歷代詩話續編本，

感』的筆錄，而其後也更無批評家爲之發揮光大之，此論遂成『曇花一現。』

東陽之後有李夢陽〔一〕的出來，繼他而主持文柄。夢陽的魄力比東陽大，主張比東陽激烈。他不滿於東陽的萎弱中庸的態度，他大聲疾呼的倡言：文必秦、漢，詩必盛唐。何景明輩和之。天下學者當之，如疾風偃弱草似的莫不披靡而拜下風。遂正式產生了一個僞擬古的運動。雖然不是什麽很偉大的一個文學運動，但明興以來的萎弱的文壇，却受了這個激刺，不禁爲之一震動。以後後七子的運動，公安竟陵二派的興起，差不多也都是受其撥動的。夢陽字獻吉，慶陽人。弘治進士，官戶部郎中。曾因事下獄二次。劉瑾被殺，他才起故官，出爲江西提學副使。又以爲宸濠作陽春書院記，削籍。有空同集六十六卷。

徐禎卿〔二〕爲維持空同主張的一人。他的談藝錄〔三〕幾是何、李派僞擬古運動的批評的代表作。他的批評，只論漢、魏，六朝且不屑及，何論唐、宋！他道：『魏詩門戶也，漢詩，堂奥

〔一〕李夢陽見明史卷二百八十六，　〔二〕徐禎卿見明史卷二百八十六，

〔三〕談藝錄有學海類編本，歷代詩話本，又附明刊本迪功集後。

也入戶升堂，固其機也……故繩漢之武，其流也猶至於魏，宗晉之體，其弊也不可以悉矣。』他們是那末樣的迷戀于古！總之，愈古是愈好的。而這樣擬古的結果，遂寫出了許多貌若古拙的詩文來。有時簡直是有意的做作。好像彷古的器物似的，遠看似眞，近矚卻知是冒牌的東西。這影響幾籠罩了百年！禎卿字昌穀，吳人。弘治進士。官國子博士。有迪功集六卷。

同時有何孟春，字子元，郴州人，官至吏部侍郎，作餘冬詩話，［一］宗李東陽之說；都穆字元敬，吳人，官至禮部郎中，作南濠詩話，宗宋、嚴羽之論；安磐字公石，嘉定州人，官都給事中，有頤山詩話，其論詩也以嚴羽爲主。又有游潛字用之，豐城人，官賓州知府，有夢蕉詩話，［四］頗宗溫、李、晚唐之作；他們都是不和空同、大復（何景明）同道的。然何李的影響徧天下，他們的呼號卻是很少人聽得見的，所以和之者也終沒有和何李者之多。他們是不足以和何李爭批評家的論壇的主座的。又同時，韓邦奇作其弟邦靖行狀，有『恨不得才

［一］餘冬詩話有學海類編本。

［二］南濠詩話有知不足齋叢書本，歷代詩話續編本。

［三］頤山詩話有四庫全書本。

［四］夢蕉詩話有學海類編本。

如司馬子長，關漢卿者以傳之』語，大爲世人所非笑。但敢以漢卿和子長並舉，他實是第一人！可惜他的批評主張，我們已不能仔細的知道。

參考書目

一、歷代詩話　清，何文煥編；有原刊本，有石印本。

二、歷代詩話續編　丁福保編，有醫學書局印本。

三、學海類編　清，曹溶編，有活字印本，有商務印書館石印本。

四、四庫四全書目提要　有原刊本，廣東刊本，石印本。

五、元史　明，宋濂等編，有明刊本，清刊二十四史本。

六、明史　清張照等編，有原刊本，有石印本。

七、文學津梁　有有正書局石印本。

第五十五章 僞疑古運動的發生

僞疑古運動的發生——李夢陽的出來——『七子』與『十子』——何景明、徐禎卿等——吳中詩人們：沈周、唐寅等——散文作家的寥寞——王守仁與馬中錫、王鏊等、

一

在李夢陽、何景明不曾出現以前，明初的詩文壇是異常的散漫萎弱的。散文是壓伏在唐、宋諸古文家的勢力之下，沒有一個人敢于超出這個勢力圈之外。散文作家們是那樣的無生氣，連呻吟呼號的心腸都沒有；所謂『不知不識，順帝之則』者，恰正是那時候文壇的實況。三楊的台閣體，固然是如此；李東陽輩又何嘗不是如此。他們是庸熟，他們是低頭跟着人走。他們沒有反抗的心思。至于詩壇，情形卻是相反；沒有定于一尊的主派，也沒

有一個確定的批評主張。有學唐的，有學宋的，也有學元人的；有追蹤于東坡之後的，有主張、溫李的，有崇奉嚴羽之說的。他們是凌亂，散漫，各自爭唱着。不曾有過挺身而出，揭竿而呼的詩壇的勇士；他們的能力，也實在不能夠達到獨闢一徑，獨創一派的雄略弘圖。他們的氣魄還不夠大，他們的呼聲還不夠高；所以都只是人自爲戰，絕不能夠『招朋引友』以成一個大團體。

其能『登高一呼，』四望響應者，當自何、李所提倡的僞擬古運動始。這運動的結果，並不怎麼高明。『僞』的總歸是冒牌的，不經久的東西。他們是引導一部分的群衆入于更黑暗的一層魔障中了。然而他們的運動的意義，卻別有在。他們撥動了『反抗』的鐘擺；他們挑起了爭鬥、提倡、誇大的宣傳的風氣。他們以驚世駭俗的主張，衝破了以前的陳腐平庸的羅網。久爲『平庸』所苦的羣衆，受到這一聲『斷喝，』便都抬起頭來，有些活動之意。至少，在這一點上，何、李的僞擬古運動是不能蔑視的。至少，他們是比較的有雄心、有號呼的能力的作者。

這個運動的主將爲李夢陽（1472—1529）。他是一位精力瀰滿的人；他夠得上做一個先鋒。王廷相道：『李獻吉以恢瀾統辯之才，成沉博偉麗之文。游精於秦漢，割正於六朝，執符於雅謨，參變於諸子，用成一家之言。遂能掩蔽前賢，命令當世。』他的同輩是這樣的推重他。但楊愼卻很不滿意的批評道：『正變雲擾而剽襲雷同，比興漸微而風騷稍遠。』剽襲雷同，徒爲貌似，實是他們的通病。但『矯枉之偏，不得不然。』（國寶新編）同時與夢陽相呼應者有何景明，徐禎卿，邊貢，朱應登，顧璘、陳沂、鄭善夫、〔一〕康海、王九思等，號『十才子』。又和景明、禎卿、貢、海、九思及王廷相，號『七才子』。他們提導不讀漢魏以後書。自所作也往往詰屈聱牙，取貌遺神。像夢陽的詩集自序：

李子曰：曹縣蓋有王叔武云，其言曰：夫詩者，天地自然之音也。今途咢而巷謳，勞呻而康吟，一唱而群和者，其眞也，斯之謂風也。……李子曰：嗟，異哉！有是乎？予嘗聆民間音矣，其曲胡，其思淫，其聲哀，其調靡靡，是金元之樂也，奚其眞？

〔一〕何景明、徐禎卿等數人並見明史卷二百八十六。

故作沈奧詰屈之言，實在不見得怎麼高明。後來推波助瀾的人，卻更進一步而『裝腔作態』散文遂沈溺于另一個阨運之中而不克自拔，轉成爲擁護唐宋古文者攻擊的口實。他們在散文一方面，其成就實在是很有限的。夢陽的詩卻比較的重要。他古詩樂府，純法漢、魏；近體則專宗少陵。在空同集裏〔一〕裏，像士兵行；『北風北來江怒湧，士兵攖人人叫呼。城外之人徙城內，塵埃不見章江塗』石將軍戰場歌：『將軍此時挺戈出，殺敵不異草與蒿。追北歸來血洗刀，白日不動蒼天高』，戲作放歌寄別吳子：『惟昔少年時，彈劍輕遠遊。出門覽四海，狂顧無九州。……彎弓西射白龍堆，歸來洗刀青海頭。崑崙河積不入眼，拂袂乃作東南遊。江海洶湧浸日月，島嶼蹙沓混吳越。匡廬小瑣拳可碎，鄱陽觸怒蹋欲裂』都是狂放可喜的。難怪他會吸引了那末多的跟從者們！

何景明也以能詩著。他字仲默，信陽人，弘治壬戌進士，官至陝西提學副使。（1483—1521）他的大復集，〔二〕論者的評價，乃在空同集之上。他不復有空同之『霆驚電煜，駭日

〔一〕空同集有明嘉靖中刊本，萬歷間刊本。

〔二〕何大復集有嘉靖間刊本，又萬歷間刊本。

振心』的氣魄，卻以『清遠爲趣，俊逸爲宗』（趙彥復梁園風雅）有如『落日明霞，餘暉映遠。』他是一個苦吟的詩人。像贈王文熙：

行子夜中起，月沒星尙爛。天明出城去，暮薄長河岸。艸際人獨歸，烟中鳥初散。解纜忽以遙，川光夕淩亂。

像懷沈子：『沈生南國去，別我獨悽然。落日清江樹，歸人何處船？』像十四夜：『水際浮雲起，孤城日暮陰。萬山秋叶下，獨坐一燈深。』都很澹遠，有盛唐風趣。他和空同嘗因論詩，互相牴牾。薛君采詩云：『俊逸終憐何大復，麤豪不解李空同。』申何抑李，此可爲一例。徐禎卿（1479—1511）詩初沈酣六朝，散華流艷。所作像『文章江左家家玉，烟月揚州樹樹花』，嘗盛傳於世。見空同後，遂悔其少作，一以漢、魏、盛唐爲宗。〔二〕但仍未脫婉麗的風格，像『行人獨立宮牆外，又見空園落杏花』（楚中春思）；『忽見黃花倍惆悵，故園明日又重陽』。（濟上作）邊貢字廷實，歷城人。（1476—1532）弘治丙辰進士。官至南京戶部尙

〔二〕徐禎卿迪功集有明刊本，清乾隆刊本。

書，有華泉集；〔一〕他名不逮何、李，所作卻清圓有遠致，像『征馬帶落日，出門君已遙。層城不隔夢，夜夜盧溝橋。……臨岐莫動殊方感，余亦東西南北人』（送馬欽湖）。康海，王九思詩，〔二〕多率直之作。他們是慣於作曲的，於詩當然不能出色當行。王廷相〔三〕字子衡，儀封人。（1474－1544）弘治壬戌進士，官至兵部尚書，都察院右都御史，有家藏內臺二集。錢謙益謂他『古詩才情可觀，而摹擬失眞』。這話正中僞擬古的作家之病，像『有芃者艾生我土，七年之病得者愈』（新民謠）正可證其言。但像他的短詩：

一琴几上閒，數竹窗外碧。簾戶闃無人，春風自吹入。

其作風卻又迥然不同。朱應登字升之，寶應人。（1477—1526）官雲南提學副使，陞布政司右參政，有淩谿集。〔四〕顧璘字華玉，南京人。（1476—1545）官南京刑部尚書，有息園、

〔一〕邊貢華泉集有明刊本；華泉集選王士禎編，有漁洋全集本。

〔二〕康海對山集有明刊本，康熙刊本，又陝西新刻本；王九思集有崇禎張宗孟刊本。

〔三〕王廷相集有明刊本，清順治刊本。〔四〕淩谿集有明刊本。

浮湘，歸田諸集；〔一〕陳沂有遂初齋，拘虛館二集；(1469—1538) 鄭善夫字繼之，閩人，官南吏部郎中，(1485—1523) 有少谷山人集〔二〕他們並各有不同的作風，而皆依附何，李為重。究其實，未必都是走同一條道路。像顧璘的簡陳宋卿：『頗怪陳無巳，尋詩日閉門。空庭疎繫馬，細雨負清尊：不嫌官舍冷，燒燭對黃昏。』卻頗有江西詩派的氣味；而鄭善夫的詩，雖刻意學杜，而短詩像『鷓鴣啼上桄榔樹，一寸鄉心萬里長』（送人之鬱林）卻也自有其特殊的作風。

二

成化到正德間的許多吳中詩人，其作風別成一派，不受何，李的影響。他們以抒寫性情為第一義，每傷綺靡，亦時雜凡俗語，但卻處處見出他們的天真來。在群趨於虛偽的擬古運動之際而有他們的挺生於其間，實在可算是沙漠中的綠洲。這些吳中詩人們，以唐寅

〔一〕顧璘諸集有嘉靖，戊戌刊本。　〔二〕鄭少谷集有明刊本，道光刊本。

爲中心，祝允明、文徵明、張靈附和之，獨往獨來，不復以世間的毀譽爲意。在他們之前的，有沈周，已獨樹一幟，不離羣流。周字啓南，長洲人，景泰中郡守以賢良應詔，辭不赴。（1427—1509）有石田先生集。〔一〕他以能畫名。『王維摩詩中有畫，畫中有詩』的批評，正可以移贈給他。文徵明云：『先生詩但不經意寫出，意象俱新，可稱妙絕。』朱彝尊靜志居詩話引其『落木門牆秋水宅，亂山城郭夕陽船』；『竹枝雨暗蠨蛸戶，豆葉風涼絡緯籬』；『剪取竹竿漁具足，撥開荷葉酒船通』；『歲晏雞豚鄰社鼓，秋深蝦蟹水鄉船』；『明月未來風滿樹，夕陽猶在鳥無聲』；『蘼蕪細雨山連郭，翡翠斜陽水滿川』等數十語，以爲『即此即圖之不盡』。他的題畫之作，更無有不工者。像溪亭小景：

幽亭臨水稱冥棲，蓼渚莎坪只尺迷。山雨乍來茆溜細，谿雲欲墮竹梢低。檐頭故壘雄雌燕，籬脚秋虫子母鷄。此段風光小韋杜，可能無我一青藜。

又像題畫『碧水丹山映杖藜，夕陽猶在小橋西。微吟不道驚溪鳥，飛入亂雲深處啼』；溪

〔一〕石田先生集有明弘治刊本，崇禎甲申刊本，

山落木圖：『溪山落木正蕭蕭，野客尋詩破寂寥。一路夕陽秋色裏，不知吟到段家橋』；不必看到畫便已清逸之趣迫人眉目了。

唐寅的六如居士集〔一〕雖多不經意之作，且往往以中雜俚語，受人譏評，王世貞云：『唐伯虎如乞兒唱蓮花落』。卻不知這正是他的高處。錢謙益云：『子畏詩晚益自放，不計工拙，興寄爛縵，時復斐然』。此評最爲的當。他常以賣畫爲生，題畫詩也有絕爲佳妙的。築室桃花塢中，讀書灌園，家無儋石，而客常滿坐，風流文采，照映江左。每謂：『人生貴適志，何用劌心鏤骨，以空言自苦』。他是純任天眞，連以『空言自苦』也是不屑的。像曉起圖：

獨立茅門懶拄笻，鬢絲涼拂豆花風。曉鴉無數盤旋處，綠樹枝頭一綫紅。

是那末樣的清雋可喜！祝允明詩：〔二〕多效齊、梁體，亦甚有富於畫意的，像『小山侵竹尾，細水護松根』；『人家低似岸，湖水遠於天』；『柳風吹水細生鱗，山色浮空澹抹銀』等。文徵明詩，工力甚深，而或病其纖弱。王世貞痛詆伯虎、枝山，獨於徵明略有恕辭，說他『如仕女

〔一〕六如居士集有明刊本，清嘉慶間刊本。〔二〕祝氏集略有明刊本。

淡妝，維摩坐語，又如小閣疏窗，位置都雅，而眼境易窮。』因爲他所作還錬整雅飭之故罷？像雪後：『寒日晶晶曉溜聲，中庭快雪一宵晴。牆西老樹太骨立，窗裏幽人殊眼明；』池上：『單鳩喚雨雙鳩晴，池上柳花縱復橫。好風忽卷讀書幔，及君到時春水生，』也都是疏爽可愛的。〔一〕張靈字夢晉，徵明等同縣人也，善畫能詩，而疏狂尤過於伯虎、枝山。臨終時，有詩云：『垂死尚思玄墓麓，滿山寒雪一林松。』又像春暮送友：『三月正當三十日，一壺一榼一孤身。馬蹄亂踏楊花去，半送行人半送春；』對酒：『隱隱江城玉漏催，勸君須盡掌中杯。高樓明月清歌夜，知是人生第幾回！』其清狂之態，直浮現於紙上。清人錢竹初嘗作乞食圖一劇，寫靈事，殊哀艷動人。

三

在散文一方面，不和何、李等七子同群者，有王鏊、馬中錫、王守仁諸人，而守仁尤爲重要。

〔一〕文徵明甫田集有明刊本，

王鏊字濟之，吳縣人，成化乙未進士，官至武英殿大學士。(1450—1524)有震澤集；〔一〕他的經義最有名，但古文亦取法唐、宋諸家，平正有法度。馬中錫字天祿，故城人，成化乙未進士，官至左都御史，以事下獄死。有東田集。〔二〕他雖和『七子』同時，且友善，但其作風卻夐然不同。東田集裏的所作，都是很雍容暢達，不以『詰屈聱牙』爲高的。

王守仁(1472—1529)的影響，在哲學方面最大；門生弟子，遍於天下。他的陽明集〔三〕固不獨以文著。他也嘗和李空同諸人遊，卻不曾受到他們的汚染。他的散文是那末工鍊整飭，蓋不求工而自工的。

吳中詩人唐寅輩的散文，也和他們的詩一樣，表現着一種南江風趣，充滿了嬌嫩清新的氣分。

但這時代的散文，較之詩壇來，實在是闇淡得有些『自慚形愧』。

〔一〕震澤集有明刊本，有三槐堂刊本。 〔二〕東田漫稿有明刊本。

〔三〕陽明集刊本最多；陽明先生集要有明刊，日本刊本，四部叢刊本。

參攷書目

一、列朝詩集　清、錢謙益編，有原刊本，鉛印本。

二、明詩綜　清、朱彝尊編，有原刊本。

三、明詩紀事　陳田編，有刊本。關於明詩，選本極多。姑擇較通行的三部。

四、明文徵　明、何喬遠編，有明刊本。

五、明文衡　明、程敏政編，有明刊本，局刊本，四部叢刊本。

六、明文奇賞　明、陳仁錫編，有明刊本。

七、明文海　清、黃宗羲編，有傳鈔本。此書曾節為明文授讀，有刊本。

八、明文在　清、薛熙編，有局刊本。

第五十六章 近代文學鳥瞰

近代文學的時代——劃分『近代文學』的意義——政治上的黑暗——四個時期——小說戲曲的大時代——短篇平話的復活——長篇小說的進展——詩壇上的諸派爭鳴——鴉片戰爭以來的外患內亂與文學——林紓的翻譯與梁啓超的散文——以上海爲中心的文壇——文學革命的前夜

一

近代文學開始於明世宗嘉靖元年（公元一五二二年）而終止於五四運動之前（民國七年，公元一九一八年）其年代凡三百八十餘年。爲什麼要從中世紀文學裏劃分出這將近四世紀的時間，而稱之爲近文學學呢？近代文學的意義，便是指活的文學，到現在還並未死滅的文學而言；她是緊接着五四運動以來的新文學的。近代文學的時代雖因新文學運動的出現而成爲過去，但其中有一部分的文體，還不曾眞的死亡；他們有的還活潑潑的在現代社會裏發生着各種的影響，有的雖成了殘蟬的尾聲，卻仍然有人在苦心孤詣的維護着。中世紀文學究竟離開我們是太遼遠一點了；眞實的現在社會裏還活動着的便是這近代文學。他們的呼聲，我們現在還能聽見；他們的歌唱，我們現在還能欣賞，他們的描寫的社會生活，到現在還活潑潑的如在；那社會也許一時還不會便成過去。所以這一個時代的文學，對於我們是格外的顯得親切，顯得休戚有關，聲氣相通的。

在這四世紀的長久時間裏，我們看見一個本土的最偉大的作曲家魏良輔創作了崑腔；我們看見許多偉大的小說家們在寫作着許多不朽的長篇名著；我們看見各種地方戲在迅速的發展着；我們看見許多彈詞，寶卷，鼓詞的產生。在這四個世紀裏，我們的文學，又都是本土的偉大的創作，而不受什麽外來影響的幫助了。雖然在初期的時候，基督教徒的藝術家們曾在中國美術上發生過一點影響；——但中國文學卻絲毫不曾被其影響所薰染到。雖然在最後的半個世紀，歐洲的文明也曾照射到我們的整個社會裏，連文學上也確曾被其紅的曙光所渲染過一番；——然究還只是浮面的影響，並不曾產生過什麼重要的反應。他們激動了千年沉睡的古國的人們；這些人們似乎都已醒過來了；但還正是睡眼朦朧，餘夢未醒，茫茫無措的站在那裏，雙手在擦着眼，還不曾決定要走那一條路，要怎麼辦才好。認清楚了，已經完全清醒了的時代，當從五四運動開始。所以近代文學，我們可以說，還純然是本土的文學。這四百年的文學，實在是了不得的空前的煊爛。

二

但在政治上卻又是像中世紀似的那末黑暗。我們的民族方才從蒙古人的鐵騎之下解放出來不到一百六十年，便又遇到一個阨運，那便是倭寇的侵略。雖不過是東南幾省的遭受蹂躪；文化的被破壞的程度，卻是很可觀的。再過一百二十餘年，一個更大的壓迫便來了。清民族以排山倒海之勢，侵入中國本部；先蠶食了整個遼東，然後以討伐李自成諸流寇為名，利用着降將與漢奸，安然的登上了北京的金碧輝煌的宮庭裏的寶座。（公元一六四四年）不到一年又陷了南京，擒了福王。第二年又打到汀州，捉了唐王。到了公元一六五八年，攻雲南，整個的中國便都歸伏聽命於愛親覺羅氏的指揮了。幾個偉大的政治家，立下了嚴厲的統治的訓條。整個漢民族，馴良的在被統治之下者凡二百六十餘年。但清民族不久也漸漸的腐敗了。他們吸收了整個的漢文化。當西洋人屢次的東來叩關時，他們便也無法應付了。從公元一八四二年（道光二十二年）鴉片戰爭失敗，簽訂南京條約，割香港，闢福州等五口為通商口岸起，幾乎是無時不在外國兵艦的威脅之下。公元一八五〇年到一八六四年間的太平天國的戰爭，更削弱了中國的國勢。甲午（一八九四年）中日戰爭之後，中國幾成了四面楚歌的形勢。要港紛紛的被列强租借去。北方幾省雖有義和團的反抗外力運動，其努力卻微薄之極，經不起『八國聯軍』的略略的打擊。自此以後連反抗的話也無人敢說了。但因此屢敗的結果，革新運動卻在猛烈的進行着，從軍備的改革，新機械的採用，到教育制度，政治制度的革命，其間不過四十年。公元一九一一年的大革命，產生了中華民國，恢復了漢民族的自由，革新運動總算到得一個結果。自此以後，國運也並不怎樣向上發展。以個人主義爲中心而活動的軍閥們，幾有使中國陷入更深的泥澤中之概。因了歐洲大戰和日本哀的美敦書的刺激，便又產生了一次比戊戌更偉大的革新運動，那便是一九一九年的五四運動。近代文學便告終於五四運動的前夜。五四運動以後的文學是一個嶄新的東西，和舊的一切不相銜接的。五四運動的絕叫，直是快刀斬亂麻似的切斷了舊的文學的生命。所以近代文學的終止，也便要算是幾千年來的舊式的文學的閉幕，收場。以後的現代的文學，便是和舊文學截然不同的受外來影響所產生的另一種新的東西了。這末猛烈的文學革命運動，這末絕叫着的『在一夜之間易趙幟爲漢幟』的外來影響，和中世紀文學上所受的印度文學的浸淫漸入的影響，其氣勢是全般不同的。那嶄新的若干頁的中國文學史，其內容便也和以前的整個兩樣。這在本書的最後也將略略的講到。

三

就其自然的趨勢看來，這將近四世紀的近代文學，可劃分爲左列的四個時期：

第一個時期，從嘉靖元年到萬曆二十年（1522—1592）；這是一個偉大的小說和戲曲的時代；我們看見由平凡的講史進步到西遊記，封神傳，更由西遊，封神而進步到產生了偉大的充滿了近代性的小說金瓶梅。我們看見崑腔由魏良輔創作出來，影響漸漸的由太湖流域而遍及南北。我們看見許多跟從了崑腔的創作而產生的許多新聲的戲劇，像浣紗記，祝髮記，修文記之流。我們看見雄據着金元劇壇的雜劇的沒落，漸成爲案頭的讀物而不復見之於舞台之上。在詩和散文一方面，這時代比較顯得不大活躍，但也並不落寞。我們看見正統派的古文作家們和僞擬古的作家們在作爭奪戰；我們也看見新興的公安派勢力的抬頭；而李卓吾，徐渭諸人的出現，也更增了文壇的熱鬧。

第二個時期，從萬曆二十一年到清雍正之末（1593—1735）；這仍是一個小說和戲曲的大時代，但詩文壇也更爲熱鬧。雖然中間經過了清兵的入關，漢民族的被征服，但文壇上的一切趨勢，卻並不因之而有什麼變更，只不過增加了若干部悲壯凄涼的遺民的著作而已。詩和散文都漸漸由粗豪怪誕，纖巧，而轉入比較恢弘偉麗的局面中去。但因了清初的竭力網羅人才，因了若干志士學人的遁入「學問壇」裏去避禍，去消磨時力，明末浮淺躁率之氣卻爲之一變——雖然在明末的時候，風氣也已自己在轉變。小說有了好幾部大著，像三寶太監西洋記，隋煬豔史，醒世姻緣傳之類；但究竟以改編重訂的講史爲最多。因了馮夢龍的刊布「三言」，短篇的平話的擬作，一時大盛，此風到康熙間而未已。戲曲是這時期最可驕人的文體；偉大的名著，一時數之不盡。沈璟，湯顯祖爲兩個中心；而顯祖的影響尤大。四夢的本身固是不朽的名著，而受其影響者也往往都是名篇巨製。在這個時候，傳奇寫作的風尚，似乎始被許多的眞正的天才們所把握到。他們的創作力有絕爲雄健的，像李玉、朱佐朝等，所作都在二十種以上。洪昇，孔尚任所作也是這時代最光榮的名著。

第三個時期，從乾隆元年到道光二十一年（1736—1842）；這時期戲曲的氣勢已由絕盛的時代漸漸向衰落之途走去。崑腔的過于柔靡的音調，已有各種土產的地方戲，不時的在乘隙向他逆擊。終于古老的崑腔不能不退避數舍——雖然不曾完全被驅走。張照諸人爲皇家所編的空前弘偉的勸善金科、九九大慶、忠義璇圖、鼎峙春秋諸傳奇，一若夕陽之反照於埃及古廟的殘存的巨像上，光景雖闊大，而實淒涼不堪。蔣士銓、楊潮觀們所作，雖短小精悍，不無可喜，而也已不能支持着將傾的大厦了。小說却若有意和戲曲成反比例似的更顯出新鮮活潑，充滿精力的氣象來。紅樓夢、綠野仙踪、儒林外史、鏡花緣、野叟曝言等等，幾乎每一部都是可注意的新東西。詩壇的情形也極爲熱鬧。幾個不同的宗派，各在宣傳着，創作着，也各有其成績。散文又爲復活的古文運動的絕叫所壓伏；但同時潛伏了許久的六朝賦，駢儷文的活動也在進行着。萬派爭競，都惟古作是式，卻沒有明代僞擬古運動那末樣的『生吞活剝』。宋學與漢學也不時的在作殊死戰。由幾位學士大夫們所提議的搜輯永樂大典的事業，廓大而成爲四庫全書館的建設；四庫全書的編纂，雖然毀壞了不少名著，改易了不少古作的面目，但使學者們得以傳鈔，刋布，閱讀，却是『古學』普遍化的一個絕重要的機緣。明人的淺陋的風氣，至此已一掃而光。然而一個急驟的變動的時代快要到來了；這個古學的全盛，也許便是所謂『迴光返照』的一幕吧？這時代在北京和山東所刊佈的霓裳續譜和白雪遺音却是極重要的兩部民歌集，保存了不少的最好的民間詩歌，且也是搜輯近代民歌的最早的努力。葉堂的納書楹曲譜和錢德蒼綴白裘合集的流布，恰似有意的要結束了崑腔的運動似的。

第四個時期，從道光二十二年到民國七年，（1842—1918）就是從鴉片戰爭到五四運動的前一年；這是中國最多變的一個時代，都城的北京，兩次被陷於外國聯軍之手。（一八六〇年英法聯軍陷北京，公元一九〇〇年八國聯軍入北京）東南，西南的大部分，全陷入太平天國起義以後所生的大混亂之中。外國的兵艦大砲，不時的來叩關，來轟炸。繼而有甲午的大敗，要港的被强佔。但那些事實，可惜都不曾留下重要的痕跡於文學中。太平天國的建設與失敗，是一件可泣可歌的大事，卻祇產生了一部不倫不類的花月痕；拳和團的事變，也只見之于林紓的京華碧血錄及一二部短劇裏。文人的異樣的沈寂，實在是最可怪的現象！西方文學名著的翻譯，最後也繼了聲、光、化、電諸實學的介紹而被有名的古文家林紓，所領導。雖沒不曾發生過什麼很大的影響，至少是明白了在西方文學裏是有了和司馬子長同等的大作家存在着的。散文，因了時勢的需要，特別的有了長足的發展。梁啟超的許多論文，有了意料以外的勢力，他把西方思想普遍化了；他打破了古文家的門堂。他開闢了『新聞文學』的大路。他和黃遵憲們所倡導的『新詩』運動，也經驗到在舊瓶中裝得下新酒的成績。但這一切，都還不能够有着重要的偉大的影響。他們所掀起的風波，要等到五四運動以來，方才成爲滔天的大浪呢。小說和戲曲在這時俱有復由士大夫之手而落到以市民爲中心之概；其一是崑腔的銷沈與皮黃戲的代興；其二是武俠小說與黑幕小說的流行。文壇的重鎮，漸漸的由北京的學士大夫們而移轉到上海的報館記者們與流浪的文人們，像王韜、吳沃堯輩之手。這正足以見到新興的經濟勢力，正在侵佔到文學的領域裏去。上海在這時期的後半，事實上已成了出版的中心。

這時期正預備下種種的機緣，爲後來偉大的文學革命運動的導火線，成爲這個革命運動的前夜。

第五十七章 崑腔的起來

崑腔起來以前的南戲——崑腔的起來——崑腔的創作者魏良輔——梁辰魚與其浣紗記——鄭若庸與張鳳翼——李開先王世貞等——屠隆與汪廷訥——梅鼎祚——鄭之珍的目連救母戲文。

一

崑腔的起來，是南戲革新的一個大機運；在崑腔未產生之前，南戲只是像野生的蔓草似的，無規律的發展着。正德以前的南戲作家們，以無名氏爲多，蓋大都出于鄉鎮文士們的創作，敎坊優伶的傳習，詞多鄙近，曲皆淺率，婦孺皆聽得懂。徐謂南詞敘錄謂：『永嘉雜劇興，則又即村坊小曲而爲之，本無宮調，亦罕節奏，徒取其畸農布女順口可歌而已。諺所謂隨心令者，即其技歟？』故南戲，明人往往謂之亂彈。蓋以其沒有一定的音律。又各囿于地域同一戲文，而各地的歌唱的腔調不同。當時，有餘姚，海鹽等腔。明陸容菽園雜記（十卷）云：『嘉興之海鹽，紹興之餘姚，寧波之慈谿，台州之黃岩，溫州之永嘉，皆有習爲倡優者，名曰戲文子弟。』南詞叙錄云：『今唱家稱弋陽腔，則出于江西，兩京，湖南，閩，廣用之；稱餘姚腔者出于會稽，常，潤，池，太，揚，徐用之；稱海鹽腔者嘉，湖，溫，台用之。惟崑山腔止行于吳中。』湯顯祖宜黃縣戲神清源師廟記（玉茗堂文集卷七）云：『南則崑山之次爲海鹽，吳，浙音也，其體局靜好，以拍爲之節；江以西弋陽，其節以鼓，其調諠。至嘉靖而弋陽之調絕，變爲樂平，爲徽，青陽。』這可見在崑腔起來的時候，南戲的歌唱法是極爲凌亂的；弋陽流行最廣，却以鼓爲節，調又諠鬧；海鹽腔卻是以『拍』爲節的。他們的樂器也是不能統一。到了崑山魏良輔起來，一手創造了崑腔之後，方才漸漸的征服了一切，統一了南戲的樂器與歌唱法，增大了南戲的音樂的效力。原來南戲的歌唱，是以簫管爲主的，和北劇之以弦索爲主器，恰相對抗。但良輔則集合于一堂，一切皆拉來爲他自己所用；笛，管，笙，琵之合奏，實爲良輔的勇敢的嘗試。沈德符云：『今吳下皆以三弦合南曲，而簫管叶之。』（顧曲雜言）正指崑山腔而言這繁音合奏的優雅的腔調，其打倒單調而諠鬧的弋陽諸腔，那是當然的事。所以自嘉靖以後，不久便傳遍了天下。在徐渭寫他的南詞敘錄的時候（嘉靖三十八年，即公元一五五九年）崑山腔還只行于吳中；到了萬曆的時候，則崑山腔隨了南戲勢力的大盛，甚至侵入北方。其流行之速與廣，都是空前的紀錄。但在嘉靖間，尚有不了解的人，對於崑腔加以非難。徐渭在南詞敘錄裏，卻極力的稱揚崑腔的好處，極力為之辨護：

> 今崑山以笛管笙琵按節而唱南曲者，字雖不應，頗相諧和，殊為可聽。亦吳俗敏妙之事。或者非之，以為妄作。請問點絳唇新水令是何聖人著作？
>
> 崑山腔止行於吳中。流麗悠遠，出乎三腔之上。聽之最足蕩人。妓女尤妙。此如宋之嘌唱，即舊聲而加以泛豔者也。隋、唐正雅樂，詔取吳人充弟子習之，則知吳之善謳，其來久矣。

徐氏可謂崑腔的第一個鼓吹者，知音者，賞識者。自有崑腔，於是南戲始不復囿於地方劇；自有崑腔，於是南戲始不復終於亂彈而成為一種規則嚴肅樂調雅正的歌劇。崑腔在海鹽，弋陽，餘餘諸腔中，實最後出，然在很短的時期內便壓倒了他們；同時，北劇也因之而大受排擠而至於消亡。沈德符顧曲雜言云：『自吳人重南曲皆祖崑山魏良輔而北詞幾廢』。沈氏之時，離良輔創崑腔之時不過五六十年，而崑腔的勢力已是如此之盛大！

關於這位偉大的音樂家，一手創作了崑山腔的魏良輔，其時代卻頗難確定。向來每以他爲嘉隆間人；陳其年詩亦有『嘉隆之間張野塘名屬中原第一部。是時玉峯魏良輔，紅顏嬌好持門戶』的話。但他的時代似更應提前徐渭時，崑山腔已有勢力；祝允明（嘉靖五年卒）的猥談云：『數十年來南戲盛行，更爲無端。……妄名餘姚腔、海鹽腔、弋陽腔，崑山腔之類，變易喉舌，趁逐抑揚、杜撰百端，眞是胡說。』是崑山腔之興，至遲當在正德（1506—1521）間。陸容爲成化，弘治間人，所作菽園雜記，歷舉海鹽，永嘉諸腔，卻無崑腔的名目，可見崑腔的出現，最早也當在成化以後。（即一四八七年之後）我們如以崑山腔爲出現於正德時代，當不會有多大的錯誤的；其盛行當在嘉靖中葉以後。良輔於嘉靖間或尙在人間。良輔的生平也不甚可知。余懷的寄暢園聞歌記（見虞初新志卷四）云：『南曲蓋始於於崑山魏良輔云。良輔初習北音，絀於北人王友山。退而鏤心南曲，足迹不下樓十年。當是時南曲率平直無意致。良輔轉喉押調，度爲新聲，疾徐高下清濁之數，一依本宮，取字齒脣間跌換巧掇，恒以深邈助其凄淚。吳中老曲師如袁髯、尤駝者，皆瞠乎自以爲不及也。……而同時婁東人張小泉、海虞人周夢山，競相附和。惟梁谿人潘荊南獨精其技，至今雲仍不絕於梁谿矣。合曲必用簫管，而吳人則有張梅谷，善吹洞簫，以簫從曲。毘陵人則有謝林泉工擫管，以管從曲，皆與良輔遊。而梁谿人陳夢萱、顧渭濱、呂起渭輩，並以簫管擅名。』

胡應麟筆叢也說道：

「魏良輔別號尚泉，居太倉南關，能諧聲律，若張小泉、季敬坡、戴梅川之類，爭師事之。梁伯龍起而效之，考證元劇，自翻新調，作江東白苧、浣紗諸曲，又與鄭思笠精研音理，唐小虞、鄭梅泉五七輩雜轉之，金石鏗然。譜傳藩邸戚畹金紫熠爚之家，取聲必宗伯龍氏，謂之崑腔。張進士新勿善也，乃取良輔校本，出青於藍，偕趙瞻雲、雷敷民與其叔小泉翁，踏月郵亭，往來倡和，號南馬頭曲。其實稟律於梁，而自以其意稍爲韻節，崑腔之用。不能易也。

一部崑腔史已略盡於此。而梁辰魚便是第一個戲劇家，利用這個新腔以寫作他的劇本的。

二

梁辰魚〔一〕字伯龍，崑山人。他的浣紗記〔二〕雖不是一部極偉大的名著，卻是一部最流行的爲人模楷的劇本；特別在音曲一方面。靜志居詩話云：『梁大伯龍塡浣紗記。王元美詩所云：「吳閶白面冶遊兒，爭唱梁郎雪豔詞」是也。又有陸九疇、鄭思笠、包郎郎，戴梅川輩，更唱迭和，淸詞豔曲，流播人間，今已百年。傳奇家別本，弋陽子弟可以改調歌之，惟浣紗不能，固是詞家老手。』筆談亦云：『譜傳藩邸戚畹金紫熠爚之家，取聲必宗伯龍氏，謂

〔一〕梁辰魚皇明詞林人物考卷十一，列朝詩集丁集中，明詩綜卷五十。

〔二〕浣紗記有六十種曲本，富春堂刊本；文林閣刊本；怡雲閣湯海若批評本；李卓吾批評本。

之崑腔。』芳畬詩話云：『梁辰魚字伯龍，以例貢爲太學生。虯鬚虎顴，好輕俠，善度曲。世所謂崑山腔，自良輔始而伯龍獨得其傳。著浣紗記傳奇，梨園子弟多歌之。同里王伯稠贈詩云：「彩毫吐豔曲粲若春花開。斗酒淸夜歌，白頭擁吳姬。家無擔石儲，出多少年隨。」』蝸亭雜訂云：『梁伯龍風流自容，修髯美姿容，身長八尺，爲一時詞家所宗。豔歌淸引，傳播戚里間。白金文綺異香名馬奇技淫巧之贈，絡繹於道。歌兒舞女，不見伯龍，自以爲不祥也。其教人度曲，設大案西向坐，序列左右，遞傳疊和。所作浣紗記至傳海外。然止此不復續筆。浣紗初出，梁遊青浦時，屠隆爲令，以上客禮之。即命優人演其新劇爲壽。每遇佳句，輒浮大白。梁亦豪飲自快。演至出獵，有所謂擺開擺開者。屠厲聲曰：「此惡句，當受罰。」蓋已預備汙水，以酒海灌三大盂。梁氣索强盡之。吐委頓，次日不別竟去。』屠氏此舉未免過於惡作劇；浣紗雖非上品，然較之屠氏所作的曇花諸記，則固在乎其上。在屠氏眼中看來，或仍嫌浣紗未盡典雅吧。

浣紗記敍吳、越興亡的故事，而以范蠡、西施爲中心人物。惟串插他事過多，頭緒紛煩，敍述時有不能一氣貫串之處，描寫也過嫌匆促。其擅勝處只是排場熱鬧，曲調鏗鏘而已。像范蠡，西施，那末重要的人物，也未能將其個性活潑的表現出來；惟寫伍子胥與伯嚭則頗爲盡力。蓋那樣的人物本來是比較容易寫得好的。浣紗亦名吳越春秋，（據藝苑巵言）王世貞評其『滿而妥，間流冗長』，呂天成亦謂：『羅織富麗，局面甚大。第恨不能謹嚴。中有可減處，當一删耳』。實則其病乃在太簡率，並不在太『冗長』。她僅於敍述吳越興亡的大事中，插入西施，范蠡的一件悲歡離合的事件，大不似一般傳奇的以生旦的遭遇爲主體的樣子。

三

與伯龍同時的重要戲劇作家，有鄭若庸和張鳳翼二人。鳳翼到萬曆末尤存；而若庸則時代較早。這二人恰好代表了兩個不同的時代。若庸的時代，是嘉靖間諸藩王尚爲文士的東道主的時代；鳳翼却不曾做過諸侯的上客；他祗是一位賣文爲活的文人。這兩個時代便是明代中葉和明萬曆以後的大不相同的所在。自藩王不復成爲文士們的東道主，諸藩的編刻書籍的風氣消歇了以後，江、浙的書肆主人們便代之而興；文士們所依靠者乃爲求詩求文的羣衆，以及刻書牟利的書賈們，而不復是高貴清華的諸侯王了。所以明末書坊所編刻的許多通俗的書籍便應運而興，文士們也幾半爲生活而著作着。一時且呈現着競爭市場的氣象。吳興凌、閔二家的爭印朱墨刊本；安徽、浙江，乃至蘇州、金陵之紛紛刊布小說戲曲，都可以說是因此之故。至於福建，本是書賈刊書牟利之鄉，那更不用說了。張鳳翼乃是其中的許多賣文爲活的文士之一。而鄭若庸也許便是最後一位曳裾侯門的學者了。

鄭若庸[一]的玉玦記，承接于邵璨香囊記之後，而開創了曲中駢儷的一派。曲品謂：『玉玦典雅工麗，可詠可歌，開後人駢綺之派，每折一調，每調一韻，尤爲先獲我心。』若庸字中伯，號虛舟，崑山人。詩有蛣蜣集八卷，北遊漫稿二卷。傳奇有玉玦記、[二]大節記二種。趙康

[一]見列朝詩集丁集中，明詩綜卷四十九，明詩紀事己籤卷二十。　[二]玉玦記有六十種曲本，富春堂刊本。

王聞其名，走幣聘入鄴。客王父子間。王父子親逢迎，接席與交賓主之禮。於是海內游士爭擔簦而之趙。中伯乃爲著書，採掇古文奇字累千卷，名曰類雋。康王死，去趙居清源，年八十餘始卒。其詩與謝榛齊名。靜志居詩話謂：『中伯曳裾王門，好擅樂府。嘗塡玉玦詞以訕院妓。一時白門楊柳，少年無繫馬者。』曲品亦謂：『嘗聞玉玦出而曲中無宿客。』玉玦記在當時，其勢力當是極大的。玉玦記凡三十六齣，敍王商與其妻秦氏慶娘的悲歡離合事，而其中心描寫，則爲妓女的無情，老鴇的狠毒，幫閒的惡辣。曲中敍多情的妓女最多，如桂英，如杜十娘，如梁紅玉，如李亞仙等等，敍薄情的也有，惟都沒有玉玦的着意着力。玉玦寫李大姐還不十分盡心，寫鴇母李翠翠郤最出色。此劇結構甚爲嚴緊，可以說是無一事無照應，無一人無下落。王商廟中錄四方見秦氏，封贈之旨即下，在情節上實嫌骨突難解，但作者郤早已覺到了這一層。他便借商口問道：『辛大人，下官纔見寒荊，聖上如何就有寵命？』又便借朝使辛棄疾口中答曰：『下官在軍中已知大人與賢夫人之事。前日陛見，具表奏聞。意欲待旨下纔來奉報。誰想大人已先會合了！』如此在結構上既顯得嚴緊，在情文上也便毫無闕漏矛盾了。

所謂玉玦之『板』，可於下文見之。其病在堆砌過當。

（排歌）（生）好鳥調歌，殘花雨香，鞦韆麗日門牆。可憐飛燕倚新妝，半捲朱簾春恨長。（合）花源畔，玉洞傍，免教仙犬吠劉郎。瓊樓啟，翠幰張，不知何處是他鄉。（占）老身回敬姐夫一杯。大姐唱個曲兒。（丑）大姐通書博古，就說幾個古人，比喻王相公。（小旦）如此，汚耳了。

（北寄生草）（小旦）河陽縣栽花客。（丑）是好一個潘安。（小旦）錦官城題柱郎。（丑）好個相如。（小旦）山公立志多豪放，張良舉足分劉項，蘇秦唾手爲卿相。這相逢不似楚襄王，怕思歸學了陶元亮。（生）起動，起動！小生與大姐同飲一杯。

若庸尚有大節記一種，今未見。曲品謂：『大節工雅不減玉玦，孝子事業有古曲；仁人事，今有五福；義士事，今有埋劍矣。』則大節似係合孝子、仁人、義士三事而爲一帙者。曲錄又著錄若庸五福記一本，誤。曲品云『五福，韓忠獻公事，揚厲甚盛。還妻事已見鄭虛舟大節記中』可知鄭氏所敍的關於韓琦還妾事，已包括於他所著的大節記中，別無所謂五福記。

張鳳翼〔一〕字伯起，號靈虛，江蘇長洲人，與弟獻翼、燕翼，並有才名，號「三張」。嘉靖四十三年舉人，會試，不第。晚年以鬻書自給。沈瓚近事叢殘云：『張孝廉伯起文學品格，獨邁時流，而以詩文字翰交結貴人爲恥。乃榜其門曰：「本宅紙筆缺乏，凡有以扇求楷書滿面者銀一錢，行書八句者三分；特撰壽詩壽文，每軸各若干。」人爭求之。自庚辰至今三十年不改。』他還受了總兵李應祥的厚禮而爲之作平播記。曲品云：『伯起衰年倦筆，粗具事情，太覺單薄，似受債師金錢，聊塞白雲耳。』是他連戲曲也是肯出賣的。他於平播記外，所作戲曲更有紅拂記、祝髮記、竊符記、灌園記、虎符記、扊扅記六種，合稱『陽春六集』。今惟竊符記未見全本，扊扅平播記已佚，餘四種幸皆得讀。

紅拂記〔二〕爲鳳翼少年時作。尤侗謂係他『新婚一月中之所爲』，流行最廣。敍李靖、

〔一〕張鳳翼見列朝詩集丁集，明詩綜卷四十五。

〔二〕紅拂記有玩虎軒刊本，富春堂刊本，李卓吾評本，陳眉公評本，凌氏朱墨刊本，六十種曲本。

紅拂妓事，全本杜光庭虬髯客傳而略加增飾。他名虬髯客爲張仲堅；最後言仲堅浮海爲扶餘國王，後並助唐征高麗。其中並雜以樂昌公主分鏡事。徐復祚謂：『惜其增出徐德言合鏡一段，遂有兩家門頭腦太多。』灌園記〔一〕本於史記田敬仲世家，敘樂毅伐齊，殺齊王。齊世子法章改名王立，逃亡於民間，爲太史敫的灌園僕。敫女君后見而愛之，贈以寒衣。後二人的秘密暴露，法章殊受窘。恰好田單復齊，迎立法章爲王；他遂納君后爲妃，並以君后侍女朝英，嫁給田單爲夫人。馮夢龍嘗改之爲新灌園，其序道：『父死人手，身爲人奴，汲汲以得一婦人爲事，非有心肝者所爲。伯起先生云：我率我兒試玉峰，舟中無聊，率爾弄筆，遂不暇致詳。誠然，誠然！』

虎符記〔二〕敘明初花雲抗戰於太平事。雲爲朱元璋守太平，陳友諒攻之。城陷，雲被囚，不屈，被送於武昌，雙眼因之而盲。妻郜氏投江，遇其弟救之。妾孫氏保孤而逃到金陵，中經若干困苦，方始出險。及其子成人，乃爲父報仇，攻下武昌，合家團圓，而雲目疾亦愈。雲不屈

〔一〕灌園記有富春堂刊本，六十種曲本。

〔二〕虎符記有富春堂刊本。

而死，是事實，但傳奇每重團圓，所以成了這樣的結局。這劇是鳳翼所寫者中最激昂慷慨的一本，寫花雲殊虎虎有生氣，頗像雙忠記。

祝髮記【一】本於南史、徐摛傳、陳書、徐摛傳，敘摛子孝克孝親事。這劇是伯起在萬歷十四年，因母八旬壽誕而作的。孝克當侯景亂時，家無餘糧，爲救母飢，乃鬻妻以易米。母知之，大怒。恰孝克遇達磨大師，遂從之祝髮，改名法整。後王僧辨起兵討侯景，達磨乘葦渡江；見僧辨，以法整爲托。而僧辨見到法整，卻原是他的舊友孝克，遂勸他還俗爲官。而其妻臧氏也守貞不二，終於團圓。其中達磨渡江及孝克祝髮的幾段，至今傳唱猶盛。

鳳翼所作，其作風和若庸是很相同的，每好以典雅的文句堆砌於曲文中，像祝髮記第十七折：

【二郎神】(旦唱)時乖蹇，少不得取義舍生難苟免。信熊掌和魚怎得兼！便有龍肝鳳髓，也只合齧雪餐氈。這麟脯駝峯堆滿案，總則是臥薪嘗胆，轉憶我舊虀鹽，怎教人努

【一】祝髮記有富春堂刊本，

力加餐。

只說到吃一頓飯，却用上了那末多的典故進去！到了梅禹金的玉合記便無句不對，無語無典的了。

三

較辰魚較前，和若庸同輩者有山東、李開先，也以能劇曲活動于文壇上。開先和王九思爲友，嘗相唱和。他〔一〕字伯華，號中麓，章邱人，家富藏書，尤富於詞曲，有『詞山曲海』之稱。所作散曲頗多。傳奇有寶劍記、登壇記二種。王世貞藝苑巵言謂：『伯華所爲南劇寶劍、登壇記，亦是改其鄉先輩之作。二記余見之，尚在拜月、荆釵之下耳。』曲錄所載別有斷髮記而無登壇記。蓋誤以曲品所載無名氏的斷髮記爲李氏之作。寶劍最有名。萬曆間，曾有陳與郊等幾個人將牠改作過，然盛傳於世，且常見之於劇場者，則仍爲開先之原作登壇

〔一〕李開先見明史卷二百八十七，皇明詞林人物考卷八。

記今未之見，或係叙韓信滅楚事。寶劍記〔二〕所叙者爲林冲被迫上梁山及終於受招安的經過。其事實完全本之於水滸傳，惟以錦兒代死，林冲夫婦終於團圓的結局易去冲妻張氏殉難的不幸的悲劇耳。水滸傳叙林冲事，頗虎虎有生氣，特別是野猪林及風雪山神廟的幾段。此記於野猪林則匆匆叙過，於風雪山神廟一段則竟不提及；於林冲得了管草廠的差缺後，即直接陸謙的焚燒草廠。此等處似皆不及水滸傳。惟夜奔一齣，寫林冲逃難上梁山時的心理，較有精采。今劇場上常演者亦僅此一折耳。

（駐馬聽）良夜迢迢，良夜迢迢，投宿休將門戶敲。遥瞻殘月，暗度重關，我急走荒郊。身輕不憚路迢遥，心忙又恐人驚覺。唬得俺魄散魂消，紅塵中悮了俺五陵年少。

（雁兒落帶得勝令）望家鄉去路遥，想母妻將誰靠！俺這裏吉凶未可知，他那裏生死應難料。呀，唬得俺汗津津身上似湯澆，急煎煎心内似火燒。幼妻室今何在？老萱堂空喪了。劬勞父母的恩難報，悲號，嘆英雄氣怎消！英雄的氣怎消！

〔二〕寶劍記有明嘉靖間李氏原刊本。（吳興周氏藏）

第五十七章　崑腔的起來　一一三七

（沽美酒帶太平令）懷揣着雪刃刀，懷揣着雪刃刀。行一步哭號咷，急走羊腸去路遥。怎能勾明星下照？昏慘慘雲迷霧罩，疎喇喇風吹葉落。聽山林聲聲虎嘯，繞溪澗哀哀猿叫。俺呵，唬得我魂飄膽消，心驚路遥！呀，百忙裏走不出山前古道。（收江南）呀，又只見烏鴉陣陣起松梢，聽數聲殘角斷漁樵。忙投村店伴寂寥。想親幃夢杳，想親幃夢杳，空隨風雨度良宵。

劇中更插入花和尚做新娘，黑旋風喬坐衙二段，也與本傳毫無干係。如將此作放在寫類似的題材的水滸記，義俠記及翠屏山之列，似頗有遜色。蓋伯華北人，其寫南劇，自不會當行出色。

又有鳴鳳記，盛傳于萬歷間，相傳爲王世貞作。世貞【一】字元美，號鳳洲，又號弇州山人，太倉人。嘉靖進士。以父忬因事爲嚴嵩所殺，棄官歸。嵩敗後，隆慶初乃伏闕訟父冤。後累官刑部尚書。始與李攀龍狎主文盟，爲後七子之中心。攀龍死，世貞獨霸文壇者近二十年。所

【一】見明史卷一百八十，明史藁卷一百六十七，列朝詩集丁集上，詞林人物考卷七，明詩綜卷四十六。

作有弇州山人四部稿，及鳴鳳記〔一〕傳奇等。或以爲鳴鳳記係他門客作所，疑不能明。此記也多排偶之句，描景寫情，往往未能宛曲或深刻。所述似以楊繼盛爲中心，又似以鄒應龍爲中心：頭緒紛煩，各可成篇，分則成爲獨立的幾段，合則僅可勉強成爲一劇耳。實則其中心乃爲某事，並非某人，像這種的政治劇，在當時殊少見。傳奇寫慣了的是兒女英雄，悲歡離合，至於用來寫國家大事，政治消息，則鳴鳳實爲嚆矢。以後桃花扇、芝龕記、虎口餘生等等似皆像繼之而起者。鳴鳳記的概略，可以第一齣家門大意中見之：

(滿庭芳)元宰夏言，督臣曾銑，遭讒竟至典刑。嚴嵩專政，誤國更欺君。父子盜權濟惡，招朋黨濁亂朝廷。楊繼盛剖心諫諍，夫婦喪幽冥。忠良多貶斥，其間節義並著芳名。鄒應龍抗疏惑悟君心，林潤復巡江右，同戮力激濁揚清。誅元惡，芟夷黨羽，四海慶昇平。

所謂鳴鳳記，大約便是取義於『朝陽丹鳳一齊鳴』的吧。其中如嚴嵩慶壽(第四齣)燈前修本(第十四齣)夫婦死節(第十六齣)等，評者皆公認爲全劇中最好的地方。

〔一〕鳴鳳記有六十種曲本，有李卓吾評本。

但慶壽的一齣較之綠野仙踪（小說）所寫的同一的題材，其深入與逼眞似猶遠爲不及。修本的一齣似甚用力，但也未能十分的寫出楊繼盛的雄烈的情懷來；其最大的缺點，則爲所寫的前後八諫臣，其面目都無甚懸殊，其行踪也大相類似，頗給我們以雷同之感。

陸采的出現也較梁辰魚爲略早。他的作劇時代在嘉靖中。他所作凡四劇，易鞋記，懷香記，南西廂及明珠記。〔一〕易鞋記敘述程鉅夫與其妻離合事；鉅夫被擄爲奴，其主以一宦家女妻之。女屢勸鉅夫逃去。他疑其僞，訴之主人。主人笞其妻，後更賣之。鉅夫乃知妻之眞意。遂逃去，終爲巨卿。事見陶宗儀綴耕錄。采寫此也殊動人。懷香記敘述賈謐女偸香私贈給韓壽事；明珠記敘述王仙客，劉無雙的離合事；南西廂記則爲不滿意于李日華的『斗胆翻詞』而重寫者。明珠記在其間最爲有名。係他少年時所作。錢謙益云：『年十九作王仙客無雙傳奇，子餘（采兄粲）助成之。』因此，頗有謂明珠乃陸粲所作而托名于采者。但采自己嘗說道：『曾詠明珠掌上輕，又將文思寫鶯鶯』，是明珠之非粲作可知。明珠頗

〔一〕易鞋記有文林閣刊本；懷香記、明珠記等有六十種曲本；南西廂有西廂六幻本，西廂十則本。

圓瑩可愛，故得盛傳。但南西廂則殊令人對之有『江郎才盡』之感。他雖然看不起日華的剽竊，而他的成就也很有限。他嘗很自負的說道：『試看吳機新織錦，別生花樣天然，從今南北並流傳，引他嬌女蕩，惹得老夫顛。』其實並不值得如何的讚賞，而說白尤爲鄙野不堪，大有佛頭着糞之譏。采〔一〕字天池，自號淸癡叟，長洲人。

同時有盧枏〔二〕者，字次楩，一字子木，大名濬縣人。好使酒罵座，被捕入獄幾死。曾作想當然傳奇，〔三〕敍劉一春遇合雙美事。但劇說引書影，則以爲實邗江王漢恭作，托枏名。（醒世恆言卷二十九盧太學詩酒傲公侯，即寫枏寃獄事。）

屠隆〔四〕代表了一個思想荒唐、凌亂的時代；那便是隆、萬間的幾十年。這時代昇平稍久，人習苟安，社會上經濟力比較的富裕；言大而誇的文人學士們儘有投靠到一般社會，以賣文爲活的可能。于是許多的『布衣』學士，『山中宰相』乃至退職投閒的小官僚

〔一〕陸采見列朝詩集丁集卷三。　〔二〕盧枏見列朝詩集丁集卷五，明詩綜卷四十七。

〔三〕想當然有譚元春評本，有石印本。　〔四〕屠隆見明史卷二百八十八；列朝詩集丁集卷六，明詩綜卷四十七。

們都可以用他們的『文名』做幌子，過着很優裕的生活。王百穀、陳眉公、張伯起都是這一流人；而屠隆便也在其間雄據着一席。因爲生活的蕭逸自由，便漸漸的淪落到種種享樂與空想的追求。方士式的三敎合一與長生不老的思想，因而形成了當時的一個特色。也眞有荒唐的方士們應運而生，肆其欺詐。屠隆便是被詐的一人，也便是足以代表這些荒唐的文士們的。隆字長卿，又字緯眞，號赤水，官至禮部主事。俞顯卿上疏訐之。遂罷歸。歸益自放。縱情詩酒，好賓客，賣文爲活。詩文率不經意，一揮數紙。所作傳奇有彩毫、曇花、修文三記。〔一〕彩毫記敍李白事，選事不精，文復板滯，似更下于浣紗。曇花記敍述木清泰好道，棄家外遊，遇僧、道二人點化之。歷試諸苦，並遊地府、天堂。其夫人亦慕道修行。清泰歸，乃轉試她。後闔門飛昇。這是一本荒唐的已入魔道之作。或謂木清泰即指其好友西甯侯宋世恩；也許便是迎合世恩之意而作的。修文記敍述蒙曜一家修道成仙事。（曲海總目提要及

〔一〕彩毫記有六十種曲本；曇花記有六十種曲本，萬曆間天繪閣刊本，臧評朱墨本；修文記有萬曆刊本，上海影印本。

小說考證皆爲係敘李長吉事，大誤，蓋緣未見原書。）曜即是隆自己。其妻，其二子，其夭逝之女與子媳，並皆捉入戲中，即其仇俞顯卿，其友孫榮祖（即愚弄隆學仙者）亦並皆寫入。可說是一部幻想的戲曲體的自敘傳。其女湘靈死後，修文天上，全家皆賴以超拔。其仇俞顯卿，則被囚地獄，乃賴蒙曜的忠恕而亦得超脫鬼趣。在想像的奔馳自如上，隆的修文，曇花都可以說是空前的。惟曲白則多食古不化之語，並不能顯出什麽生動靈活的氣韻來。

偉大的宗教劇目連救母行孝戲文〔二〕也出現于此時，卻較修文、曇花更爲重要，更爲弘偉。修文曇花有些自欺欺人，近于兒戲，目連救母卻出之以宗教的熱忱；充滿了懇摯的殉教的高貴的精神。此戲文似當是實際上的宗教之應用劇。至今安徽等地，尚于中元節前後，演唱目連劇七日或十日，以祓除不祥或驅除惡鬼。此戲文的編者爲鄭之珍，新安人，自號高石山房主人。全戲凡一百折，乃是空前的浩瀚的東西。其中插入幾個的短故事，像

〔二〕目連救母行孝戲文有高石山房原刊本；富春堂刊本；同治間翻刻本；上海馬啓新書局石印本。

尼姑下山。尼姑下山即後來思凡之所本，和勸妞開暈一折同爲最强烈的人間性的號呼，肉對于靈的反抗。自五十七折以後，寫目連挑經担和母骨到西天去求佛，大類西遊記的故事；也有白猿保護著他，也有火焰山，也有寒冰池，也有爛沙河，也有脫去凡胎的一幕，多少總受有『西遊』故事的影響。而靑提夫人的遊十殿，也許是要當作實際上的勸懲之資的，故寫得格外的詳細慘怖。

汪廷訥的長生、同昇二記，也和屠隆的修文、曇花同樣的荒唐可笑。長生記敍述某人因虔敬呂仙而得子成道事；同昇記寫三教講道度人事；其中主人翁也皆爲汪氏他自己。廷訥〔一〕字昌朝，一字無如，自號坐隱先生，無無居士，休甯人，官鹽運使。有環翠堂集。他在南京有很幽倩的園林，常集諸名士宴飲于園中（詳見南宮詞紀）。所作環翠堂樂府，據說凡十八種，但今所知所見者祇有十五種；同昇、長生外，爲獅吼、天書、三祝、種玉、義烈、彩舟、投桃、二閣、七國、威鳳、飛魚、靑梅、高士〔二〕諸記。其中有寫得很好的，像獅吼記，敍述陳季常妻

〔一〕汪廷訥見明詩綜卷六十四。 〔二〕獅吼、種玉二記，有六十種曲本，其餘皆有環翠堂原刻本。

柳氏的奇妬事便是絕好的一部喜劇。淸人所作醒世姻緣傳小說，中有一部分故事，便係剽竊獅吼的。三祝記之寫范仲淹微時事；種玉記之寫霍中儒事；義烈記之寫漢末黨禍事；（以張儉爲主人翁）天書記之寫孫、龐鬥智事，都很不壞。惟三祝的情境，間亦竊之于古戲。（卽呂蒙正破窰記）在濃粧淡抹、鬥豔競芳的風尙之中，廷訥諸作，還算是很靈雋自然的。周暉續金陵瑣事云：『陳所聞工樂府，濠上齋樂府外，尙有八種傳奇，獅吼、長生、靑梅、威鳳、同昇、飛魚、彩舟、種玉。今書坊汪廷訥皆刻爲已作。余憐陳之苦心，特爲拈出。』此話如可靠，則廷訥的傳奇，大都皆非已作了。所聞字藎卿，金陵人，曾編刻南北宮詞紀。說廷訥以貲買稿攘爲己有，或不能免；如以長生，同昇諸作，也並作爲他人之作，未免過甚其辭，特別長生記似不會是倩他人代作的，因爲那裏面是充滿了廷訥自己的荒唐的思想。

梅鼎祚〔一〕結束了駢儷派的作風；駢儷派到了他的玉合記，也便是登峯造極，無可再進展一步的了。鼎祚字禹金，宣城人，棄舉子業，肆力于詩文。嘗編纂靑泥蓮花記、才鬼記等，

〔一〕梅鼎祚見列朝詩集丁集卷十五；明詩綜卷六十二。

甚見其搜輯的淵博。玉合外，並有長命縷，〔一〕叙單符郎、邢春娘事。玉合〔二〕叙述韓翃、章台柳事，幾至無句不對無語不典。遂與玉玦之『板，』同傳爲口實。曲品云：『詞調組詩而成，從玉玦派來，大有色澤；伯龍極賞之。恨不守音韻耳。』從玉合以後，駢儷派便趨于絕路。湯顯祖、沈璟出現于萬曆間，遂把這陳腐風氣的作風，如狂飇之掃落葉似的，一卷而空。

參考書目

一、曲品　明、呂天成編，有璦紅定刊本，有重訂曲苑本，

二、曲律　明、王伯良撰，有明刊本，讀曲叢刊本，曲苑本。

三、曲錄　王國維編，有晨風閣叢書本，重訂曲苑本，王氏遺書本。

四、曲海總目提要　大東書局鉛印本。

五、六十種曲　明、閱世道人編，汲古閣刊本。

〔一〕玉合記有富春堂刊本；世德堂刊本；李卓吾評本；六十種曲本。

〔二〕長命縷有玉夏齋傳奇十種本。

六、富春堂，文林閣、繼志齋所刊傳奇不少。

七、金陵瑣事　明，周暉編，有原刊本，同治間刊本，

八、南宮詞紀　明，陳所聞編，有萬曆刊本。

第五十八章 沈璟與湯顯祖

沈璟與湯顯祖——他們的影響——湯顯祖的生平——其作品牡丹亭，南柯記，邯鄲記，紫簫記，紫釵記——沈璟及其著作——屬玉堂十七種傳奇——沈璟的跟從者：呂天成與卜世臣——王驥德與沈自晉——陳與郊，許自昌，徐復祚，高濂，周朝俊等——顧大典，葉憲祖，沈鯨，吳世美，胡文煥等——馮夢龍及墨憨齋所改曲——這時代無名氏的所作

一

湯顯祖與沈璟同爲這個時代中的傳奇作家的雙璧。論天才，顯祖無疑的是高出，論提倡的功績，顯祖却要遜璟一籌。他只是一位『獨善其身』的詩人，他只是一位不聲不響，自守其所信的孤高的作家。他不提倡什麽，他不宣傳什麽，他也不要領導着什麽人走。他

明朱墨刊本《邯鄲記》（北平圖書館藏）

吳保安贖救郭仲翔于虜中事，沈璟取作埋劍記的題材。這全交一齣，敘的便是保安贖得仲翔，在虜中和他相見的情形。（鄞縣馬氏藏）

只是埋頭的盡心盡意的創作着。然而他的晶瑩的天才，立刻便爲時人所認識，他的影響立刻便擴大起來——那末偉大的影響大約連他自己也不會相信得。這種影響一方面當然是時代的趨勢必然的結果，一方面卻要歸功于他所樹立的那末清雋崇高的天才的例子。他雖無意的領導着人家走，後來的作家卻都滔滔的跟隨在他的後面。時代產生了他，而他也創造了一個時代。他乃是傳奇的黃金時代的一位最好的代表。他的影響，不僅籠罩了黃金時代的後半期，且也瀰漫在後來的諸大作家，如萬樹，如蔣士銓，以至于如黃韻珊等等。呂天成說道：『湯奉常絕代奇才，冠世博學。周旋狂社，坎坷宦途。當陽之謫，初還，彭澤之腰乍折。情癡一種，固屬天生，才思萬端，似挾靈氣。搜奇八索，字抽鬼泣之文，摘豔六朝，句疊花翻之韻。紅泉秘館，春風檀板敲聲。玉茗華堂，夜月湘簾飄馥。麗藻憑巧腸而濬發，幽情逐彩筆以紛飛。遽然破噩夢於仙禪，皭矣鎖塵情于酒色。熟拈元劇，故琢調之妍媚賞心，妙選生題，致賦景之新奇悅目。不事刁斗，飛將軍之用兵，亂墜天花，老生公之說法。原非學力所及，洵是天資不凡。』此種讚語，原是很空泛的，但非玉茗實不足以當此種誇飾的歌頌。

顯祖〔一〕字義仍，號若士，又自號淸遠道人。臨川人。年二十一，舉於鄉。萬曆癸未（公元一五八三年）舉進士。時相欲召致門下，顯祖勿應。除南太常博士。朝右慕其才，將徵爲吏部郎。上書辭免。稍遷南祠郞。抗疏論劾政府信私人塞言語，謫廣東徐聞典史。量移知遂昌縣。用古循吏治邑，縱囚放牒，不廢嘯歌。戊戌上計，投劾歸，不復出。里居二十年，病卒，年六十有八。（1550—1617）自爲祭文。顯祖『志意激昂，風骨遒緊，扼腕希風，視天下事數着可了。』而窮老蹭蹬，所居玉茗堂，文史狼藉，賓朋雜坐，雞塒豕圈，接跡庭戶。蕭閒詠歌，俯仰自得。同儕貴顯者或遺書迸之，顯祖謝曰：『老而爲客，所不能也。』爲郎時，擊排執政，禍且不測。詒書友人曰：乘輿偶發一疏，不知當事何以處我。』晚年翛然有度世之志。死後，其仲子

〔一〕湯顯祖見明史卷二百三十，明史藁卷二百十七，列朝詩集丁集中，明詩綜卷五十四，明事紀事庚籤卷二。

開遠，好講學，取顯祖『續成紫簫殘本及詞曲未行者悉焚棄之』〔一〕但紫簫今存，實未被焚。於紫簫外，顯祖又著有四夢，四夢者蓋還魂記，邯鄲記，南柯記，紫釵記四部傳奇的總稱。又有玉茗堂文集十卷，詩集十八卷。然其得大名則在四夢而不在他的詩文。——雖然他的詩文也有獨到之處。姚士粦謂：『湯海若先生妙於音律，酷嗜元人院本，自言篋中收藏，多世不常有，已至千種，有太和正音譜所不載。比問其各本佳處，一一能口誦之』（見只編）王驥德曰：『臨川湯若士，婉麗妖冶，語動刺骨。獨字句平仄，多逸三尺，然其妙處往往非詞人工力所及』。又曰：『其才情在淺深濃淡雅俗之間，爲獨得三昧』。又曰：『臨川湯奉常之曲，當置法字無論，盡是案頭異書。所作五傳，紫簫紫釵第脩藻豔，語多瑣屑，不成篇章。還魂好處種種，奇麗動人，然無奈腐木敗草，時時纏繞筆端。至南柯，邯鄲記二則漸削蕪

〔一〕此語見錢謙益列朝詩集。錢氏之語蓋據顯祖第二子大耆之言。但紫簫見在，並未見焚，則大耆云云，似未可信。當時王驥德等皆深慕湯氏之作，如他於四夢、紫簫之外，別有所作，則王氏等自當知之，不應一無所言。

類俛就矩度，布格既新，遣辭復俊。其掇拾本色，參錯麗語，境往神來，巧湊妙合，又視元人別一谿徑，技出天縱，非由人造。使其約束和鸞，稍閑聲律，汰其賸字累語，規之全瑜，可令前無作者，後鮮來哲。二百年來，一人而已。』（以上並見曲律說四）沈德符謂：『湯義仍牡丹亭夢一出，家傳戶誦，幾令西廂減價。奈不諳曲譜，用韻多任意處，乃才情自足不朽也。』（顧曲雜言）錢謙益謂：胸中魁壘，陶寫未盡，則發而為詞曲。四夢之書，雖復留連風懷，感激物態，要於洸蕩情塵，銷歸空有。則義仍之所存，略可見矣。』（列朝詩集）朱彝尊謂：『義仍塡詞妙絕一時。語雖斬新，源實出於關、馬、鄭、白。』王驥德又謂：臨川尚趣，直是橫行，組織之工，幾與天孫爭巧，而屈曲聱牙，多令歌者齚舌。吳江嘗為臨川改易還魂字句之不協者，（按此改本名同夢記）呂吏部玉繩以致臨川。臨川不懌，復書吏部曰：彼惡知曲意哉！余意所至，不妨拗折天下人嗓子。』大抵顯祖諸劇的不大合律，是時人所公認的，而其縱橫如意的天才，又是時人所讚許的。這可以說是定論。但自葉堂作譜之後，協律與否之論已為之熄。我們現在很可以從這個魔障中跳出來去看顯祖作品的眞相。

顯祖五劇中最藉藉人口者自爲還魂記或牡丹亭夢。〔一〕王驥德雖將還魂抑置邯鄲，南柯之下，然一般人的見解，則大都反之。梁廷柟謂：『玉茗四夢，牡丹亭最佳，邯鄲次之，南柯又次之，紫釵則强弩之末耳。』此種甲乙之次，本極不足據，惟以牡丹亭爲最佳，則足以代表一般人的意見。還魂記凡五十五齣，沒有一齣不是很雋美可喜的。這樣的一部劇本，出現於『修綺而非垛則陳，尙質而非腐則俚』的時代，正如危岩萬仞，孤松挺然聳翠，蓋於其上，又如百頃綠波之涯，雜艸亂生，獨有芙蕖一株，臨水自媚，其可喜處蓋不獨能使我們眼界爲之清朗而已，作者且進而另闢一個新境地給我們。開場的一支蝶戀花：『忙處拋人閒處住，百計思量，沒個爲歡處。白日消磨腸斷句，世間只有情難訴。玉茗堂前朝復暮，紅燭迎人，俊得江山助。但是相思莫相負，牡丹亭上三生路。』及結束全劇的一首下塲詩：『杜

〔一〕還記魂有玉茗堂全集附刻本；萬曆間石林居士刊本；六十種曲本；王思任評本；沈際飛評本；柳浪館刻本；氷絲館刊本；吳吳山三婦評本；陳眉公評本（改名丹靑記），又有沈璟、馮夢龍（易名風流夢）、臧晉叔諸改本。六十種曲內又有碩園改本。

陵寒食草青青，羯鼓聲高衆樂停。更恨香魂不相遇，春腸遙斷牡丹亭。千愁萬恨過花時，人去人來酒一巵。唱盡新詞懽不見，數聲啼鳥上花枝。』已足以看出作者的用意。作者是多情人，又是極聰明人，却故意的在最拙呆最荒唐的佈局上，細細的畫出最雋妙的一幅相思圖。曹霑所謂『滿紙荒唐言，一把酸心淚，』正足以說明顯祖的此劇。『但是相思莫相負，牡丹亭上三生路』語二蓋較之東坡的『但願人長久，千里共嬋娟，』尤爲深入一層，尤爲眞摯確切者。還魂記的概略如下：南安太守杜寶生有一女，名麗娘，才貌端妍，未議婚配。一日，杜太守想起，自來淑女無不知書，便請了本府秀老才陳最良爲西席，專敎小姐，並以梅香爲伴讀。陳最良正是民間的百科全書式的老秀才的代表，他無所不知，連醫道也懂得。上學的那一天，陳老先生敎麗娘讀詩經解說：『關關雎鳩，在河之洲，』一詩後，不禁使這位年已及笄，初解懷春的少女悵然有感。於中本府有個後花園，極爲敞大，麗娘向未去過。爲了春情鬱鬱，受了梅香的勸誘之後，便同去園中一遊。春色果然絕佳；好鳥輕囀，繁花綴樹，牡丹方放，牡丹盛開。麗娘回歸綉房，倦極而臥。彷彿身子仍在園中，突遇一位少俊的秀才，折柳一枝贈她，強她題咏，並抱她進牡丹亭中。百種溫存，緊相廝偎。正在歡洽之時，樹上忽墮下落花一片，驚醒了她。她惆悵的醒來，口中還叫道：『秀才，秀才，你去了也！』她母親剛來看她，盤問她也不語。便誡她以後少到後花園中閒行。自此以後，麗娘益為鬱鬱，夢中之事，無時放懷。捉空兒又到後花園中去。夢中之景，宛然如見，只是那少俊的人兒却不在身邊了。太湖石仍在，牡丹亭依然，只是事花已將冷落，情懷更為悽然。自這回尋夢歸去之後，麗娘便生了病，時臥時起，精神恍惚。她父母十分着急。陳最良的葯方固無効力，石道姑的符兒也欠靈驗。挨至秋初，病體益重，『十分容貌，怕不上九分瞧』。麗娘自己對鏡一照，也吃驚不已。『哎也，俺往日豔冶輕盈，奈何一瘦至此！』便着梅香取絹幅丹青來，為自己生描春容。畫得來可愛煞人。對像徘徊，更增忉怛。便在畫上題道：『近覩分明似儼然，遠觀自在若飛仙。他年得傍蟾宮客，不在梅邊在柳邊。』想起他人之像，或為丈夫相愛，替她描模，也有美人自家寫照，寄與情人，而麗娘這像卻寄給誰呢？『梅邊柳邊』，只不過是個夢兒而已！但出於麗娘的不及料，也出於讀者的不及料，那位『梅邊柳邊』的秀才，在世間却實有其人。這人姓柳，名夢梅，家住嶺南，少年英俊，貧窮未能赴試。却說久病的麗娘到了八月十五明月清朗之夜，便昏厥而去。臨終之時，囑咐她母親只將她屍身葬於後花園中老梅樹下，並私囑梅香將她的春容放在太湖石邊。她死後不久，杜寶奉命陞爲淮揚安撫使，他帶了家眷同去。但因爲麗娘的屍柩不便運去，便讓她埋於園中，卻將此園與太守官衙用一道牆隔開了，同時並建了一所梅花菴於旁，供奉小姐，命石道姑看守此菴，並請陳最良收取祭糧，歲時巡視。匆匆的過了三年。柳生因久困鄉里，終無了局，便勉力措籌，欲北上圖求功名。得了欽差識寶使苗舜賓的資助，方得成行。經過南安，染病難行，蹶于途中。陳最良過而憐之，送他到梅花菴中暫住。柳生病體漸好，在後花園中散步時，拾得麗娘自畫的那幅春容。那畫中端麗絕世的少女，頓使夢梅出驚。他疑心這畫中人是觀音大士吧，却又是小脚的，是月裏嫦娥吧，却又沒有祥雲擁護，及見了題詩，乃知她確是人世間的一位美女。『梅邊柳邊』一語，又使他駭然。這不是指着他而言麼？不然如何會那末巧合于他的姓名呢？于是他便生了痴心，天天對着畫，姐姐美人的叫着，麗娘的魂兒在地府受了冥判，得了允許還陽的判語。她回到梅花觀，聽着夢梅『姐姐，美人』的叫着，頗爲感動。知道了他便是從前夢中的人兒，便乘機進了書房，假托隣女與他相晤。夢梅見了那末倩麗的一位少女昏夜而至，當然是既驚且喜的。他們的好事，曾有一次爲石道姑們所衝散，但也無甚阻礙。麗娘還陽的日期已盡，便囁嚅着與夢梅說知，她並不是隣女，乃是畫中的人兒。夢梅看看畫兒，又看看她，果然是一模無二。她至此方才對他細訴自己的身世，並要求他開墳啟棺，出她于土中。夢梅與石道姑商議，設法開了墳，果然小姐復活起來；顏色嬌艷如生。掘墳的他們，當塲也忘記了她乃是已死三年的少女！他們恐怕住在南安不便，便一同北上到臨安。這裏，陳最良到了觀中，見石道姑與柳生都不在，杜小姐的墳又已被掘發，便斷定乃是他們二人同謀爲此事，成逃去。決意奔到淮揚前去告訴杜公。這時，金人正圖南下牧馬，封海賊李全爲溜金王，着其擾亂淮南一帶。李全與妻楊氏領衆圍了淮安。杜公奉命往救，也被陷于圍城之中。陳最良北來，恰好冲在賊人的網裏。李全設了一計，假說杜公的夫人及婢女春香已爲全兵所殺。（這時杜公夫人等已離揚城，逃難在外）最良信之。全便命他進城招降，欲他以此噩耗告杜公，以亂其心。但杜公悲憤之餘，反設了一計，命最良去說李全及楊氏降宋。恰好全與金使衝突，懼禍，便依言降宋。在此時之前，柳生偕眷到臨安赴試。試時剛過，柳生強欲補試，幸得遇前在廣贈金的苗舜賓爲試官，竟通融了他入試。金榜正待揭曉，却遇李全之亂暫不宣布。柳生試畢同家麗娘聞他父親被圍淮安，便遣他去看望杜老。他到了淮安，恰好李全已降，杜公正奉旨召爲中書門下同平章事，僚屬在那裏宴別他。柳生自稱門婿，闖門而進。杜公得了最良之言，正惱着女墳被掘發，這位不知何來的門婿却憑空而至，便大怒的命人遞解柳生到臨安府幽禁着，以待後命。杜公入朝，皇帝大喜。最良也以功授爲黃門官。李全已平，金榜遂揭曉，狀元是柳夢梅。但他們遍覓狀元赴瓊林宴不得。不知狀元却在杜府吊打着呢。杜公到京後便命取了柳生來，欲治他以發墳罪，任柳生怎樣辯解也不聽。覓尋狀元的人到來，才救了柳生此厄。杜公仍然不愉，堅執着：即使女兒活着也是花木之妖，並非眞實的人。于是這事達到皇帝之前，命他們三人同在陛前辯論。結果，以麗娘的細訴事情大白。當杜公到了麗娘家中時，却于無意中遇見了前傳被殺的夫人及梅香。原來他們逃難到臨安時，遇着麗娘，便同住在一處。于是合家大喜着團圓着。然而柳生却還不認那位狠心的丈人。經了麗娘的婉勸，方才重復和好。這一部離奇的喜劇便于喜氣重重中閉幕。

關於牡丹亭，爲了時論的異口同聲的歌頌，當時便發生了許多的傳說：靜志居詩話云：『其牡丹亭曲本尤極情摯。人或勸之講學，笑答曰：「諸公所講者性，僕所言者情也。」世或相傳云：刺曇陽子而作。然太倉相君寔先令家樂演之，且云：「吾老年人近頗爲此曲惆悵。」假令人言可信，相君雖盛德有容，必不反演之於家也。當日婁江女子俞二娘，酷嗜其詞，斷腸而死。故義仍作詩哀之云：「畫燭搖金閣，眞珠泣繡牕。如何傷此曲？偏只在婁江。」又七夕答友詩云：「玉茗堂開春翠屏，新詞傳唱牡丹亭。傷心拍遍無人會，自掐檀痕敎小伶。」』按曇陽子事，詳見于吳江沈瓚近事叢殘中；弇州史料亦云：『女曇陽子以貞節得仙，白日昇舉。』曇陽子事爲當時所盛傳的，世俗以其有還魂之說，故附會以爲顯祖還魂即指此事。其實二事絕不相同。還魂之事，見于古來傳記者甚多。若士自序云：『傳杜太守事者，彷彿晉武都守李仲文，廣州守馮孝將兒女事，予稍爲更而演之。杜守收考柳生，亦如睢陽王收考譚生也。（按李仲文馮孝將事皆見法苑珠林；談生事見列異傳〔太平廣記引〕）元人的碧桃花倩女離魂二劇與若士此作也極相似。又睽車志載士人寓三衢佛寺，有女子與合，其後發棺復生，遁去。達書于父母，父以涉怪，忌見之。此事與還魂所述者尤爲相合。『刺曇陽子』云云，蓋絕無根據之談。

南柯記〔一〕事蹟大抵根據唐李公佐的南柯太守傳而略有增飾。（陳翰大槐宮記與李作亦絕類）。南柯所說，仍是一個情字。論者每以爲顯祖此劇的目的，乃在：『貴極祿位，權傾國都，達人視此，蟻聚何殊。』（李肇贊語）其實南柯的中心敍述乃在空虛的愛情，並不在蟻都的富貴。這在開場的一首南柯子便可見：『玉茗新池雨，金泥小閣晴，有情歌酒莫敎停，看取無情虫蟻也關情。國土陰中起，風花眼角成。契玄還有講殘經，爲問東風吹夢

〔一〕南柯記有全集附刻本；明萬曆刊本；柳浪館刊本；沈際飛刊本；陳眉公評本；臧晉叔刻本；閔刻朱墨本；六十種曲本。

幾時醒？』且淳于生入夢也由情字而起，結束也以『情盡』爲基，作者之意，益可知。故顯祖此劇，事蹟雖依據于南柯太守傳而其骨子裏的意解則完全不同。顯祖窮老以終，視富貴如浮雲，曾不介蔕于顯爵，更何必卑視乎蟻職。

邯鄲記〔一〕本於沈既濟的枕中記而作。盧生與呂翁遇于邯鄲道上。呂翁以瓷枕與生。生枕之而臥。逆旅主人蒸黃粱米熟，生已於夢中經歷富貴榮華，遷謫、囹圄的得失情調和南柯雖若相類，實則不同。若士自道：『開元天子重賢才，開元通寶是錢財若道文章空使得，狀元曾値幾文來！』則其憤懣不平，已情見乎詞。

紫簫記〔二〕和紫釵記〔三〕同本霍小玉傳而作；紫簫較爲直率，紫釵則婉曲悱惻，若不勝情。曲品云『向傳先生作酒色財氣四犯，有所諷刺，作此以掩之，僅存半本而罷。』此實無根之談。若士紫釵記序述其刋行紫簫之故最詳。紫簫未出時，物議沸騰，疑其有所諷刺，

〔一〕邯鄲記有柳浪館刋本；全集附刻本；六十種曲本；臧晉叔改本；閔刻朱墨本。 〔二〕紫簫記有富春堂刋本；六十種曲本。 〔三〕紫釵記有柳浪館刋本；全集附刻本；竹林堂刋本；臧晉叔改本；六十種曲本。

他遂刋行之以明無他。『實未成之作也。』所謂未成，並非首尾不全，實未經仔細修鍊佈局之謂。紫釵記則佈局較爲進步，也更合于霍小玉傳。惟不及李益就婚盧氏事；强易這悲劇爲團圓的結束，未免有損于小玉傳的纏緜悱惻的情緒。但像折柳陽關諸折，卻是很嬌媚可愛的。

若士五劇，還魂自當稱首；但任何一劇，也都是最晶瑩的珠玉，足以使小詩人們妒忌不已的；那是最雋妙的抒情詩，最綺艷，同時又是最瀟洒的歌曲。若以沈璟和他較之，誠然要低首于他之前而不敢仰視的。

二

沈璟〔一〕字伯英，號寧菴，又號詞隱，吳江人。萬曆甲戌（公元一五七四年）進士。除兵部主事，改禮部，轉員外，復改吏部。降行人司正，陞光祿寺丞。璟深通音律，善于南曲，所編南

〔一〕見明詩綜卷五十二。

九宮譜，爲作曲者的南圭。又有南詞韻選，所選者也以合韻與否爲上下。所作傳奇凡十七種，總名屬玉堂傳奇，但大都爲未刻之稿，故散失者極多。但璟影響極大，凡論詞律者皆歸之。他論文則每右本色，以樸質不失眞爲上品，以誇飾雕斵爲下。在當時日趨綺麗的曲風中，他確是一位挽救曲運的大師。有了他的提倡，玉玦玉合的宗風方才漸熄，已走上了死路的南劇方才復有了生氣。同時才人湯顯祖，更以才情領導作者。當時論律者歸沈，尙才者黨湯，而已成風氣的綺麗堆砌之曲則反無人顧問。呂天成、王驥德二家則力持「守詞隱先生之矩矱，而運以清遠道人的才情」的主張。此後的傳奇作家，遂皆深受此影響而有以自奮勉。孟稱舜、范文若、吳炳、阮大鋮諸人並皆三致意于此。但清遠並不是有意的提倡，而詞隱則爲獅子的大吼。學沈苦學可至，學湯則非天才不辦，故詞隱的跟從者一時遍于天下，而清遠則在當時是孤立的。力爲詞隱張目者爲呂天成王驥德及沈氏諸子侄。然驥德作曲律，對詞隱已有不滿，沈自晉增訂南九宮全譜于詞隱原作也頗有所糾正。而清遠則聲望日隆，其四夢後來作者無不懸以爲鵠。蓋詞隱的影響止于曲律，其「本色論」

則時代已非，從者絕少，淸遠則在曲壇中開闢了一條展布才情無往不宜的一條大路。正合于時代的風尙才人的心理。直到了這個時代以後，傳奇方才眞正的上了正則的文壇而入于有天才的文人之手。此時，離東嘉丹邱之時，蓋已有二百餘年了。在那二百年中，傳奇只是在若明若昧之中無意識的發展着，偶然的入于文人之手，也只是走着錯路，未入正規。至是，詞隱才示之以嚴律，淸遠才示之以雋才，而傳奇的風氣與格律，遂一成而不可復變，傳奇的創作，遂也有了定型而不可更移。在其中，提倡最力，最有功績者則爲詞隱。二百年間作者寥寥，作品也很少，而在最後的不到百年間則作者幾超出十倍，作品更爲充棟汗牛不可勝計。有意的提倡與無意識的發展，已入文人學士之手與在民間的自然生長，無途徑的自由寫作與已有定型成譜的寫作，這其間相差是不可以道里計的。東嘉，丹邱以後，傳奇便應入了後一條路上的，爲了提倡的無人，與乎正則的文人的放棄責任，傳奇發展的時針，遂撥慢了二百餘年。應該在東嘉、丹邱之後便完成的傳奇的黃金時代，遂遲到這個時代方才實現。

曲品頌詞隱爲曲中之聖：『沈光祿金、張世爵王、謝家風。生長三吳歌舞之鄉，沈酣勝國管絃之籍。妙解音律，花月總堪主持，雅好詞章，僧妓時招佐酒。束髮入朝而忠鯁，壯年解組而孤高。卜業郊居，遯名詞隱。嗟曲流之汎濫，表音韻以立防，痛詞法之蓁蕪，訂全譜以闢路。紅牙館內，謄套數者百十章，屬玉堂中，演傳奇者十七種。顧盼而烟雲滿座，咳唾而珠玉在豪。運斤成風，游刃餘地，詞壇之庖丁。此道賴以中興，吾黨甘爲北面。』沈德符說：『沈寧菴吏部後起，獨恪守詞家三尺，如庚清眞文，桓歡寒山先天諸韻，最易互用者，斤斤力持，不少假借，可稱度曲申韓。』（顧曲雜言）『此道賴以中興』一語，誠是詞隱的功狀。然其作品卻未盡滿人意。王驥德云：『詞隱傳奇，要當以紅蕖稱首。其餘諸作，出之頗易，未免庸率。然嘗與余言，歎以紅蕖爲非本色，殊不其然。生平于聲韻宮調，言之甚悉。顧於已作，更韻更調，每折而是。良多自恕，殆不可曉耳。』蓋璟自是一位有力的提倡者，卻不是一位崇高的劇曲作者。

璟的屬玉堂傳奇十七種爲紅蕖、分錢、埋劍、十孝、雙魚、合衫、義俠、分柑、鴛衾、桃符、珠串、奇節、鑿井、四異、結髮、墜釵、博笑，尚有同夢記一種，亦名串本牡丹亭，蓋即改削湯顯祖的還魂記者，不在這十七種之內。同夢今已佚，僅有殘文見于沈自晉的南詞新譜中，其中未刻者有珠串、四異、結髮及同夢數種，即已刻者今也已散佚殆盡，不皆可見。（曲錄錄璟的傳奇凡二十一種，同夢記尚不在內，誤。璟所作者於同夢記外，蓋僅有紅蕖等十七種；其他的耆英會、翠屏山、望湖亭三種，蓋爲沈自晉作。）

璟的十孝及博笑二記，其體例並非傳奇。下章當述及之。義俠記〔一〕爲今所知璟傳奇中最著名的一種。義俠叙武松的本末，情節與水滸傳所叙者無大出入，惟增出武松妻賈氏，爲不同耳。曲品云：『義俠激烈悲壯，具英雄氣色。但武松有妻似贅，葉子盈添出無緊要。西門慶鬥殺先生屢貽書於余云此非盛世事，秘弗傳。乃半野商君得本已梓，吳下競演之矣。』（曲品）義俠中的賈氏的增入，作者大約以爲生旦的離合悲歡，已成了一個傳奇不可免的定型，故遂于無中生有，硬生生將武行者配上一個幼年訂婚的賈氏吧。在曲白中，

〔一〕義俠記有六十種曲本；富春堂刻本；文林閣刻本。

也不見得十分的本色。作者才情自淺，故雖處處用力，却只得個平正無疵而已。論清才雋語是說不上的。像景陽崗打虎，快活林打蔣門神，飛雲浦殺解差，水滸傳中已是虎虎有生氣，這裏頗襲用水滸，寫得却仍未能十分出色。即萌奸（第十二齣，俗名挑簾）巧媾（第四齣，俗名裁衣）二齣，俗人所深喜者也未必能高出水滸的本文。

紅蕖記，今未見，有殘文存於南詞新譜中。曲品云：『紅蕖着意著詞，曲白工美。鄭德璘事，固奇，無端巧合，結構更宜。先生自謂字雕句鏤，正供案頭耳。此後一變矣。』此劇爲璟早年之作，其風格與後來諸作頗有不同。王伯良頗右之，以爲勝其後作。埋劍記〔一〕有刻本；本唐人吳保安傳。曲品謂：『埋劍，郭飛卿事奇，描寫交情悲歌慷慨。此事鄭虛舟採入大節記矣。大節記以吳永固爲生』。分錢記今未見。殘文亦存於南詞新譜中。曲品謂：『分錢全效琵琶，神色逼似。第一廣文不能有妾，事情近酸。然苦境亦可玩。』雙魚記〔二〕有刻本。敘劉符郎，邢春娘事。曲品謂：『書生坎坷之狀，令人慘動。雜取符節事，薦福碑中北調尤佳。』合衫

〔一〕埋劍記有明，繼志齋刻本；北平圖書館石印本。　〔二〕雙魚記有明繼志齋刻本。

記今未見。曲品謂：「苦處境界大約雜摹古傳奇。此乃元劇公孫合汗衫事。曲極簡質，先生最得意作也。第不新人耳目耳。余特為先生梓行於世」。鴛衾記今未見。曲錄謂：「聞有是事，局境頗新。妻之掠於汴也，章台柳也。含譏無所不可。吾友桐柏生有鳳、釵二劇，亦取之。」桐柏生即葉憲祖。鳳大約即指團花鳳一劇，「釵」的一劇未知所指。桃符記〔一〕有傳本，敘劉天義，裴青鸞事，本元碧桃花劇。曲品謂：「即後庭花劇而敷衍之者。宛有情致，時所盛傳。聞舊亦有南戲，今不存」。分柑記，今未見。呂文謂：「分柑，男色，為佳曲。此本謔態疊出可喜。第情境尚未徹暢。不若譜董賢更喜也。」四異記今未見。今古奇觀中有喬太守亂點鴛鴦譜，即此故事。曲品謂：「舊傳吳下有嫂奸事。今演之快然。丑淨用蘇人鄉語，亦足笑也。」這一點是極可注意的。丑淨用土白，實是近代劇的一個特徵。但作者將連篇土語公然用之於劇本上的則絕無僅有。鑿井記今未見。曲品謂：「事奇湊拍更好。通本曲腔名俱用古戲及串合者。此先生長技處也。」珠串記今未見。曲品謂：「崔郊狎一青衣，賦侯門如海詩，事足

〔一〕桃符記有清內府鈔本，傳鈔本。

傳。寫出有情景。第其妻磨折處不脫套耳。』奇節記今未見。曲品謂：『正史中忠孝事宜傳。一帙分兩卷此變體也。』結髮記今亦未見曲品謂：『是余所傳致先生而譜之者。情景曲折，便覺一新。』墜釵記俗名一種情，有傳本。曲品謂：『興慶事甚奇，又與賈女雲華，張倩女異。先生自遜謂不能作情語。乃此情語何婉切也。』蓋本於瞿佑金鳳釵記。這是他有意和湯顯祖的還魂記相匹敵的。然任怎樣也不會追得上還魂的。不過璟究竟是一位極努力的作家。在璟之前，作雜劇者有多至六十餘本的，如關漢卿，作傳奇者則大都少則一本，如琵琶拜月，多亦不過五種六種耳，如張鳳翼的陽春六集，徐霖的三元，綉襦等，至若一人而著劇多至十七種者當始於璟。

三

最受沈璟的影響者，有呂天成、卜世臣二人。卜世臣字大匡，一字大荒，秀水人；（嘉興府志作字藍水磊落不諧俗日局戶著書，有樂府指南戹言多識編及山水合譜等，（見府志卷五十三）所著傳奇則有冬靑、乞麾二記。冬靑寫唐珏葬宋帝骨殖事。曲品道：『檇李屠憲副於中秋夕帥家優於虎邱千人石上演此，觀者萬人，多泣下者。』乞麾敘杜牧之忿情酒色事。王伯良云：『其詞駢藻鍊琢，摹方應圓，終卷無上去疊聲，直是竿頭撒手，苦心哉！』（曲品引）此二記皆不存，僅有殘文見於南詞新譜。呂天成字勤之，號鬱藍生，別號棘津，餘姚人。著曲品，又作雙棲、雙閣、四相、四元、神劍、二媱、神女、金合、戒珠、三星諸記及其他小劇凡二十種，今不存一種。王伯良曲律（卷四）嘗詳及其生平。伯良云：『勤之童年便有聲律之嗜。既爲諸生，有名，兼工古文詞。與余稱文字交垂二十年。每抵掌談詞，日昃不休。孫太夫人好儲書，於古今戲劇，靡不購存。故勤之汎瀾極博。所著奇傳，始工綺麗，才藻煜然，最服膺詞隱，改轍從之，稍流質易。然宮調字句平仄，兢兢毖眘，不少假借。』伯良又道：『勤之制作甚富，至摹寫麗情褻語，尤稱絕技。世所傳繡榻野史、閒情別傳，皆其少年游戲之筆。』他死時年未四十。這兩人倆都是沈璟的最服從的信徒。曲律云：『自詞隱作詞譜，而海內斐然向風。衣鉢相承，尺尺寸寸，守其矱者二人，曰吾越鬱藍生，曰檇李大荒逋客。鬱藍劍神、二媱等記並其科段轉折似之而大荒乞靡至終帙不用上去疊字然其境益苦而不甘矣。』

王伯良他自己卻不是那末低頭于詞隱的人他也佩服詞隱，但同時又未免有些微詞。他是更傾倒於湯義仍的；在這一點上，他的賞鑑的能力確是很高超的。伯良名驥德，號方諸生，又號玉陽仙史，會稽人。明文授讀稱他爲王守仁任，不知何據。他嘗受學于徐渭，曾校訂西廂、琵琶二記，並著有曲律。對于戲曲的探討，是比了沈璟更進一步的。爲了他並不是怎樣的要求恢復『古劇』的『本色』，所以他唯一的一部傳奇，題紅記，寫得很是嬌艷；與其說是受沈璟的影響，不如說是受湯顯祖的；他除了在曲的音律上曾受沈璟的啟示之外，其他都是不滿於璟的。其實璟的影響，也只在這一方面；明末諸作家，我們可以說直接，間接都是受着顯祖的絕代才華的照耀的。伯良的題紅記爲少年時作，係改其祖爐峯的紅葉記，爲屠隆強序入梓。他自己不很滿意。但又述孫如法語，謂湯顯祖令遂昌日，會如法，『謬賞余題紅不置』。則亦自負不淺。題紅敘于祐、韓夫人紅葉題詩事，今存。〔一〕

〔一〕題紅記有明，金陵繼志齋刊本。（北平圖書館藏）

就是沈氏諸子弟對於詞隱也不盡服從。沈氏諸子弟幾無不能曲者，其侄自晉，自徵二人，尤爲白眉。自徵有漁陽三弄雜劇，乃是追隨于徐渭四聲猿之後的；自晉作南詞新譜，是糾正、增訂詞隱的南九宮譜的；自晉所作的屏翠山、望湖亭、耆英會三記，尤露才情，迥非詞隱本色一語所能範圍得住；蓋也是私淑臨川的作風的。自晉字伯明，又字長康，號鞠通生。他在清初尚存，年已七十餘歲。南詞新譜有他丙戌（1646）的凡例，則至少他是活到七十六歲以上的。（1571—1646）沈自友鞠通生傳云：『海內詞家旗鼓相當，樹幟而角者，莫若吾家詞隱先生與臨川湯若士先生。水火既分，相爭幾於怒詈。生蟬綬其間，錦囊彩筆，隨詞隱爲東山之遊。雖宗尚家風，著詞斤斤尺矱，而不廢繩簡，兼妙神情，甘苦匠心，朱碧應度，詞珠宛如露合，文冶妙於丹融。兩先生亦無間言矣。』這把他的立場寫得很明白。不僅他如此，明末的諸大家殆無不是秉用沈譜，而追慕湯詞的。他的耆英會今未見傳本。翠屏山〔一〕傳唱最盛。今劇場上俗名『石十回』的，即是此戲。事本水滸傳楊雄，石秀殺潘巧雲

〔一〕翠屏山有明刊本。

的一則。望湖亭〔一〕敘錢萬選秀才代其表兄顏伯雅去相親，被留結婚，因此錯誤，終得與高氏女成就姻緣事。此事曾有話本，名錢秀才錯占鳳凰儔。（見醒世恆言卷七，又見古今奇觀）此二記皆寫得很雋妙，結構也極爲整鍊，而曲白的互相映照生趣，莫不虎虎有生氣，尤爲前一時代作家們所罕見。像下面一曲：

雪花飛，攪得我心間碎。且走向湖邊覷，步難移。這的叫地寒，飆何處把仙舟滯？只見高高簇浪高，高高簇浪堆，又怕層層結木衣，早是白茫茫不見個山兒意。

——望湖亭第二十五折

寫顏伯雅於大雪中立在湖邊等候迎親的船，是很能捉得其焦急不堪的神情的。同劇自嗟（第十折，俗名照鏡），尤爲劇場上最能惹起哄堂大笑的一幕。

四

〔一〕望湖亭有玉夏齋傳奇十種本。

和湯、沈同時的戲曲作家們，幾有一時屈指不盡的盛況。在萬曆的時代，劇場上的新曲如雨後春筍，夏夜繁星似的那末層出不窮。呂天成序曲品道：『予舞象時即嗜曲，弱冠好塡詞。每入市見傳奇，必挾之歸，笥漸滿。初欲建一曲藏，上自前輩才人之結撰，下自腐儒敎習之攢簇，悉搜共貯，作江海大觀。旣而謂多不勝收，彼攢簇者收之汚吾篋，稍稍散失矣。』又道：『傳奇侈盛，作者爭衡，從無操柄而進退之者。矧今詞學大明，妍媸畢照，黃鐘瓦缶，不容並陳，白雪巴人，奈何混進。』在他的曲品中，於『不入格者擯不錄』之外，傳奇之數『亦已富矣。』可見當時的盛況爲如何。下文僅舉比較重要的若干作家，略講一下。其他作品不傳及不甚重要者皆未之及。

陳與郊字廣野，號玉陽仙史，海寗人，官太常寺少卿，著偶閑、蘋川、黃門諸集。他自以爲搢紳大夫，不屑以詞曲鳴於時，乃托名高漫卿，著詅癡符四種。或稱之爲任誕軒，蓋誤以其軒名爲著者之名。那總名爲詅癡符〔一〕的四部曲，有改他人之作者，亦有爲自己創作者。一爲靈寶刀，寫林冲的始末，蓋本於李開先的寶劍記。他自己題記於劇末道：『山東李伯華先生舊稿，重加刪潤，凡過曲引尾二百四支，內修者七十四支，撰者一百三十支』，實等于重作。惟情節則無變動。二爲麒麟罽，寫韓世忠、梁夫人的始末；他自己說道：『韓王小傳本奇妙，奈譜曲梨園草草，因此上任誕軒中信口嘲』，則似因不滿意于張四維的雙烈記而改作者。三爲鸚鵡洲，寫韋臯、玉簫女的始末，蓋亦本於無名氏的韋臯玉環記。四爲櫻桃夢，則係他的創作，事本太平廣記所載櫻桃青衣，蓋爲南柯、邯鄲的另一轉變。惟情節似更婉曲而富於詩意。這四劇寫得都很有風趣，儘有很秀美的曲文，惜見之者絕少。

張四維所作，今存雙烈記〔二〕一種，尚有章台柳及溪上閒情（此種似爲散曲集）則未見。四維字治卿，號五山秀才（曲錄及曲品均作午山），元城人，嘗和陳所聞以曲相贈

〔一〕詅癡符有任誕軒原刻本，四種曲全者未見，但見靈寶刀、櫻桃夢、鸚鵡洲三種；靈寶刀並有林於閣刻本；鸚鵡洲並有陳眉公評本。

〔二〕雙烈記有六十種曲本。

答。（見南宮詞紀）雙烈記叙韓世忠和梁紅玉事；雖爲陳與郊所不滿，然今見之劇場上者，卻仍爲四維之作，而非與郊的改本。其實雙烈也殊明白曉暢，甚能動人。

許自昌字玄祐，吳縣人，有樗齋漫錄十二卷，詩鈔四卷，捧腹談十卷。他和陳眉公諸人交往，搆梅花墅，聚書連屋。又好刻書，所刻有韓、柳文集及太平廣記等。所作傳奇有水滸記、橘浦記、靈犀珮、弄珠樓及報主記等，惟水滸記流傳最廣。水滸記〔一〕叙宋江事，皆本水滸，惟惜茶、活捉爲添出者；只寫到江州劫法場，小聚會爲止，沒有一般『水滸劇』之非寫到招安不可。詞曲甚婉麗，結構極完密；像劉唐醉酒等幕尤精悍有生氣。橘浦記〔二〕較落塵凡；寫柳毅傳書事，而添出不少的枝節；本于『衆生易度人難度』的前提，而極意的抒寫『負德的小人丘伯義，啣恩的幾個衆生』的幾段情節，或作者有所感而發歟？靈犀珮諸作，今俱未見。郃陽人王異（字無功）也作弄珠樓、靈犀珮（尚有百花亭一種）二劇，不知是否改自昌之作；也許自昌此二劇是改王異的，也說不定。

〔一〕水滸記有梅花墅原刻本；六十種曲本。　〔二〕橘浦記有明刻本；日本影印本。

湯顯祖的友人鄭之文〔一〕也寫作了白練裙、旗亭記、芍藥記三本今惟旗記亭〔二〕存。之文字應民，一字豹先南城人。官南部郎，後出爲知府。他少年時，很刻薄，嘗作白練裙以譏馬湘蘭，頗爲時人所不滿。湯顯祖嘗爲序其旗亭記，實亦不甚好。

徐復祚字陽初，號謩竹，又號三家村老，常熟人，有三家村老委談及紅梨記、宵光劍、〔三〕梧桐雨，祝髮記等傳奇數本。今惟紅梨記最爲流行；宵光劍亦見存，餘皆佚。紅梨本于元劇詩酒紅梨記，而添入不少的枝節；寫得很嬌艷，是這時代所產生的最好的劇本之一，雖然其中未免有些褻穢處。他自道：『論賣文生涯拙，豈是誇多，何曾鬬捷』，是此劇似亦爲易米而作者。宵光劍寫衞靑事，也甚動人。

同時有快活菴評本紅梨記一本，今亦傳於世，和復祚同名的一本，雖敘同一故事，而詞語全異。如果把這兩劇對讀起來，復祚的一本似還嫌過於做作、塵凡，惜此很偉大的一本

〔一〕鄭之文見列朝詩集丁集卷七；明詩綜卷六十。　〔二〕旗亭記有萬曆癸卯繼志齋刊本（西諦藏）

〔三〕紅梨記有洛誦生原刻本；萬曆間刊本；閔刻朱墨本；陶氏影印本巾箱本。宵光劍有傳鈔本。

名著，竟不能知道其作者爲誰。

高濂的玉簪記〔二〕足和紅梨記並肩而立，而有的地方，寫得更較紅梨記爲蕩魂動魄。紅梨寫聞聲相思，有些不合理，玉簪則通體爲少年兒女的熱戀，或即或離，或聚或散，是那樣的嬌嫩若新荷出水，是那樣的綺膩若蜀錦甌綢。玉簪事本張于湖誤宿女貞觀（見國色天香、燕居筆記諸書）。敘述陳妙常、潘必正事；爲了糾正道德上的缺憾，故濂添出『指腹爲媒』的一段。其間像琴挑、偷詩、秋江諸折，其情境都是西廂、還魂所未經歷的。濂字深甫，號瑞南，錢塘人，所作尚有節孝記一本；曲品云：『陶潛之歸去，令伯之陳情，分上下帙，別是一體』，惜今未見。濂又編遵生八箋，是一部很重要的論服食養生之書，足以使我們明白明代士大夫的生活和思想的實況的一斑。

〔二〕玉簪記有文林閣刊本；廣慶堂刊本；繼志齋刊本；陳眉公評本；六十種曲本；一笠菴評寧致堂刊本；淩初成改訂本（易名喬合衫襟記）；萬曆間白綿紙印本。（名三會貞文菴玉簪記，疑爲原刊本。）

周朝俊的紅梅記，〔一〕其婉麗處不下紅梨、玉簪。朝俊字夷玉，鄞縣人（曲錄作吳縣誤），紅梅叙裴生遇賈似道妾的鬼魂，被其所救，且得美配事。其中鬼辯的一幕，今猶常上演於劇場。

王玉峰，松江人，作焚香記，〔二〕叙王魁、桂英事；此故事爲宋、元以來最流行於劇場上的東西；宋人已有戲文，元劇亦有尙仲賢的王魁負桂英。玉峰此戲，則站在傳奇必須以團圓的原則上，添出種種的幻局，成了一本『王魁不負桂英』，正如湯顯祖紫釵記之把結局改爲李益不負小玉似的。

周履靖和許自昌一樣，也是一位喜刻書的作家；他號螺冠，秀水人，所刻有夷門廣牘及十六名姬詩等。傳奇有錦箋記〔三〕一本，叙梅玉和柳淑娘的戀愛，以『遺箋』爲始戀，中間好事多磨，致義女爲主捐軀；最後有情人才得成爲眷屬。情節是並不怎麽高明。

〔一〕紅梅記有玉茗堂評刻本；袁中郎評改本。
〔二〕焚香記有玉茗堂評刻本；六十種曲本。
〔三〕錦箋記有六十種曲本；玉茗堂評刻本。

朱鼎的玉鏡臺記〔一〕雖亦爲寫悲歎離合的劇本，卻全異於一般的戀愛劇；這裏是國家的大事佔據了家庭的變故的全部的。雖本關漢卿的溫太眞玉鏡記，卻比之原劇，面目全殊。其間新亭對泣，聞鷄起舞，中流擊楫諸齣，至今讀之，猶爲之感興。桃花扇與此戲正是同類；惟桃花扇充滿了悽涼悲楚，而此記則尚有陽剛銳厲之氣魄，是興國而非亡國的氣象。鼎字永懷，崑山人。

顧大典〔二〕和沈璟是同輩。他字道行，吳江人，官至福建提學副使，著海岱吟、閩遊草、園居稿、清音閣十集等；所作傳奇，則有青衫記本馬致遠青衫淚劇，敘白居易、裴興娘事；葛衣記敘任昉子西華貧無所歸事，本劉孝標廣絕交論；義乳編敘後漢李善義僕事；風教編分四段，敘四則足以範世的故事；這四記總名爲清音閣四種。今傳者惟青衫記。〔三〕白香山的琵琶行，不意乃生出這樣的故事出來，豈是他所及料的。清代作劇者，究竟高明些，乃紛

〔一〕玉鏡台記有六十種曲本。　〔二〕顧大典見列朝詩集丁集卷八明詩綜卷五十二。

〔三〕青衫記有六十種曲本。

紛爲白氏洗刷，竟恢復了那篇絕妙的抒情詩的本來面目。（像蔣士銓的四弦秋。）

葉憲祖〔一〕字美度，一字相攸，號桐栢，別號六桐，又號槲園居士，亦號紫金道人，餘姚人，官至工部郎中。以私議魏忠賢生祠事，削籍。他所作傳奇有雙修記、鸞鎞記、四艷記及金鎖記、玉麟記。四艷記爲四篇不同的故事的集合，類似四節記的結構，惟皆爲戀愛劇。（並見盛明雜劇二集）鸞鎞記〔二〕敍唐女道士魚玄機事；金鎖記敍竇娥事，本於關漢卿竇娥寃劇，而更爲悽怖動人；但其結局則爲團圓的。傳奇彙考云：『或云袁于令作，或云桐柏初稿，于令改定之。』玉麟、雙修二記，皆未見。雙修爲純正之佛教劇，不似屠隆諸人之仙佛雜陳。蓋憲祖之作是記，也正是表示不滿意於屠隆諸作的。憲祖的諸記，皆出之以鏤金錯彩；過于眩目的辭藻，也足以使人不感得舒服；特別是四艷記，四段故事，情節皆面目相似，讀之尤懨懨無生氣。

〔一〕葉憲祖見明詩綜卷六十一，

〔二〕鸞鎞記有六十種曲本。

王穉登〔一〕字百穀，吳縣人，爲當時的老名士之一；他和張伯起，陳眉公之流，皆是以布衣而遨遊于公卿間的；潤筆所及，足以裕身；聲望之高，有過鄉宦。他所編有吳騷集，乃是明季許多南曲選本中最早的一部。（1535—1612）所作傳奇有全德記〔二〕一本，敘竇禹鈞積德致多子事。馮道詩：『燕山竇十郎，教子以義方，靈椿一株老，仙桂五枝芳，』指的便是禹鈞。此記傳本罕見，嘗獲讀於長洲吳氏，多腐語，敎訓語。

這時的劇壇，幾爲江，浙人所包辦，而浙人尤多。于上面所舉者外，更有不少。

金懷玉字爾音，會稽人，所作傳奇凡九本；香毬記（船載書目作新編五倫全備江狀元香毬記敘江秘事），寶釵記，（船載書目作寶簪記），望雲記，〔三〕完福記，妙相記，〔四〕摘星記（霍仲孺事），繡被記（紀東侯王恠事），八更記（匡衡事）及桃花記（崔護事。）今惟望雲記及妙相記有傳本。曲品云：『妙相全然造出，俗稱爲賽目連，鬨動鄉社；』望雲

〔一〕王穉登見明史卷二百八十八；列朝詩集丁集卷八。 〔二〕全德記有明萬曆刊本。

〔三〕望雲記有文林閣刊本。 〔四〕妙相記有富春堂刊本。

則敘狄仁傑事而多及二張召幸對博賭裘，懷義爭道，三思遇妖諸插齣，熱鬧可觀。懷玉所作，多諧俗。曲品列之『下之下』，評道：『金乃稽山學究之翁，棄青衿而陶情詩酒』，深致不滿。然惟其能諧俗，故當時傳唱也殊盛。

沈鯨字湼川，平湖人。所作有雙珠記、分鞋記、鮫綃記及青瑣記四本。曲品云：『後二記或云非湼川作。』雙珠記〔一〕敘王楫事；楫從軍受誣，其妻郭小艷鬻子全貞。後子九齡做了官，却棄職去尋親，合家得以團圓。分鞋記敘程鉅夫與其妻離合事；事本輟耕錄，爲漢人被擄作奴婢者最沈痛的故事的代表；如果寫得好，可成史多活夫人黑奴籲天錄的同類；可惜程鉅夫太殘刻，無人性，竟汚損了整個的纏綿悱惻的最動人的故事。陸采有易鞋記，亦敘此事；不知今傳的易鞋〔二〕爲陸作抑爲沈作？鮫綃記〔三〕敘魏必簡及沈瓊英遇合事；青瑣記敘賈午事，亦和陸采的懷香記相類。怡春錦堂選其贈香一齣。湼川所作，曲品稱其

〔一〕雙珠記有六十種曲本。　〔二〕易鞋記有文林閣刊本（西諦藏）。

〔三〕鮫綃記有舊鈔本（綴玉軒藏）。

『長于鍊境』，這話是不錯的。

吳世美字叔華，烏程人，所作有驚鴻記，[一] 敘唐明皇，楊貴妃事，其中增梅妃爭寵事，大爲生動可愛。在長生殿沒有出現之前，這部傳奇乃是寫貴妃事的最好的一本。

陳汝元字太乙，會稽人，著金蓮記及紫環記二本。金蓮記 [二] 今存于世，敘蘇軾事，以五戒私紅蓮爲關節。蓋是通俗的東西。車任遠字遠之，號梲齋，亦號蘧然子，上虞人，所作有四夢記及彈鋏記。彈鋏敘馮驩事，今佚；四夢以高唐，邯鄲、南柯及蕉鹿的四段組成之。及湯顯祖的邯鄲，南柯二記出，四夢爲之闇然失色。今亦惟蕉鹿一夢，尚載于盛明雜劇中。謝讜號海門，亦上虞人，著四喜記，[三] 敘宋郊，宋祁兄弟事；郊以救蟻獲中狀元，乃是『因果劇』的常套。中入貝州王則叛亂事，蓋故以引起劇中浪瀾者。單本字槎仙，會稽人，著露綬記及蕉帕記。蕉帕記今存，[四] 敘西施被罰爲白牝狐，見龍驤有仙骨，冒胡弱妹名，與之戀愛；以

[一] 驚鴻記有文林閣刊本，世德堂刊本。（北平圖書館藏）

[二] 金蓮記有六十種曲本。

[三] 四喜記有六十種曲本。

[四] 蕉帕記有文林閣刊本，六十種曲本。

芭蕉變一綠帕贈之。龍，胡的姻緣，反因此錯誤而終得結成。驪後爲呂洞賓度去。徐元字叔回，錢塘人，著八義記〔一〕叙程嬰公孫杵臼事，蓋本于元人趙氏孤兒記而改作者。楊珽字夷白，亦錢塘人，著龍膏記及錦帶記。龍膏記〔二〕今存，叙張無頗得起死葯龍膏于袁大娘，以治元載女湘英疾，遂得成就姻緣。也祇是一本習套的戀愛傳奇。

胡文煥字德文，號全菴，錢塘人，嘗刊格致叢書數百餘種，中多秘册珍函，有功于文化不淺，嘗爲毛晋前的一位很重要的編輯者。他曾編群音類選二十六卷，爲明代最大的一部戲曲選，中多今人未知未見的劇本；惜僅錄曲，不載賓白（載賓白者僅有數齣）是一大缺點。蓋雍熙樂府，詞林摘艷等書之選錄北劇，不妨有曲無白，因爲北劇的唱詞，本出于一人之口，殘留着很多的叙事歌曲的痕跡，雖無白，亦可瞭然，南戲則唱者不一，曲白每分離不開，單錄其曲，最易令人茫然。文煥所作傳奇，凡四本，奇貨記（呂不韋事）、犀珮記、（符世業事）三晋記（趙簡子事）及餘慶記，今並不傳。惟餘慶記有九折被保存于群音類

〔一〕八義記有六十種曲本；

〔二〕龍膏記有六十種曲本，

選，尚可窺見一斑。曲品于評奇貨、三晋二記時，每「恨不得名筆一描寫之」，蓋深慽文煥之作非「名筆」也。

陸江樓，號心一山人，杭州人，著玉釵記，叙何文秀修行歷經苦難事，和無名氏的觀世音香山記同爲很偉大的宗教劇。鄭國軒著白蛇記，叙劉漢卿因救蛇獲厚報事。他自署「浙郡逸士」，蓋亦浙人。又有蘇英著夢境記，陸華甫著雙鳳齊鳴記，葉良表著分金記〔一〕其生平惜皆未詳。

呂天成曲品所載萬歷時代作傳奇者更有龍膺（字朱陵，武陵人），戴子晋（字金蟾，永嘉人），祝長生（字金粟），顧允默、允燾（原作希雍、仲雍，誤）兄弟，黄伯羽、秦鳴雷、謝廷諒、章大綸、張太和、錢直之、金無垢、程文修、吳大震等數十人，所作並佚，故今不之及。

五

〔一〕玉釵記，白蛇記均有富春堂刊本；夢境記等均有明刻本。（北平圖書館藏）

最後，應一敘馮夢龍。夢龍〔二〕爲明季文壇一怪傑；他的活動的時代，始于萬曆而終于清初。（據南詞新譜，沈自晉凡例續紀他于弘光乙酉（一六四五）之春尚在。到了丁亥（一六四七）才知道他已死：其卒年蓋在乙酉冬或丙戌春夏。）(1574—1646）他和沈自晉同爲劇場的老師宿將；但其活動的範圍則較自晉廣泛得多了。他編笑府、情史、智囊及智囊補；又編喻世明言、警世通言及醒世恒言；改作平妖傳及新列國志；選輯太霞新奏，刋布掛枝兒小曲，其對于當時的影響是絕爲偉大的。單就『三言』的刋行而論，明、清之際的話本的復活，差不多可說是他的這樣提倡的結果。他的墨憨齋重訂戲曲，在曲律文辭兩方面是兼行顧到的；他是那末精悍，又是那末細心的在工作着。他字猶龍，一字耳猶，吳縣人。每喜用種種筆名，龍子猶一名尤所常用。他自己所作劇本，有雙雄記和萬事足二本。雙雄記寫丹信和劉雙結義爲兄弟，仙翁贈以寶劍。不幸二人皆陷于獄，其妻魏夫人（丹妻）及黃季娘（劉妻）也皆歷經顛沛流離之苦。卒因龍神之救，劉生義氣之感，得以『終

〔二〕馮夢龍，見明詩綜卷七十一。

吉』萬事足寫陳循妻賢慧，爲夫設妾生子。循登第後，並勸化同年的悍妻。兩家皆安好和樂。這二劇的情節，都帶些教訓意味；惟辭語則皆適典諧俗，不典不鄙，恰到了『本色』的好處。明末諸家，追摹臨川過甚，往往塗彩抹朱，流于纖艷。夢龍卻是自信不惑的。他最愛眞樸，本色的美，最恨做作。沈璟才力不足，提倡本色的結果，遂流於鄙野，他則從容遣辭，無不入格。這才是『青出於藍而勝於藍』。

乾隆間嘗合刻墨憨齋新曲十種，〔一〕於雙雄記，萬事足外，有：

(一)精忠旗　題西陵李梅實原稿，叙岳飛，秦檜事；

(二)楚江情　袁于令作，叙于叔夜、穆素徽事，即西樓記；

(三)女丈夫　叙紅拂妓虬髯客事，合張伯起、劉晉充、凌初成三人之作于一編；

(四)灑雪堂　題楚黃梅孝巳原編，寫賈雲華病沒，其魂復投入別一少女之身而與魏鵬續締姻緣，事本李禎剪燈餘話的賈雲華還魂記；

〔一〕墨憨齋新曲十種有乾隆間印本。（西諦藏）

(五)酒家傭　合陸無從（名弼、江都人，一作姑蘇人）欽虹江二作爲一，敍漢末李燮避仇傭工于酒肆事；

(六)量江記　原爲銅陵、佘翹（字聿雲）作，叙南唐樊若水諫後生不聽，遂去投宋事；

(七)新灌園　改張鳳翼的灌園記；

(八)夢磊記　寫文景昭與劉亭亭戀愛遇合事，原爲會稽史槃作。槃字叔考，作傳奇至多，若合紗、櫻桃、鶼釵、雙鴛、孿甌、瓊花、青蟬、雙梅、檀扇、梵書諸記，皆不存；

並題『墨憨齋重訂』，中實吹入不少夢龍的精神。但墨憨齋所改之曲，還不止這八種；現在所見者更有風流夢（改湯顯祖的牡丹亭）邯鄲記（亦改湯氏作），人獸關，永團圓【一】（皆改李玉作）及殺狗記（即六十種曲本殺狗記，題龍子猶改訂）五種。也許尚有他種；墨憨齋重訂的劇本傳遍天下。顧曲者無不重之，即原作者也很心折。所謂乾隆板的新曲十種大概只是取明季殘存的舊版加以刷印而別題一名的；夢龍在世時，當祗是

【一】風流夢等數種，並有原刊本；人獸關，永團圓二種並收入乾隆刊本一笠菴四種曲中。（西諦藏）

別本單行，並無什麼總名。夢龍也是一位愛國的熱情詩人。當清兵入關時，他曾刊印幾種小册子，散布各處傳達抗戰的消息，以期引起民衆的敵愾心。（這些小册子，今所見者有二種，日本有翻刻本）唐王即位于福建時，他被任爲壽寧縣知縣，不久便死難。沈自晉有和子猶辭世原韻二律（見南詞新譜卷首），可見他確是從容自盡的，惜辭世的原詩未得見。

六

無名氏所著的戲曲今存者不在少數。見於六十種曲中者，有金雀、霞箋、節俠、飛丸、四賢、運甓、贈書諸記；而金雀、運甓爲尤著。金雀記寫潘岳事，其中喬醋諸折，辭意若雨後山色，新翠欲滴；運甓記寫陶侃事，所敘晉室南渡，北方淪沒，諸賢同心努力以支危局諸事，極慷慨激昂之致；和朱鼎的玉鏡台記異曲同工。

明、金陵唐氏富春堂所刊無名氏諸傳奇，往往富古朴之趣，本色之美，若未斲之璞，荒蕪之園，別饒一種蕭野的風味。富春堂所刊，以十本爲一套，套以甲乙爲次，則當有一百本，未知其究竟全功告成否。今所見富春堂刊無名氏傳奇，有白袍記，叙薛仁貴事，綈袍記、叙范叔事；和戎記，叙王昭君事；鸚鵡記、叙蘇皇后被陷害事；草蘆記，叙三國劉備諸葛亮事；水滸青樓記叙宋江殺閻婆惜事；金貂記，叙尉遲敬德事；香山記，叙觀世音修行香山事；十義記，叙韓朋被陷得救事；昇仙記，叙韓湘子九度文公事；江流記，叙陳玄奘爲父報仇事；這些劇本都是最諧俗的故事；故事是民間最流行的故事，曲文也是民間最懂得的本色語，其中像白袍記、金貂記、草蘆記氣魄都很闊大。水滸青樓記、和戎記也寫得很深刻入情。這些劇本未必都是這時代的產物；以其皆刊于萬曆間，姑並附述于此。

明、金陵、唐氏文林閣也刻有不少無名氏的傳奇；文林閣和富春堂同爲唐氏，同在一地刊刻傳奇，或有些關係罷。文林閣所刻，不及富春堂之多，像袁文正還魂記，觀音魚籃記，青袍記、古城記、臙脂記、雙紅記、四美記、雲台記等若干種，皆是別無他本的。古城記寫張飛事，很雄莽可喜；臙脂記寫郭華事，本是流行最廣的故事；雙紅記合紅線、紅綃二事，串插爲一；

雲台記叙漢光武得天下事。

明、會稽商氏半埜堂嘗刻箜篌記一本；曲品云：『此乩仙筆也。彼謂自況，詞亦駢美。但時有襲句。豈仙人亦讀人間曲耶？或云乃越人證聖成生作。』此當是傳奇中唯一的一部『托仙』之作。

在陳眉公評本諸傳奇中，有異夢記一本，亦爲無名氏作；又閩南刻本杏花記，版式絕類陳眉公諸評本傳奇，亦爲無名氏作。又有葵花記、珠衲記、彩樓記、百順記、蘆花記、雙盃記、長城記等，並有明刊本，或其中若干齣，嘗見選于流行的選本中，其作者也並皆無名氏可考。長城記明萬曆時流行甚廣，叙孟姜女尋夫事；惜僅見其中數齣，未得讀全曲。曲辭渾朴，也許是很古遠的著作。

參考書目

一、曲品　明、呂天成編，有重訂曲苑本；有暖紅室刊本。

二、曲律　明、王伯良著，有明刊本，有讀曲叢刊本，有曲苑本。

三、曲錄　王國維編，有晨風閣叢書本，重訂曲苑本，王氏遺書本。

四、曲海總目提要　有大東書局鉛印本。

五、六十種曲　明，閱世道人編，有原刊本，道光翻刻刊。

六、富春堂所刊傳奇　明，金陵唐氏編刊。

七，文林閣所刊傳奇　明，金陵唐氏編刊。

八、世德堂所刊傳奇　明，金陵唐氏編刊。

九、繼志齋所刊傳奇　明，金陵陳氏編刊。

十、金陵瑣事　明，周暉編，有明刊本，同治翻刻本，

第五十九章 南雜劇的出現

『南雜劇』的出現——與北劇的不同——楊愼的大和記——李開先、汪道昆、梁辰魚、沈璟等——徐渭的四聲猿——梅鼎祚、陳與郊、王衡、葉憲祖——王驥德、汪廷訥、車任遠、徐復祚、王澹、黄方胤、茅維等。

一

用北曲組成的雜劇，在元代到達了她的全盛期的頂峯，在明的初葉，周憲王尙以横絕一代的雄才，寫作數十種。弘正（弘治、正德）以還，作者雖不少，而合律者卻稀，馴至嘉靖以後，入於近代期中，則『北劇』已幾乎成爲劇場上的『廣陵散』了，演者幾乎不知北劇爲何物，民間的演唱者也舍北曲而之南曲與小調。作者雖寫北劇，也未必爲劇場而寫，到了萬曆之間（公元一五七三——一六一九），則北劇益爲凌替。王驥德在他的曲律中說道：『宋之詞，宋之曲也，而其法元人不傳；以至金、元人之北詞也，而其法今復不能悉傳。是何故哉？國家經一番變遷，則兵燹流離，性命之不保，遑習此太平娛樂事哉！』（曲律卷三）沈德符在他的顧曲雜言中，說得更爲詳盡：『嘉隆間（公元一五二二年——一五七二年）度曲知音者有松江何元朗，蓄家僮習唱，一時優人俱避舍。以所唱俱北詞，尚得金、元遺風。予幼時猶見老樂工二三人，其歌童也，俱善絃索。今絕響矣！何又教女鬟數人，俱善北曲，爲南敎坊頓仁所賞。頓曾隨武宗入京，盡傳北方遺音，獨步東南。暮年流落，無復知其技者。正如李龜年江南晚景。其論曲謂南曲簫管，謂之唱調，不入絃索，不可入譜。近日沈吏部所訂南九宮譜盛行，而北九宮譜反無人問，亦無人知矣！』他又說道：『自吳人重南曲，皆祖崑山魏良輔，而北詞幾廢。今惟金陵尚存此調。然北派亦不同，有金陵，有汴梁，有雲中，而吳中以北曲擅場者，僅見張野塘一人。故壽州產也，亦與金陵小有異同處。頃甲辰年馬四娘以生平不識金閶爲恨，因挈其家女郎十五六人，來吳中唱北曲廂全本。其中有巧孫者，故馬氏粗婢，貌甚醜而聲遏雲，於北曲關捩竅妙處，備得眞傳，爲一時獨步。他姬曾不得其十一也。四娘還曲中，即病亡。諸妓星散。巧孫亦去爲市媼，不理歌譜矣。今南教坊有傳壽者，字靈修，工北曲，其親生父家傳授，不教一人。壽亦豪爽，談笑傾坐，若壽復嫁去，北曲眞同廣陵散矣！』且這時代雜劇作者雖不少，然也與唱北曲者一樣，多不甚明瞭北劇的結構，往往以南劇的規則施之於雜劇；其能堅守元人北劇的格律者甚少。雜劇的面目竟爲之大變。在元代及明初，『雜劇』及『北劇』的兩個名辭，乃是一而二，二而一者。此時則雜劇已不復是『北劇』了。其中有好幾劇是純然用南曲寫成了的；例如王驥德的離魂、救友、雙鬟、招魂便是全用南曲寫成的。『自爾作祖一變劇體』（呂天成語）更有是意的施用著南北合套的，例如葉憲祖的團花鳳。即應用了北曲來寫劇的作者，也每多不遵守北劇的成規定律。北劇每劇定爲四折或五折，此時的劇本則每每少至一折，多至七八折。這個現象在中世期的最後，王九思他們的劇本中已是如此，例如王氏的中山狼便只是一折。在那時北劇便已現出崩壞之迹了。又北劇的四折中，總是首尾敍述一件故事的；或者總合了四五劇以敍述一件故事的，也有，如王實甫的西廂記，吳昌齡的西遊記。却從不曾有在『四折』之中，分敍四個故事，而仍合爲一個總名，有如這個時代的徐渭的四聲猿那個樣子的。即對於楔子的使用也和元人完全不同。如汪道昆的大雅堂雜劇，其篇前所用的『楔子』，乃是全劇的提綱，其作用與南劇中所慣用的『副末開場』無異，卻絕對不是元劇的所謂『楔子』了。純然應用了南調作雜劇者，當始於王驥德。王氏自己說：『余昔譜男后劇，曲用北調，而白不純用北體，爲南人設也已爲離魂，並用南調。鬱藍生謂自爾作祖，當一變劇體。既遂有相繼以南詞作劇者。後爲穆考功作救友，又於燕中作雙鬟及招魂二劇，悉用南體。知北劇之不復行於今日也』（曲律卷四）『爲南人設』及『知北劇之不復行於今日』二語，切實的中了北劇之所以凌替及其體例規則之所以崩壞變異的主因。但雜劇雖用了南調，雖變更了體例與規則，以適應於時代，卻仍無救於實際的滅亡。她已經是再也維持不住在劇場上的優越的地位的了。這時的劇場，蓋已爲新興的崑劇所獨占。北劇雖舍北而就南，實際上已成了與長篇大套的傳奇相對待的短劇，或雜劇，而不復是與南戲相對待的北劇。北劇終於是過去的東西了。

又在歌唱上也起了一個大變動。北劇原是四折全由一個主角歌唱的，到了這時，則受到了南戲的猛烈的影響，也放棄了這個嚴格的規律。在全劇中，無論什麼角色都可以歌唱。又在題材一方面，有了一個不很細微的變動。他們揀着文人學士們所喜愛的——即他們自己所喜歡的——題材來寫，人物們也大都不出於文士階級之外，悲歡離合也只是文人們的悲歡離合，如遠山戲，洛水悲，鬱輪袍，武陵春，蘭亭會，赤壁遊，同甲會之類。絕少寫什麼包拯，李逵，尉遲恭，鄭元和等等的民衆所熟知的人物。更有一點，特別的可注意；此時是北劇既成爲文士們的產物與讀物，作者們便特別的注重於抒寫文士階級的情懷：每欲借着劇中人物一吐作者自己的憤懣不平的心意。漁陽弄，鬱輪袍，簪花髻，霸亭秋，脫囊穎，一文錢等等都是如此。雜劇至此，遂不僅僅是娛樂的作品，而且是抒寫眞實的自己心情的著作了。

二

在這時期，第一個要講的作家是楊慎。〔一〕慎字用修，號升菴，新都人。官翰林院修撰。謫戍雲南三十餘年未得召還卒死於流放之中。(1488—1559)他才情豐茂，著述極富。其詩文皆能自鳴一家，空所依傍。所作雜劇有宴清都洞天元記一本及太和記六本。〔二〕其散曲也殊佳。王世貞在藝苑卮言中評之道：『楊狀元慎才情蓋世，所著有洞天元記，陶情樂府，續陶情樂府，流膾人口，而不爲當家所許。蓋楊本蜀人，故多川調，不甚諧南北本腔也。』洞天元記今未見傳本。係敍『形山道人收崑崙六賊事，所以闡明老氏之旨』。(劇說上)太和記今亦不可得見。太和記凡六本，每本四折，每折抒寫一段故事；全記實共有二十四篇短劇，據說是按着一年二十四個節令而分排着的。然錢曾也是園書目著錄此書，只有四卷，不知何故。呂天成的新傳奇品亦著錄泰和記一種，他說：『每齣一事，似劇體，按歲月，

〔一〕見明史卷一百九十二，明史藁卷二百六十七，皇明詞林人物考卷六。

〔二〕曲錄(卷三)尚著錄蘭亭會一本，即盛明雜劇中所錄的一劇，原爲太和記中的一部分，故今不復著錄。

選佳事，裁製新異，詞調充雅，可謂滿意。』則其書正與升庵太和記相同，然其作者則爲許潮。沈泰的盛明雜劇二集，著錄許潮的雜劇最多，凡八種，大約皆爲泰和記中的短劇。然他於武陵春一劇雖標許氏之名，而首頁上端則特著之道：『弇州謂升庵多川調，不甚諧南北本腔。說者謂此論似出於妬。今特簽數劇以商之知音者。』而於其下的蘭亭會〔一〕一劇其作者之名下則直題升庵，似沈氏當時，尚未別白淸楚泰和記一書，究竟是楊著或許著。焦循劇說：『余嘗憾元人曲不及東方曼倩事，或有之而不傳也。明楊升庵有割肉遺細君一折。』（卷三）又同書：『近伶人所演陳仲子一折，向疑出東郭記，乃檢之實無是也。今得楊升庵所撰太和記，是折乃出其中。甚矣博物之難也。』（卷四）以此說證之，也是園書目，則升庵實有太和記一書可知。胡文煥羣音類選，載泰和記十齣，其中正有『東方朔割肉遺細君』而王羲之劉蘇州諸齣，則又同盛明雜劇，是雜劇本所載泰和記又實爲升庵

〔一〕曲海目之以蘭亭會爲升庵作，當係依據於盛明雜劇。曲錄之於太和記外，更著錄蘭亭會，則係傳錄曲海目而誤者。

作可知。或者，太和記原有兩本，一爲許潮作，一爲升庵作，其體裁又俱相同，故後人往往混之而爲一。連盛明雜劇的編者也分別不淸，故有目題許作，而評語又稱楊作之矛盾發生。

李開先所著雜劇，今存園林午夢，〔一〕蓋爲一笑散中的一種。開先初與王愼中、唐順之等號稱嘉靖八才子，然不甚爭時名，獨孜孜於當世所不爲的詞曲之業。他所藏的曲在當時爲最富，有『詞山曲海』之稱。但論者對於他的作品往往以『詞意浮淺』譏之。蓋因其一面雖不能失文士的面目，一面卻欲力求與民衆相合拍，因此頗露着狼狽之態。這是讀中麓作品者所都可看得出的。錢謙益的列朝詩集說：『伯華弱冠登朝，奉使銀夏，訪康德涵、王敬夫於武功、鄠杜之間。賦詩度曲，引滿稱壽，二公恨相見晚也。罷歸，置田產，蓄聲妓，徵歌度曲，爲新聲小令，搊彈放歌，自謂馬東籬、張小山無以過也。爲文一篇輒萬言，詩一韻輒百首，不循格律，詼諧調笑，信手放筆。所著詞多於文，文多於詩。又改定元人傳奇樂府數百卷，蒐集市井豔詞，詩禪、對類之屬，多流俗瑣碎，士大夫所不道者。嘗謂古來才士，不得乘

〔一〕園林午夢有西廂六幻本，又有暖紅室刊西廂十則本。

時枋用。非以樂事繫其心，往往發狂病死。今借此以坐銷歲月，暗老豪傑耳。』『借此坐銷歲月』數語，意願可悲。卻可見他對於文藝並非以眞誠從事，所以常多草率隨意之作。

汪道昆〔一〕在實際上是這時代中第一個着意於寫作雜劇的人。道昆字伯玉，號南溟，歙縣人。除義烏知縣，歷襄陽知府，福建副使，按察使，擢右僉都御史，巡撫福建，改鄖陽，進右副都御史，巡撫湖廣。召拜兵部侍郎，有太函集一百二十卷，又有大雅堂雜劇〔二〕四種。道昆與王世貞等同時；世目之爲『後五子』；雖不得預與『後七子』之列，然文名甚著。七子相繼凋謝後，世貞與道昆之名乃益著。論者往往以汪、王並稱。然王既不甚滿人意，汪則更爲後人所譏誚。沈德符說：『汪文刻意摹古，僅有合處，至碑版紀事之文，時援古語，以證今事，往往扞格不暢。其病大抵與歷下同。弇州晚年甚不服之，嘗云：余心服江陵之功，而口不敢言，以世所曹惡也。予心誹太函之文，而口不敢言，以世所曹好也。無奈此二屈事何！是

〔一〕見明史卷二百八十七，明史藁卷二百六十八，皇明詞林人物考卷九。

〔二〕大雅堂雜劇有明刊本，有盛明雜劇初集本，有古名家雜劇本。

亦定論。』（野獲編）錢謙益也說：『伯玉名成之後，肆意縱筆，沓拖潦倒，而循聲者猶目之曰大家。於詩本無所解，沿襲七子末流，妄爲大言欺世。』（列朝詩集）他的雜劇也不甚得好評。沈德符說，『北雜劇已爲金元大手擅勝場。今人不復能措手。曾見汪太函四作，爲宋玉高唐夢，唐明皇七夕長生殿，范少伯遊五湖，陳思王遇洛神，都非當行。』（顧曲雜言）以北劇的格律律之，這幾劇當然不是『當行』之作。然辭語亦頗尖新可喜；在故事上，在文辭上，在在都可見其爲文人之劇而非民衆的脚本；是案上的讀本而非場上的戲劇。說白是整飭雅潔的，曲文更是深奧富麗，多用典實。離『本色』日益遠，而離文人的抒情劇明日益近了。

今所見伯玉的大雅堂四種是：楚襄王陽台入夢，陶朱公五湖泛舟，張京兆戲作遠山，陳思王悲生洛水。與沈德符所說的四種中有一種不同。當是沈氏記錯。這四劇都只是寥寥的『一折』。故事的趣味少而抒情的成分卻很重。在格律上，這些雜劇也完全打破了北劇的嚴規。最可注意的是：(一)有『引子』以『末』來開場；(二)全劇都只有一折，並不像元人北劇之至少必須四折〔三〕唱曲文的，並不限定主角一人，什麼人都可以唱幾句。南戲的成規，在這時已完全引進到雜劇中來了。

梁辰魚雜劇有紅線女及紅綃。伯龍以浣紗記得盛名。紅線女〔一〕敍的是唐人袁郊甘澤謠中所記的一個故事。當藩鎮相爭，天下大亂之際，人心雖怨怒，卻無法奈那一班好亂的武人悍將何，於是便造作許多俠士的故事，誅奸嚇强，聊以快意。紅線的故事，便是許多俠士故事中的一篇。梁氏此劇，嚴守北劇規則，全劇皆以旦角主唱。此種故事，本來只能成爲短篇，舖張成爲四折，頗索然無味。同時胡汝嘉〔二〕亦有紅線記一劇，然不傳。汝嘉字懋禮，號秋宇，金陵人，嘉靖己丑進士，在翰林，以言事忤政府，出爲藩參。顧起元說：『先生文雅風流，不操常律，所著小說書數種，多奇豔，聞亦有閨閣之靡，人所不忍言，如蘭芽等傳者。今皆秘不傳。所著女俠韋十一娘傳記程德瑜云云，托以詬當事者也。其紅線雜劇，大勝梁辰魚』(客座贅語) 惜今未得見汝嘉的紅線，不知其『大勝梁辰魚』者果何所在。梁氏的紅魚。

【一】紅線女有盛明雜劇初集本。　【二】見皇明詞林人物考補遺，列朝詩集丁集上。

絹雜劇，今未見。其所叙的故事，則與梅鼎祚的崑崙奴雜劇相同，皆本於唐人的傳奇。

沈璟的屬玉堂十七種傳奇中，有兩種是以雜劇之體出之的：即十孝記與博笑記。新傳奇品說：『十孝，有關風化，每事以三齣，似劇體。此自先生創之。末段徐庶返漢，曹操被擒，大快人意。』群音類選所載十孝記，每事皆選一齣，惟少說白耳。新傳奇品又說：『博笑，體與十孝類，雜取耳談中事譜之，輒令人絕倒。先生游戲至此，神化極矣。』今有天啟刻本。（西諦藏，上海有石印本）沈自晉說：『十孝記係先詞隱作，如雜劇體十段。』像十孝這種體裁，以略相類似的故事數篇或數十篇合為一帙，而題以一個總名者，在前一個時期及這個時期都有；而以這個時期為最盛。其作俑似當始於前期沈采的四節記。此記係以敍寫四時景節的四劇，合而為一者；其每一劇實即一個雜劇。其後，小帙者如汪道昆的大雅堂雜劇四種，徐渭的四聲猿四種，車任遠的四夢記四種皆是；大帙者如楊慎的太和記二十四種，許潮的太和記若干種，葉憲祖的四艷記四種。顧大典的風教編四種皆是。璟的十孝、博笑，蓋即他們的同類。十孝每事三齣，十事當有三十齣。群音類選所載，當非其全部。十孝者，蓋指黃香、郭巨、緹縈、閔子、王祥、韓伯俞、薛包、張孝、張禮、徐庶等十八人孝親的故事而言。顧大典的風教編爲四節記體的雜劇合集，今不傳。列朝詩集：『副使家有諧賞園、清音閣亭池佳勝，妙解音律，自按紅牙度曲，今松陵多蓄聲伎，其遺風也。』呂天成謂：『道行俊度獨超，逸才早貴，菁華綴元、白之豔，瀟灑挾蘇、黃之風。曲房姬侍如雲，清閣宮商和雪。』又云：『風教編一記分四段，倣四節，趣味不長，然取其範世。』但未知所講究爲何事。

三

給最大影響于明、清的雜劇壇者，則爲徐渭。〔一〕渭字文清，一字文長，號青藤道士、天池山人，別署田水月，山陰人，有集三十卷，又有雜劇四種，總名爲四聲猿。〔二〕胡宗憲督師浙江時，招致他入幕府，筦書記。時胡氏威勢嚴重，文武將吏莫敢仰視，文長卻以一書生傲之。

〔一〕見明史卷二百八十八，明史藁卷二百六十八，皇明詞林人物考卷十二。

〔二〕四聲猿有全集附刻本；李告辰刊本；盛明雜劇本；暖紅室本。

戴敝烏巾，衣白布澣衣，非時直闖門入，長揖就座，奮袖縱談。幕中有急需，召之不至，夜深開戟門以待，偵者還報，徐秀才方泥飲大醉，叫呶不可致，宗憲聞之，顧稱善。文長知兵好奇計。宗憲餌王、徐諸虜，用間鈎致，皆與文長密議。宗憲被殺，文長懼亦被禍，乃佯狂而去。後以殺其繼室，坐罪論死，繫獄。張元忭力救，方得出。年七十二卒（1521—1593）。袁宏道謂：『文長放浪麴蘖，恣情山水，走齊、魯、燕、趙之地，窮覽朔漠。其所見山奔海立，河起雲行，風鳴樹偃，幽谷大都，人物魚鳥，一切可驚可愕之狀，一一皆達之於詩。其胸中又有一段不可磨滅之氣，英雄失路，托足無門之悲，故其爲詩，如嗔如笑，如水鳴峽，如種出土，如寡婦之夜哭，羈人之寒起。當其放意，平疇千里，偶爾幽峭，鬼語秋墳。喜作書，筆意奔放如其詩，誠八法之散聖，字林之俠客也。間以其餘旁及花草竹石，皆超逸有致。』（瓶花齋集）王驥德則對於他的劇本稱揚盡至：『至吾師徐天池先生所爲四聲猿而高華爽俊，穠麗奇偉，無所不有，稱詞人極則，追蹤元人。』（律律四）又說：『徐天池先生四聲猿，故是天地間一種奇絕文字。木蘭之北，與黃崇嘏之南，尤奇中之奇。先生居與余僅隔一垣，作時，每了一劇，輒呼過齋頭，朗歌一過，津津意得。余拈所警絕以復，則舉大白以醻，賞爲知音。中月明度柳翠一劇，係先生早年之筆。木蘭、禰衡得之新創。而女狀元則命余更覓一事，以足四聲之數，余舉楊用修所稱黃崇嘏春桃記爲對。先生遂以春桃名嘏。今好事者以女狀元並余舊所譜陳子高傳稱爲男皇后，並刻以傳，亦一的對。特余不敢與先生匹耳。先生好談詞曲，每右本色，於西廂、琵琶皆有口授心解。獨不喜玉玦，目爲板漢。先生逝矣！邈成千古。以方古人，蓋眞曲子中縛不住者。則蘇長公其流哉！』（同上）又說：『山陰徐天池先生瑰瑋濃鬱，超邁絕塵。木蘭、崇嘏二劇，刳腸嘔心，可泣神鬼，惜不多作。』（同上）沈德符則持論與王氏正相反。他說：『徐文長渭四聲猿盛行，然以詞家三尺律之，猶河漢也。』（顧曲雜言）文長之作，較爲奔放則有之，然亦多陳套，王氏所謂『可泣鬼神』，自未免阿其所好。沈氏所謂『詞家三尺律之』一語，卻也有幾分過分。假定必以元人的嚴格的劇本規則來律文長之作，他當然只好受『猶河漢也』四個字的酷評了。這是四個絕不相干的『短劇』的合集。漁陽弄寫禰衡擊鼓罵曹操的事，卻不從正面來寫，只是很滑稽的將已在陰司定罪的曹氏與不久便要上天的禰衡，更加上一個在第五殿閻羅天子殿下的判官察幽，在陰間重復『演述那舊日罵座的光景』。翠鄉夢故事見張邦畿侍兒小名錄及田汝成西湖志。西湖志餘稱，杭州上元雜劇，有鍾馗捉鬼，月明度妓，劉海戲蟾之屬。是『月明度妓』之故事不僅流傳甚廣，抑且由來已久。大約最早的時候，僧人為妓所誘的事，只是民間流行的一幕滑稽劇；後來乃變成嚴肅的劇本，附上悔悟坐化之事；再後來。則有再世投胎，為友所度的事。而月明的一度，也頗具有滑稽的意味，當仍是民間滑稽劇的遺物。第二齣最後一段的收江南一曲，許多批評者都認牠為絕世的妙文。但實像民間跳舞劇的兩個演者的對唱。湖壖雜記謂『今俗傳月明和尚度柳翠。燈月之夜，跳舞宣淫，大為不疋』。這『度柳翠，』『馱柳翠』或者也是對唱的吧。

雌木蘭本於古木蘭詩，但古詩並無木蘭擒賊的事，只淡淡的寫了幾句：『將軍百戰死，壯士十年歸。歸來見天子天子坐明堂。策勛十二轉，賞賜百千強』而已。詩裏也不言木蘭的姓，劇中則作為姓花氏名弧。詩中無木蘭的結果，只是說『出門看火伴火伴皆驚惶。同行十二年，不知木蘭是女郎。』劇中則多了一段嫁給王郎的事。但劇中也間將詩句概括了來用。

女狀元凡五齣，敍黃崇嘏事。文長以黃爲狀元，實誤。按十國春秋，崇嘏好男裝，以失火繫獄。邛州刺史周庠，愛其丰采，欲妻以女。崇嘏乃獻詩云：『幕府若容爲坦腹，願天速變作男兒。』庠驚召問，乃黃使君之女，幼失父母，與老嫗同居。庠命攝司戶參軍。已而乞罷歸，不知所終。文長劇中所敍，則與此略異。全劇充滿了喜劇的氣分，特別是第五齣。作者的態度頗不嚴肅，更不穩重，大有以戲爲戲之心腸，頗失去了藝術者對於藝術的眞誠。

歌代嘯〔一〕一劇，相傳亦爲文長所作。袁石公爲序而刻之。雖卷頭題着『山陰徐文長撰』，而石公的序，已先作疑詞：『歌代嘯不知誰作，大率描景十七，摛詞十三，而呼照曲折，字無虛設。又一一本地風光，似欲直問王，關之鼎。』說者謂出自文長。劇前有凡例七則，皆爲作者的口氣。凡例之末，則署着『虎林冲和居士識』，或者便是冲和居士所作的吧？凡

〔一〕歌代嘯有明刊本，有國學圖書館石印本。

例上說：『此曲以描寫諧謔為主，一切鄙談猥事，俱可入調，故無取乎雅言。』眞的，此劇嬉笑怒罵，所用者無非市井常談，而其骨架便建立在：

沒處洩憤的，是冬瓜走去拏瓠子出氣，
有心嫁禍的，是丈母牙疼灸女壻脚根，
眼迷曲直的，是張禿帽子，敎李禿去戴，
胸橫人我的，是州官放火，禁百姓點燈

的四句當作『正名』的俗語之上。作者將每一個俗語都拍合了一個故事，又將這四個故事，以張李二和尚為中心而一氣聯貫之。結構頗為有趣。但未免時有斧鑿痕，勉強的湊拍，終於是不大自然的。又劇中所用的俗語，間有很生硬的，又多文氣，極顯然的可以見出她是出於一位好掉筆頭的文人學士之手；雖然他雖極力的放低了心，放低了眼力，欲從俗，卻終於是力不從心，不知不覺的又時時掉起文來。不過本色語究竟還多。如與四聲猿（不必說是紅線、崑崙奴了）一比較，則此劇眞是本色得多了。

梅鼎祚的崑崙奴雜劇〔一〕本於裴鉶的傳奇。曲白也駢偶到底。徐渭嘗爲之潤改一過，亦未能點鐵成金。

陳與郊有昭君出塞，文姬入塞及袁氏義犬三劇。這三劇頗足見作者的縱橫的才情。『昭君出塞』〔二〕爲後人盛傳漢代的故事之一；詩歌，小說及雜記諸書不說，即就戲曲而論，今存的已有了三部，一是馬致遠的漢宮秋，二是明人的傳奇和戎記，三即與郊這部昭君出塞。馬致遠之作，以漢帝爲中心人物，所以其描寫完全注重在漢帝而不注重在昭君；特別是着重在昭君去後，漢帝回宮時所感到的種種悽楚的回憶；和戎記雖長篇大幅，卻是『俗本』的『昭君傳說』。與郊此劇卻與他們不很相同：第一是完全依據於最初的本子，——西京雜記——只是說，毛延壽索賄不遂將昭君圖像點破了臉，因此，漢帝按圖指派，便將昭君遺嫁於匈奴單于。到了拜辭時，漢皇才駭異的發見昭君原來是那末美麗。然他不欲失信於單于，終於將昭君遺嫁了去。

〔一〕崑崙奴有方諸館刊徐文長校正本，有盛明雜劇初集本。　〔二〕昭君出塞有盛明雜劇初集本。

與郊的文姬入塞，〔一〕其運用題材之法也與昭君出塞一劇相同。文姬的故事，極爲動人，然描寫的人卻不多；與郊似乎是有意的將他取來作爲『出塞』的一個對照。劇情完全根據於蔡琰的悲憤詩及胡笳十八拍，一點也不加以流俗的附會。悲憤詩原寫琰的爲北人所擄及她別子而歸的事。像這樣的事，在敵虜侵入中原之時，往往是有的。文姬卻代表了那許多悲楚無告的女子們了。玉陽在此劇中寫文姬既悲且喜的心理是很爲深刻的。她夢想着要回中原。這個夢境是要實現了。然而她心中卻又多了一個說不出的苦楚。原來她在北已生了二子，生生的撇下了二子，而獨自南去，眞是做母親的萬不能忍受的事。然而她又有什麼方法留連着呢？來使在催發，孩子們在哭着要捉住；這時的悽楚來寫，眞是頗爲不易的。玉陽在這裏很着意，很用力，所以不惟不至於失敗，且還甚爲出色。

袁氏義犬〔二〕本南史袁粲本傳。粲在宋末爲尚書令，加侍中，與蕭道成、褚淵、劉彥節等同輔政。道成篡位，粲不欲事二姓，密有所圖，爲道成所覺，遣人斬之。粲有小兒數歲，乳母將

〔一〕文姬入塞有盛明雜劇初集本。

〔二〕義犬記有盛明雜劇初集本。

第五十九章　南雜劇的出現　一二一三

投粲門生狄靈慶，靈慶曰：『我聞出郎君者有厚賞。今袁氏已滅，汝匿之尙誰爲乎？』遂抱以首。乳母號泣呼天曰：『公昔於汝有恩，故冒難歸汝。奈何欲殺郎君，以求少利！若天地鬼神有知，我見汝滅門！』此兒死後，靈慶常見兒騎大羝狗戲如平時。經年餘，一狗忽走入其家，遇靈慶於庭，噬殺之。此狗即袁郎所常騎者。宋書粲本傳，事亦略同。與郊此劇，其事與史全同，但略加烘染而已。與郊三作，在曲白兩方面都未能擺脫了時人的影響，往往過於求整，失了本色。然時人則往往以雅文來寫『俗事，』玉陽則逕以雅文來寫『雅事，』自當較他們爲高出一着。此種以雅文寫雅事的風氣，到了清代便大爲興盛，其源實始於玉陽。

王衡〔二〕的幾部雜劇——鬱輪袍、眞傀儡與葫蘆先生，也頗有些感慨，不僅僅是說故事而已。王衡字辰玉，太倉人，大學士錫爵之子，官翰林院編修。(1564—1607) 鬱輪袍〔三〕敍王維事。沈泰評之道：『辰玉滿腔憤懣，借摩詰作題目，故能言一己所欲言，暢世人所未

〔二〕見明史卷二百十八，明詩綜卷五十九。　〔三〕鬱輪袍有盛明雜劇初集本。

暢。閱此，則登科錄正不必作千佛名經，焚香頂禮矣。韓持國覆部已久，何必以彼易此！』此劇全用北曲寫，郤長至七折，究竟也守不了北劇的嚴規。

眞傀儡〔一〕一劇，盛明雜劇作『綠野堂無名氏編』，實亦辰玉所作。劇敍宋、杜衍退職閒居時，與田夫野老相周旋，自忘其爲元宰身份。『做戲的半眞半假，看戲的誰假誰眞』或以爲係辰玉寫其父錫爵罷相家居時事，或以爲係寫申時行事。官場像戲場，作者的主意當在於此耳。辰玉的長安街及和合記二劇，未見。沒奈何（葫蘆先生）一劇，也未有傳本。但陳與郊的義犬劇中，插有沒奈何一劇的全文，當即爲辰玉所作的吧。與郊爲辰玉父錫爵的門生，與辰玉甚交好，在插寫沒奈何的開始，他明明白白的說道：『新的是近日大中書令王獻之老爺編葫蘆先生』。正以王獻之影射王辰玉。

葉憲祖所作雜劇有易水寒等九種。易水寒〔二〕敍荊軻刺秦王事。此故事在史記刺客列傳中已是一節很有戲劇力的文字，編之爲劇，當然更動人。但也頗多附會。其第四折敍

〔一〕眞傀儡有盛明雜劇初集本。 〔二〕易水寒有盛明雜劇二集本。

軻刺秦王。秦王逃然終於爲軻所捉住，强他一一歸返諸侯侵地。他皆依允。正在這時，仙人王子晉來度軻，因他們原是仙班故友。子晉吹着笙，軻隨之而去。這却是完全蛇足的故事。全部絕好的悲劇，至此遂毁壞淨盡了！我們眞要爲作者惋惜。憲祖喜作佛家語，在易水寒中，他力革這個積習，然而終於還請了個仙人王子晉出來。在北邙說法〔一〕中，他便充分的表現出來的佛家思想來。北劇說法的正目是：『天神禮枯骨，餓鬼鞭死屍。若知眞面目，恩怨不須提。』團花鳳〔二〕天桃紈扇，碧蓮繡符，丹桂鈿合和素玉梅蟾都是普通的戀愛劇；天桃紈扇以下四種，便是所謂四豔記。〔三〕新傳奇品評之道：『選勝地，按節令，賞名花，取珍物，而分扮麗人，可謂極排場之致矣。詞調優逸，恣態橫生，密約幽情，宛然如見。郤令老顛沒法耳。』推許似稍過度。金翠寒衣記有元明雜劇二十七種本〔四〕這是葉氏最守北

〔一〕北邙說法有盛明雜劇初集本。〔二〕團花鳳等五劇皆有盛明雜劇本。

〔三〕四豔記有崇禎間刻本（長洲吳氏藏）。

〔四〕寒衣記有元明雜劇本及奢摩他室曲叢本。

劇規則的一作。事本剪燈新話翠翠傳。灌將軍使酒罵座記，〔一〕也有元明雜劇二十七種本，寫竇嬰及灌夫都虎虎有生氣。魏其灌夫之死原是一件很動人的悲劇。將這件材料捉入劇本中的，恐將以斛園居士爲第一人。葉氏也頗用心用力的寫。惟最後一折，添出『活捉田蚡』的一段事，未免有些蛇足。如此收場，庸俗的觀衆，果然是滿意了，然而悲劇的嚴肅的意味，與最高的效力卻完全被摧毀了。

四

王驥德作雜劇男王后，〔二〕離魂，救友，雙招，鬟魂等傳者僅有男王后一劇耳。據作者自己說，有好事者曾以此劇與徐渭的女狀元合刻爲一册。其故事，也正是徐渭的『辭凰得鳳』的女狀元的一個反面；彼爲女扮男裝，而此則男扮女裝，彼爲『辭凰得鳳』而此則爲后得妻。事實頗爲荒誕，且無多大意義，惟作者串插尚佳耳。驥德的離魂諸劇皆用南曲；他頗

〔一〕罵座記有元明雜劇本及奢摩他室曲叢本。　〔二〕男王后有盛明雜劇初集本。

自豪，以爲此種雜劇而用南曲乃係『自爾作古，一變劇體』。惟男王后則爲他早年之作，故仍頗守北劇的成規。汪廷訥所著的雜劇有廣陵月一種，此劇敍唐韋青與張才人遇合事凡七齣，亦雜劇中的篇幅較長者。事本樂府雜錄。

車任遠字柅齋，號遴然子，上虞人，著四夢記。蓋以絕不相干的四段故事合而爲一本者。這四夢是高唐、南柯、邯鄲及蕉鹿。今四夢原本未見，惟蕉鹿夢存耳。〔一〕此劇的故事是敷演列子中的鄭人得鹿失鹿的寓言的。但敍述過於質實，反失空靈幻妙的趣味；敎示過於認眞，又有笨人說夢之感覺，遠不如列子原文之雋逸可喜。

徐復祚著劇一文錢〔二〕雜劇。一文錢的故事出於佛經。雖亦爲了悟的宗敎劇，卻頗有詼諧的趣味，形容慳吝的富人盧至員外，極其盡致。

王澹字澹翁，自號澹居士，會稽人〔三〕著櫻桃園一劇。又有雙合、金椀、紫袍、蘭佩諸傳奇，

〔一〕蕉鹿夢有盛明雜劇二集本。　〔二〕一文錢有盛明雜劇初集本，有山水隣刊四大癡本。

〔三〕櫻桃園一作櫻桃夢，有盛明雜劇二集本。

今並不傳。這是一篇無多大趣味的鬼魂報恩的故事，但作者將這平淡的故事，卻能點染生姿，頗饒雋語。

陳汝元字太乙，會稽人，著紅蓮債一劇。紅蓮債大似徐渭的翠鄉夢，惟更爲複雜些，其主人翁乃爲世俗所熟知的蘇東坡與佛印。

又有林章〔一〕字初文，福清人，萬曆間曾在戚繼光幕下。後因事下獄死。章有奇才，頗有建立功名意，而處境艱苦，欲試無從，終至被奸人所陷。他所著有青虬記，今惜不傳。佘翹字聿雲，池州人，著量江記傳奇及賜環記與鎖骨菩薩雜劇。量江記今有墨憨齋改本。馮夢龍序量江記道：『所爲樂府，尚有賜環記、鎖骨菩薩雜劇。余恨未悉覩。』則此二劇，在馮氏之時已在若存若沒之數的了。今更不可得見。黃方胤〔二〕號醒狂，金陵人，著陌花軒雜劇。焦循劇說云：『陌花軒雜劇凡十折，曰倚門四折；再醮一折；淫僧一折；偷期一折；督妓一折；孌童一折；懼內一折，皆舉市井猥俗描摹出之。』此七劇今有明刻本，頗隣於鄙褻。孫源文字

〔一〕見明詩綜卷五十二。　〔二〕或作方印，方儒皆非。應據周暉金陵瑣事作方胤。

南公號笨庵，無錫人著餓方朔一劇，今不傳。焦循劇說云：『餓方朔四齣，以西王母爲主宰，以司馬遷、卜式、李陵、李夫人等串入。悲歌慷慨之氣，寓於俳諧戲幻之中，最爲本色。』陸世廉字起頑，號生公，又號晚庵，長洲人。宏光時官光祿卿。入清，隱居不出。著西臺記，叙謝皋羽慟哭之事，蓋係有感而發者。惜今亦不傳。

茅維〔一〕字孝若，歸安人，坤子。自號僧曇，著蘇園翁、秦庭筑、金門戟、雙合歡、鬧門神等五劇〔二〕。焦循劇說說鬧門神『謂除夕夜，新門神到任，舊門神不讓相爭也。曲中紫花兒序云：「誰將俺畫張紙裝的五彩冷面皮，意氣雄赳，豎劍眉闊口，鬟髭手擎着加冠進爵刀斧彭排。奇哉！剛買就遍街人驚駭，盡道俺龐兒古怪。滿腹精神，倜儻胸懷。」金葉蕉云：「俺且眼偸瞧桃符好乖邪，戴頭盔將軍忒呆。只你幾年上都剝落了顏色，甚滋味全無退悔。」小桃紅云：少不得將苕帚兒刷去塵埃，把舊門神摔碎扯紙條兒滿地踹化成灰。非俺莫面情掣帶，只你風光過來，威權頽斂，到今日同避也應該。」』又金門戟一劇演的是：『辟戟諫董

〔一〕見明史卷三百八十七，列朝詩集丁集下。 〔二〕蘇園翁等五劇，皆有雜劇新編本。

偃事，皆本正史。」（北平圖書館所藏殘本雜劇新編，存維四劇。）

參考書目

一、曲品　明呂天成編，有暖紅室刊本，重訂曲苑本。

二、曲律　明王伯良編，有明刻本，讀曲叢刊本，重訂曲苑本。

三、曲錄　王國維編，有晨風閣叢書本，重訂曲苑本，王氏遺書本。

四、曲海總目提要　有大東書局石印本。

五、盛明雜劇初二集　明，沈泰編，有明刻本，董氏翻刻本。

六、雜劇新編　清，鄒式金編，有清初刻本。

七、元明雜劇二十七種　有國學圖書館石印本。

八、古今名劇柳枝集酹江集　明，孟稱舜編，有崇禎刊本。

九、羣音類選　明，胡文煥編，有明刻本。

第六十章　長篇小說的進展

羅貫中以後長篇小說作者的沉寂——水滸傳的改編——吳承恩西遊記的出現——福建板的四遊記——封神傳——三寶太監下西洋記——楊家府與孫龐鬥智——鄧志謨、楊爾曾等——平妖傳的改作——偉大的金瓶梅——其時代與作者的推測——金瓶梅的影響——隋煬豔史與禪眞逸史——講史進展的途徑——皇明英烈傳——熊大木、馮夢龍等。

一

自羅貫中以後，長篇小說的作者似乎又中斷了一時；從洪武到正德，這一百六七十年間，我們找不到一位重要的作者或著名的作品。『也許書闕有間，』我們不能得正確的史料；但即有幾位無名的作品，而其沒有產生著名的作品，則爲不可掩的事實。直到了嘉靖萬曆時，偉大的創作，方才陸續的出來，呈現了空前的光彩。自有長篇小說以來，其盛況恐怕沒有超過那個時代的。水滸傳完成於這時，封神傳寫作於這時，西遊記也於這時，始有了定本。尤其偉大的則更有了空前所未有的一部自然派小說—雖然其中一部分的描寫，未免過於刻劃淫穢，曾招致了多數人的責難—金瓶梅。所謂小說界中的四大奇書，已有了三部是完成於這時的。此外，皇明英烈傳和三寶太監西洋記的出現，諸種講史的編訂也都是值得一說的。

水滸傳的祖本，雖創作於施耐菴，編纂於羅貫中，然使其成爲今樣的偉大的作品的，則斷要推嘉靖時代的某一位無名作家的功績。這一位偉大的作家可惜我們現在已不能知道他的眞確的姓名。有的人說是郭勳寫的，但事實上似乎不會是的。也許這位大作家曾在過郭勳的幕府中的也難說。我們以簡本的水滸傳與嘉靖時出現於世的繁本『水滸傳』一加比較，我們便知道，在這兩本之中，軀殼雖是，而精神則已是全然不同的了。原本或只是一具枯瘠不華的骨殖，附之以血肉，賦之以靈魂者，則爲嘉靖本的水滸傳的作者。嘉靖本水滸之對於原本水滸，不僅擴大、增飾、潤改、而已；簡直是給她以活潑潑的精神，或靈魂，而使之煥然動目，犂然有當於心，由平常的一部英雄傳奇而直提置之第一流的文壇的最高座上。水滸而沒有遇到嘉靖時代的這位改作者，則也終於是羅貫中氏的一部創作而已，終於是羅氏三國志演義的伯仲之間的一物而已。但既遇到了這位改作者，則其地位與重要便完全不同了。她已不復是三國志演義的儕輩，也不復是說唐傳及原本平妖傳的儕輩；她獨自高出於羅氏的諸作而另呈了副面目，正如羅氏的三國志演義之高出於元刋全相平話的諸作一樣；而其高出的程度則不僅伯季之間而已。這位改作者，其運用國語文的程度已臻爐火純青之候，幾乎是瑩然的美玉，粹然的眞金，湛然的清泉，已不見一毫的渣滓，一絲的汙點。而其曲折深入，逼眞活潑的描寫，也已與最高的創作的標準相符合。第一黃金時代的諸話本作家，有時雖也可達到這個境地，然其作品總是短篇，若長至一百回，十餘册的作品，他們是不敢試手的。這種長篇的大著之出現於此時，正是以見這個嘉靖時代之較第一黃金時代爲尤偉大；也正足以表現學文史上的演化律是並非『一代不如一代』，而大都是在向前進步的。

綜觀嘉靖本的水滸傳與羅氏原本不同者約有數點。第一是，添加了一部分的『題材』進去。嘉靖本與原本其事實間架當無不同，次序也秩然如一；起於洪太尉的誤走妖魔，而終於宋江，吳用，李逵的死與葬。但嘉靖本究竟也添加了一部分材料進去，那便是征遼的故事的一大段。這一大段故事是加在全夥受招安之後，擒捕方臘之前的。因爲羅氏原本已將陸續聚集于梁山泊的一百單八位好漢的結果都已安排定了，嘉靖本的作者無法再將這種前定的結果移動，所以他對于平遼的一役，便平空添出了許多人物來代替梁山泊諸好漢去衝鋒陷陣，死于戰地。梁山泊好漢們卻是一個也不一受到損害！雖然戰事的激烈，未必下于征方臘。這乃是嘉靖本作者的苦心孤詣處，也是他的補插此段的顯出補插的大罅隙處。第二是擴大了原文的叙述，往往原文十字，嘉靖本的作者可以擴大而成爲百字。胡應麟謂：『中間抑揚映帶，回護詠嘆之工，眞有超出語言之外』。蓋其高出于原本遠甚之處，便在于這種『游詞餘韻，神情寄寓處』。

二

西遊記小說流行于今者凡數種，於唐三藏取經詩話之外，有楊致和作四十一回本，萬歷時，余象斗會編入他所刊行的四遊記中。有朱鼎臣作之十卷本唐三藏西遊釋厄傳，爲隆、萬間福建書林劉蓮台所刻。有吳承恩作一百回本，即今日所通行者。近更在永樂大典一三一三九卷發見西遊記的一段，『魏徵夢斬涇河龍』。其中情節，大都相同，無甚出入。朱、楊似從吳本删節而來，而永樂大典本則當爲吳本之所本。吳本之出現實爲西遊故事的最偉大的一個結局。吳承恩字汝忠，號射陽山人，淮安人。性敏多慧，博極群書，復善諧劇。著西遊記及射陽存稿等。嘉靖甲辰歲貢生。後官長興縣丞。隆慶初，歸山陽。萬歷初卒。承恩在當時，名不出鄉里，西遊記雖風行一時，而知其出于吳氏之手者蓋鮮。以永樂大典本與吳氏較之，二本之間相差實不可以道里計。大典本西遊記爲未脫民間原始著作的面目者；吳氏之作則爲出于文人學士之手的偉大的創作。其一枯瘠無味，其一則豐腴多趣。其間的不同，正若嘉靖本水滸傳之與羅氏原本。難怪吳作盛傳于世，而大典本則掩沒不傳。吳氏依據大典本以成其骨格，更雜以詼諧，間以刺諷，或有意的用以説說道理，談談玄解。于是後之解説便多。或以爲作者是以此闡佛的，或以爲作者是講修鍊的，或以爲作者是用以討論儒家的明心見性之學的。總之，他們是無一是處的。作者難免故弄滑稽，談談久已深入民間及文人的哲學中的五行的相生相尅等等之説，然決不是有意的處處如此佈置的。原來，這種佈置，一半並非吳氏的創造而是傳之已久的。吳氏之作的百回可分爲左列的四大段：

第一段　第一——第七回：敍孫悟道出生，求仙及得道，鬧三界等事。

第二段　第八——第十二回：敍魏徵斬龍，唐皇入冥，劉全送瓜及玄奘奉諭西行求經事。（通行本吳氏西遊記於第八九回間插入玄奘的身世及爲父母報讎事，蓋係從朱鼎臣本鈔補而來的。）

第三段　第十三——第九十九回：敍玄奘西行，到處遇見魔難，所遇凡八十一難，但皆得佛力佑護，及孫行者的努力，得以化險爲夷，安達西天。這是全書最長的一大段；寫得雖是層次井然的一難過去，又一難，却難得八十一難之中，事實雷同者却不很多；此可見作者的心胸的細緻與乎經營的周密。

第四段 第一百回寫玄奘及其徒孫悟空、猪悟能、沙悟淨等護經回東土，皆得成眞爲佛事。但作者算算前文只有八十難，可是又增『水厄』一難，以成全八十一難之數；殊足使讀者有迷離惝怳之感。（按吳昌齡的西遊記雜劇，玄奘的東歸是由佛另行派人護送的，孫行者諸人皆留在西天成佛，並不與玄奘同歸。）

這四大段至少可成爲三部獨立的書。孫行者花果山水簾洞的出生，龍宮，地府與天宮的大鬧，八卦爐，五行山的厄運，乃是一部獨立的英雄傳奇；第二段唐太宗入冥事，在唐末便已有了像唐太宗入冥記一類的俗文小說了。第三段及第四段，更可以自成一部好書，與荷馬的亞特賽（Odyssey）是有同樣的迷人的魔力的。將這不同的四書而以玄奘西行的一條線貫串之，這是很有趣的，而且是很早的一種努力。而吳氏則爲這個努力中的最後而且最高明的一位作者；連吳昌齡氏也在內，從唐太宗入冥記以後，敘述太宗玄奘之事者，不知多少而集其大成者則爲吳氏此作。其後雖更有後西遊記、續西遊記以及西遊補之屬，然方之吳氏的所作，則似乎皆有『續貂』之感。西遊補雖另有寄托，別饒趣味，然其文學上的成功，則實在趕不上吳氏。

與西遊記同類的著作，這個時候也產生了好幾部。萬曆時，余象斗曾總集之編爲四遊記一書；這部四遊記名雖一書，其實乃是四部毫不相干的書的總集。其中的一部便是楊致和氏的四十一回本的西遊記；其他三部則爲（一）上洞八仙傳（一名八仙出處東遊記傳），蘭江、吳元泰作，（二）南遊記，（亦名五顯靈光官大帝華光天王傳）余象斗編；（三）北遊記（亦名北方眞武玄天上帝出身志傳）亦爲余象斗編。合此四者，即所謂東、西、南、北四遊記者。是當時未必是恰恰合于四遊之數的；除了楊致和的西遊記外，其餘三書，皆未必原名即爲東遊記等等的。且除了楊致和、吳元泰二書顯然爲萬曆以前的舊本外，南遊記及北遊記亦當爲相傳已久的民間的讀物；故余象斗加了一翻的編訂之後，只題爲

『編』而不題爲『作』。上洞八仙傳凡二卷五十六回，敘八仙得道原由，而其敘述的中心則爲八仙赴蟠桃會後渡海而歸。八仙各有寶物，而藍采和的玉版尤爛爛發光。龍王太子深愛之，遂攝而奪之，並將采和幽于海底。其他七仙上岸，不見采和。籍其仙術，知采和陷在龍宮，因此仇隙，遂與龍王大戰，以火燒海，移山塡洋，極仙家幻變的能事，大似西遊記前數回孫行者大鬧天宮。龍王大敗，請了天兵來助，也敵不了八仙的威力。後來觀音東來，爲他們講和，始各和好如初。五顯靈官大帝華光天王傳（即南遊記）凡四卷十八回，寫華光爲救母而大鬧天宮地府，受盡諸般苦楚，始終不悔不服。後爲孫行者之女月孛所制，幾死。賴火炎王光佛救之，華光始愈，皈依佛道。這又是一部大鬧三界的活劇，而其佈局較西遊記爲尤偉大。華光救母與目蓮救母恰恰是一個對照。然一則以佛力，一則以魔力，行動大不相同。然其精神的純潔高尙，富于『殉教』的觀念則一。如果作者的描寫力也達吳承恩的程度，則這部書的成就似當較西遊記爲尤偉大。北方眞武玄天上帝出身志傳（即北遊記）凡四卷二十四回，亦爲神靈爭鬥的一劇。然並不足觀，遠不如南遊記的轟轟烈烈，有聲有色。

西遊記等作，原有所本，而許仲琳的封神傳則雖亦有所本，却完全是自己的創作，自己的骨架，並無多大承襲舊文處。我們將許氏的封神傳與元刋的武王伐紂書一對讀，則知許氏之採用舊文的事蹟處，實寥寥無幾。舊作武王伐紂雖不少神怪之言，較之許氏的封神傳來却眞如小巫之見大巫。樂毅伐齊七國春秋後集雖也仙魔惡鬥，撼天動地，攻陣被圍，鬼哭神驚，極幻怪神奇的能事，然較之封神傳來却也有令人『自鄶以下，不足觀矣』之嘆。總之，任什麼『相斫書』却總沒有像封神傳的那末極力形容『憝國九十有九國，馘魔億有十萬七千七百七十有九，俘人三億萬有二百三十』(周書世俘篇)的威武悽怖的戰役的。武王伐紂，古來本有『血流漂杵』之說，然經了儒者的粉飾，却輕輕的以『師徒倒戈』文之。封神傳雖有誇張過度之處，却很大胆的打破了這個傳統的觀念。封神傳全書一百回，作者許仲琳，南京應天府人，號鍾山逸叟，生平未詳。(他本皆無作者姓名，惟日本內閣文庫所藏舒載陽刋本有之)雖間有淺陋之處，然其博學廣聞，多採異語以入傳，則頗使人感到他並不見一位淺陋的學者。張無咎序平妖傳，曾及封神傳，則許氏的生代，至遲當在萬歷，早則或在嘉靖、隆慶。這時，政治界對于文字的羅網，似乎最稀，（雖待遇儒臣不以禮，却不大管文人的帳；故淫褻之作皆可公然發賣）。故封神傳中的敘述，頗有很大胆的地方。若哪吒的逼父，楊戩的反殷，都是舊禮教所不能容的，而許氏却言之津津。又通天敎主的門下，萬彙皆仙，百獸不拒，亦頗使人有仁者澤及萬物之感。惟殺戮死傷過多，又過于鼓吹着定命論，却也使人處處感得慄然悽然，不甚覺得愉快。關于姜尙的厄困不遇及與其妻馬氏的交涉，似乎作者頗受有流行當時的薦福碑，金印記及諸劇的影響。

封神傳若甚似荷馬的依里亞特（Jliad）及印度大史詩馬哈勃拉太（Mahabrata）則約產生于萬歷的三寶太監西洋記大似荷馬的亞特賽與印度的史詩拉馬耶那（Ramayana）。西洋記凡一百回，羅懋登作。懋登號二南里人，生平亦不甚可知。惟所刊著之作頗多；曾爲琵琶記作音釋，又爲邱濬的投筆記作註，他自己也寫着些劇本。乃是萬歷間一位很好事的文人。西洋記敘的是：永樂中太監鄭和奉使率將士下海威服南洋諸國事。此舉為中國歷史上的一件大事，至今錫蘭島上尚有鄭和的碑文在着，南洋各地也尚都流傳着三寶太監的傳說。此事並沒有什麼神奇幻怪的影子，然一入羅氏的筆端，却成了一部較亞特賽為尤怪誕，視拉馬耶那不相上下的一部敘錄神奇的歷險與戰爭之作了。不知這種神奇的政事，是羅氏的冥想的創造，還是民間本來流傳着的。我們猜想，像這樣誇誕可怪的故事，至多只有三分是依據傳說，而其餘七分則完全由作者自己添上去的。作者的文筆頗多有意做作，故自弄文之處，大不似水滸，西遊諸作的自然流暢，似乎他是深中着『七子』諸人的復古運動之毒害的。例如：

原來先前的高山大海，兩次深澗樵夫，籐葛龍蛇，蜂鼠，俱是王神姑撮弄來的，今番却被佛爺爺的寶貝拿住了。天師的心裏才明白，懊恨一個不了，怎麼一個懊恨不了？『早知道這個寶貝有這等的妙用，不枉受了他一日的悶氣。』王神姑又叫道：『天師，你來救我也！』天師道：『我救你，我還不得工夫哩。我欲待殺了你，可惜死無對證；我欲待綑起你，怎奈手無繩索；我欲先待中軍，又怕你掙挫去了』。

第六十章　長篇小說的進展　　一二三三

——西洋記第四十回

這種故意舞文弄墨的地方，頗失了小說的天趣，故終也不能和水滸西遊等並得人讚頌。

楊家府演義〔一〕出現于萬歷間，孫龐鬭智出現于崇禎間，也都是封神傳，西洋記一類的神怪小說。孫龐鬭智〔二〕的來源是很古遠的。元代建安虞氏刻有樂毅圖齊七國春秋後集；同時所刻而今已不傳的七國春秋前集，當必爲『孫龐鬭智』無疑；這讀了樂毅圖齊的開塲白而可知的。崇禎本的這部孫龐鬭智，其氣韻也和樂毅圖齊極爲相類，或是就元人舊本而改作的罷。

楊家府世代忠勇通俗演義刋于萬歷三十四年，首有秦淮墨客序。前半全本于稱爲北宋志傳的『楊家將』的故事，後半十二寡婦征西及楊文廣，楊懷玉的故事，似爲作者所創作，極荒誕不經，文字也很淺率，當是民間的粗製品。中叙楊家諸將和狄青的衝突，青屢屢

〔一〕楊家府演義有明萬歷刋本，（西諦藏）有清乾隆間翻刻本。

〔二〕孫龐鬭智有崇禎原刋本，有清代坊刋本。（改名前七國孫龐演義。）

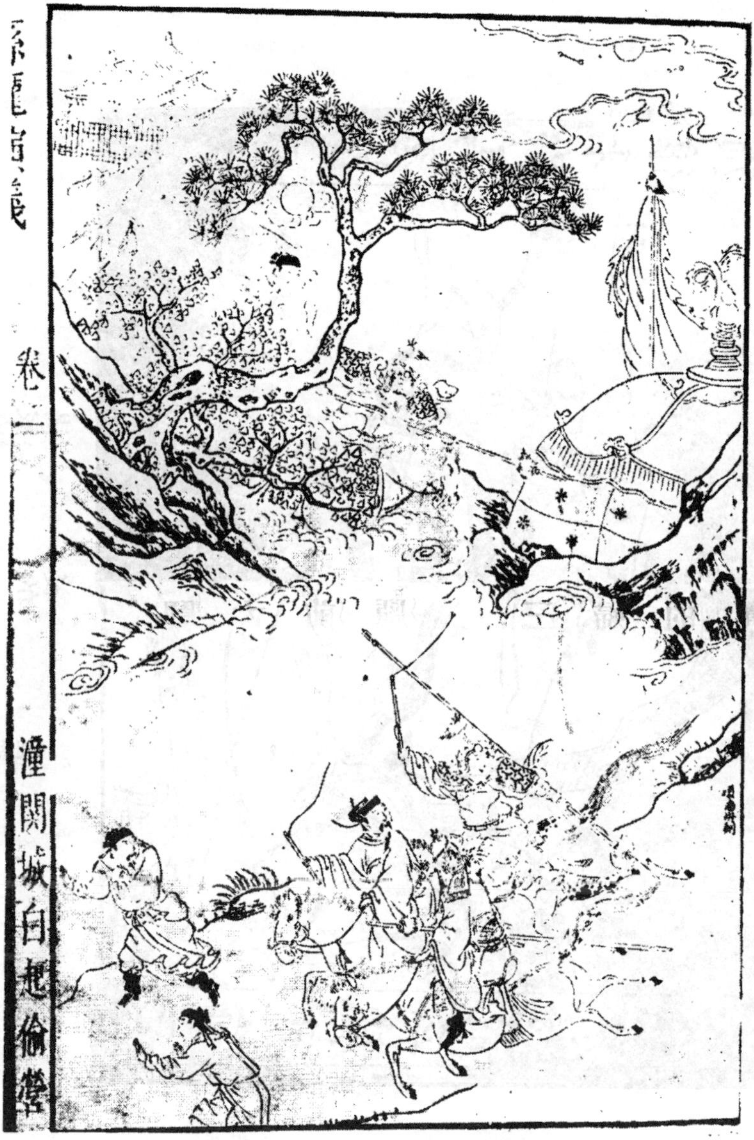

《孫龐演義》
叙孫臏、龐涓鬥智事，頗極幻怪神奇。

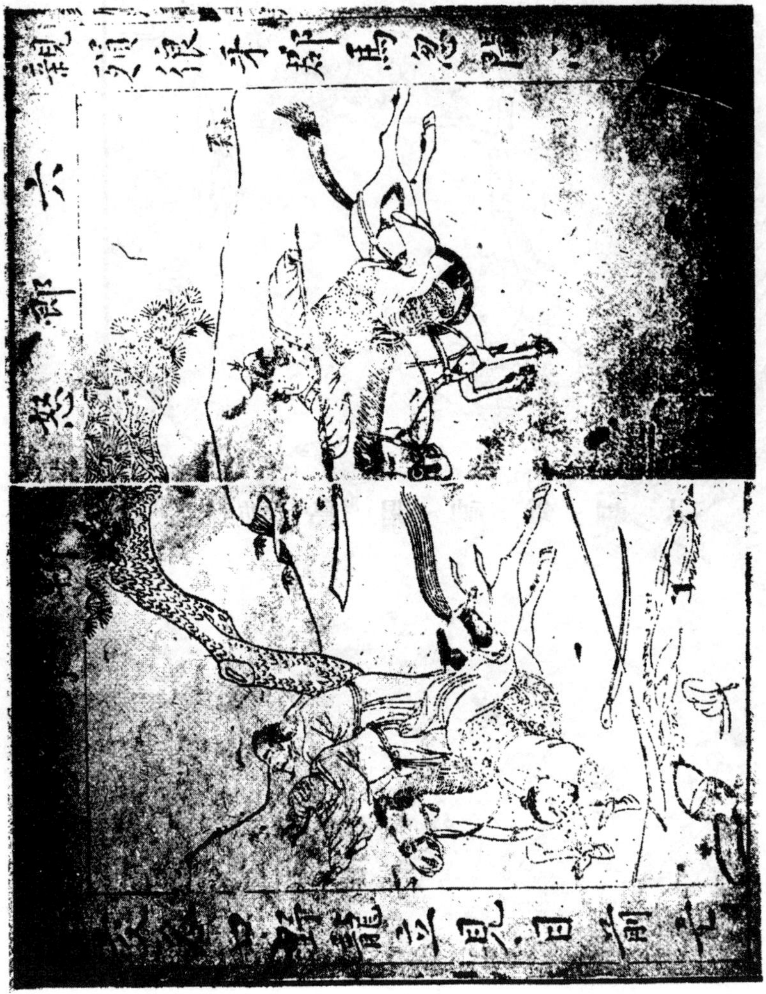

楊家府演義的一幕

（西諦藏）

的想謀害他們；這事很可怪。俗傳的狄包楊萬花樓演義，狄靑是站在楊家的一邊的。這裏卻把狄靑寫成王欽若式的人物了。不知有所據否？秦淮墨客名紀振倫，字春華。此書或即其所自著的罷。

鄧志謨出現于萬歷間，寫了不少體裁詭怪的東西。他寫了好幾種的『爭奇』。今所知者已有山水爭奇、風月爭奇，梅雪奇爭，花鳥爭奇，童婉爭奇，蔬果爭奇〔一〕等數本；每奇凡三卷；第一卷是一篇小說，其性質極類李開先的雜劇園林午夢；譬如山水爭奇便是敘述『山神』和『水神』的爭勝鬭口的。山神說山是如何的好，水神又說水是如何有造于人類和萬物。各搬出了不少的典故來作爲証據。其第二卷第三卷則各搜輯『山』『水』或『蔬』『果』的『藝文』，自詩賦以至劇曲無不包羅在內，很有些重要的資料。他又寫作了晉代許旌陽得道擒蛟鐵樹記，唐代呂純陽得道飛劍記，五代薩眞人得道呪棗記等

〔一〕山水爭奇等有明刊本。（北平圖書館及西諦均藏有數種。）

神仙故事。今惟鐵樹記最流行。〔一〕飛劍記亦見于醒世恒言。〔二〕志謨字景南，饒安人，自號百拙生，亦號竹溪散人，爲建安書賈余氏的塾師，故所作都由余氏爲之刋行。

楊爾曾則於萬歷天啓間在杭州寫作着小說。他字聖魯，錢塘人，號雉衡山人，又號夷白主人。他刋行了插圖的通俗書不少，像海內奇觀，圖繪宗彝等，至今還在流行着。他的東西晋演義〔三〕凡十二卷五十回，刋於萬歷間。晋書原爲一『藪談』；演義也極雅馴，幾乎無一字無來歷。在講史裏是較好的一部。他的韓湘子傳〔四〕凡三十回，刋于天啟三年，却是很誕妄的，大約是出于昇仙記而作的罷。最可笑的是他說，韓愈前生爲玉皇大帝殿前的捲簾將軍，因爭蟠桃失手將琉璃盞打碎，故被貶謫到人間來。韓湘子的故事至此已盡幻變的能事。

〔一〕鐵樹記有福建坊刋本，亦見警世通言第四十卷。

〔二〕飛劍記見醒世恒言第二十二卷。（易名呂洞賓飛劍斬黃龍）又以上三作並有明刋本。

〔三〕東西晋演義有萬歷間原刋本，又有其他翻刻本。〔四〕韓湘子傳有明刋本；清代坊刋本也有數種。

偉大的作家馮夢龍在泰昌間改作羅貫中的平妖傳，〔一〕這是很得稱譽的一部小說。他將羅氏原本二十回擴大爲四十回；自第一回授劍術處女下山到第十五回胡媚兒痴心遊內苑都是新增的；在原書一至五回間，增入了三回，十八至二十回間，增入了二回。如此一改面目遂以全新。『始終結構，有原有委；備人鬼之態，兼眞幻之長』。（張無咎平妖傳序）其間的改作增潤之處，確是頗爲橫恣自然的。

四

金瓶梅〔二〕的出現可謂中國小說的發展的極峰。在文學的成就上說來，金瓶梅實較

〔一〕馮氏新平妖傳有泰昌刊本，有同治間翻刻本。

〔二〕金瓶梅版本甚多，以萬歷版金瓶梅詞話爲最好。今有北平古佚小說刊行會影印本。惜僅印百部，且爲非賣品。卿雲書局的古本金瓶梅即從民國五年存寶齋的眞本金瓶梅翻印的，穢褻的地方已都除去，最易得。

水滸傳，西遊記，封神傳爲尤偉大。西遊、封神，只是中世紀的遺物，結構事實，全是中世紀的，不過思想及描寫較爲新穎些而已。水滸傳也不是嚴格的近代的作品；其中的英雄們也多半不是近代式。（也簡直可以說是超人式的）。只有金瓶梅却徹頭徹尾是一部近代期的產品；不論其思想、其事實以及描寫方法全都是近代的。在始終未盡超脫過古舊的中世傳奇式的許多小說中，金瓶梅實是一部可詫異的偉大的寫實小說。她不是一部傳奇，實是一部名不愧實的最合于現代意義的小說。她不寫神與魔的爭鬥，不寫英雄的歷險，也不寫武士的出身，像西遊、水滸、封神諸作；她寫的乃是在宋、元話本裏曾經略略的曇花一現過的眞實的民間的日常的故事。宋、元話本像錯斬崔甯、馮玉梅團圓等等尚帶有不少傳奇的成分在內。金瓶梅則將這些『傳奇』成分完全驅出于書本之外。她是一部純粹寫實主義的小說；紅樓夢的什麼金呀，玉呀，和尚道士呀，尚未能的脫盡一切舊套，惟金瓶梅則是赤裸裸的絕對的人情描寫；不誇張，也不過度的形容。像她這樣的純然以不動感情的客觀描寫，來寫中等社會的男與女的日常生活（也許有點黑暗的偏于性生活的）的，在我們的小說界中也許僅有這一部而已。俗語有云：『畫鬼容易畫人難，』以人爲常見之物，不易得眞，却最易爲人找到錯處，鬼則爲虛無飄渺的東西，任你如何寫法，皆無人來質証來找錯兒。西遊，封神，畫鬼的作品也，故易于見長；金瓶梅則畫人之作也；入手既難，下手却又寫得逼眞，此其所以不僅獨絕於這一個時代的小說界也！可惜作者也頗囿於當時風氣，以着力形容淫穢的事實，變態的心理爲能事，未免有些『佛頭着糞』之感。然即除淨了那些性交的描寫，却仍不失爲一部好書。

金瓶梅的作者，不知其爲誰。世因沈德符有『聞此爲嘉靖間大名士手筆』語，遂定爲王世貞所作。張竹坡作第一奇書批評，曾冠以苦孝說；顧公燮的消夏閒記摘抄也詳記世貞撰作此書以毒害嚴世藩爲父復仇事。然其實這些傳說却未必是可信的。金瓶梅詞話的欣欣子序云：『蘭陵笑笑生作金瓶梅傳，寄意於時俗，蓋有謂也。』蘭陵爲今山東嶧縣；和書中之使用山東土白一點正相合。惜這個偉大作家笑笑生今已不知其爲何許人。欣欣子和笑笑生爲友輩，序上曾稱引到丘濬、周靜軒等而稱他爲『前代騷人』，又就其所引歌曲看來，皆可信其爲萬曆間，乃非嘉靖間之所作。金瓶梅一出，便爲文士們所讚賞。沈氏對獲編云：「袁中郎觴政以金瓶梅配水滸傳爲外典。予恨未得見。丙午，遇中郎京邸，問曾有全帙否？曰：第覩數卷，甚奇快。…又三年，小修上公車，已携有其書，因與借抄挈歸。吳友馮猶龍見之驚喜，慫恿書坊以重價購刻。」是此書在萬曆中方盛行於世。金瓶梅全書凡一百回，據沈德符言，其五十三至五十七回原闕，刻時所補。金瓶梅的內容只是取了水滸傳的關於武松殺嫂故事爲骨子而加以烘染與放大。當時，此故事也曾見之於劇場，像沈璟的義俠記便是。可見其流傳的範圍甚廣。作者雖取了這個人人熟知的故事，然其描寫的技倆却高人不止一等。其結局也和水滸傳不同。其中心人物爲西門慶，像西門慶這樣的人物，在當時必是一個實型。却說西門慶，清河人，本是一個破落戶，後漸漸的發達，也掙得一官半職，以財勢橫行於鄉里間。娶有一妻三妾，尙在外招花引柳。遇武大妻潘金蓮，悅之。酖其夫武大，納她爲妾。武大弟武松，爲兄報仇，誤殺李外傳，刺配孟州。西門慶益橫恣。又私李瓶兒，亦納她爲妾，得了她不少家財。瓶兒生一子，夭死。她自己不久亦亡。而慶因淫縱

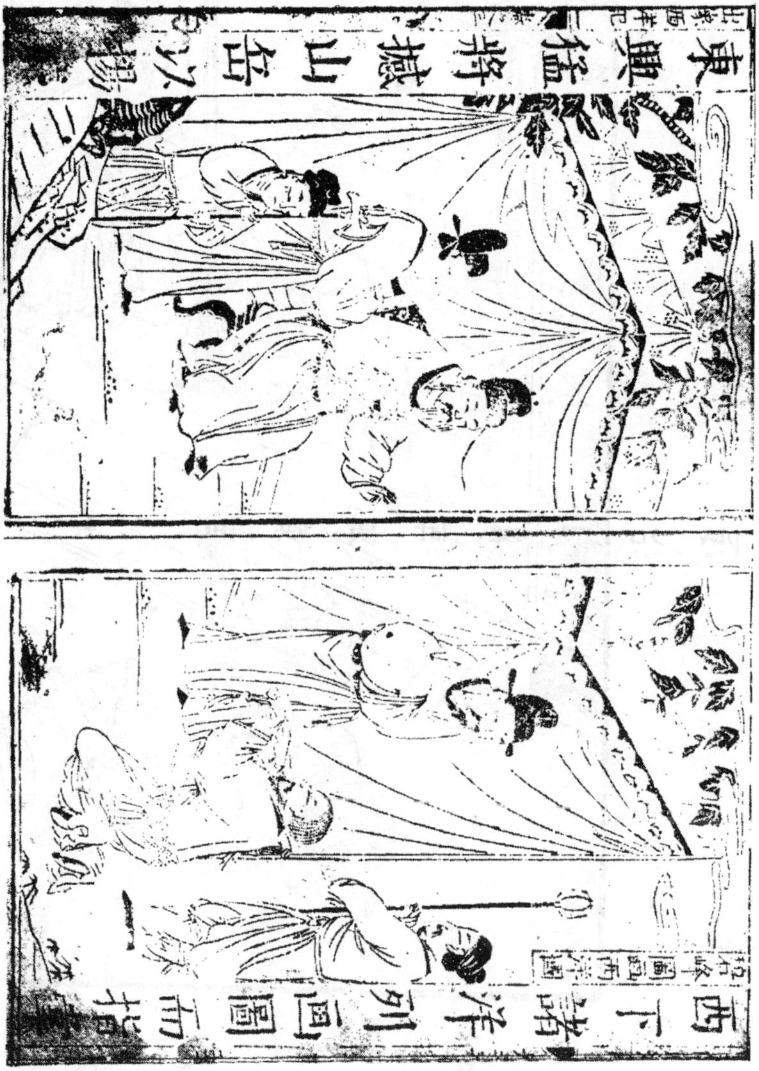

三寶太監西洋記，爲羅懋登著，敘鄭和下西洋事，極奇詭幻怪之能事。（西諦藏）

金瓶梅的一幕
這一幕寫楊四娘的潑罵，爲金瓶梅作者最刻劃入神之筆
（通縣王氏藏）

過度，也死。於是家人零落。金蓮被逐居在外。恰遇武松赦歸，爲他所殺。慶妻吳月娘有遺腹子孝哥。金兵南侵，舉家逃難。月娘在一佛寺中，夢到關於她家的因果報應，遂大悟；孝哥也出家爲和尚。金瓶梅的特長，尤在描寫市井人情及平常人的心理，費語不多，而活潑如見。其行文措語，可謂雄悍橫恣之至。像第三十三回：

敬濟喝畢，金蓮纔待叫春梅斟酒與他，忽有吳月娘從後邊來，見嬭子如意兒抱着官哥兒在房門首石臺基上坐。便說道：『孩子才好些，你這狗肉又抱他在風裏。還不抱進去！』金蓮問：『是誰說話？』綉春回道：『大娘來了。』敬濟慌的拿鑰匙往外走不迭。衆人都下來迎接月娘。月娘便問：『陳姐夫在這里做什麼來？』金蓮道：『李大姐整治些菜，請俺娘坐坐。陳姐夫尋衣服，叫他進來喫一盃。姐姐，你請坐。好甜酒兒，你喫一盃。』月娘道：『我不喫。後邊他大妗子和楊姑娘要家去。我又記掛着你孩子，逕來看看李大姐，你也不管，又教嬭子抱他在風裏坐着。前日劉婆子說他是驚寒，你還不好生看他！』李瓶兒道：『俺陪着姥姥喫酒，誰知賊臭肉三不知，抱他出去了。』

其他像第七回的寫楊姑娘氣罵張四舅，以及潘金蓮、王婆的潑辣的口吻，應花子的幫閒隨和的神情，都是化工之筆，至今尤活潑潑的浮現於我們的眼前的。

金瓶梅有好幾種不同的版本。最早的一本，即沈德符所謂『吳中懸之國門』的一本。此本當即冠有萬曆丁巳（四十五年）東吳弄珠客的序和袁石公（題作廿公）之跋的。殆爲一切後來各本之祖；惜未之見。今所見的一部金瓶梅詞話刊行於萬曆末，亦從弄珠客本出，爲北地所刊，當最近於原本的面目。起於景陽岡武松打虎，並有吳月娘被擄於清風寨，矮脚虎王英强迫成親，却幸遇宋江，說情得釋的一段事。那都是後來諸本所無的。山東土白，也較他本爲獨多。崇禎版而附有黃子立、劉啟先、洪國良諸人所刻插圖的一本金瓶梅，大約是在武林所刻的，却面目大異於金瓶梅詞話；第一，每回的回目都對仗得很工整，不像詞話之不僅不對仗，字數也有參差，像第二回的回目：

西門慶簾下遇金蓮　王婆貪賄說風情

一爲八字，一爲七字；崇禎版則整齊得多了。第二，崇禎版爲適合於南人的閱讀計，除去了不少的山東土白，以此，減少不少的原作的神態。第三，崇禎版以西門慶熱結十兄弟開始。武松打虎事，只是淡淡的說過。今所見的各本，像張竹坡評的第一奇書和其他坊本，皆從崇禎本出。又有眞本金瓶梅，刪去穢褻，大加增改，更失原本的眞相。

隋煬帝豔史〔一〕是緊跟在金瓶梅之後的；所寫的不是一個破落戶，卻是一個放蕩的皇帝的一生。組織了海山記、迷樓記、開河記諸文，而加以很細膩，很嬌豔的描寫，確是一部傑作，而比之金瓶梅則又較爲雅馴。牠影響於後來的小說很大；褚人穫的隋唐演義前半部便全竊之於豔史；紅樓夢的描寫、結構，也顯然受有豔史的啓示。豔史出版於崇禎間，題『齊東野人編演』，凡八卷四十回，確是一部盛水不漏的大著作。

禪眞逸史和禪眞後史〔二〕也都出現於崇禎間。二書皆題清溪道人編，敘述很誕異不

〔一〕隋煬豔史有明刊本，乾隆間翻刻本，其他坊本多刪節。

〔二〕禪眞逸史及後史有明刊本，清代翻刻本亦多。

經，也多雜穢褻的描寫。而教訓的氣味又很重。和隋煬艷史比較起來，未免有駑駟之感。逸史凡四十回，後集凡六十回。

五

在這時代，講史的刊行與編訂可謂極盛。福建、杭州、南京、蘇州諸書肆，所刊印的小說，十之七八是講史。自嘉靖到崇禎，幾乎每部講史都要增訂、潤改個幾次。也有出自創作的。大都那些講史都是由俗而雅，由說書者的講談而到文人學士的筆削，由雜以許多荒誕鄙野的不經的故事而到了幾成爲以白話文寫成之的歷史或綱鑑那演化的途徑。是脫離『小說』而遷就黏着『歷史』。這個演化，也許可以說是倒流。講史原是歷史小說，却不料竟成了這樣的一個結果！

最早的一部講史，便是皇明英烈傳。（一作英武傳，一作雲合奇蹤）[一]這是郭勳作的。相傳郭勳嘗改訂水滸傳，刋行三國志演義；是一位很懂得欣賞小說的人物。勳爲郭英後，襲封武定侯。後因事下獄死。據說，他之作英烈傳，爲的是要表章郭英的功蹟。後又有眞英烈傳，則有意反對之，把郭英的地位縮小得很多。英烈傳寫朱元璋得天下事，把這位流氓皇帝的『發迹變泰』的故事，烘染得很活潑。而劉基，宋濂諸人，却被寫成諸葛亮似的神怪的人物。這却是很無聊的。

福建書賈熊大木在嘉靖間也刋行了不少講史。他自稱鍾谷子，建陽縣人。嘗有不少詠史詩，插入其所編訂的講史中。所論講史、今所知者有全漢志傳、唐書志傳演義，兩宋志傳，及大宋中興通俗演義，都是些編年式白話化的歷史。在其間，大宋中興演義，叙岳飛生平者，最爲流行，且似也寫得最好。後來托爲鄒元標所作的一部精忠傳以及于華玉的節本

[一]英烈傳有明刋本（北平圖書館藏）；又雲合奇蹤，題徐文長編，係英烈傳之改本，亦有明末刋本。（西諦藏）此二本均有清代坊刋本。

都從此本出。[一]

南京有周氏書賈在萬曆中刊行了不少講史；常用的是周氏大業堂和周氏萬卷樓之名。所刊的有三國志演義、東西晉演義、東西漢通俗演義等；也加以少許的增潤，例如三國志演義中所見的許多周靜軒詩，似便是由萬卷樓的刊本始行加入的。

稍後，長洲周之標也刊行殘唐五代史演傳和封神演義。

福建建安書賈余象斗及其家族，在萬曆到崇禎間，刊行的小說最多。關於講史的有列國志傳、全漢志傳、三國志演義、東西晉傳、唐書志傳、南北兩宋志傳、大宋中興岳王傳、皇明開運名世英烈傳等書，可為揚揚大觀。

周游（字仰止）的開闢演義，[二]凡六卷八十回，刊行於崇禎乙亥。大抵是增補各家講史所未備的『上古史』的一段空白的。又有夏商志傳的，不知為何人所作，傳為鍾伯

[一]大宋中興演義及精忠傳有好幾種明刊本清坊本亦多。惟于華玉本罕見。（西諦藏）

[二]開闢演義等均有明刊本，亦有清代坊刻本。

明刊本新列國志之一幕—伍員吹簫（西諦藏）

明刊本鴛鴦棒之一幕

鴛鴦棒敘述金玉奴事，爲范文若最好的名劇之一。

（西諦藏）

敬批評，當也出現於此時，銜接於開闢演義和列國志傳之間。

馮夢龍的新列國志〔一〕一百零八回，結束了這個講史的典雅化的運動。這是金閶、葉敬池所刋本在原本的題頁上，說着馮氏尙着手於兩漢志傳的改寫，惜未之見，當係不曾完工。新列國志完全撇開了舊本的列國志傳而另起爐灶；雜採左傳，國語，國策，史記諸書而治爲一塊，幾無一事無來歷。他恣意攻擊着舊本列國志傳的淺陋，把什麼臨潼鬬寶，鞭伏展雄諸無根的故事皆一掃而空。誠然是一部典雅的『講史，』而小說的趣味卻便也爲之一掃而空。

參考書目

一、中國小說史略　魯迅撰，北新書局出版。

二、小說考証及續編拾遺　蔣瑞藻撰，商務印書館出版。

三、小說舊聞鈔　魯迅編，北新書局出版。

〔一〕新列國志有明末刊本；清蔡元放評之，改名東周列國志，坊刊本最多。

四、日本內閣文庫漢文書目　日本印本。

五、書舶庸譚　董康撰，大東書局出版。

六、中國通俗小說書目　孫楷第編，北平圖書館印行。

七、中國文學論集　鄭振鐸撰，開明書店出版。

八、日本東京所見中國小說書目提要　孫楷第編，北平圖書館印行。

本社開設北平後門內景山東街十七號北京大學第二院對門經售英美原版書籍特約代售下列各家書籍

學校

北京大學出版部
北京大學國學研究所
師範大學史地部
師範大學國文學會
師範大學史學會
清華大學清華學報社
廣州中山大學語言歷史研究所
廣州中山大學民俗學會
武漢大學社會科學季刊委員會
武漢大學文哲季刊委員會
武漢大學理科季刊委員會
武漢大學西書流通處
燕京大學圖書館
燕京大學燕京學報社
燕京大學史學會
燕京大學引得編纂處
輔仁大學圖書館
中國大學出版部
工業大學消費社

學術機關

故宮博物院圖書館
地質調查所
歷史博物館
中國地學會
中央研究院語言歷史研究所
中央研究院氣象研究所
中央研究院天文研究所
中央研究院物理研究所
中央研究院化學研究所
中央研究院工程研究所
國立北平圖書館
社會調查所
西北科學考查團
浙江省立圖書館

文社

中國文藝月刊社
學術雜誌社

東北月刊社
獨立評論社
寒微社
民間月刊社
藝林月刊社
晨星月刊社
明天雜誌社
新潮社
光社
沉鐘社

書肆

開明書店
北新書局
新月書店
光華書局
羣益書店
中國書店
亞東圖書館
眞美善書店
建設圖書館
出版合作社
文化學社
集古齋
大江書舖
中華新教育社

南強書局
南京書店
神州國光社
華通書局
國際學術書社
明日書店
明月書店
新中國書局
東南書店
晨義書社
芳草書店
人間書店
遠東圖書公司
茹古書局
東亞書局
女子書店
好望書店
拔提書店
長城書局
現代書局
岐山書店
科學儀器館
東方書店
金屋書店

羣衆圖書公司
卿雲圖書公司
蘇州出版社
滬濱書局
樂華圖書公司
春秋書店
辛墾書店
華文書局
富晉書社
金鵲書局
博古書局
光陸印書局
江南書店

出版家

陳垣先生
劉半農先生
馮友蘭先生
張星烺先生
俞平伯先生
容希白先生
馬叙倫先生
潘博山先生
蘇甲榮先生

鮑仲嚴先生
陳宗蕃先生
溫[illegible]先生
楊成章先生
莊尚嚴先生
儲皖峯先生
繆子壽先生
李雁晴先生
王德崇先生
林之棠先生
郭湛波先生
富守仁先生
袁民寶先生
何理之先生
錢振東先生
盛奎運先生
傅潤田先生
李孟楚先生
吳靜之先生
周靜甫先生
金伯皋先生
黃希泉先生
尚秉和先生
張西堂先生

以上各學術機關藏書家著作家各種書籍種類繁多定價低廉函索目錄當即寄奉如承各處將出版物委托代銷無任歡迎請隨時示知可也此啟

图书在版编目 (CIP) 数据

插图本中国文学史 / 郑振铎著 . —北京：中央编译出版社，2021.12

ISBN 978-7-5117-3954-4

Ⅰ . ①插… Ⅱ . ①郑… Ⅲ . ①中国文学 – 文学史 Ⅳ . ① I209

中国版本图书馆 CIP 数据核字 (2021) 第 005194 号

插图本中国文学史（全四册）

责任编辑 纪宛伯 李媛媛
责任印制 刘 慧
出版发行 中央编译出版社
地 址 北京市海淀区北四环西路 69 号 (100080)
电 话 (010) 55627391（总编室） (010) 55627307（编辑室）
(010) 55627320（发行） (010) 55627377（网站）
经 销 全国新华书店
印 刷 北京文昌阁彩色印刷有限责任公司
开 本 710 毫米 ×1000 毫米 1/16
字 数 1016 千字
印 张 88.5
版 次 2021 年 12 月第 1 版
印 次 2021 年 12 月第 1 次印刷
定 价 218.00 元

新浪微博：@ 中央编译出版社 微 信：中央编译出版社 (ID：cctphome)
淘宝店铺：中央编译出版社直销店 (http：//shop108367160.taobao.com) (010) 55627331